古典詩歌研究彙刊

第十輯

襲鵬程 主編

第 3 冊

韋莊接受史

顏文郁 著

國家圖書館出版品預行編目資料

韋莊接受史／顏文郁 著 — 初版 — 新北市：花木蘭文化出版
社，2011〔民100〕
目 2+340 面；17x24 公分
（古典詩歌研究彙刊 第十輯：第 3 冊）
ISBN 978-986-254-576-8（精裝）
1.（五代）韋莊 2. 唐五代詞 3. 詞論
820.91 100015346

ISBN-978-986-254-576-8

9 789862 545768

古典詩歌研究彙刊
第十輯 第三冊 ISBN：978-986-254-576-8

韋莊接受史

作 者 顏文郁
主 編 龔鵬程
總 編 輯 杜潔祥
出 版 花木蘭文化出版社
發 行 所 花木蘭文化出版社
發 行 人 高小娟
聯絡地址 新北市永和區中正路五九五號七樓
電話：02-2923-1455／傳眞：02-2923-1452
網 址 http://www.huamulan.tw 信箱 sut81518@gmail.com
印 刷 普羅文化出版廣告事業
初 版 2011 年 9 月
定 價 第十輯 20 冊（精裝）新台幣 28,000 元

韋莊接受史

顏文郁 著

作者簡介

　　顏文郁，臺灣高雄人，國立高雄師範大學國文學系、國立成功大學中國文學系碩士畢業。現為高中教師。

　　興趣廣泛，沉溺於文學、寫作、繪畫、音樂、旅遊。大學時期，從事文學創作，曾獲高師大南風文學獎。研究所期間，師承王偉勇教授，受詞學溫柔敦厚之薰陶，發表〈論宋代詞壇對蘇軾之接受〉，係臺灣首篇接受史之論文；復完成碩士論文《韋莊詞之接受史》。

提　　要

　　本文係以韋莊詞為研究對象，運用西方接受美學理論，審視歷代讀者之審美反應，討論韋莊詞於歷代接受之意義。

　　論文研究章節進行如下：

　　第一章為緒論。說明研究動機與目的；界定研究範圍，進一步提出研究方法；並回顧前人研究成果。

　　第二章探討韋莊其人及詞作。先勾勒韋莊之創作背景，復研究韋莊之詞作編選，以建構歷代讀者對韋莊詞接受之立基點。

　　第三章至第六章，探討韋莊詞接受史之情形，文章架構以時代為經，詞人創作、詞論與詞選為緯，進行析論。第三章為唐五代時期，《花間集》與〈花間集序〉為最早之接受資料，影響後世對韋莊詞之接受態度；詞人創作則尚未出現接受之現象。第四章為宋代，創作方面，詞話已有詞人接受韋莊詞之記載；詞論有 2 部，其中《古今詞話》記載韋莊情事，成為歷代韋莊詞情事之定評；詞選有 5 部，主要視韋莊詞為唱本。第五章為明代，創作方面，出現和韻詞；詞論有 5 部，已能就韋莊詞析論，並論其詞史地位；詞選有 9 部，表現各自選詞之標準；此時亦出現詞譜，計有 3 部。第六章為清代，創作方面，有仿擬詞、和韻詞與集句詞，表現讀者再創作之盛況；詞論較前代更為豐富，關注詞史、情感、藝術技巧與風格三方面；詞選有 12 部，主要表現浙西與常州詞派之選旨；詞譜有 6 部。

　　第七章總結全文。綜觀韋莊詞之接受史，係萌芽於唐五代，成立於宋代，停滯於金元，發展於明代，興盛於清代。歷代讀者之接受情形，除金元時期為空白外，其餘朝代之接受，可謂與時俱增；非但接受態度日漸深入，亦呈現各朝代之審美風尚與不同讀者之審美觀點，誠然繽紛多采也。

誌　謝

一本論文的完成，代表著無以言謝的感恩。回首過往，感謝一路上陪伴並幫助我的許多人。

首先要感謝恩師王偉勇老師，老師對我亦師亦父般的照顧，問學王門，是何其幸運！老師就像蘇軾，臉上永遠帶著笑容，以開朗的心態面對一切；立雪王門，時時都在學習，處處都是學問。老師對我的指導，不僅是經師，更是人師。求學之路，老師如同一盞明燈，為我指引方向；論文得以完成，有勞老師當書僮、扛書南下，並一字一句辛苦修改。此外，老師在繁忙的公務、學術生活中，仍時時關心我，天冷叮嚀多穿衣服，受傷則催促就醫……；老師還喜歡宴請學生，常聚集、連絡大家的感情，席間的歡樂，將是心中珍貴的回憶。總之，老師的照顧，我點滴在心。

感謝陶子珍老師與高美華老師，撥冗審查學生的論文，在炎熱的七月擔任口試委員。曾拜讀兩位老師的大作，有幸於口試時，聽老師現身說法，老師溫柔地指出拙文的不足之處，給予寶貴意見，使論文得以修改完成。還要衷心感謝成大中文系所有老師，對我的悉心教誨與鼓勵。

感謝朋友們的切磋慰問，學長姊福勇、淑蘋、淑華、依玲、婉君、宏達與淑惠、乃文、瑋郁、思萍等人，大家在王老師的指導下，一起

找資料，就像一個大家庭，辛苦卻溫馨。

特別感謝父母及哥哥對我的照顧。父母為我鋪上一條安穩的求學道路，完善安排所有事情，使我過著無憂無慮的快樂生活。而成長路上，因為哥哥的陪伴和鼓勵，使我更有勇氣面對未來。

最後，謹將此論文獻給我最摯愛的你們與諸多幫助過我的人。

目

次

第一章 緒 論

第一節 研究動機與目的

　　〔清〕王國維〈論近年之學術界〉謂:「學無新舊也,無中西也,無有用無用也。」〔註1〕此言說明中國傳統文化,當吸取西方文化,互補中西之成就與不足,進而匯通古今中西,以開拓文學新視野。而詞學爲學術研究重要領域之一,自唐五代迄近代,詞學各方面之研究,均已取得豐碩成果;然如何運用新方法觀照詞學,俾再創新成果,遂成迫切之勢。而接受美學理論(Aesthetics of Reception),恰可提供詞學研究另類視角。

　　〔清〕周濟《介存齋論詞雜著》云:「詩有史,詞亦有史,庶乎自樹一幟矣。」〔註2〕說明詞體有其發展之歷史過程。中唐之際,已有文人塡詞,然創作仍以詩爲主;對於塡詞,僅偶一爲之。至晚唐五代,〔註3〕詞之創作始日漸成熟。而詞學研究,需溯源析流,故評析

〔註1〕 〔清〕王國維著:《靜庵文集》,見《續修四庫全書》編纂委員會編:《續修四庫全書》(上海:上海古籍出版社,2002年3月),冊1577,卷77,頁653。

〔註2〕 見唐圭璋編:《詞話叢編》(北京:中華書局,2005年10月第2版),冊2,頁1630。

〔註3〕 晚唐時期,乃唐文宗開成元年(公元836年)至唐亡(公元907年)。五代時期,乃朱溫及位(公元907年)至南唐亡(公元974年)。

晚唐五代詞，遂爲詞學研究史之重要立足點。蓋晚唐五代乃詞之始發面貌，《花間集》之編纂完成，正式確立詞體之成熟。〔宋〕李之儀〈跋吳思道小詞〉謂唐五代詞：「大抵以《花間集》所載爲宗。」〔註4〕〔宋〕陳振孫《直齋書錄解題・花間集》卷二一更指出：「此（指《花間集》）近世倚聲填詞之祖也」〔註5〕此外，「詩客曲子詞」〔註6〕亦奠定詞爲「豔科」〔註7〕之傳統風格。〔五代〕歐陽炯〈花間集序〉即謂該集：「鏤玉雕瓊，擬化工而迥巧；裁花剪葉，奪春艷以爭鮮。」〔註8〕〔清〕王又華《古今詞論》亦引李東琪云：「詩莊詞媚」。〔註9〕是知以《花間集》爲代表之晚唐五代詞，上承前唐，下開兩宋，引領詞之發展走向。故本文選就晚唐五代詞作爲接受美學理論之研究對象。

再者，於花間各家中，需擇一代表者作爲接受史研究個案。而花間十八詞家中，歷代文人多視溫庭筠與韋莊爲《花間集》之雙璧。如〔清〕王士禎云：「詩之爲工既窮，而聲音之祕，勢不能無所寄，於是溫、韋生而《花間》作……，此詩之餘，而樂府之變也。」〔註10〕〔清〕李調元《雨村詞話・序》亦云：「溫、韋以流麗爲宗，《花間集》

〔註4〕 見金啓華、張惠民、王恒展、張宇聲、張增學編：《唐宋詞集序跋匯編》（臺北：臺灣商務印書館，1993年2月臺灣初版），頁36。

〔註5〕 〔宋〕陳振孫著：《直齋書錄解題》，見《景印文淵閣四庫全書》本（臺北：臺灣商務印書館），冊674，卷21，頁1。

〔註6〕 〔五代〕歐陽炯〈花間集序〉：「因集近來詩客曲子詞五百首，分爲十卷。」，見施蟄存：《詞籍序跋萃編》（北京：中國社會科學出版社，1994年12月第1版），頁631。

〔註7〕 如《新校本新唐書・溫大雅傳附溫庭筠傳》謂溫庭筠「多作側辭豔曲」，見〔宋〕歐陽修，宋祁撰：《新校本新唐書》（臺北：鼎文書局，1981年），卷91，頁3787。

〔註8〕 見施蟄存編：《詞籍序跋萃編》（北京：中國社會科學出版社，1994年12月第1版），頁631。

〔註9〕 見唐圭璋編：《詞話叢編》（北京：中華書局，2005年10月第2版），冊1，頁606。

〔註10〕 〔清〕田同之著：《西圃詞說》引王士禎論詞。見唐圭璋編：《詞話叢編》（北京：中華書局，2005年10月第2版），冊2，頁1451。

所載南唐、西蜀諸人最爲古豔。」〔註11〕皆將溫、韋並舉，指出詞體
之發展，至溫庭筠、韋莊始脫離詩體而獨立，渡過中唐詩詞之模糊階
段，發展出詞體自身之形式與內容，與白居易、劉禹錫等人之作，態
殊體別，兩人對文人詞之發展，深具貢獻。溫、韋兩人時代雖隔半世
紀之久，〔註12〕於詞史則並尊「花間」冠冕，屬同一時期，爲晚唐五
代詞之代表。兩人皆富有研究意義。其中，溫庭筠更被尊爲「花間鼻
祖」，〔註13〕其詞綺靡側艷，爲晚唐華美文學之冠；相較之下，韋莊
詞似有不如，而事實果然否？

　　韋莊既與溫庭筠並稱，兩人必有相合之處，誠如〔明〕王世貞《藝
苑巵言》所云：「溫韋豔而促」〔註14〕是言拈出花間詞人「靡」〔註15〕
之共同特徵。實則，兩人詞作仍有差異，比較溫、韋詞，即可知也。
茲以〈菩薩蠻〉一調爲例，溫詞爲：「小山重疊金明滅。鬢雲欲度香腮
雪。懶起畫蛾眉。弄粧梳洗遲。　照花前後鏡。花面交相映。新帖繡
羅襦。雙雙金鷓鴣。」〔註16〕其以艷麗之筆，蘊深曲之怨；韋詞則爲：
「人人盡說江南好。遊人只合江南老。春水碧於天。畫船聽雨眠。　壚
邊人似月。皓腕凝霜雪。未老莫還鄉。還鄉須斷腸。」〔註17〕以婉暢

〔註11〕見唐圭璋編：《詞話叢編》（北京：中華書局，2005 年 10 月第 2 版），
　　　　冊 2，頁 1377。
〔註12〕溫庭筠與韋莊之生卒年歲，據夏承燾《唐宋詞人年譜》繫年，前者約
　　　　爲西元 812～870，後者約爲西元 836～910。見夏承燾著：《唐宋詞人
　　　　年譜》（臺北：金園出版社，1982 年 12 月初版），頁 388～414、2～30。
〔註13〕〔清〕王士禛《花草蒙拾》云：「溫、李齊名，然溫實不及李。李不
　　　　作詞，而溫爲花間鼻祖，豈亦同能不如獨勝之意耶。」見唐圭璋編：
　　　　《詞話叢編》（北京：中華書局，2005 年 10 月第 2 版），冊 1，頁 674。
〔註14〕見唐圭璋編：《詞話叢編》（北京：中華書局，2005 年 10 月第 2 版），
　　　　冊 1，頁 385。
〔註15〕〔明〕王世貞《藝苑巵言》云：「《花間》以小語致巧，世說靡也。」，
　　　　見唐圭璋編：《詞話叢編》（北京：中華書局，2005 年 10 月第 2 版），
　　　　冊 1，頁 385。
〔註16〕見曾昭岷、王兆鵬編：《全唐五代詞》（北京：中華書局，1999 年 12
　　　　月第 1 版），上冊，頁 99。
〔註17〕同上注。頁 153。

之筆，訴淒愴之思，是知兩者大相逕庭。又，檢索歷代評論，亦得知溫、韋詞作各具特色，兩人並非全然「消息相通」。〔註18〕如〔清〕王國維《人間詞話》云：「『畫屏金鷓鴣』，飛卿所謂語也，其詞品似之。『弦上黃鶯語』，端己語也，其詞品亦似之。」〔註19〕〔清〕周濟《介存齋論詞雜著》亦云：「詞有高下之別，有輕重之別，飛卿下語鎮紙，端己揭響入雲，可謂極兩者之能事。」〔註20〕又〔清〕吳衡照《蓮子居詞話》卷一云：「韋相清空善轉，殆與溫尉異曲同工。」〔註21〕溫、韋詞作係一濃一淡，溫詞穠麗隱約、韋詞清疏顯露，呈現異趣同工之妙。韋莊雖生於溫庭筠之後，其詞錄選於《花間集》，然詞作卻突破溫詞藩籬，開拓「花間」之書寫範圍。

綜上所述，可知韋莊與溫庭筠，皆為唐五代詞人之代表。鄭振鐸甚云：「花間一派，可以說是，雖為溫庭筠始創，而實由韋莊而門庭始大的。」〔註22〕認為韋莊將花間詞予以發揚，重視韋莊之程度更超過溫庭筠；鄭騫先生〈溫庭筠、韋莊與詞的創始〉則指出：「飛卿託物寄情，端己直抒胸臆；飛卿詞深美，端己詞清俊。後世所謂婉約派，多自溫出；豪放派，多自韋出。雖發揚光大，後來居上；而探本尋源，莫或能易。此所以溫韋並稱，為詞家開山祖也。」〔註23〕認為溫庭筠與韋莊兩人，以個人獨具之態度與手法，抒發情

〔註18〕〔清〕陳廷焯《白雨齋詞話》卷一謂溫、韋：「端己〈菩薩蠻〉四章，惓惓故國之思，而意婉詞直，一變飛卿面目，然消息正自相通。……端己之視飛卿，離而合者也。」見唐圭璋編：《詞話叢編》（北京：中華書局，2005 年 10 月第 2 版），冊 4，頁 3779。

〔註19〕見唐圭璋編：《詞話叢編》（北京：中華書局，2005 年 10 月第 2 版），冊 5，頁 4241。

〔註20〕見唐圭璋編：《詞話叢編》（北京：中華書局，2005 年 10 月第 2 版），冊 2，頁 1629。

〔註21〕見唐圭璋編：《詞話叢編》（北京：中華書局，2005 年 10 月第 2 版），冊 3，頁 2401。

〔註22〕見鄭振鐸著：《插圖本中國文學史》（臺北：莊嚴出版社，1991 年 1 月初版），上冊，頁 427。

〔註23〕見鄭騫著：《景午叢編》（臺北：臺灣中華書局股份有限公司，1972

感，分別開創後世所謂婉約詞派與豪放詞派，同為詞壇宗主。故兩人應受到同等重視，於詞史中各獨當一派宗風之典範。然學者對溫庭筠之關注遠勝韋莊，以兩人之研究論文比較，〔註24〕溫庭筠之研究數量可謂蒃夥，韋莊則相形失色；故研究韋莊實有其必要性與可行性。〔註25〕更甚者，本文係運用西方接受美學理論以論韋詞，就接受美學之視角而言，韋詞疏顯，較之溫詞密隱，讀者更易於直接領略箇中況味，產生共鳴，賞索愈久而真味愈出。是以，本文選擇韋莊為研究對象，企圖透過接受美學之新視角，發掘韋莊詞之歷代審美動向，或能取得異於前人之成果。

第二節　研究範圍與方法

一、研究範圍

韋莊詞雖起於溫庭筠詞之後，然其未繼承溫詞一派，而是突破詞體「本色」，較為接近民間曲子詞。此一詞風，已影響當時，更指導後世。故本文之研究時代，起自韋莊所處之唐五代，以迄清代。研究資料為唐五代至清代之讀者接受韋莊及其詞之文獻記載，包含詞人創作、詞論與詞選三方面，欲期多面、立體活現韋莊詞之歷代接受史。

年 3 月初版），上編，頁 103～109。

〔註24〕黃文吉主編之《詞學研究書目》收錄溫庭筠與韋莊之研究資料，分別為 178 及 71 條。見黃文吉編：《詞學研究書目》（臺北：文津出版社，1993 年 4 月初版），頁 259～272、274～280（此書收錄 1912～1922 年之研究資料）。又林玫儀主編之《詞學論著總目》收錄溫庭筠與韋莊之研究資料，分別為 282 及 125 條。見林玫儀編：《詞學論著總目》（臺北：中央研究院中國文哲研究所籌備處，1995 年 6 月第 1 版），頁 701～721、723～733（此書收錄 1901～1922 年之研究資料）。

〔註25〕關於溫庭筠之接受史，李冬紅《花間集接受史論稿》已作「仿溫現象」之研究。見李冬紅著：《花間集接受史論稿》（濟南：齊魯書社，2006 年 6 月第 1 版），頁 186～196。

二、研究方法

接受美學理論（Aesthetics of Reception）之創始人漢斯・羅伯特・姚斯（Hans Robert Jauss）於〈我的祝福史或：文學研究中的一場範式變化〉云：

> 取得成功的研究和富於意義的進展的可能性，並不在於從任何可靠的常規學問中發現空白，而在於認識到一種可行的、但迄今很少用過的探詢方向。〔註26〕

是言指出以新方法開闢研究新領域，方能推動文學研究進展。近百年來，全球化已成爲世界各國普遍關注之課題。就學術界而言，綜合性之研究，日益引起重視。今日，中國傳統文學研究，亦逐漸邁入國際化歷程，如何衝破中西文學之對立，推動中西文學之會通，根據中國之傳統，非強搬硬套而係選擇運用西方會通之新方法，以他人之長，補一己之短，組合成一有機體，對於中國傳統文學之進展、轉型與研究，實彌足重要。

本文之研究方法，係運用西方接受美學理論，研究中國歷代對韋莊及其詞之接受情形。

（一）接受美學之淵源發展及其理論

文學研究之展開，根據探討對象而有所不同，其總體情境係由作品、世界、作者、讀者四要素構成。〔美國〕阿布拉姆斯（M.H.Abrams）於《鏡與燈》描繪爲：〔註27〕

世界
↓
作品
↗　↖
作者　　讀者

〔註26〕見拉爾夫・科恩 Ralph Cohen 主編，程錫麟等譯，萬千校：《文學理論的未來》（北京：中國社會科學出版社，1993 年 6 月第 1 版），頁 140。

〔註27〕見〔美國〕阿布拉姆斯著，酈稚牛、張照進、童慶生譯：《鏡與燈：浪漫主義文論及批評傳統》（北京：北京大學出版社，1989 年 12 月第 1 版），頁 5～6。

此三角形再現文學研究之關注面向。阿布拉姆斯主張批評應全面把握此四要素，及其間之相互關係。然文學研究史顯示，各時代因關注對象不同，相應形成不同之研究取向。當代西方文學理論〔註28〕之發展史，可概分爲三階段：第一階段專門研究作者，爲十九世紀至二十世紀初之浪漫主義、現實主義與實證主義等；第二階段專注於文本，爲二十世紀二、三十年代起之俄國形式主義、英美新批評、結構主義等流派；第三階段轉向讀者，爲二十世紀三、四十年代起，現象學、存在主義、解釋學與接受美學等。〔註29〕由此可知，文學理論對作者、文本與讀者均需關注，然事實顯示，「讀者」一方長期以來，最受忽略。然文學作品並非客觀之存在物，文本之意義唯有通過讀者閱讀之實踐，方能具體實現爲文學作品。對文學之實現而言，讀者與作者同樣重要，缺一不可。此外，文學史爲文學作品產生與接受之歷程，主角不只作家與文本，讀者之閱讀接受，更起支配經典流傳之作用。

　　「接受美學」（Rezeptionsästhetik），亦稱「接受理論」（Rezeptionstheorie）或「接受與效果研究」（Rezeptionsforschung）等。關於接受美學之淵源，係醞釀於十九世紀末，主要受漢斯・喬格・伽達默（Hans-Georg Gadamer）之解釋學（Hermeneutics）、羅曼・英伽登（Roman Ingardin）之現象學（Phenomenology）、俄國形式主義（formalism）與布拉格結構主義（structuralism）等學說之影響。至其發展，係二十世紀六十年代後半期，發端於德國之康斯坦茨大學（University of Konstanz）。蓋西方文壇，自六十年代以來，隨社會、政治與文化日益改變。其中，德國文學思潮亦隨文化轉變而急劇政治化，遵循形式主義理論，已無法解釋大量出現之文學社會功用；重以人際交流研究之逐漸展開，文學面臨如何統一審美自主性與歷史性之問題。緣此，漢斯・羅伯特・姚斯（Hans Robert Jauss）、沃爾夫岡・伊瑟爾（Wolfang

---

〔註28〕當代西方文學理論，時間跨度爲二十世紀初至今。
〔註29〕見〔英國〕特里・伊格爾頓著：《現象學，闡釋學，接受理論：當代西方文藝理論》（南京：江蘇教育出版社，2006年3月第1版）頁72。

Iser)、沃爾夫岡・普萊森丹茨（Wolfgang Preisendanz）、曼弗雷德・富爾曼（Manfred Fuhrmann）與于里依・施特里德（Jurij Strieder）等康斯坦茨大學之學者，組成學術團體，將文學批評理論之焦點，從作者、文本轉移至傳統所忽視之「讀者」，重視讀者接受之問題，及三者間之關係，以期解決文學所面臨之困境。據姚斯《審美經驗與文學解釋學・序》云：「那些匯集在康斯坦茨大學的語文學家們是根據他們自己的意願行動的，他們爲文學建立起德語的『專門領域』並轉向研究文學作品效果的美學。這一運動是以我的〈作爲向文學理論挑戰的文學史〉（1967 年）和沃爾夫岡・伊瑟爾的〈文本的系統結構〉（1970 年）兩篇論文爲先導的。……在所謂的康斯坦茨學派之外，接受理論接下來獲得了意想不到的成功。接受理論遇到了一種潛在的興趣。這種興趣是在六十年代對語文學訓練的傳統準則普遍不滿的情緒中滋長起來的，在學生發動的批判『資產階級學術思想』的抗議運動中變得更爲強烈。接受理論很快發現自己處於意識形態批判和解釋學之間論戰的交叉火力之下。更有甚者，它喚起了一種新的研究興趣。這種興趣表現爲在接受史、文學社會學、經驗接受分析等領域中的大量研究。這一成功的範式轉變的另一個理由是，接受理論並不侷限於德國。」〔註 30〕姚斯等人自稱其文學理論爲「接受理論」，強調讀者閱讀對文學之重要性，欲以該理論爲文學研究提供新範式。自姚斯等人提出接受理論後，接受美學遂成爲當時主宰西方文學批評界之理論，於二十世紀七、八十年代前半期，達至鼎盛；嗣後，逐漸融入各理論思潮中。〔註 31〕

　　任何文學理論，皆無憑空創造之可能；接受美學理論亦然，其成

〔註 30〕見漢斯・羅伯特・耀斯著，英譯者麥克爾・肖，顧建光、顧靜宇、張樂天譯：《審美經驗與文學解釋學》（上海：上海譯文出版社，1997 年 11 月第 1 版），頁 5～6。

〔註 31〕見〔德國〕姚斯、〔美國〕霍拉勃著，周寧、金元浦譯：《接受美學與接受理論》（瀋陽：遼寧人民出版社，1987 年第 1 版）、伊麗莎白・弗洛恩德著，陳燕谷譯：《對文學的藝術作品的認識》（臺北：商鼎文化出版社，1991 年 12 月 31 日臺 1 版），頁 131～153。

功之處，並非提出一套全新理論，係廣納各文學理論之優點，予以獨
創性地綜合，提供新研究方法，終統合爲完整體系。接受美學以姚斯
和伊瑟爾爲代表，兩人主張各具貢獻，誠如伊瑟爾稱姚斯之研究爲「接
受理論」，稱己身之研究爲「反應理論」所示。〔註 32〕其中，姚斯強
調歷史學與社會學，伊瑟爾則關注文本分析。兩人理論相結合，則構
成完整之接受美學。茲分述兩人理論如次：

1. 姚　斯

　　姚斯之接受美學理論，係由更新文學史入手，主要受伽達默之解
釋學影響，強調文學接受之歷史性與社會性，以重建歷史與美學統一
之文學史，可謂宏觀研究。

（1）文學史方法論

　　姚斯〈文學史作爲向文學科學的挑戰〉一文，可謂接受美學之宣
言，該文主張應以文學之審美性與社會歷史性，作爲文學史之研究方
法，聯繫文學與美學、社會歷史之關係，以建構完善之文學史科學，
從而將讀者提升至文學研究之中心地位。

　　六十年代之德國文壇，面臨文學史危機，〈文學史作爲向文學科
學的挑戰〉云：「在馬克思主義方法和形式主義方法的論爭中，文學
史問題仍然沒有得到解決。我嘗試溝通文學與歷史之間、歷史方法與
美學方法之間的裂隙，從兩個學派停止的地方起步，他們的方法，是
把文學事實侷限在生產美學和再現美學的封閉圈子內，這樣做便使文
學喪失了一個維面，這個維面同它的美學特徵和社會功能同樣不可分
割，這就是文學的接受和影響之維。」〔註 33〕是言說明姚斯藉由批評

〔註 32〕「A theory of reception，on the other hand，always deals with existing
　　　　readers，whose reactions testify to certain historically conditioned
　　　　experiences of literature. A theory of response has itsroots in the text；a
　　　　theory of reception arises from a history of readers，judgments.」
　　　　Wolfgang Iser：《The act of reading: a theory of aesthetic response‧
　　　　Perface》（Baltimore：Johns Hopkins University Press，1978），p.x。
〔註 33〕〔德國〕姚斯：〈文學史作爲向文學科學的挑戰〉，見〔德國〕姚斯、

馬克思主義、形式主義之貢獻與侷限性，吸收馬克思主義之文學功用
與接受觀點，及形式主義文學內部演變與審美特徵觀點，以建立文學
研究一新方法，此即接受美學。姚斯進而指出文學史若運用接受美學
從事研究，「那麼，文學史研究的美學方面與歷史方面的對立便可不
斷地得到調節。這樣，曾被……割斷的過去的現象到現在的經驗之間
聯繫的線索，便又被重新連接起來了。」（頁 24）蓋文學之歷史性表
現於「文學作品接受的相互關係的歷時性方面，同一時期文學參照構
架的共時性方法以及這種構架的系列，最後是文學的內在發展與一般
歷史過程之間的關係。」（頁 40）文學具有三重歷史性，一為作品與
作品之關係史，二為作品與一般社會歷史之關係史，三為作品與讀者
之關係史，此即「一種新的文學理論，獲得成功的最好機會不在於超
越歷史，而在於利用對藝術所特有的歷史洞察力……揭示作者、作品
和公眾的動態過程。」〔註 34〕說明文學史係作家、作品與讀者之動態
交流史。

　　首先，就作品與作品之關係史而言。作品接受情況，由歷時性與
共時性兩方面共同呈現。歷時性方面，文學創作根據內部發展，呈現
新舊對抗之更新過程，各朝代所存在之文學流派、體裁或作品等，其
中之一將成為經典，復隨自身僵化而為他者取代，從而出現新主流，
新主流亦會衰退而為取代，文學史便於循環往復中連續發展。因之，
接受美學要求「將個別作品置於所在的『文學系列』中，從文學經驗
的語境上認識歷史地位和意義，從作品接受史到文學事件史。」（頁
40）作品於不同時代，相應具有不同之接受命運，探討歷代讀者對某

　　〔美國〕霍拉勃著，周寧、金元浦譯：《接受美學與接受理論》（瀋
　　陽：遼寧人民出版社，1987 年第 1 版），頁 23。又：為省篇幅，本
　　文下引〈文學史作為向文學科學的挑戰〉一文，皆據此書；並將頁
　　碼逕標於引文後，不再一一附注。
〔註34〕〔德國〕姚斯：《審美經驗與文學闡釋學‧序言》，見漢斯‧羅伯特‧耀
　　斯著，英譯者麥克爾‧肖，顧建光、顧靜宇、張樂天譯：《審美經驗與
　　文學解釋學》（上海：上海譯文出版社，1997 年 11 月第 1 版），頁 5～6。

作品之理解，則能顯示出各朝代獨有之接受態度。共時性方面，作品內在有其相對穩定語法系統及語義多重性，「利用文學發展中一個共時性的橫切面，同等安排同時代作品的異質多重性，反對等級結構，從而發現文學的歷史時刻中的主要關係系統。」（頁45）某一作品於某一時代之接受情況，代表同時代不同讀者對作品之理解，顯示出當代之接受標準。總言之，作品之接受面，需結合歷時性與共時性兩方面。透過此論，可知建構韋莊詞之接受史，需同時關注歷時性與共時性之接受情況。韋莊詞於歷代之接受程度，當有高低之異；此外，各朝代不同讀者對韋莊詞之接受態度，亦有個人審美標準。

　　其次，就作品與一般社會歷史之關係史而言。文學具有突出之社會構成功能，「只有當文學生產不僅僅在其系統的繼承中得到共時性和歷時性的表現，而且也在其自身與『一般歷史』的獨特關係中被視為『類別史』時，文學史的任務方可完成。」（頁48）文學與社會歷史間之功能性，不僅侷限於藝術再現，「而是在『文學演變』過程中發現準確的、唯屬文學的社會構成功能；發現文學與其他藝術和社會力量一起同心協力將人類從自然、宗教和社會束縛中解放出來的功能，我們才能跨越文學與歷史之間、美學知識與歷史知識之間的鴻溝。」（頁56）文學之社會功能，更在於打破日常傳統習慣，文學能轉化為社會實踐而影響社會構成，使讀者從現實生活困境中解脫，透過閱讀作品，賦予己身新審美感覺及社會行為，以通向未來經驗之路。就韋莊詞之接受史而言，接受者往往藉和韻韋莊詞等再創作或擇韋莊詞編成選集，表達個人對現實社會之觀感，如張惠言於清世衰微之際，以「比興寄託」看待韋莊詞，藉由闡發韋詞之微言大義，抒發己意。

　　再次，就作品與讀者之關係史而言。讀者於文學史之地位，至關重要，「在這個作者、作品和大眾的三角關係中，大眾並不是被動的部分，並不是僅僅作為一種反應，相反，它自身就是歷史的一個能動的構成。」（頁24）作品為主體而非客體，乃歷史性存在，唯有通過讀者閱讀，方獲得現實之存在；文學若不涉及「真正意義上的讀者」（頁23）

則其文學意義不復存在；甚至，「文學作品從根本上講注定是為這種接收者而創作的。」（頁 23）是皆說明讀者之主動性、創造性，實現作品之存在意義。根據此論，可知韋莊詞實現於歷代讀者之接受。

（2）期待視野

姚斯藉「期待視野」（horizon of expectations）分析文學之接受情形。「期待視野」係指讀者進入閱讀活動前，基於己身故有之審美經驗與社會經驗等先在理解，於閱讀活動中形成潛在期待；此外，亦指文本創造之預期結構。文學史透過期待視野，呈現作家、作品與讀者之視野融合過程，及文學與社會歷史之關係。「文學的歷史性並不在於一種事後建立的『文學事實』的編組，而在於讀者對文學作品的先在經驗。」（頁 26）。「期待視野」，包含讀者與作品雙方，表現於讀者個人、讀者群與作品之關係。

首先，就個人之期待視野而言，讀者作為接受主體，主動從事閱讀活動，予以闡釋性接受，更根據想像再創造，並非被動接受作家與作品之灌輸。而期待視野，構成讀者理解之基礎與限制，讀者之預先習慣，使其於閱讀活動之前，對作品有特定期待，「一部文學作品……預先為讀者提示一種特殊的接受。它喚醒以往閱讀的記憶，將讀者帶入一種特定的情感態度中，隨之開始喚起『中間與終結』的期待，於是這種期待便在閱讀過程中根據這類文本的流派和風格的特殊規則被完整地保存下去，或被改變、重新定向，或諷刺性地獲得實現。」（頁 29）文學接受呈現讀者期待視野矛盾與統一之融合過程。讀者期待視野與作品之存有「審美距離」（aesthetic distance），形成閱讀交流過程，「視野的變化」（change of horizons）之距離大小，決定作品價值之高低，「一部文學作品在其出現的歷史時刻，對它的第一讀者的期待視野是滿足、超越、失望或反駁，這種方法明顯地提供了一個決定審美經驗的尺度。期待視野與作品間的距離，熟識的先在審美經驗與新作品的接受需求的『視野的變化』之間的距離，決定著文學作品的藝術性。」（頁 31）讀者視野或與作品較一致，形成平順地理解；與作品較不一

致時，則須打破原有視野，將視野變化爲新視野，以完成理解，由是讀者亦自我成長。故文學史爲讀者之文學史，作品作爲審美客體，需透過讀者之視野改變，以實現其存在意義。另一方面，作品又對閱讀起有規定性，避免讀者產生絕對任意之理解，「一部文學作品並不是一個自身獨立、向每一時代的每一位讀者均提供同樣的觀點的客體。」（頁26）作品經歷代讀者閱讀，獲得新接受，呈現無限開放性之生發，「一部文學作品的歷史生命，如果沒有接受者的積極參與是不可思議的。因爲只有通過讀者的傳遞過程，作品才進入一種連續性變化的經驗視界。」（頁24）文學史存在於期待視野之具體化。

其次，就公共期待視野而言，不同讀者群於歷時與共時之共同期待視野，不僅影響個別讀者之視野，更決定作品於歷史之接受程度。作品之生命歷程，取決於讀者群接受之深度與廣度，「第一個讀者的理解將在一代又一代的接受之鏈上被充實和豐富，一部作品的歷史意義就是在這過程中得以確定，它的審美價值也是在這過程中得以證實。在這一接受的歷史過程中，對過去作品的再欣賞是同過去藝術與現在藝術之間、傳統評價與當前的文學嘗試之間進行著的不間斷的調節同時發生的。」（頁25）作品存在於作品之理解史中。文學接受情況表現於文學內部與外部兩方面，作品接受需置於文學歷時與共時性之內部系統中，更需置於外部社會歷史中，且作品之社會歷史功能，亦通過提高讀者期待視野而實現，「文學的社會功能，只有在讀者進入他的生活實踐的期待視野，形成他對於世界的理解，並因之也對其社會行爲有所影響、從中獲得文學體驗的時候，才眞正有可能實現自身。」（頁48～49）作品審美價值取決於作品與讀者期待視野變化之距離，文學之社會歷史性，以讀者接受作爲聯繫，「文學史的任務之一在於把文學史自身看作『與』『一般歷史』的唯一聯系中的『獨特歷史』」是知文學史應包含接受史。

緣此，歷代讀者對韋莊詞之接受，就期待視野而言，每一讀者基於個人期待視野之不同，對同一詞作，有不同接受態度；此一接受結

果，對後人之接受亦造成影響。如〈小重山〉（一閉昭陽春又春）、〈謁金門〉（空相憶）二詞，描寫男女之情，詞文本身對讀者之理解有所規範，而宋人楊湜基於個人之期待視野，視二詞係韋莊思念愛姬爲王建所奪而作，載錄於所著《古今詞話》，遂影響後人之理解，自宋代至清代，皆出以「情事」接受二詞。

（3）審美經驗論

《審美經驗與文學闡釋學》代表姚斯接受美學理論之深化，「奠基於接受美學之上的文學史的價值，取決於它在通過審美經驗，對過去進行不斷的整體化運用中所起到積極作用。」（頁 25）其藉由批評德國狄奧多・阿多諾（Theodor Ludwig Wiesengrund Adorno）之否定美學，提出審美之經驗與愉快，認爲人與藝術作品發生聯繫爲愉快（genuss）所引起，審美經驗於主客體交流中產生審美快樂，審美愉快構成審美經驗之核心。緣此，文學研究需將審美經驗重新放置於中心地位。

審美經驗與愉快區分爲三範疇：一爲審美生產方面之審美創造（poiesis），審美經驗構成創造者自我實現之愉快，作者與讀者發揮自身創造能力，由創造作品中獲得愉快。此即韋莊以詞自抒懷抱，其作品大多具有眞情實感，頗受後人青睞。二爲審美接受方面之審美感受（aesthesis），人類感知環境變化，審美感受隨之產生新經驗，讀者透過閱讀作品，喚起回憶，獲得愉快。三爲審美交流方面之審美淨化（catharsis），此爲文學交流之最佳模式，讀者與作品保持審美距離，超越功利而自由地達到心靈解放之愉快。〔註35〕就讀者接受韋莊詞而言，基於個人接受觀點之不同，或爲審美感受或爲審美淨化，如清人張惠言與陳廷焯皆出以「比興寄託」接受韋莊詞。其中，張惠言帶有較多現實功利性，先視韋莊詞具政治寓意，復以政治寄託理解其作；

〔註35〕Hans Robert Jauss：《Aesthetic experience and literary hermeneutics》（Minneapolis :University of Minnesota Press，1982）（臺北：雙葉書店，1985 年）p.34～36。

陳廷焯則結合韋莊之個人行實情感，得出有寄託之意。

2. 伊瑟爾

伊瑟爾由研究英美新批評和敘事理論起步，主要受英伽登之現象學之影響。其專注具體文本與讀者之關係，深研閱讀之審美反應，可謂微觀研究。

（1）文　本

伊瑟爾之接受理論，建立於視閱讀活動爲文本與讀者之雙向交互作用。認爲文本與讀者進行主客交流，意義遂自閱讀過程中產生，形成閱讀經驗之結果。作品作爲審美對象，係由作者創造之文本與讀者閱讀之實踐結合而成。文本唯有透過被實現，方爲眞正存在，故作品不等同於文本之本身或文本之實現，而處於兩者之間；其無能還原爲文本之實在性，亦無能還原爲讀者之主觀性，此種虛性則形成其間之動力。

閱讀活動內在於文本結構中，文本並非自足性存在，其結構有創造限度，只能透過有限字句，表達有限時空內之事物之某些方面，僅能再現一種模式，無能形諸其全部之意義世界，故呈現一種有待召喚讀者閱讀之結構。文本之有限性，使其結構表現爲多層面而未完成之圖式化框架，佈滿空白、空缺與否定性，需透過讀者閱讀之具體化活動，使文本之未定性得以確定，終達至作品之實現。文本無法描寫一切，亦無需描寫一切，由是形成文本整體結構系統中之「空白」（blanks），有其未寫出或未明寫之部分。縱使文本所寫出者，亦無法全然顯現作品之虛構世界，其經由文字指示圖景，傳達意象，字句與字句或圖景與圖景間之聯繫，無法序列傳達至讀者，此則形成文本語言結構之「空缺」。又，文本於喚起讀者熟悉期待之際，更往往從中「否定」，背離讀者舊有熟悉之規範，由是形成文本閱讀之動態空白。凡此，卻成爲刺激讀者閱讀之動能所在，讀者需透過想像，進行再創造，參與完成文本，合力建構出作品。填補活動完成於讀者獨特意向與文本規定視角之雙重作用；讀者發揮自由進行填補，同時遵循文本之模式意義。閱讀則呈現於文本與讀者互相作用之動態過程中，隨文

本、讀者融合於同一情境，主體與客體不再一分為二。〔註36〕

　　文本與讀者間之相互作用，由所謂「隱含讀者」（implied reader）所建立。文本未被讀者閱讀實現前，並非真正存在，為有待實現之隱含文本，期待可能出現之讀者。此一讀者，包含文本之結構與結構之功能兩方面，即涉及文本隱含意義之先在結構，與讀者透過閱讀過程對此意義之實現，呈現文本條件與意義產生之過程。讀者置於交流中，文本為實現其存在與生命延續，則需選擇運用「策略」以整就與創新。一方面，安排常規，作為文本與讀者進行交流之基礎，此即「保留劇目」（repertoire）。然保留劇目若全為眾所周知者，文本則無法完成傳遞新信息之功能；故另一方面，需通過保留劇目並重新組織，使讀者產生陌生化，打破期待視野，遺忘熟悉之經驗，否定原有視域，而得以自我提昇。保留劇目所作之變化程度，則顯示文本之個性與創造性。〔註37〕

　　閱讀活動呈現文本與讀者間之「不對稱性」現象，從而造成文本之召喚結構與讀者之再創造之交流過程。雙方交流之語境消失，且無反饋作用，文本無法對讀者做出調節，讀者亦無法檢視其於文本之理解是否正確；文本與讀者間只能透過讀者通過文本加以建構，交流活動則成調節過程。〔註38〕以此觀之，韋莊詞作與讀者之關係，可說明同一作品之於不同讀者，何以得到不同接受態度之因。此係韋莊作品未能道盡一切，其未寫或未明寫之「空白」，遂引發讀者予以想像再創造。

　　（2）讀　者

　　閱讀活動展示出作品之動力性。讀者透過文本所提供之圖景，主

〔註36〕見〔德國〕沃爾夫岡・伊瑟爾著，周寧、金元浦譯：《閱讀活動──審美反應理論》（北：中國社會科學出版社，1991年7月第1版），頁217～278。

〔註37〕見〔德國〕沃爾夫岡・伊瑟爾著，周寧、金元浦譯：《閱讀活動──審美反應理論》（北京：中國社會科學出版社，1991年7月第1版），頁84～119。

〔註38〕見〔德國〕沃爾夫岡・伊瑟爾著，周寧、金元浦譯：《閱讀活動──審美反應理論》（北京：中國社會科學出版社，1991年7月第1版），頁195～204。

動積極予以補充，文本逐於動態中實現，讀者自身亦喚起紛繁之反應。

　　作品意義由字句之連結而展開，讀者經由字句進入閱讀活動。基於文本之多層次結構，讀者從事閱讀活動，無法即刻理解整體文本，只能暫擇其一，隨時間軸不斷轉換；閱讀過程呈現讀者之「視點游移」（wandering viewpoint），文本字句構成讀者一系列變化之視點，每一視點就其自身而言，能力皆有限；就視點間之關係而言，網絡交織複雜；讀者視點隨字句之連續展開，穿越文本，根據其對未來之期待與對過去之修正，進行不斷評價，不斷推進至新視點，方能持續進行閱讀，將文本之片面統整聯繫，建構成意義。

　　閱讀過程之完形，形成於文本之一致性建構與讀者之想像活動。就文本之一致性建構而言，讀者面對文本之多重層面，需試圖建立其間聯繫，以形成整體；讀者介入意義產生過程之際，形成格式塔（Gestalten）之不斷修正，使相互統一。就讀者之想像活動而言，亦爲複雜之瞬間過程，受制於文本之未定點，產生想像又被打消，既得修正又重新建構，終得以整合組成意義，「發現」作品審美意義，以再創造實現作品存在；而讀者進行之再創造之過程，出自其自身選擇，故審美意義將永遠不同。而讀者於閱讀過程中，更積極發揮審美知覺，從中自我提升，自現實生活束縛中解脫。閱讀活動逐呈現讀者建立過去、現在與未來視野間之相互關係，促使文本展示其潛在之複雜關係。〔註39〕由伊瑟爾所論，可解釋各讀者對韋莊詞之理解，係經歷一不斷修正之閱讀過程。

　　總之，接受美學提出後，十年間即傳播全世界，激發巨大影響，誠如〔美國〕R・C・霍拉勃（Robert C・Holib）《接受理論》所云：「從馬克思主義到傳統批評家，從古典學者、中世紀學者到現代專家，每一種方法論，每一個文學領域，無不響應了接受理論提出的挑

〔註39〕見〔德國〕沃爾夫岡・伊瑟爾著，周寧、金元浦譯：《閱讀活動——審美反應理論》（北京：中國社會科學出版社，1991年7月第1版），頁127～126。

戰。」〔註40〕至今，接受美學仍發揮深遠影響。

（二）接受美學與中國之相通性

1987 年，周寧、金元浦翻譯德國・姚斯《Toward an Aesthetics of Reception》（《接受美學》）與〔美國〕霍拉勃《Reception Theory A introduction》（《接受理論》）合爲《接受美學與接受理論》，始引進「接受美學」文學理論。雖然，中國古代文學沒有「接受美學」之名詞，然此種思想，實早已有之。

接受美學區別文學之文本與作品，認爲文本存在「未確定點」（indeterminacies）及「空白」等，需作者與讀者共同創造，方能完成爲作品。此種思想觀點，或與中國古代文學理論存有相通之理解。其中，接受美學所謂文本之空白，可呼應爲作品涵義之多義性與模糊性，如《易經・繫辭傳》已云：「其稱名也小，其取纇也大，其旨遠，其辭文，其言曲而中，其事肆而隱。」〔註41〕反映古人認爲卦象具有多義性，此中觀念亦可貫通於文學領域。而所謂之塡補空白，認爲讀者透過閱讀，塡補文本之空白，以實現文本之意義，視作品係作者與讀者所共同完成，可呼應爲重視鑑賞客體之鑑賞活動，以爲讀者之閱讀活動係積極、能動之過程，作品之價值唯有通過讀者閱讀方得實現，如先秦《孟子・萬章上》所謂：「以意逆志，是爲得之。」，〔註 42〕指出推求《詩經》之本意，應出自讀者個人之理解；〔漢〕董仲舒《春秋繁露・精華》卷三亦云：「《詩》無達詁」，〔註 43〕主張詩作無定解，係隨讀者而各得其解；至〔清〕王夫之《薑齋詩話》則云：「作者用一致之思，讀者各以其情而自得。」

〔註40〕見〔德國〕姚斯、霍拉勃著，周寧、金元浦譯：《接受美學與接受理論》（瀋陽：遼寧人民出版社，1987 年第 1 版）頁 282。
〔註41〕見〔清〕阮元纂修：《十三經注疏》（臺北：藝文印書館，1954 年），卷 8，頁 171。
〔註42〕同上注，卷 9，頁 163。
〔註43〕〔漢〕董仲舒著：《春秋繁露》，見《四部備要》本（臺北：臺灣中華書局，1981 年），冊 90，卷 3，頁 9。

〔註44〕將關注點由作者、作品轉移至讀者，充分肯定讀者之主觀能動性；又〔清〕譚獻《復堂詞話・復堂詞錄敘》云：「作者之用心未必然，而讀者之心何必不然。」〔註45〕允許讀者於閱讀過程中「觸類以感，充類以盡」〔註46〕之想像，認為讀者於鑑賞過程中擁有主動權而非被動接受。

　　凡此，皆顯示中國文學與西方「接受美學」之契合與相通性。緣此，「接受美學」激發中國學者極大興趣，蔚然成為一股理論潮流。

（三）韋莊詞接受史之建構

　　中國自二十世紀八十年代以來，運用接受美學進行文學研究，然詞學領域尚無完整理論，王偉勇乃關注之，於焉提出詞學接受史之研究資料應包含：「一曰他人和韻之作，二曰他人仿擬之作，三曰詩話，四曰筆記，五曰詞籍（集）序跋，六曰詞話，七曰論詞長短句，八曰論詞絕句，九曰評點資料，十曰詞選。」〔註47〕此係首發且全面掌握研究資料之言論。筆者於王老師指導下，運用上述十方面資料，綜合為：詞人創作、詞學理論與詞選三部分。將研究範圍侷限於韋莊，以時代為經，以三部分材料為緯，考察晚唐五代至清代之創作、詞論與詞選之接受情況，作為「接受史」之一例。茲分述如下：

1. 詞人創作

　　讀者對作品之喜愛，往往視之為學習對象，進而經由再創造而為個人作品。此類作品，其內容與形式，包含仿擬、和韻、集句與櫽括等。接受態度，或褒或貶，然視為典範之作為多；其目的推崇

〔註44〕見〔清〕王夫之著：《薑齋詩話》（臺北：木鐸出版社，1982年4月初版），卷1，頁4。
〔註45〕見唐圭璋編：《詞話叢編》（北京：中華書局，2005年10月第2版），冊4，頁3987。
〔註46〕見唐圭璋編：《詞話叢編》（北京：中華書局，2005年10月第2版），冊4，頁3987。
〔註47〕見王偉勇：〈清代論詞絕句之整理、研究及價值〉，《兩岸韻文學學術研討會》論文集（臺北：世新大學，2009年5月8日），頁1。

效法，或爲互別苗頭。爲探尋歷代詞人創作中之韋莊詞接受，本文乃就《全唐五代詞》、《全宋詞》、《全金元詞》、《全明詞》、《全明詞·補編》、《全清詞·順康卷》、《全清詞·順康卷·補編》與《清詞別集百三十四種》，〔註48〕檢索詞作之詞題或詞文，凡作者標明以韋莊爲接受對象者，均取爲析論之材料。搜羅結果，計得仿擬、和韻與集句三類作品。

（1）仿擬詞

凡詞人之創作，必經仿擬與創新之過程，方能自出機杼，終成個人成就。誠如〔清〕王國維《人間詞話》所云：「最工之文學，非獨善創，亦且善因。」〔註49〕說明佳作多出於學習他人作品。本文乃就歷代詞人之詞題中，提及「仿」、「效」（或作「傚」）、「法」、「改」、「用」、「擬」等作品，〔註50〕予以搜羅。至於仿擬作品對原作之再創作，據王偉勇〈兩宋詞人仿擬典範作品析論──以「效他體」爲例〉歸納，〔註51〕大抵包含體製、內容與風格等方面。而歷代詞人仿韋莊詞，則僅有清人所作一詞。

〔註48〕曾昭岷，王兆鵬編：《全唐五代詞》（北京：中華書局，1999 年 12 月第 1 版）、唐圭璋編：《全宋詞》（北京：中華書局，1965 年 6 月第 1版）、唐圭璋編：《全金元詞》（臺北：洪氏出版社，1980 年 11 月）、饒宗頤初纂，張璋總纂：《全明詞》（北京：中華書局，2004 年 1 月第 1 版）、周明初，葉曄編纂：《全明詞·補編》（浙江：浙江大學出版社，2007 年 1 月第 1 版）、南京大學中國語言文學系全清詞編纂研究室編：《全清詞·順康卷》（北京：中華書局，2002 年 5 月第 1 版）、張宏生主編：《全清詞·順康卷·補編》（南京：南京大學出版社，2008 年 5 月第 1 版）、楊家駱主編：《清詞別集百三十四種》（臺北：鼎文書局，1976 年 8 月初版）。

〔註49〕見〔清〕王國維撰，施議對譯注：《人間詞話》（臺北：貫雅文化事有限公司，1991 年 1 月），頁 447。

〔註50〕見王偉勇：〈兩宋詞人仿蘇辛體析論〉，《宋代文學研究叢刊》（高雄：麗文文化事業公司，2007 年 6 月），第 14 期，頁 121。

〔註51〕王偉勇〈兩宋詞人仿擬典範作品析論──以「效他體」爲例〉，《文藝典範與創意研發學術研討會》會議論文（成功大學文學院，2007 年 6 月），頁 1～24。

（2）和韻詞

和韻詞係指用原韻與他人相唱和之詞，故和韻詞之條件有三：一爲形式方面，〔明〕徐師曾《詩體明辯》卷十四云：「和韻詩有三體，一曰依韻，謂同在一韻中，而不必用其字也；二曰次韻，謂和其原韻，而先後次第皆因之也；三曰用韻，謂有其韻，而先後不必次之。」〔註52〕即謂：依韻需用原作同部韻字，韻腳不必同於原作；次韻需依次用原韻原字；用韻需用原作原字，但次序不必相同。二爲內容方面，需與原作相應；三爲風格方面，需與原作相合。關於和韻詞之類別，據馬興榮、吳熊和、曹濟平主編之《中國詞學大辭典‧概念術語》，可分爲共時性與歷時性唱和兩類。〔註53〕其中，共時性唱和尤具社交意味；歷時唱和則爲古今之心靈交流，要皆顯示對原作者或該詞之推崇。〔註54〕

關於和韻詞之發展，「和韻」係緣於中國文字爲孤立語，積字成句之際，字音與字音間，遂出現聲律節奏。至〔梁〕劉勰始用於聲律論，《文心雕龍‧聲律》云：「是以聲畫妍蚩，寄在吟詠，滋味流於下句，風力窮於和韻。異音相從謂之和，同聲相應謂之韻。」〔註55〕和韻之作最先入於詩體中，詩人依原作之原意或原韻與他人唱和酬答；〔東晉〕陶淵明已作有〈五月旦作和戴主簿〉、〈和劉柴桑〉、〈和郭主簿〉兩首、〈歲暮和張常侍〉、〈和胡西曹示顧賊曹〉等六首和詩，大開唱和之風。後遂逐漸移入詞壇，興起和韻詞。詞人唱和之風尚，唐代已有，顏眞卿、張志和等人最早爲之，〔南唐〕沈汾《續仙傳》載：「眞卿爲湖州刺史，與門客會飲，乃唱和爲〈漁父詞〉，其首唱即志

〔註52〕見〔明〕徐師曾著：《詩體明辯》（臺北：廣文書局，1972 年），卷14，頁 1039。
〔註53〕見馬興榮、吳熊和、曹濟平主編：《中國詞學大辭典》（杭州：浙江教育出版社，1996 年 10 月第 1 版），頁 21。
〔註54〕見內山精也：〈蘇軾次韻詞考——以詩詞間所呈現的次韻之異同爲中心〉，《中國韻文學刊》，第 4 期，（2004 年）。
〔註55〕見〔梁〕劉勰著，王更生注譯：《文心雕龍讀本》（臺北：文史哲出版社，1999 年 9 月第 1 版），下篇，頁 106。

和之詞，曰：『西塞山邊白鳥飛，桃花流水鱖魚肥。青箬笠，綠簑衣，斜風細雨不須歸。』眞卿與陸鴻漸、徐士衡、李成矩共和二十五首，遞相誇賞。」〔註56〕明確標以「和韻」之作，始見於〔宋〕張先，於宋神宗年間，同杭州、湖州一帶文人以詞相交游唱和，〔註57〕作有〈好事近·和毅夫內翰梅花〉、〈好事近·和毅夫內翰梅花〉、〈漁家傲·和程公闡贈別〉、〈少年遊·渝州席上和韻〉、〈木蘭花·和孫公素別安陸〉、〈勸金船·流杯堂唱和翰林主人元素自撰腔〉、〈定風波令·次子瞻韻送元素內翰〉、〈定風波令·再次韻送子瞻〉等八詞。張先導夫先路，至蘇軾始大量創製和韻詩〔註58〕及和韻詞，其和韻作品可謂俯首皆是，誠如〔金〕王若虛《滹南詩話》卷二所謂：「集中次韻者幾三之一。」〔註59〕而歷代文人和韋莊詞，則始於明代，清人多有和作，表現後人對韋莊之企慕。

（3）集句詞

集句詞係指「以整引、截取、增損、化用、檃括等方式，雜集古句；間或雜入一、二今人或個人作品以成詞也。」〔註60〕該類詞作對原作之接受，較仿擬詞與和韻詞之多出自己意，更多係直接引用原作，接受態度相對較低，而亦視原作爲典範。最早標明「集句」之作，爲王安石〈菩薩蠻〉諸詞，遂開啓集句風氣。而歷代文人集韋莊詞，則始於清人。

〔註56〕見〔宋〕張君房輯：《雲笈七籤》（臺北：臺灣商務印書館，1979 年臺 1 版），卷 113，頁 1166〜1167。

〔註57〕見夏承燾著：《唐宋詞人年譜·張子野年譜》（臺北：金園出版社，1982 年 12 月初版），頁 169〜196。

〔註58〕蘇軾和韻詩之數量，據内山精也：〈蘇軾次韻詞考——以詩詞間所呈現的次韻之異同爲中心〉一文統計，全詩 2385 首中，和韻詩佔 785 首，達三分之一強。見内山精也：〈蘇軾次韻詞考——以詩詞間所呈現的次韻之異同爲中心〉，《中國韻文學刊》，第 4 期，（2004 年）。

〔註59〕〔金〕王若虛著：《滹南詩話》，見《叢書集成新編》本（臺北：新文豐出版社，1985 年），冊 79，卷 2，頁 22。

〔註60〕見王偉勇：《詞學專題研究·兩宋集句詞形式考——兼論兩宋集句詞未必盡集前人成句》（臺北：文史哲出版社，2003 年 4 月初版），頁 330。

2. 詞學理論

文人對某詞人或作品之接受態度，最明確表現於批評理論之形式。該類資料，主要見載於詞話、詞籍序跋，詩話、筆記、論詞絕句、論詞長短句與評點資料中。本文藉由搜羅上述資料，建構歷代詞論中之韋莊接受，得知於韋莊所處之唐五代即已展開。

（1）詞　話

詞話為詞評與詞論之重要方式。歷代詞話著作，主要收錄於唐圭璋《詞話叢編》，計收宋至清人詞話著作 85 部；該編所收雖已大備，然尚有未收者，如〔清〕徐釚《詞苑叢譚》、〔清〕張宗橚《詞林紀事》等。

（2）詞籍序跋

詞集多有序跋，往往載有詞人詞作之評論，此亦屬詞論。詞籍序跋之資料，大多已收錄於施蟄存《詞籍序跋萃編》以及金啟華、張惠民、王恒展、張宇聲、張增學《唐宋詞集序跋匯編》二書。

（3）詩話、筆記

詩話、筆記中錄有零星之詞論，尤以宋人詩話，蘊藏大量唐五代之評論。詩話著作，主要收錄於《宋詩話全編》、《遼金元詩話全編》、《明詩話全編》、《清詩話》與《清詩話續編》等；其要者多已收錄於《詞話叢編》。至於筆記資料，主要收錄於《唐宋史料筆記叢刊》、《全宋筆記》等，而施蟄存、陳如江《宋元詞話》收錄宋元 305 種筆記、野史、瑣談等，其中載有不少詞論與詞壇瑣事，皆為箇中重要著作。

（4）論詞絕句、論詞長短句

論詞絕句方面，「論詞絕句」係指以絕句作為詞論之批評形式。馬興榮、吳熊和、曹濟平主編《中國詞學大辭典·概念術語》云：「論詞者采用七言四句的詩歌體裁，來闡述自己對詞史、詞家、詞作、風格、流派等問題的看法，進行總體概括、意境再現、疑難考證、得失評斷。尤以評論具體詞人最為常見。」〔註61〕其源流可近溯至論詩絕

〔註61〕見馬興榮、吳熊和、曹濟平主編：《中國詞學大辭典》（杭州：浙江教育出版社，1996 年 10 月第 1 版），頁 33。

句,濫觴於〔唐〕杜甫〈戲爲六絕句〉;〔宋〕戴復古〈論詩十絕〉、〔金〕元好問〈論詩三十首〉繼之;至清代則蔚爲風尚。而以絕句論詩之風氣遂亦習染詞壇,晚宋已見一、二,至〔清〕厲鶚撰〈論詞絕句〉十二首,風氣大開;嘉慶、道光年間,遂廣泛流行。至於論詞絕句之資料,因係較晚出者,故資料仍持續收集。最早彙整印行者,爲吳熊和《唐宋詞匯評·兩宋卷》第五冊錄 28 家、601 闋「清人論詞絕句」;〔註62〕孫克強《清代詞學批評史論》錄 45 家、773 闋「清人論詞絕句」〔註63〕,兩書所收尚未完備,且見不少錯誤。而王偉勇亦積極蒐集,目前已突破九百餘首,刻付梓中。

論詞長短句方面,「論詞長短句」係指以詞體作爲詞論之批評形式。論詞長短句之資料,尚未有專著出版,本文乃就《全唐五代詞》、《全宋詞》、《全金元詞》、《全明詞》、《全明詞·補編》、《全清詞·順康卷》、《全清詞·順康卷·補編》與《清詞別集百三十四種》等,予以檢索。

（5）評　點

評點係指對總集或選集所收之作品,予以品評及圈點。此類資料尚亦未見專著出版,本文乃就歷代重要詞選收有韋莊詞者,予以檢索,所得頗豐。至其性質,則同屬於評論與詞選,本文則就操政者之用心,歸其所屬。其中〔明〕湯顯祖與沈際飛之評點,因所編《玉茗堂評花間集》、《古香岑草堂詩餘四集》屬評點性質之選本,故歸於評論資料。其它選本主要出於選詞之意,則歸入詞選資料。

（6）其他資料

詞論之資料,除上述所列之外,尚有綜錄型著作可參考,其要者有:吳熊和《唐宋詞彙評》、《歷代詞紀事會評叢書》、孫克強《唐宋人詞話》、張璋《歷代詞話》、張惠民《宋代詞學資料匯編》與吳相洲、

〔註62〕見吳熊和主編:《唐宋詞匯評·兩宋卷》(杭州:浙江教育出版社,2004 年 12 月),頁 4386〜4439。

〔註63〕見孫克強著:《清代詞學批評史論》(上海:上海古籍出版社,2008 年 11 月),頁 365〜502。

王志遠《歷代詞人品鑒辭典》等。此外，史書方志等資料，載有詞人傳記，可建構詞人生平行實，故本文亦予以採用。

3. 詞　選

〔清〕陳廷焯《白雨齋詞話》卷八云：「作詞難，選詞尤難。以我之才思，發我之性情，猶易也。以我之性情，通古人之性情，則非易矣。」〔註64〕是知詞選編選須思古人性情而不易，是以探討詞選之編選意涵亦難，然此中自有其價值。蓋詞選乃編選者按某一編選宗旨與標準，選錄詞作以成書。根據選者之不同，選錄所成之選集，自然各具其味。由此，不僅代表選者個人之詞學主張與審美理念，往往亦凝聚各時代之詞學觀念與審美趨向，形成傳播效果，誠如魯迅〈選本〉所云：「凡選本，往往能比所選各家的全集或選家自己的文集更流行，更有作用。……凡是對於文術，自有主張的作家，他所賴以發表和流佈自己的主張的手段，倒並不在作文心，文則，詩品，詩話，而在出選本。」〔註65〕故檢視詞選所選錄之詞人與詞作，計其比例之高低，必能顯示選者之愛好，與各時代詞學觀之變遷，復可知選錄之詞人與詞作為讀者接受之程度。數量高者，表示其影響程度較大；數量低者，表示其影響程度較小。歷代之詞選，主要見載於《四庫全書總目・詞曲類》、楊家駱《叢書子目類編・集部・詞曲類・總類》，王兆鵬《詞學史料學》一書，曾將尤要者予以分類載錄。

此外，詞譜之性質，除作為填詞所用之譜外，譜中選錄之詞調與詞體，亦可視為詞選，此係詞體之特點，蓋受燕樂曲辭影響所致。〔清〕宋翔鳳《樂府餘論》云：「宋元之間，詞與曲一也。以文寫之則為詞，以聲度之則為曲。」〔註66〕說明詞體為合樂之歌詞。作詞則須按律制

〔註64〕見唐圭璋編：《詞話叢編》（北京：中華書局，2005 年 10 月第 2 版），冊 4，頁 3970。

〔註65〕見張瀛玉、呂榮君編輯：《魯迅全集》（臺北：谷風出版社，1989 年 12 月臺 1 版），卷 7，頁 131。

〔註66〕見唐圭璋編：《詞話叢編》（北京：中華書局，2005 年 10 月第 2 版），冊 3，頁 2498。

譜，爾後按譜填詞。填詞之譜，凡有兩類：一爲音譜，即樂曲譜，以譜紀聲，收詞示例；二爲詞譜，即聲調譜，分調選詞。唐宋時填詞主要依據音譜，爾後詞樂失傳，明清人只能依據詞譜，但求平仄、句法與字數等格律形式，故詞譜亦具詞選之功用，誠如〔清〕康熙《御製詞譜·序》所云：「校勘詞譜一編，詳次調體，剖析異同，中分句讀，旁列平仄，一字一韻，務正傳訛。按譜填詞，渢渢乎可赴節族而諧箋弦矣。」〔註67〕該類資料，王兆鵬《詞學史料學》亦有所載錄。

綜上所述，本文乃將韋莊詞之接受史，以時代爲經，就創作、詞論與詞選三方面資料，建構韋莊詞之接受史。其中，金、元兩代之詞人創作、詞論與詞選均未見明確接受韋莊詞之相關記載。故本文分爲唐五代、宋人、明人、清人四朝代，以呈現歷代詞人對韋莊接受之情形。

第三節　前人研究成果與檢討

一、接受史研究之回顧

接受美學乃西方文學理論重要流派之一，中國自二十世紀八十年代以來，運用於文學研究，遂開闢研究新領域。

此理論係德國·姚斯於〈文學史作爲向文學科學的挑戰〉一文所提出，中國至 1987 年，方由周寧、金元浦譯爲《接受美學與接受理論》。正式引進接受美學理論，當爲 1983 年，如：馮漢〈論文學接受〉（《文學理論研究》，1983 年 3 月）、張黎〈關於「接受美學」的筆記〉（《文學評論》，1983 年 6 月）與張隆溪〈詩無達詁〉（《文藝研究》，1983 年 4 月）等文之發表。

至於詞學領域，葉嘉瑩於 1986 年起，發表多篇相關論文，如：〈要眇宜修之美與在神不在貌〉（1986 年）、〈張惠言與王國維對美學客體之兩種不同類型的詮釋〉（1987 年）、〈三種境界與接受美學〉（1987

〔註67〕〔清〕康熙《御定詞譜》，見《景印文淵閣四庫全書》本（臺北：臺灣商務印書館），冊 1495，頁 1。

年）與〈從西方文論看中國詞學〉（1988 年）等文，〔註68〕可謂運用
接受美學於詞學領域之先導者；趙山林則於 1990 年發表〈詞的接受
美學理論〉，〔註69〕介紹接受美學之理論。此後，接受美學逐漸受詞
學研究者所重視。

　　近年來中國學者關於「接受美學」之研究，根據陳文忠〈20 年文
學接受史研究回顧與思考〉一文，統計至西元 2002 年止之成果：「各類
接受史論文近 300 篇；出版各類皆受史專著約 30 部，其中 15 部直接以
『接受史』爲書名」，〔註70〕此數據顯示研究已取得大量有力之成果，
況年年仍有學者投注，接受美學之研究，顯然方興未艾也。至其研究成
果，大抵可分爲理論介紹與接受史實踐兩方面；前者係闡述接受美學之
理論，〔註71〕後者係運用接受美學以研究中國文學。〔註72〕詞學領域

〔註68〕見葉嘉瑩著：《中國詞學的現代觀》（臺北：大安出版社，1988 年 12
　　　　月初版）
〔註69〕趙山林〈詞的接受美學理論〉，見《詞學》編輯委員會編：《詞學》（上
　　　　海：華東師範大學出版社，1990 年 10 月第 1 版），第 8 輯。
〔註70〕見陳文忠著：《文學美學與接受史研究》（合肥：安徽大學出版社，
　　　　2008 年 4 月第 1 版），頁 400～422。
〔註71〕如：赫魯伯著，董之林譯：《接受美學理論》（板橋：駱駝出版社，
　　　　1994 年 6 月第 1 版）、伊麗莎白・弗洛恩德著，陳燕谷譯：《讀者反
　　　　應理論批評》（板橋：駱駝出版社，1994 年 6 月第 1 版）、馬以鑫著：
　　　　《接受美學新論》（上海：學林出版社，1995 年 10 月第 1 版）、金元
　　　　浦著：《接受反應文論》（濟南：山東教育出版社，1998 年 10 月第 1
　　　　版）、王金山、王青山著：《文學接受研究》（呼和浩特：內蒙古大學
　　　　出版社，2005 年 7 月第 1 版）、鄔國平著：《中國古代接受文學與理
　　　　論》（哈爾濱：黑龍江人民出版社，2005 年 11 月第 1 版）、朱健平著：
　　　　《翻譯：跨文化解釋──哲學詮釋學與接受美學模式》（長沙：湖南
　　　　人民出版社，2007 年 4 月第 1 版）與陳文忠著：《文學美學與接受史
　　　　研究》（合肥：安徽大學出版社，2008 年 4 月第 1 版）等。
〔註72〕如：朱棟霖主編：《文學新思維》（南京：江蘇教育出版社，1996 年 3
　　　　月第 1 版）、陳文忠著：《中國古典詩歌接受史研究》（合肥：安徽大學
　　　　出版社，1998 年 8 月第 1 版）、楊文雄《李白詩歌接受史》（臺北：五
　　　　南圖書出版股份有限公司，2000 年 3 月第 1 版）鄧新華著：《中國古
　　　　代接受詩學》（武漢：武漢出版社，2000 年 10 月第 1 版）、蔡振念
　　　　著：《杜詩唐宋接受史》（臺北：五南圖書出版股份有限公司，2002 年
　　　　2 月第 1 版）、李劍鋒著：《元前陶淵明接受史》（濟南：齊魯書社，2002

中，以接受史爲名之學位論文，大陸地區方面，以 1999 年董希平《秦觀詞傳播接受研究》爲最早發表者，此後有：康曉娟《兩宋詞學對蘇軾「以詩爲詞」的接受》、吳思增《清眞詞在兩宋接受視野的歷史嬗變》、陳穎《周邦彥詞的接受過程研究》、張春媚《溫庭筠詞傳播接受研究》、張殿方《蘇軾詞接受史研究——北宋中葉至清代》、仲冬梅《蘇詞接受史研究》、范松義《《花間集》接受論》、鄧健《柳永詞傳播接受研究》、白靜《《花間集》傳播接受研究》、李冬紅《花間集接受史論稿》、陳福升《柳永、周邦彥詞接受史研究》、楊蓓《論東坡詞在宋金元的傳播與接受》、洪豆豆《清代李清照詞傳播接受研究》、王卿敏《《小山詞》的接受史》、蘭玲《秦觀詞的宋代接受概論》、尹禧《宋詞在韓國傳播與接受》、張航《姜夔詞傳播與接受研究》、李春英《宋元時期稼軒詞接受研究》、王麗琴《歐陽脩詞在宋代的傳播接受研究》、黎蓉《二晏詞接受史論》、王梽先《蘇軾詞在北宋元祐時期的接受》〔註 73〕等論文。臺灣地

年 9 月第 1 版)、劉學鍇著:《李商隱詩歌接受史》(合肥:安徽大學出版社，2004 年 8 月第 1 版)、朱麗霞著:《清代辛稼軒接受史》(濟南:齊魯書社，2005 年 1 月第 1 版)、王玫著:《建安文學接受史論》(上海:上海古籍出版社，2005 年 7 月第 1 版)、王兆鵬、尚永亮編:《文學傳播與接受論叢》(北京:中華書局，2006 年 4 月北京第 1 版)、李冬紅著:《花間集接受史論稿》(濟南:齊魯書社，2006 年 6 月第 1 版)、查清華著:《明代唐詩接受史》(上海:上海古籍出版社，2006 年 7 月第 1 版)、高日暉、洪雁著:《水滸傳接受史》(濟南:齊魯書社，2006 年 7 月第 1 版)、吳波著:《明清小說創作與接受研究》(長沙:湖南人民出版社，2006 年 10 月第 1 版)、羅秀美著:《宋代陶學接受研究》(臺北:秀威資訊科技股份有限公司，2007 年 1 月 BOD1 版)、於可訓、陳國恩編:《文學傳播與接受論叢》第二輯 (北京:中華書局，2007 年 4 月北京第 1 版)、米彥青著:《清代李商隱詩歌接受史稿》(北京:中華書局，2007 年 7 月北京第 1 版) 與楊柳著:《漢晉文學中的《莊子》接受》(成都:巴蜀書舍，2007 年 11 月第 1 版) 等。

〔註 73〕董希平:《秦觀詞傳播接受研究》(武漢:湖北大學碩士論文，1999 年 4 月)、康曉娟:《兩宋詞學對蘇軾「以詩爲詞」的接受》(北京:首都師範大學碩士論文，2000 年 4 月)、吳思增:《清眞詞在兩宋接受視野的歷史嬗變》(長春:東北師範大學碩士論文，2002 年 1 月)、陳穎:《周邦彥詞的接受過程研究》(北京:首都師範大學碩士論文，2002 年 5 月)、張春媚:《溫庭筠詞傳播接受研究》(武漢:湖北大學

區則僅有 1998 年陳松宜《清代接受宋詞之研究》與 2007 年葉祝滿《性別與認同──李清照其人其詞的創作與接受研究》。〔註74〕是知，詞壇接受史之研究，乃深具潛力。

二、韋莊詞研究之回顧

千年來，韋莊詞於歷代讀者之傳誦授受中，構建出接受之歷史，並形成深廣之研究領域。關於韋莊詞之研究論文，多以生平、詞作或溫庭筠與韋詞比較等為研究對象。單篇文章方面，研究韋莊生平者，有何壽慈〈韋莊評傳〉、曲瀅生〈韋莊年譜附詩詞全集〉、劉星夜〈韋莊生平考訂〉、夏承燾〈韋端己年譜〉、王水照〈韋莊〉、黃震雲〈韋

碩士論文，2002 年 5 月）、張殿方：《蘇軾詞接受史研究──宋中葉至清代》（濟南：山東師範大學碩士論文，2003 年 4 月）、仲冬梅：《蘇詞接受史研究》（上海：華東師範大學博士論文，2003 年 4 月）、范松義：《《花間集》接受論》開封：河南大學碩士論文，2003 年 5 月）、鄧健：《柳永詞傳播接受研究》（武漢：湖北大學碩士論文，2003 年 6 月）、白靜：《《花間集》傳播接受研究》（武漢：湖北大學碩士論文，2003 年 6 月）、李冬紅：《花間集接受史論稿》（上海：華東師範大學博士論文，2004 年 4 月）、陳福升：《柳永、周邦彥詞接受史研究》（上海：華東師範大學碩士論文，2004 年 4 月）、楊蓓：《論東坡詞在宋金元的傳播與接受》（福州：福建師範大學碩士論文，2004 年 4 月）、洪豆豆：《清代李清照詞傳播接受研究》（武漢：湖北大學碩士論文，2005 年 5 月）、王卿敏：《《小山詞》的接受史》上海：華東師範大學碩士論文，2006 年 5 月）、蘭玲：《秦觀詞的宋代接受概論》（北京：北京師範大學碩士論文，2006 年 5 月）、尹禧：《宋詞在韓國傳播與接受》（北京：北京師範大學碩士論文，2006 年 5 月）、張航：《姜夔詞傳播與接受研究》（福州：福建師範大學碩士論文，2006 年 9 月）、李春英：《宋元時期稼軒詞接受研究》（濟南：山東大學博士論文，2007 年 3 月）、王麗琴：《歐陽脩詞在宋代的傳播接受研究》（武漢：湖北大學碩士論文，2007 年 5 月）、黎蓉：《二晏詞接受史論》（武漢：湖北大學碩士論文，2007 年 5 月）、王桉先：《蘇軾詞在北宋元祐時期的接受》（甘肅：西北師範大學碩士論文，2007 年 6 月）。

〔註74〕陳松宜：《清代接受宋詞之研究》（臺北：國立中央大學中國文學研究所碩士論文，1999 年）、葉祝滿：《性別與認同──李清照其人其詞的創作與接受研究》（臺北：國立政治大學國文教學碩士學分班碩士論文，2007 年）

莊生平小考〉、齊濤〈韋莊生平新考〉與陳尚君〈花間詞人年表〉等。
〔註 75〕研究韋莊詞者，有施蟄存〈讀韋莊詞札記〉、夏承燾〈論韋莊
詞〉與葉嘉瑩〈論溫庭筠、韋莊、馮延巳、李煜四家詞〉、〈從《人間
詞話》看溫韋馮李四家詞的風格——兼論晚唐五代時期詞在意境方面
的拓展〉等。〔註 76〕研究溫、韋莊詞比較者，有鄭騫先生〈溫庭筠、韋
莊與詞的創始〉、孫康宜〈溫庭筠與韋莊——朝向詞藝傳統的建立〉
與唐圭璋〈溫韋詞之比較〉等。〔註 77〕學位論文方面，臺灣地區計有：
黃彩勤《韋莊研究》、江聰平《韋端己及其詩詞研究》、陳慧寧《韋莊
詞新探》、詹乃凡《韋莊男女情詞研究》與林淑華《主體意識的情志

〔註 75〕何壽慈：〈韋莊評傳〉，見《中國文學季刊》，創刊號，（1929 年 8 月）。
曲瀅生：〈韋莊年譜附詩詞全集〉，見曲瀅生編：《韋莊年譜附詩詞全
集》（北京：我華語叢刊社，1932 年排印本）。劉星夜：〈韋莊生平考
訂〉，見《文學遺產》，第 158 期，（1957 年 5 月 26 日）。夏承燾：〈韋
端己年譜〉，見夏承燾著：《唐宋詞人年譜》（臺北：金圓出版社，1982
年 12 月初版），頁 1～34。王水照：〈韋莊〉，見山東大學文史哲研究
所主編：《中國歷代著名文學家評傳》（濟南：山東教育出版社，1983
年 6 月第 1 版），卷 2，頁 733～752。黃震雲：〈韋莊生平小考〉，見
中國唐代文學學會編：《唐代文學研究》（桂林：廣西師範大學，1993
年 11 月第 1 版），第 4 輯，頁 248～249。齊濤：〈韋莊生平新考〉，
見《文學遺產》，第 3 期，（1996 年）。陳尚君：〈花間詞人年表〉，見
陳尚君著：《唐代文學叢考》（北京：中國社會科學出版社，1997 年
10 月第 1 版），頁 417～419。

〔註 76〕施蟄存：〈讀韋莊詞札記〉，見詞學編輯委員會編：《詞學》（上海：華
東師範大學出版社，1981 年 11 月），第 1 輯，頁 189～193。夏承燾：
〈論韋莊詞〉，見劉金城著：《韋莊詞校注》（北京：中國社會科學出版
社，1985 年 4 月第 1 版），頁 1～14。葉嘉瑩〈論溫庭筠、韋莊、馮
延巳、李煜四家詞〉、〈從《人間詞話》看溫韋馮李四家詞的風格～兼
論晚唐五代時期詞在意境方面的拓展〉，見葉嘉瑩著：《唐宋詞名家論
集》（臺北：國文天地雜誌社，1987 年 11 月初版），頁 27～121。

〔註 77〕鄭騫：〈溫庭筠、韋莊與詞的創始〉，見鄭騫著：《景午叢編》（臺北：
臺灣中華書局股份有限公司，1972 年 3 月初版），上編，頁 103～109。
孫康宜：〈溫庭筠與韋莊——朝向詞藝傳統的建立〉，見孫康宜著：《晚
唐迄北宋詞體演進與詞人風格》（臺北：聯經出版事業公司，1994 年
6 月初版），頁 45～79。唐圭璋：〈溫韋詞之比較〉，見唐圭璋著：《詞
學論叢》（臺北：鼎文書局，2001 年 5 月 15 日初版），頁 896～899。

抒寫——韋莊詩詞關係研究》等五篇碩、博士論文。〔註78〕大陸地區
計有：曹麗芳《韋莊研究》、孫振濤《韋莊的思想、詩歌研究》與喻
霏蕓《韋莊詩詞比較研究》等三篇碩、博士論文。〔註79〕上述論文，
除《韋莊詩詞比較研究》外，要皆探討韋莊之生平與作品，關注作者、
作品兩方面，對讀者一領域，僅稍觸及之，未見全方面探討，且非關
注焦點。喻霏蕓《韋莊詩詞比較研究》一篇碩士論文，雖非以接受史
命名，實則探討韋莊詩詞之歷代接受情形，係兩岸首先出自讀者角
度，關注韋莊作品者，具有開創之功；唯於 52 頁論文中，僅第四章
中之 24 頁至 44 頁討論「韋莊詩詞傳播與接受比較」，論述內容不免
受篇幅限至；且未全面搜羅相關資料，故韋莊接受史，仍有研究之空
間。

　　研究本應突破藩籬，有所創新，而「接受美學」乃今日頗為中國
古典文學研究者採用之文學理論。是以本文運用「接受美學」之研究
方法，係基植於前人研究成果，進而探討韋莊及其詞於中國歷代之接
受意義，期開拓韋莊研究之領域，或可得為韋莊研究呈現另類之成果。

〔註78〕黃彩勤：《韋莊研究》（臺中：私立東海大學中國文學研究所碩士論文，
　　　　1988 年 6 月）、江聰平：《韋端己及其詩詞研究》（高雄：國立高雄師
　　　　範大學國文學系博士論文，1997 年 6 月）、陳慧寧：《韋莊詞新探》（香
　　　　港：香港新亞研究所文學組碩士論文，1997 年 7 月）、詹乃凡：《韋莊
　　　　男女情詞研究》（臺北：國立臺灣大學中國文學研究所碩士論文，2002
　　　　年 6 月）、林淑華：《主體意識的情志抒寫—韋莊詩詞關係研究》（彰化：
　　　　彰化師範大學彰化師範大學碩士論文，2003 年 6 月）。
〔註79〕曹麗芳：《韋莊研究》（南京：南京師範大學博士論文，2003 年 5 月）、
　　　　孫振濤：《韋莊的思想、詩歌研究》（呼和浩特：內蒙古師範大學碩
　　　　士論文，2006 年 6 月）、喻霏蕓：《韋莊詩詞比較研究》（福州：福建
　　　　師範大學碩士論文，2007 年 4 月）。

第二章　韋莊之創作背景及其詞作編選

　　《孟子・萬章》云：「頌其詩，讀其書，不知其人可乎？是以論其世也，是尚友也。」〔註1〕閱讀古人作品，豈能不知古人之出處行實，故需先考究時代背景，方得上友古人，正確理解作品。故本章之第一節先勾勒韋莊之創作背景，第二節研究韋莊之詞作編選，以建構歷代讀者對韋莊詞接受之立基點。

第一節　韋莊之創作背景

　　韋莊生處晚唐五代，卒於前蜀武成三年（西元910）。〔註2〕關於其生年、傳記，《舊唐書》與《新唐書》、《舊五代史》、《新五代史》等正史皆無記載，然其事蹟仍可由相關記載，及其他史籍等爬羅梳理，前者如：〈宰相世系表〉、〈本紀〉、〈列傳〉等，後者如：〔宋〕司

〔註1〕見〔宋〕朱熹集註，蔣伯潛廣解：《語譯廣解四書讀本》（臺北：啓明書局，民國），頁255。

〔註2〕〔宋〕張唐英《蜀檮杌》載武成三年：「八月，吏部侍郎平章事韋莊卒。」，見《景印文淵閣四庫全書》本（臺北：臺灣商務印書館），冊464，上卷，頁8。〔清〕吳任臣《十國春秋》亦載：「武成三年卒于花林坊，葬白沙之陽。」，見《續修四庫全書》編纂委員會：《續修四庫全書》（上海：上海古籍出版社，2002年3月），冊465，卷40，頁373。又：本文所引《蜀檮杌》、《十國春秋》之韋莊傳記，皆根據該書，爲免繁瑣，不另註明。

馬光《資治通鑑》等。復參補非正史文獻，如：〔唐〕張鷟《朝野僉
載》、〔五代〕何光遠《鑒誡錄》、〔五代〕孫光憲《北夢瑣言》、〔宋〕
張唐英《蜀檮杌》、〔宋〕李昉《太平廣記》、〔宋〕計有功《唐詩紀事》、
〔元〕辛文房《唐才子傳》、〔清〕徐倬《全唐詩錄》、〔清〕吳任臣《十
國春秋》等。凡此資料，均可觀察詞學相關文獻之外，對韋莊之接受；
此類資料，相較於詞學文獻關注韋莊詞作，更關注韋莊生平行實，而
兩類資料相互補充，自能建構出韋莊及其詞之歷代接受史。本章則以
此類資料，建構韋莊生平；並以韋莊詩詞爲輔助，然韋莊詞顯示之時
間、地點，較詩爲少，因而以詩爲主，以詞作爲輔。

　　關於韋莊之生平，夏承燾作有〈韋端己年譜〉，〔註3〕並參史料
及韋莊作品，詳細考證韋莊生平行實，奠定今日研究者之依據。如：
姜尙賢《溫韋詞研究》（1971 年）〔註4〕、王水照〈韋莊〉（1983 年）、
李誼《韋莊集校注·前言》（1986 年）〔註5〕、黃彩勤《韋莊研究》（1988
年）、江聰平《韋端己及其詩詞研究》（1997 年）、陳慧寧《韋莊詞新
探》（1997 年）、詹乃凡《韋莊男女情詞研究》（2002 年）、林淑華《主
體意識的情志抒寫——韋莊詩詞關係研究》（2003 年）、任海天《韋
莊研究》（2005 年）〔註6〕等學者，皆以夏譜爲據。此外，不主夏承
燾說者，以齊濤爲代表，其〈韋莊《浣花集》卷次辨誤〉〔註7〕、〈韋
莊生平新考〉〔註8〕、〈韋莊詩繫年〉〔註9〕等文，對夏承燾說法有所

〔註3〕見夏承燾著：《唐宋詞人年譜》（臺北：金園出版社，1982 年 12 月初
　　　版），頁 2～30。
〔註4〕見姜尙賢著：《溫韋詞研究》（臺南：自印本，1971 年）。
〔註5〕見李誼著：《韋莊集校注》（成都：四川省社會科學院出版社，1986
　　　年第 1 版），頁 1～23。
〔註6〕見任海天著：《韋莊研究》（北京：人民文學出版社，2005 年 3 月北
　　　京第 1 版）。
〔註7〕見齊濤：〈韋莊《浣花集卷次辨誤》〉，《文獻》，第 1 期，（1988 年）。
〔註8〕見齊濤：〈韋莊生平新考〉，《文學遺產》，第 3 期，（1996 年）。
〔註9〕見齊濤：〈韋莊詩繫年〉，《山東大學學報》（哲學社會科學版），第 2
　　　期，（1996 年）。

修正，提出新論點。夏承燾之說法，論證非必完全正確，而其文史互證，資料豐富，考訂精細，對韋莊生平行實勾稽詳細，故本文仍以夏承燾說法爲主。

一、族系概況：名門之後

　　韋莊，京兆杜陵（今陝西省長安縣）人。韋莊先祖爲顓頊，韋氏居杜陵，始於漢代，據《新新唐書・宰相世系表》載：「韋氏出自風姓。顓頊孫大彭爲夏諸侯，少康之世，封其別孫元哲於豕韋，其地滑州韋城是也。豕韋、大彭迭爲商伯，周赧王時，始失國，徙居彭城，以國爲氏。韋伯遐二十四世孫孟，爲漢楚王傅，去位，徙居魯國鄒縣。孟四世孫賢，漢丞相、扶陽節侯，又徙京兆杜陵。生玄成，丞相。生寬。寬生育。育生浚，後漢尚書令。生豹，梓潼太守。生著，東海相，孫胄，魏詹事、安城侯。三子：潛、穆、憕。潛號『西眷』。穆號『東眷』。潛曾孫惠度，後魏中書侍郎。生千雄，略陽太守。生鄭子，字英，代郡守、兗州刺。生瑱，字世珍，後周侍中、平齊惠公，號平齊公房。二子：峻、師。」〔註10〕韋氏，夏朝顓頊孫大彭封爲諸侯；少康時期，其別孫元哲封於豕韋；苗裔以國爲氏矣；漢朝，韋孟後裔四世孫韋賢，始移居杜陵。然《漢書・韋賢傳》載：「初，賢以昭帝時徙平陵，玄成別徙杜陵，病且死，因使者自白曰：『不勝父子恩，願乞骸骨，歸葬父墓』上許焉。」〔註11〕則知韋氏定居杜陵，或爲韋賢捐館後，其子韋玄始遷居杜陵。

　　韋氏自魏晉南北朝，爲杜陵望族，據《新唐書・柳沖傳》載：「魏氏立九品，置中正，尊世胄，卑寒士，權歸右姓巳。……晉、宋因之，

〔註10〕見〔宋〕歐陽修，宋祁撰：《新校本新唐書・宰相世系表》（臺北：鼎文書局，1981 年），卷 74 上，頁 3045。又：本文所引《新校本新唐書・宰相世系表》，皆根據該書，爲免繁瑣，不另註明。

〔註11〕見〔漢〕班固撰，〔唐〕顏師古注：《新校本漢書・韋賢傳》（臺北：鼎文書局，1983 年），卷 73 上，頁 3115。又：本文所引《新校本漢書・韋賢傳》，皆根據該書，爲免繁瑣，不另註明。

始尚姓巳。然其別貴賤，分士庶，不可易也。于時有司選舉，必稽譜籍，而考其真偽。故官有世胄，譜有世官。……關中亦號『郡姓』，韋……首之。」〔註12〕隋唐時代，韋氏定九房，《新唐書·宰相世系表》卷七四載：「韋氏定著九房：一曰西眷，二曰東眷，三曰逍遙公房，四曰郿公房，五曰南皮公房，六曰駙馬房，七曰龍門公房，八曰小逍遙公房，九曰京兆韋氏。宰相十四人。……逍遙公房有貫之、處厚、待價……南皮公房有見素。」關於韋莊出自何房，計有二說：

一為出自南皮公，《新五代史》載：「莊，見素之孫」；〔註13〕〔宋〕張唐英《蜀檮杌》卷上亦載：「莊字端己，杜陵人，見素之後」；〔宋〕司馬光《資治通鑑·後梁紀》卷二二六載：「莊，見素之孫也。」；〔註14〕〔宋〕計有功《唐詩紀事》卷六八載：「莊，字端己，杜陵人，見素之後，曾祖少微，宣宗中書舍人。」；〔註15〕〔清〕吳任臣《十國春秋·韋莊傳》載：「唐臣見素之後也。曾祖少微，宣宗中書舍人。」然《新唐書·宰相世系表》僅列見素孫至三世：「見素，相玄宗。偲，給事中。頌，庫部郎中。損，初名諶。」是知南皮公房一脈為韋見素、韋偲、韋頌至韋損，未及韋莊。

二為出自逍遙公，《新唐書·宰相世系表》載：「逍遙公房，八子：……沖。」、「沖字世沖，隋戶部尚書、義豐公。挺，象州刺史。待價，相武后。令儀，宗正少卿。令儀，宗正少卿。鑒、鑾。……鑾。應物，蘇州刺史。慶復、厚復……厚復。徹字中瑩。式、韞……韞。

〔註12〕見〔宋〕歐陽修，宋祁撰：《新校本新唐書·柳沖傳》（臺北：鼎文書局，1981年），卷99，頁5677～5678。

〔註13〕見〔宋〕歐陽修撰，〔宋〕徐無黨注：《新校本新五代史·王建世家》（臺北：鼎文書局，1985年），卷63，頁787。

〔註14〕〔宋〕司馬光著：《資治通鑑·後梁紀》（臺北：明倫出版社，1975年再版），卷266，頁8684。又：本文所引《資治通鑑·後梁紀》，皆根據該書，為免繁瑣，不另註明。

〔註15〕見〔宋〕計有功著：《唐詩紀事》（臺北：木鐸出版社，1982年2月初版），下冊，卷68，頁1020。又：本文所引《唐詩紀事》，皆根據該書，為免繁瑣，不另註明。

莊字端己。」是知逍遙公房一脈爲韋沖、韋挺、韋待價、韋令儀、韋鑾、韋應物、韋厚復、韋徹、韋韞、韋莊。〔註16〕

　　韋莊先祖雖有異說，而無論出自南皮公或逍遙公，皆係出於官宦、家世顯赫，而代有政聲，〔註17〕此種榮耀必使韋莊懷抱儒家思想，畢生銳意仕進，仁人濟世。然韋家傳至晚唐，業已家道衰落，次韋莊父祖及其仕履，均不可考矣。

二、家世概況：情深意重

　　韋莊家庭詳情，已難確知，據〔元〕辛文房《唐才子傳》卷十所載：「少孤貧，力學。」〔註18〕是知韋氏至韋莊一代，業已不復顯赫。韋莊之父韋韞，〔註19〕事蹟無可考。母名不詳。伯父韋式，〔註20〕

〔註16〕關於韋莊出自何房，夏承燾主張出自逍遙公，任海天主張出自南皮公。
〔註17〕如韋玄成，好修父業，官至宰相，以明經稱於時，《新校本漢書・韋賢傳》載：「玄成，復以明經歷位至丞相，故鄒魯諺曰：『遺子黃金滿籯，不如一經。』」……少好學，修父業，尤謙遜下士。出遇知識步行，輒下從者，與載送之，以爲常。其接人，貧賤者益加敬，繇是名譽日廣。」，卷180，頁3275。又如韋見素，仁民愛物，高居宰相，受人愛戴，《新校本舊唐書・韋見素傳》載：「韋見素……天寶五年，充江西、山南、黔中、嶺南等黜陟使，觀省風俗，彈糾長吏，所至肅然。使還，拜給事中，駁正繩違，頗振台閣舊典。……改右丞……見素仁恕長者，意不忤物，及典選累年，銓敘平允，人士稱之。」，見〔後晉〕劉昫等撰：《新校本舊唐書》（臺北：鼎文書局，1981年），卷180，頁3275。又：本文所引《新校本舊唐書》，皆根據該書，爲免繁瑣，不另註明。韋挺，受建成太子厚愛，所修《氏族志》爲天下允其議，《新校本新唐書・高儉傳》載：「初，太宗嘗以山東士人尚閥閱，後雖衰，子孫猶負世望，嫁娶必多取貲，故人謂之賣昏。由是詔士廉與韋挺、岑文本、令狐德棻責天下譜諜，參考史傳，檢正眞僞，進忠賢，退悖惡，先宗室，後外戚，退新門，進舊望，右膏粱，左寒畯，合二百九十三姓，千六百五十一家，爲九等，號曰《氏族志》。」，卷95，頁3481、《新校本新唐書・韋挺傳》載：「韋挺……太子遇之厚，宮臣無與比。」，卷98，頁3902。
〔註18〕見〔元〕辛文房撰，周本淳校正《唐才子傳校正》（臺北：文津出版社，1988年3月），卷10，頁301～302。又：本文所引《唐才子傳》之韋莊傳記，皆根據該書，爲免繁瑣，不另註明。
〔註19〕見《新校本新唐書・宰相世系表》

事蹟亦無可考。韋莊父母皆早喪，家境漸形衰落，唯尚能自持。韋莊幼時，好嬉戲玩遊，其〈下邽感舊〉詩云：「昔爲童稚不知愁，竹馬閒乘繞縣遊。曾爲看花偷出郭，也因逃學暫登樓。」〔註21〕見幼時無憂歡樂、活潑頑皮之狀。然亦曾從師問學，其〈塗次逢李氏兄弟感舊〉詩云：「御溝西面朱門宅，記得當時好弟兄。曉傍柳陰騎竹馬，夜隈燈影弄先生」、〈洪州送西明寺省上人遊福建〉詩云：「記得初騎竹馬年，送師來往御溝邊。」杏壇濡沐而機靈聰穎。及長，甚能置別業、擁田產，寓洛陽〔註22〕於河內縣有山村別業，作有〈河內別村業閒題〉一詩；寓虢州〔註23〕購有家田，有〈虢州澗東村居作〉詩云：「試望家田還自適，滿畦秋水稻苗平。」凡此，知韋莊早年生活尚稱平順。

　　韋莊，有弟妹數人，其〈賊中與蕭韋二秀才同臥重疾二君尋愈余獨加焉恍惚之中因有題〉詩云：「弟妹不知處，兵戈殊未休。」〔註24〕、〈辛丑年〉詩云：「田園已沒紅塵裡，弟妹相逢白刃間。」復有〈寄舍弟〉、〈夏口行寄婺州諸弟〉、〈寄江南諸弟〉、〈寄湖州舍弟〉諸詩，生逢戰亂之韋莊，益顯與親人相憐相愛。唐僖宗廣明元年（西元 880），韋莊於長安應舉，遭逢黃巢攻長安，與弟妹失散，隔年始重逢，其內心之無奈惶恐，眞令人掬淚。韋莊之弟妹，確知名字者，僅韋藹一人。韋藹，或爲詩家，據《新唐書・藝文志》載：「韋藹詩一卷」〔註25〕，又〔元〕

〔註20〕見《新校本新唐書・宰相世系表》
〔註21〕見李誼校注：《韋莊集校注》（成都：四川省社會科學院出版社，1986年第 1 版）頁 461。又：本文所引韋莊詩作，皆根據該書，爲免繁瑣，不另註明。
〔註22〕見夏承燾著：《唐宋詞人年譜》（臺北：金園出版社，1982 年 12 月初版），頁 10。
〔註23〕見夏承燾著：《唐宋詞人年譜》（臺北：金園出版社，1982 年 12 月初版），頁 6。
〔註24〕夏承燾謂：「十二月、黃巢入長安。莊陷兵中，大病，與弟妹相失。」，見夏承燾著：《唐宋詞人年譜》（臺北：金園出版社，1982 年 12 月初版），頁 8。
〔註25〕《新校本新唐書・藝文志》，卷 60，頁 1614。又《崇文總目・別集》卷 12、《通志・藝文略八・別集詩類》卷 70、《宋史・藝文志》卷 28

辛文房《唐才子傳》載：「韋藹，亦進而無遇，退而有守者。詩各一卷。」
兩書所載「藹」字當係「藹」之誤，是據此亦可知韋藹有詩一卷。據〔宋〕
釋贊寧《宋高僧傳・貫休傳》卷三十所載：「時韋藹舉其美號所長者，
歌吟諷刺微隱存於教化，體調不下二李、白、賀也。」〔註26〕此傳記載
韋藹積極入世，遭逢亂世，不得志，抱守其潔；其人或為詩家，亦能品
騭；詩作蘊含微言大義，詩格可比唐代大家，惜其詩未傳。韋藹行跡，
誠如〔清〕徐倬《全唐詩錄》卷九四所載：「辛酉春應聘為蜀奏記，明
年浣花溪尋得杜工部舊址，結茆為室，思其人，欲成其處。藹因錄兄稿，
或默誦者，次為十卷，目之曰《浣花集》，亦杜陵所居之義也。」〔註27〕
唐昭宗天復二年（西元 902），韋藹在蜀，助兄韋莊結茅為室，以追念
杜甫；唐昭宗天復三年（西元 903），韋藹集結韋莊詩，成《浣花集》，
並作有序；其於蜀地之行跡可知者僅此，餘則難考矣。

　　韋莊娶有妻妾，妻無可考；妾則早亡，與韋莊頗有深情。〈悼亡
姬〉詩云：「竹葉豈能消積恨，丁香空解結同心。」並自注〈悔恨〉、
〈虛席〉、〈獨吟〉與〈舊居〉為：「悼亡姬作」，復有〈贈姬人〉、〈姬
人養蠶〉等詩，〈女冠子〉詞兩闋亦云：「四月十七。正是去年今日。
別君時。忍淚佯低面，含羞半斂眉。　不知魂已斷，空有夢相隨。除
卻天邊月，沒人知。」〔註28〕、「昨夜夜半。枕上分明夢見。語多時。
依舊桃花面，頻低柳葉眉。　半羞還半喜，欲去又依依。覺來知是夢，
不勝悲。」韋莊與愛姬情感極為深切，妾亡後，韋莊仍一往情深，動
人淒婉。韋莊有子女數人；其子，自幼問學，韋莊甚託寄望，〈勉兒

　　亦載之。
〔註26〕〔宋〕釋贊寧著：《宋高僧傳・貫休傳》，見《景印文淵閣四庫全書》
　　　　本（臺北：臺灣商務印書館），冊 1052，卷 30，頁 11～12。
〔註27〕〔清〕徐倬著：《全唐詩錄》，見《景印文淵閣四庫全書》本（臺北：
　　　　臺灣商務印書館），冊 1052，卷 758，頁 1～2。又：本文所引《全唐
　　　　詩錄》，皆根據該書，為免繁瑣，不另註明。
〔註28〕見曾昭岷、王兆鵬編：《全唐五代詞》（北京：中華書局，1999 年 12
　　　　月第 1 版），上冊，頁 169。又：本文所引韋莊詞作，皆根據該書，
　　　　為免繁瑣，不另註明。

子〉詩云:「養爾逢多難,常憂學已遲。辟彊爲上相,何必待從師。」
韋莊不忍兒生逢亂世,勉兒當有將才之志。然子八歲早卒,〔唐〕張
鷟《朝野僉載》卷一載:「韋莊……一子八歲而卒,妻斂以時服,莊
剝取,以故席裹屍,殯訖,擎其席而歸。其憶念也,嗚咽不自勝。」
〔註29〕是言記載韋莊痛心兒早卒,情感無以割捨,顯示其愛子情深。
其女,名銀娘,韋莊作有〈憶小女銀娘〉、〈與小女〉等詩。韋莊家有
男女僕;男僕,名楊金,〈僕者楊金〉詩云:「半年辛苦葺荒居,不獨
單寒腹亦虛。努力且爲田舍客,他年爲爾覓金魚。」女僕,名阿汪,
〈女僕阿汪〉詩云:「念爾辛勤歲已深,亂離相失又相尋。他年待我
門如市,報爾千金與萬金。」可見韋莊對僕人亦體恤有加。

　　韋莊族人,但知有一叔父,唯名不詳,曾任武職。〈家叔南遊卻
歸因獻賀〉詩云:「繚繞江南一歲歸,歸來行色滿戎衣。長聞鳳詔徵
兵急,何事龍韜獻捷稀。旅夢遠依湘水闊,離魂空伴越禽飛。遙知倚
棹思家處,澤國煙深暮雨微。」敘述韋莊心繫叔父從戎於亂世。又,
有一從兄,名遵,韋莊作有〈寄從兄遵〉詩。

三、生平概況:早困晚達

　　韋莊,字端己(西元 836～910),生於唐文宗朝,幼年歷唐武宗朝,
束髮歷唐宣宗朝,中年歷唐懿宗朝,不惑歷唐僖宗朝,暮年歷唐昭宗朝,
享年七十有五。韋莊一生,顛沛曲折;先逢黃巢之亂,復遭藩鎮割據,
仕途乖舛,長期流離漂泊;暮年入蜀始達,卻僅數載。韋莊一生,殊可
見證晚唐五代史。本文依韋莊經歷,分其生平爲四期,茲敘述如次:

(一)唐文宗開成元年至唐僖宗廣明元年(西元 836～880)

　　韋莊幼年至四十四歲,黃巢之亂前寓居長安。

　　韋莊,京兆杜陵(今陝西省長安縣)人。幼年曾寓居長安御溝西

〔註29〕〔唐〕張鷟著:《朝野僉載》,見《景印文淵閣四庫全書》本(臺北:
　　　臺灣商務印書館),冊 1035,卷 1,頁 15。

〔註30〕之嘉會里，〔註31〕里杏繁柳暗，鐘鳴寺深，韋莊長於斯，受環境清幽明朗之薰陶，才思個性自是聰敏捷靈；時往返蒼蒼古廟，與僧人交遊，〔註32〕幼年業已濡沐佛理。

　　繼而寓居華州下邽縣（今陝西省渭南縣東北五十里），度其無憂無慮之童年生活。〔宋〕李昉《太平廣記・幼敏》卷一七五載：「韋莊幼時，常在華州下邽縣僑居，多與鄰巷諸兒會戲。及廣明亂後，再經舊里，追思往事，但有遺蹤。因賦詩以記之。又途次逢李氏諸昆季，亦嘗賦感舊詩，〈下邽〉詩曰：『昔爲童稚不知愁，竹馬閑乘繞縣游。曾爲看花偷出郭，也因逃學暫登樓。招他邑客來還醉，才得先生去始休。今日故人無處問，夕陽衰草盡荒丘。』又〈逢李氏弟兄〉詩曰：『禦溝西面朱門宅，記得當時好弟兄。曉傍柳陰騎竹馬，夜隈燈影弄先生。巡街趁蝶衣裳破，上屋探雛手腳輕。今日相逢俱老大，憂家憂國盡公卿。』」〔註33〕又〔元〕辛文房《唐才子傳》卷十載：「莊……少孤貧，力學。」由李昉列韋莊入「幼敏」，《唐才子傳》更言其「才敏過人」，證之韋莊〈下邽感舊〉、〈塗次逢李氏兄弟感舊〉兩詩，自敘童年問學戲師之舉動，可知韋莊早慧聰穎。下邽爲白居易故鄉，韋莊不免受白居易影響，故其詩、詞創作以自然清淡爲特色，白居易影響亦爲原因之一。〔註34〕

〔註30〕如〈塗次逢李氏兄弟感舊〉：「御溝西面朱門宅，記得當時好弟兄。曉傍柳陰騎竹馬，夜隈燈影弄先生」、〈洪州送西明寺省上人遊福建〉：「記得初騎竹馬年，送師來往御溝邊」等詩，皆敘兒時居於長安御溝西。

〔註31〕如〈嘉會里閑居〉詩云：「豈知城闕內，有地出紅塵。草占一方綠，樹藏千古春。馬嘶遊寺客，犬吠探花人。寂寂無鐘鼓，槐行接紫宸。」

〔註32〕〈洪州送西明寺省上人遊福建〉一詩，敘其幼即相識西明寺之省上人。

〔註33〕〔宋〕李昉著：《太平廣記》，見《景印文淵閣四庫全書》本（臺北：臺灣商務印書館），冊1044，卷175，頁13～14。

〔註34〕夏承燾謂：「下邽爲白居易故鄉，居易此時尚健在，端己詩學居易，故由身世近似，幼時環境感染，或亦其一因也。」，見夏承燾著：《唐宋詞人年譜》（臺北：金園出版社，1982年12月初版），頁5。

　　嗣後，韋莊曾徙居鄠杜（今陝西省長安縣附近），〈鄠杜舊居〉詩云：「秋雨幾家紅稻熟，野塘何處錦鱗肥。」又：「一徑尋村渡碧溪，稻花香澤水千畦。」一派鄉野田趣之樂；時亦仕途奔波，或曾應考下第，〈下第題青龍寺僧房〉詩云：「千蹄萬轂一枝芳，要路無媒果自傷。」是知韋莊品行坦蕩，不善心計，遂無人援引，久躓場屋，此亦顯示晚唐科舉制度黑暗腐敗。

　　唐僖宗乾符四年丁酉（西元 877），韋莊四十二歲，自鄠杜舉家遠徙居虢州（今河南省靈寶縣南四十里），寓居三年，〔註 35〕其間，閑居鄉村，遊覽名勝，浸沐山水田園間，心境自然安適恬淡；其〈虢州澗東村居〉詩云：「東南騎馬出郊坰，迴首寒煙隔郡城。」信馬漫賞，備感田野之趣。

　　唐僖宗乾符六年乙亥（西元 879），韋莊四十四歲，自虢州赴長安應舉，寓居長安，不幸再次落第。〈和薛先輩見寄初秋寓懷即事之作二十韻〉詩云：「慚聞紆綠綬，即候挂朝簪。」、〈冬日長安感志寄獻虢州崔郎中二十韻〉詩云：「如今正困風波力，更向人中問宋纖。」薛前輩〔註 36〕、崔郎中其人雖未可確考，仍可見韋莊與朝廷官吏時有過從，透露韋莊積極求仕之心。

　　三年期間，韋莊曾寓居虢州，〔註 37〕行跡關中，〔註 38〕復出關東，〔註 39〕至山西〔註 40〕與湖南〔註 41〕等地，有著閑居逸遊之生活。其〈題

〔註 35〕齊濤則主張韋莊寓居虢州十年，蓋其失怙失恃，為謀生計，遂攜弟妹遷居也。

〔註 36〕薛先輩或為薛邁，主張此說者有：黃震雲〈韋莊生年小考〉、齊濤〈韋莊生平新考〉、任海天《韋莊研究》。

〔註 37〕作有〈虢州澗東村居〉、〈三堂早春〉、〈三堂東湖作〉、〈漁塘十六韻〉等詩。

〔註 38〕作有〈曲江〉、〈延興門外作〉、〈登咸陽縣樓望雨〉等詩。

〔註 39〕作有〈尹喜宅〉、〈灞陵道中作〉、〈關河道中〉、〈題盤豆驛水館後軒〉等詩。

〔註 40〕作有〈柳古道中作卻寄〉等詩。

〔註 41〕作有〈耒陽縣浮山神廟〉等詩。

盤豆驛水館後軒〉詩云：「極目晴川展畫屏，地從桃塞接蒲城。灘頭鷺占清波立，原上人侵落照耕。」表現尋幽訪勝之樂，抒發飽經不第之悶，欣慰回歸田園山水。雖然，韋莊仍功名未就，因而更加頻於千里奔波應考，〔註42〕然十年履試不中，〈柳谷道中作卻寄〉詩云：「莫怪苦吟鞭拂地，有誰傾蓋待王孫。」描述寒窗苦讀，不免有落寞孤寂之感；遂偶現仕隱之矛盾，〈關河道中〉詩云：「平生志業匡堯舜，又擬滄浪學釣翁。」韋莊空懷高志，不得重用；然終究不甘隱居，仍積極仕進，〈寄從兄遵〉詩云：「滄海十年龍景斷，碧雲千里雁行疏。相逢莫話歸山計，明日東封待直廬。」道出不忘初衷，安待主識，到底未減甘名求仕之志，仍秉輔君拯世之懷。是時，黃巢軍大亂天下，十月陷潭、澧，十一月陷江陵，十二月隱鄂、宣、歙、池四州，〔註43〕湖南荊渚諸地相繼淪陷，韋莊見朝政日益腐敗，益顯憂國憂民之志。如〈又聞湖南荊渚相次陷沒〉詩云：「幾時聞唱凱旋歌，處處屯兵未倒戈。」描寫屍盈溝壑，哀號遍野之慘況。

（二）唐僖宗廣明元年至唐僖宗中和三年（西元 880～883）

韋莊四十五至四十八歲，遭逢黃巢之亂後、至江南前，居洛北。

唐僖宗廣明元年庚子（西元 880），韋莊四十五歲，於長安應舉。十二月，黃巢亂軍攻長安，韋莊身陷兵戈，〈賊中與蕭韋二秀才同臥重疾二君尋愈余獨加焉恍惚之中因有題〉詩云：「與君同臥疾，獨我漸彌留。弟妹不知處，兵戈殊未休。胸中疑晉豎，耳下鬥殷牛。縱有秦醫在，懷鄉亦淚流。」言其病入膏肓，重以與弟妹相失，身心交迫，悲苦至極。又〈雨霽晚眺〉詩云：「仍聞關外火，昨夜徹皇都。」、〈重圍中逢蕭校書〉詩云：「底事征西將，年年戍洛陽。」韋莊縱目殘山剩水，心繫家國存亡。十二月甲申，唐僖宗攜聞賊至「與諸王、妃、后數百騎，自子

〔註42〕其中虢州，唐屬河南道，距長安四百三十里。
〔註43〕《新校本新唐書・僖宗本紀》，卷9，頁269。

城由含光殿金光門出幸南，文武百官僚不之知，並無從行者，京城晏然。是日晡晚，賊入京城，時右驍衛大將張直方率武官十餘迎黃巢於坡頭。壬辰，黃巢據大內，僭號大齊，稱年號金統。」〔註44〕黃巢軍旋及血染長安，「陷京師，入自春明門，升太極殿，宮女數千迎拜，稱黃王。巢喜曰：『殆天意歟。』巢舍田令孜第。賊見窮民，抵金帛與之。尚讓即妄曉人曰：『黃王非如唐家不惜而輩，各安毋恐。』甫數日，因大掠，縛棰居人索財，號「淘物」。富家皆跣而驅，賊酋閱甲第以處，爭取人妻女亂之，捕得官吏悉斬之，火廬舍不可貲，宗室侯王屠之無類矣。」〔註45〕軍亂天下，民不聊生。唐僖宗中和元年辛丑（西元881），韋莊四十六歲，兵中幸尋弟妹，然唐僖宗幸蜀未歸，韋莊深憂國勢岌危，〈辛丑年〉詩云：「田園已沒紅塵裡，弟妹相逢白刃間。西望翠華殊未返，淚恨空霑劍文斑。」面對昏亂時局，韋莊痛心疾首，深憂國勢。

　　唐僖宗中和二年壬寅（西元882），韋莊四十七歲。春，韋莊自長安脫困，潛適洛陽，寓居洛水北之鄉間，〔註46〕而仍焦灼爭戰慘況。〈洛陽吟〉詩自注：「時大駕在蜀。巢寇未平」憂心唐僖宗仍未還京；〈北原閒眺〉詩云：「欲問向來陵谷事，野桃無語淚花紅。」國恨鄉愁，花謝鳥驚，同於杜甫〈春望〉；又〈洛北村居〉詩云：「鳥勢去投金谷樹，鐘聲遙出上陽煙。無人說得中興事，獨倚斜暉憶仲宣。」詩中用王燦〈七哀〉〔註47〕典故，抒發避亂南逃之傷喟，面對社稷復興之事，一籌莫展。嗣後，儘管兵火迭興，仍積極求仕，緣是展開東遊，以謀得官職，〔註48〕〈東遊遠歸〉詩云：「青雲不識楊生面，天子何由問子虛。」慨歎無人提攜。行走清河（今河北省清河縣）〔註49〕、潁陽（今河南

〔註44〕《新校本舊唐書・僖宗本紀》，卷19下，頁709。
〔註45〕《新校本新唐書・黃巢列傳》，卷225，頁6458。
〔註46〕作有〈洛陽吟〉、〈北原閒眺〉、〈睹軍迴戈〉、〈中渡晚眺〉、〈聞官軍繼至未睹凱旋〉、〈落北村居〉等詩。
〔註47〕見〔梁〕蕭統著：《文選》（臺北：五南圖書，1991年10月），卷23。
〔註48〕作有〈東遊遠歸〉、〈河內別村業閒題〉等詩。
〔註49〕作有〈清河縣樓作〉等詩。。

省登豐市穎陽鎮）〔註50〕等地，〈題穎源廟〉詩云：「曾是巢由棲隱地，百川唯說穎源清。微波乍向雲根吐，去浪遙衝雪嶂橫。萬木倚簷疏幹直，群峰當戶曉嵐晴。臨川試問堯年事，猶被封人勸濯纓。」表露縱使心嚮清淨，高慕巢由，然更欲犧牲小我，成就濟世之志。

　　唐僖宗中和三年癸卯（西元 883），韋莊四十八歲。正月，自商州商洛縣東南，出武關，〔註51〕行汴宋路；〔註52〕三月，寓居洛陽。〔註53〕歷經烽火，使其思想大為提升，由關注己身仕途，轉為關心現實社會，創作之面向因而日漸深廣。〈菩薩蠻〉詞云：「洛陽城裏春光好。洛陽才子他鄉老。柳暗魏王堤。此時心轉迷。　　桃花春水渌。水上鴛鴦浴。凝恨對殘暉。憶君君不知。」直抒對家國之切盼。〔五代〕孫光憲《北夢瑣言》卷六所載：「蜀相韋莊應舉時，遇黃寇犯闕，著〈秦婦吟〉一篇，內一聯云：『內庫燒為錦繡灰，天街踏盡公卿骨。』爾後公卿亦多垂訝，莊乃諱之，時人號『秦婦吟秀才』。他日撰家戒，內不許垂〈秦婦吟〉障子，以此止謗，亦無及也。」〔註54〕〔宋〕計有功《唐詩紀事》卷六八亦載：「莊應舉時，遇巢寇犯闕，著〈秦婦吟〉一篇，內一聯云：『內庫燒為錦繡灰，天街踏盡公卿骨。』爾後，公卿亦多垂訝，莊乃諱之。時人號『秦婦吟秀才』。」〔元〕辛文房《唐才子傳》卷十載：「莊莊應舉，正黃巢犯闕，兵火交作，遂著〈秦婦吟〉，有云：『內庫燒為錦繡灰，天街蹈盡卻重回。』亂定，公卿多訝之，號為『秦婦吟秀才』。」〔清〕吳任臣《十國春秋》卷四十載：「韋莊……應舉時，遇黃巢犯闕，著《秦婦吟》云：『內庫燒為錦繡灰，天街踏盡公卿骨』。人稱為『秦婦吟秀才』。」顯示韋莊遭逢黃巢之亂，自五代迄清代，世人猶關注〈秦婦吟〉紀實一事，不僅受時人推崇為

〔註50〕作有〈穎陽縣〉、〈題穎源廟〉等詩。
〔註51〕作有〈新正日商南道中作寄李明府〉等詩。
〔註52〕見齊濤：〈論韋莊與韋莊詩〉，《文史哲》，第 5 期，（1996 年），頁 47。
〔註53〕作有〈江上逢史館李學士〉、〈江上別李秀才〉、〈秦婦吟〉等詩。
〔註54〕〔五代〕孫光憲著：《北夢瑣言》，見《景印文淵閣四庫全書》本（臺北：臺灣商務印書館），冊 1，卷 33，頁 6。

「秦婦吟秀才」,歷代皆稱賞其憂國憂民之高潔,千載傳誦。《北夢瑣言》、《唐詩紀事》、《唐才子傳》與《十國春秋》均記載〈秦婦吟〉係韋莊於長安應舉所作,然筆者考之,實為韋莊自長安逃奔洛中之見聞,詩中即云:「中和癸卯春三月,洛陽城外花如雪」,顯係透過秦婦之口,訴說唐僖宗廣明元年至中和三年春,黃巢軍陷洛陽,故國亂離之慘狀,是知《北夢瑣言》、《唐詩紀事》、《唐才子傳》與《十國春秋》所載有誤。該詩末云:「適聞有客金陵至,見說江南風景異……願君舉棹東復東,詠此長歌獻相公。」說明韋莊以此詩投獻鎮海軍節度使周寶,可知韋莊別離洛陽,前往江南。

(三)唐僖宗中和三年至唐昭宗景福二年(西元 883～893)

韋莊四十八至五十八歲,游江南。

唐僖宗中和三年癸卯(西元 883),韋莊四十八歲。是年,李克用「四月甲辰,又敗之於渭橋。丙午,復京師。」〔註55〕韋莊四月前遂離開洛陽〔註56〕往赴潤州(今江蘇省鎮江市),飄游江南,攜〈秦婦吟〉投獻鎮海軍節度使周寶,客食周寶幕下逾三載,〈江南送李明府入關〉詩云:「我為孟館三千客」〔註57〕是也。

韋莊南投周寶,蓋因其時戰亂較不波及潤州,環境局勢相對安定;且周寶「和裕,喜接士。」〔註58〕願意接見韋莊;又以「京師陷賊,將赴難。益募兵,號『後樓都』。」〔註59〕顯示願忠於朝廷,共體國難;〔註60〕故韋莊離開洛陽,其行汴宋路,自汴州(今河南省開

〔註55〕《新校本新唐書‧僖宗本紀》,卷9,頁274。
〔註56〕見夏承燾著:《唐宋詞人年譜》(臺北:金園出版社,1982年12月初版),頁12。如作有〈江上逢史館李學士〉一詩:「關河自此為征壘,城闕於今陷戰鼙」言此時黃巢亂軍尚未平定。
〔註57〕夏承燾認為孟館當指周寶,見夏承燾著:《唐宋詞人年譜》(臺北:金園出版社,1982年12月初版),頁12。
〔註58〕《新校本新唐書‧周寶列傳》,卷186,頁5416。
〔註59〕《新校本新唐書‧周寶列傳》,卷186,頁5416。
〔註60〕《新校本舊唐書‧高駢列傳》載:「中和二年五月……駢……盡出兵於東塘,結壘而處,每日教閱,如赴難之勢。仍與浙西周寶書,請

封市）經宋州（今河南省商邱市）、宿州之甬橋（今安徽省宿州市）、泗州（今江蘇省盱眙縣），後渡淮河至揚州〔註61〕（今江蘇省揚州市），渡長江達潤州。

韋莊心懷壯志，投向周寶，欲大有作為，〈潤州顯濟閣曉望〉詩云：「遠煙藏海島，初日照揚州。地壯孫權氣，雲凝庾信愁。」以潤州之赤日高照示其強烈抱負。然周寶實非真願出師衛國。唐僖宗中和四年（西元 884）「餘杭鎮使陳晟攻諸，諸以州授晟。寶子璵統後樓都，屢不能馭軍，部伍橫肆。寶亦稍惑色，不卹事，以婿楊茂實為蘇州刺史，重斂，人不聊。」〔註62〕周寶耽於花宴，非但無心國難，擁兵觀望，更膏脂百姓。韋莊見所投非人，建言勸諫，〈官莊〉一詩自注：「江南富民悉以犯酒沒家產。因以此詩諷之。浙帥遂改酒法。不入財產。」暗諷周寶巧奪民產；又〈陪金陵府相中堂夜宴〉詩云：「滿耳笙歌滿眼花，滿樓珠翠勝吳娃。因知海上神仙窟，只似人間富貴家。」微言周寶但溺聲色，不理公務；〈觀浙西府相畋遊〉詩亦云：「十里旌旗十萬兵，等閑遊獵出軍城。」婉譏周寶夸豪作樂，徒掌兵權，忘卻國難汲汲。

唐僖宗中和四年甲辰（西元 884），韋莊四十九歲。是年六月，武寧軍與黃巢戰於兗州瑕丘，黃巢軍敗，退至狼虎谷（今泰山東南萊蕪界）；「巢計蹙，謂林言曰：『欲討國奸臣，洗滌朝廷，事成不退，亦誤矣。若取吾首獻天子，可得富貴，毋為他人利我。』言，巢出也，不忍。巢乃自刎，不殊，言因斬之；及兄存、弟鄴、揆、欽、秉、萬通、思厚，並殺其妻子，悉函首，將詣溥。」〔註63〕黃巢自刎，其兄、弟及妻子皆遇難，黃巢起義遂告失敗。然黃巢既誅，餘黨秦宗權

<hr>

同入援京師，寶大喜，即點閱將赴之。」，見《新校本舊唐書》，卷182，頁 4705。
〔註61〕作有〈江上逢史館李學士〉等詩。
〔註62〕《新校本新唐書・周寶列傳》，卷186，頁 5416。又《資治通鑑・唐紀》亦載「寶溺於聲色，不親政事，築羅城二十餘里，建東第，人苦其役。」，見《資治通鑑》卷256，頁 8345
〔註63〕《新校本舊唐書・黃巢列傳》，卷 225 下，頁 6463。

「複熾，僭稱帝號」，〔註64〕仍四處掠地，至唐昭宗龍紀元年（西元889），朱溫送其至長安斬，餘亂始停。〔註65〕此外，黃巢從子黃浩更率軍「眾七千，為盜江湖間，自號『浪蕩軍』。天復（西元901～904）初，欲據湖南，陷瀏陽，殺略甚眾。湘陰強家鄧進思率壯士伏山中，擊殺浩。」〔註66〕土豪鄧進思狙擊黃浩，黃巢之亂終告平定。

唐僖宗光啓元年乙巳（西元 885），韋莊五十歲。三月，唐僖宗自蜀還長安。然朝廷又起內亂，握神策軍之田令孜與河中節度使王重榮、李克用，以河東鹽池利益生隙，「自黃巢亂離，河中節度使王重榮兼領権務，歲出課鹽三千車以獻朝廷。至是令孜以親軍闕供，計無從出，乃舉廣明前舊事，請以兩池権務歸鹽鐵使，收利以贍禁軍。詔下，重榮上章論訴，言河中地窄，悉籍鹽課供軍。」〔註67〕十二月，神策軍潰散，入京師肆掠；乙亥，李克用逼京師；丙子，田令孜逼唐僖宗出幸鳳翔（今陝西省鳳翔）。〔註68〕

唐僖宗光啓二年丙午（西元 886），韋莊五十一歲。春正月辛巳朔，唐僖宗車駕在鳳翔，李克用與王重榮同表，請唐僖宗駐蹕長安，並請誅田令孜。戊子，田令孜乃劫唐僖宗往寶雞（今陝西寶雞）。庚寅，車駕次寶雞；夜出，百僚不知，怒田令孜弄權，再亂誤國。田令孜又逼唐僖宗度大散關（今大散關）逃往興元（今陝西省關中）。三月丙申，唐僖宗至興元。四月壬子，朱玫、李昌謀請襄王李熅權監軍國事，率文武百僚擁唐肅宗玄孫襄王李熅還長安，監軍國事。十月庚辰，襄王僭即皇帝位，改元建貞，朱玫自為宰相，關中大亂。〔註69〕夏初，韋莊離開潤州北上，自浙西過汴宋路，擬往陳倉（今陝西省寶雞市）迎駕，代表周寶向李熅勸進，〈聞再幸梁洋〉詩云：「纔喜中原

〔註64〕《新校本舊唐書·黃巢列傳》，卷225下，頁6463。
〔註65〕《新校本舊唐書·秦宗權列傳》，卷200下，頁5399。
〔註66〕《新校本舊唐書·秦宗權列傳》，卷200下，頁5398。
〔註67〕《新校本舊唐書·僖宗本紀》，卷19下，頁721。
〔註68〕《新校本新唐書·僖宗本紀》，卷9，頁277。
〔註69〕《新校本舊唐書·僖宗本紀》，卷19下，頁723～724。

息戰鼙，又聞天子幸巴西。」原計與侯補闕相約江南，共付行朝，〈夏初，與侯補闕江南有約同泛淮汴，西赴行朝，莊自九驛路先至甬橋。補闕由淮楚續至泗上，寢病旬日，遽聞捐館，回首悲慟，因成長句四韻弔之〉詩自注：「已後自浙西遊汴宋。路至陳倉迎駕。卻過昭義、相州。路歸金陵作。」然侯補闕病入膏肓，不治而亡。韋莊遂一人由甬橋（今安徽省宿州汴水上）出發，〈旅次甬西見兒童以竹槍紙旗戲爲陣列主人叟曰斯子也三世沒於陣思所襲祖父讎余因感之〉詩云：「已聞三世沒軍營，又見兒孫學戰爭。」言百姓三代赴戰場，眞無語問蒼天也。後經宋州、汴州，〈汴堤行〉詩云：「朝見西來爲過客，暮看東去作浮屍。」言行走所見戰亂之慘境。過洛陽，欲入潼關赴寶雞，惜因潼關路斷，迎駕未果。

　　唐僖宗光啓三年丁未（西元 887），韋莊五十二歲。三月甲申，唐僖宗還長安，因長安破壞甚劇，宮室未完，暫時駐蹕鳳翔。〔註70〕韋莊赴寶雞不成，遂返洛陽。秋，迂道北向，欲走山西路；自孟津（今洛陽北黃河南岸）沿黃河西上，〈自孟津舟西上雨中作〉詩云：「卻到故園翻似客，歸心迢遞秣陵東。」抒發因亂漂泊之感。繼而北上夏縣，至山西聞喜，〈含山店夢覺作〉詩云：「曾爲流離慣別家，等閑揮袂客天涯。」以反筆表露懷鄉念國之切。復東行垣縣（今山西垣曲縣西北），〈垣縣山中尋李書記山居不遇留題河次店〉詩云：「仙吏不知何處隱，山南山北雨濛濛。」、〈送人遊并汾〉詩云：「風雨蕭蕭欲暮秋，獨摧孤劍塞垣遊。」言國勢動盪，痛心李克軍逼長安事。嗣後，東行越太行山，至晉城（今山東省晉城），〈題貂黃嶺官軍〉詩云：「斜風細雨江亭上，盡日憑欄憶楚鄉。」家國之感縈繞心底。又北上潞州，過壺關（今山西省長治縣東南），〈壺關道中作〉詩云：「處處兵戈路不通，卻從山北去江東。」言旅況蕭條，路斷馬蹇。又東行過昭義相州（今河南省安陽縣），〈過內黃縣〉詩云：「猶指去程千萬里，秣陵煙樹在

〔註70〕《新校本舊唐書・僖宗本紀》，卷 19 下，頁 277。

何鄉?」言歸鄉之路,千里迢迢。冬,始歸金陵(今江蘇省南京市),〈上元縣〉詩云:「南朝三十六英雄,角逐興亡盡此中。」、〈臺城〉詩云:「江雨霏霏江草齊,六朝如夢鳥空啼。」、〈謁蔣帝廟〉詩云:「建業城邊蔣帝祠,素髯清骨舊風姿。」、〈長干塘別徐茂才〉詩云:「亂離時節別離輕,別酒應須滿滿傾。」是皆憑弔歷史遺跡,引發現實遭亂之怨喟。此次北行迎駕,韋莊一路所見,皆為藩鎮再亂、百姓旦夕受驚之慘境,韋莊傷時懷鄉,卻徒剩悲慟無助之惆悵。迨韋莊歸金陵之際,已失卻舊主,唐僖宗光啓三年(西元 887)「癸巳,鎮海軍將劉浩逐其節度使周寶……。十月丁未,朱全忠陷濮州。甲寅,封子升為益王。杭州刺史錢鏐陷常州。丁卯,升殺周寶。」〔註71〕十二月,周寶卒,潤州兵變,韋莊遂離開潤州。

唐僖宗文德元年戊申(西元 888),韋莊五十三歲,攜家客婺州(今浙江省金華市),〔元〕辛文房《唐才子傳》卷十載:「間關頓躓,攜家來越中,弟妹散居諸郡。」韋莊先寓居金華山下之東陽江畔,〈東陽酒家贈別二絕句〉詩云:「天涯方歎異鄉身,又向天涯別故人。」言心在家國,卻不得不避亂之傷痛。嗣後,遷隱至更偏遠之蘭芷村(今浙江省蘭溪縣),〈將卜蘭芷村居留別郡中在仕〉詩云:「避世漂零人境外,結茅依約畫屏中。從今隱去應難覓,深入蘆花作釣翁。」言其避世而無忘世。其間雖貧病兼迫,生活困頓,仍心繫家國,〈遣興〉詩亦云:「聲聲林上鳥,喚我北歸秦。」,又〈江上題所居〉詩云:「青州從事來偏熟,泉布先生老漸慳。」、〈江外思鄉〉詩云:「年年春日異鄉悲,杜曲黃鶯可得知。」、〈倚柴關〉詩云:「孤吟盡日何人會,依約前山似故山。」、〈江上村居〉詩云:「本無蹤跡戀柴扃,世亂須教識道情。」、〈送人歸上國〉詩云:「若見青雲舊相識,為言流落在天涯。」凡此,皆顯示韋莊亟切懷土之情,積極用世之志。

其間,韋莊與地方人士交遊,表現擔憂家國之心,如〈婺州和陸

〔註71〕《新校本舊唐書・僖宗本紀》,卷 19 下,頁 279~280。

諫議將赴闕懷陽羨山居〉詩云:「故國饒芳草,他山挂夕暉。東陽雖勝地,王粲奈思歸。」、〈和陸諫議避地寄東陽進退未決見寄〉詩云:「讀易草玄人不會,憂君心是致君心。」、〈婺州屏居蒙右省王拾遺車枉降訪病中延候不得因成寄謝〉詩云:「自爲江上樵蘇客,不識天邊侍從臣。怪得白鷗驚去盡,綠蘿門外有朱輪。」凡此,知韋莊與朝廷官員相過從,對家國念茲在茲。此外,韋莊亦與士人、僧人相往復,〈李氏小池亭十二韻〉詩云:「訪僧舟北渡,貰酒日西銜。」僧人中,韋莊與貫休尤爲至交,貫休有〈和韋相公話婺州陳事〉詩作,韋莊當先有詩與貫休,貫休乃和以詩,然則韋莊擇婺州避亂,或係貫休在此地之故也。〔註72〕

　　唐僖宗文德元年三月八日,昭宗柩前即位;十二月,唐僖宗葬於靖陵;翌年春正月癸巳朔,改元,是爲龍紀元年。〔註73〕韋莊聞之,滿是喜賀,〈銅儀〉詩云:「銅儀一夜變葭灰,暖律還吹嶺上梅。已喜漢官今再睹,更驚堯曆又重開。」切盼新皇朝將有新氣象;重以王拾遺降訪,韋莊遂亟尋仕進之路。

　　唐昭宗龍紀元年己酉(西元 889),韋莊五十四歲。初冬,韋莊離開婺州,自三衢(今浙江省衢州縣)出發,〈不出院楚公〉詩自注云:「白三衢至江西作。」走江南西道(今江西省、安徽省、湖北省之東南與湖南之東),此行韋莊未攜家眷,由日後〈夏口行寄婺州諸弟〉詩云:「婺女星邊遠寄家」及〈寄湖州舍弟〉詩,可知弟妹散居諸郡。韋莊先至江西(今江西省);春,過洪州(今江西省南昌縣),〈鍾陵夜闌作〉詩云:「鍾陵風雪夜將深,坐對寒江獨苦吟。流落天涯誰見問,少卿應識子卿心。」言其效忠唐室之心,可比李陵,盼望

〔註72〕夏承燾謂:「《禪月集》十三有〈和韋相公話婺州陳事〉一首,是和端己作。休幼年落髮於東陽金華山。見吳融《禪月集·序》。《禪月集》有與端己唱和詩,皆晚年在蜀作。端己此時避寇,何故遠客婺州,或與休有關耶。」,見夏承燾著:《唐宋詞人年譜》(臺北:金園出版社,1982 年 12 月初版),頁 15。

〔註73〕《新校本舊唐書·昭宗本紀》,卷 20 上,頁 735～737。

朝廷明鑑攬用；又〈歲除對王秀才作〉詩云：「我惜今宵促，君愁玉漏頻。豈知新歲酒，猶作異鄉身。」言歲不待人，憂心老無成就；〈和李秀才郊墅早春吟興十韻〉詩云：「鳳皇城已盡，鸚鵡賦應狂。佇見龍辭沼，寧憂雁失行。不應雙劍氣，長在斗牛傍。」是知李秀才慕名請教韋莊，顯示韋莊甚為時人接受，聞名當世，故秀才如李氏者，特遠從柴桑（今江西省九江市西南）向韋莊請益，韋莊謙誠待之；先賞李秀才詩可比禰衡〈鸚鵡賦〉，末用《晉書・張華傳》典故，以豐城劍氣，抒其豪志當至四方，豈能安限洪州？又有〈南昌晚眺〉、〈洪州送西明寺省上人遊福建〉等詩。遂次過撫州（今江西省撫州市西），有〈撫州江口雨中作〉詩，復過吉州（今江西省吉安市）。春，旋過袁州（今江西省宜春市），〈袁州作〉詩云：「家家生計只琴書，一郡清風似魯儒。」敘當地士風濃厚，令人欣喜；又有〈題袁州謝秀才所居〉等詩，知其暫客袁州。

春，次至湖南，經醴陵、長沙，至湘陽（今湖南省湘陽縣），〈湘中作〉詩云：「千重煙樹萬重波，因便何妨弔汨羅。」、〈鷓鴣〉詩云：「孤竹廟前啼暮雨，汨羅祠畔弔殘暉。」韋莊憑弔屈原汨羅祠，重燃仕進之志。後，北達岳州治所巴陵縣（湖南省岳陽市），由日後〈鄜州留別張員外〉詩云：「江南相送君山下」知曾遊洞庭湖。

唐昭宗大順元年庚戌（西元 890），韋莊五十五歲。秋，至湖北，先過鄂州武昌（今湖北省鄂州武昌縣），〈西塞山下作〉詩云：「他年卻棹扁舟去，終傍蘆花結一庵。」言期盼國祚早日安定，了卻終年心願，來日方真能歸隱鄉居。次過黃州黃岡（今湖北省黃州黃岡縣），〈齊安郡〉詩云：「黍離緣底事，撩我起長歎。」言回首家國，煙渺黍離也。

旋溯西陵峽，至四川夔州巫山縣（今四川省夔州巫山縣），〈送李秀才歸荊溪〉詩云：「八月中秋月正圓，送君吟上木蘭船。」，又〈謁巫山廟〉詩云：「山色未能忘宋玉，水聲猶似哭襄王。」是知曾游巫峽，值中秋團圓日，送別友人，愈加惆悵；韋莊所著《峽程記》一卷，當為此時曾游三峽，日後方撰成此書。冬，返江西；春末，先過夏口

（今湖北省武昌縣西），〈夏口行寄婺州諸弟〉詩云：「滿衣春雪落江花。雙雙得伴爭如雁，一一歸巢卻羨鴉。誰道我隨張博望，悠悠空外泛仙槎。」抒發隻身宦遊，深念家鄉。

　　唐昭宗大順二年辛亥（西元891），韋莊五十六歲。至江西，先過建昌（今江西省永修縣），〈建昌渡暝吟〉詩云：「隔江何處笛，吹斷綠楊煙。」清幽景色愈勾起思鄉之切。暮春，次過洪州，〈章江作〉詩云：「杜陵歸客正裴回，玉笛誰家叫落梅。」韋莊模仿杜甫而自稱「杜陵歸客」，一示其對杜甫之正面接受，二示對家鄉之念茲在茲；又〈送福州王先輩南歸〉詩云：「豫章城下偶相逢，自說今方遇至公。八韻賦吟梁苑雪，六銖衣惹杏園風。」韋莊於此地，交游頻繁，官場應酬，顯示積極仕進。初秋，韋莊仍在此，〈南昌晚眺〉詩云：「霏霏閣上千山雨，嘒嘒雲中萬樹蟬。怪得地多章句客，庾家樓在斗牛邊。」是知韋莊甚喜此地，漁舟晚唱，水天一色，不免又興時光移流之感。仲秋，〈洪州送僧遊福建〉詩云：「殷勤早作歸來計，莫戀猿聲住建溪。」韋莊與僧人相交相惜，興起返鄉之計，勸友僧莫如己之長期飄流，當儘早歸鄉。

　　九月，過江州潯陽（今江西省九江市），〈訪潯陽友人不遇〉詩云：「不見安期悔上樓，寂寥人對鷺鷥愁。」蕭蕭秋色，卻又訪友敗興；〈九江逢盧員外〉詩云：「陶潛豈是銅符吏？田鳳終為錦帳郎。」韋莊為盧員外大才小用抱屈，亦惆悵己身仕途坎坷；〈東林寺再遇僧益大德〉詩云：「見師初事懿皇朝，三殿歸來白馬驕。上講每教傾國聽，承恩偏得內官饒。」韋莊遊廬山，遙想往昔聽教講經之景。

　　復次，過饒州（今江西省饒州），先遊鄱陽縣（今江西省波陽縣），〈泛鄱陽湖〉詩云：「紛紛雨外靈均過，瑟瑟雲中帝子歸。进鯉似梭投遠浪，小舟如葉傍斜暉。」言遊鄱陽湖，想見古洞庭湖風光。深秋，遊余干縣，〈饒州余干縣琵琶洲〉詩云：「琵琶洲近斗牛星，鸞鳳曾於此放情。已覺地靈因昴降，更聞川媚有珠生。」憑弔古蹟，自勉來日。再次，過信州（今江西省上饒市），〈信州西三十里〉詩云：「驅車過閩越，路出饒陽西。仙山翠如畫，簇簇生虹蜺。」韋莊浪漫想像信州

山水之迷幻；〈信州溪岸夜吟作〉詩云：「夜倚臨溪店，懷鄉獨苦吟。月當山頂出，星倚水湄沈。」是知因思鄉而輾轉反側，他鄉縱有美景，終究不比家鄉。此時，江西境較他地安定，故韋莊於江西停留多時，足跡遍州縣。

秋，至浙江衢州，有〈衢州江上別李秀才〉詩。重陽日，在婺州，〈婺州水館重陽日作〉詩云：「一杯今日醉，萬里故園心。水館紅蘭合，山城紫菊深。白衣雖不至，鷗鳥自相尋。」用陶潛典故，抒發懷鄉之切。韋莊仕進之路，千里勞苦奔波，終失意作歸計。

唐昭宗景福元年壬子（西元 892），韋莊五十七歲，在東陽縣（今浙江省東陽縣），〈東陽贈別〉詩云：「去時此地題橋去，歸日何年佩印歸。無限別情言不得，回看溪柳恨依依。」官員殷切相送，韋莊感傷離別，終決心赴舉。

（四）唐昭宗景福二年至前蜀武成三年（西元 893～910）

韋莊五十八至七十五歲，返長安應舉，後入蜀。

唐昭宗景福二年癸丑（西元 893），韋莊五十八歲，赴長安應試，春，放榜，落第，〈癸丑年下第獻新先輩〉詩云：「千炬火中鶯出谷，一聲鐘後鶴沖天。皆乘駿馬先歸去，獨被羸童笑晚眠。」韋莊不捷，恭賀前進士，於己則寄望來年；〈寄江南諸弟〉詩云：「萬里逢歸雁，鄉書忍淚封。」韋莊久試不第，滿紙心酸，唯有親友得能慰藉；〈投寄舊知〉詩云：「多謝青雲好知己，莫教歸去重沾巾。」言舉子之路雖漫漫，然該當堅持初衷，遂計留長安，待明年之應試。

夏，遂至絳州（今江西省絳州），〈絳州過夏留獻鄭尚書〉詩云：「因循每被時流誚，奮發須由國士憐。明月客腸何處斷，綠槐風裡獨揚鞭。」是知韋莊寄寓絳州，為準備翌年科舉，退而肄業，投謁鄭延昌尚書。〔註74〕

〔註74〕夏承燾謂：「〈絳州過夏留獻鄭尚書〉一律，陳思引《舊唐書·本紀》：本年十一月，刑部尚書平章事判度支鄭延昌罷政事守尚書左僕射。則

　　七月，至鄠杜，〈鄠杜舊居〉詩云：「年年爲獻東堂策，長是蘆花別釣磯。」其二云：「歸來滿把如澠酒，何用傷時歎鳳兮。」韋莊始終牽掛家鄉，不得不爲仕進而長年漂泊，再歸鄉里，暫撫愁思，然男兒終究該志在四方，遂復離家。

　　嗣後，至汧陽縣（今陝西省千陽縣），〈題汧陽縣馬跑泉李學士別業〉詩云：「草色自留閒客住，泉聲如待主人歸。九霄岐路忙於火，肯戀斜陽守釣磯。」韋莊訪友人不得，卻喜見清幽田園，然爲志業，又須遠走他鄉。

　　唐昭宗乾寧元年甲寅（西元 894），韋莊五十九歲，在長安。二月，進士放榜，韋莊擢第，授校書郎，〔宋〕陳振孫《直齋書錄解題・浣花集》卷十九載：「韋莊……唐乾寧元年進士也。」〔註75〕又〔元〕辛文房《唐才子傳》卷十載：「乾寧元年，蘇檢榜進士，釋褐校書郎。」〈喜遷鶯〉詞云：「人洶洶，鼓鼕鼕。襟袖五更風。大羅天上月朦朧。騎馬上虛空。　香滿衣，雲滿路。鸞鳳繞身飛舞。霓旌絳節一羣羣。引見玉華君」、「街鼓動，禁城開。天上探人迴。鳳銜金牓出雲來。平地一聲雷。　鶯已遷，龍已化。一夜滿城車馬。家家樓上簇神仙。爭看鶴沖天。」以他人角度，描述己身進第喜事；又〈南省伴直〉詩云：「星分夜彩寒侵帳，蘭惹春香綠映袍。何事愛留詩客宿，滿庭風雨竹蕭騷。」是知韋莊及第後，尚於吏部復試，待解褐授官。嗣後，至灞陵，〈與東吳生相遇〉詩云：「且對一尊開口笑，未衰應見泰階平。」言其引領盼授官職。

　　唐昭宗乾寧三年丙辰（西元 896），韋莊六十一歲。寒食，客居

尚書即鄭延昌。」，見夏承燾著：《唐宋詞人年譜》（臺北：金園出版社，1982 年 12 月初版），頁 18。《新校本舊唐書・昭宗本紀》載唐昭宗景福二年，十一月：「中書侍郎、刑部尚書、平章事、判度支鄭延昌罷知政事，守尚書左僕射，以病求罷故也。」韋莊初秋過夏，時鄭延昌尚未罷知政事，韋莊得以秋卷。見《新校本舊唐書》，卷20上，頁751。

〔註75〕〔宋〕陳振孫著：《直齋書錄解題》，見《景印文淵閣四庫全書》本（臺北：臺灣商務印書館），冊 674，卷 19，頁 25。

鄜州（今陝西省富縣），〈丙辰年鄜州遇寒食城外醉吟〉詩云：「滿街楊柳綠絲煙，畫出清明二月天」是言鄜州佳節好風景，少年少女興出遊；又〈鄜州留別張員外〉詩云：「江南相送君山下，塞北相逢朔漠中。三楚故人皆是夢，十年陳事只如風。」韋莊待友情深，苦短人生之聚合。次過綏州（今陝西省綏德縣），有〈綏州作〉詩。冬，客宜君（今陝西省宜君縣），有〈宜君縣比卜居不遂留題王秀才別墅〉詩，說明欲移家宜君，然欲卜未果。韋莊遂返長安，唐昭宗乾寧三年，秋七月，鳳翔節度使李茂貞軍逼長安，諸王率禁兵奉車駕將幸太原；癸巳，次渭北，華州節度使韓建，請唐昭宗駐蹕華州；丙申，駐蹕華州，以㑦城爲行宮。長安宮室廛閭，悉爲灰燼矣。〔註76〕

　　唐昭宗乾寧四年丁巳（西元 897），韋莊六十二歲。四月，在華州駕前，〈過樊川舊居〉詩自注：「時在華州駕前奉使入蜀作。」蓋西川節度使王建與東川節度使顧彥暉連年相攻，李洵辟韋莊爲判官，奉使入蜀，《新校本新五代史‧前蜀世家》卷六三載：「昭宗遣諫議大夫李洵、判官韋莊宣諭兩川，詔建罷兵。」〔註77〕又〔宋〕計有功《唐詩紀事》卷六八載：「李洵爲西川宣諭和協使，辟爲判官。」韋莊遂入四川。此次蜀行，由華州，先過洋州興道縣（今陝西省洋縣），〈焦崖閣〉詩云：「李白曾歌蜀道難，長聞白日上青天。今朝夜過焦崖閣，始信星河在馬前。」韋莊蜀行歷經險境，百步九折，深切體會李白蜀道之艱難。行駱谷道，次過興元府（今陝西省漢中市）。六月丙寅，至梓州治所郪縣（今四川省三台縣）；己巳，李洵見王建於張把砦，宣諭詔命，王建不奉詔，韋莊同李洵無功作歸。〔註78〕秋，過沔陽，

〔註76〕《新校本舊唐書‧昭宗本紀》，卷20上，頁 758～759。
〔註77〕《新校本新五代史‧前蜀世家》，卷 63，頁 786。《資治通鑑》、《十國春秋》繫該事於「四月」，唯《新校本新五代史》載五月。夏承燾考訂爲四月，「今案本集補遺、〈和同年韋學士華下途中見寄〉云：『送我獨游三蜀路』，『正是清明好時節』，作四月是也。」，見夏承燾著：《唐宋詞人年譜》（臺北：金園出版社，1982 年 12 月初版），頁 19。
〔註78〕《十國春秋》，冊 465，卷 40，頁 372。

〈沔陽間〉詩云：「邊靜不收蕃帳馬，地貧惟賣隴山鸚。牧童何處吹羌笛，一曲梅花出塞聲。」領略沿途景致，猶念及世局。復次，過渼陂（今陝西省鄠縣西），〈過渼陂懷舊〉詩云：「辛勤曾寄玉峰前，一別雲溪二十年。三徑荒涼迷竹樹，四鄰凋謝變桑田。」韋莊長期漂泊，二十餘載不曾歸鄉，滄海桑田，不勝噓唏。再次，終抵樊川（今陝西省長安縣），〈過樊川舊居〉詩云：「卻到樊川訪舊遊，夕陽衰草杜陵秋。」還鄉腸斷，老淚縱流。

　　唐昭宗乾寧五年戊午（西元 898），韋莊六十三歲。春正月辛未朔，唐昭宗在華州，時長安宮室尚未修葺，〈長安舊里〉詩云：「車輪馬跡今何在，十二玉樓無處尋。」世事興衰，恍如隔世。諸道遂貢修宮闕錢，京兆尹韓建入長安主其事。六月己亥，四方藩牧、文武百僚奏請唐昭宗還長安。八月己未，唐昭宗還長安。甲子，改元光化。〔註79〕

　　唐昭宗光化三年庚申（西元 900），韋莊六十五歲。夏，韋莊自中諫除左補闕，〔唐〕韋藹《浣花集·序》載：「庚申夏，自中諫辟為判使。」〔註80〕七月，韋莊選詩勒為《玄又集》，自序云：「謝玄暉文集盈編，止誦『澄江』之句；曹子建詩名冠古，惟吟『清夜』之篇。是知美稼千箱，兩歧綦少；繁弦九變《大濩》殊稀。入華林而珠樹非多，閱眾籍而紫簫惟一。所以擷芳林下，拾翠巖邊，沙之汰之，始辨辟寒之寶，載雕載琢，方成瑚璉之珍。故知頷下采珠，難求十斛；管中窺豹，但取一斑。自國朝大手名人，以至今之作者，或百篇之內，時紀一章；或全集之中，微徵數首。但掇其清詞麗句，錄在西齋。莫窮其巨派洪瀾，任歸東海。總其得者才子一百五十人；誦得者名詩三百首。……探實去華，俟諸來者。光化三年七月二日，前左補闕韋莊述。」〔註81〕又〔元〕辛文房《唐才子傳》卷十載：「莊嘗選杜甫、

〔註79〕《新校本舊唐書·昭宗本紀》，卷20上，頁763～764。
〔註80〕〔唐〕韋藹編：《浣花集》，見《景印文淵閣四庫全書》本（臺北：臺灣商務印書館），冊1084，頁1。又：本文所引《浣花集·序》，皆根據該書，為免繁瑣，不另註明。
〔註81〕見周紹良總主編：《全唐文新編》（長春：吉林文史出版社，2000年

王維等五十二人詩為《又玄集》，以續姚合之《極玄》，今並傳世。」
此云「五十二人」，乃上卷數耳。是知《玄又集》係韋莊仿擬〔唐〕
姚合《極玄集》所編之唐詩選，繼之而更增擴，所選詩人凡一百四十
二人，以晚唐為夥；選詩凡二百九十七首，五律居多，七律次之；都
為三卷；〔註82〕題旨多為贈答、離別、遊覽、女子等；選錄標準為「清
詞麗句」之精妙詩作，顯示韋莊晚年詩歌旨趣，由功利教化之作用昇
華、兼容至清淡恬麗之審美特質。十二月，韋莊奏請追贈李賀、皇甫
松、陸龜蒙等進士及第。〔宋〕洪邁《容齋隨筆·三筆·唐昭宗恤儒
士》卷七載：「唐昭宗光化三年十二月，左補闕韋莊奏：『詞人才子，
時有遺賢，不沾一命於聖明，沒作千年之恨骨。據臣所知，則有李賀、
皇甫松、李群玉、陸龜蒙、趙光遠、溫庭筠、劉德仁、陸逵、傅錫、
平曾、賈島、劉稚珪、羅鄴、方幹，俱無顯遇，皆有奇才，麗句清詞，
遍在詞人之口，銜冤抱恨，竟為冥路之塵。伏望追賜進士及第，各贈
補闕、拾遺。見存唯羅隱一人，亦乞特賜科名，錄升三署。』敕獎莊
而令中書門下詳酌處分。」〔註83〕足見韋莊憐才闡幽之忱意，亦說明
受文壇唯美風氣影響，韋莊並不排斥清麗作品，故〈李氏小池亭十二
韻〉詩云：「其遲客登高閣，題詩繞翠巖。家藏何所寶，清韻滿琅函。」、
〈題許渾詩卷〉詩云：「江南才子許渾詩，字字清新句句奇。」、〈覽
蕭必先卷〉詩云：「滿軸編新句，翛然大雅風。」韋莊進而主張清適
之人生取向，〈寄從兄遵〉詩云：「不將高臥邀劉主，自吐清談護漢
儲。」、〈桐廬縣作〉詩云：「潭心倒影時開合，谷口閒雲自卷舒。此
境只應詞客愛，投文空弔木玄虛。」於焉，韋莊詞清新秀麗之特質，
尤易為歷代讀者親近接受。〔註84〕而〔五代〕王定保《唐摭言·韋莊

---

12 月），冊 16，頁 11136～11137。
〔註82〕見傅璇琮編：《唐人選唐詩新編》（臺北：文史哲出版社，1999 年 2
　　　月版），頁 580～581。
〔註83〕〔宋〕洪邁著：《容齋隨筆》，見《景印文淵閣四庫全書》本（臺北：
　　　臺灣商務印書館），冊 851，卷 7，頁 14。
〔註84〕夏承燾認為陳思引《全唐文·吳融代王大夫請追賜方干等及第疏》

奏請追贈不及第人近代者》卷十，更增列孟郊、李甘、顧紹孫、沈佩、顧蒙五人，溫庭筠則改作其弟溫廷皓，〔註85〕蓋時孟郊、李甘已及第，當爲誤載。嗣後，韋莊作〈陸龜蒙誄〉，〔五代〕孫光憲《北夢瑣言・陸龜蒙追贈》卷六載：「光化三年，贈右補闕，吳侍郎融傳貽史，右補闕韋莊撰誄文，相國陸希聲撰碑文，給事中顏蕘書，皮日休博士爲詩。」〔註86〕惜誄文不復可見。

　　唐昭宗天復元年辛酉（西元 901），韋莊六十六歲。春，爲西蜀節度使王建掌書記，尋召爲起居舍人。〔唐〕韋藹《浣花集・序》載：「辛酉春，應聘爲西蜀奏記。」，又〔五代〕孫光憲《北夢瑣言》卷七載：「王蜀先主初下成都，馮涓節制判掌其奏箋，歲久轉廳，以掌記辟韋莊郎中。於權變之間，未甚愜旨。」是知韋莊仕蜀之因：其一，唐昭宗朝名存實亡，外有各地藩鎮之割據，內有南衙北司之傾軋；宮廷政變不止，宦官藩鎮，迭相矛盾，勾結作亂，挾天子令諸侯，有志之士無以施展抱負；韋莊被迫另作他計，〔宋〕計有功《唐詩紀事》卷六八載：「李洵爲西川宣諭和協使，辟爲判官，以中府多故，潛欲依王建，建辟爲掌書記。尋召爲起居舍人，表留之。」〔清〕吳任臣《十國春秋》卷四十亦載：「高祖爲西川節度副使，昭宗命莊與李洵宣諭兩川，遂留蜀，同馮涓並掌書記。」自此，韋莊終身仕蜀。其二，蜀地不受中原戰火侵襲，中原士人於焉多避難於蜀；重以王建尊重士人，願委重任，故士多趨之。《新五代史・前蜀世家》載：「蜀恃險而

　　卷 820 之詞句，與韋莊此奏差同；且《唐才子傳・方干傳》載王融草表薦方干事，故主張此奏表爲王融所擬，上表之事，則爲王融首倡，或王融亡而韋莊以其表上之。見夏承燾著：《唐宋詞人年譜》（臺北：金園出版社，1982 年 12 月初版），頁 22。此表之作者爲王融或韋莊，雖有所爭議，然韋莊既奏此表，顯示其同意該表所言，則此表亦能表現韋莊之主張。

〔註85〕〔五代〕王定保著：《唐摭言・韋莊奏請追贈不及第人近代者》，見《景印文淵閣四庫全書》本（臺北：臺灣商務印書館），冊 1035，卷 10，頁 16～20。

〔註86〕《北夢瑣言》，卷 6，頁 12。

富，當唐之末，士人多欲依建以避亂。建雖起盜賊，而爲人多智詐，善待士，故其僭號，所用皆唐名臣世族；莊，見素之孫……。建謂左右日：『吾爲神策軍將時，宿衛禁中，見天子夜召學士，出入無間，恩禮親厚如寮友，非將相可比也。』故建待格等恩禮尤異，其餘宋玭等百餘人，並見信用。」〔註87〕〔清〕徐倬《全唐詩錄》卷九四亦載：「建表留，以莊名臣世族，恩裡殊厚。」王建欽羨唐僖宗與翰林學士，君臣關係親厚，而韋莊名顯當代，更爲唐朝名門之後，王建自極欲延攬。王建其人，據〔宋〕司馬光《資治通鑑》卷七四所載：「建既得西川，留心政事，容納直言，好施樂士，用人各盡其才，謙恭儉素」，〔註88〕又〈後梁紀〉卷二六六載：「蜀主雖目不知書，好與書生談論，粗曉其理。是時唐衣冠之族多避亂在，蜀主禮而用之，使脩舉故事，故其典章文物有唐之遺風。」是知王建本武人，而能親用儒生，故韋莊投效其下；韋莊果亦倍受禮遇，得實踐政治抱負。〔宋〕計有功《唐詩紀事》卷六八載：「莊爲王建管記時，一縣宰乘時擾民，莊爲建草牒云：『正當凋瘵之秋，好安凋瘵；勿使瘡痍之後，復作瘡痍』時以爲口實」；〔清〕吳任臣《十國春秋》卷四十亦載：「文不加點，而語多稱情。時有縣令擾民者，莊爲高祖草牒曰：『正當凋瘵之秋，好安凋瘵；勿使瘡痍之後，復作瘡痍』一時以爲口實。尋擢起居舍人。」韋莊心懷百姓，見吏乘隙擾民，爲民上奏，時人念之，韋莊賢名遂傳誦於世，成一時佳話；王建亦備賞其治國才識，終授予宰相位。從此，韋莊不復漂泊流離，亦爲其一生最平順時期。〔宋〕楊湜《古今詞話》乃載〈小重山〉、〈謁金門〉係寫王建奪韋莊寵人之本事，〔註89〕夏承燾認爲乃附會之談，因王建重用韋莊，託爲心腹，不至有此行誼；重

〔註87〕《新五代史·前蜀世家》，卷63，頁787。

〔註88〕《資治通鑑·唐紀》，卷74，頁8420。

〔註89〕〔宋〕楊湜著：《古今詞話》見唐圭璋編：《詞話叢編》（北京：中華書局，2005年10月第2版），冊1，頁20。該事詳見本文第四章〈宋人對韋莊詞之接受〉之第二節〈詞論中之韋莊詞接受〉。

以該詞作於韋莊及第之際，非入蜀之後，誠不足取爲信也。〔註90〕

　　唐昭宗天復二年壬戌（西元 902），韋莊六十七歲，於浣花溪尋得杜甫草堂舊址，〔唐〕韋藹《浣花集·序》載：「浣花溪尋得杜工部舊址，雖蕪沒已久，而柱砥尤存。因命芟黃，結茅爲一室。蓋欲思其人而成其處，非敢廣其基構耳。」杜甫於唐肅宗乾元二年（西元 759），避安史之亂，攜家遷居成都；翌年，春，於浣花溪畔建草堂；至唐代宗永泰元年（西元 765），辭嚴武幕職，遂離成都。草堂自此荒蕪。唐宣宗大中八年（西元 854），雍陶刺簡州，曾尋訪杜甫草堂，其〈經杜甫舊宅〉詩云：「浣花溪裡花多處，爲憶先生在蜀時。萬古只應留舊宅，千金無復換新詩。沙崩水檻鷗飛盡，樹壓村橋馬過遲。山月不知人事變，夜來江上與誰期。」〔註91〕是知草堂荒涼日久。韋莊尋訪草堂，見遺址雖荒蕪，而柱砥仍在，遂命弟韋藹芟除草木，補葺舊構，不另廣築，但結茅成室，以示韋莊對杜甫之思念與景仰。

　　唐昭宗天復三年癸亥（西元 902），韋莊六十八歲。四月，韋莊爲蜀出使唐朝，蓋其時朱全忠把持唐朝，王建須同朱全忠修復關係。《舊唐書·昭宗本紀》載：「四月辛未朔，西川王建以兵攻秦、隴，乘茂貞之弱也，仍遣判官韋莊入貢，修好于全忠。」〔註92〕〔清〕吳任臣《十國春秋》卷四十亦載：「天復間，高祖遣莊入貢，亦修好于梁王全忠，談言微中，頗得全忠心，隨押牙王殷報聘。」是知韋莊入貢得當，爲王建奠定開國根基。六月，韋藹集結韋莊詩文成《浣花集》，並撰有序文。《浣花集·序》云：「余家之兄莊，自庚子亂離前，凡著歌詩、文章數十通。屬兵火迭興，簡編俱墜，唯餘口誦者所存無幾。後流離漂泛，寓目緣情。子期懷舊之辭，王粲傷時之製。或離群軫慮，

〔註90〕見夏承燾著：《唐宋詞人年譜》（臺北：金圜出版社，1982 年 12 月初版），頁 23～24。

〔註91〕〔唐〕雍陶〈經杜甫舊宅〉詩，〔清〕康熙御定：《御定全唐詩》，見《景印文淵閣四庫全書》本（臺北：臺灣商務印書館），冊 1428，卷 518，頁 7。

〔註92〕《新校本舊唐書·昭宗本紀》，卷 20 上，頁 777。

或反袂興悲。四愁九愁之文，一詠一觴之作。迄於癸亥歲，又綴僅千餘首。庚申夏，自中諫辟為判使。辛酉春，應聘為西蜀奏記。明年，浣花溪尋得杜工部舊址，雖蕪沒已久，而柱砥尤存。因命芟黃，結茅為一室。蓋欲思其人而成其處，非敢廣其基構耳。藹便因閑日，尋兄之稿草中，或默記吟咏者，次為若干首，目之曰《浣花集》，亦杜陵所居之義也。餘今之所制，則俟為別錄，用繼於右。時癸亥年六月九日藹集。」是知韋藹係集結韋莊詩文成編，並以《浣花》名命以示韋莊對杜甫之傾慕；所收作品數目，因戰亂散佚甚多，僅存千餘首耳，當少於韋莊〈乞彩牋歌〉詩所云：「我有歌詩一千首」之數。其時，貫休亦已入蜀，〔註93〕同韋莊時時往返，作詩唱和。八月，唐朝封王建為蜀王，〔宋〕司馬光《資治通鑑》卷二六四載：「庚辰，加西川節度使西平王王建守司徒，進爵蜀王。」〔註94〕王建自郡王進爵國王。

　　唐昭宗天祐元年甲子（天復四年）（西元904），韋莊六十九歲。正月己酉，朱全忠遣牙將寇彥卿逼唐昭宗遷都洛陽。閏四月丁酉，唐昭宗發往陝州；壬寅，次谷水行宮；甲辰，禦正殿受駕。六月甲午朔，邠州楊崇本侵掠關內，會李克用、王建討朱全忠。七月甲子，朱全忠自汴至洛陽。八月壬寅夜，朱全忠令左龍武統軍朱友恭、右龍武統軍氏叔琮、樞密使蔣玄暉弒唐昭宗於椒殿；翌日，立唐昭宗第九子李柷為皇太子；丙午即位，是為唐昭宣帝。〔註95〕

　　唐昭宣帝天祐二年乙丑（天復五年）（西元905），韋莊七十歲。十一月，韋莊為王建作教諭使，答梁使司馬卿，〔宋〕張唐英《蜀檮杌》卷上載：「昭宗遇弒，梁祖即位，遣使宣諭。興元節度王宗綰馳驛白建。建謀興復，莊以兵者大事，不可倉卒而行，乃為建答宗綰教，其略曰：『吾家受主上恩有年矣，衣衿之上，宸翰如新，墨詔之中，

〔註93〕貫休〈蜀王入大慈寺聽講〉詩，自注云：「天後（筆者按：應為天復）三年作。」

〔註94〕《資治通鑑·唐紀》，卷264，頁8613。

〔註95〕《新校本舊唐書·昭宗本紀》，卷20上，頁778～783。

淚痕猶在。犬馬猶能報主，而況人之臣子乎？自去年二月車駕東還，連貢二十表，而絕無一使之報。天地阻隔，叫呼何及。聞上至谷水，臣僚及宮妃千餘人，皆爲汴州所害，及至洛，果遭弒逆。自聞此詔，五內糜潰。今兩川銳旅，誓雪國恥，不知來使，何以宣諭，示此告勅，令自決進退。』梁使遂還。梁祖復遣使通好，以建爲兄。莊得書笑曰：『此神堯驕李密之意也。』」〔註96〕〔宋〕司馬光《資治通鑑》卷二六五亦載：「昭宗之喪，朝廷遣告哀使司馬卿宣諭王建，至是始入蜀境。西川掌書記韋莊爲建謀，使武節度使王宗綰諭卿曰：『蜀之將士，世受唐恩，去歲聞乘輿東遷，凡上二十表，皆不報。尋有亡卒自汴來，聞先帝已罹朱全忠弒逆。蜀之將士方日夕枕戈，思爲先帝報仇。不知今茲使來以何事宣踰？舍人宜自圖進退。』卿乃還。」〔註97〕是時朱全忠覬覦蜀地，遣使宣諭唐昭宗之喪，王建召韋莊謀復興大計，韋莊以爲不可輕易出兵，斥朱全忠弒君之罪，諭使遂惶懼還朝。

　　唐昭宗天祐三年丙寅（天復六年）（西元906），韋莊七十一歲。十月丙戌，韋莊任安撫副使；〔清〕吳任臣《十國春秋》卷四十載：「高祖立行台於蜀，承制封拜，以莊爲宣撫副使。」

　　唐昭宗天祐四年丁卯（天復七年）（西元907），韋莊七十二歲。三月甲辰，唐昭宣帝禪位於朱全忠；四月，朱全忠於大梁（今河南省開封）即帝位，國號大梁，李唐王朝遂亡。〔註98〕九月，王建召臣論稱帝事，韋莊等眾臣皆勸王建稱帝，獨判官馮涓反對；韋莊代王建謀策，率成都上下哭三日，以示哀痛；韋莊拜左散騎常侍，判中書門下事，定開國制度。〔宋〕張唐英《蜀檮杌》卷上載：「九月僭即僞位，號大蜀，改元武成。以王宗佶爲中書令，韋莊爲散騎常侍、判中書門下事。……建之開國，制度號令，刑政禮樂，皆莊所定」〔註99〕〔宋〕

〔註96〕《蜀檮杌》，上卷，頁8。
〔註97〕《資治通鑑・唐紀》，卷265，頁8651。
〔註98〕《新校本舊唐書・哀帝本紀》，卷20下，頁809～811。
〔註99〕《蜀檮杌》，上卷，頁4。

司馬光《資治通鑑·後梁紀》卷二六六亦載：「蜀王會將佐議稱帝，
皆曰：『大王雖忠於唐，唐已亡矣，此所謂『天與不取』者也！』馮
涓獨獻議請以蜀王稱制，曰：『朝興則未爽稱臣，賊在則不同爲惡。』
王不從，涓杜門不出。王用安撫副使、掌書記韋莊之謀，帥吏民哭三
日；己亥，即皇帝位，國號大蜀。辛丑，以前東川節度使兼侍中王宗
售爲中書令，韋莊爲左散騎常侍、判中書門下事，閬州防禦使唐道襲
爲內樞密使。」又〔元〕辛文房《唐才子傳》卷十載：「及建開僞蜀，
莊托在腹心，首預謀畫，其郊廟之禮，冊書赦令，皆出莊手。」〔清〕
徐倬《全唐詩錄》卷九四載：「即僞位，拜散騎常侍，進吏部平章事。」
王建重用韋莊，託爲心腹，韋莊大展治國之能。

　　蜀高祖武成元年戊辰（西元 908），韋莊七十三歲。正月丁丑，
韋莊任門下侍郎同平章事。〔宋〕計有功《唐詩紀事》卷六八載：「後
相建爲僞平章事。」韋莊終平步青雲，實踐濟世抱負；百揆之暇，仍
雅好禪理，與貫休相唱和，〈寄禪月大師〉詩云：「萬世不如棋一局，
雨堂閑夜許來麼。」是知韋莊留心政事；貫休有〈和韋相公見示閒臥〉
詩云：「刻形求得相，事事爲嘗眠。霖雨方爲雨，非烟豈是烟。童收
庭樹果，風曳案頭牋。仲匜專爲誥，何充雅愛禪。靜嫌山色遠，病是
酒盃偏。蝸響初穿壁，蘭芽半出甑。堂懸金粟像，門枕御溝泉。且沐
雖頻握，融帷孰敢褰。德高羣彥表，善植幾生前。修補烏皮几，深藏
子敬氈。扶持千載聖，瀟洒一聲蟬。碁陣連殘月，僧文似大顛。常知
生似幻，維重直如弦。餅憶蓴羹美，茶思岳瀑煎。祇聞溫樹譽，堪鄙
竹林賢。脫穎三千士，馨香四十年。寬平開義路，淡汀潤清田。哲后
知如子，空王夙有緣。對歸香滿袖，吟次月當川。休說慚如犍，堯天
即梵天。」〔註100〕是知韋莊仕既顯，自奉不改其常，居高位而親力
政事，不忘初衷；百忙之際，猶愛佛理。行事待人如當年，溫厚正義，
備受時人稱頌。

〔註100〕〔唐〕貫休《禪月集》，見《景印文淵閣四庫全書》本（臺北：臺
　　　灣商務印書館），冊 1084，卷 12，頁 7～8。

　　蜀高祖武成二年己巳（西元 909），韋莊七十四歲。正月，韋莊任吏部侍郎同平章事，〔宋〕張唐英《蜀檮杌》卷上載：「武成二年，正月，祀南郊，御樓肆赦。以韋莊爲吏部侍郎，張格爲中書侍郎，並平章事。因謂曰：『不恃權，不行私，惟正是守，此宰相之任也。』」〔元〕辛文房《唐才子傳》卷十亦載：「以功臣授吏部侍郎同平章事。」又〔五代〕何光遠《鑒誡錄》卷九載：「咸通中，王建侍御詩寒碎，竟不顯榮，乾符末，李洞秀才出意窮貧，不登名第。是知詩者陶人性情，定乎窮通。故韋莊補闕有〈長安感懷〉云：『大道不將爐冶去，有心重築太平基。』此則苞括生成，末爲台輔。」〔註 101〕韋莊多年寒窗苦讀，通究治國之才，更有治國之德，奠定西蜀之基業。

　　蜀高祖武成三年庚午（西元 910），韋莊七十五歲；八月，韋莊卒於成都浣花坊，葬於白沙之陽，諡號文靖。〔宋〕張唐英《蜀檮杌》卷下載：「八月，吏部侍郎、平章事韋莊卒。」。〔宋〕計有功《唐詩紀事》卷六八亦載：「至若〈閑臥〉詩云：『誰知閑臥意，非病亦非眠』又『手從雕扇落，頭任鹿巾偏』識者知其不祥。後誦子美詩：『白沙翠竹江村暮，相送柴門月色新』之詩，吟諷不輟。是歲卒於花林坊，葬於白沙。」又〔清〕吳任臣《十國春秋》卷四十載：「是歲，莊日誦杜甫『白沙翠竹江村暮，相送柴門月色新』之詩，吟諷不輟，人以爲詩讖也。」斯亦可證韋莊畢生欽慕杜甫，無時或忘。

第二節　韋莊詞作之編選

　　韋莊詞作，原無專集傳世，而有詩集《浣花集》二十卷，乃弟韋藹所編。〔宋〕張唐英《蜀檮杌》卷上載：「有《浣花集》二十卷。」〔宋〕王堯臣《崇文總目》卷十二亦載：「《浣花集》二十卷。」〔註 102〕然該

〔註 101〕　〔五代〕何光遠著：《鑒誡錄》，見《景印文淵閣四庫全書》本（臺北：臺灣商務印書館），冊 1035，卷 9，頁 4。
〔註 102〕　〔宋〕王堯臣，王洙，歐陽修等奉敕撰：《崇文總目》，見《景印文淵閣四庫全書》本（臺北：臺灣商務印書館），冊 674，卷 12，頁 15。

－65－

集於南宋時已有散失，〔宋〕晁公武《郡齋讀書志》卷四即載：「韋莊《浣花集》五卷。……僞史稱莊有集二十卷，今止存此。」〔註 103〕〔宋〕陳振孫《直齋書錄解題》卷十九亦載：「《浣花集》一卷。蜀韋莊撰。」；〔註104〕而《宋史·藝文志》卷二〇八載：「韋莊《浣花集》十卷。」〔註105〕所著錄卷數，與今存〔明〕毛晉汲古閣本卷數同，或其時二十卷本已析爲十卷。而韋莊詞作是否存於二十卷集中，則無可考矣。

今傳韋莊詞作，見錄於詞選集中，主要收於〔後蜀〕趙崇祚《花間集》與〔北宋〕佚名《金奩集》，兩者所錄相同，凡收 48 闋詞。其他詞作則散見歷代詞選，其中，〔北宋〕佚名《尊前集》增收 5 闋：〈清平樂〉（瑣窗春暮）、〈清平樂〉（綠楊春雨）、〈怨王孫〉（錦里蠶市）、〈定西番〉（挑盡金燈紅燼）、〈定西番〉（芳草叢生縷結）；〔南宋〕書坊《草堂詩餘》增收 1 闋：〈謁金門〉（春雨足）；明代·陳耀文《花草粹編》增收 2 闋：〈小重山〉（春到長門春草青）、〈小重山〉（秋到長門秋草黃）；清代·康熙御製《御選歷代詩餘》增收 1 闋：〈玉樓春〉（日照西樓花似錦）。總計韋莊詞凡 57 闋。然清代·康熙御製《全唐詩》54 闋，未收〈小重山〉（春到長門春草青）、〈小重山〉（秋到長門秋草黃）、〈玉樓春〉（日照西樓花似錦）3 闋，其數目與歷代詞選所收不同，或間有存疑詞。

緣此，今人學者對歷代詞選所收之韋莊詞，旁搜羅集，校定其間差異，勒編爲專集。茲舉要者如下：

一、胡鳴盛《韋莊詞注》（1923 年）：收 54 闋詞，附錄〈小重山〉（春到長門春草青）、〈小重山〉（秋到長門秋草黃）、〈玉樓春〉（日照西樓花似錦）3 闋爲存疑詞。

二、劉毓盤《唐五代宋遼金元名家詞集六十種》（1925 年）：收

〔註103〕 〔宋〕晁公武著：《郡齋讀書志》，見《景印文淵閣四庫全書》本（臺北：臺灣商務印書館），冊 674，卷 4 中，頁 25。

〔註104〕 〔宋〕陳振孫著：《直齋書錄解題》，見《景印文淵閣四庫全書》本（臺北：臺灣商務印書館），冊 674，卷 19，頁 25。

〔註105〕 見〔元〕脫脫等撰：《新校本宋史并附編三種》（臺北：鼎文書局，1983 年），卷 208，頁 5347。

55 闋詞，題爲《浣花詞》，自《御選歷代詩餘》迻錄〈玉樓
春〉（日照西樓花似錦）1 闋。

三、林大椿《唐五代詞》（1933 年）：收 54 闋詞。

四、向迪宗《韋莊集》（1958 年）：收 55 闋詞，自《御選歷代詩
餘》迻錄〈玉樓春〉（日照西樓花似錦）1 闋，題爲《浣花
詞集》。〔註 106〕

五、王國維《唐五代二十一家詞輯》（1972 年）：收 54 闋詞，題
爲《浣花詞》。

六、劉金城《韋莊詞校注》（1985 年）：收 54 闋詞，附錄〈小重
山〉（春到長門春草青）、〈小重山〉（秋到長門秋草黃）、〈玉
樓春〉（日照西樓花似錦）3 闋爲存疑詞。〔註 107〕

七、李誼《韋莊集校注》（1985 年）：收 55 闋詞，列〈玉樓春〉
（日照西樓花似錦）1 闋爲存疑詞。〔註 108〕

八、曾昭岷《溫韋馮詞新校》（1988 年）：收 54 闋詞，附錄〈小

〔註106〕 向迪琮《韋莊集・後記》云：「端己詞，散見各書，向無專集。茲
從《花間集》抄四十八首，《尊前集》抄五首，《草堂詩餘》、《歷代
詩餘》，各抄一首，共爲五十五首，並與《全唐詩》所收五十四首
相校，其差異處，亦經分別校定，特寫一卷，名曰《浣花詞集》。」
是知向迪琮所收韋莊詞，係爲存詞，使後人得幸睹韋莊詞全貌。見
向迪琮校訂：《韋莊集》（北京：人民文學出版社，1998 年 3 月，北
京第 1 版），頁 171～172。

〔註107〕 劉金城認爲〈小重山〉（春到長門春草青）、〈小重山〉（秋到長門秋
草黃）兩闋：「以上兩首，見《花草稡編》卷六，其作者《唐宋諸
賢絕妙詞選》作薛昭蘊，《花間集》不載。」，又〈玉樓春〉（日照
西樓花似錦）一闋：「此首作者，《尊前集》作歐陽炯，《歷代詩餘》
作韋莊，《花間集》不載。」，見劉金城校注，夏承燾審訂：《韋莊
詞校注》（北京：中國社會科學出版社，1985 年 4 月第 1 版。），頁
35～36。然〈小重山〉（春到長門春草青）、〈小重山〉（秋到長門秋
草黃）兩闋，《花間集》實有載錄，唯題作歐陽炯。

〔註108〕 李誼認爲〈玉樓春〉（日照西樓花似錦）一闋：「此首詞錄自《歷代
詩餘》。《全唐詩》和《花間集》均不載，而《尊前集》認爲此詞爲
歐陽炯作，今暫錄於此。」，見李誼校注：《韋莊集校注》成都：四
川省社會科學院出版社，1986 年第 1 版），頁 557。

重山〉（春到長門春草青）、〈小重山〉（秋到長門秋草黃）、〈玉樓春〉（日照西樓花似錦）三闋，考定乃僞詞。〈小重山〉（春到長門春草青）、〈小重山〉（秋到長門秋草黃）兩闋下云：「此下二首依《花草粹編》迻錄。此二首《花間集》作薛昭蘊，《唐宋諸賢絕妙詞選》、《詞的》、《歷代詩餘》仍之。《花草粹編》收作韋詞，非是。」謂〈玉樓春〉（日照西樓花似錦）一闋：「此依《歷代詩餘》迻錄。此首爲歐陽炯詞，見《尊前集》，《草堂詩餘》、《花草粹編》仍之。《歷代詩餘》收作韋詞，非是。」。〔註109〕

九、曾昭岷、曹濟平、王兆鵬、劉尊明《全唐五代詞》（1999 年）：收 54 闋詞，列〈謁金門〉（春雨足）1 闋爲存疑詞，附錄〈小重山〉（春到長門春草青）、〈小重山〉（秋到長門秋草黃）、〈玉樓春〉（日照西樓花似錦）三闋爲存目詞。〔註110〕

十、聶福安《韋莊集箋注》（2002 年 4 月）：以向迪宗本爲底本，收 54 闋詞，題爲《浣花詞》，注〈謁金門〉（春雨足）：「此

〔註109〕 見〔唐〕溫庭筠，〔唐〕韋莊，〔南唐〕馮延巳著，曾昭岷校訂《溫韋馮詞新校》（上海：上海古籍出版社，1988 年 12 月第 1 版），頁 220、219。

〔註110〕 曾昭岷等人，謂〈謁金門〉（春雨足）一闋：「此首始見於〔明〕洪武本《草堂詩餘》前集卷下，未署作性名，而列於韋莊〈謁金門〉（空相憶）詞後。《類編草堂詩餘》卷一始錄作韋詞，《草堂詩餘》正集卷一、《古今詩餘醉》卷四、《全唐詩》卷八九二、《歷代詩餘》卷一一、《蓼園詞選》因之。劉輯本、王輯本《浣花詞》、《韋莊集注》、《韋莊集校注》亦錄作韋詞。然不無可疑。《全宋詞》三七三九頁作收〔宋〕無名氏詞，而斷《類編草堂詩餘》收作韋詞爲誤。然求眞正僞，據無確據。姑錄作韋詞以存疑。此首《詞學筌蹄》卷五別又作〔宋〕陳瓘詞，不足據。」，又謂〈小重山〉（春到長門春草青）、〈小重山〉（秋到長門秋草黃）兩闋出自：「《花草粹編》卷六。薛昭蘊作，見《花間集》」〈玉樓春〉（日照西樓花似錦）出自：「《歷代詩餘》卷三一，歐陽炯作，見《尊前集》」，見曾昭岷、曹濟平、王兆鵬、劉尊明編撰：《全唐五代詞》（北京：中華書局，1999 年 12 月第 1 版），頁 174、175。

詞據《草堂詩餘》、《全唐詩》補」〔註111〕

十一、齊濤《韋莊詩詞箋注》（2002 年 6 月）：以向迪宗本爲底
本，收 57 闋詞，所增 3 闋乃自《尊前集》、《草堂詩餘》、
《花草粹編》與《御選歷代詩餘》輯補，列於卷末。書中
注〈玉樓春〉（日照西樓花似錦）詞云：「《尊前集》作歐
陽炯作。」，〈小重山〉（春到長門春草青）、〈小重山〉（秋
到長門秋草黃）兩詞云：「以上二詞《唐宋諸賢絕妙詞選》
作薛昭蘊作」〔註112〕

綜觀各家所收韋莊詞，可知存詞凡 57 闋 23 調；若去其重出，及
〈謁金門〉（春雨足）、〈小重山〉（春到長門春草青）、〈小重山〉（秋
到長門秋草黃）、〈玉樓春〉與（日照西樓花似錦）四闋詞，或視爲存
疑詞，則韋詞較可信者，計 54 闋 21 調。

表1：歷代詞選增收之韋莊詞一覽表

序號	詞牌	首句	詞　選				
			後蜀趙崇祚《花間集》	北宋佚名《尊前集》	南宋書坊《草堂詩餘》	明代陳耀文《花草粹編》	清代康熙御製《御選歷代詩餘》
1	浣溪沙	清曉粧成寒食天	∨				
2	浣溪沙	欲上鞦韆四體傭	∨				
3	浣溪沙	惆悵夢餘山月斜	∨				
4	浣溪沙	綠樹藏鶯鶯正啼	∨				

〔註111〕　見聶福安箋注：《韋莊集箋注》（上海：上海古籍出版社，2002 年 4
月第 1 版），頁 454。
〔註112〕　見齊濤箋注：《韋莊詩詞箋注》（濟南：山東教育出版社，2002 年 6
月第 1 版），頁 632、635。

5	浣溪沙	夜夜相思 更漏殘	✓				
6	菩薩蠻	紅樓別夜 堪惆悵	✓				
7	菩薩蠻	人人盡說 江南好	✓				
8	菩薩蠻	如今卻憶 江南樂	✓				
9	菩薩蠻	勸君今夜 須沉醉	✓				
10	菩薩蠻	洛陽城裏 春光好	✓				
11	歸國遙	春欲暮	✓				
12	歸國遙	金翡翠	✓				
13	歸國遙	春欲晚	✓				
14	應天長	綠槐陰裏 黃鶯語	✓				
15	應天長	別來半歲 音書絕	✓				
16	荷葉杯	絕代佳人 難得	✓				
17	荷葉杯	記得那年 花下	✓				
18	清平樂	春愁南陌	✓				
19	清平樂	野花芳草	✓				
20	清平樂	何處遊女	✓				
21	清平樂	鶯啼殘月	✓				
22	清平樂	瑣窗春暮		✓			
23	清平樂	綠楊春雨		✓			
24	忘遠行	欲別無言 倚畫屏	✓				
25	謁金門	春漏促	✓				
26	謁金門	空相憶	✓				

27	謁金門	春雨足			✓		
28	江城子	恩重嬌多情易傷	✓				
29	江城子	髻鬟狼籍黛眉長	✓				
30	河傳	何處煙雨	✓				
31	河傳	春晚風暖	✓				
32	河傳	錦浦春女	✓				
33	怨王孫	錦里蠶市		✓			
34	天仙子	悵望前回夢裏期	✓				
35	天仙子	深夜歸來長酩酊	✓				
36	天仙子	蟾彩霜華夜不分	✓				
37	天仙子	夢覺雲屏依舊空	✓				
38	天仙子	金似衣裳玉似身	✓				
39	喜遷鶯	人洶洶	✓				
40	喜遷鶯	街鼓動	✓				
41	思帝鄉	雲髻墜	✓				
42	思帝鄉	春日游	✓				
43	訴衷情	燭燼香殘簾未卷	✓				
44	訴衷情	碧沼紅芳煙雨靜	✓				
45	上行盃	芳草灞陵春岸	✓				
46	上行盃	白馬玉鞭金轡	✓				
47	女冠子	四月十七	✓				
48	女冠子	昨夜夜半	✓				

			v				
49	更漏子	鐘鼓寒	v				
50	酒泉子	月落星沉	v				
51	木蘭花	獨上小樓 春欲暮	v				
52	小重山	一閉昭陽 春又春	v				
53	小重山	春到長門 春草青				v	
54	小重山	秋到長門 秋草黃				v	
55	定西番	挑盡金燈 紅燼		v			
56	定西番	芳草叢生 縷結		v			
57	玉樓春	日照西樓 花似錦					v
共計			48	5	1	2	1

第三章　唐五代人對韋莊詞之接受

　　韋莊詞之接受史，幾乎與韋莊詞之創作同時發生，交相成長。唐五代人對本朝作家韋莊詞之接受，於詞人創作、詞論與詞選三方面，主要表現於詞論與詞選中。〔後蜀〕趙崇祚所編《花間集》收有韋莊詞，歐陽炯對該集作有〈花間集序〉，兩者爲最早接受韋莊詞者。至於詞人創作方面，經檢索《全唐五代詞》，未見作者於詞題或詞文中標明以韋莊爲接受對象之作。然此一搜羅結果，未必能全盤否定韋莊對詞人創作之影響，如夏承燾謂韋莊所製抒情詞：「影響後來的李煜」，〔註1〕唐圭璋亦云：「南唐二主之尙賦體，當受韋氏之影響。」〔註2〕又〔日本〕哲崎久和指出魏承班〈漁歌仔〉「少年郎，容易別」一句係「沿襲了韋莊〈上行盃〉」〔註3〕是皆說明詞人創作或有接受韋莊詞者，唯詞作未標明，遂難確知係爲何作。故本章就詞論與詞選兩方面，討論唐五代人對韋莊詞之接受情形。

〔註1〕見夏承燾著：《唐宋詞欣賞・論韋莊詞》（杭州：浙江古籍出版社，2004年2月第1版），頁39。

〔註2〕見唐圭璋：〈唐宋兩代蜀詞〉，華東師範大學中文系古典文學研究室編：《詞學研究論文集》（上海：華東師範大學出版社，1988年3月第1版），頁256。

〔註3〕見〔日本〕哲崎久和：〈《花間集》的沿襲〉，見《詞學》編輯委員會編：《詞學》（上海：華東師範大學出版社，1992年7月第1版），第9輯，頁102。

第一節　詞論中之韋莊詞接受：〈花間集序〉

　　文人之歷代接受情況，尤顯現於文學批評中。文學批評之生發，必較晚於文學創作。晚唐五代之際，文壇夥關注於詩，詞仍作爲詩之附庸；詩體之創作與批評，勝於詞體之創作與批評。以故，詞學論點之提出，必迨詞體獨立於詩，詞學觀念漸趨成熟，詞篇創作日趨豐富，方得產生專門性之詞學批評。

　　後蜀孟昶廣政三年（西元 940），衛尉少卿趙崇祚編《花間集》十卷成，復請〔後蜀〕歐陽炯爲之作序，是成〈花間集序〉也。《花間集》乃第一部文人詞之選集；故〈花間集序〉即爲較獨立、完整詞學理論之專門性文獻，其不僅爲詞集序跋之濫觴，亦可謂詞學評論之肇祖，詞學評論遂由此發軔矣。茲先列〈花間集序〉如下：

> 鏤玉雕瓊，擬化工而迴巧；裁花剪葉，奪春艷以爭鮮。是以唱雲謠則金母詞清，挹霞醴則穆王心醉。名高白雪，聲聲而自合鸞歌；響遏青雲，字字而偏諧鳳律。楊柳大堤之句，樂府相傳；芙蓉曲渚之篇，豪家自製。莫不爭高門下，三千玳瑁之簪；競富尊前，數十珊瑚之樹。則有綺筵公子，繡幌佳人，遞葉葉之花箋，文抽麗錦；舉纖纖之玉指，拍按香檀。不無清絕之辭，用助嬌嬈之態。自南朝之宮體，扇北里之倡風。何止言之不文，所謂秀而不實。有唐以降，率土之濱。家家之香逕春風，寧尋越艷；處處之紅樓夜月，自鎖嫦娥。在明皇朝，則有李太白應制清平樂詞四首。近代溫飛卿復有《金荃集》。邇來作者，無愧前人。今衛尉少卿字弘基，以拾翠洲邊，自得羽毛之異；織綃泉底，獨殊機杼之功。廣會眾賓，時延佳論。因集近來詩客曲子詞五百首，分爲十卷。以炯粗預知音，辱請命題，仍爲敘引。昔郢人有歌陽春者，號爲絕唱，乃命之爲《花間集》。庶使西園英哲，用資羽蓋之歡；南國嬋娟，休唱蓮舟之引。時大蜀廣政三年夏四月日序。〔註4〕

〔註4〕施蟄存主編：《詞籍序跋萃編》（北京：中國社會科學出版社，1994

〈花間集序〉不唯體現歐陽炯其人之文學主張與審美風尚，更顯示歐陽炯所處時代之詞學觀念，即唐文宗開成元年（西元 836）迄後蜀孟昶廣政三年（西元 940）；〔註5〕而晚唐五代人對韋莊詞之接受情況，自然主要集中於該序；其論及花間詞人與當代詞壇，亦同時論及韋莊。此序以工致之四六駢體文，運用典故與譬喻以陳述，敘述多於論理，有意識地總結晚唐文人詞創作之情況；述及《花間集》之編撰時間、文化背景、編選目的、風格特徵，更揭櫫唐代以來樂府詞曲之演進軌跡，詞體之生存環境、審美風尚、創作目的、歌詠對象、創作趨向、社會功用、價值取向等詞學層面問題。

　　次述歐陽炯其人，以建構〈花間集序〉之闡發本源。歐陽炯，爲益州華陽人（今四川省成都），生於唐昭宗乾寧三年（西元 896），時韋莊六十一歲；卒於宋太祖開寶四年（西元 971）。其少事王建、王衍，爲中書舍人；後唐莊宗同光三年（西元 925），前蜀亡，隨王衍至洛陽，補秦州從事；後唐潞王從珂清泰元年（西元 936），後蜀孟知祥僭號稱帝，以歐陽炯爲中書舍人，歷拜翰林學士、禮部侍郎、吏部侍郎等，官拜門下侍郎兼戶部尙書、平章事、監修國史；宋太祖乾德三年（後蜀

年 12 月第 1 版），頁 631。

〔註5〕 吳世昌〈花間詞簡論〉謂《花間集》：「作品的年代大概從開成元年（836）至歐陽炯作序的廣政三年，大約有一個世紀。」，見吳世昌著，吳令華編：《吳世昌全集・詞學論叢》（石家莊：河北教育出版社，2003 年 1 月第 1 版），頁 56。又馬興榮、吳熊和、曹濟平主編之《中國詞學大辭典・詞集》亦謂《花間集》：「是書選錄自唐開成元年（836）至後晉天福五年（940），即後蜀廣政三年以前的詞家」，見馬興榮、吳熊和、曹濟平主編：《中國詞學大辭典》（杭州：浙江教育出版社，1996 年 10 月第 1 版），頁 272。花間詞人中，皇甫松生卒年不詳；溫庭筠之生平，據夏承燾〈溫飛卿繫年〉爲生於唐憲宗元和七年（西元 812），或卒於唐憲宗十一年（西元 870），詩作繫年可考者始於唐憲宗太和六年（西元 832），唐憲宗太和九年（西元835）有〈病中書懷呈友人〉詩慨歎造孽，見夏承燾著：《唐宋詞人年譜》（臺北：金圍出版社，1982 年 12 月初版），頁 383～424。唐憲宗太和九年十一月，爆發甘露事變，溫庭筠該年左右游江淮，今傳其詞帶有南方氣息者，或作於此時，則是時其詞已爲時人接受。

28）（西元925），歐陽炯從孟昶降宋室，歷任右散騎常侍、翰林學士，贈工部尚書。是知歐陽炯三朝為官，仕宦顯赫，人生經驗豐富。其位居朝廷要位，時有宴飲歡唱之應酬，雅善長笛，好為歌詩；而其個性仍坦然率性，蜀朝之卿相以奢靡為尚之際，猶能自守儉素。〔註6〕甚輯前代史事成《唐錄備闕》十五卷，〔註7〕明興廢之道。凡此，皆示其人居高位而不忘對現實社會之關懷。茲述〈花間集序〉對韋莊詞之接受如下：

一、韋莊詞廣得佳論

　　《花間集》之編者為〔後蜀〕趙崇祚，時任衛尉少卿，長遊走於詞林翰苑，期「拾翠洲邊，自得羽毛之異；織絹泉底，獨珠機杼之功」且以斟酌嚴格之選詞態度，拾集新詞異妙之作；以周密籌劃之編詞態度，勒編為精妙之詞選；更「廣會眾賓，時延佳論」，避免個人主觀褒貶，務求客觀公允。遂「集近人詩客曲子詞五百首，分為十卷。」該集先選後編，廣納眾論，顯其態度嚴謹隆重，選集呈現品質萃煉與數量宏大之高規格。趙崇祚以歐陽炯「粗預知音，辱請命題，仍為敘引」，顯示兩人交流統合詞學觀念。武德軍節度判官歐陽炯，以其音樂素養參與討論，是知該選之作必和樂諧律，為當時整個詞壇發聲，凝聚眾家文人之關注焦點；而命該集名為《花間集》，並撰序文，取義於「昔郢人有歌陽春者，號為絕唱，乃命之為《花間集》。庶以陽春之甲」〔註8〕包含〈陽春白雪〉絕妙唱曲與百花爛漫時節之義；勒編於「大蜀廣政三年夏四月日」，顯見廣政三年上下一個世紀之詞壇風尚，蘊含西蜀之地域

〔註6〕　見《新校本宋史并附編三種·歐陽炯傳》（臺北：鼎文書局，1983年），卷479，頁13894～13895。

〔註7〕　見《新校本宋史并附編三種·藝文志》，卷203，頁5094。

〔註8〕　李一珉：《花間集校》校「乃命之為《花間集》」一句：「按《花間集》下，晁（晁謙之）、茅（茅一楨）、玄（玄覽齋巾箱本）、雪（雪豔亭活字本）諸本皆有『庶以陽春之甲』句，毛（毛晉汲古閣本）本同，惟『甲』作『曲』」，見李一珉校：《花間集校》（臺北：臺灣學生書局1971年4月初版），頁2。茲姑補是句，或更符合駢體文之句式，及強調《花間集》命名之確切意義。

特色。是知，韋莊詞截至〔後蜀〕孟昶廣政三年（西元 940）前，自當廣泛流傳於文壇。晚唐五代文人，時時聚會，互相交流；西蜀詞人尤其如此，詞人齊聚宮庭，欣賞評論詞篇，儼然成一詞學流派；〔註9〕文人對韋莊詞頗有佳評善論，視爲絕妙好詞，誠如李冰若《花間集評注》評〈菩薩蠻〉（人人盡說江南好）、（如今卻憶江南樂）兩詞爲：「端己此二首自是佳詞，其妙處如芙蓉出水，自然秀豔。」〔註10〕賞韋莊詞之善敘著意，清豔絕倫，時人評論亦可如是觀。韋莊詞於當代文壇之接受情況，已成爲社會交際之媒介，被正面而廣泛之接受程度，得以想見，否則將不被歐陽炯、趙崇祚所關注。

二、韋莊詞作爲唱本

　　中國詩歌，自《詩經》以來，即建立詩、樂結合之傳統，而後《楚辭》、漢魏樂府、隋唐詩歌等，莫不如此。隋唐時期，燕樂興起，音樂邁入新階段，孕育詞曲之產生。詞爲伴隨隋唐燕樂而新興之文學體裁，就音樂方面而言，詞爲和樂之歌詞；就文學方面而言，詞爲詩、樂結合之創作。詞體觀念於晚唐五代之際，尚未成熟獨立，詞體具有雙重屬性，同時附屬於樂與詩。詞體性質，一方面由詩體所演化，而主要則以燕樂爲基礎，誠如〔清〕孔尚任《衡皋詞・序》所云：「夫詞，乃樂之文也。」〔註11〕歐陽炯看待詞之體性，即以音樂爲主，攸關樂聲，該序對詞之音樂屬性特爲強調，頻言「唱」、「聲」、「合鸞歌」、「響」、「諧鳳律」、「按拍」等語辭，以及「謠」、「歌」、「引」等樂曲專名。

　　體現於《花間集》之編纂背景，則如同前代歌詞之背景，呈現「楊柳大堤之句，樂府相傳；芙蓉曲渚之篇，豪家自製。莫不爭高門下，

〔註9〕　〔日本〕澤崎久和著：〈《花間集》的沿襲〉，見《詞學》編輯委員會編《詞學》（上海：華東師範大學出版社，1992 年 7 月第 1 版），頁 115～116。

〔註10〕見李冰若著：《花間集評注》（北京：人民文學出版，1993 年 6 月北京新 1 版），頁 60。

〔註11〕見〔清〕孔尚任著，徐振貴主編：《孔尚任全集輯校註評》（濟南：齊魯書社，2004 年），頁 58。

三千玳瑁之簪；競富尊前，數十珊瑚之樹。則有綺筵公子，繡幌佳人，遞葉葉之花箋，文抽麗錦；舉纖纖之玉指，拍按香檀。」顯見當時貴族世家沉醉於吟唱與填製歌詞，樂府代代傳唱不絕、新詞為人創製不息之情況。文壇呈現競爭豔麗之審美風尚，豪門富家趨尚新詞，以誇現華美文采；閨閣美人撫琴拍板，以傳唱佳詞妙曲，是以《花間集》乃應社會需求而產生。

　　《花間集》之編選目的，係「將使西園英哲，用資羽蓋之歡；南國嬋娟，休唱蓮舟之引。」亦即提供文壇一高雅之歌詞集，滿足名士創製新詞之需求，令世人不復吟唱舊昔俗曲，阻絕南朝以來流行卻內容鄙俚之作品。選錄之標準，則為和樂歌唱與否，要求「聲聲而自合鸞歌」、「字字而偏諧鳳律」注重詞作之音律與辭采，須具備優美動聽、音律和諧之性質，以迎合音樂歌唱之需求，符合娛賓遣興之作用。該集選錄韋莊詞，亦作為唱本之用。其詞自有倚紅偎翠者，如〈清平樂〉：「野花芳草。寂寞關山道。柳吐金絲鶯語早。惆悵香閨暗老。　羅帶悔結同心。獨憑朱欄思深。夢覺半床斜月，小窗風觸鳴琴。」描寫思婦傷情，先以暮春之景襯托思婦，終乃思深成夢，有聲有色，李冰若《花間集評注》云：「昔愛玉溪生『三更三點萬家眠，露結為霜月墮煙。鬥鼠上堂蝙蝠出，玉琴時動倚窗弦』一詩，以為清婉超絕。韋相此詞以『惆悵香閨暗老』為骨，亦盛年自惜之意。而以『夢覺半牀斜月，小窗風觸鳴琴』為點醒，其聲情綿邈，設色雋美，抑又過之。」〔註12〕結語尤有情致，耐人咀嚼。韋莊填製詞作，本為抒發個人感情思想，而詞一經《花間集》選錄、傳唱，則發展出接受歷史，其意義不復限於己身，成為眾人所有，價值由是顯現。

三、韋莊詞風格雅豔

　　該序言《花間集》所收為「詩客曲子詞」，透露二觀點：一為顯

〔註12〕見李冰若著：《花間集評注》（北京：人民文學出版，1993年6月北京新1版），頁66。

示《花間集》所收之詞人，爲「詩客」身分，文人學士深具文化內涵，高於樂工歌妓之唱曲賣藝；《花間集》所收之「詞」，自然迥異於小唱小曲，非僅潮流一時一地，而爲經典之作，立足詞史。二爲顯示《花間集》所收之詞，爲「曲子詞」，修飾語「曲子」限定中心語「詞」，顯示其具備歌唱性質。

花間詞人填詞，非偶一爲之，乃是專注創製，所謂「鏤玉雕瓊，擬化工而迴巧；裁花剪葉，奪春艷以爭鮮」是也。精心雕琢描繪，使之自然而精巧，著力裁剪修飾，使之潤澤而逼眞，重視字句辭采與藝術技巧，體現古雅華豔之風格傾向，高雅而不至靡爛，令讀者得以親近，故花間詞作得以流行詞壇，爲文人所愛好而屢見評論，儼然成爲交流媒介。韋莊詞亦講究精雕細琢，巧奪天工而不離天然本色，絕少有隔之感，呈現綺豔清絕之意境。

詞爲應歌而作，則須與音樂、歌者、環境相適應；詞之內容、形式以至風格等面向，皆合於音樂。其時，詞所配合之音樂，多爲隋唐新起之燕樂，詞之性質則帶有濃厚世俗性，表現生活百態與思想情感。歌者多爲妙齡玉人，音調聲情自是旖旎柔媚，誠如〔宋〕晏幾道〈鷓鴣天〉所述：「小令尊前見玉簫。銀燈一曲太妖嬈。」〔註13〕歌詞則多傳播於歌館紅樓、酒邊筵席等撩人情思之處，詞體面貌因而呈現妖豔現象。而《花間集》之編選目的乃爲歌舞演唱之用，「用助妖嬈之態」佐宴佑歡，歌妓演唱之傳播方式，決定其選錄作品，雖面向廣博，內容豐富，而其中之突出特徵，爲聲情柔婉諧律、內容描繪美人情思與人生情懷、文字清綺華麗、筆法婉曲蘊藉、情致香軟含蓄，故此類作品自然「一以雅麗爲歸。」〔註14〕帶有雅豔之特徵。該集以雅豔爲選詞標準，選錄韋莊作品，亦出自此觀點，視爲雅艷之作，如

〔註13〕見唐圭璋編：《全宋詞》（北京：中華書局，1965 年 6 月第 1 版）冊 1，頁 226。又：爲省篇幅，本文所引宋詞，皆據此書；並逐一將冊數、頁碼逕標於引詞後，不再一一附注。

〔註14〕龍沐勛：〈選詞標準論〉，見張璋，職承讓，張驊，張博寧編纂：《歷代詞話續編》（鄭州：大象出版社，2005 年 11 月第 1 版），頁 1005。

〈訴衷情〉：「燭燼香殘簾未卷，夢初驚。花欲謝。深夜。月朦朧。何處按歌聲。輕輕。舞衣塵暗生。負春情。」描述歌妓被棄之哀怨，先以曲筆刻劃外在環境之孤寂，而後巧妙引逗出歌妓之縷縷悲思，是中情意似直而曲，密處能疏，蕭繼宗評曰：「溫柔敦厚之作，花間不多見也。」〔註15〕至其音韻則錯落有致，故李冰若《花間集評注》評曰：「音節極諧婉。」〔註16〕此詞除首句外，句句押韻，中間插入「謝」、「夜」兩韻，聲情極為低迴。

四、韋莊詞與詩體分流

晚唐五代文人對待詞體與詩體呈現不同態度，論詞與論詩則有不同趨尚。詞體之發展，盛唐時仍孕育於民間，文人所作多以近體詩入樂；中唐時，文人偶為長短句詞；迨晚唐，填詞者眾，詞體創作日趨成熟與定型；至花間詞作，已與詩體不復相同，呈現詞體自家規範。是以，歐陽炯拈出「曲子詞」一名，論詩論詞，畛域分明；詞非詩餘，兩者各有其價值取向。其論詩主張詩教，「嘗擬白居易諷諭詩五十篇以獻」〔註17〕詩作仿效白居易作諷諫篇，維護詩歌傳統命題；論詞則主張緣情，誠如〔宋〕田況《儒林公議》卷下云：「偽蜀歐陽炯嘗應命作宮詞」〔註18〕詞作學南朝宮體作豔篇，重視詞體娛樂功能與審美特性。是知，歐陽炯認為韋莊詞具備詞體之獨立風格，詞體已與詩體分流。

韋莊對待詩詞，亦抱持不同尺度。其創作，大抵而言，詩作於仕唐時期，詞作於仕蜀時期。仕唐時期，韋莊以名門之後，投身李室，懷抱積極之儒家思想，明道致用，奮發有為，為詩自然展示遠大之政

〔註15〕見蕭繼宗評點校注：《花間集》（臺北：臺灣學生書局，1981 年 10 月再版），頁 139。

〔註16〕見李冰若著：《花間集評注》（北京：人民文學出版，1993 年 6 月北京新 1 版），頁 76。

〔註17〕見《新校本宋史并附編三種‧歐陽炯傳》（臺北：鼎文書局，1983 年第 3 版），卷 479，頁 13894。

〔註18〕〔宋〕田況著：《儒林公議》，見《景印文淵閣四庫全書》本（臺北：臺灣商務印書館），冊 1036，下卷，頁 69。

治抱負,「平生志業匡堯舜」(〈關河道中〉詩)「大盜不將爐冶去,有心重築太平基。」(〈長年〉詩)拳拳服膺者,唯儒家大道爾;仕蜀時期,以北人身分,另效西蜀,參入消極之釋道思想,一方面,因中原離亂,欲歸不得;雖官運亨通,蜀主亦待之不薄,只得強顏歡笑,不負重望,實則無時不眷戀故國,爲詞則「遇酒且呵呵。人生能幾何。」(〈菩薩蠻〉)充滿失望決絕之傷悲;另一方面,入蜀既久,李室已亡,蜀地錦城,不免耽於宴樂,趨向澹泊明志,爲詞復有:「春晚。風暖。錦城花滿。狂殺遊人。」(〈河傳〉)之尋歡作樂。

此一詩詞評論標準迥異之文學觀念,更影響後代論詩與論詞各有標準,詩主言志載道、詞主緣情綺靡;遂促進詩、詞雙線發展之獨立軌道,詞體發展日益成熟而完備。

五、韋莊詞無愧前人

該序就歷史視角,揭示歌詞之歷史脈絡,加以褒貶揚抑,先言唐代以前之遠史,起自先秦、兩漢、魏晉以迄六朝。期間〈雲謠〉之歌,代表尊貴地位;〈白雪〉之曲,顯示音律悠揚;〈楊柳〉、〈大堤〉之古樂府,與〈芙蓉〉、〈曲渚〉之文人雅製,呈現宴飲作樂之歡會;南朝宮體與娼妓俗詞,徒有華美形式卻內容空虛。復言唐代迄當時之近史,自唐代以來,國勢強大,社會安定,城市經濟繁榮,市民階級壯大,社會傾向世俗化與享樂化,戶蓄歌妓,巷滿歌樓,舉國笙歌徹夜,歌詞之需日切,影響所及,文人亦嘗試填詞,「在明皇朝,則有李太白應制清平樂詞四首。近代溫飛卿復有《金筌集》」李白應制〈清平樂〉與溫庭筠歌詞專集《金筌集》作爲該階段發展高峰;文人詞之發展,遂由少量詞作、單一詞人專集,演進爲眾詞人選集,此即《花間集》。《花間集》代表晚唐五代詞人之創作成就,蓋中唐以降,世俗文藝蓬勃發展,配合燕樂歌詞大量盛行,藉以滿足時人之聲色需求;泊晚唐五代,中原干戈擾攘,西蜀偏安一隅,局勢稍安,文人紛紛避難西蜀;蜀地經濟富饒,歌臺舞榭趁時興起,君臣上下競相奢侈,雅好

歌詞，花間詞人〔註19〕群體遂產生於此文化背景中。而《花間集》雖以西蜀爲核心，然非趙崇祚徵應編集所得，而是當代詞人基於各屬時代、地域、身分、際遇等背景，創作新詞，復經趙崇祚嚴選慎編，故此中涵蓋深廣之時空面向，凝聚當代經典，代表全國典範。即如韋莊其人，以唐臣入蜀，雖居高位而追念李室淪亡，面對蜀王重用，只能背地暗泣，又不能辜負蜀王厚遇，似此複雜心情，何等哀戚沉鬱，故其詞隱含文人之政治抱負，內容深切動人。又歐陽炯等人，處於官場中，不免隨政權風雲變化，發之於詞，言盡詩所不能言之心曲。緣此，「邇來作者，無愧前人」花間詞人之作，於形式、內容與風格各方面，皆無遜前人，特具風貌。

　　歐陽炯縷述歌詞之發展脈絡，及歌詞同時處於詩史之大環境中，體現歌詞自身淵源流久之歷史，更明言、高置《花間集》於當代歌詞史中，爲《花間集》攀附古曲遠親，自抬身分地位；又稱該集爲「詩客曲子詞」，與「北里倡風」、「蓮舟之引」類之民間曲子詞相照應，顯示推尊詞體之意，開啓文人詞之新時代，希冀《花間集》成爲經典之集，於詞史中位居正統典範地位。〔註20〕

〔註19〕此言花間詞人，不拘泥於《花間集》，蓋因花間詞人之創作非《花間集》所盡收，當應包含《尊前集》等其他詞選所收者，方較完善。

〔註20〕關於〈花間集序〉之最大爭議，爲「自南朝之宮體，扇北里之倡風。何止言之不文，所謂秀而不實。」一句，此句語意跳躍，學者大抵有兩種主張，一爲視此句係敘《花間集》之歷史背景，《花間集》則爲宮體與倡風之結合，如夏承燾〈論韋莊詞〉云：「歐陽炯序《花間集》，……說明《花間集》裡的作品，大都是『公子』、『佳人』在酒邊尊前的娛賓遣興之作。其內容以寫兒女戀情、閒愁綺怨者居多；其詞風大穠艷軟媚，婉約含蓄。」，見劉金城校注，夏承燾審訂：《韋莊詞校注》北京：中國社會科學出版社，1985年4月第1版），頁2～3。又唐圭璋、鍾振振著：《唐宋詞鑑賞辭典‧前言》云：「關於此派的作風，其成員之一的歐陽炯在爲《花間集》作序時說得在明白不過了……他們的作品確是『宮體』與『倡風』之混合物」，見唐圭璋主編：《唐宋詞鑑賞辭典》（臺北：臺灣新地文學出版社，1991年4月初版），頁4。吳熊和《唐宋詞通論》云：「歐陽炯的〈花間集序〉……說明瞭花間詞的詞風特點。『自南朝之宮體，扇北里之倡風』上承齊梁宮體，下附北裏倡

第二節　詞選中之韋莊詞接受：《花間集》

《花間集》，後蜀趙崇祚編集，成書於廣政三年（西元 940）。茲
先述趙崇祚其人如下：

> 趙崇祚，字弘基，祖籍開封（今河南省開封），生卒年、事蹟等皆

風，這兩句話可以概括花間詞的歷史淵源與生存環境。花間詞就其主
要傾向來說，不外乎宮體與倡風的結合。」，見吳熊和著：《唐宋詞通
論》（北京：商務印書館，2003 年 10 月第 1 版），頁 277～278。沈祥
源、傅生文《花間集新注·前言》云：「溫庭筠以後，這種詞風日益繁
盛，歐陽炯的《花間集·序》對這一文學現象，作了客觀的概括……
《花間集》的作者們，就是生活在這樣一個文學氛圍裡，……談不上
抵制這種香風豔語的侵蝕了。」，見沈祥源、傅生文注：《花間集新注》
（南昌：江西人民出版社，1997 年 2 月第 2 版），頁 3。楊海明《唐宋
詞史》云：「歐陽炯的序言，它形象地展現了《花間》詞的『類型風格』……
《花間》詞乃是『自南朝之宮體，扇北里之倡風』，即上承南朝宮體詩
之傳統，下揚晚唐五代之『娼風』」，見楊海明著：《唐宋詞史》（天津：
天津古籍出版社，1998 年 12 月第 1 版），頁 118。主張此論者大抵沿
續夏承燾之說。二爲視此序係敘歌詞之發展歷史，非針對《花間集》，
《花間集》並非宮體與倡風之結合，如張以仁〈《花間集序》的解讀及
其涉及的若干問題〉一文，商榷夏承燾等學者說法，認爲：「（一）未
能認識此〈序〉以史爲經的寫法。（二）混編選與創作爲一談，把趙崇
祚編選此集作爲酒尊前娛賓遣興的實用目的是爲十八家的創作動機，
忽略了他們不同的身分、際遇、時代、地域、背景。（三）以一種籠統
含混的印象粗繪《花間》面目，忽略五百詞的豐富內涵。（四）強納此
〈序〉於一有待商榷的文學發展結構之上，不惜扭曲〈序〉文原意」，
見張以仁著：《花間詞論續集》（臺北：中研院中國文哲研究所籌備處，
2006 年 8 月初版），頁 7～42。又孫康宜〈詞源新譚〉云：「歐陽炯（西
元 896～971 年）的《花間集·序》，立意區別文人詞的傳統與通俗詞
的歷史。……通俗曲詞雖可稱『金玉其外』，實則『秀而不實』，『言之
不文』。他故此認爲《花間集》的編成，目的是在爲『南國嬋娟』提供
一套具有高度文學價值的唱詞。」，見孫康宜著，李奭學譯著：《晚唐
迄北宋詞體演進與詞人風格》（臺北：聯經出版社，1994 年 6 月初版），
頁 24。賀中復：〈《花間集序》的詞學觀點及《花間集》詞〉一文，主
張《花間集》並非宮體與倡風之結合物，見賀中復：〈《花間集序》的
詞學觀點及《花間集》詞〉，《文學遺產》，第 5 期，（1994 年）頁 70
～79。彭國忠：〈《花間集序》：一篇被深度誤解的詞論〉一文，認爲《花
間集序》爲首次敘述歌詞發展之文獻並明確提出「清絕」之審美標準，
見彭國忠：〈《花間集序》：一篇被深度誤解的詞論〉，《學術研究》，第
7 期，（2001 年）頁 99～104。

不詳。趙崇祚家世顯赫，父趙廷隱，并州太原人，拳勇有智略，初仕後梁、後唐，後隨孟知祥入蜀，爲後蜀開國元勳，歷仕太師、中書令，封宋王，卒於後蜀廣政十一年十二月（西元 948），諡號忠武。趙崇祚以父蔭列卿，後蜀明德二年乙未（西元 935）至四年丁酉（西元 937），任大理少卿，[註21] 後蜀廣政三年（西元 940）居銀青光錄大夫行衛尉少卿，[註22]〔宋〕馬永易《實賓錄》卷六〈忘年友〉載：「五代後蜀趙宗祚以門第爲列卿，而儉素好士，大理少卿劉鼐、國子司業王昭圖年德俱長，時號宿儒，崇（祚）友之，爲忘年友。」[註23] 出身豪家，猶秉性節儉，更廣結文士，惜無詩文傳世。昆仲趙崇韜，都知領殿直，參與掌親軍；其子趙文亮，尚後蜀孟昶公主。[註24]

趙氏一門，可謂朝廷要臣，權貴一時，《太平廣記》卷四〇九載其父趙廷隱：「蜀主當僭位，諸勳貴功臣，競起甲第。獨偽中令趙廷隱，起南宅北宅。千梁萬拱，其諸奢麗，莫之與儔。後枕江瀆，池中有二島嶼。遂甃石循池，四岸皆種垂楊，或間雜木芙蓉。池中種藕。每至秋夏，花開魚躍。柳蔭之下，有士子執卷者，垂綸者，執如意者，執麈尾者，談詩論道者。」[註25] 趙崇祚長於斯，備極奢華，《十國春秋》卷四九載：「廣政三年正月上元節，帝觀燈露臺，召舞倡李艷娘入宮。六月，教坊部頭孫延應、王彥洪等謀逆，伏誅。延應，故趙廷隱之伶人，以技選入教坊，……爲其黨趙廷規所告，盡禽焉。」歐陽炯作〈花

[註21]〔宋〕陳思《書苑菁華・後蜀林罕字源偏旁小說序》言其與趙崇祚論學：「至明德二年乙未復病，迄於丁酉冬不瘳，病中無事，得遂前志，於大理少卿趙崇祚討論，成一家之書」，見《景印文淵閣四庫全書》本（臺北：臺灣商務印書館），冊 814，卷 6，頁 16～17。

[註22] 見歐陽炯〈花間集序〉。

[註23]〔宋〕馬永易著：《實賓錄》，見《景印文淵閣四庫全書》本（臺北：臺灣商務印書館），冊 920，卷 6，頁 16。

[註24] 見《新校本宋史并附編三種・趙崇韜列傳》，（臺北：鼎文書局，1983年第 3 版），卷 479，頁 13886。

[註25]〔宋〕李昉等撰：《太平廣記》，見《景印文淵閣四庫全書》本（臺北：臺灣商務印書館），冊 490，卷 490，頁 12。

間集序〉即在是年三月，觀孟昶耽於聲樂，趙廷隱家養有伶人，教坊部頭以俳優爲亂，則《花間集》之編成，足供教坊歌舞演唱之用。

　　《花間集》一選，以人編次，收錄晚唐五代詞，凡十卷，選錄18 詞人，收 500 闋詞。所收十八詞家爲：晚唐溫庭筠、皇甫松，西蜀韋莊、薛昭蘊、牛嶠、張泌、毛文錫、牛希濟、歐陽炯、和凝、顧敻、孫光憲、魏承班、鹿虔扆、閻選、尹鶚、毛熙震、李珣。韋莊詞作，時無別集，捨《花間集》則莫可羅致。緣此，唐五代人對韋莊詞之接受情況，主要呈現於《花間集》。茲述此集對韋莊詞之接受：

一、韋莊爲西蜀詞壇先導之一

　　《花間集》爲現存最早之文人詞選集，就地域性質而言，洵爲西蜀詞選，〔清〕沈曾植《菌閣瑣談》所云：「《花間》多蜀詞」〔註26〕是也。先是，操選政者趙崇祚爲蜀人，又〔後蜀〕歐陽炯於〈花間集序〉所標舉前代先賢，唯列李白一人，亦係蜀人；再者，該集所收十八詞人，幾爲蜀人，除溫庭筠、皇甫松爲晚唐，和凝爲後晉，與孫光憲爲荊南，乃蜀外詞人，前兩家作爲《花間集》詞風開創者，後兩家作爲《花間集》詞風同調者；餘十四詞人，韋莊、薛昭蘊、牛嶠、張泌、毛文錫、牛希濟、歐陽炯、顧敻、魏承班、鹿虔扆、閻選、尹鶚、毛熙震、李珣等，皆爲前、後蜀人；而孫光憲亦本蜀人（陵州貴平），晚唐末年爲陵州判官，後方離蜀赴荊南，〔註27〕是則又添《花間集》之西蜀意味；由於地域相對集中，戰亂之際，恆與他地相隔，詞壇風氣自然別有風貌。就時代而言，可謂時賢詞選，除溫庭筠、皇甫松，爲晚唐前賢外，餘十六詞人，皆爲當代時俊，〔註28〕創作年代相近甚或

〔註26〕見唐圭璋編：《詞話叢編》（北京：中華書局，2005 年 10 月第 2 版），冊 4，頁 3617。
〔註27〕見《新校本宋史并附編三種‧孫光憲列傳》，（臺北：鼎文書局，1983 年第 3 版），卷 483，頁 13956。
〔註28〕陳尚君著：〈「花間詞人」事輯〉，見陳尚君著：《唐代文學叢考》（北京：中國社會科學出版社，1997 年 10 月第 1 版），頁 417～420。

相同，《花間集》具有晚唐五代意識可知矣！實則《花間集》係以當代西蜀詞壇爲主要背景之詞選，操選政者特意揭示西蜀詞壇創作盛況。

《花間集》無收李白隻詞片語，揆度其因，年代久遠雖爲關鍵，然趙崇祚極重視李白對西蜀詞壇，甚或當代詞壇之影響，蓋亦考量之因素。《花間集》收錄詞人之排序，大抵以時代爲經，首爲溫庭筠，次列皇甫松，又次即韋莊；斯可見視韋莊爲《花間集》中西蜀詞壇先導之一也。蓋趙崇祚活躍於西蜀宮廷，對元勳大老，理當耳聞，又其廣交文士，對西蜀詞壇，亦有所往來。韋莊仕至西蜀宰相，對西蜀詞壇之貢獻，趙崇祚知之甚詳，儼然視韋莊爲接續近代詞宗溫庭筠，下啓西蜀詞派之領袖人物，不啻爲詞壇先導之一也，誠如鄭振鐸所云：「蜀中詞當始於韋莊……在他之前，蜀中文學，無聞於世。蜀士皆往往出遊於外。李、杜與蜀皆有關係，但並沒有給蜀中文學以若何影響。到了韋莊的入蜀，於是蜀中乃儼然成爲一個文學的重鎮了。從前後二位後主起，到歐陽炯等諸人止，殆無不受有莊的影響。」〔註29〕此亦顯示唐五代人對韋莊詞之接受，呈現正面肯定之推崇，不僅推許其詩歌成就，稱之爲「秦婦吟秀才」，更將視角關注於西蜀詞壇開宗之意義上。

二、韋莊詞長於小令

《花間集》選錄詞作，若依〔明〕顧從敬《類編草堂詩餘》分類標準，顯以小令爲主，60 字以上之中調僅數闋，90 字以上之長調則未見之，可謂小令選集也。而花間詞人並非不能作中長調，如薛昭蘊有 87 字〈離別難〉之作，《尊前集》亦錄有尹鶚 94 字〈金浮圖〉（繁華地），李珣 84 字〈中興樂〉（後庭寂寂日初長）等，唯長調詞數遠不及小令，蓋因唐五代時期，詞體仍處於初期，詞人多專擅小令，於長調僅偶一爲之。此正反映文人創作詞體之情形，大抵由簡趨繁，長調小令皆緣樂塡製，長調所合之樂，較諸小令自是樂長曲慢，創作難

〔註29〕見鄭振鐸著：《插圖本中國文學史》（臺北：莊嚴出版社，1991 年 1 月初版），上冊，頁 427。

度較高。又小令似近體，詞人熟擅，故晚唐五代詞壇流行小令，間有長調，〔註30〕誠如〔宋〕王灼《碧雞漫志》卷五所載：「唐中葉漸有今體慢曲子。」〔註31〕〔清〕劉熙載《藝概‧詞概》云：「五代小詞，雖好卻小，雖小卻好。」〔註32〕基於詞壇創作風氣，趙崇祚亦以小令為尊，故《花間集》所錄之韋莊詞作，盡悉小令。此現象顯示韋莊以小令見長，或亦能作中、長調慢詞，唯趙崇祚基於韋莊創作情形，遂只選其精巧妙製之小令詞。而《花間集》盡收韋莊小令詞作，終影響後人接受韋莊詞皆為小令之面貌。

三、蜀相詞作內容豐富

　　一般而言，作家政治地位之高低，或文壇聲譽之褒貶，與名聲傳播之速度、廣度成正比，導致詞人與詞作之不同接受情況。於一定時間內，身分高者較之一般身分，更為接受者所關注。《花間集》之操選政者為趙崇祚，該集出自貴冑之手，出身便不同凡響，誠如〔宋〕陳振孫《直齋書錄解題》卷二一謂《家宴集》：「所集皆唐末五代人樂府，視《花間》不及也。末有〈清和樂〉十八章，為其可以侑觴，故名『家宴』也。」〔註33〕是透過《家宴集》與《花間集》之相較，言《家宴集》出於書坊，故不及《花間集》之精粹。

　　《花間集》之選，可謂文人雅集之紀錄。而該選編選時期，值世風平正，蜀主孟昶於此集編結後年言道：「王衍浮薄，而好輕艷之詞，朕不為也。」〔註34〕是知此選亦有意識選錄文人之詞，以提倡雅正詞風；

〔註30〕周聖偉：〈從溫庭筠到柳永〉，見《詞學》編輯委員會編輯：《詞學》（上海：華東師範大學出版社，1989 年 2 月第 1 版），第 7 輯，頁 42～43。

〔註31〕見唐圭璋編：《詞話叢編》（北京：中華書局，2005 年 10 月第 2 版），冊 1，頁 111。

〔註32〕見唐圭璋編：《詞話叢編》（北京：中華書局，2005 年 10 月第 2 版），冊 4，頁 3710。

〔註33〕〔宋〕陳振孫著：《直齋書錄解題》，見《景印文淵閣四庫全書》本（臺北：臺灣商務印書館），冊 674，卷 21，頁 2。

〔註34〕〔清〕吳任臣著：《十國春秋》，見《景印文淵閣四庫全書》本（臺

更強調詞人地位，故所錄十八詞人中，布衣唯皇甫松與嚴選兩人，而兩人實亦爲文人學士。皇甫松曾受韋莊奏請唐昭宗追贈爲進士，〔註35〕嚴選亦曾事前蜀後主王衍，身爲詞臣，與歐陽炯、鹿虔扆、毛文錫、韓琮，時號「五鬼」。〔註36〕又《花間集》係依詞人排列作品，且不題名字而屬列官爵，顯示以詞人地位爲榮，隱含自矜誇耀之意，欲以顯赫身分作爲號召；其中，著錄韋莊，作「韋相莊」，高舉韋莊職仕最顯者，以尊其地位。

《花間集》以便歌傳唱爲標準，投士大夫嗜好，提供上層階級娛賓遣興之資。錄選詞作 500 首，分編十卷，形式體例，大抵劃一醒目；除卷六錄 51 闋，卷九錄 49 闋外，餘者八卷皆錄 50 闋。卷帙齊整，蓋適應歌之需，便於翻閱，遂以一人之詞，時割數首入前後卷，不就各家詞人自立一卷，以就每卷 50 闋之數，免卻卷數之異，良有以也。韋莊詞於卷二錄 22 闋，卷三錄 26 闋，亦便歌之故，並未特意調整體例，使詞作併立同卷。可見趙崇祚以該集大體爲重，不作特例，對韋莊詞之接受情況，主要仍爲應歌侑觴之用。

此外，該集同時接受韋莊詞作之開創意義，關注抒寫個人襟抱之特色。凡錄詞 48 闋，名列第四，次於溫庭筠 66 闋、孫光憲 61 闋、顧夐 55 闋。所錄作品內容豐富，包含：傷春愁思、男女艷情、男女相思、離情別緒、悼亡妻妾、宮女怨懟、頹放行樂、登科及第、巴蜀風物、思鄉念國等。〔註37〕凡此，體現詞作之豐富價值，顯示韋莊詞

北：臺灣商務印書館），冊 465，卷 49，頁 8。

〔註35〕韋莊有〈乞追贈李賀皇甫松等進士及第奏〉一文。

〔註36〕〔明〕楊慎《詞品》卷二載：「毛文錫毛文錫、鹿虔扆、歐陽炯、韓琮、閻選，皆蜀人。事孟後主，有五鬼之號。」，見唐圭璋編：《詞話叢編》（北京：中華書局，2005 年 10 月第 2 版），冊 1，頁 456。

〔註37〕關於韋莊詞之內容分類，黃彩勤分爲六類：「浪漫的男女情愛、纏綿的閨怨相思、感傷的離情別緒、頹放的行樂思想、登科及第的喜悅、悲苦的故國思情」，見黃彩勤著：《韋莊研究》（臺中：私立東海大學中國文學研究所碩士論文，1988 年 6 月），頁 91〜100。青山宏分爲十五類：「離情別恨、傷春離情、傷春孤獨、傷春、行樂傷春、春景

各面風貌，皆爲唐五代人所接受，非侷限於單一特定作品。蓋韋莊詞並非全屬應歌而作，其作品不少係以詞言志，抒寫個人主觀思想感情，甚多爲己身實際生活之經驗。

四、韋莊增加詞牌體式、突破詞牌本意

《花間集》選錄韋莊詞之詞牌數，凡 20 調，名列第三，次於孫光憲 25 調、毛文錫 22 調，顯示頗關注其於詞牌之貢獻，此表現於增加詞牌體式與突破詞牌本意兩方面。〔註38〕

詞牌體式方面，韋莊所增加之詞牌體式，計有 11 調：

（一）〈浣溪沙〉，本唐教坊曲名，後用爲詞調名，有雜言、齊言兩體，俱爲雙調；其中齊言 42 字體始於韋莊，前後、片各三句，前片句句押韻，後片第二、三句押韻，均用平聲韻。

（二）〈應天長〉，祇有小令、慢詞兩體，俱雙調；小令始於韋莊之 50 字體，由此減字或添字，牛嶠、毛文錫即接受韋莊

傷春、行樂、歡樂、懷舊、思鄉之情、相愛、求愛、閨怨、女性姿態、放榜」，見青山宏著，程郁綴譯：《唐宋詞研究》（北京：北京大學出版社，1995 年 1 月），頁 35～36。李誼分爲五類：「抒發遊子的懷鄉念舊之情、表達對其寵妾的深沉懷念、頌揚進士及第的樂鬧場面、刻劃巴蜀之地的豪華繁盛、描寫閨中佳人的怨離惜別」，見李誼：〈韋莊生平及其作品簡論〉《中國文化月刊》，第 207 期，（1997 年 6 月），頁 71～77。陳慧寧分爲五類：「離情別緒、傷春嗟獨、思鄉行樂、求愛相戀、憶昔懷舊」，見陳慧寧著：《韋莊詞新探》（香港：香港新亞研究所文學組碩士畢業論文，1997 年 7 月），頁 34～43。詹乃凡分男女情詞爲七類：「傷春、艷情、相思、別情、邊塞、宮怨、悼亡」，見詹乃凡著：《韋莊男女情詞研究》（臺北：國立臺灣大學中國文學研究所碩士論文，2002 年 6 月），頁 54～225。又，《花間集》所錄韋莊詞作之內容，詳參下文第五點「詞多詩味」之（一）以詩入詞。

〔註38〕參見〔清〕康熙御製編：《康熙詞譜》（臺北：聞汝賢出版發行，1976 年 1 月再版）、聞汝賢著：《詞牌彙釋》（臺北：自印本 1963 年 5 月臺 1 版）、夏敬觀著：《詞調溯源》（臺北：臺灣商務印書館股份有限公司，1967 年 10 月臺 1 版）、張夢機著：《詞律探源》（臺北：文史哲出版社，1981 年 11 月初版）、嚴建文編著：《詞牌釋例》（杭州：浙江古籍出版社，2003 年 8 月第 1 版）。

體而填製。

（三）〈望遠行〉，本唐教坊曲名，後用爲詞調名，祇有小令、慢
詞兩體，俱雙調；小令始於韋莊之 60 字體。

（四）〈謁金門〉，本唐教坊曲名，韋莊始用爲詞調名，更因韋莊
詞而又名〈空相憶〉。

（五）〈江城子〉，有單、雙兩調；其中單調 35 字體，始見於韋
莊，唐詞單調以韋莊詞爲主，餘俱韋莊詞添字或減字。

（六）〈天仙子〉，本唐教坊曲名，後用爲詞調名，唐五代僅單調
34 字體；該調因韋莊詞而名〈天仙子〉，〔清〕毛先舒《填
詞名解》謂：「韋莊詞：『劉郎此日別天仙』，遂采以爲名。」。
〔註39〕

（七）〈喜遷鶯〉，有小令、長調兩體；小令始見於韋莊。此調之
名，本於《詩經・小雅・伐木》：「伐木丁丁，鳥鳴嚶嚶。
出自幽谷，遷於喬木。」〔註40〕以鶯遷喻登科中舉或升擢、
喬遷之喜，故此調本意係詠進士及第，韋莊兩闋詞即寫進
士中舉事；此調亦因韋莊詞「爭看鶴沖天」一句，又名〈鶴
沖天〉，誠如〔清〕毛先舒《填詞名解》所載：「〈喜遷鶯〉，
一名〈鶴沖天〉，皆取韋莊詞中語也。」〔註41〕〔清〕舒
夢蘭《白香詞譜》亦載：「又名〈鶴沖天〉，蓋因韋莊詞有：
『爭看鶴沖天』句也。」〔註42〕是知韋莊兩闋詞爲人接受
程度之既深且廣也。

〔註39〕 見張璋，職承讓，張驊，張博寧編纂：《歷代詞話》（鄭州：大象出
版社，2002 年 3 月第 1 版），上冊，頁 815。
〔註40〕 見嚴建文編著：《詞牌釋例》（杭州：浙江古籍出版社，2003 年 8 月
第 1 版）頁 62。
〔註41〕 見張璋，職承讓，張驊，張博寧編纂：《歷代詞話》（鄭州：大象出
版社，2002 年 3 月第 1 版），上冊，頁 821。
〔註42〕 見〔清〕舒夢蘭著：《白香詞譜》（臺南：綜合出版社，1987 年初版），
頁 66。

（八）〈思帝鄉〉，本唐教坊曲名，後用爲詞調名，創自溫庭筠
36 字體，韋莊減字爲 33 字與 34 字二體，俱單調。

（九）〈上行杯〉，唐教坊曲名，韋莊始用爲詞調名，兩闋詞俱
41 字體。

（十）〈木蘭花〉，唐教坊曲名，後用爲詞調名，首見《花間詞》，
收有韋莊 55 字體、魏承班 54 字體與毛熙震 52 字體，三
者互有出入。

（十一）〈小重山〉，韋莊始用爲詞調名，誠如夏敬觀《詞調溯源》
所載：「《宋志》因舊曲造新聲，入本調。按韋莊既以在本
調，則舊曲已如此，必韋莊前已有此曲，非屬本調者。」
〔註 43〕

綜上舉證，韋莊增加詞牌體式之比例，佔其全部作品之 55%。

　　詞牌本意方面，溫庭筠詞猶多緣調而作，韋莊詞則多非詠本意，
與詞牌名無涉。《花間集》選錄韋莊詞牌數高列第三，亦顯示趙崇祚
接受韋莊於詞牌之突破意義也。韋莊詞 20 調，出自教坊曲者 12 調（未
包含〈小重山〉），雖佔 60%，然超脫詞牌本意或常用意，計有 11 闋：

（一）〈浣溪沙〉，本教坊曲名，後用爲詞調名，本詠西施事，誠
如〔唐〕范攄《雲溪友議》所載王軒遊西小江事：「泊舟
苧蘿山際，題西施石曰：『……今逢浣紗石，不見浣紗
人。』……後有蕭山郭凝素者，聞王軒之遇，每適於浣溪，
日夕長吟」〔註 44〕西施傳說故事，帶有浪漫迷幻色彩，韋
莊五闋詞，其四則改詠醉客。

（二）〈菩薩蠻〉，本教坊曲名，後用爲詞調名，本詠美人，誠如
〔唐〕蘇鶚《杜陽雜編》所載：「大中初，女蠻國入貢，危

〔註 43〕見夏敬觀著：《詞調溯源》（臺北：臺灣商務印書館股份有限公司，
1967 年 10 月臺 1 版），頁 138。
〔註 44〕〔唐〕範攄著：《雲溪友議》，見《景印文淵閣四庫全書》本（臺北：
臺灣商務印書館），冊 1035，上卷，頁 34～35。

髮金冠，瓔珞被體，號菩薩蠻隊。當時倡優遂製〈菩薩蠻〉曲，文士亦往往聲其詞。」〔註45〕又〔明〕楊慎《詞品》卷一載：「西域諸國婦人，編髮垂髻，飾以雜華，如中國塑佛像瓔珞之飾，曰菩薩蠻，曲名取此。」〔註46〕而韋莊五闋詞則由詠美人提昇至己身情懷，念人思鄉更懷國。

(三)〈荷葉杯〉，本教坊曲名，後用爲詞調名，本詠採荷葉，誠如〔清〕毛先舒《塡詞名解》所載：「取隋殷英童〈採蓮曲〉，荷葉捧成杯。」〔註47〕後唐人常用於行酒令，韋莊兩闋詞則爲男子對女子之憶念。

(四)〈清平樂〉，本詠海內清平，而韋莊四闋詞則爲詠遊子懷鄉、思婦傷情、蜀女風采、婦女別夫。

(五)〈思帝鄉〉，本教坊曲名，本詠思戀京城，溫庭筠始用爲詞調名，遂變詠春情，韋莊兩闋詞詠女子情思，亦與帝京無涉。

(六)〈謁金門〉，本教坊曲名，後用爲詞調名，本詠文士朝謁天子意，誠如〔明〕毛先舒《塡詞名解》所載：「唐樂名，有儒士〈謁金門〉詞，沿其名」〔註48〕又〔清〕舒夢蘭《白香詞譜》亦載：「本調爲唐詞，其取義爲儒生朝謁天子。」〔註49〕敦煌曲辭則有〈謁金門〉：「遠謁金門朝帝美」〔註50〕

〔註45〕見〔唐〕蘇鶚著：《杜陽雜編》（北京：中華書局，1985 年）。

〔註46〕見唐圭璋編：《詞話叢編》（北京：中華書局，2005 年 10 月第 2 版），冊 1，頁 428。

〔註47〕見張璋，職承讓，張驊，張博寧編纂：《歷代詞話》（鄭州：大象出版社，2002 年 3 月第 1 版），上冊，頁 811。

〔註48〕見張璋，職承讓，張驊，張博寧編纂：《歷代詞話》（鄭州：大象出版社，2002 年 3 月第 1 版），上冊，頁 820。

〔註49〕見〔清〕舒夢蘭著：《白香詞譜》（臺南：綜合出版社，1987 年初版），頁 12。

〔註50〕見曾昭岷、王兆鵬編：《全唐五代詞》（北京：中華書局，1999 年 12 月第 1 版），下冊，頁 909。

句，是詠本意也；而韋莊兩闋詞則爲詠女子之孤寂哀怨、男子對女子之懷想。

（七）〈江城子〉，歐陽烱此調詞云：「如西子鏡，照江城」猶含本意，韋莊兩闋詞則詠男女歡會之情。

（八）〈天仙子〉，本唐教坊曲名，後用爲詞調名，本詠天仙事，韋莊五闋，則其一詠男子留念女子，其二詠貴公子酒醉態，其三詠婦女秋思，其四詠女子被棄之怨。

（九）〈女冠子〉，本唐教坊曲名，後用爲詞調名，小令始於溫庭筠；本詠道情，誠如〔宋〕黃昇《花菴詞選》所載：「唐詞多緣題所賦，〈臨江仙〉則言仙事，〈女冠子〉則述道情，〈河瀆神〉則詠祠廟，大概不失本題之意。」〔註51〕韋莊兩闋詞則非詠女道士神態，乃詠男女相思之情。

（十）〈更漏子〉，本小夜曲，據〔清〕舒夢蘭《白香詞譜》載：「唐人稱夜間時候曰更漏。」〔註52〕此調因溫庭筠多詠更漏而得名，〔清〕毛先舒《塡詞名解》載：「唐溫庭筠作秋思詞中詠『更漏』，後以名調。」〔註53〕唐五代人則多宗溫庭筠，本詠漏靜更深之子夜情事，韋莊詞則詠女子長時間等待男子之情景，與詞牌本意稍有轉變也；又此調體式後闋起句均與二三去叶韻，唯韋莊詞則否，是爲變格。

（十一）〈酒泉子〉，本唐教坊曲名，後用爲詞調名，〔清〕毛先舒《塡詞名解》載：「漢武帝置酒泉郡，城下有泉，味甘如酒。郭弘好飲，嘗曰：『得封酒泉郡，實出望外，曰〈酒

〔註51〕〔宋〕黃昇著：《花菴詞選》，見《景印文淵閣四庫全書》本（臺北：臺灣商務印書館），冊1489，頁24。

〔註52〕見〔清〕舒夢蘭著：《白香詞譜》（臺南：綜合出版社，1987年初版），頁5。

〔註53〕見張璋，職承讓，張驊，張博寧編纂：《歷代詞話》（鄭州：大象出版社，2002年3月第1版），上冊，頁820。

泉子〉』」〔註54〕韋莊詞則詠美人相思。

　　是知韋莊詞詠本意者，比例極低，僅有〈浣溪沙〉五闋之前四，〈歸國遙〉三闋，〈望遠行〉一闋，〈河傳〉三闋，〈天仙子〉五闋之五，〈喜遷鶯〉兩闋，〈訴衷情〉兩闋，〈上行杯〉兩闋，〈木蘭花〉一闋，〈小重山〉一闋，共計20闋。韋莊詞超脫詞牌本意之比例，以詞牌數統計，佔55%；以詞數統計，66闋中凡46闋，佔70%。

　　綜上所述，可知趙崇祚選錄韋莊詞之詞牌數，名列第三，顯示頗重視其對詞牌之增加體式與突破本意之功，洵獨具慧眼也。

五、韋莊詞多詩味

　　韋莊兼擅詩詞，其詞體雖與詩體分流，然爲詩樸素亦影響塡詞清麗，創作態度並不避諱以詩句入詞，如〈春陌〉詩：「一枝春雪凍梅花」描寫初春時節，白雪融融，飄送梅花陣陣芳馨；此句亦用於〈浣溪沙〉（惆悵夢餘山月斜）一詞中，描寫美人丰姿綽約之貌。是知韋莊繼皇甫松之下，詞作普遍具有詩味，開啓文人以詩入詞之新路。茲更析論如次：

（一）以詩題入詞

　　〔清〕王國維《人間詞話・刪稿》云：「詞之爲體，要眇宜修。能言詩之所不能言，而不能盡言詩之所能言。詩之景闊，詞之言長。」〔註55〕言詩與詞各有特質，詞所適宜之題材較詩狹窄。

　　韋莊雖未必同等看待詩與詞，然將當時文人認爲適合詩體之題材，塡入詞中，擴展詞體內容，甚或反映現實社會生活，確自韋莊始。包括：

　　1. 悼亡詞，描寫對故亡妻妾之悼念，如〈荷葉杯〉（記得那年花下）、〈謁金門〉（空相憶）、〈小重山〉（一閉昭陽春又春）

〔註54〕見張璋，職承讓，張驊，張博寧編纂：《歷代詞話》（鄭州：大象出版社，2002年3月第1版），上冊，頁856。

〔註55〕見唐圭璋編：《詞話叢編》（北京：中華書局，2005年10月第2版），冊5，頁4258。

等，李冰若《花間集評注》云：「《浣花集》悼念亡姬之作
甚多，〈荷葉杯〉、〈小重山〉當屬同類。」〔註56〕抒發「不
忍更思惟」之深情。

2. 酒詞，以酒作為題材，中國詩歌自《詩經》、《楚辭》即有
之，唯善偏用於客觀物象。自〔晉〕陶淵明始將酒融入詩
中，描寫出飲酒心態與意境。〔註57〕韋莊則率先於詞中將
酒作為獨立意象，藉由飲酒抒發深深心曲；酒不只作為表
層意象，更引導深層之抒情意境，〔註58〕曾作兩闋酒詞：
一為〈菩薩蠻〉：「勸君今夜須沉醉。樽前莫話明朝事。珍
重主人心。酒深情亦深。　須愁春漏短。莫訴金盃滿。遇
酒且呵呵。人生能幾何。」描寫主人勸客飲酒，抒發韋莊
自身難言之痛楚，誠如李冰若《花間集評注》所云：「端己
身經離亂，富于感傷，此詞意實沉痛。」〔註59〕俞平伯《讀
詞偶得》云：「寫沉鬱潦倒之心情」〔註60〕二為〈天仙子〉：
「深夜歸來長酩酊。扶入流蘇猶未醒。醺醺酒氣麝蘭和。
驚睡覺，笑呵呵。長道人生能幾何。」描寫公子醉態，流
露韋莊自我排遣之無奈。兩闋詞皆藉由勸酒飲酒，以醉後

〔註56〕見李冰若著：《花間集評注》（北京：人民文學出版，1993 年 6 月北
京新 1 版），頁 64。

〔註57〕劉揚忠：〈稼軒詞與酒〉，見《文學評論》，第 1 期，（1992 年）頁 106。

〔註58〕文人以酒入詞，若以溫庭筠確立詞體成熟為時間點，則韋莊之前，
皇甫松作有〈摘得新〉：「摘得新。枝枝葉葉春。管弦兼美酒，最關
人。平生都得幾十度，展香茵。」詞中有出現「酒」字眼，然僅將
酒作為客觀物，尚未完全帶出主人翁情意。又本文所謂「酒詞」，非
指進酒勸酒時所唱之酒令詞，故除卻韋莊〈河傳〉（春晚風暖）：「翠
娥爭勸臨邛酒」、〈上行盃〉（芳草灞陵春岸）：「縷玉盤金鏤盞。須勸。
珍重意，莫辭滿。」、〈上行盃〉（白馬玉鞭金轡）：「滿酌一杯勸和淚。
須愧。珍重意，莫辭醉。」三闋詞。

〔註59〕見李冰若著：《花間集評注》（北京：人民文學出版，1993 年 6 月北
京新 1 版），頁 61。

〔註60〕見俞平伯著：《俞平伯論古詩詞》（上海：復旦大學出版社，2006 年
10 月第 1 版），頁 118。

口吻，抒發強作歡笑之心聲，其中「呵呵」一詞，備感空洞辛酸。

3. 登科及第詞，描寫進士及第之熱鬧景況，如〈喜遷鶯〉（街鼓動），抒「爭看鶴沖天」之歡喜。

4. 巴蜀風物詞，韋莊長期漂泊，詞作較少作於酒筵尊前，行之所至，則填入詞，有描寫都市生活與巴蜀之地者，如：〈河傳〉（春晚風暖），描寫錦城晚春勝遊。

5. 詠史詞，詞之詠史、懷古，乃沿襲詠史詩之傳統，而發展獨自特色；中國詩歌自《詩經·大雅·緜》等已敘西周開國史。東〔漢〕班固〈詠史詩〉始以「詠史」為題，檃括史傳，專詠一人一事。至晉代·左思借詠史以抒己懷，不著一人一事。詠史入詞，中唐文人已為之，如劉禹錫〈瀟湘神〉（湘水流）、（斑竹枝）詠舜二妃，題材尚屬傳說故事；竇弘餘〈廣謫仙怨〉（胡塵犯闕沖關）詠安史之亂，題材已為當代史事，唯詠史詞尚處文人嘗試之作，體製似近體，數量僅餘首耳。洎晚唐韋莊填製後，詞壇遂興起詠史風氣；〈河傳〉（何處烟雨）詠隋煬帝荒淫事，褒貶史實而自攄懷抱，感慨蒼涼。〔註61〕

6. 思鄉念國詞，如〈菩薩蠻〉（人人盡說江南好），抒發「還鄉須斷腸」之悲。菩薩蠻〉（洛陽城裏春光好），抒發「洛陽才子他鄉老」之痛。

（二）以詩情入詞

詞於民間初起時，本抒寫真實情感，敦煌曲子詞即多反映民間現實生活。後文人專用於應歌，詞人為迎合歌唱效果，絕少表露個人主觀情感。韋莊詞未必為應歌而作，其創作動機較多為言志而

〔註61〕劉揚忠：〈論唐宋詞中的詠史詞〉，見《詞學》編輯委員會編：《詞學》（上海：華東師範大學出版社，1992 年 7 月第 1 版），第 12 輯，頁 1 ～18。

作，故其詞之音樂性較同時詞人大爲減少，甚至逐漸超越詩與詞之根本區別，〔註62〕趨向抒情化。所作與己身經歷相結合，行蹤所至，多抒寫個人眞情實感；詞中之時、地、人、事、物等多眞實確切，絕少虛構，情感顯露直率。即使抒寫男女之情，詞中女子多爲自身寄情對象，更有家鄉、故國之感，開啓文人詞自抒情懷之傳統，〈菩薩蠻〉、〈女冠子〉等作品，皆是其例。

　　首先爲男性主人公之突出，便於男性詞人表達己身之思想情感。蓋中國詩歌抒寫傳統，多爲代言體，「男子而作閨音」，〔註63〕以女性口吻，抒寫女性思想情感。唐代以前，除《詩經》外，絕少以男性口吻訴說個人思想情感，而《詩經》屬民間創作，不同於文人創作。韋莊則突破傳統，率先以男性之筆描寫男子情思，抒情者由女子變爲男子，甚即爲詞人自我，填詞目的更多爲自抒情懷，非爲矯情表演，使詞體脫離應歌之狹窄領域，回復民間抒情詞之傳統。即使代女子發言，亦將心比心，設身處地剖析女子心理。

　　其次爲多用情語，以利於感情表達。詩中情感語亦移入詞中，詞作情語多於景語，個別景語多於情語者之重點亦在情語。〔註64〕計《花間集》所載之感情語彙，「惆悵」九次、「相思」四次、「斷腸」三次，又有「銷魂」、「傷心」、「含恨」、「愁」、「悲」、「喜」等。較諸溫庭筠之伶工詞多用景語作結，韋莊多用情語作結，如〈女冠子〉：「覺來知是夢，不勝悲。」倍覺情意繚繞。

　　再者爲抒情方式直率大膽。韋莊長期漂泊，不同於伶工詞人沉湎

〔註62〕劉石：〈試論「以詩爲詞」的判斷標準〉一文，認爲詩與詞之根本區別在於合樂與否，詞爲配合燕樂，其題材、表現手法、風格、外部形式等各方面連帶發生一系列變化，遂與詩分離。見《中國文化研究所學報》，第4卷，（1995年），頁83～100。

〔註63〕〔清〕田同之《西圃詞說》，見唐圭璋編：《詞話叢編》（北京：中華書局，2005年10月第2版），冊2，頁1449。

〔註64〕見唐圭璋著：《詞學論叢・論詞之作法》（臺北：鼎文書局，2001年5月15日初版），頁855。

歌宴，故其詞著重於抒發己身情感，無須刻意求工；又受民間詞影響，填詞直書胸臆，信手拈來，因而「深入淺出，心曲畢吐」，〔註65〕情感表達顯露而不隱晦，酣暢淋漓，情意盡窺，情感力道強烈。

（三）以詩法入詞

韋莊運用詩歌表達形式入詞，形成疏朗清淡之風格。首先為語言方面，韋莊詞接受民間詞之傳統，語言大抵明晰如話，絕少堆砌、賣弄詞藻，而韻味天然，如「憶君君不知」、「沒人知」、「斷腸君信否」。其次為筆法方面，以白描筆法細緻勾勒，寫人寫景寫情皆普遍運用白描手法，表現明晰之畫面，有別於應歌作品之普遍籠統化，如〈菩薩蠻〉（紅樓別夜堪惆悵）一詞，描寫離別，上闋先言別夜情景，次言天明分別；下闋先寫美人琵琶之妙，次寫美人別時言語，所寫盡歷歷在目也。尤著意刻劃人物心理活動，表現人物在典型環境中之典型狀態，唯妙唯肖而如在目前，如〈女冠子〉「忍淚佯低面，含羞半斂眉」；〈天仙子〉：「淚界蓮腮兩線紅」。至於結構方面，脈絡清晰，且多用表意明確之狀態詞、連接詞、動詞，善用疊字狀擬聲，如「花豔豔」、「雨霏霏」、「人灼灼」；用字不避重複，如「人人盡說江南好，遊人只合江南老」、「酒深情亦深」、「洛陽城裡春光好，洛陽才子他鄉老」形成流暢明快之節奏。又事象多於物象，著重寫感情事件，直接揭示人物心事，寫出心理流程，敘事性強；且多以時間、空間為順序，前後句間有明顯發展關係，成縱向發展。如〈荷葉杯〉（記得那年花下）描寫一段戀情經驗，〈女冠子〉（昨夜夜半）描寫男子一次夢中情景；而〈江城子〉（髻鬟狼籍黛眉長）雖無明確之時間推移，但側重人物之動作情態。此外，一闋詞往往描寫一件事或一層意思，甚受民間聯章體之影響，多闋詞寫一事一意，表現運密入疏之特色，如〈菩薩蠻〉（人人盡說江南好），境隨意轉，自然鋪陳；或今昔對照、虛實相映，

〔註65〕見唐圭璋著：《詞學論叢》（臺北：鼎文書局，2001 年 5 月 15 日初版），頁 899。

呈現循環往復之意境，故結構層次分明，流利曉暢。

表 2：《花間集》選錄各家作品簡表

序號	作　　者	詞作數量	詞作名次	詞牌數量	詞牌名次
1	溫庭筠（溫助教庭筠）	66	1	18	4
2	皇甫松（皇甫先輩松）	12	14	6	10
3	韋相（韋相莊）	48	4	20	3
4	薛昭蘊（薛侍郎昭蘊）	19	11	8	8
5	牛嶠（牛給事嶠）	32	6	13	6
6	張泌（張舍人泌）	27	9	13	6
7	毛文錫（毛司徒文錫）	31	7	22	2
8	牛希濟（牛學士希濟）	11	15	5	11
9	歐陽炯（歐陽舍人炯）	17	12	7	9
10	和凝（和學士凝）	20	10	12	7
11	顧夐（顧太尉夐）	55	3	16	5
12	孫光憲（孫少監光憲）	61	2	25	1
13	魏承斑（魏太尉承斑）	15	13	8	8
14	鹿虔扆（鹿太保虔扆）	6	17	4	12
15	閻選（閻處士選）	8	16	5	11
16	尹鶚（尹參卿鶚）	6	17	5	11
17	毛熙震（毛祕書熙震）	29	8	13	6
18	李珣（李秀才珣）	37	5	12	7

此外，唐五代詞選尙有《遏雲集》，係〔五代〕呂鵬編集。〔宋〕黃昇《唐宋諸賢絕妙詞選》注李白〈清平樂令〉云：「按唐呂鵬《遏雲集》載應制詞四首，以後二首無淸逸氣韻，疑非太白所作。」〔註66〕是知《遏雲集》乃唐人呂鵬所編，爲唐詞總集或唐五代詞總集。唯該

〔註66〕〔宋〕黃昇編：《唐宋諸賢絕妙詞選》，見《景印文淵閣四庫全書》本（臺北：臺灣商務館印書館），冊 1489，卷 1，頁 1。

集今已亡佚，其中收錄韋莊詞與否，詳情不得而知。該集之性質，以其命名「遏雲」，係出自〔戰國〕列禦寇《列子‧湯問》典中「謳於秦青」、「響遏行雲」〔註67〕之事；且黃昇取之作爲《唐宋諸賢絕妙詞選》之選源，可知係爲應屬歌侑觴之唱本，若《遏雲集》收有韋莊詞作，對韋莊詞之接受，應視爲唱本之用。

〔註67〕〔戰國〕列禦寇著：《列子》，見《景印文淵閣四庫全書》本（臺北：臺灣商務館印書館），冊 1055，卷 5，頁 15。

第四章　宋人對韋莊詞之接受

〔清〕況周頤《宋詞三百首箋注・序》云：「詞學極盛於兩宋」
〔註1〕龍沐勛《唐宋名家詞選・自序》亦云：「詞興於唐，而大盛於兩宋。」〔註2〕皆說明宋代詞壇盛況。韋莊詞於唐五代即爲時人接受，然明確接受者，僅趙崇祚《花間集》與歐陽炯〈花間集序〉。宋人對韋莊詞之接受，隨詞壇興盛，接受者日益增加。

第一節　創作中之韋莊詞接受

韋莊詞於唐五代詞作之接受，尚未出現詞作標明以韋莊爲接受對象者。詞體創作至宋代，盛極一時，據《全宋詞》所錄，已達一千三百餘詞家、近兩萬闋詞。有鑑於此，本文乃就《全宋詞》進行檢索，未尋得詞作標明以韋莊爲接受對象者。歷代詞話則有宋人創作以韋莊爲接受對象之記載，如〔清〕陳廷焯《白雨齋詞話》卷八云：「溫、韋創古者也。晏、歐繼溫、韋之後，面目未改，神理全非，異乎溫、韋者也。蘇、辛、周、秦之於溫、韋，貌變而神不變。聲色不開，本

〔註1〕 見上彊村民重編，唐圭璋箋注著：《宋詞三百首箋注》（臺南：大夏出版社，1990 年 1 月初版），頁 2。

〔註2〕 見龍沐勛著：《唐宋名家詞選》（臺北：臺灣開明書局，1981 年 10 月臺 14 版），頁 1。

原則一。南宋諸名家，大旨亦不悖於溫、韋，而各立門戶，別有千古。」
〔註3〕指出兩宋詞人對韋莊多有接受。茲舉柳永、蘇軾、晏幾道、秦
觀與辛棄疾爲例，說明宋代詞人對韋莊詞之接受情況。〔註4〕

一、柳永：衣帶漸寬終不悔

柳永秉性浪漫，情感眞切充沛，〔清〕陳廷焯《詞壇叢話》謂：「耆
卿情勝於詞」〔註5〕指出柳永詞以抒情見長，其詞之所以能近於韋莊，
或基於此；證之陳廷焯《雲韶集》卷一評韋莊〈菩薩蠻〉（紅樓別夜
堪惆悵）：「情詞淒絕，柳耆卿之祖。婉約。」〔註6〕是知柳永接受韋
莊詞，確表現於情意方面。茲列該詞如下：

> 紅樓別夜堪惆悵。香燈半卷流蘇帳。殘月出門時。美人和
> 淚辭。　　琵琶金翠羽。弦上黃鶯語。勸我早歸家。綠窗人
> 似花。

此詞蓋追憶當年離別，起言別夜情景，次言天曉分別；下闋語意承上，
先言美人琵琶妙曲，末言美人送辭言語，以「早歸」二字自然道出固
然之情，思歸迫切也。陳廷焯《詞則・大雅集》卷一所云：「深情苦
調，意婉詞直，屈子〈九章〉之遺。」〔註7〕又〔清〕張德瀛《詞徵》
卷一云：「詞有與《風》詩意義相近者，自唐迄宋，前人巨製，多寓
微旨。……韋端己『紅樓別夜』，匪《風》怨也。」〔註8〕〔清〕譚獻

〔註3〕　見唐圭璋編：《詞話叢編》（北京：中華書局，2005 年 10 月第 2 版），
　　　　冊 4，頁 3965。
〔註4〕　本文選擇柳永、蘇軾、晏幾道、秦觀與辛棄疾爲例，其因有二：一
　　　　爲詞話有明確記載某詞學習韋莊詞；二爲除上文陳廷焯《白雨齋詞
　　　　話》卷八之記載外，另有其他詞話記載，以避免單一文獻記載。
〔註5〕　見唐圭璋編：《詞話叢編》（北京：中華書局，2005 年 10 月第 2 版），
　　　　冊 4，頁 3721。
〔註6〕　轉引自吳熊和主編：《唐宋詞匯評・唐五代卷》（杭州：浙江教育出
　　　　版社，2004 年 12 月第 1 版），頁 190。
〔註7〕　見〔清〕陳廷焯著：《詞則》（上海：上海古籍出版社，1984 年 5 月），
　　　　卷 1，頁 28。
〔註8〕　見唐圭璋編：《詞話叢編》（北京：中華書局，2005 年 10 月第 2 版），
　　　　冊 5，頁 4079。

《詞辨》卷一云：「亦塡詞中《古詩十九首》，即以讀《十九首》心眼讀之。」〔註9〕〔清〕張惠言《詞選》卷一云：「此詞蓋留蜀後寄意之作。一章言奉使之志，本欲速歸。」〔註10〕皆言此詞情思慘痛，寄寓懷鄉念國之感，可比《詩經》、《楚辭》、《古詩十九首》也。

　　此外，〔清〕賀裳亦以爲柳永詞有近似韋莊詞之處，《皺水軒詞筌》云：「小詞以含蓄爲佳，亦有作決絕語而妙者。如韋莊『誰家年少，足風流。妾擬將身嫁與，一生休。縱被無情棄，不能羞』之類是也。……柳耆卿，『衣帶漸寬終不悔，爲伊消得人憔悴』，亦即韋意，而氣加婉矣。」〔註11〕是將柳永詞句比擬韋莊詞句，分別摘錄〈思帝鄉〉與〈鳳棲梧〉，認爲兩詞句相同處在於用決絕語塡小令體；指出小令因體裁短小，適宜含蓄蘊藉，而爲不以辭害志，當心中積蘊充塞之情感時，則需運用決絕語言以盡情傾洩，箇中翹楚即爲韋莊。此法後爲柳永所接受，以決絕語言直書激烈情意，而語氣較爲委婉抑制。賀裳雖僅摘錄詞句，然指兩者「意」同，即包含整闋詞之相似。茲列兩詞如次：

　　韋莊〈思帝鄉〉：

　　　春日遊。杏花吹滿頭。陌上誰家年少，足風流。妾擬將身嫁與，一生休。縱被無情棄，不能羞。

柳永〈鳳棲梧〉：

　　　佇倚危樓風細細。望極春愁，黯黯生天際。草色煙光殘照裏。無言誰會凭闌意。　擬把疏狂圖一醉。對酒當歌，強樂還無味。衣帶漸寬終不悔，爲伊消得人憔悴。（冊1，頁25）

韋、柳兩詞皆以主觀直接之敘寫方式，描寫戀情中「擇一固執殉身無悔的精神」〔註12〕表現勁直眞切之思想感情。賀裳此言雖指小令，實

〔註9〕見唐圭璋編：《詞話叢編》（北京：中華書局，2005年10月第2版），冊4，頁3989。
〔註10〕見〔清〕張惠言編，金應珪校：《詞選》（臺北：世界書局，1956年2月初版），頁151。
〔註11〕見唐圭璋編：《詞話叢編》（北京：中華書局，2005年10月第2版），冊1，頁697。
〔註12〕見葉嘉瑩著：《王國維及其文學批評‧談詩詞的欣賞與《人間詞話》

則柳永對韋莊詞之接受，貫穿於柳永整體創作之中，更擴及、發展於慢詞。而柳永對韋莊詞之接受，由陳廷焯、賀裳兩人皆以「絕」字作評論，是知主要體現於「絕」處。「絕」字，據〔漢〕許慎《說文解字·糸部》十三篇上云爲：「絕，斷絲也。」段玉裁注：「斷之則爲二，是曰絕。……絕則窮，故引申爲極。」〔註13〕又張相《詩詞曲語詞匯釋》云：「絕，猶罷或了也；亦猶盡也。」〔註14〕是知「絕」字義爲極盡也。柳永對韋莊詞之接受，首先在於情感之勁直眞切，其次爲表現抒情性之形式。柳永詞一大特色，乃在於俗，誠如〔宋〕陳師道《後山詩話》所云：「柳三變游東都南、北二巷，作新樂府，骩骳從俗，天下詠之。」〔註15〕又〔清〕宋翔鳳《樂府餘論》云：「耆卿失意無俚，流連坊曲，遂盡收俚俗語言，編入詞中，以便伎人傳習。」〔註16〕皆指出柳永生活於民間，詞作深受民間詞影響，此亦同於韋莊，兩人作品遂多近似。以下由情感與形式兩方面論之。

首先，柳永對韋莊情感之接受，突出表現於情詞，直書市俗男女間熱烈率放之戀情，如〈定風波〉（自春來）描寫離情，女子遭棄大罵「恨薄情一去，音書無箇。早知恁麼。悔當初、不把雕鞍鎖」，懊悔之心極深重，遂夢想今後若能相隨，則「針線閒拈伴伊坐」（冊1，頁29～30）。此詞傾吐衷腸、毫不掩飾，而爲晏殊嗤笑，〔宋〕張舜民《畫墁錄》載：「晏公曰：『賢俊作曲子麼？』三變曰：『祇如相公亦作曲子。』公曰：『殊雖作曲子，不曾道彩線慵拈伴伊坐。』」〔註17〕是知其情赤

的三種境界》（臺北：明倫出版社），頁455。

〔註13〕見〔漢〕許慎著，〔清〕段玉裁注：《說文解字注》（高雄：高雄復文圖書出版社，2000年9月初版），卷13，上篇，頁645。

〔註14〕見張相著：《詩詞曲語詞匯釋》（北京：中華書局，1955年1月第3版），上冊，頁353。

〔註15〕見施蟄存、陳如江輯錄：《宋元詞話》（上海：上海書店出版社，1999年2月第1版），頁58。

〔註16〕見唐圭璋編：《詞話叢編》（北京：中華書局，2005年10月第2版），冊3，頁2499。

〔註17〕見施蟄存、陳如江輯錄：《宋元詞話》（上海：上海書店出版社，1999

誠祖露至極，甚爲士大夫羞見；又如〈錦堂春〉（墜髻慵梳）描寫女子教訓薄情郎，直道「今後敢更無端」（冊1，頁29），則見柳永筆下女子形象，往往不受傳統封建禮教之束縛，不同於一般文人詞所寫溫柔敦厚、逆來順受之性格。又柳詞帶有宋代都市文化色彩，女子形象較韋莊詞更爲大膽、奔放，甚至潑辣，彌漫世俗社會之人情味。此外，柳永功名失意，漂泊四方，懷鄉懷人之感，紛集凝聚，羈旅行役詞直接以男性口吻，正式自敘意志，〔註18〕全面發揮韋莊詞之自抒懷抱，豐富韋莊詞言情之內容，情感更眞切寫實，誠如〔明〕毛晉〈樂章集跋〉云：「尤工於羈旅悲怨之辭」〔註19〕如〈戚氏〉（晚秋天）寫客館秋懷，〔宋〕王灼《碧雞漫志》卷二引前輩詩云：「〈離騷〉寂寞千年後，〈戚氏〉凄涼一曲終。」〔註20〕認爲此詞繼承〈離騷〉餘緒，抒發己身不遇之感，而韋莊詞亦被評爲屈騷之流，如〔明〕湯顯祖評《花間集》卷一云〈女冠子〉：「直抒情緒，怨而不怒，《騷》、《雅》之遺也。」〔註21〕說明該詞直敘胸臆，一往情深，乃屈騷之筆。而陳廷焯亦以屈原〈九章〉比韋莊詞，足見韋、柳兩人情意相承抒寫之路線。

　　其次，形式方面，柳永對韋莊詞亦多所發揮。一爲筆法鋪敘展衍，〔宋〕李之儀〈跋吳思道小詞〉所云：「柳耆卿，始鋪敘展衍，備足無餘，形容盛明」〔註22〕〔宋〕王灼《碧雞漫志》卷二亦云：「敘事閒暇，有首有尾」〔註23〕又〔宋〕陳振孫《直齋書錄解題》

年2月第1版），頁86。
〔註18〕見葉嘉瑩著：《唐宋詞名家論集‧論柳永詞》（臺北：國文天地雜誌社，1987年1月初版。），頁179～185。
〔註19〕見施蟄存編：《詞籍序跋萃編》（北京：中國社會科學出版社，1994年12月第1版），頁46。
〔註20〕見唐圭璋編：《詞話叢編》（北京：中華書局，2005年10月第2版），冊1，頁84。
〔註21〕見〔明〕湯顯祖評，劉崇德點校：《花間集》（保定：河北大學出版社，2006年10月第1版），頁45。
〔註22〕見金啓華、張惠民、王恒展、張宇聲、張增學編：《唐宋詞集序跋匯編》（臺北：臺灣商務印書館，1993年2月臺灣初版），頁36。
〔註23〕見唐圭璋編：《詞話叢編》（北京：中華書局，2005年10月第2版），

卷二十一謂：「形容曲盡。」〔註24〕〔清〕馮煦《蒿庵論詞》云：「耆卿詞，曲處能直，密處能疏，奡處能平，狀難狀之景，達難達之情，而出之以自然」〔註25〕皆說明詞至柳永，始鋪敘展衍，更專力塡慢詞，遂得將韋莊詞平鋪直敘之敘寫方法，盡情發揮，詞作敘述詳盡，更能充分描摹思想感情。此中筆法，如繼承韋莊耽篤之思緒動詞，並發展爲慢詞之領字；其序列結構，泯滅上下闋之畛域，詞意縮結遼闊，〔註26〕如〈雨霖鈴〉（寒蟬淒切）描寫別情，上闋敘臨別情景，下闋設想別後相思之苦，次第寫之，篇幅完備。〔清〕黃蘇《蓼園詞選》云：「送別詞，清和朗暢，語不求奇，而意致綿密，自爾穩愜。」〔註27〕指出詞意周詳細密，又〔清〕劉熙載《藝概·詞概》云：「『多情自古傷離別，更那堪、冷落清秋節。今宵酒醒何處，楊柳岸、曉風殘月。』上二句點出離別。冷落、今宵二句，乃就上二句意染之。」〔註28〕謂此詞先將主題總提點明，後則就旁側分說渲染，是知韋、柳兩人即使寫抒情詞往往帶有敘事、情節成分。二爲直抒胸臆，誠如〔清〕陳銳《裒碧齋詞話》所云：「柳屯田不著筆墨，似古樂府。」〔註29〕又〔宋〕張端義《貴耳集》卷上云：「杜詩、柳詞皆無表德，只是實說。」〔註30〕說明柳詞即事言情之特質，

冊1，頁84。

〔註24〕見張璋，職承讓，張驊，張博寧編纂：《歷代詞話》（鄭州：大象出版社，2002年3月第1版），上冊，頁136。

〔註25〕見唐圭璋編：《詞話叢編》（北京：中華書局，2005年10月第2版），冊4，頁3585。

〔註26〕見孫康宜著，李奭學譯著：《晚唐迄北宋詞體演進與詞人風格·溫庭筠與韋莊——朝向詞藝傳統的建立》、〈柳永與慢詞的形成〉（臺北：聯經出版社，1994年6月初版。），頁56～65、131～188。

〔註27〕見唐圭璋編：《詞話叢編》（北京：中華書局，2005年10月第2版），冊4，頁3086。

〔註28〕見唐圭璋編：《詞話叢編》（北京：中華書局，2005年10月第2版），冊4，頁3705。

〔註29〕見唐圭璋編：《詞話叢編》（北京：中華書局，2005年10月第2版），冊5，頁4196。

〔註30〕〔宋〕張端義著：《貴耳集》，見《景印文淵閣四庫全書》本（臺北：

同於韋莊遠繼民間詞，進繼杜甫，創作態度坦白率直，毫不掩飾；柳永塡詞如此，描寫自是淋漓盡致，誠摯熱烈。如〈八聲甘州〉（對瀟瀟暮雨灑江天）直寫羈旅離別，〔清〕沈祥龍《論詞隨筆》云：「在神不在迹也」〔註31〕言其非塗脂抹粉，但實寫也，其中「想佳人」以下乃從對面著想，與韋莊〈浣溪沙〉：「想君思我錦衾寒」作法同工，情感愈覺深厚；又〈鳳歸雲〉（向深秋）爲夏敬觀〈映庵詞評〉云：「殘星之光，亦隔林閃閃不止，流電寫景逼眞。」〔註32〕三爲「尋常言語」，〔註33〕〔清〕劉熙載《藝概・詞概》云：「耆卿詞細密而妥溜，明白而家常，善於敘事，有過前人。」〔註34〕說明柳詞吸收口語、俗語入詞，富於生命力與表現力，如〈爪茉莉〉（每到秋來）寫秋夜，幾全由口與組成，如「巴巴望曉，怎生捱、更迢遞。料我兒、只在枕頭根底，等人來、睡夢裡」（冊1，頁54），故〔清〕沈謙《塡詞雜說》云：「柳屯田『每到秋來』一曲，極孤眠之苦。予嘗宿禦兒客舍，倚枕自歌，能移我情，不知文之工拙也。」〔註35〕言其描寫生動，善於揣摩市井細民心理，此種新鮮通俗之言語，柳永頻見使用，如代名詞「伊」、「誰」、「自家」等，動詞「消得」、「壞了」、「極惱」等，副詞「爭」、「怎」、「恁」等，故〔清〕張德瀛《詞徵》卷五云：「耆卿詞多本色語，所謂有井水處，能歌柳詞。」〔註36〕亦即首揭通俗大纛，全力發揮韋莊以來摭拾通俗語入詞之

臺灣商務印書館），冊865，上卷，頁29。

〔註31〕見唐圭璋編：《詞話叢編》（北京：中華書局，2005年10月第2版），冊4，頁4055。

〔註32〕見張璋，職承讓，張驊，張博寧編纂：《歷代詞話續編》（鄭州：大象出版社，2005年11月第1版），上冊，頁419。

〔註33〕見柳永〈玉女搖仙佩〉：「取次梳妝，尋常言語，有得幾多姝麗」。

〔註34〕見唐圭璋編：《詞話叢編》（北京：中華書局，2005年10月第2版），冊4，頁3689。

〔註35〕見唐圭璋編：《詞話叢編》（北京：中華書局，2005年10月第2版），冊1，頁630。

〔註36〕見唐圭璋編：《詞話叢編》（北京：中華書局，2005年10月第2版），冊5，頁4156。

法。此外，內容方面，柳永描寫都市生活之詞，承襲韋莊〈怨王孫〉（錦里蠶市）、〈河傳〉（春晚風暖）、〈河傳〉（錦浦春女）等描寫成都市井風貌之詞。又，詞牌方面，柳永亦將韋莊首塡之小令體〈應天長〉、〈望遠行〉二調衍爲慢詞。

總之，柳永明顯接受韋莊詞，基於兩人之情感眞切與學習對象等多方面相同近、相似處，其詞與韋莊詞呈現一脈相承之關係，故李冰若《花間集評注》評韋莊〈荷葉杯〉（記得那年花下）云：「『惆悵曉鶯殘月，相別』，足抵柳屯田『楊柳岸，曉風殘月』一闋。」〔註37〕韋莊對柳永之影響，可謂貫穿柳永詞之整體創作中，並發展韋莊對詞體之開創，促使宋詞進入新進程。

二、蘇軾：啼鳥落花春寂寂

蘇軾與韋莊有著相同之地域背景，兩人皆爲蜀地作家；韋莊對五代蜀地文壇有倡導之功，此風或延至宋代，蘇軾對韋莊亦樂於接受，詩作即以爲借鑑，對此，〔南宋〕王十朋已有所察覺，注〈與梁左藏會飲傅國博家〉之「啼鳥落花春寂寂」句爲：「韋莊詞云：『滿院落花春寂寂』」〔註38〕是見蘇軾視蜀地前輩韋莊爲學習對象，其於詞作或亦如此。

誠然，詞之發展，至宋代備極盛行；宋代蜀詞家者，於詞壇佔一席之地，揆度因緣，韋莊實導夫先路，而蜀詞家中，尤以蘇軾爲一代詞宗。歷代文獻雖無蘇軾對韋莊詞接受之直接記載，實則韋莊對蘇軾之影響，乃內含於創作態度，明顯表現於蘇軾對詞體發展史之推進，誠如夏承燾論韋莊詞云：「在五代文人詞的內容走向空虛墮落途徑的時候，重新領它回到民間抒情詞的道路來；他使詞逐漸脫離了音樂，而有獨立的生命。這個傾向影響後來的李煜、蘇軾、辛棄疾諸大家。」

〔註37〕 見李冰若：《花間集評注》（北京：人民文學出版，1993 年 6 月北京新 1 版），頁 65。

〔註38〕 〔宋〕王十朋注：《東坡詩集注》，見《景印文淵閣四庫全書》本（臺北：臺灣商務印書館），冊 1109，卷 17，頁 15～16。

〔註39〕指出韋莊以詞抒情、不主應歌，開創文人詞之抒情道路，此成就即〔清〕王士禎《倚聲初集‧序》所云：「有詩人之詞，唐蜀五代諸人是也。」〔註40〕韋莊之抒情詞，就量而言，雖尚未包含全部詞作；就質而言，雖內容不夠廣泛，而於詞壇實為文人抒情詞之開宗，至蘇軾方能立基於此，恢弘詞體。〔宋〕陳師道《後山詩話》云：「子瞻以詩為詞」〔註41〕即稱其以寫詩之手法填詞，凡詩之題材、寫法與意境均可入詞，遂將韋莊詞風演變成全面革新。

　　蘇軾詞之特點，乃完全為自我表現，處處有「我」之存在，為其人格與學問之結合；尤將韋莊「詩人之詞」作多方面之發展：其一，突破音律；韋莊身處詞為「娛賓而遣興」〔註42〕之時代環境，其詞雖未必為應歌而作，然尚非全面如此，蘇軾則接受韋莊視詞體用以言志抒情之觀念，又因其性「豪放不喜裁翦以就聲律耳」〔註43〕於大體遵守音律之基礎上，為表達內容之需要，寧可突破個別音律而予以創新，決不因音律而犧牲內容，其詞以意為主之意識，較韋莊更自覺而強烈，〔宋〕王灼《碧雞漫志》卷二云：「東坡先生非醉心於音律者，偶爾作歌，指出向上一路，新天下耳目，弄筆者始知自振。」〔註44〕說明蘇軾重視詞之文學性大於音樂性，使詞與音樂分離而能自由發展，繼韋莊之後，對宋詞之向上發展具有開拓之功。其二，擴大詞之內容、提高詞之境界；韋

〔註39〕見夏承燾著：《唐宋詞欣賞‧論韋莊詞》（杭州：浙江古籍出版社，2004年2月第1版），頁39。

〔註40〕〔清〕王士禎著：《倚聲初集》，見《續修四庫全書》編纂委員會編：《續修四庫全書》（上海：上海古籍出版社，2002年3月），第1729冊，頁164。

〔註41〕見施蟄存、陳如江輯錄：《宋元詞話》（上海：上海書店出版社，1999年2月第1版），頁58。

〔註42〕〔宋〕陳世修著：〈陽春錄序〉，見施蟄存編：《詞籍序跋萃編》（北京：中國社會科學出版社，1994年12月第1版），頁15。

〔註43〕〔宋〕陸游著：《老學庵筆記》，見施蟄存、陳如江輯錄：《宋元詞話》（上海：上海書店出版社，1999年2月第1版），頁401。

〔註44〕見唐圭璋編：《詞話叢編》（北京：中華書局，2005年10月第2版），冊1，頁85。

莊詞已填入個人生活情感，唯內容仍不夠廣泛，描寫不夠深刻，詞作尚以「兒女情多」〔註45〕為主，蘇軾詞立基於韋莊等前人之零星開拓，予詞題以全面積極改變，詞作以自我為抒情為主體；除傳統題材外，更填入政治抱負、農村生活、民生疾苦、貶謫生涯、親朋情感等，揮灑敘事、抒情、說理、論禪之筆，誠如〔清〕劉熙載《藝概‧詞概》所云：「東坡詞頗似老杜詩，以其無意不可入，無事不可言也。」〔註46〕空前擴大詞之創作領域。此外，形式方面，亦繼承韋莊詞之敘事性，如採用聯章體以充分紀實；又更立於張先以來詞作另增題序之形式，進一步發揮韋莊詞作之敘事功能。

　　總之，蘇軾以詞全面抒寫個人情志，誠如〔清〕謝章鋌《賭棋山莊詞話》卷九所云：「讀蘇辛詞，知詞中有人，詞中有品。」〔註47〕詞作活現作者與作品之個性特徵。〔清〕陳廷焯《白雨齋詞話》卷八云：「東坡神品也，亦仙品也。……然皆不離於正。故與韋……同一大雅，而無傲而不理之誚。」〔註48〕指出其詞自抒懷抱，與韋莊作品同屬雅正之作；故將韋莊詞抒情言志之特質，發揮至淋漓盡致，以其個人天縱才識與詞體發展歷程及社會背景等匯聚，使詞之詩化達至高峰，遂開闊詞之面貌，高軼古今。

三、晏幾道：欲將沈醉換悲涼

　　宋初詞壇，承接晚唐五代小令之餘緒而發達。晏幾道處於北宋中後期，時雖值柳永倡導慢詞，而晏幾道獨行其是，創作多是小令，極少

〔註45〕〔清〕劉熙載《藝概‧詞概》云：「五代小詞，雖小卻好，雖好卻小，蓋所謂兒女情多，風雲氣少也。」，見唐圭璋編：《詞話叢編》（北京：中華書局，2005 年 10 月第 2 版），冊 4，頁 3710。

〔註46〕見唐圭璋編：《詞話叢編》（北京：中華書局，2005 年 10 月第 2 版），冊 4，頁 3690。

〔註47〕見唐圭璋編：《詞話叢編》（北京：中華書局，2005 年 10 月第 2 版），冊 4，頁 3444。

〔註48〕見唐圭璋編：《詞話叢編》（北京：中華書局，2005 年 10 月第 2 版），冊 4，頁 3961～3962。

慢詞，又內容多作於「浮沉酒中」，可謂《花間集》之回流嗣響，〔註49〕
故〔宋〕陳振孫《直齋書錄解題》卷二一云：「其詞在諸名勝中，獨可
追逼《花間》，高處可過之。」〔註50〕又〔明〕毛晉〈小山詞跋〉云：
「諸名勝詞集，刪選相半，獨《小山集》直逼《花間》，字字娉娉嫋嫋。」
〔註51〕〔清〕郭麐《靈芬館詞話》卷二亦云其：「所作足闖《花間》之
室」〔註52〕是皆指出宋詞人中，尤以晏幾道詞之性質極近《花間集》，
且為之創新發展。而晏幾道對花間諸詞家之接受，以溫庭筠和韋莊為
主，〔清〕周濟《宋四家詞選・序論》即云：「晏氏父子，仍步溫、韋，
小晏精力尤勝。」〔註53〕是言並稱晏氏父子，顯示晏幾道詞出自乃父，
又以其「文章翰墨，自立規模」〔註54〕對文學觀有個人意識，故雖透過
乃父繼承溫、韋餘風，而更勝之。

　　晏幾道對韋莊詞之接受，主要源自兩人以詞抒情言志之詞體觀。
晏幾道對待詞體有自覺意識，認為填詞目的，除「期以自娛」外，尤
需突破「杯酒間聞見」，不僅作為娛賓遣興之用；更需「析酲解慍」、「敘
其所懷」，賦予詞體以紓解憂怨之獨立功能，傾吐己身之情志性靈；此
種創作態度則出於「感物之情」是為情填詞，緣己真情。〔註55〕故晏

〔註49〕葉嘉瑩著：《唐宋詞名家論集・論晏幾道詞在詞史中之地位》（臺北：
　　　　國文天地雜誌社，1987年1月初版），頁193。

〔註50〕見張璋，職承讓，張驊，張博寧編纂：《歷代詞話》（鄭州：大象出
　　　　版社，2002年3月第1版），上冊，頁137。

〔註51〕見施蟄存編：《詞籍序跋萃編》（北京：中國社會科學出版社，1994
　　　　年12月第1版），頁52。

〔註52〕見唐圭璋編：《詞話叢編》（北京：中華書局，2005年10月第2版），
　　　　冊2，頁1530。

〔註53〕見唐圭璋編：《詞話叢編》（北京：中華書局，2005年10月第2版），
　　　　冊2，頁1643。

〔註54〕黃庭堅〈小山詞序〉，見施蟄存編：《詞籍序跋萃編》（北京：中國社
　　　　會科學出版社，1994年12月第1版），頁51。

〔註55〕晏幾道〈小山詞序〉云：「《補亡》一編，補樂府之亡也。叔原往者
　　　　浮沉酒中，病世之歌詞不足以析酲解慍，試續南部諸賢緒餘，作五
　　　　七字語，期以自娛，不獨敘其所懷，兼寫一時杯酒間聞見、所同游
　　　　者意中事。嘗思感物之情，古今不易。竊以謂篇中之意，昔人所不

幾道詞具有強烈抒情性，異於溫庭筠詞之客觀描寫非個人情感，更多
吸收韋莊詞之主觀抒情，〔清〕馮煦《蒿庵論詞》稱之曰：「眞古之傷
心人也。其淡語皆有味，淺語皆有致。」〔註56〕其反覆者爲戀情與人
世感懷。首先，情詞方面，其敘寫女子同於韋莊詞皆爲具體對象，甚
爲專指對象，如「蓮、鴻、蘋、雲」〔註57〕等人，且出現次數甚夥，
誠如〔清〕郭麐《靈芬館詞話》卷二所云：「蓋其寄託如此，其所稱蓮、
鴻、蘋、雲者，詞中往往見之。」〔註58〕則其情感有明確寄託對象，
倍加眞切動人；且敘述口吻往往出自男子，即其己身，使情感更爲執
著深刻，如〈臨江仙〉（夢後樓臺高鎖）寫感舊懷人，情意甚同韋莊〈荷
葉杯〉，晏詞爲憶昔「記得小蘋初見」，今嘆「當時明月在，曾照彩雲
歸」（冊1，頁222）；韋詞則爲憶昔「記得那年花下。深夜。初識謝娘
時」，今嘆「從此隔音塵。如今俱是異鄉人」，俱語淺情深之作，晏詞
於焉傳誦千古，〔清〕譚獻《復堂詞話》稱之曰：「名句千古，不能有
二，所謂柔厚在此。」〔註59〕又〔清〕陳廷焯《詞則・大雅集》卷二
云：「『落花』十字，天生好言語，（『當時』二句）回首可憐。」〔註60〕
指出該詞出語俊逸，感喟無限，同於〔清〕許昂霄《詞綜偶評》評韋
詞爲：「語淡而悲，不堪多讀。」〔註61〕其次，言志方面，晏幾道「以

遺，第於今無傳爾。」，見施蟄存編：《詞籍序跋萃編》（北京：中國
社會科學出版社，1994年12月第1版），頁52。

〔註56〕見唐圭璋編：《詞話叢編》（北京：中華書局，2005年10月第2版），
冊四，頁3587。

〔註57〕晏幾道〈小山詞序〉，見施蟄存編：《詞籍序跋萃編》（北京：中國社
會科學出版社，1994年12月第1版），頁52。

〔註58〕見唐圭璋編：《詞話叢編》（北京：中華書局，2005年10月第2版），
冊2，頁1529。

〔註59〕見唐圭璋編：《詞話叢編》（北京：中華書局，2005年10月第2版），
冊4，頁3990。

〔註60〕見〔清〕陳廷焯著：《詞則》（上海：上海古籍出版社，1984年5月），
卷1，頁47。

〔註61〕見唐圭璋編：《詞話叢編》（北京：中華書局，2005年10月第2版），
冊2，頁1549。

貴人暮子，落拓一生，華屋山邱，身親經歷，哀絲豪竹，寓其微痛纖悲」〔註 62〕其遠避仕途，詞作寄託懷抱，流露人世滄桑之感與感舊悽涼之思，〔宋〕陳振孫《直齋書錄解題》卷二一云：「其為人雖縱弛不羈，而不苟求進，尚氣磊落，未可貶也。」〔註 63〕如〈阮郎歸〉（天邊金掌露成霜）描寫個人身世感慨，同於韋莊〈菩薩蠻〉（勸君今夜須沉醉），皆因他鄉作客，主人盛情相待，唯內心悲哀至極，難以排遣，只得故作歡笑，晏詞表現為「綠杯紅袖稱重陽。人情似故鄉」因而「殷勤理舊狂。欲將沈醉換悲涼。清歌莫斷腸。」（冊 1，頁 238）韋詞則為「珍重主人心。酒深情亦深。」因悟「莫訴金盃滿。遇酒且呵呵。人生能幾何」。前者為〔清〕況周頤《蕙風詞話》卷二評為：「『狂』者，所謂一肚皮不合時宜，發見於外者也。……此詞沉著厚重」〔註 64〕後者為李冰若《花間集評注》評為：「端己身經離亂，富于感傷，此詞意實沉痛。」〔註 65〕是知二詞皆凝重深厚，唯情之所出不同耳，晏幾道出自個人身世劇變，韋莊更多出自大環境家國興衰，故〔清〕陳廷焯《白雨齋詞話》卷七云：「晏元獻、歐陽文忠皆工詞，而皆出小山下。專精之詣，固應讓渠獨步。然小山雖工詞、而卒不能比肩溫、韋，方駕正中者，以情溢詞外，未能意蘊言中也。故悅人甚易，而復古則不足。」〔註 66〕言晏幾道詞一往情深，用情真純深摯而高於世人，然沉痛程度尚不及韋莊。此外，於筆法方面，〔宋〕黃庭堅〈小山詞序云其：

〔註 62〕夏敬觀《映庵詞評》，見張璋，職承讓，張驊，張博寧編纂：《歷代詞話續編》（鄭州：大象出版社，2005 年 11 月第 1 版），上冊，頁 421。

〔註 63〕見張璋，職承讓，張驊，張博寧編纂：《歷代詞話》（鄭州：大象出版社，2002 年 3 月第 1 版），上冊，頁 137。

〔註 64〕見唐圭璋編：《詞話叢編》（北京：中華書局，2005 年 10 月第 2 版），冊 5，頁 4426。

〔註 65〕見李冰若著：《花間集評注》（北京：人民文學出版，1993 年 6 月北京新 1 版），頁 60。

〔註 66〕見唐圭璋編：《詞話叢編》（北京：中華書局，2005 年 10 月第 2 版），冊 4，頁 3952。

「乃獨嬉弄於樂府之餘，而寓以詩人句法，清壯頓挫，能動搖人心。」
〔註67〕指出晏幾道運用詩法入詞，詞情跌宕層深，更加搖撼人心，此
種以詩入詞之創作心態，亦同於韋莊。

　　總之，晏幾道繼承韋莊以詞抒情言志，筆端深入人物內心世界，
將心懷作淋漓盡致之抒發，故〔清〕陳廷焯《白雨齋詞話》卷七稱賞：
「其詞則無人不愛，以其情勝也。」〔註68〕道盡晏幾道「狂篇醉句」
〔註69〕充滿濃厚感傷之特質。

四、秦觀：新啼痕間舊啼痕

　　秦觀塡詞之際，蘇軾已對詞壇進行全面革新，於形式、內容各
方面「一洗綺羅香澤之態」。〔註70〕然秦觀作爲蘇門四學士之一，
卻未接受蘇軾開拓之路，誠如〔清〕況周頤《蕙風詞話》卷二所云：
「有宋熙豐間，詞學稱極盛。蘇長公提倡風雅，爲一代山斗。黃山
谷、秦少游、晁無咎，皆長公之客也。……唯少游自闢蹊徑，卓然
名家。蓋其天分高，故能抽秘騁妍於尋常濡染之外。」〔註71〕說明
秦觀才情尤高，塡詞不走乃師詩化之詞，反愈「綢繆宛轉」。〔註72〕

　　至於秦觀之師法對象，〔清〕陳廷焯《白雨齋詞話》卷一稱：「（秦
觀）遠祖溫、韋，取其神不襲其貌，詞至是乃一變焉。然變而不失其

〔註67〕見施蟄存編：《詞籍序跋萃編》（北京：中國社會科學出版社，1994
　　　　年12月第1版），頁51。
〔註68〕見唐圭璋編：《詞話叢編》（北京：中華書局，2005年10月第2版），
　　　　冊4，頁3952。
〔註69〕晏幾道〈小山詞序〉，見施蟄存編：《詞籍序跋萃編》（北京：中國社
　　　　會科學出版社，1994年12月第1版），頁52。
〔註70〕〔宋〕胡寅《題酒邊詞》，見金啓華、張惠民、王恒展、張宇聲、王
　　　　增學編：《唐宋詞集序跋匯編》（臺北：臺灣商務印書館股份有限公
　　　　司，1993年2月臺灣初版），頁117。
〔註71〕見唐圭璋編：《詞話叢編》（北京：中華書局，2005年10月第2版），
　　　　冊5，頁4426～4427。
〔註72〕〔宋〕胡寅《題酒邊詞》，見金啓華、張惠民、王恒展、張宇聲、王
　　　　增學編：《唐宋詞集序跋匯編》（臺北：臺灣商務印書館股份有限公
　　　　司，1993年2月臺灣初版），頁117。

正，遂令議者不病其變，而轉覺有不得不變者。」〔註 73〕卷五亦云：「千古詞宗，溫、韋發其源，周、秦竟其緒」〔註 74〕指出秦觀祖述者爲溫庭筠與韋莊，接受其中內含神情而突破外表面貌，予以提高發展，而所承繼者，即《白雨齋詞話・自序》所云：「飛卿、端己，首發其端，周、秦、姜、史、張、王，曲竟其緒，而要皆發源於風雅，推本於騷辯。故其情長，其味永，其爲言也哀以思，其感人也深以婉。」〔註 75〕秦觀詞接受溫韋以來之風騷一路，故得思深情婉之致，誠如〔清〕周濟《介存齋論詞雜著》所云：「端己詞，清艷絕倫，初日芙蓉春月柳，使人想見風度。」〔註 76〕又其《宋四家詞選・序論》云：「少游意在含蓄，如花初胎，故少重筆。」〔註 77〕皆以花之清新比韋、秦觀詞，顯示兩人詞作皆以清新悠遠見長；而年代稍後於周濟之况周頤，於《蕙風詞話》卷二則謂秦觀：「若以其詞論，直是初日芙蓉，曉風楊柳，」〔註 78〕此論與周濟若出一徹，皆以「初日芙蓉」與「柳」比詞作，此蓋非巧合，洵襲言也；周濟以之比韋莊詞，而况周頤襲之比秦觀詞，是見秦觀清新詞風，確有接受韋莊影響之處。

此外，〔清〕陳廷焯《詞則・大雅集》卷二評秦觀〈浣溪沙〉（漠漠輕寒上小樓）爲：「婉轉幽怨，溫韋嫡派。」〔註 79〕指出秦觀繼承

〔註 73〕見唐圭璋編：《詞話叢編》（北京：中華書局，2005 年 10 月第 2 版），冊 4，頁 3785。

〔註 74〕見唐圭璋編：《詞話叢編》（北京：中華書局，2005 年 10 月第 2 版），冊 4，頁 3877。

〔註 75〕見唐圭璋編：《詞話叢編》（北京：中華書局，2005 年 10 月第 2 版），冊 4，頁 3750。

〔註 76〕見唐圭璋編：《詞話叢編》（北京：中華書局，2005 年 10 月第二版），冊 2，頁 1631。

〔註 77〕見唐圭璋編：《詞話叢編》（北京：中華書局，2005 年 10 月第 2 版），冊 2，頁 1643。

〔註 78〕見唐圭璋編：《詞話叢編》（北京：中華書局，2005 年 10 月第 2 版），冊 5，頁 4427。

〔註 79〕〔清〕陳廷焯著：《詞則》（上海：上海古籍出版社，1984 年 5 月），卷 2，頁 57。

溫、韋詞之婉轉幽怨。蓋秦觀詞，就內容而言，沿襲花間詞之傳統，執著於個人相對狹小生活中，主要爲言情與述愁，又以其繼承韋莊以來之自抒懷抱，詞作帶有個人之眞情實感，往往交織個人不幸身世，如〈滿庭芳〉（山抹微雲）描寫別情，纏綿淒婉，爲〔清〕周濟《宋四家詞選》評爲：「將身世之感打并入艷情」〔註80〕指出秦觀塡詞爲逃避文網，多以曲折方式表達，此類詞作遂形成其特有之婉曲哀愁，晚年更由「淒惋」一變爲「淒厲」，〔註81〕唯氣格仍「失之弱」〔註82〕誠如〔清〕賀裳《皺水軒詞筌》所云：「少游能曼聲以合律，寫景極淒惋動人。然形容處，殊無刻肌入骨之言，去韋莊、歐陽炯諸家，尙隔一塵。」〔註83〕指出其詞極爲淒惋，以其用筆輕靈，不同於韋莊之但書情志，故深切程度較韋莊低，如〈踏莎行〉（霧失樓臺）描寫羈旅，〔明〕王世貞《藝苑卮言》云：「『郴江幸自繞郴山，爲誰流下瀟湘去。』，此淡語之有情者也」〔註84〕由上可知，秦觀詞對韋莊詞之接受，一爲清新，二爲婉轉幽怨。

歷代評論既多謂秦觀接繼韋莊，則秦觀當有仿效韋莊之詞作。〔明〕茅暎《詞的》卷三即云：「『紅袂有啼痕』與『羅衣濕』句複。秦詞『新啼痕間舊啼痕』亦始諸此。」〔註85〕指出秦觀〈鷓鴣天〉「新

〔註80〕見唐圭璋編：《詞話叢編》（北京：中華書局，2005 年 10 月第 2 版），冊 2，頁 1652。

〔註81〕〔清〕王國維《人間詞話》云：「少游詞境最爲淒惋。至『可堪孤館閉春寒，杜鵑聲裏斜陽暮。』則變而淒厲矣。」見唐圭璋編：《詞話叢編》（北京：中華書局，2005 年 10 月第 2 版），冊 5，頁 4245。

〔註82〕〔宋〕胡仔《苕溪漁隱叢話》云：「少游詞雖婉美，然格力失之弱」，見施蟄存、陳如江輯錄：《宋元詞話》（上海：上海書店出版社，1999 年 2 月第 1 版），頁 272。

〔註83〕見唐圭璋編：《詞話叢編》（北京：中華書局，2005 年 10 月第 2 版），冊 1，頁 696。

〔註84〕見唐圭璋編：《詞話叢編》（北京：中華書局，2005 年 10 月第 2 版），冊 1，頁 388。

〔註85〕〔明〕茅暎編：《詞的》，見《四庫未收書輯刊》本（北京：北京出版社，2000 年），捌輯，冊 30，卷 3，頁 505。

啼痕間舊啼痕」一句，源出韋莊〈小重山〉「紅袂有啼痕」一句，又
〔明〕徐士俊《古今詞統》卷七評「枕上流鶯和淚聞」：「韋莊『新搵
舊啼痕』更勝此。」〔註86〕亦並論兩詞，是見兩詞之關係源流。茲列
兩詞如次：

　　韋莊〈小重山〉：

　　　　一閉昭陽春又春。夜寒宮漏永。夢君恩。臥思陳事暗消魂。
　　　　羅衣濕，紅袂有啼痕。　　歌吹隔重闈。繞庭芳草綠，倚長
　　　　門。萬般惆悵向誰論。凝情立，宮殿欲黃昏。

秦觀〈鷓鴣天‧春閨〉：

　　　　枝上流鶯和淚聞。新啼痕間舊啼痕。一春魚鳥無消息，千
　　　　里關山勞夢魂。　　無一語，對芳尊。安排腸斷到黃昏。甫
　　　　能炙得燈兒了，雨打梨花深閉門。〔註87〕（冊1，頁472）

茅暎雖僅言秦詞單句源自韋詞，實則該詞整體與韋詞頗相似，由字
面、句意至風格等，皆表現接受韋詞之痕跡。就字面而言，計有「啼
痕」、「一」、「春」、「夢」、「魂」、「芳」、「閉」、「黃昏」8字詞；就句
意而言，皆描寫閨怨愁思，美人久閉深閨、無限悵望之心理活動，與
花草魚鳥、春逝黃昏之外在環境，尤多相似；就風格言，以清新語言
寫幽怨之情，呈現清麗淒惋之致。凡此，呈現兩詞相承關係。

　　總之，秦觀基於性格纖弱情深、詞體主尚流麗婉轉與宋代新舊黨

〔註86〕見張璋，職承讓，張驊，張博寧編纂：《歷代詞話》（鄭州：大象出
　　　　版社，2002年3月第1版），上冊，頁419。按：韋莊該詞「紅袂」
　　　　句，《草堂詩餘正集》作「新搵舊啼痕」。

〔註87〕此詞之作者，歷代詞選之歸屬多有爭議，據楊寶霖《詞林紀事補
　　　　正》云：「宋刻本《淮海居士長短句》不收此詞，汲古閣《六十名
　　　　家詞》本《淮海詞》收之，題下注云：『舊刻逸。』《淮海詞》誤
　　　　收。至正本《草堂詩餘》收此詞不注撰人，予秦觀〈畫堂春〉銜
　　　　接，類編本《草堂詩餘》即以為秦作，誤。此詞又誤為李清照詞，
　　　　見四印齋本《漱玉詞》引汲古閣未刻本《漱玉詞》。」指出該詞作
　　　　者，有三說：一為秦觀，二為無名氏，三為李清照，見〔清〕張
　　　　宗橚編，楊寶霖補正《詞林紀事、詞林紀事補正》（上海：上海古
　　　　籍出版社），下冊，頁1204。本文因依據歷代詞話所評，茲歸為秦
　　　　觀。

爭等因素聚合,對韋莊多所接受,以詞自抒懷抱,辭藻清新疏朗,用情委婉深刻,誠如〔清〕馮煦《蒿庵論詞》所云:「寄慨身世,閑雅有情思,酒邊花下,一往而深,而怨悱不亂。」〔註88〕〔清〕陳廷焯《白雨齋詞話》卷八更云:「少游之詞,幾奪溫、韋之席」〔註89〕直以秦觀上比韋莊。

此外,秦觀子秦湛之詞,亦近似韋莊。故韋莊〈望遠行〉(空相憶)爲《詞學荃蹄》卷五誤題秦湛,蓋此詞於《草堂詩餘》中失作者名,而列秦湛〈卜算子〉後,《詞學荃蹄》遂收爲秦湛詞;嗣後,明洪武本《草堂詩餘》前集卷下錄之,而未題作者名;毛晉本《草堂詩餘》則據《花間集》題爲韋莊詞,方正之也。

五、辛棄疾:天涯芳草迷歸路

辛棄疾詞博采眾家,對花間詞人,亦作爲接受對象之一,如〈唐河傳·傚花間集〉(春水)、〈河瀆神·女城祠,效花間體〉(芳草綠萋萋),於詞題標明仿效花間詞人,顯示其樂於接受花間詞人。〔註90〕而其亦關注韋莊,據〔宋〕何士信《群英草堂詩餘》注〈摸魚兒〉「天涯芳草無歸路」句爲:「韋莊詞『獨上小樓春欲暮,望斷玉關芳草路』」〔註91〕指出辛棄疾借鑑韋莊詞句。茲列兩詞如次:

〔註88〕見唐圭璋編:《詞話叢編》(北京:中華書局,2005 年 10 月第 2 版),冊 4,頁 3587。
〔註89〕見唐圭璋編:《詞話叢編》(北京:中華書局,2005 年 10 月第 2 版),冊 4,頁 3959。
〔註90〕二詞之仿效對象,據王偉勇比對,〈唐河傳〉係仿顧夐,〈河瀆神〉則仿溫庭筠。見王偉勇:〈兩宋豪放詞之典範與突破～以蘇、辛雜體詞爲例〉,收錄於《文與哲》(高雄:中山大學中文系,2007 年 6 月),第 10 期,頁 325～360。
〔註91〕〔宋〕何士信輯:《增修箋注群英草堂詩餘》(明洪武 25 年遵正書堂刻本),前集,卷上,名賢詞話,頁 15。筆者按:辛棄疾〈摸魚兒·淳熙己亥,自湖北漕移湖南,同官王正之置酒小山亭,爲賦〉之「天涯芳草迷歸路」一句,《群英草堂詩餘》作「天涯芳草無歸路」,《全宋詞》則作「天涯芳草迷歸路」。

韋莊〈木蘭花〉：

> 獨上小樓春欲暮。愁望玉關芳草路。消息斷，不逢人，卻
> 斂細眉歸繡戶。
> 坐看落花空歎息。羅袂濕斑紅淚滴。千山萬水不曾行，魂
> 夢欲教何處覓。

辛棄疾〈摸魚兒・淳熙己亥，自湖北漕移湖南，同官王正之置酒小山
亭，爲賦〉：

> 更能消、幾番風雨。忽忽春又歸去。惜春長恨花開早，何
> 況落紅無數。春且住。見說道、天涯芳草迷歸路。怨春不
> 語。算只有殷勤，畫簷蛛網，盡日惹飛絮。　長門事，準
> 擬佳期又誤。蛾眉曾有人妒。千金縱買相如賦，脈脈此情
> 誰訴。君莫舞。君不見、玉環飛燕皆塵土。閒愁最苦。休
> 去倚危樓，斜陽正在，煙柳斷腸處。（冊3，頁1867）

對比辛棄疾作品，可知韋、辛兩人均寫春意闌珊，美人遲暮，又別有
寄寓。韋莊詞往往帶有個人情懷，此詞或如俞陛云《唐五代兩宋詞選
釋》所云：「意欲歸唐，與〈菩薩蠻〉第四首同。」〔註92〕指出該詞
以委婉之筆，寄託思鄉念國之情。故何士信並摘「獨上小樓春欲暮，
愁望玉關芳草路」兩句，指出爲辛棄疾「天涯芳草迷歸路」一句所接
受，乃是看出辛詞以「春」爲詞眼，借傷春寄託對國事之憂心，誠如
〔宋〕羅大經《鶴林玉露》甲集卷一云：「詞意殊怨……愚聞壽皇帝
見此詞，頗不悅。」〔註93〕說明此詞筆致曲折，淒楚自況。是知，辛
棄疾對韋莊詞之接受，在於婉轉幽怨。

首先，辛棄疾繼承韋莊以詞自抒懷抱，而更全力投注，蓋其一心
唯在收復中原，事功既盡落空，遂以詞作爲寄託，誠如〔清〕徐釚《詞
苑叢談・品藻》卷四引黃梨莊語：「辛棄疾當弱宋末造，負管、樂之

〔註92〕見俞陛云著：《唐五代兩宋詞選釋》（臺北：文史哲出版社，1988 年
　　　　7 月），頁 49。
〔註93〕見施蟄存、陳如江輯錄：《宋元詞話》（上海：上海書店出版社，1999
　　　　年 2 月第 1 版），頁 511。

才，不能盡展其用，一腔忠憤，無處發洩。……故其悲歌慷慨抑鬱無聊之氣，一寄之於其詞。」〔註94〕說明其詞全然流露個人性情懷抱，此正爲韋莊對後人之主要影響，即夏承燾所謂開啓文人詞抒情詞之路，故後人往往將兩人詞作相提並論，如〔清〕張德瀛《詞徵》卷一：「詞有與風詩意義相近者，自唐迄宋，前人鉅製，多寓微旨。……韋端己『紅樓別夜』，匪風怨也。……辛稼軒『鬱孤臺上』，燕燕慨失偶也。……揆諸樂章，喎于緌聲，信凄心而咽魄，固難得而遠名矣。」〔註95〕指出韋莊〈菩薩蠻〉（紅樓別夜堪惆悵）與辛棄疾〈菩薩蠻〉（鬱孤臺下清江水），皆將傳統以詩言志，填入於詞，寄寓個人眞實情感，而動人心魄；〔清〕陳廷焯《白雨齋詞話》卷八亦云：「韋端己〈菩薩蠻〉四章，辛稼軒〈水調歌頭〉、〈鷓鴣天〉等闋，間有樸實處。而伊鬱即寓其中。」〔註96〕卷八又云：「有質過於文者，韋端己……辛稼軒……亦詞中之上乘也。」〔註97〕指出韋、辛詞作，往往以平實樸素之體，寄託悽涼悲鬱之情。其次，辛棄疾對韋莊詞之接受，在於婉約之外貌，誠如辛棄疾門生范開〈稼軒詞序〉所云：「其間固有清而麗、婉而嫵媚」〔註98〕又〔清〕鄒祗謨《遠志齋詞衷》云：「中調短令亦間作嫵媚語」〔註99〕指出辛棄疾亦作有婉麗詞作。此外，個別詞句或亦借鑑韋莊詞，如〈鷓鴣天〉：「東湖春水碧連天」（冊3，頁1923）用韋莊詞〈菩薩蠻〉：「春水碧於天」。又，仿效韋莊將他人對

〔註94〕見〔清〕徐釚著，王百里校箋：《詞苑叢談校箋》（北京：人民文學出版社，1988年11月，北京第1版），頁250。

〔註95〕見唐圭璋編：《詞話叢編》（北京：中華書局，2005年10月第2版），冊5，頁4079。

〔註96〕見唐圭璋編：《詞話叢編》（北京：中華書局，2005年10月第2版），冊4，頁3976。

〔註97〕見唐圭璋編：《詞話叢編》（北京：中華書局，2005年10月第2版），冊4，頁3968。

〔註98〕見施蟄存編：《詞籍序跋萃編》（北京：中國社會科學出版社，1994年12月第1版），頁199。

〔註99〕見唐圭璋編：《詞話叢編》（北京：中華書局，2005年10月第2版），冊1，頁652。

己之言，直接填入詞之筆法，如〈行香子〉：「記前時、勸我殷勤。都休殢酒，也莫論文。把相牛經，種魚法，教兒孫。」（冊 3，頁 1934）可知，辛棄疾雖無自題仿效韋莊之詞，實其對韋莊詞之接受，乃內含於填詞態度，貫穿於整體詞作中。

　　總之，辛棄疾以才力之雄，融會眾家，自作主宰，而其對韋莊詞之接受，在於婉轉幽怨之處，呈現外柔內實之雙重繼承，驅使清婉語言，寄託傷時憂國之感，尤繼承以詞言志之填詞態度，並獨具個人英雄豪氣。

六、其他詞人

　　除上述詞人外，宋人以韋莊為學習對象者，尚有宋祁、韓淲、黃庭堅與黃公度等詞人。其中，宋祁對韋莊詞之接受，據〔清〕李調元《雨村詞話》卷一所載：「詞用『界』字始韋端己，〈天仙子〉詞同云：『淚界蓮腮兩線紅。』宋子京〈蝶戀花〉詞效之云：『淚落胭脂，界破蜂黃淺。』遂成名句。」是知係仿效韋莊以「界」字描寫淚水遺痕，接受韋莊特有之生動明朗詞風，而成佳句。韓淲則有〈菩薩蠻・花間意〉：「小園紅入春無際。新聲休寫花間意。一笑喚真真。香頤酒未醒。惜芳追勝事。暢飲餘詩思。無處說衷情。暗塵羅帳生。」（冊 4，頁 2246）其於詞題自標仿效《花間詞》意，經筆者比對，係仿韋莊〈小重山〉：「春到長門春草青。玉階華露滴，月朧明。東風吹斷紫簫聲。宮漏促，簾外曉啼鶯。　愁極夢難成。紅妝流宿淚，不勝情。手挼裙帶繞階行。思君切，羅幌暗塵生。」對比兩詞，是知均寫春思，且以「羅帳暗塵生」作結，愈為情意繚繞，誠符作者自言仿效於「意」也；又於字句多所借鑑，洵屬多方面之仿效，而尤重於意，儼然將韋莊詞尊為師法對象。而黃庭堅對韋莊詞之接受，表現於詞牌方面，〈江城子〉單調三十五字體創於韋莊，至黃庭堅始填為雙調；其詩歌亦借鑑韋莊詞，〔宋〕吳曾《能改齋漫錄》云：「溫庭筠樂府（筆者按：應為韋莊詞）：『春水碧於天。畫船聽雨眠』……豫章取以作〈演雅〉云：

『江南野水碧於天，中有白鷗閑似我』。」〔註100〕指出黃庭堅將韋莊「春水碧於天」改爲「江南野水碧於天」，字面與句意皆借鑑原詞。至於黃公度，〔清〕陳廷焯《白雨齋詞話》卷一載：「黃思憲知稼翁詞，氣和音雅，得味外味。人品既高，詞理亦勝。《宋六十一家詞選》中載其小令數篇，洵風雅之正聲，溫、韋之眞脈也。」〔註101〕認爲黃公度繼承韋莊詞一路。

第二節　詞論中之韋莊詞接受

宋代詞論中對韋莊詞之接受，關注甚少，僅〔南宋〕楊湜《古今詞話》與張炎《詞源》，予以直接評論。蓋宋人對韋莊詞之接受，仍隸屬於《花間集》十八家之一，甚少視爲韋莊詞之獨有成就。茲分述如下：

一、〔南宋〕楊湜《古今詞話》：情意淒怨

《古今詞話》，〔南宋〕楊湜著，其中載有韋莊之事。楊湜年代不詳，該書爲胡仔《苕溪漁隱叢話》所引，則楊湜約爲南渡初人，或與胡仔同時或稍早，顯示韋莊詞於南渡之際，已爲詞話專著所載錄。茲引錄如下：

> 韋莊以才名寓蜀，王建割據，遂羈留之。莊有寵人，資質艷麗，兼善詞翰。建聞之，託以教內人爲詞，強莊奪去。莊追念悒怏，作〈小重山〉及「空相憶」云：「空相憶。無計得傳消息。天上嫦娥人不識。寄書何處覓。　新睡覺來無力。不忍把伊書跡。滿院落花春寂寂。斷腸芳草碧。」情意淒怨，人相傳播，盛行於時。姬後傳聞之，遂不食而卒。〔註102〕

〔註100〕　見施蟄存、陳如江輯錄：《宋元詞話》（上海：上海書店出版社，1999年2月第1版），頁192。

〔註101〕　見唐圭璋編：《詞話叢編》（北京：中華書局，2005年10月第2版），冊4，頁3795～3796。

〔註102〕　見唐圭璋編：《詞話叢編》（北京：中華書局，2005年10月第2版），冊1，頁20。

是知《古今詞話》對韋莊詞之接受，主要表現爲記載詞作本事，關注情事故實，而連帶涉及詞作本身。首先，楊湜關注韋莊其人本身，「韋莊以才名寓蜀，王建割據，遂羈留之」記載韋莊由唐室入西蜀之史事，該事之歷史背景爲唐昭宗乾寧四年（西元 897），韋莊六十二歲，時西川節度使王建，與東川節度使顧彥暉連年相攻，李洵遂辟韋莊爲判官，奉使入蜀；己巳，李洵見王建於張把砦，宣諭詔命，王建不奉詔，韋莊同李洵無功作歸，此爲韋莊初見王建。其時，韋莊詩名才能早已盛傳唐室，人稱「秦婦吟秀才」，且爲唐名臣之後，此必爲王建賞知。唐昭宗天復元年辛酉（西元 901）春，韋莊六十六歲，受王建召爲掌書記，尋命爲起居舍人，自此終身仕蜀。〔註103〕楊湜對此段史實之記載，並非全出自史家角度，而多爲文人角度，以「遂羈留之」一句，奠定品評立場，即憐惜韋莊、微責王建，認爲韋莊因才名而爲王建強留西蜀。而「莊有寵人，資質艷麗，兼善詞翰。建聞之，託以教內人爲詞，強莊奪去。」記載韋莊有一愛姬，才貌雙全，王建遂藉故強爲占有；此事於史無載，楊湜對韋莊詞之接受，自此句之後，或出自個人臆測，或聽自傳聞，要皆出自主觀評述。

其次，楊湜關注韋莊詞作本事，「莊追念悒怏，作〈小重山〉及『空相憶』……情意凄怨，人相傳播，盛行於時。姬後傳聞之，遂不食而卒。」記載韋莊因愛姬爲王建強占，而塡詞追念；此中記載側重詞作情事，並涉及詞作本身，顯示楊湜認爲韋莊乃用情專一深切之人，有過眞實感情經歷，塡詞自抒情懷，自然情意凄怨，因描寫眞切具體，極具個性，故而人人得曉，感其情意，而傳布天下，甚至愛姬爲之哀傷玉殞。楊湜指出韋莊有兩闋追念寵姬之作，分別記載詞牌與詞文，或係兩詞於宋代已廣爲人知，誠如下文謂兩詞盛行於唐五代，故無須完整引錄。其中〈小重山〉係指「一閉昭陽春又春」一闋，今人所編韋莊集中，屬〈小重山〉詞牌者，計有三闋，除上闋之外，另

〔註103〕此事始末經過，可見本文第二章〈韋莊之創作背景及其詞作編選〉。

有存目詞中所收「春到長門」與「秋到長門」兩闋，然兩詞於《花間集》中作薛昭蘊，至明代・陳耀文《花草粹編》始移作韋莊詞，則宋人楊湜所見韋莊〈小重山〉詞作，必屬「一閉昭陽春又春」一闋。至其所引「空相憶」詞句，係〈謁金門〉一闋。茲錄〈小重山〉如下：

〈小重山〉：

一閉昭陽春又春。夜寒宮漏永。夢君恩。臥思陳事暗消魂。羅衣濕，紅袂有啼痕。　歌吹隔重闇。繞庭芳草綠，倚長門。萬般惆悵向誰論。凝情立，宮殿欲黃昏。

楊湜認爲此兩詞作乃紀實以抒情，則〈小重山〉係爲宮怨詞，借漢代陳皇后退居長門故事，實代其愛姬抒情，上闋寫深夜情懷悲苦，下闋寫白天之惆悵，該詞因恐犯王建之忌，故託言之。〈謁金門〉則直接出自韋莊之口，懷念愛姬，上闋寫相憶之心理，下闋寫相憶之情態而融情於景，該詞直吐衷腸，毫不掩藏。楊湜視兩詞皆爲憶姬之作，特別全錄〈謁金門〉，或因該詞係韋莊直書己懷，情感愈加鮮明眞切，足爲韋莊情詞之代表。楊湜評論兩詞爲「情意淒怨」、「人相傳播，盛行於時」，前者著重詞作本身情感，後者著重詞作被接受情況。韋莊詞中懷念愛姬之作，尚有〈荷葉盃〉（絕代佳人難得）、〈荷葉盃〉（記得那年花下）等，而楊湜則特別關注〈小重山〉、〈謁金門〉，顯示兩詞爲韋莊情詞中，較廣爲宋人所接受，故引之爲例。自楊湜記載兩詞本事後，於當代及後代，均有深遠影響，明清人所錄此事者，均未置疑義，如〔明〕陳耀文《花草粹編》卷六、〔明〕卓人月《古今詞統》卷八、〔明〕蔣一葵《堯山堂外紀》卷四十、〔清〕沈雄《古今詞話・詞評》上卷、〔清〕徐釚《詞苑叢談》卷七、〔清〕王奕清《歷代詩餘》卷一一三、〔清〕鄭方坤《五代詩話》卷四、〔清〕張宗橚《詞林紀事》卷二等。另一方面，〔宋〕胡仔《苕溪漁隱叢話》則云：「《古今詞話》以古人好詞，世所共知者，易甲爲乙，稱其所作，仍隨其詞牽合爲說，殊無根蒂，皆不足信也。」〔註104〕駁

〔註104〕　見施蟄存、陳如江輯錄：《宋元詞話》（上海：上海書店出版社，1999年2月第1版），頁288。

斥《古今詞話》，認爲悉盡附會，不可採信。

　　總之，《古今詞話》乃隸事而作，多出自傳說耳聞，側重冶艷故實。楊湜對韋莊詞之接受，主要表現爲記載〈小重山〉與〈謁金門〉兩詞本事，關注其中情事，雖或出自附會，亦有連帶觸及詞作本身，已認識到韋莊詞有自抒情懷之作，並非徒供歌唱之豔曲，細膩體會到詞作之情意，關注角度頗爲深入，不僅載記亦作評論，顯示對韋莊詞多有重視。此外，就其傳播而言，該書多記五代以來詞林逸事，大半近類小說家之言，誠如〔宋〕胡仔《苕溪漁隱叢話》所云：「楊湜之言俚甚，而鋟板行世。」〔註 105〕是知該書流傳當代，且及於文人，韋莊情事自當廣爲流傳。

二、〔南宋〕張炎《詞源》：令曲射雕手

　　張炎，南宋人，承家學而精律工詞，著有《詞源》，凡上下兩卷，上卷考詞律，下卷論詞法，爲第一部較全面研究詞學理論之專著。其中有論及韋莊詞，顯示韋莊詞爲詞評專家所關注，對韋莊詞之接受，已全然深入探索詞作之文學性。該書對韋莊詞之記載，列下卷之「令曲」。茲引錄如下：

> 詞之難於令曲，如詩之難於絕句，不過十數句，一句一字閒不得。末句最當留意，有有餘不盡之意始佳。當以唐《花閒集》中韋莊、溫飛卿爲則。……大抵前輩不留意於此，有一兩曲膾炙人口，餘多鄰乎率易。……倘以爲專門之學，亦詞家之射雕手。〔註 106〕

《詞源》之體例，往往舉例使讀者得以體會。張炎此則記載，論述令曲，則以韋莊詞作爲典範，所關注面向，一爲「一句一字閒不得」；二爲「末句最當留意，有有餘不盡之意始佳」，總言之，即句無閒字

〔註 105〕見施蟄存、陳如江輯錄：《宋元詞話》（上海：上海書店出版社，1999年 2 月第 1 版），頁 193。

〔註 106〕見唐圭璋編：《詞話叢編》（北京：中華書局，2005 年 10 月第 2 版），冊 1，頁 265。

而有餘意，令曲符合此二標準，則能成爲「詞家之射雕手」。

　　首先，「一句一字閒不得」，指字句方面及塡詞態度，即下文所謂，不可「有一兩曲膾炙人口，餘多鄰乎率易」張炎指出令曲爲詞體中最短小者，故寫作難度爲之增加，乃諸詞體中最不易塡寫之體裁，較之慢曲更需留意其間之每一字、每一句，斷不可出於悠閒、率易之態度，塡詞嚴謹如此，整闋詞作方能臻至完滿。觀之韋莊詞作，亦能符合張炎所言，其一，韋莊詞作大抵皆膾炙人口，就張炎所見之韋莊詞作，若盡窺《花間集》、《尊前集》、《金奩集》與《草堂詩餘》等詞選所錄，則有 48 闋，就詞數而言，於唐五代文人詞作中，不可謂少，凡此詞作多爲宋代詞選收錄，顯示韋莊詞並非僅一兩篇佳者，且收錄韋莊詞作之宋代詞選，性質包含唱本與文本，由韋莊詞可作爲唱本來看，此正符合張炎主張詞作以諧音爲先，「述詞之人，若只依舊本之不可歌者，一字塡一字，而不知以訛傳訛，徒費思索。當以可歌者爲工。」〔註107〕指出詞作是否諧律，當以現時可歌之音譜爲標準。由韋莊詞可作爲文本來看，其詞甚選錄於黃昇《唐宋以來諸賢絕妙詞選》，顯示係屬佳詞，同於張炎視《花間集》爲雅詞，其自序云：「古之樂章、樂府、樂歌、樂曲，皆出於雅正。……至唐人則有《尊前》、《花間集》。」〔註 108〕則韋莊詞亦屬佳構。其二，就實際詞作而言，韋莊塡詞，多自抒情懷，即使爲女子代言，亦情意眞誠，塡詞態度如此認眞，實際創作必然留意字句是否使用恰當，如〈應天長〉（別來半歲音書絕）：「淚沾紅袖黦」之「黦」字，乃文人罕用之字，《花間集》中僅兩人使用，韋莊即爲其中一人，以「黦」一罕字，描寫紅袖上之淚痕點點，足見塡詞態度之「不得閒」。雖然張炎於「令曲」一則，無具體說明如何塡寫「一句一字」，而由他處所言字句之主張，或可作爲此則之注。其中「字面」一

〔註107〕　見唐圭璋編：《詞話叢編》（北京：中華書局，2005 年 10 月第 2 版），冊 1，頁 256。

〔註108〕　見唐圭璋編：《詞話叢編》（北京：中華書局，2005 年 10 月第 2 版），冊 1，頁 255。

則，主張「句法中有字面，蓋詞中一個生硬字用不得。須是深加煅煉，字字敲打得響，歌誦妥溜，方爲本色語。」〔註109〕指出塡詞切忌用艱深難字，當出自鍛鍊而自然順口。以此觀韋莊詞，亦頗符合，其詞語言自然平易，而此中自然乃精練所得，如〈菩薩蠻〉（勸君今夜須沉醉）：「遇酒且呵呵。人生能幾何。」此中「呵呵」二字，看似淺俗，實則並非眞正笑聲，無歡樂之意，而寓有深刻意涵，誠如葉嘉瑩所云：「端己所要表現的就是一種中心寂寞空虛而表面強顏歡笑的心情，然則此充滿空虛之感的『呵呵』二字空洞的笑聲，豈不竟然眞切到使人戰慄的力量。」〔註110〕又「虛字」一則，主張「詞之句語，有二字、三字、四字，至六字、七、八字者，若堆疊實字，讀且不通，況付之雪兒乎。合用虛字呼喚，單字如『正、但、任、甚之類』，兩字如『莫是、還又、那堪之類』，三字如『更能消、最無端、又卻是之類』，此等虛字，卻要用之得其所。若使盡用虛字，句語又俗，雖不質實，恐不無掩卷之誚。」〔註111〕指出塡詞切忌堆疊實字，當適用虛字，而韋莊亦善用虛字塡詞，如：運用「正」字者，計有：「綠樹藏鶯鶯<u>正</u>啼」、「鐘鼓<u>正是</u>黃昏」、「時節<u>正是</u>清明」、「<u>正是</u>去年今日」、「<u>正是</u>去年今日」其詞以疏朗爲特色，其中一因即爲善用虛詞，誠如夏承燾謂韋莊詞：「有疏朗的風格」。〔註112〕

　　其次，「末句最當留意，有有餘不盡之意始佳」，指意韻方面，或即〔宋〕沈義父《樂府指迷》所云：「結句須要放開，含有餘不盡之意。」〔註113〕認爲詞作需講究整體結構之和諧有致，於令曲則

〔註109〕　〔宋〕張炎著：《詞源》，見唐圭璋編：《詞話叢編》（北京：中華書局，2005 年 10 月第 2 版），冊 1，頁 259。

〔註110〕　見葉嘉瑩著：《嘉瑩論詞叢稿》（臺北：明文書局股份有限公司，1982年 10 月再版），頁 66。

〔註111〕　〔宋〕張炎著：《詞源》，見唐圭璋編：《詞話叢編》（北京：中華書局，2005 年 10 月第 2 版），冊 1，頁 259。

〔註112〕　見夏承燾著：《唐宋詞欣賞・論韋莊詞》（杭州：浙江古籍出版社，2004 年 2 月，第 1 版。），頁 31。

〔註113〕　見唐圭璋編：《詞話叢編》（北京：中華書局，2005 年 10 月第 2 版），

首重末句，末句乃整闋詞作之結，需有餘意不盡之效果，使人讀後仍低迴不已；此即接受美學所謂「空白」，留予讀者再創造之空間，方屬佳作。韋莊詞之末句，多以情作結，如：「恨何窮」、「恨無雙翠羽」、「古今愁」、「黛眉愁」、「不勝悲」、等，明言怨恨傷悲之情，情感力度強烈，情意自然綿延；而以情景交融作結之作，則更含韻無盡，如：「駐馬西望銷魂」、「斷腸芳草碧」等，或即張炎所謂離情：「全在情景交鍊，得言外意。」〔註114〕指出情景交融之作，令人倍覺意味無限。

　　總之，張炎身為詞人與詞論家，論詞能結合創作與理論，對韋莊詞之接受，有精闢獨到之見解，認為韋莊以認真態度從事創作，令曲能句無閒字而有餘意，故足為典範。

　　綜上所論，可知宋代評論對韋莊詞之直接接受，有楊湜《古今詞話》與張炎《詞源》，皆出自南宋人。此蓋詞之創作，至南宋已備極豐富，達至成熟高峰，詞學理論得以因應發展。南宋詞論家對韋莊詞之接受，已不同於唐五代將韋莊歸屬花間詞人之下，而視為獨立詞家，關注韋莊詞之個人特色，而能認識詞作之文學性，不再作為音樂之附屬。其中楊湜主要關注詞作本事，而涉及詞作情意；至張炎則徹底擺脫記事窠臼，專門對詞作進行理論性研究，對韋莊詞之接受，洵謂嚴謹深刻。

第三節　詞選中之韋莊詞接受

　　宋代詞選對韋莊詞之接受，表現為有選錄詞作與無選錄詞作兩種情況。前者，顯示正面積極之接受態度；後者，基於各自選錄標準而無收韋莊詞。此外，尚有亡佚詞選，難知是否收錄韋莊詞作。茲將宋代詞選中之韋莊接受，分為選錄韋莊詞之詞選、未選錄韋莊詞之詞選

　　　　冊1，頁279。
〔註114〕〔宋〕張炎著：《詞源》，見唐圭璋編：《詞話叢編》（北京：中華書局，2005年10月第2版），冊1，頁264。

與亡佚詞選三部分。其中，選錄韋莊詞之詞選計有：孔夷《蘭畹曲會》、
佚名《尊前集》、佚名《金奩集》、書坊《草堂詩餘》與黃昇《唐宋以
來諸賢絕妙詞選》等 5 部。未選錄韋莊詞之詞選計有：黃大輿《梅苑》、
《樂府補題》、佚名《宋舊宮人贈汪水雲南還詞》、曾慥《樂府雅詞》、
趙聞禮《陽春白雪》、周密《絕妙好詞》等 6 部。亡佚詞選有：佚名
《家宴集》、無名氏《謫僊集》、無名氏《麟角集》、銅陽居士《復雅
歌詞》、無名氏《聚蘭集》、楊冠卿《群公詞選》、修內司所刊《混成
集》、王柏《雅歌》等。茲論述如次：

一、選錄韋莊詞之詞選

（一）〔北宋〕孔夷《蘭畹曲會》〔註 115〕

　　《蘭畹曲會》，北宋孔夷編集，卷數不詳。據〔宋〕王灼《碧
雞漫志》卷二載：「《蘭畹曲會》，孔甯極先生之子方平所集。序引
稱無為、莫知非；其自作者，稱魯逸仲，皆方平隱名，如子虛、烏
有、亡是之類。孔平日自號滏臯漁父，與姪處度齊名，李方叔詩酒
侶也。」〔註 116〕又〔清〕厲鶚《宋詩紀事》云：「夷字方平，號滏
臯先生。元祐中隱士。」〔註 117〕是知孔夷於哲宗元祐間曾隱居，
化名「無為」、「莫知非」編選《蘭畹曲會》，或有其寓意；其能詩，
與蘇門六君子李廌往來；又善詞，〔宋〕黃昇《唐宋諸賢絕妙詞選》
卷八收有〈南浦·旅懷〉、〈水龍吟·梅花〉、〈惜餘春慢·情景〉，
評云：「詞意婉麗」〔註 118〕是知《蘭畹曲會》乃詞人所選之詞集，

〔註 115〕　《蘭畹曲會》之版本，依周泳先校編：《唐宋金元詞鈎沉》（上海：
　　　　　商務印書館，1937 年 7 月初版）

〔註 116〕　見唐圭璋編：《詞話叢編》（北京：中華書局，2005 年 10 月第 2 版），
　　　　　冊 1，頁 87。

〔註 117〕　〔清〕厲鶚編：《宋詩紀事》，清，見《景印文淵閣四庫全書》本（臺
　　　　　北：臺灣商務印書館），冊 1484，卷 34，頁 18。

〔註 118〕　〔宋〕黃昇編：《唐宋諸賢絕妙詞選》，見《景印文淵閣四庫全書》
　　　　　本（臺北：臺灣商務館印書館），冊 1489，卷 1，頁 1。

不同於歌者書商等所選之坊間唱本，或即以婉麗作為選錄標準。

此集選錄範圍，據〔元〕劉將孫〈新城饒克明集詞序〉所云：「樂府有集自《花間》始，皆唐詞；《蘭畹集》多唐末宋初詞。」〔註119〕是知至少收有唐五代至北宋詞。唯其久佚，據周泳先〈蘭畹曲會輯本題記〉所云：「明人文集、詞話偶有稱及，亦全與《花間》、《尊前》諸集對舉，是此書之散佚，或即在元季耶？」〔註120〕是知此集於元代已佚。今本為周泳先所輯一卷，收於《唐宋金元詞鉤沉》，僅有十一詞家，十六闋詞，其中收有韋莊詞，原集所收詞數或為更豐；又此集收詞由時賢上推至晚唐，或顯示重視唐五代詞人之成就，意含尊人存史之意；韋莊詞既見選錄，顯示宋代文人曾視之為文學典範。

（二）〔北宋〕佚名《尊前集》〔註121〕

《尊前集》，編者不詳，原書無署編者，且無序跋。關於此集之編者與編撰時代，據今人考證，當係北宋人所集，復經〔明〕顧梧芳釐析上、下兩卷，並為付梓。〔清〕朱彝尊〈書尊前集後〉云：「《尊前集》二卷，不著編次人姓氏，萬曆十年，嘉興顧梧芳鏤板以行，僉以謂顧氏書也。康熙辛酉冬，予留吳下，有持吳文定公手抄本告售，書法精楷，卷首識以私印。書肆索直三十金。取顧本勘之，詞人之先後，樂章之次第，靡有不同。始知是集為宋初人編輯，較之《花間集》，音調不相遠也。」〔註122〕說明此集編定過程。此外，集中李煜詞皆題「李王」，而李煜至〔北宋〕太平興國三年（978）卒後，始追封為吳王，所收〈子夜歌〉、〈虞美人〉等詞，為入宋後

〔註119〕見施蟄存編：《詞籍序跋萃編》（北京：中國社會科學出版社，1994年12月第1版），頁482。

〔註120〕見施蟄存編：《詞籍序跋萃編》（北京：中國社會科學出版社，1994年12月第1版），頁650。

〔註121〕《尊前集》之版本，依《景印文淵閣四庫全書》本（臺北：臺灣商務印書館），冊1489。

〔註122〕〔清〕朱彝尊著：《曝書亭集》，見《景印文淵閣四庫全書》本（臺北：臺灣商務印書館），冊446，卷43，頁5。

作品；凡此，或可推論《尊前集》爲北宋人所編，唯編者姓名已佚。又此集出現重複選李煜與馮延巳詞等部分體例不一處，疑成書後陸續有所增補。至於編選與增補年代，只得約略時間。其上限年代，據王仲聞考證，集中所載李煜〈蝶戀花〉（遙夜亭皋信閑步）一首，〔宋〕楊繪《時賢本事曲子集》〔註123〕等以爲李冠作，李冠乃北宋眞宗、仁宗時人，故結集時代不得早於宋仁宗。下限年代，因〔宋〕陳振孫《直齋書錄解題》所載《陽春集》乃始言及《尊前集》者，故以宋神宗元豐年間人崔公度所跋馮延巳《陽春錄》，已引及《尊前集》，〔註124〕則《尊前集》時代不能晚於宋神宗。故《尊前集》之編選與陸續增補，約爲宋眞宗至仁宗間。是知《尊前集》乃北宋人所編，於宋眞宗至仁宗朝間編補而成，復經〔明〕顧梧芳定梓。韋莊詞既收錄此集，顯示宋眞宗至仁宗朝，及顧梧芳所處之明際，甚或宋眞宗朝延續至顧梧芳之時，皆對韋莊詞抱持接受之態度。《尊前集》爲繼《花間集》之後，今存完整詞選中，對韋莊詞予以接受之第一部詞選，而別具意義。此集對韋莊詞之接受，可於編選體例與編選目的中，一窺究竟。茲分述如次：

1. 續補《花間集》

《尊前集》之體例，凡一卷，以人爲序編次，略依年代先後，選錄唐明皇至徐昌圖等 36 詞人，詞作 289 闋，詞牌 65 調，爲唐五代詞總集。茲列目錄如下：

〔註123〕 梁啓超〈記時賢本事曲子集〉云：「又讀紹興間輯本《南唐二主詞》，〈蝶戀花〉調下注云：『《本事曲》以爲山東李冠作』，李冠亦北宋中葉之『時賢』也。」，見唐圭璋編：《詞話叢編》（北京：中華書局，2005 年 10 月第 2 版），冊 1，頁 10。

〔註124〕 〔宋〕陳振孫《直齋書錄解題》卷二十一云：「《陽春錄》一卷，南唐馮延巳撰。高郵崔公度伯易題其後，稱其家所藏最爲詳確。而《尊前》、《花間》諸集，往往謬其姓氏」，見張璋，職承讓，張驊，張博寧編纂：《歷代詞話》（鄭州：大象出版社，2002 年 3 月第 1 版），上冊，頁 135。

	詞　　人（詞數）
補花間	明皇（1）昭宗（2）莊宗（4）李王（5）
	李白（5）韋應物（4）王建（10）杜牧（1）劉禹錫（38）白居易（26）盧貞（1）張志和（5）司空圖（1）韓偓（2）薛能（18）成文幹（10）馮延巳（3）
花間集	溫飛卿（5）皇甫松（10）韋莊（5）張泌（1）毛文錫（1）歐陽炯（31）和凝（7）孫光憲（23）魏承班（6）閻選（2）尹鶚（11）李珣（18）
後人續補	李王（8）馮延巳（7）庾傳素（1）劉侍讀（1）歐陽彬（1）許岷（2）林楚翹（1）薛昭蘊（1）徐昌圖（3）

由該表可知，《尊前集》對韋莊詞之接受，仍依《花間集》，而又有己意。

（1）韋莊仍列花間詞人中

此集編纂次第，可分爲三部份，第一部份爲補花間詞人，第二部份爲花間詞人，第三部份爲後人續補。第一部份，乃編者或意欲補輯《花間集》，而將年代上及盛唐、下續南唐，補充《花間集》前後之空白歷史；首列帝王，次列唐五代人臣。第二部份，旨於補充花間詞作，選錄花間 12 詞家，順序全依《花間集》，顯示對花間詞人之接受，以《花間集》所載爲尊，無意更動排序，故對韋莊詞之接受仍本《花間集》且列於第三位，置於溫庭筠與皇甫松之後。第三部份，爲後人續補，以其中詞人已見前錄；此中薛昭蘊當置於花間詞人，且此集詞作之宮調或註或不註，可知爲後人陸續增補而成。

總之，此集略依時間，排序詞人，除卻帝王冠首示尊，對其他詞人則同等視之，且只題姓名而未書官爵，排序亦未依文學成就之高低。故對韋莊詞之接受，於 36 位詞人中排名 20，顯示操選政者僅依《花間集》面目，無意凸顯韋莊詞。

（2）補足韋莊詞

《尊前集》可謂《花間集》之補本。揆度原由，有三：其一，全書體例大抵同於《花間集》，分爲序、目錄、詞作，且繫詞作於詞人之

下，聚集同調詞作，又所收均爲「詩客曲子詞」。其次，此集所錄花間
詞人，排序盡依《花間集》次第，顯示以之爲本，絕非巧合。再次，
此集所錄花間詞人之作，幾爲《花間集》所無，所收一百二十闋，僅
九闋重複，〔註 125〕顯示係直接續補《花間集》，避免收錄相同詞作，
此乃此集之最大貢獻，保存未收之唐五代詞作，豐富其內容。此中對
韋莊詞作，亦增補 5 闋，所收詞數列於倒數名次，此或補詞所致，僅
得此數耳。然亦彌足珍貴，顯示韋莊詞作自唐五代以來，除卻《花間
集》所收外，仍有別詞流傳，且被人用心尋羅，顯示時人對韋莊詞之
所接受。茲錄詞作如次：

〈怨王孫〉：

錦里。蠶市。滿街珠翠。千萬紅妝。玉蟬金雀，寶髻花簇
鳴鐺。繡衣長。　日斜歸去人難見。青樓遠。隊隊行雲散。
不知今夜，何處深鎖蘭房。隔仙鄉。

〈定西番〉：

挑盡金燈紅爐，人灼灼，漏遲遲。未眠時。　斜倚銀屏無
語。閒愁上翠眉。悶煞梧桐殘雨。滴相思。

〈定西番〉：

芳草叢生縷結，花豔豔，雨濛濛。曉庭中。　塞遠久無音
問，愁銷鏡裏紅。紫燕黃鸝猶生，恨何窮。

〈清平樂〉：

瑣窗春暮。滿地梨花雨。君不歸來情又去。紅淚散沾金縷。
夢魂飛斷煙波。傷心不奈春何。空把金鍼獨坐，鴛鴦愁繡
雙窩。

〈清平樂〉：

〔註 125〕《尊前集》所收李王〈更漏子〉（金雀釵）、（柳絲長），《花間集》
　　　　題溫庭筠；所收馮延巳〈更漏子〉（玉爐煙），《花間集》題溫庭筠；
　　　　所收〈歐陽炯〉（蘋葉嫩），《花間集》題和凝；所收溫庭筠〈菩薩
　　　　蠻〉（南園滿地堆輕絮）、（夜來皓月纏當午）、（雨晴夜合玲瓏月）、
　　　　（竹風輕動庭除冷）重出《花間集》溫作；所收薛昭蘊〈謁金門〉
　　　　（春滿院）重出《花間集》薛作。

綠楊春雨。金綫飄千縷。花拆香枝黃鸝語。玉勒雕鞍何處。
碧窗望斷燕鴻。翠簾睡眼溟濛。寶瑟誰家彈罷，含悲斜倚
屏風。

此集所補韋莊詞，就詞調而言，所收悉爲小令，顯示對韋莊詞之接受，
仍爲小令面目，而全集所錄詞作，亦僅有〈歌頭〉、〈連理枝〉、〈八六
子〉、〈金浮圖〉、〈秋夜月〉等五闋長調，反映北宋詞壇流行小令之情
形，則所錄韋莊詞悉爲小令，亦符詞壇風氣；此外，此集所收之詞牌，
凡 65 調，所收韋莊詞牌，計有〈怨王孫〉、〈定西番〉、〈清平樂〉三
調，俱無注宮調。其中〈清平樂〉共收 11 闋，而〈怨王孫〉、〈定西
番〉二調則爲韋莊獨有，顯示是時二詞調，以韋莊所填爲首選，是見
時人對韋莊詞作極爲接受，其中〈怨王孫〉一調，〔明〕毛先舒《塡
詞名解》云：「命事同〈憶王孫〉。」云〈憶王孫〉爲：「漢劉安〈招
隱士〉辭『王孫兮歸來，山中不可以久留。』詩人多用此語。《北里
志》〈天水光遠題楊萊兒室〉詩曰：『萋萋芳草憶王孫』。」〔註126〕是
知乃對王孫之思，韋莊該詞亦詠本意，抒發離別愁思；而〈定西番〉
一調，本唐教坊曲名，《教坊記》卷四載有唐大曲「平翻」，〔註127〕
詠平蕃事，後用爲詞調名，韋莊該調之二，仍詠本意，抒發「塞遠久
無音問」之思，爲《花間集》選錄韋莊詞中，未見之邊塞閨怨詞，展
現其詞不同面貌，顯示韋莊此類詞作亦爲時人所接受。就詞作而言，
此五闋詞，皆爲閨怨愁思之作，風格清婉，屬《花間集》典型情詞，
又獨具韋莊詞之清新之風，誠如〔明〕毛晉〈尊前集跋〉所云：「雖
不堪與《花間》、《草堂》頡頏，亦能一洗綺羅香澤之態矣。」〔註128〕
指出《尊前集》所收以雅爲尚，脫卻靡豔之風，自有其標準。

〔註126〕 見張璋，職承讓，張驊，張博寧編纂：《歷代詞話》（鄭州：大象出
版社，2002 年 3 月第 1 版），上冊，頁 825、814。

〔註127〕 《教坊記》，見《景印文淵閣四庫全書》本（臺北：臺灣商務印書
館），冊 1035，卷 4，頁 9。

〔註128〕 見金啓華、張惠民、王恒展、張宇聲、張增學編：《唐宋詞集序跋
匯編》（臺北：臺灣商務印書館，1993 年 2 月臺灣初版），頁 350。

（3）誤收韋莊〈菩薩蠻〉為李白詞

《尊前集》收李白詞凡 12 闋，〈菩薩蠻〉三闋之一（游人盡道），與《花間集》所收韋莊之詞，幾為同貌，此蓋誤收也。茲錄詞作如次：

李白〈菩薩蠻〉：

　　遊人盡道江南好，遊人只合江南老。未老莫還鄉，還鄉空斷腸。　　繡屏金屈曲，醉入花叢宿，春水碧于天，畫船聽雨眠。

韋莊〈菩薩蠻〉：

　　人人盡說江南好。遊人只合江南老。春水碧於天。畫船聽雨眠。　　鑪邊人似月。皓腕凝霜雪。未老莫還鄉。還鄉須斷腸。

　　如今卻憶江南樂。當時年少春衫薄。騎馬倚斜橋。滿樓紅袖招。　　翠屏金屈曲。醉入花叢宿。此度見花枝。白頭誓不歸。

對比李白與韋莊之詞，是知《尊前集》所收〈菩薩蠻〉（遊人盡道江南好）一闋，係出自韋莊〈菩薩蠻〉（人人盡說江南好）與（如今卻憶江南樂）兩闋，予之重作組合。首先，整體詞作以「人人盡說江南好」一詞為主，唯下闋首兩句入「如今卻憶江南樂」一詞。其次，字句順序大抵三詞相同，唯對調上下闋之末兩句。再次，個別字詞稍見不同，共計四詞：遊人／人人，盡道／盡說，空斷腸／須斷腸，繡屏／翠屏，揆度其由，除卻流傳致誤之因外，或因此集為應歌而製，編者為就聲情而更字：其一，連唱二次「遊人」，備足繚繞，且重出遊人以強調遊子身分；其二，「盡道」之情感力度較「盡說」，更為悲切，以襯托思鄉之情；其三，「空斷腸」較「須斷腸」予人掏空之感；其四，「繡屏」較「翠屏」更添物象之精緻。此外，此詞注有宮調，屬中呂宮，說明韋莊兩詞具有高下閃賺之意韻。

　　此集雖誤將韋莊詞收於李白詞，仍側面顯示該詞為宋人所接受，甚或包含韋莊所作〈菩薩蠻〉兩詞亦為人接受。是則《尊前集》實收韋莊詞，應為六闋。

2. 韋莊詞為唱本

此集原書無序跋，無法直接、明確顯示編選目的，而其本身亦能透露編選之旨意，實乃應歌唱本也。首先，體例方面，此集於十三處詞調，註明所屬宮調，俾供傳唱，朱祖謀〈金奩集跋〉云：「《尊前》就詞以注調」〔註129〕其次，集名方面，名命「尊前」，義為酒尊之前，故〔明〕毛晉〈尊前集跋〉亦云：「雍熙間，有集唐宋五代諸家詞，命名《家宴》，為其可以侑觴也。又有名《尊前》者，殆亦類此。」〔註130〕是知，《尊前集》之命名取義於酒樽之前，編選目的主要為應歌傳唱，故所選之詞當為時下流行歌詞，顯示宋人對韋莊詞之接受，乃視為娛賓遣興。

該選或出於書坊，故不及《花間集》精粹；重視協律應歌，勝過文學價值。揣度原因有二：其一，《花間集》編纂者趙崇祚，身為貴冑，又廣結文士，藝術涵養自然高於民間書坊。此集除應歌之外，並重韋詞之文學價值，故廣納各風貌，如收入〈喜遷鶯〉登科及第等一般寫入詩之內容，及〈思帝鄉〉（春日遊）等清新明朗之風格，不同於《尊前集》悉收閨怨愁思之作。其二，或為是時《花間集》未收之韋莊詞，僅此五闋，恰皆屬韋莊詞中同一面目者。此外，此集排序以詞人為主，略依時代先後為次，顯示應歌之外，亦含傳人與傳詞之意。

總之，《尊前集》對韋莊詞之接受，主要依仍《花間集》，作為唱本，無突出其地位之意。而搜羅增補韋莊詞五闋，顯示態度頗為重視，其中〈怨王孫〉與〈定西番〉二調乃韋莊獨有，知兩詞應為當時該調中之首選，為優美動聽之作。《尊前集》於宋代書目，末見著錄，而屢為宋人徵引，如胡仔《苕溪漁隱叢話》、王灼《碧雞漫志》、羅泌〈六一詞跋〉與張炎《詞源》等皆曾提及，顯示此集於宋代甚為流傳，韋

〔註129〕　見金啓華、張惠民、王恒展、張宇聲、張增學編：《唐宋詞集序跋彙編》（臺北：臺灣商務印書館，1993 年 2 月臺灣初版），頁 7。

〔註130〕　見金啓華、張惠民、王恒展、張宇聲、張增學編：《唐宋詞集序跋彙編》（臺北：臺灣商務印書館，1993 年 2 月臺灣初版），頁 350。

莊詞遂普遍傳播於宋人，而以音樂性爲主要接受面貌。

表3：《尊前集》所收韋莊詞作〔註131〕

序　號	詞　牌	首　　　句	備　　註
1	怨王孫	錦里蠶市	無注宮調
2	定西番	挑盡金燈紅爐	無注宮調
3	定西番	芳草叢生繡結	無注宮調
4	清平樂	瑣窗春暮	無注宮調
5	清平樂	綠楊春雨	無注宮調
6	菩薩蠻	游人盡道江南好	誤作李白注中呂宮
總計：6闋			

（三）〔北宋〕佚名《金奩集》〔註132〕

　　《金奩集》，北宋無名氏編集，一卷，收詞 147 闋。南宋舊本皆題溫庭筠所撰，如孝宗淳熙十六年己酉（西元 1189），陸游〈跋金奩集〉云：「飛卿〈南鄉子〉八闋，語意工妙，殆可追配劉夢得〈竹枝〉，信一時傑作也。」〔註133〕其所言〈南鄉子〉八闋，正見於今傳《金奩集》中。唯南宋傳本《金奩集》亡佚已久，其詳情難考矣。今傳朱祖謀《彊村叢書》刊本，據鮑廷博鈔本校刊，則知《金奩集》實非溫庭筠一人之專集，而雜有他人之作，誠如鮑廷博〈金奩集跋〉所云：「右《金奩集》一卷，計詞一百四十七闋……編纂各分宮調，此他詞集及詞譜所未有。間取《全唐詩》校勘，中雜韋莊四十七首（按：《彊村叢書》本實收 48 闋），張泌一首，歐陽炯十六首，溫庭筠只六十三首，疑是前人彙集四

〔註131〕 本文於各詞選附錄之韋莊詞作，悉依各詞選實錄，不加更改「詞牌」
　　　　 及「首句」等。

〔註132〕 《金奩集》之版本，依《續修四庫全書》所載民國十一年朱祖謀
　　　　 輯刻彊村叢書本影印，見《續修四庫全書》編纂委員會編：《續
　　　　 修四庫全書》（上海：上海古籍出版社，2002 年 3 月），冊 1728。

〔註133〕 見金啓華、張惠民、王恒展、張宇聲、張增學編：《唐宋詞集序
　　　　 跋彙編》（臺北：臺灣商務印書館，993 年 2 月臺灣初版），頁 5。

人之作，非飛卿專集也。」〔註134〕是知屬於總集而非別集，乃選自《花間集》、《尊前集》，所收〈菩薩蠻〉自注：「二十首五首已見《尊前集》」。就其選人而言，共收溫庭筠、韋莊、歐陽炯、張泌與和張志和之無名氏，韋莊於《花間集》、《尊前集》眾詞人中脫穎而出，顯示《金奩集》對韋莊詞甚為重視。就其詞數而言，計收溫庭筠 62 闋、韋莊 48 闋、歐陽炯 16 闋、張泌 1 闋、無名氏和張志和 15 闋，韋莊高居第二，唯所收韋莊詞全見錄於《花間集》，不及《尊前集》所收，無保存韋莊詞全貌之意。就詞人排序而言，以《花間集》為主，後列《尊前集》所收無名氏和張志和作品，即溫庭筠、韋莊、歐陽炯、張泌、無名氏；韋莊列次第二，唯〈思帝鄉〉、〈歸國遙〉與〈酒泉子〉三調列名於溫庭筠之前，顯係次第錯亂，應非出自尊重韋莊之意。

此集依調編排，首列宮調，次繫詞牌，末繫人於詞牌下，朱祖謀〈金奩集跋〉云：「《金奩》依調以類詞」。〔註135〕此蓋供選詞傳唱，為坊間唱本，編選目的在於重歌，共收越調、南呂宮、中呂宮、黃鍾宮、雙調、林鍾商調、高平調、仙呂宮、歇指調、黃鍾宮等十個宮調，計收 34 個詞牌。韋莊詞 48 闋亦悉標注宮調之下，且所收十宮調中，韋莊詞即遍見於九宮調，顯示重歌勝於重人，亦可見時人對韋莊詞之接受，乃視之為流行歌曲（見表 4）；且往往為應歌而自行改易字句，計有 18 闋 19 處之多或改字或改意，亦應歌唱之需要（見表 5）。

總之，《金奩集》乃自選《花間集》與《尊前集》，標明宮調予之重新編選，對韋莊詞之接受，主要表現於視為唱本之用。

〔註134〕 見施蟄存編：《詞籍序跋萃編》（北京：中國社會科學出版社，1994年 12 月第 1 版），頁 4。

〔註135〕 見金啓華、張惠民、王恒展、張宇聲、張增學編：《唐宋詞集序跋匯編》（臺北：臺灣商務印書館，1993 年 2 月臺灣初版），頁 7。

表4：《金奩集》所收韋莊詞

	宮　　調								
	越調	南呂宮	中呂宮	黃鍾宮	雙調	林鍾商調	高平調	歇指調	黃鍾宮
詞牌詞數	清平樂4	河傳3	菩薩蠻5	浣溪沙5	歸國遙3	更漏子1	酒泉子1	女冠子2	喜遷鶯2
	訴衷情2		望遠行1		應天長2	木蘭花1		上行杯2	
	思帝鄉2				荷葉杯2			天仙子5	
					謁金門2				
					江城子2				
					小重山1				
總計	3調	1調	2調	1調	6調	2調	1調	3調	1調

表5：《金奩集》所改韋莊詞

序　號	詞　牌	《金奩集》	《花間集》
1	浣溪沙	日高獨自凭朱闌	日高猶自凭朱欄
2	浣溪沙	孤燈照壁背紅紗	孤燈照壁背窗紗
3	浣溪沙	柳絲斜拂白銅鞮	柳絲斜拂白銅堤
4	浣溪沙	傷心明月傍闌杆	傷心明月凭欄杆
5	菩薩蠻	人人說盡江南好	人人盡說江南好
6	菩薩蠻	憶君君不歸	憶君君不知
7	荷葉盃	記得他年花下	記得那年花下
8	清平樂	門臨流水橋邊	門臨春水橋邊
9	謁金門	不忍把君書迹	不忍把伊書迹
10	河傳	惜良辰	惜良晨
11	天仙子	霞裾月帔一羣羣	霞裙月帔一羣羣
12	喜遷鶯	謝家樓上簇神仙	家家樓上簇神仙
13	思帝鄉	妾擬待將身嫁與	妾擬將身嫁與

14	訴衷情	<u>繡</u>衣塵暗生	舞衣塵暗生
15	上行盃	<u>怊</u>悵異鄉雲水	惆悵異鄉雲水
16	更漏子	待郎歸<u>未</u>歸	待郎<u>郎不</u>歸
17	酒泉子	<u>曉</u>色東方才動	曙色東方才動
18	小重山	<u>顒</u>情立	凝情立
總計：18 闋 19 處			

（四）〔南宋〕書坊《草堂詩餘》〔註136〕

　　《草堂詩餘》，南宋書坊編集，原爲兩卷。〔宋〕陳振孫《直齋書錄解題》卷二一所謂：「《草堂詩餘》二卷……書坊編集者。」〔註137〕是也。此集約成於南宋寧宗慶元元年（西元 1195）之前，據〔清〕宋翔鳳《樂府餘論》考證：「《草堂詩餘》，宋無名氏所選，其人當與姜堯章同時。堯章自度腔，無一登入者。其時姜名未盛。以後如吳夢窗、張叔夏，俱奉姜爲圭臬，則《草堂》之選，在夢窗之前矣」〔註138〕又《四庫全書總目・類編草堂詩餘提要》云：「考王楙《野客叢書》作於慶元間，已引《草堂詩餘》張仲宗〈滿江紅〉詞，證『蝶粉蜂黃』之語，則此書在慶元以前矣。」〔註139〕唯宋刻本失傳已久，今存最早刊本，爲元至正三年癸未（西元 1343）廬陵泰宇書堂所刊《增修箋注妙選群英草堂詩餘》本，僅存前集兩卷，收詞 177 首，後集兩卷以明洪武本配全；其次爲元至正三年癸未（西元 1343）雙璧陳氏刊本，署「建安古梅何士信君實編選」，何士信應爲增注者，然其人事跡不詳，此集多引黃昇《花庵詞選》，而《花庵詞選》成書於宋理宗淳祐九年（西元 1249），

〔註136〕　《草堂詩餘》之版本，依《景印文淵閣四庫全書》本（臺北：臺灣商務印書館），冊 1489。

〔註137〕　見張璋，職承讓，張驊，張博寧編纂：《歷代詞話》（鄭州：大象出版社，2002 年 3 月第 1 版），上冊，頁 145。

〔註138〕　見唐圭璋編：《詞話叢編》（北京：中華書局，2005 年 10 月第 2 版），冊 3，頁 2500。

〔註139〕　見〔清〕紀昀等撰：《欽定四庫全書總目》（北京：中華書局，1997 年），卷 199，頁 1824。

故當編成於淳祐九年之後、宋亡之前。〔註140〕

　　增修本《草堂詩餘》，將原編兩卷，析爲前集上下卷、後集上下卷；前集卷上收詞99、卷下97，後集卷上85、卷下86，又增選新詞，標明「新添」、「新增」之作105，共收詞367闋。此集對韋莊詞之接受，就詞人方面，此集選錄五代至南宋詞，花間詞家中僅溫庭筠、韋莊與和凝入選，分別收錄2、3、1闋，顯示選者對韋莊詞之接受，突破將其隸屬花間詞人之中，且所錄詞數甚較溫庭筠多1闋，完全擺脫《花間集》，更能認識韋莊詞之獨立意義。其次，就詞數方面而言，所選五代、北宋與南宋約一百二十餘詞家，然並非對各斷代同等選取，而是偏重北宋人，以周邦彥58闋詞入選最多；所收韋莊詞爲3闋，列總名數15，於五代中僅次於李煜。此外，更搜羅增補〈謁金門〉（春雨足）一闋，〔註141〕此詞於歷代詞選尚無見收，首現於此集，亦可補足、豐富韋莊詞之面貌，尤有功於韋莊詞之保存。再者，就詞作風格而言，此集以婉麗爲編選標準，期雅俗共賞，非博采兼收各種風格，是知錄選韋莊詞，亦當重視其婉麗之作。今觀所收〈謁金門〉（空相憶）、〈謁金門〉（春雨足）、〈小重山〉（一閉昭陽春又春）三闋，內容皆爲言情寫景，風格含蓄婉約，語言輕靈流動，洵符此集選錄標準。最後，就箋注而言，原集已有注，此本又增補箋注與詞話等資料，以便唱者解讀，供觀者資取，於韋莊詞則未增修箋注；或係詞意明瞭，或係時人早已熟習。末就編選目的而言，此集係爲應歌傳唱所編之唱本，故分類以編，所類名目偏重婉約，爲傳統婉約詞之題材，選詞亦尚婉麗。前集分春景、夏景、秋景、冬景四大類，後集分節序、天文、地理、人物、人事、飲饌器用與花禽七大類，每大類之下又分若干小類，如「春景」下分初春、早春、芳春、賞春、春思、春恨、春閨、送春等八類，「人事」下分宮詞、風情、旅況、

〔註140〕　見王兆鵬著：《詞學史料學》（北京：中華書局，2004年5月，第1版），頁312～320。

〔註141〕　此詞首見於明洪武本《草堂詩餘》，列於韋莊〈謁金門〉（空相憶）後。至《類編草堂詩餘》始錄作韋莊詞。

警悟等四類，共分十一大類六十六小類，孕育於宋代節日文化發達之環境，以便歌者檢索選詞，誠如〔清〕宋翔鳳《樂府餘論》所云：「蓋以徵歌而設，故別題春景、夏景等名，使隨時即景，歌以娛客。題吉席慶壽，更是此意。其中詞語，間與集本不同。其不同者，恆平俗，亦以便歌。以文人觀之，適當一笑，而當時歌伎，則必需此也。」〔註142〕此言清楚指出此集編選目的爲應歌，選詞自然以諧俗爲尚；又其分類，往往望文生義而不盡相符詞旨，且自更字句以適歌唱。所選韋莊詞作，其中〈謁金門〉（空相憶）列「春景類，春恨」，原詞寫春日憶人，正合選錄標準，而改「新睡覺來無力」之「新」爲「春」，或係更合所列「春景」一類，或爲重字以便歌唱；其下文云：「滿院落花春寂寂」，或係「春睡」較「新睡」通俗易曉；又洪武本改「無計傳得消息」爲「無計傳與消息」，較爲生動而適俗。總之，該詞頗符合編者選心，誠如〔明〕沈際飛《草堂詩餘正集》卷一所云：「『把伊書跡』四字頗秀。『落花寂寂』，淡語之有景者」〔註143〕指出該詞清麗婉秀，而情景相生。〈謁金門〉（春雨足）列「春景類，春恨」，原詞寫春日懷人，亦合選錄標準，故〔明〕沈際飛《草堂詩餘正集》卷一云：「『染就』句麗。說得『雙羽』有情。」〔註144〕指出該詞句麗情深。〈小重山〉（一閉昭陽春又春）列「人事類，宮詞」，原詞寫宮人幽恨，符合選錄標準，故〔明〕沈際飛《草堂詩餘正集》卷二：「宮閨」〔註145〕洪武本則改「紅袂有啼痕」爲「流血舊啼痕」，情感強烈顯明而字句諧俗。是知三詞所列類目皆恰合本詞，唯字句因上口易唱而有所改動，至其歌唱則「婉麗流暢」，〔註146〕〈謁金門〉

〔註142〕 見唐圭璋編：《詞話叢編》（北京：中華書局，2005 年 10 月第 2 版），冊 3，頁 2500。

〔註143〕 見張璋，職承讓，張驊，張博寧編纂：《歷代詞話》（鄭州：大象出版社，2002 年 3 月第 1 版），上冊，頁 505。

〔註144〕 見張璋，職承讓，張驊，張博寧編纂：《歷代詞話》（鄭州：大象出版社，2002 年 3 月第 1 版），上冊，頁 505。

〔註145〕 見張璋，職承讓，張驊，張博寧編纂：《歷代詞話》（鄭州：大象出版社，2002 年 3 月第 1 版），上冊，頁 519。

〔註146〕 〔明〕何良俊〈草堂詩餘序〉：「詩餘以婉麗流暢爲美」，見金啓華、

與〈小重山〉二詞牌皆聲情舒緩，且用雙調句式，呈現一唱三嘆之韻味，三詞爲此集選錄，良有以也。

　　總之，《草堂詩餘》對韋莊詞之接受，主要表現爲應歌，接受態度頗爲重視，補其詞〈謁金門〉（春雨足）一闋，所錄詞數亦名列百人中之 15。《草堂詩餘》流傳至明代，盛及一時，〔明〕毛晉〈草堂詩餘跋〉云：「宋元間詞林選本，幾屈百指。惟《草堂》一編，飛馳幾百年來，凡歌欄酒榭、絲而竹之者，無不附髀雀躍，幾至寒窗腐儒，挑燈閑看，亦未嘗欠伸魚睨，不知何以動人，一至此也！」〔註 147〕韋莊詞入選此集，遂廣爲流傳。

表6：《草堂詩餘》所收韋莊詞作

序號	詞　牌	首　句	分類（子目）
1	謁金門	空相憶	春景類（春恨）
2	謁金門	春雨足	春景類（春恨）
3	小重山	一閉昭陽春又春	人事類（宮詞）
總計：3闋			

（五）〔南宋〕黃昇《唐宋以來諸賢絕妙詞選》〔註148〕

　　《唐宋以來諸賢絕妙詞選》十卷，〔南宋〕黃昇編集。黃昇，爲江湖名士，〔宋〕胡德方《唐宋以來絕妙詞選・序》云：「玉林早棄科舉，雅意讀書，間以吟咏自道。閣學受齋游公嘗稱其詩爲晴空冰柱，閩帥秋房樓公聞其與魏菊莊爲友，幷以泉石清士目之。其人如此，其詞選可知矣。」〔註 149〕說明黃昇乃清流名士，與魏慶之過從甚密，

　　　　　張惠民、王恒展、張宇聲、張增學編：《唐宋詞集序跋匯編》（臺北：臺灣商務印書館，1993 年 2 月臺灣初版），頁 393。

〔註147〕 見金啓華、張惠民、王恒展、張宇聲、張增學編：《唐宋詞集序跋匯編》（臺北：臺灣商務印書館，1993 年 2 月臺灣初版），頁 393。

〔註148〕 《唐宋以來諸賢絕妙詞選》之版本，依《景印文淵閣四庫全書》本（臺北：臺灣商務印書館），冊 1489。

〔註149〕 見金啓華、張惠民、王恒展、張宇聲、張增學編：《唐宋詞集序跋匯編》（臺北：臺灣商務印書館，1993 年 2 月臺灣初版），頁 359。

且爲《詩人玉屑》作序，有品評才識，亦能詩善詞，選詞自然典雅有致，不同於坊間唱本。此集卷首有淳祐九年（西元 1249）黃昇自序與胡德方序，則成書付梓當於此年。

此集選錄來源與範圍，誠如黃昇自序所云：「長短句始於唐，盛於宋。唐詞具載《花間集》，宋詞多見於曾端伯所編。而《復雅》一集，又兼采唐、宋，迄於宣和之季，凡四千三百餘首。吁，亦備矣。……知之而未見，見之而未盡者，不勝算也。暇日裒集得數百家，名之曰《絕妙詞選》。」〔註150〕說明黃昇立基於《花間集》、曾慥《樂府雅詞》、鮦陽居士《復雅歌詞》等詞選，並出自家藏，博採文獻，以友人餽贈，終得集唐五代迄北宋詞選之大成。黃昇此選，主要爲存史，故依詞人順序編排，選錄 134 詞家，收詞 523 闋，第一卷收唐五代詞，自李白至馮延巳；第二卷至第八卷爲北宋詞，自歐陽修至王昂；第九卷收禪林之作；第十卷爲閨秀之作。此集出自詞人之手，黃昇有較高之鑑賞、選擇與品評能力，而高於前此之詞選，故〔明〕顧起綸〈花菴詞選跋〉云：「詞家菁英盡於是乎」〔註151〕韋莊之入選，殊堪作爲唐五代詞人之代表。

黃昇對韋莊詞之接受，主要依循《花間集》。自序謂以《花間集》爲選詞來源，故集中所錄花間詞家，除未選皇甫松之外，其他 17 家之排列順序悉同。且所選 72 闋詞中，僅三闋未見《花間集》，係補自《尊前集》，是知所選花間詞家以《花間集》爲依據，韋莊詞自然覆載此中。就署名而言，題署詞人大抵皆稱字，唯花間詞人稱名，其中並署官爵者，僅韋莊、和凝與孫光憲三人；韋莊下注「西蜀宰相」，同於《花間集》作「韋相莊」，後二者分別注爲「石晉宰相」、「南唐詞人」，不同於《花間集》作「和學士凝」、「孫少監光憲」；《花間詞》署名並稱官爵，此集既以其爲依據，卻只韋莊一人署名全同，或係認同韋莊於《花間集》之

〔註150〕 見金啓華、張惠民、王恒展、張宇聲、張增學編：《唐宋詞集序跋匯編》（臺北：臺灣商務印書館，1993 年 2 月臺灣初版），頁 359。
〔註151〕 見金啓華、張惠民、王恒展、張宇聲、張增學編：《唐宋詞集序跋匯編》（臺北：臺灣商務印書館，1993 年 2 月臺灣初版），頁 360。

面貌。就詞數而言，收韋莊詞 7 闋，於花間詞人中，名列第二，僅次於
溫庭筠 10 闋、李珣 8 闋；除花間 17 家外，此集收錄唐五代共 9 詞人，
詞數亦少於韋莊，足見黃昇對韋莊頗爲重視。就排列順序而言，韋莊於
花間詞人中名列第二，首爲「詞極流麗，宜爲《花間集》之冠」〔註152〕
之溫庭筠，蓋因未收原列第二之皇甫松，非特別尊重，然韋莊下注「西
蜀宰相」，則頗有關注韋莊之意。並爲存史之故而爲之立小傳，誠如《四
庫全書總目‧花菴詞選提要》所云：「於作者姓名下各綴數語，備具始
末，亦足以資考核。」〔註153〕雖僅書官爵，而爲 17 詞家中有小傳者三
人之一，或有意標明韋莊對西蜀詞壇之貢獻。就編選目的而言，乃爲存
史，黃昇自序云：「其盛麗如游金、張之堂，妖冶如攬嬙、施之袪，悲
壯如三閭，豪俊如五陵，花前月底，舉杯清唱，合以紫簫，節以紅牙，
飄飄然作騎鶴揚州之想，信可樂也。親友劉誠甫謀刊諸梓，傳之好事者，
此意善矣。」〔註154〕說明其廣羅搜選，不拘一格，以爲傳世，誠如〔宋〕
胡德方《唐宋以來絕妙詞選‧序》所云：「玉林此選，博觀約取，發妙
音於眾樂并奏之際，出至珍於萬寶畢陳之中，使人得一編可以盡見同家
之奇，厥功不亦茂乎？」〔註155〕又〔清〕焦循《雕菰樓詞話》云：「不
名一家。」〔註156〕皆指出此集選旨爲保存詞史各面發展情況，則韋莊
詞之入選，足代表唐五代詞史之一面貌。復觀所收韋莊詞，亦展現各風
貌，其中〈菩薩蠻〉（洛陽城裏春光好）與〈菩薩蠻〉（人人盡說江南好）
描寫故國之思，意婉詞直，黃昇一次錄選韋莊五闋其二，顯示尤賞該類

〔註152〕　〔宋〕黃昇編：《唐宋諸賢絕妙詞選》，見《景印文淵閣四庫全書》
　　　　　本（臺北：臺灣商務館印書館），冊 1489，卷 1，頁 6。

〔註153〕　見〔清〕紀昀等撰：《欽定四庫全書總目》（北京：中華書局，1997
　　　　　年），卷 498，頁 489。。

〔註154〕　見金啓華、張惠民、王恒展、張宇聲、張增學編：《唐宋詞集序跋
　　　　　匯編》（臺北：臺灣商務印書館，1993 年 2 月臺灣初版），頁 359。

〔註155〕　見金啓華、張惠民、王恒展、張宇聲、張增學編：《唐宋詞集序跋
　　　　　匯編》（臺北：臺灣商務印書館，1993 年 2 月臺灣初版），頁 359。

〔註156〕　見唐圭璋編：《詞話叢編》（北京：中華書局，2005 年 10 月第 2 版），
　　　　　冊 2，頁 1494。

詞作；〈應天長〉（綠槐陰裏黃鶯語）、〈清平樂令〉（野花芳草）、〈謁金門〉（空相憶）、〈小重山〉（一閉昭陽春又春）、〈木蘭花令〉（獨上小樓春欲暮）以幽絕景致寫淒婉相思，又各具特色；此外，此集主要以《花間集》、《尊前集》作為花間詞人之選源，兩集所錄韋莊詞，互補不足，無重複之作，雖皆主應歌，而《花間集》出自貴冑趙崇祚，較《尊前集》或出自坊間，更多關注詞作之文學性；所收韋莊詞皆出自《花間集》，可見尤關注韋莊詞之文學性。就選錄標準而言，韋莊詞因「佳」而錄選，誠如自序所云：「佳詞豈能盡錄，亦嘗鼎一臠而已。」〔註157〕又云：「所謂發乎情，止乎禮義，近世樂府，未有能道此者。」〔註158〕說明黃昇選詞以典雅為標準，刪削低俗纖豔者，惜於花間詞下皆無品評。而韋詞之佳，則包含於黃昇總評唐人詞云：「凡看唐人詞曲當看其命意，造語工緻處，蓋語簡而意深所以為奇作也。」〔註159〕證之韋莊此7闋詞，亦皆語淺情深之作。

此外，黃昇塡詞猶有花間詞之意韻，〔註160〕其中〈月照梨花・閨怨〉一闋，〔明〕楊愼《詞品》卷四評為：「有《花間》遺意。」〔註161〕檢索《花間集》中，寫因別郎馬嘶，女子不欲畫眉，且背景為鶯啼睡覺之作，要以韋莊〈清平樂〉（鶯啼殘月）最符合意旨。茲列如次：

黃昇〈月照梨花・閨怨〉：

畫景。方永。重簾花影。好夢猶酣，鶯聲喚醒。門外風絮交飛。送春歸。　　脩蛾畫了無人問。幾多別恨。淚洗殘妝

〔註157〕 見金啓華、張惠民、王恒展、張宇聲、張增學編：《唐宋詞集序跋匯編》（臺北：臺灣商務印書館，1993年2月臺灣初版），頁359。

〔註158〕 此為唐圭璋輯補黃昇之詞論《中興詞話》，見唐圭璋編：《詞話叢編》（北京：中華書局，2005年10月第2版），冊1，頁214。

〔註159〕 〔宋〕黃昇編：《唐宋諸賢絕妙詞選》，見，《景印文淵閣四庫全書》本（臺北：臺灣商務印書館），冊1489，卷1，頁1。

〔註160〕 黃昇對韋莊詞之接受，主要表現於編選《唐宋以來諸賢絕妙詞選》，且其創作或係學習韋莊詞，故不列於第一節「創作中之韋莊詞接受」，而列於此。

〔註161〕 見唐圭璋編：《詞話叢編》（北京：中華書局，2005年10月第2版），冊1，頁502。

粉。<u>不知郎馬何處嘶</u>。煙草萋迷。鷓鴣啼。（冊4，頁 2995）

韋莊〈清平樂〉：

鶯啼殘月。繡閣香燈滅。<u>門外馬嘶郎欲別</u>。正是落花時節。

<u>粧成不畫蛾眉</u>。含愁獨倚金扉。去路香塵莫掃。掃即郎去
歸遲。

對比兩詞，內容皆寫閨怨，風格婉約清麗，重以字句與句意之近似，
或爲黃昇借鑑韋莊詞，更增黃昇對韋莊詞之接受。

　　總之，黃昇以詞人而選詞，「去取特爲謹嚴」〔註162〕態度認眞，
對韋莊詞之接受，雖出自《花間集》，而別出立意，有明確選錄宗旨；
亦即以詞存史，重視韋莊詞之文學性，〔明〕毛晉〈花菴詞選跋〉云：
「蓋可作詞史」〔註163〕黃昇將韋莊詞作爲唐五代詞及《花間詞》之代
表面貌之一，故選詞七闋，於唐五代詞家中名列第三，可謂極爲重視。
此集不同於其他宋代詞選對韋莊詞之接受，多出於應歌傳唱，將韋莊
詞之屬性覆載於音樂性中，缺少文學性之關注，而是以詞人角度，關
注韋莊詞作本身，故有功於傳播韋莊詞之文學性。此外，黃昇又編集
《中興以來絕妙詞選》，十卷，選錄南渡詞人之作，故不及韋莊。

表7：《唐宋以來諸賢絕妙詞選》所收韋莊詞作

序號	詞　牌	首　句	備　註
1	菩薩蠻	洛陽城裏春光好	
2	菩薩蠻	人人盡說江南好	
3	應天長	綠槐陰裏黃鶯語	
4	清平樂令	野花芳草	《花間集》作〈清平樂〉
5	謁金門	空相憶	
6	小重山	一閉昭陽春又春	
7	木蘭花令	獨上小樓春欲暮	《花間集》作〈木蘭花〉
總計：7闋			

〔註162〕　《四庫全書總目・花菴詞選提要》，見〔清〕紀昀等撰：《欽定四庫
　　　　　全書總目》（北京：中華書局，1997 年），卷 498，頁 489。

〔註163〕　見金啓華、張惠民、王恒展、張宇聲、張增學編：《唐宋詞集序跋
　　　　　匯編》（臺北：臺灣商務印書館，1993 年 2 月臺灣初版），頁 360。

表8:《唐宋諸賢絕妙詞選》與《花間集》字句相異處

序號	詞　牌	《唐宋諸賢絕妙詞選》	《花間集》
1	應天長	繡屏香一<u>縷</u>	繡屏香一<u>炷</u>
2	謁金門	空<u>想</u>憶	空<u>相</u>憶
3		不忍<u>看</u>伊書迹	不忍<u>把</u>伊書迹
4	小重山	<u>顛</u>情立	<u>凝</u>情立
5	木蘭花	<u>望斷</u>玉關芳草路	<u>愁望</u>玉關芳草路
總計：4闋5處			

　　綜觀宋代詞選，選錄韋莊詞者，計有五部：一爲〔北宋〕孔夷
《蘭畹曲會》，二爲〔北宋〕佚名《尊前集》，三爲〔北宋〕佚名《金
奩集》，四爲〔南宋〕書坊《草堂詩餘》，五爲〔南宋〕黃昇《唐宋
以來諸賢絕妙詞選》。此五部詞選對韋莊詞之接受，主要視爲唱本，
誠如龍沐勛〈選詞標準論〉所云：「南宋以前詞，既以『應歌』爲主；
故其批評選錄標準，一以『聲情並茂』而尤側重音律。」〔註164〕說
明宋代詞選之編選目的，大多爲應歌傳唱，選錄標準則爲諧律美聽，
重視韋莊詞之音樂性。其中《尊前集》與《草堂詩餘》分別補輯韋
莊詞五闋、一闋，有功於韋莊詞之保存；而黃昇編選《唐宋以來諸
賢絕妙詞選》，主要以詞存史，選錄標準著重好詞，重視韋莊詞之文
學性，對韋莊詞之接受，較唱本更有深層意義。至於宋代詞選所收
之韋莊詞，僅〈謁金門〉（空相憶）與〈小重山〉（一閉昭陽春又春）
兩闋詞爲《草堂詩餘》、《唐宋以來諸賢絕妙詞選》共同收錄，顯示
此兩詞尤爲宋人所接受。

二、未選錄韋莊詞之詞選

（一）基於編選標準

〔註164〕龍沐勛：〈選詞標準論〉，見張璋，職承讓，張驊，張博寧編纂：
　　　　《歷代詞話續編》（鄭州：大象出版社，2005年11月第1版），
　　　　頁1005。

1. 〔南宋〕黃大輿《梅苑》〔註165〕

《梅苑》，北宋黃大輿編集，十卷，收詞412闋，選錄唐五代至南宋初之詠梅詞。黃大輿《梅苑·序》自云選錄宗旨為：「目之曰《梅苑》者，詩人之義，託物取興，屈原制騷，盛列芳草，今之所錄，蓋同一揆。」〔註166〕是知此集既以象徵士人高潔之梅花為名，顯示係以選詞為主，不重選人；端欲使詞壇復雅，誠足反映當時宋代詞壇之風尚，故詞論呈現兼重人品與詞品之審美趨向。

此集未收韋莊詞，蓋因韋莊無梅詞也。其〈浣溪沙〉云：「暗想玉容何所似，一枝春雪凍梅花。」雖有「梅」之字眼，唯係以梅花描寫美人丰姿綽約之狀態，故〔明〕沈際飛《草堂詩餘別集》卷一云：「為花錫寵。美人洵花眞身，花洵美人小影。」〔註167〕是知韋莊詞未見錄於《梅苑》，乃因不合黃大輿選詞標準也。

2. 〔南宋〕《樂府補題》〔註168〕一卷，或云陳恕可或仇遠編集

《樂府補題》，原集未署編者名，選錄王沂孫等十四位遺民詞人，以〈天香〉等五調，所填之17闋詠物詞作，為社課詞選，故自然無及韋莊。

3. 〔南宋〕佚名《宋舊宮人贈汪水雲南還詞》〔註169〕

《宋舊宮人贈汪水雲南還詞》，編者不詳，選錄張麗眞等十三位宮人贈別汪元量之詞，故與韋莊無關。

〔註165〕　《梅苑》之版本，依《景印文淵閣四庫全書》本（臺北：臺灣商務印書館），冊1489。

〔註166〕　北〔宋〕黃大輿《梅苑·序》，見《景印文淵閣四庫全書》本（臺北：臺灣商務印書館），冊1489，頁1。

〔註167〕　見張璋，職承讓，張驊，張博寧編纂：《歷代詞話》（鄭州：大象出版社，2002年3月第1版），上冊，頁600。

〔註168〕　《樂府補題》之版本，依《景印文淵閣四庫全書》本（臺北：臺灣商務印書館），冊1490。

〔註169〕　《宋舊宮人贈汪水雲南還詞》之版本，依〔宋〕汪元量輯《宋舊宮人詩詞》（藝文印書館，1966年）

（二）基於選錄斷代

1.〔南宋〕曾慥《樂府雅詞》〔註170〕

《樂府雅詞》，南宋曾慥編集，三卷，拾遺兩卷，收詞932闋。此集未收韋莊詞，蓋因以宋代爲選錄斷代，正集、拾遺皆選錄宋代詞家，誠如曾慥〈樂府雅詞引〉自云：「余所藏名公長短句，裒合成篇……名曰《樂府雅詞》。……此外又有百餘闋，平日膾炙人口，咸不知姓名，則類於卷末，以俟詢訪，標目拾遺云。」〔註171〕是知此集選錄範圍不及唐五代，自然不收韋莊詞。

2.〔南宋〕趙聞禮《陽春白雪》〔註172〕

《陽春白雪》，南宋趙聞禮編集，八卷，外集一卷，收詞671闋。此集未收韋莊詞，或係以宋代爲主要選源，所收之詞，除18闋無名氏之作外，共收231詞家，以南宋江湖詞人爲主，五代僅收孟昶一家，選錄〈洞仙歌〉（冰肌玉骨）一闋，此集選錄之因，或係訪得石刻記有是詞，基於存史而收，故別收此詞。

3.〔南宋〕周密《絕妙好詞》〔註173〕

《絕妙好詞》，南宋周密編集，七卷。此集未收韋莊詞，蓋以南宋爲選錄斷代，誠如高士奇〈絕妙好詞序〉所云：「草窗周公瑾，集選宋南渡以後諸人詩餘凡七卷，名之曰《絕妙好詞》。」〔註174〕故未收他朝之詞。

綜觀宋代詞選，未選錄韋莊詞者，盡爲南宋詞選，且出自詞人所

〔註170〕《樂府雅詞》之版本，依《景印文淵閣四庫全書》本（臺北：臺灣商務印書館），冊1489。

〔註171〕見金啓華、張惠民、王恒展、張宇聲、張增學編：《唐宋詞集序跋匯編》（臺北：臺灣商務印書館，1993年2月臺灣初版），頁352。

〔註172〕《陽春白雪》之版本，依〔宋〕趙聞禮著、葛渭君校點：《陽春白雪》（上海：上海古籍出版社，1993年6月第1版）。

〔註173〕《絕妙好詞》之版本，依《景印文淵閣四庫全書》本（臺北：臺灣商務印書館），冊1490。

〔註174〕見金啓華、張惠民、王恒展、張宇聲、張增學編：《唐宋詞集序跋匯編》（臺北：臺灣商務印書館，1993年2月臺灣初版），頁367。

編之詞選。蓋詞選自南宋，多含編者明確宗旨，突破北宋獨尊唐五代
之風氣，而選及當代詞人之作；且逐漸由選歌轉向選人與選詞，選壇
方與詞壇多有交流，受大時代環境影響，以雅爲尙，詞主言志，如趙
聞禮崇尙周邦彥、姜夔一派。總之，基於各編者之選錄標準，而未收
韋莊詞作，頗帶有時代意識。

三、亡佚之詞選

　　宋代詞選尙有多本亡佚，其接受韋莊詞與否，難知矣。如：《家
宴集》，乃佚名編集，五卷，南宋本已未署編者名，僅有題名「子起」
之序，〔宋〕陳振孫《直齋書錄解題》卷二一云：「序稱子起，失其姓
氏，雍熙三年丙戌歲也。所集皆唐末五代人樂府，視《花間》不及也。
末有〈清和樂〉十八章，爲其可以侑觴，故名『家宴』也。」〔註175〕
指出子起序於宋太宗雍熙三年丙戌（西元 986），其時上距〔五代〕
歐陽炯〈花間集序〉（西元 940）僅四十餘載，該選編定時間距《花
間集》必不超過此數。又此集乃唐五代詞選，編選目的亦主應歌備唱，
則其中或可能選錄韋莊詞作，唯其卷帙不如《花間集》之多。

　　此外，無名氏《謫僊集》、無名氏《麟角集》、鮦陽居士《復雅歌
詞》、無名氏《聚蘭集》、楊冠卿《群公詞選》、修內司所刊《混成集》、
王柏《雅歌》等，皆失傳已久，不知是否選錄韋莊詞。

〔註175〕　　見張璋，職承讓，張驊，張博寧編纂：《歷代詞話》（鄭州：大
　　　　　象出版社，2002 年 3 月第 1 版），上冊，頁 136〜137。

第五章　明人對韋莊詞之接受

　　趙尊嶽〈惜陰堂彙刻明詞記略〉謂明代詞學：「就詞學而言詞，則前承宋元，繼開清代」〔註1〕張仲謀《明詞史》亦云：「就中國千年詞史的邏輯發展來看，明詞無可疑地是期間一個不可或缺的環節。」〔註2〕皆指出明詞上承宋詞，下啓清詞。就韋莊詞之接受史而言，明代繼宋代之後，於詞人創作、詞論與詞選三方面，均有明確接受韋莊者，且數量增加甚多，可謂韋莊接受史之發展期。

第一節　創作中之韋莊詞接受：和韻詞

　　明代詞人對韋莊詞之接受，較宋人內含於創作態度中，已出現和韻詞，顯示詞人對韋莊詞之接受態度，隨時代而逐漸顯明、積極。茲分述如下：

　　明代詞人和韻韋莊作品者，檢索《全明詞》與《全明詞·補編》，〔註3〕有周履靖與張杞兩人。其中周履靖於所編著《唐宋元明酒詞》

〔註1〕 見趙尊嶽輯：《明詞彙刊》（上海：上海古籍出版社，1992年7月第1版），下冊，頁11。

〔註2〕 見張仲謀著：《明詞史》（北京：人民文學出版社，2002年2月北京第1版），頁2。

〔註3〕 《全明詞》之版本，依饒宗頤初纂，張璋總纂：《全明詞》（北京：中華書局，2004年1月第1版）、《全明詞·補編》之版本，依周明

中，選錄韋莊酒詞兩闋，並和韻兩闋，透過詞選與和韻詞作，表現對韋莊詞之接受，態度甚爲積極。〔註4〕張杞則有《和花間詞》一卷，表現推尊《花間集》之意。

張杞，字迂公，黃陂人（今江蘇省蘇州），生卒年不詳，有《和花間詞》一卷。〔註5〕此集之和韻詞計有：〈醉公子・步薛昭蘊韻〉（亂綰秋雲髮）、〈菩薩蠻・步牛嶠韻〉（嬌姿銷得纏頭錦）、〈思越人・步鹿虔扆韻〉（玉簫吹）、〈採蓮子・步皇甫嵩韻〉（曲苑新粧照綠陂）、〈甘州遍・和毛文錫韻〉（玉門遠）與〈浣溪沙〉（恨卻東風吹柳斜）、〈浣溪沙〉（苔草無人半入泥）、〈女冠子・春閨〉（亞枝花露）等八闋。〔註6〕此八闋和詞依題序之有無標明所和對象，表現張杞對花間詞人接受態度之程度，有標明者高於無標明者。而無標明者，經筆者比對，〈浣溪沙〉（恨卻東風吹柳斜）係和韋莊，〈浣溪沙〉（苔草無人半入泥）與〈女冠子・春閨〉（亞枝花露）係和孫光憲。是知，張杞視韋莊詞爲創作典範，而予以和韻，茲引錄和作與原詞如次：

張杞〈浣溪沙〉：

　　恨卻東風吹柳斜。半穿簾幕半窗紗。夢魂驚散落誰家。　繡帶綠嬌柔野草，香衫紅妒逼階花。幾聲春鳥入殘霞。（冊4，頁1811）

韋莊〈浣溪沙〉：

　　惆悵夢餘山月斜。孤燈照壁背窗紗。小樓高閣謝娘家。　暗想玉容何所似，一枝春雪凍梅花。滿身香霧簇朝霞。

初，葉曄編纂：《全明詞・補編》（浙江：浙江大學出版社，2007年1月第1版）

〔註4〕 周履靖對韋莊詞，予以和韻，其主要動機係出自編選《唐宋元明酒詞》，本文茲將其和韻詞作，於第三節「詞選中之韋莊接受」中討論。

〔註5〕 《全明詞》之作者小傳，見饒宗頤初纂，張璋總纂：《全明詞》（北京：中華書局，2004年1月第1版），冊4，頁1810。

〔註6〕 見饒宗頤初纂，張璋總纂：《全明詞》（北京：中華書局，2004年1月第1版），冊4，頁1810～1811。又：爲省篇幅，本文下引明詞，皆據此書；並逐一將冊數、頁碼逕標於引詞後，不再一一附注。

對比張杞詞作，可知係和韋莊該調詞作。首先，形式方面，依原作次韻，先後次第皆因之。其次，內容方面，與原作相應，皆寫男子對女子之懷念，上闋寫因思念而成夢，下闋寫夢後想像女子之美。風格方面，亦與原作相合，呈現清麗詞風。是知，張杞極力揣摩韋莊詞作。

關於張杞和韻《花間集》諸作，歷來評論呈現貶過於褒，其中批評者，如〔清〕鄒祇謨《遠志齋詞衷》云：「張玉田謂詞不宜和韻，蓋詞語句參錯，復格以成韻，支分驅染，欲合得離。能如李長沙所謂善用韻者，雖和猶如自作，乃為妙協。近則襲中丞綺讖諸集，半用宋韻。阮亭稱其與和杜諸作，同為天才，不可學。其餘名手，多喜為此，如和坡公楊花諸闋，各出新意，篇篇可誦。但不可如……張杞之和花間，首首強叶。縱極求肖，能如新豐雞犬，盡得故處乎。」〔註7〕鄒祇謨立基詞作本身之文學性，引用張炎詞論，說明填詞不宜強和人韻，片面追求韻腳形式之統一，則必然有害句意之融貫，導致詞境之失落；而仍有長於和韻者，能別立原作，或如自作，或出新意；然張杞和韻《花間集》諸作，則一味強和，拘泥韻腳之形式，而犧牲詞作意蘊，即〔宋〕張炎《詞源・雜論》下卷所云：「徒費苦思，未見有全章妥溜者」〔註8〕誠然，張杞為肖求原作，詞作內容不免受限於韻腳，無法暢抒己意，只得規模韋莊詞。持平者，如〔明〕卓人月《古今詞統》載沈際飛云：「沈天羽曰：『張迂公擬《花間集》四百八十七首，發妙逞妍，近日一詞手，但篇篇和韻，未免拘牽，字字求新，未免艱鑿丼。』」〔註9〕是言立基詞史觀與詞作本身之文學性，認為《花間集》失落已久，至張杞予以全面和韻，方振起平庸時風，顯示卓人

〔註7〕見唐圭璋編：《詞話叢編》（北京：中華書局，2005年10月第2版），冊1，頁652。

〔註8〕見唐圭璋編：《詞話叢編》（北京：中華書局，2005年10月第2版），冊1，頁265。

〔註9〕〔明〕卓人月編：《古今詞統》，見《續修四庫全書》編纂委員會編：《續修四庫全書》（上海：上海古籍出版社，2002年3月），冊1729，卷10，頁12。

月認爲張杞和作，得花間詞巧致語言，爲不凡之作，誠然，張杞和韻韋莊詞作，由字面、句意至風格，皆得原作清麗風致，洵有功於發揚韋莊詞；然全面強和，詞作之字面、句意等不免多受拘泥，有爲文造情之憾。又，〔清〕王士禎《花草蒙拾》云：「絕調不可強擬，近張杞有《和花間詞》一卷，雖不無可採，要如妄男子擬遍十九首，與郊祀鐃歌耳。」〔註10〕是言指出張杞和韻花間之詞，有其佳處，唯所和既多，不免有強諧韻之憾，失卻個人情感。

總之，張杞對韋莊詞之接受，極力肖諸原作，不僅依第次韻，且字面、句意至風格，皆力求清麗風致，唯並未於詞題中標明和自韋莊，顯示對韋莊詞之接受態度，稍差於標明和自薛昭蘊、牛嶠、鹿虔扆、皇甫松、毛文錫等人，然仍視韋莊詞爲典範，則無庸置疑。

此外，明代詞人對韋莊詞之接受，較多仍見載於《花間集》中，如邵亨貞塡有〈河傳・擬花間，春日宮詞〉（春殿。簾捲）、〈河傳・戲效花間體〉（庭院春淺）與〈河傳・戲效花間體〉（春晝倦繡）三闋詞（冊1，頁38～39、41～42、41～42），經對比《花間集》諸作，係以《花間集》爲仿效對象，即柔靡婉麗之時代風格，〔註11〕並非仿效某詞人之某作。又如朱翌𨨏〈喜遷鶯・春霽此係《花間集》體，從小令〉（芳草露）（冊3，頁1120），仍係以《花間集》爲仿效對象，誠如詞題所謂規模該調之作法與體製。是知明代詞人，基於己身對韋莊詞之閱讀，表現不同之接受情況，以和韻詞與仿擬詞對韋莊原作予以再創作，呈現韋莊、韋莊詞與明代詞人之動態交流史。

〔註10〕見唐圭璋編：《詞話叢編》（北京：中華書局，2005年10月第2版），冊1，頁674。

〔註11〕「效他體」之仿效者，根據王偉勇：〈兩宋豪放詞之典範與突破——以蘇、辛雜體詞爲例〉一文，研究得出三方式：一爲效仿作者與作品風格，二爲效仿作法與體製，三爲效仿時代與作品規矩。見王偉勇：〈兩宋豪放詞之典範與突破——以蘇、辛雜體詞爲例〉，《文與哲》（高雄：中山大學中文系，2007年6月），第10期，頁325-360。

第二節　詞論中之韋莊詞接受

　　明代詞論中之韋莊接受，主要表現於評點之中，而詞話、筆記等則偶有記載。其中評點方面，以湯顯祖《玉茗堂評花間集》與沈際飛《古香岑草堂詩餘四集》為代表，顯示韋莊詞於明代中期一度盛行。

一、湯顯祖《玉茗堂評花間集》〔註12〕

　　湯顯祖，字義仍，號若士，又號清遠道人，臨川人（今江西省），生於明世宗嘉靖二十九年（西元 1550），卒於明神宗萬曆四十五年（西元 1617）。其人少善屬文，有時名，萬曆十一年（西元 1583）進士第，懷度世之志，不附權貴，致為人所劾，萬曆二十六年（西元 1598）遂棄官歸里，家居玉茗堂二十年，從事創作；〔註13〕專力詩、賦、古文，兼及詞曲，而以戲劇名世，所作之詞亦為人所賞。〔清〕沈雄《古今詞話・詞評》云：「義仍精思異彩，見於傳奇。出其餘緒，以為填詞。後人咏其迴文，必指為義仍傑作也。」〔註14〕〔清〕張德瀛《詞徵》卷六亦云：「湯義仍詞，情文俱美，大致不出曲家科臼。」〔註15〕說明湯顯祖作曲之餘，方填詞作，而曲學主「情」之思想，亦入於詞。

　　明代中期，盛行評點，湯顯祖亦對《花間集》作有評點，即《玉茗堂評花間集》。所作評點，包含評注與圈點。評注方面，多為眉批，偶有旁批與尾批；圈點方面，於詞句佳處或留心處，旁加圈點；實際評點詞作，大抵結合評注與圈點，以明確闡釋個人觀點，揭示詞作意含；以其善詞，所作評點，因而具備較高之鑑賞能力。此集卷前有萬曆乙卯春日（西元 1615）年之自序，是知成於明代中期，多少代表

〔註12〕《玉茗堂評花間集》之版本，依〔唐〕趙崇祚集，〔明〕湯顯祖評，劉崇德點校：《花間集》（保定：河北大學出版社，2006 年 10 月第 1 版。）

〔註13〕見〔清〕張廷玉等著：《新校本明史并附編六種・湯顯祖列傳》（臺北：鼎文書局，1975 年 6 月初版），卷 230，頁 6015。

〔註14〕見唐圭璋編：《詞話叢編》（北京：中華書局，2005 年 10 月第 2 版），冊 1，頁 1029。

〔註15〕見唐圭璋編：《詞話叢編》（北京：中華書局，2005 年 10 月第 2 版），冊 5，頁 4175。

其時之文學觀點。湯顯祖對韋莊詞之接受,即見載於《玉茗堂評花間集》,於 48 闋詞中,眉批 26 條、旁批 2 條;圈點方面,計凡 9 闋詞 10 處,而圈點處全爲標明所作評注,顯示主要以眉批作爲評點。茲歸納其觀點如下:

(一)韋莊詞之淵源:《風》、《騷》之遺

湯顯祖〈花間集序〉云:「自三百篇降而騷、賦,騷、賦不便入樂,降而古樂府,樂府不入俗;降而以絕句爲樂府,絕句少宛轉;則又降而爲詞。故宋人遂以爲詞者詩之餘也。⋯⋯《詩餘》流遍人間,棗梨充棟,而譏評賞鑒之者亦復稱是,不若留心《花間》者之寥寥也。⋯⋯期世之有志風雅者,與詩餘互賞。而唐調之反而樂府,而騷、賦,而三百篇也。詩其不亡也夫!詩其不亡也夫!」〔註16〕湯顯祖將《花間集》與《詩經》、《楚辭》等相提並論,認爲具有同等品次與地位,高於坊間市井之宋明詞作,顯示極爲推崇《花間集》。對韋莊詞之淵源,亦認爲有繼承《詩經》、《楚辭》者,其評〈女冠子〉(四月十七)云:

> 直抒情緒,怨而不怒,《騷》、《雅》之遺也。但嫌與題義稍
> 遠,類今日之博士家言。〔註17〕

是言指出該詞自抒胸臆,傾訴離別之苦,情感哀怨而不至恨怒,繼承《詩經》、《楚辭》溫柔敦厚之傳統。同時,湯顯祖亦注意該詞與詞牌之關係,微責該詞不合詞牌本意,顯示湯顯祖主張詞作當詠詞牌本意。

(二)韋莊詞之情感:一往而深

江西之地,泰州學派一時稱盛,湯顯祖少師羅汝芳,推崇李贄,故其文學思想,主王學反程朱理學,要求個性解放,其中主要觀點爲

〔註16〕見施蟄存編:《詞籍序跋萃編》(北京:中國社會科學出版社,1994年 12 月第 1 版),頁 633～634。又:本文所引湯顯祖〈花間集序〉,皆根據該書,爲免繁瑣,不另註明。

〔註17〕見〔唐〕趙崇祚集,〔明〕湯顯祖評,劉崇德點校:《花間集》(保定:河北大學出版社,2006 年 10 月第 1 版。),卷 1,頁 45。又:爲省篇幅,本文下引湯顯祖評點,皆據此書;並逐一將卷數、頁碼迻標於引文後,不再一一附注。

重視情感，如〈耳伯麻姑遊詩序〉所云：「世總爲情，情生詩歌，而行于神。」〔註18〕認爲人生而有情，形諸於文，而主宰神思；又《牡丹亭·題詞》云：「情不知所起，一往而深，生者可以死，死可以生。生而不可與死，死而不可復生者，皆非情之至也。……嗟夫，人世之事，非人世所可盡。自非通人，恒以理相格耳。第云理之所必無，安之情之所必有邪。」〔註19〕是言極力張揚情感，認爲高於一切。湯顯祖對韋莊詞之接受，亦關注於情。茲列其評點如下：

評〈謁金門〉（春漏促）云：

情不知所起，一往而深。「閑抱琵琶尋舊曲」，直是無聊之思。（卷1，頁39）

湯顯祖〈花間集序〉說明評點《花間集》之背景爲：「余於《牡丹亭》亭夢之暇，結習不忘，試取而點次之，評篤之。」是知該言出自《牡丹亭·題詞》，顯示湯顯祖頗爲稱賞該詞，認爲其情深刻，當爲韋莊親身經歷，惜不知詞作本事，無法得知情意之起因；然亦微責「閑抱琵琶尋舊曲」只寫百般無聊之相思情態，殊爲乏善可陳。此外，「有箇嬌饒如玉。夜夜繡屏孤宿」旁批云：「慘」，蓋以爲描寫佳人夜夜獨宿，處境與內心之雙重孤獨，備添悽慘情態，爲該詞善摹情感之處。又評〈浣溪沙〉（夜夜相思更漏殘）云：

「想君」、「憶來」二句，皆意中意、言外言也。水中著鹽，甘苦自知。（卷1，頁32）

是言指出「想君思我錦衾寒」、「憶來唯把舊書看」描寫相思，全用賦體白描，情意即字面所寫；而又非直述道情，乃是轉透一層，曲折表達，前者由他方設想，後者不道展信所感；即以渾融含蓄之筆，表現相思情意中，普遍而又獨特之性質，唯有親歷者方能有所感。評〈荷葉盃〉（記得那年花下）云：

〔註18〕見〔明〕湯顯祖著，徐朔方箋校：《湯顯祖全集》（北京：北京古籍出版社，1999年1月第1版），冊2，頁1111。

〔註19〕見〔明〕湯顯祖著，徐朔方箋校：《湯顯祖全集》（北京：北京古籍出版社，1999年1月第1版），冊2，頁1153。

情景逼眞，自與尋常豔語不同。（卷1，頁36）

是言指出該詞所述情意與景致，眞切如目，當爲韋莊親身經歷，具有眞情實感，自然異於酒筵泛情之作；此外，圈點「如今俱是異鄉人」，且旁評爲：「慘」，指出該詞情意最深切者，莫過於是句，認爲人各一方，無由相見，乃相思情境中，尤爲悽慘者。評〈清平樂〉（鶯啼殘月）云：

情與時會，倍覺其慘。如此想頭，凡轉《法華》。（卷1，頁39）

認爲該詞描寫離別，以春暮之景襯托離情，更加重情感之悽慘；所抒深情，正與《法華經》以佛道教人解脫，呈現相反用意。此外，圈點「門外馬嘶郎欲別」、「去路香塵莫掃」兩句，著意於離情，強調盼人早歸之深情，表現現實生活之眞實情感。評〈小重山〉（一閉昭陽春又春）云：

向作「新搵舊啼痕」，語更超遠。「宮殿欲黃昏」，何等凄絕！
宮詞中妙句也。（卷2，頁49）

湯顯祖於該條評注中，結合圈點「紅袂有啼痕」，指出他本所載「新搵舊啼痕」較佳，認爲不斷重新擦拭淚痕，較衣袖有淚痕，更明確表現淚流無盡之貌，情意更爲悠遠，顯示湯顯祖主張寫情非必以含蓄爲佳，亦有適宜直書者。又，指出該詞以「宮殿欲黃昏」作結，將癡情化入悲涼景色中，表現漫長等待，情感凄絕不盡，爲宮詞之佳句。評〈木蘭花〉（獨上小樓春欲暮）云：

與「夢中不識路」，「打起黃鶯兒」，可併不朽。（卷2，頁49）

認爲該詞可比「夢中不識路」、「打起黃鶯兒」，[註20] 併爲傳世之作；湯顯祖或著眼該詞之語淡情深，認爲如所錄兩句，以白話口語寫離別深情，反更爲動人。評〈歸國遙〉（金翡翠）云：

還不是解語花，不問也得。（卷1，頁35）

〔註20〕「夢中不識路」與「打起黃鶯兒」二句，歷代詩文皆有所見，前者如：南朝・沈約〈別范安成〉、〔宋〕喻良能〈二月五日夜夢何茂恭論詩〉、〔元〕錢仲鼎〈題靜春堂集〉、〔明〕胡奎〈五里見一堠〉等；後者如：〔唐〕金昌緒〈春怨〉、樂府詩等，故難定湯顯祖摘自何作。

是言指出該詞以鳥起興，描寫女子與鳥對言，托鳥傳意，表現思念至
極之情態，顯示湯顯祖視及該詞別具深情之處。評〈江城子〉（恩重
嬌多情易傷）云：

> 全篇摹盡樂境而不覺其流連狼藉，言簡而旨遠矣。（卷1，頁
> 39）

認為該詞描寫男女閨情，而不至頑豔，語言淺簡而含意深遠，實則此
為韋莊詞少見之冶麗者，顯示湯顯祖不避男女之情，表現明代中期之
世俗風氣。評〈菩薩蠻〉（洛陽城裏春光好）云：

> 可憐可憐，使我心惻。（卷1，頁34）

湯顯祖亦圈點「洛陽才子他鄉老」，認為該詞描寫遊子鄉情，刻畫出
無法歸家之可憐情境，令人悲嘆。評〈河傳〉（何處煙雨）云：

> 「清淮月映」句，感慨一時，涕淚千古。（卷1，頁40）

指出該詞詠史幽諷，尤以「清淮月映迷樓」抒發古今愁意，顯示湯顯
祖視及韋莊詞之現實意義，認為情操感人。

　　此外，湯顯祖亦批評韋莊詞作中缺乏真情者，如評〈天仙子〉（金
似衣裳玉似身）云：

> 以上四章俱佳絕，卒章何率意乃爾。豈強管之末，江郎才
> 盡耶？
>
> 無此結句，確乎當刪。（卷1，頁42）

是言指出〈天仙子〉除末闋外，他闋皆佳，而推究湯顯祖所論，或係
就詞作內容而言。蓋〈天仙子〉僅末闋寫天仙事，但就題發揮，無甚
深意，他闋則寫人間情事，有真情實感。又針對末闋詞作，圈點「劉
阮不歸春日曛」句，並結合評語，認為言及天仙久待劉郎，稍涉及情
感，該詞遂賴此句尚有可觀之處，顯示湯顯祖重情之文學觀念，認為
作品貴於含有情感。湯顯祖更進指出，造成五詞優劣不一之因，或為
韋莊詞情不足，以致末闋隨性填就，微責韋莊之文才及填詞態度。而
由湯顯祖並論五詞，顯示認定韋莊詞具有聯章體之特色。又，湯顯祖
評〈喜遷鶯〉兩闋云：

讀《張道陵傳》，每恨白日鬼話，便頭痛欲睡，二詞亦復類
此。（卷1，頁43）

湯顯祖透過《張道陵傳》，指責韋莊兩詞亦寫神仙道醮事，脫離人間
真情實感，令人讀而生厭；實則湯顯祖僅視及詞作表面所寫，未探究
寫作背景。殊不知該詞係就題發揮，寫登科喜事，非滿紙無關己身之
鬼話，此或顯示湯顯祖對該詞未深刻理解。總之，由湯顯祖批評韋莊
詞但寫仙事，無涉人世真情之言，顯示其論詞重情之主張，關注詞作
是否出自真情。

綜上所述，可知湯顯祖對韋莊詞，多關注男女之情，而亦樂於接
受懷鄉與詠古詞作，認為韋莊詞多自抒懷抱，因而情感真切動人。

（三）韋莊詞之技巧：頗善為詞

湯顯祖評點韋莊詞，亦往往關注寫作技巧，尤著意煉字造句。茲
列其評點如下：

1. 押韻方面

湯顯祖對韋莊詞之寫作技巧，關注面向頗為寬廣，其中有關於押
韻者，如評〈浣溪沙〉（欲上鞦韆四體慵）云：

「忪」字亦湊韻（卷1，頁31）

是言係針對韋莊詞之用韻，並圈點「心忪」，著重批評該詞中之「忪」
字，認為硬湊韻腳，字意與上句「慵」字有所重複，皆描寫無力不安
貌；以湯顯祖言「亦湊韻」，顯示韋莊詞之用韻，尚有湊韻之病。

2. 字句方面

對於韋莊詞之寫作技巧，湯顯祖較多關注字句之使用，如評〈浣
溪沙〉（惆悵夢餘山月斜）云：

以「暗想」句問起，越見下二句形容快絕。（卷1，頁31）

是言指出該詞善用修辭技巧，一問提起，兩句作答，凸顯重點為答句，
兩答句「一枝春雪凍梅花。滿身香霧簇朝霞」，以物比人，描摹女子
形象頗為鮮明。又，評〈浣溪沙〉（綠樹藏鶯鶯正啼）云：

痛飲真吾師。（卷1，頁32）

此條結合圈點「滿身蘭麝醉如泥」句，認爲該詞善摹飲酒痛快之情境。評〈菩薩蠻〉（人人盡說江南好）云：

> 江南好，只如此耶。（卷1，頁33）

此條亦圈點「春水碧於天。畫船聽雨眠」，認爲寫出江南之美。評〈歸國遙〉（春欲晚）云：

> 好光景。（卷1，頁35）

此條圈點「睡覺綠鬟風亂」句，認爲善摹睡態。評〈清平樂〉（野花芳草）云：

> 坡老詠琴，已脫風幡之案。「風觸鳴琴」，是風？是琴？須更轉一解。（卷1，頁37）

湯顯祖透過蘇軾詩作，解釋韋莊詞。認爲蘇軾〈聽僧昭素琴〉一詩，表現超脫僧人對風動或幡動之爭論，認同惠能主張心動而物動之論，以爲理解韋莊該詞，亦無須探究係爲風響或風觸而琴鳴，實係表現思婦心聲，爲深層之意，此則顯示湯顯祖頗推崇韋莊塡詞技巧。評〈天仙子〉（深夜歸來長酩酊）云：

> 有此和法，便不覺其酒氣，雖爛醉如泥，受用矣。（卷1，頁41）

指出該詞描寫酣醉，因「醺醺酒氣麝蘭和」一句，以麝蘭伴和酒氣，使醉態不至令人生厭。評〈菩薩蠻〉（勸君今夜須沉醉）云：

> 一起一結，直寫曠達之思。與郭璞〈游仙〉、阮籍〈述懷〉，將毋同調。（卷1，頁34）

認爲該詞首出「樽前莫話明朝事」，結以「人生能幾何」，首尾呼應，寫盡全詞及時行樂之消極思想，顯示頗欣賞詞作結構；又，論及詞作之情感，認爲異於郭璞與阮籍之反抗現實，實則此爲韋莊故作達語，實含難言隱痛，顯示湯顯祖僅視詞作表面語意，未探究創作背景，以致未能深入理解詞作眞意。評〈酒泉子〉（月落星沉）云：

> 不作美的子歸，故當夜半啼血。（卷2，頁49）

是言摘出子歸夜啼，認爲該詞善用景境，增添情感深度。評〈訴衷情〉（碧沼紅芳煙雨靜）云：

> 此詞在成都作，蜀之伎女至今有花翹之飾，名曰「翹花兒」
> 云。（卷1，頁44）

指出該詞用語，填入蜀地特有名物；此亦顯示湯顯祖透過考察詞作名物，求得創作背景，對韋莊詞有考證精神，非只關注詞作表層意義，更能探究深層創作動機。然此言與楊慎《詞品》所論全同，而楊慎卒於明世宗嘉靖年間，湯顯祖生於該朝，是知湯顯祖係錄自《詞品》作評，雖考證程度大為降低，然仍表示對韋莊詞之接受抱持嚴正態度。

3. 詞牌方面

湯顯祖亦關注韋莊詞作與詞牌之關係，如評〈菩薩蠻〉（紅樓別夜堪惆悵）云：

> 詞本〈菩薩蠻〉，而語近〈江南弄〉〈夢江南〉等，亦作者
> 之變風也。（卷1，頁33）

是言指出該詞之詞牌，雖調用域外者，而語意則用本地民間之調，對詞牌風格有所轉變，此亦顯示湯顯祖已關注韋莊詞淺白之特色。又，評〈應天長〉二詞云：

> 唐人西邊之州，〈伊梁〉、〈甘石〉、〈渭氏〉、〈六州歌頭〉，
> 本鼓吹曲也。以古興亡事實之，音調悲壯，聞之使人慷慨，
> 故宋人祖慷慨皆用之。國朝則用〈應天長〉，然非此豔體也。
> （卷1，頁36）

湯顯祖透過說明〈應天長〉一調，於明代用於抒發慷慨之情，指出韋莊兩詞則為抒發豔情，呈現艷麗風格，此則顯示能認識韋莊詞各面風貌。凡此，皆表現湯顯祖留心詞牌與詞作之關係，而深入認識韋莊詞之特色。

總之，湯顯祖對韋莊詞，立基詞作本身之文學性，非推崇詞人本身，而公正評論，其中褒多於貶，顯示正面接受韋莊詞，主要關注於情感與寫作技巧方面，認為其詞至情至性，亦擅填詞。

二、沈際飛《古香岑草堂詩餘四集》〔註21〕

　　沈際飛，字天羽，生卒年不詳，約明末清初間，崑山人（今江蘇省）。沈際飛長於評點，評點專著甚多，曾對湯顯祖之詩、文、戲劇等予以全面評點；為湯顯祖之後，於評點方面，對韋莊詞最為關注者。其評點《草堂詩餘》，而成《古香岑草堂詩餘四集》，凡十七卷，包含《草堂詩餘正集》六卷、《草堂詩餘續集》兩卷、《草堂詩餘別集》四卷與《草堂詩餘新集》五卷。其中，對韋莊詞之評點，存於《草堂詩餘正集》與《草堂詩餘別集》中。茲歸納其觀點如下：

（一）韋莊詞之情感：男女至情

　　沈際飛於《古香岑草堂詩餘四集・序》說明評點緣由，在於：「文章殆莫備於是矣。非體備也，情至也。情生文，文生情，何文非情？而以參差不齊之句，寫鬱勃難狀之情，則尤至也。……故詩餘之傳，……傳情也。……余之津津評之而訂之，釋且廣之，情所不能自己也。」〔註22〕是知沈際飛認為詞為眾文體中，尤適言情者，填詞即為傳情，顯示沈際飛重情之文學觀。而其所謂「情」者，尤著意男女之情，自序云：「我師尼氏刪國風，逮〈仲子〉、〈狡童〉之作，則不忍抹去。曰：『人之情，至男女乃極。』未有不篤於男女之情，而君臣、父子、兄弟、朋友間反有鐘吾情者。」是言將男女之情予以合理化，認為男女之情乃人所自有，高揚男女情感之必要性。其評點韋莊詞，自然關注所抒男女之情，評〈清平樂〉（鶯啼殘月）云：

　　　　杜少陵「正是江南好風景，落花時節又逢君」，一逢一別，
　　　　感慨共深。

〔註21〕《草堂詩餘正集》與《草堂詩餘別集》之版本，依張璋，職承讓，張驊，張博寧編纂：《歷代詞話》（鄭州：大象出版社，2002 年 3 月第 1 版），上冊。

〔註22〕見張璋，職承讓，張驊，張博寧編纂：《歷代詞話》（鄭州：大象出版社，2002 年 3 月第 1 版），上冊，頁 496。又：本文所引《古香岑草堂詩餘四集・序》，皆根據該書是頁，為免繁瑣，不另註明。

> 無聊取纖細，事巨恒事奇。〔註23〕（《草堂詩餘別集》卷1，頁
> 606）

是言先以〔唐〕杜甫〈江南逢李龜年〉一詩解韋莊詞，認為兩者皆以
落花之景襯托情感，雖杜甫寫相逢之情，韋莊寫離別之情，而其中悲
涼景致皆同等加重情感之深慨；實則，二作含意卻不盡相同，韋莊乃
抒發傷春離別之情，杜甫該詩則作於安史亂後，不當僅含傷春離別之
情。其次，沈際飛批評該詞之用事，認為寫離情，卻通過「不畫蛾眉」、
「獨倚金扉」、「香塵莫掃」等生活細節，只為揭示女子別後盼望之情，
不免瑣碎；又針對「去路香塵莫掃。掃即郎去歸遲」一句，指出以民
間習俗刻畫女子心理，構思頗為新奇。又，評〈浣溪沙〉（夜夜相思
更漏殘）云：

> 「想君」、「憶來」二句，水中著鹽，甘苦自知。（《草堂詩餘
> 別集》卷1，頁600）

沈際飛引錄湯顯祖之言，說明該詞抒發男女之情，而是中百種情思，
唯有歷經者方能自知。凡此，皆顯示沈際飛頗細心關注韋莊詞之男女
情感，且有褒有貶，態度公允。

（二）韋莊詞之技巧：巧妙多變

沈際飛之評點，對詞作之藝術特色與寫作技巧亦頗重視；且具有
精深學養，能掌握各方面技巧。如

1. 押韻方面

評〈謁金門〉（春雨足）云：

> 「染就」句，麗。說得雙羽有情。〈魚遊春水〉詞云：「雪
> 山萬重，寸心千里」亦自妙。此以上文佈置找一「目」字，
> 意思完全，韻腳警策。（《草堂詩餘正集》卷1，頁505）

沈際飛對韋莊詞，能關注各方面技巧，予以統合評論；其評〈謁金門〉

〔註23〕見張璋、職承讓、張驊、張博寧編纂：《歷代詞話》（鄭州：大象出
版社，2002年3月第1版），上冊。卷1，頁45。又：為省篇幅，本
文下引沈際飛《草堂詩餘正集》與《草堂詩餘別集》二集評點，皆
據此書；並逐一將書名、卷數、頁碼逕標於引文後，不再一一附注。

詞即如此。首先，認為「染就一溪新綠」字句豔麗；其次，認為「柳外飛來雙羽玉，弄晴相對浴」以鳥起興，描寫禽鳥之情深，人懷之情自然更深切。再次，指出「寸心千里目」善於借鑑〈魚遊春水〉「寸心千里」一句，盡抒女子思情，且多加之「目」字，押韻極為得當。

2. 字句方面

沈際飛對韋莊詞之用字遣詞，多有評點。如評〈謁金門〉（空相憶）云：

> 「天上」句粗惡。「把伊書跡」四字頗秀。「落花寂寂」，淡語之有景者。（《草堂詩餘正集》卷1，頁505）

是言首先針對遣詞用語，認為該詞之用字，有得當亦有失當之處；其次，指出韋莊能寫出詞中景致；可知，沈際飛對韋莊詞句不佳處，能坦率指出，態度頗為公允。又，評〈小重山〉（一閉昭陽春又春）云：

> 更一作宮詞，章法同趙德仁，而宮閨稍異。
>
> 「紅袂有啼痕」與「羅衣濕」句複。秦詞「新啼痕間舊啼痕」亦始諸此。（《草堂詩餘正集》卷2，頁519）

沈際飛借由比較韋莊詞與〔宋〕趙令時詞，以說明韋莊詞；所言趙令時詞作，當指〈小重山〉兩闋詞：「樓上風和玉漏遲。秋千庭院靜，百花飛。午窗才起暖金卮。勻面了，闌畔看春池。　何事苦顰眉。碧雲春信斷，儘來時。鴛鴦游戲鎮相隨。雲霧斂，新月掛天西。」與「雨霽風高天氣清。玉盤浮出海，轉空明。小窗簾影冷如冰。愁不寐，獨自傍堦行。　情似浪頭輕。一番銷欲盡，一番生。無言惆悵到參橫。人欲起，鶒鶒幾聲鳴。」（冊1，頁497）認為兩人皆寫宮閨，以景襯情，章法相同；而其間情感則有所不同，韋莊詞出自己身經歷，更為深沉悲痛。其次，微責「紅袂有啼痕」與「羅衣濕」詞意重複；再次，指出該詞之詞句為秦觀〈鷓鴣天〉所借鑑，顯將韋莊詞置於歷代詞作中，予以宏觀看待。評〈浣溪沙〉（夜夜相思更漏殘）云：

> 替他思妙。（《草堂詩餘別集》卷1，頁600）

是言針對該詞「想君思我錦衾寒」一句，指出抒情而代人念己，

句法絕妙新穎。

3. 筆法方面

沈際飛評點韋莊詞，亦留意其筆法，認為善以物比喻，將描寫對象予以具體化。如評〈女冠子〉（四月十七）云：

> 月知不知都妙。（《草堂詩餘別集》卷 1，頁 598）

指出該詞善以「月」描寫女子相思，具體傳達無人知曉之苦，稱賞韋莊思路細膩，能將情思予以形象表現。又，評〈浣溪沙〉（惆悵夢餘山月斜）云：

> 為花錫寵。
>
> 美人洵花真身，花洵美人小影。（《草堂詩餘別集》卷 1，頁 601）

認為該詞善以「花」描寫女子美貌，人與花兩相輝映。凡此，顯示沈際飛頗留心韋莊詞作物象之運用。

總之，沈際飛長於評點，數量頗多，故其評語往往精確深刻，而又脫俗清新；對韋莊詞之接受，主要表現於寫作技巧方面；亦關注其抒寫男女之情。此外，沈際飛所評詞作，與湯顯祖重見者，計有〈浣溪沙〉兩闋、〈清平樂〉、〈女冠子〉與〈小重山〉等五闋，且評語頗相似，或係繼承而認同湯顯祖之論，顯示此五詞頗為明代評點家所欣賞。

綜上所述，可知明代評點，對韋莊詞之接受情況，湯顯祖與沈際飛兩人皆褒多於貶，顯示樂於接受之態度。且，兩人之評點，較宋人黃昇《唐宋諸賢絕妙詞選》僅注韋莊之官爵，已深入具體分析詞作本身，品評詞作之創作淵源、所含情感、寫作技巧等方面，甚至有所辨證，使讀者能鑑賞韋莊詞之藝術境界，達到前代未有之理性認識層次。

三、其他詞話、筆記

明人詞論中對韋莊詞之接受，於其他詞話、筆記等亦論及韋莊詞，主要表現為置於詞史中與評論詞作風格。首先，詞史方面，胡應麟透過詞史角度，視韋莊詞西蜀代表，《少室山房筆叢‧正集》卷二五云：

> 六朝、五季，始若不侔而末極相類。陳、隋二主，固魯衛

之政，迺南唐、孟蜀二后主於詞曲皆致工，蜀則韋莊在昶

前，唐則馮韓、諸人唱酬，煜世竝宋元濫觴也。〔註24〕

是言將韋莊詞置於唐五代詞史，視爲西蜀代表，顯示頗推崇韋莊。

　　詞作風格方面，王世貞透過文學角度，認爲韋莊詞風艷麗，《藝
苑巵言》云：

　　《花間》以小語致巧，世説靡也。……即詞號稱詩餘，……

　　溫韋艷而促，……詞之變體也。〔註25〕

王世貞先言《花間集》，指出世人視之爲體製精小巧妙，而風格綺靡，
說明時人樂於接受花間詞作；進而陳述己身觀點，並論溫庭筠與韋莊
詞，認爲風格艷麗而體製短小，置於詞史中，屬詞之變體，顯示對韋
莊詞頗有貶意，如其所云：「《花間》猶傷促碎」〔註26〕表示不滿花間
詞豔麗短促之失，顯示異於時人觀點。

　　此外，曹學佺《蜀中廣記》卷一四〇則云：

　　韋莊有《浣花集》，詞尚綺靡，其〈河傳〉二首皆浣花溪作

　　也。……莊又有〈清平樂〉……。〔註27〕

是言指出韋莊詞風綺靡，並進而考察作於蜀地之詞，顯示以蜀人身分
而推崇韋莊。總之，明人對韋莊詞有褒有貶，顯示不同之接受態度。

第三節　詞選中之韋莊詞接受

　　有明一代，選詞之風盛行，詞選大量出現，故明人對韋莊詞之接
受，亦表現於詞選中。依其性質，可概分爲通代詞選、斷代詞選與專
題詞選三類；此外，明代又興起詞譜之學，詞譜之性質亦可作爲詞選

〔註24〕〔明〕胡應麟著：《少室山房筆叢》，見《景印文淵閣四庫全書》本
　　　　（臺北：臺灣商務印書館），冊886，卷25，頁2。

〔註25〕見唐圭璋編：《詞話叢編》（北京：中華書局，2005年10月第2版），
　　　　冊1，頁385。

〔註26〕見唐圭璋編：《詞話叢編》（北京：中華書局，2005年10月第2版），
　　　　冊1，頁387。

〔註27〕〔明〕曹學佺著：《蜀中廣記》，見《景印文淵閣四庫全書》本（臺
　　　　北：臺灣商務印書館），冊592，卷140，頁3。

之用。茲將明代詞選對韋莊詞之接受，分爲通代詞選、斷代詞選、專題詞選與詞譜四類，依次探討。其中，通代詞選計有：《天機餘錦》、楊慎《詞林萬選》、陳耀文《花草稡編》、卓人月《古今詞統》、茅暎《詞的》、陸雲龍《詞菁》與潘游龍《古今詩餘醉》等 7 部；斷代詞選爲董逢元《唐詞紀》；專題詞選爲周履靖《唐宋元明酒詞》；詞譜計有：周瑛《詞學筌蹄》、張綖《詩餘圖譜》、程明善《嘯餘譜》等 3 部。各家選詞自有標準，表現對韋莊詞不同之接受態度。

一、通代詞選

（一）佚名《天機餘錦》〔註28〕

《天機餘錦》，佚名編集。此集之編者，原題〔明〕程敏政，而王兆鵬對比程敏政題敘‧認爲係抄自〔宋〕曾慥《樂府雅詞‧序》，主張此集爲書賈假托；〔註29〕黃文吉則進一步根據程敏政之傳記資料及著作，詳細考證《天機餘錦》非程敏政所編，應爲當時書賈或士人爲圖利所編造，特難曉確切編者。〔註30〕是知《天機餘錦》係出自明代市井賈人之手，其編選動機爲欲藉程敏政名聲，提高此集價值，則所選之詞，當係合於市俗情調之作。其成書時代，黃文吉據《天機餘錦》主要抄自《類編草堂詩餘》與《花草稡編》，考證成於嘉靖二十九年（西元 1500）至萬曆十年（西元 1583）之間；〔註31〕王兆鵬則據〔明〕楊

〔註28〕《天機餘錦》之版本，依〔明〕陳敏政編：《天機餘錦》（臺北：國家圖書館）。

〔註29〕見王兆鵬：〈詞學秘籍《天機餘錦》考述〉，《文學遺產》第 5 期，（1998年），頁 41～42。

〔註30〕黃文吉：〈詞學新發現——明抄本《天機餘錦》之成書及其價值〉一文，考證《天機餘錦》非出自程敏政之手，其主張有四：「（一）《天機餘錦》的序不可能出自程敏政之手。（二）程敏政傳記所提到的著作，並無《天機餘錦》一書。（三）《天機餘錦》內容拼湊，體例雜亂無章，與陳敏政爲學態度不合。（四）《天機餘錦》抄襲自顧從敬編刻的《類編草堂詩餘》。」，見黃文吉著：《黃文吉詞學論集》（臺北：臺灣學生書局，2003 年 11 月第 1 版），頁 177～179。

〔註31〕見黃文吉著：《黃文吉詞學論集》（臺北：臺灣學生書局，2003 年 11

愼《詞品》已引用此集，考證成於嘉靖二十九年冬季。〔註32〕是則此集最早當成書於嘉靖二十九年，爲嘉靖年間之坊間詞選。

　　此集收錄唐至明各朝代之詞，凡四卷，選錄 197 詞人，237 詞調，1256 闋詞（不計重出者），爲卷帙繁富之通代詞選。其編排體例，一卷一冊；各卷前列有目錄，著錄詞牌，內容大抵依調編排，顯示編選目的在於存詞，然所錄詞牌之次序，不依字數多寡，無其標準；重以編集體例散亂不一，整部詞集大抵係就選者所擁詞選，從中倉促摘錄而成。《天機餘錦》卷前有序，經黃文吉、王兆鵬考證係抄自《樂府雅詞·序》，而選者既爲之序，則選者對韋莊詞之接受，可於該序及體例中，一窺究竟。

1. 韋莊詞爲名公之作

　　《天機餘錦·序》云：「所藏名公長短句，裒合成篇，或先或後，非有銓次。」〔註33〕說明此集之選詞來源，抄錄於自家藏書與詞人別集，而以《類編草堂詩餘》爲主要選源；〔註34〕其編選目的，爲薈萃歷代詞作，故選詞範圍廣納唐、宋、金、元至明代，選錄標準則爲名公詞作方見選錄，顯示作者欲編集一部通代名公詞選。至其排列順序，主要受《類編草堂詩餘》影響，依調編排。此外，詞人署名，亦前後不一，或署姓名，或署字，或署號，或兩者並題，甚至同一人之前後署名不一致，對韋莊則皆署名「韋莊」。凡此，顯示選者以收名公之詞爲主，著意收錄詞作與否，無意顧及詞人排序、稱謂等方面。

　　　　月第 1 版），頁 179～181。

〔註32〕見王兆鵬：〈詞學秘籍《天機餘錦》考述〉，《文學遺產》，第 5 期，（1998年），頁 44。

〔註33〕見〔明〕陳敏政編：《天機餘錦》（臺北：國家圖書館）。又：本文所引陳敏政編：《天機餘錦·序》，皆根據該書，爲免繁瑣，不另註明。

〔註34〕黃文吉：〈詞學新發現——明抄本《天機餘錦》之成書及其價值〉一文，考證《天機餘錦》資料來源，大約取材自《類編草堂詩餘》、《精選名儒草堂詩餘》、《增修箋注妙選群英草堂詩餘》等兩、三種集與十餘種別集。見黃文吉著：《黃文吉詞學論集》（臺北：臺灣學生書局，2003 年 11 月第 1 版），頁 165～175。

　　此集對韋莊詞之接受，就詞人而言，選錄 197 詞人，而偏重宋代，其中唐五代爲 14 人，花間十八家僅溫庭筠、韋莊、毛熙震、和凝、牛希濟等五人選錄，顯示選者已能獨立看待花間詞人，不同於時人將花間詞人視爲詞人群體，而能給予個別關注。就詞數而言，收錄 1256 闋詞，其中唐五代詞 28 闋，韋莊詞收兩闋，占 7%，花間詞人中，除溫庭筠收兩闋外，餘者皆收一闋，顯示選者視韋莊詞之地位同於溫庭筠詞，突破歷來詞壇籠罩於花間鼻祖之觀念。就詞牌而言，收錄 237 詞調，其中收韋莊詞〈木蘭花令〉、〈謁金門〉兩詞調，顯示二詞爲當日常用詞牌代表作之一；〔註 35〕又〈木蘭花令〉總詞數收 10 闋詞，〈謁金門〉總詞數收 27 闋詞，韋莊詞各占 10%、4%，是知〈木蘭花令〉更爲市井百姓所喜愛。

2. 韋莊詞非諧謔之作

　　此集選錄詞人，70 闋以上者，計有：〔宋〕張炎 129 闋、〔明〕瞿佑 88 闋、〔元〕張翥 83 闋、〔宋〕劉克莊 77 闋、〔金〕元好問 72 闋，此數字顯示選者並無客觀選錄標準，誠如其自序云：「多是一家，難分優劣，涉諧謔則去之，名曰《天機餘錦》。」說明選詞標準，僅刪去名公詞中諧謔之作，並存眾詞人及各詞家之多樣詞風。其中所收韋莊詞作，爲〈木蘭花令〉（獨上小樓春欲暮）與〈謁金門〉（空相憶）兩詞。〈木蘭花令〉（獨上小樓春欲暮）一闋，描寫思婦對征人之思念，其情誠如李冰若《花間集評注》：所云：「盪氣迴腸，聲哀情苦」〔註 36〕其意或如俞陛云《唐五代兩宋詞選釋》所云：「此詞意欲歸唐……情至之語」〔註 37〕總之，爲情深聲哀之作。〈謁金門〉（空相憶）一闋，自〔宋〕

〔註 35〕王兆鵬將《天機餘錦》之詞調與宋詞常用者對比，認爲《天機餘錦》
　　　　有意多選錄常用詞調。見王兆鵬：〈詞學秘籍《天機餘錦》考述〉，《文
　　　　學遺產》，第 5 期，（1998 年），頁 44～45。
〔註 36〕見李冰若：《花間集評注》（北京：人民文學出版，1993 年 6 月北京
　　　　新 1 版），頁 79。
〔註 37〕見俞陛云著：《唐五代兩宋詞選釋》（臺北：文史哲出版社，1988 年
　　　　7 月），頁 49。

楊湜《古今詞話》載其本事後，歷來多視為韋莊對故姬之懷想，今人亦多主此說，如夏承燾《唐宋詞人年譜・韋端己年譜》、曾昭岷《溫韋馮詞新校》、吳世昌《詞林新話》等，是知該詞亦聲情哀苦之作。凡此，顯示選者對韋莊詞之接受，誠符其「去諧謔」之選詞標準，故不收〈江城子〉（恩重嬌多情易傷）等描寫露骨者，而偏好聲情哀苦之作，此亦適合市井大眾喜言情之作，更符合明人尚情之風尚。

　　總之，韋莊詞收錄此集，顯示選者視〈木蘭花令〉（獨上小樓春欲暮）、〈謁金門〉（空相憶）為名公佳詞，偏好韋莊聲情哀苦之作，適合作為坊間選本，且已能將韋莊詞獨立於《花間集》，唯未予以較多關注。

表9：《天機餘錦》所收韋莊詞作

序號	詞　牌	首　　句	總數比例
1	木蘭花令	獨上小樓春欲暮	10%
2	謁金門	空相憶	4%
總計：2闋			

（二）楊慎《詞林萬選》〔註38〕

　　《詞林萬選》，楊慎編集。楊慎，字用修，號升庵，新都人（今四川省成都）。生於明孝宗弘治元年（西元 1488），為明少師楊廷和之子，出身名門，然亦因其父仕官正直，故恆為政敵遷怨所累。明武宗正德六年（西元1511）狀元第，明世宗嘉靖三年（西元1524），因直言規諫被貶雲南三十餘載，卒於貶所。〔註39〕楊慎穎敏過人，家學相承，雖仕途乖舛，亦同時成就其文學偉業。其人為學博洽、能出己

〔註38〕《詞林萬選》之版本，依《四庫全書存目叢書》所載北京圖書館藏，清乾隆十七年曲溪洪振珂重印明末毛氏汲古閣刻詞苑英華本，見四庫全書存目叢書編輯委員會編：《四庫全書存目叢書》（臺南：莊嚴文化事業有限公司，1997 年 6 月初版），冊 422。

〔註39〕見〔清〕張廷玉等著：《新校本明史并附編六種・楊慎列傳》（臺北：鼎文書局，1975 年 6 月初版），卷 192，頁 5081～5083。

見，而撰述繁富，誠如〔明〕游居敬〈翰林修撰升庵楊公墓誌銘〉云：「甲申以議禮迕上意，謫戍雲南……居常誦詠古人書，日探索三代以來，舊所覯經、史、子、集百氏之言，博而能約，粹而弗泥。或發摘隱潛，或裒采菁華。」〔註40〕所撰詞學專著，有《詞品》，並編有《詞林萬選》、《百琲明珠》、《草堂詩餘補遺》、《塡詞選格》、《古今詞英》、《塡詞玉屑》、《詞選增奇》等，故《明史》謂之：「明世記誦之博，著作之富，推愼爲第一。」〔註41〕推賞楊愼爲明人第一。

楊愼所編《詞林萬選》，收錄唐五代、宋、金元、明人詞，凡四卷，選錄 69 詞人，收詞 229 闋詞，爲涵蓋廣博之通代詞選。此集卷數凡四卷，體例大抵依人排列，聚合同詞人之作於一處，唯次序頗爲雜亂，除花間詞人置於卷首，排列整齊外；各代詞人排序不依時代先後，甚有同詞人之作散見各卷。此外，詞人署名，除花間詞人皆署姓名，前後一致外；餘家則漫無體統，或署姓名，或署字，或署號，帝王則署某主。凡此，顯示此集體例頗爲散亂，蓋楊愼著述甚夥，涉獵過廣，自然有所失誤，集中僅花間詞人部分較爲有序，或係楊愼尊主《花間集》故也。而《詞林萬選》亦非楊愼隨意拾湊而成，〔清〕王奕清《歷代詞話》卷十云：「愼所集《百琲明珠》、《詞林萬選》，王弇州亦謂之詞家功臣也。」〔註42〕指出楊愼選詞有其獨到眼光。此集有明世宗嘉靖二十二年癸卯（西元 1543）任良幹之序，則成書於楊愼謫居雲南時，爲明代初期詞選。其選錄標準，誠如〔明〕任良幹〈詞林萬選序〉所云：「升庵太史公家藏有唐宋五百家詞，頗爲全備，暇日取其尤綺練者四卷，名曰《詞林萬選》，皆《草堂詩餘》之所未收者也。」〔註43〕說明楊愼博極群書，

〔註40〕〔清〕黃宗羲編：《明文海》，見《景印文淵閣四庫全書》本（臺北：臺灣商務印書館），冊 1458，卷 434，頁 17。

〔註41〕見〔清〕張廷玉等著：《新校本明史并附編六種·楊愼列傳》（臺北：鼎文書局，1975 年 6 月初版），卷 192，頁 5083。

〔註42〕見唐圭璋編：《詞話叢編》（北京：中華書局，2005 年 10 月第 2 版），冊 2，頁 1309。

〔註43〕見施蟄存編：《詞籍序跋萃編》（北京：中國社會科學出版社，1994

欲於眾詞選萬中選一，且取《草堂詩餘》所未收者，選錄歷代綺練之作，以導正《草堂詩餘》之失。則此集對韋莊詞之接受，主要表現於導正《草堂詩餘》之失、錄選綺練詞作兩方面。

1. 韋莊詞導正《草堂詩餘》

明初詞學衰微，宋人選集僅有《草堂詩餘》流行，彌漫草堂之風。楊慎曾評點《草堂詩餘》，所著《詞品》即對《草堂詩餘》予以批評，如《詞品》卷三云：「東坡云：『人皆言柳耆卿曲俗，如『霜風淒緊，關河冷落，殘照當樓』唐人佳處不過如此。』按全篇云：……蓋〈八聲甘州〉也。《草堂詩餘》不選此，而選其如『願奶奶蘭心蕙性』之鄙俗，及『以文會友』、『寡信輕諾』之酸文，不知何見也。」〔註44〕楊慎特爲全錄柳永〈八聲甘州〉，指出《草堂詩餘》不選柳永佳詞卻選次者，認爲選詞有所失當。而楊慎嘗校定《花間集》，〔明〕湯顯祖〈花間集序〉云：「《花間集》久失其傳，正德初，楊用修遊昭覺寺，寺故孟氏宣華宮故址，始得其本，行於南方。」〔註45〕指出明武宗正德初年以來，《花間集》失傳久矣，自楊慎予以校訂，《花間集》始見流行，顯示楊慎尊崇、推廣《花間集》之意，欲使世人得見佳詞。楊慎既定《花間集》與《草堂詩餘》，自然深知箇中得失。故《詞林萬選》所選詞作，僅兩闋〔註46〕重見於《草堂詩餘》，而唐五代詞部份，則幾見於《花間集》，顯示此集欲以《花間集》導正《草堂詩餘》之失。

《詞林萬選》之內容，就詞人而言，除無名氏外，選錄69詞人，而偏重宋代，其中唐五代爲11人，花間十八家中即選錄九人，且詞人排序、詞作之排序與內容大抵皆同於《花間集》。是知《詞林萬選》中

年12月第1版），頁633～707。

〔註44〕見唐圭璋編：《詞話叢編》（北京：中華書局，2005年10月第2版），冊1，頁474。

〔註45〕見施蟄存編：《詞籍序跋萃編》（北京：中國社會科學出版社，1994年12月第1版），頁633～634。

〔註46〕此兩闋詞爲孫夫人〈清平樂〉（幽幽颺颺）、牛希濟〈採桑子〉（轆轤金井梧桐晚）。而〈採桑子〉（轆轤金井梧桐晚）一闋，實誤收李煜詞。

唐五代部分，確係主要選自《花間集》。首先，詞人排序方面，依次選
錄溫庭筠、韋莊、牛嶠、顧敻、孫光憲、閻選、毛熙震、李珣、牛希濟
等九人，除牛希濟置卷四外，餘者排序皆同。其次，詞作之排序與內容
方面，僅閻選〈杏園芳〉（嚴粧嫩臉花明）與牛希濟〈生查子〉（帬拖簇
石榴）、〈生查子〉（新月曲如眉）、〈生查子〉（新月曲如眉）、〈採桑子〉
（轆轤金井）不見於《花間集》，其中牛希濟只一闋詞見於《花間集》，
此或係楊慎不將牛希濟與花間詞人同置之因；又，牛嶠〈酒泉子〉（紫
陌青門）誤收自張泌，兩人適列於花間詞家第五與第六，則此集整體次
序仍依同《花間集》。是知此集對韋莊詞之接受，以隸屬花間詞人為出
發點，而楊慎既身為明代詞學專家，身兼詞人、詞學理論家、詞選編集
家等身分，自然有其詞學觀。故就所收詞數而言，總收 229 闋詞，唐五
代詞收 25 闋，韋莊詞則收五闋，於唐五代中占 20%，僅次於顧敻 6 闋，
名列第二；至於溫庭筠僅收兩闋，顯示楊慎頗重視韋莊，雖以《花間集》
為尊，然並非全然依從《花間集》之選詞觀點，僅將《花間集》作為選
詞來源，而別出己意，對花間詞人有其品評標準。

2. 韋莊詞為綺練之作

《詞林萬選》之選詞標準為「綺練」，即以綺麗健練者為尚。該
選雖大抵仍沿婉約時風，然楊慎已能稱賞豪放之作，《詞品》卷四云：
「蓋曲者曲也，故當以委曲為體。然徒狃於風情婉變，則亦易厭。回
視稼軒所作，豈非萬古一清風哉。」〔註47〕是言透過品評辛棄疾詞，
說明詞體適宜婉約，而不廢豪放，兩相輝映，方耐人品味，顯示楊慎
主張詞體，應當並存婉約與豪放之致。

楊慎以導正《草堂詩餘》為此集選旨，所選詞作當與《草堂詩餘》
大異其趣。就花間詞人部分，《草堂詩餘》所收詞人為溫庭筠、韋莊
與和凝，分別選錄溫庭筠〈玉樓春〉（家臨長信往來道）、〈更漏子〉

〔註47〕見唐圭璋編：《詞話叢編》（北京：中華書局，2005 年 10 月第 2 版），
　　　冊 1，頁 503。

（玉爐香）兩闋，歸爲「春景類，春暮」、「秋景類，秋思」；選錄韋莊〈謁金門〉（空相憶）、〈謁金門〉（春雨足）、〈小重山〉（一閉昭陽春又春）三闋，歸爲「春景類，春恨」、「春景類，春恨」、「人事類，宮詞」；選錄和凝〈小重山〉（春入神京萬木芳）歸爲「人事類，宮詞」，是知所選內容與歸屬類目，皆傾向含蓄婉約。而《詞林萬選》開卷即選溫庭筠〈蕃女怨〉（萬枝香雪）、〈蕃女怨〉（磧南沙上驚雁起）兩闋，兩詞皆爲邊塞宮詞，顯示楊愼頗有突破《草堂詩餘》之意，轉變世人視花間詞盡爲婉詞之傳統觀念，能同時視及其中「綺」、「練」之處。

　　此集所收韋莊詞，計五闋，亦皆「綺練」之作。其中〈河傳〉（何處烟雨）爲詠史幽諷之作，楊愼所選孫光憲之唯一詞作，亦爲〈河傳〉（太平天子），顯示楊愼獨立於時俗之眼光，能欣賞寓含現實意義之作；而〈菩薩蠻〉（人人盡說江南好）與〈菩薩蠻〉（如今却憶江南樂）兩闋，爲懷鄉念國之作，唯韋莊該調乃五闋聯章體，楊愼僅摘錄兩闋，或係因未能理解五詞之關聯性，或作爲該類詞之代表，而未全錄五詞；〈應天長〉（別來半歲音書絕）、〈女冠子〉（昨夜夜半）兩闋則爲懷念故姬之作，前者代姬抒情，後者抒己之情；其中〈應天長〉一闋，尤爲楊愼稱賞，《詞品》卷一云：「觑……此字文人罕用，惟《花間集》韋莊及毛熙震詞中見之。韋莊〈應天長〉詞云……此二詞皆工，全錄之。」〔註48〕認爲韋莊淵博，而該詞頗工致。是知，楊愼所選韋莊詞，皆爲眞情實感之作，爲意婉詞直之代表作，顯示楊愼以詞家視角選詞，洵能深入理解詞作之情意與寓意，所選韋莊詞作，可謂符合「綺練」之選詞標準。此外，此集卷中時有評注，而對韋莊詞並無注語。

　　總之，楊愼與韋莊雖同爲楚人，其編選《詞林萬選》，並未因地域關係，而給予韋莊等楚人以特別關注，蓋此集編選目的爲存詞之故，非地域詞選。而楊愼對韋莊詞亦非徒選詞作，《詞品》卷二云：「韋莊〈小重山〉前段，今本『羅衣濕』下，遺『新揾舊啼痕』五字。」

〔註48〕見唐圭璋編：《詞話叢編》（北京：中華書局，2005 年 10 月第 2 版），
　　冊 1，頁 443。

〔註49〕是知其對韋莊詞，由考察詞作文本入手，取錄完整詞作，方得正確品選；又《詞品》卷二云：「韋莊〈訴衷情〉詞云……按此詞在成都作也。蜀之妓女，至今有花魁之飾，名曰魁兒花云。」〔註50〕對韋莊詞之創作背景，亦加以考證，是皆顯示接受態度嚴謹不苟。《詞林萬選》對韋莊詞之接受，主要表現爲以韋莊詞導正《草堂詩餘》，所選詞作名列唐五代第二，顯示接受態度頗爲尊重；且視韋莊詞爲綺練之作，所收皆具眞情實感，能深刻認識韋莊詞作之深意。楊愼另編有《百琲明珠》五卷，其中未收韋莊詞，蓋因避免與《詞林萬選》重複選錄之故。

表 10：《詞林萬選》所收韋莊詞作

序號	詞　牌	首　　句	備　　註
1	河傳	何處烟雨	
2	菩薩蠻	人人盡說江南好	
3	菩薩蠻	如今却憶江南樂	
4	應天長	別來半歲音書絕	
5	女冠子	昨夜夜半	
總計：5 闋			

（三）陳耀文《花草粹編》〔註51〕

《花草粹編》，陳耀文編集。陳耀文，字晦伯，確山人（今河南省）。生卒年不詳，約明世宗嘉靖、神宗萬曆間人。陳耀文生而穎異，日記數千言，爲學遠討遐搜、潛心訓詁。萬曆三十八年庚戌（西元 1610）進士，官至按察司副使，告歸杜門，日事著述，有《天中記》、《正楊》、

〔註49〕見唐圭璋編：《詞話叢編》（北京：中華書局，2005 年 10 月第 2 版），冊 1，頁 456。

〔註50〕見唐圭璋編：《詞話叢編》（北京：中華書局，2005 年 10 月第 2 版），冊 1，頁 447。

〔註51〕《花草粹編》之版本，依《景印文淵閣四庫全書》本（臺北：臺灣商務印書館），冊 1490。

《經典稽疑》、《學林就正》、《花草粹編》等諸書行於世。〔註52〕

　　陳耀文所編《花草粹編》，收錄唐五代、宋、金元人詞，凡十二卷，選錄 623 詞人，收 800 餘詞牌，3280 闋詞，為明代規模最大之唐宋詞選集。此集之編選，誠如卷首陳耀文之自序所云：「然宋之《草堂》盛行，而《花間》不顯，故知宣情易感，含思難諧者矣。余自牽拙多，嘗欲銓粹二集以備一代典章。……因復益以諸人之本集、各家之選本、記錄之所附載、翰墨之所遺留，上遡開、天，下訖宋末，曲調不載於舊刻者。……其義例以世次為后先，以短長為小大，為卷一十有二，計詞三千二百八十餘首。麗則兼收，不無有乖於大雅。……由《花間》、《草堂》而起，故以《花草》命編。」〔註53〕是知此集主要以《花間集》與《草堂詩餘》為選源，搜采廣博，援引豐富，以振興雅正之風；其體例亦仿《草堂詩餘》，以小令、中調、長調區分卷次，一至六卷為小令、七至八卷為中調、九至十二卷為長調，所收偏重小令；每卷下則大體依詞人年代先後為序，顯示存詞同時重視詞人。而所選詞牌有原題者，必錄原題，無作者則注錄自某書，其後間采詞話，而無可考或存疑者則依原書，顯示此集選詞嚴謹，誠如《四庫全書總目·花草粹編提要》所載：「耀文於明代諸人中，猶講考證之學，非嘲風弄月者比也」〔註54〕其中所錄韋莊詞，只題詞作，顯示皆其來有自，無所疑議。唯詞人署名，殊不一致，或署姓名，或署字，或署號，帝王則署某主，其中對韋莊則皆署名「韋莊」，顯示接受態度較為嚴正。由陳耀文自序所云，是知其對韋莊詞之接受，主要表現

〔註52〕〔清〕田文鏡、王士俊等監修，〔清〕孫灝、顧棟高等編纂：《河南通志》，見《景印文淵閣四庫全書》本（臺北：臺灣商務印書館），冊 538，卷 65，頁 48。〔清〕紀昀等撰：《欽定四庫全書總目·經典稽疑提要》（北京：中華書局，1997 年），卷 33，頁 274。

〔註53〕見施蟄存編：《詞籍序跋萃編》（北京：中國社會科學出版社，1994年 12 月第 1 版），頁 702～703。

〔註54〕見〔清〕紀昀等撰：《欽定四庫全書總目》（北京：中華書局，1997年），卷 199，頁 1824。

爲選自《花間集》與《草堂詩餘》，而能別出己意，選錄合乎此集選旨之作，即銓粹韋莊詞，而視韋莊詞爲雅麗之作。

1. 銓粹韋莊詞

《花草粹編》爲明代規模最大之唐宋詞選集，此集選錄韋莊詞數，亦爲明代詞選中之佼佼者，計錄 33 闋。

陳耀文自言此集主要選自《花間集》、《草堂詩餘》，選錄韋莊 33 闋詞中，30 闋出自《花間集》，並選錄《草堂詩餘》增補韋莊詞之一闋，顯示陳耀文對韋莊詞之接受，主要表現爲銓粹詞作，誠如〔明〕李袞《花草粹編・序》所云：「朗陵陳晦伯博雅操詞，好古興嘆，乃取平生搜羅，合於《花間》、《草堂》二集，爲十二卷，曰《花草粹編》。使夫好古之士，得其書而學焉，則庶乎窺昔人之閫域，拾遺佚於千百，而爲雅道之一助也。」〔註55〕說明此集捃摭繁富，足資時人泛覽。而就所選錄花間詞人之詞數，分別爲溫庭筠 51、皇甫松 5、薛昭蘊 8、牛嶠 17、張泌 13、毛文錫 27、牛希濟 8、歐陽炯 11、和凝 14、顧夐 37、孫光憲 35、魏承斑 30、鹿虔扆 14、閻選 5、尹鶚 6、毛熙震 4、李珣 20 闋，排序同於《花間集》，韋莊名列第四，顯示此集對花間眾詞人之接受程度，仍沿襲《花間集》，韋莊頗爲花間重要詞人。故雖花間詞人及詞作之次序，雖不同於《花間集》，而詞牌中各闋詞作之次序，則大抵同於《花間集》，蓋因此集以詞牌爲序，由《花間集》依詞牌分別摘錄詞作，故次序自然不同於《花間集》以人爲序，其中韋莊詞之次序亦悉同《花間集》。是知，此集對韋莊等花間詞人之接受，主要出自《花間集》，並補《草堂詩餘》等詞選，以銓粹詞作。

2. 韋莊詞爲雅麗之作

《花草粹編》選錄韋莊 33 闋詞，主要選自《花間集》，此即自序所謂欲以《花間集》矯正《草堂詩餘》獨盛之風，改變世人徒賞

〔註55〕見施蟄存編：《詞籍序跋萃編》（北京：中國社會科學出版社，1994年 12 月第 1 版），頁 704。

情感顯易詞作，而不欲深入探究含蓄之詞作。此序作於明神宗萬曆
十一年癸未（西元 1583 年），是知《花間集》於萬曆年間仍未顯，
而陳耀文則能認識花間詞之價值，極力推崇《花間集》。然亦非完全
規襲《花間集》，而能自出己意，以是並非悉盡選錄《花間集》所收，
且有《花間集》未所收者，展現此集之選詞標準，係以雅麗為尚。
就詞作而言，較《花間集》少收 15 闋。首先，詞牌方面，未收〈菩
薩蠻〉、〈荷葉杯〉、〈喜遷鶯〉、〈思帝鄉〉各詞作，其中〈菩薩蠻〉
為思鄉念國之作；〈荷葉杯〉為念寵姬之作；〈喜遷鶯〉為登科之作；
〈思帝鄉〉為相思深刻之作，「春日遊」一闋尤為言情決絕而獨立花
間之作，是知該未無收之韋莊詞，皆為情感真切直率之作，以符此
集雅麗之選詞標準。其次，各詞牌少收之詞作，〈浣溪沙〉少收五闋
前四闋、〈歸國遙〉少收三闋之末闋、〈河傳〉少收三闋之末闋、〈天
仙子〉少收五闋之末闋、〈訴衷情〉少收二闋之末闋，此情形亦見諸
溫庭筠等人詞作，顯示陳耀文若視詞作皆雅而難割捨時，傾向選錄
詞牌前幾闋，反映其選詞之態度嚴謹，有一致規則。此外，此集更
將《花間集》所收薛昭蘊〈小重山〉（春到長門春草青）、〈小重山〉
（秋到長門秋草黃）二詞，迻錄為韋莊詞，顯示陳耀文對韋莊詞有
所考證，以其同時選錄該調「一閉昭陽春又春」一闋，又選錄〈謁
金門〉（空相憶）、〈歸國遙〉、〈應天長〉諸闋韋莊憶姬之作，且於〈謁
金門〉詞末全引〔宋〕楊湜《古今詞話》，或視兩詞係屬該類詞作，
而非薛昭蘊之詞；又於《草堂詩餘》增補〈謁金門〉（春雨足）一闋，
認為該詞亦屬雅麗之作，而予以選錄。

　　總之，《花草稡編》對韋莊詞之接受，主要表現為銓稡韋莊詞，
且視韋莊詞為雅麗之作，欲世人得覽韋莊佳構。而陳耀文觀傾向選
錄婉約含蓄之作，此恰與楊慎傾向選錄真情時感之作，呈現大異其
趣，顯示明人對韋莊詞各有欣賞標準，韋莊詞之各面貌皆有讀者予
以稱賞。

表 11：《花草稡編》所收韋莊詞作

序號	詞　牌	首　句	選　源
1	訴衷情	燭燼香殘簾未卷	《花間集》
2	天仙子	悵望前回夢裏期	《花間集》
3	天仙子	深夜歸來長酩酊	《花間集》
4	天仙子	蟾彩霜華夜不分	《花間集》
5	天仙子	夢覺雲屏依舊空	《花間集》
6	江城子	恩重嬌多情易傷	《花間集》
7	江城子	髻鬟狼藉黛眉長	《花間集》
8	女冠子	四月十七	《花間集》
9	女冠子	昨夜夜半	《花間集》
10	上行杯	芳草灞陵春岸	《花間集》
11	上行杯	白馬玉鞭金轡	《花間集》
12	酒泉子	月落星沉	《花間集》
13	浣溪沙	夜夜相思更漏殘	《花間集》
14	歸國遙	春欲暮	《花間集》
15	歸國遙	金翡翠	《花間集》
16	謁金門	空相憶	《花間集》
17	謁金門	春漏促	《花間集》
18	謁金門	春雨足	《草堂詩餘》
19	清平樂	春愁南陌	《花間集》
20	清平樂	野花芳草	《花間集》
21	清平樂	何處遊女	《花間集》
22	清平樂	鶯啼殘月	《花間集》
23	應天長	綠槐陰裏黃鶯語	《花間集》
24	應天長	別來半歲音書絕	《花間集》
25	更漏子	鐘鼓寒樓閣暝	《花間集》
26	河傳	何處烟雨	《花間集》
27	河傳	春晚風暖	《花間集》
28	河傳	鋪浦春女	《花間集》
29	木蘭花	獨上小樓春欲暮	《花間集》

30	小重山	一閉昭陽春又春	《花間集》
31	小重山	春到長門春草青	《花間集》歸薛昭蘊
32	小重山	秋到長門秋草黃	《花間集》歸薛昭蘊
33	望遠行	欲別無言倚畫屏	《花間集》
總計：33 闋			

（四）卓人月《古今詞統》〔註56〕

《古今詞統》，卓人月編集，徐士俊參評。卓人月，字珂月，號蕊淵，仁和人（今浙江省杭州），生卒年不詳，當生於明神宗萬曆丙午三十四年（西元 1606），卒於明思宗崇禎丙子九年（西元 1636）。〔註57〕卓人月一生科考不遂，久困場屋，僅得貢生；其人才情橫溢，能文善詩，所作〈續千文〉等文，穩帖奇肆；詩亦不爲格律所拘；性喜交游，時時參與文社活動，後入複社；著有《蕊淵集》、《蟾台集》、《晤歌》等。〔註58〕徐士俊，本名翽，字野君，一字三有，號西湖散人，仁和人（今浙江省杭州），當生於明神宗萬曆壬寅三十年（西元 1602）。〔註59〕其人少奇敏，好讀書，博精文藝，樂府、詩歌、古文、詞、戲劇等皆所擅長；〔註60〕著有《雁樓集》及《春波影》等雜劇。徐士俊與卓人月同年同鄉里，重以文才相投，而結爲莫逆至交，兩人時有唱和，《古今詞統》即爲雙方合力之作。

〔註56〕《古今詞統》之版本，依《續修四庫全書》所載上海圖書館藏，明崇禎刻本影印，見《續修四庫全書》編纂委員會編：《續修四庫全書》（上海：上海古籍出版社，2002 年 3 月），冊 1728～1729。

〔註57〕見鄧長風著：《明清戲曲家考略·卓人月：一位文學奇才的生平及其與《小青傳》之關係》（上海：上海古籍出版社，1994 年 12 月第 1版），頁 228～229。

〔註58〕〔清〕沈翼機等編纂：《浙江通志》，見《景印文淵閣四庫全書》本（臺北：臺灣商務印書館），冊 524，卷 178，頁 20～21。

〔註59〕見鄧長風著：《明清戲曲家考略·卓人月：一位文學奇才的生平及其與《小青傳》之關係》（上海：上海古籍出版社，1994 年 12 月第 1版），頁 229。

〔註60〕見〔清〕王士禎編：《感舊集》，（上海：有正書局，1919 年 12 月），卷 2，頁 35。

　　卓人月所編、徐士俊所評之《古今詞統》，收錄唐五代、宋、金元、明人詞，凡十六卷，選錄 486 詞人，收 296 詞牌，2037 闋詞，為明代末年大型詞選。此集之體例，卷首為徐士俊、孟稱舜之序，其次另有三類目，一為「舊序」，收錄何良俊〈草堂詩餘序〉、黃河清〈續草堂詩餘序〉、陳仁錫〈續詩餘序〉、楊慎〈詞品序〉、王世貞〈詞評序〉、錢允治〈國朝詩餘序〉、沈際飛〈詩餘四集序〉、沈際飛〈詩餘別集序〉等八篇序文，顯示此集總結《草堂詩餘》之意；二為「雜說」，收錄張炎等六家詞話，表現明人詞選喜附文獻之習；三為「氏籍」，記載詞人之字、號、籍貫與官職，顯示存詞之際亦重詞人，其中所載韋莊為「字端己，乾寧進士，後相蜀」，同時重視韋莊之文學與政治成就。再次，為「目次」，分列卷次，下書詞牌、詞數及各體式之詞作，顯示此集編排之嚴整劃一；唯所錄韋莊詞〈玉樓春〉一調詞作，應為〈木蘭花〉方是。卷中之編排，則依詞作之字數多寡排列，由 16 字至 234 字，共 16 卷，顯示突破前此詞選之分類法，採取較科學方法，且重詞過於重人。而詞後有本事或詞話，間有徐士俊之評點，表現選詞之意；韋莊詞則附有本事與評點，其中於卷八載有韋莊行實與詞作本事：「韋端己讀書，數米而炊，秤薪而爨。應舉時遇黃寇犯闕，著〈秦婦吟〉云：『內庫燒為錦繡灰，天街踏盡公卿骨。』時號『秦婦吟秀才』。又有贈新進士詩：『新馬杏花色，綠袍春草香。』杜荀鶴曾得句云：『舊衣灰絮絮，新酒竹篘篘。』韋莊曰：『我道『印將金鎖鎖，簾用玉鉤鉤。』』舉乾寧進士。後以才名寓蜀，王建割據，遂羈留之。莊有寵姬，兼善詞翰，建託以教內人為詞，強奪去。莊作〈謁金門〉云：『空相憶。無計得傳消息。天上嫦娥人不識。寄書何處覓。　新睡覺來無力。不忍把伊書跡。滿院落花春寂寂。斷腸芳草碧。』情意淒怨，人相傳播。姬後聞之，遂不食卒。」記載韋莊好讀書，性節儉，遭亂作有〈秦婦吟〉而以此名世，後入蜀為官之行實，及作〈謁金門〉憶姬之本事，顯示關注韋莊生平而及之詞作，接受態度頗為嚴正；評點則書於各詞中。至於詞人署名，主要署題姓名，偶

有例外者，如花間詞人中僅皇甫松間署皇甫嵩，應係失誤，顯示編選態度較此詞選大爲嚴謹，對韋莊則皆署名「韋莊」。卷目附徐士俊、卓人月唱和詞《徐卓晤歌》一卷。凡此，皆顯示此集編選之嚴謹，誠如徐士俊〈古今詞統序〉云：「茲役也，吾二人漁獵羣書，裒其妙好，自謂薄有苦心。其間前後次序，一以字之多寡爲上下，自十六字至於二百三十字有奇。……又必詳其逸事，識其遺文，遠徵天上仙音，下暨荒城之鬼語，類載而並賞之。雖非古今之盟主，亦不媿詞苑之功臣矣。」〔註61〕說明兩人編選之用心，有意集詞選大成，功效詞壇。此集卷前有孟稱舜序，云：「己巳秋，（珂月）過會稽，手一編示余，題曰《古今詞統》。」〔註62〕又有崇禎六年癸酉徐士俊序，是知此集始編於明思宗崇禎二年己巳（1629），成書於崇禎六年（西元 1633），爲明代末年詞選。該選對韋莊詞之接受，則表現其集大成之選旨。

1. 韋莊詞爲詞史代表

明思宗崇禎年間，逐漸興起反對《花間集》、《草堂詩餘》之風。《古今詞統》雖係擴編《草堂詩餘》所選，然初刻名《詩餘廣選》，又「舊序」多收《草堂四集》序文，顯示此集延續《草堂詩餘》之編選宗旨。故此集未受限於《草堂詩餘》，而是以之爲基礎，匯錄增刪《花間集》、《尊前集》等眾書而成，取長補短。

《古今詞統》之命名，含有集古今詞選大成之意，誠如徐士俊〈古今詞統序〉所云：「雖然詞盛于宋，亦不止于宋，故稱古今焉。」又孟稱舜〈古今詞統序〉云：「《古今詞統》……自隋唐宋元，以迄於我明。」說明此集選錄歷代詞作，且選詞趨向，較前時詞選，已由獨尊唐五代，轉爲漸重當代，頗有存史之意。是知韋莊見錄此該集，乃作

〔註61〕見《續修四庫全書》編纂委員會編：《續修四庫全書》（上海：上海古籍出版社，2002 年 3 月），冊 1728，頁 439～443。又：本文所引徐士俊〈古今詞統序〉，皆根據該書，爲免繁瑣，不另註明。

〔註62〕見《續修四庫全書》編纂委員會編：《續修四庫全書》（上海：上海古籍出版社，2002 年 3 月），冊 1728，頁 437～439。又：本文所引孟稱舜〈古今詞統序〉，皆根據該書，爲免繁瑣，不另註明。

為詞史代表之一。

　　該選對韋莊詞之接受，雖所收詞作悉出自《花間集》，而不視為隸屬於花間詞人之中，誠如徐士俊〈古今詞統序〉所云：「珂月曰：『……亦何異世人，但知《花間》、《草堂》、《蘭畹》之為三珠樹，而不知《詞統》之集大成也哉？』」又孟稱舜〈古今詞統序〉云：「使徒取豔於《花間》，挹餘香於《蘭畹》，則得詞之郛矣，而未盡其致也，選者之情隱，而作者之情亦掩也，則是刻其可以已也夫？」說明此集認為《花間集》等僅為歷代詞選之一，作為歷代詞史之某一時期，而詞選與詞史當以「古今」視之。故此集僅將《花間集》作為選源之一，首先，此集對花間詞人，並非盡選錄，其中未選鹿虔扆、毛熙震兩人；其次，所收花間詞作數量，不同於《花間集》之排次，所錄詞數，分別為溫庭筠 17、皇甫松 7、薛昭蘊 4、牛嶠 19、張泌 9、毛文錫 3、牛希濟 2、歐陽炯 10、和凝 9、顧敻 12、孫光憲 21、魏承斑 4、閻選 1、尹鶚 1、李珣 5 闋，韋莊則為 8 闋。凡此，顯示此集對韋莊等花間詞人，已視為獨立詞人，作為詞史之代表作家，已突破前時詞選唯《花間集》是尊之選旨。

2. 韋莊詞畢具各類風格

　　有明一代，詞壇盛行婉約之風，誠如〔清〕馮金伯《詞苑萃編》卷八載徐士俊語：「《草堂》之草，歲歲吹青；《花間》之花，年年逞豔。」〔註63〕說明詞壇受《花間集》、《草堂詩餘》之影響，不重豪放之作。而卓人月則允正看待婉約與豪放之作，所謂：「昔人論詞曲，必以委曲為體，雄肆其下乎。……夫委曲之弊，入於婦人，與雄肆之弊，入於村漢等耳。」〔註64〕是知卓人月能看出婉約與豪放詞作之利弊，非拘泥其一。是以《古今詞統》之選詞標準，不拘一格，誠如徐士俊〈古今詞統序〉所云：「古今之為詞者，無慮數百家，或以巧語

〔註63〕〔清〕王又華《古今詞論》引卓珂月詞論，見唐圭璋編：《詞話叢編》（北京：中華書局，2005 年 10 月第 2 版），冊 1，頁 602。

〔註64〕見唐圭璋編：《詞話叢編》（北京：中華書局，2005 年 10 月第 2 版），冊 2，頁 1940

致勝，或以麗字取妍，或『望斷江南』，或『夢回雞塞』……謂『銅將軍』、『鐵綽板』，與『十七八女郎』相去甚殊，無乃統之者無其人，遂使倒流三峽，竟分道而馳耶。余與坷月，起而任之，曰是不然。吾欲分風，風不可分吾欲劈流，流不可劈。非詩非曲，自然風流，統而名之以『詞』，所謂『言』與『司』合者是也。……曰幽、曰奇、曰淡、曰艷、曰歛、曰放、曰穠、曰纖，種種畢具。」是知徐士俊認爲詞作乃以詞抒情，自然詞風各不相同，不可強爲劈分，要皆自有風流，選詞則當畢具各類詞作，無所偏廢。又孟稱舜〈古今詞統序〉云：「詞……本於作者之情……寄興不一……作者極情盡態，而聽者動心聳耳，如是者皆爲當行，皆爲本色……兩家（筆者按：指豪放與婉約）各有其美，亦各有其病，然達其情而不以詞掩，則皆塡詞者之所宗，不可以優劣言也。予友卓坷月，生平持說，多與予合。」是知孟稱舜認爲詞作爲作者自抒情懷，無所謂正體或非正體之分，各有優劣，而此觀點亦與卓人月相合。故《古今詞統》所選，實兼收各類詞作。

　　《古今詞統》所收韋莊詞，凡八闋，其中〈訴衷情〉（燭燼香殘簾未卷）描寫舞女遭棄之哀怨；〈思帝鄉〉（春日遊）描寫女子對男子之大膽追求；〈女冠子〉（四月十七）描寫女子憶別；〈菩薩蠻〉（人人盡說江南好）與（如今卻憶江南樂），描寫思鄉念國之情；〈謁金門〉（春漏促）描寫女子孤獨哀怨；〈應天長〉（別來半歲音書絕）描寫別後相思；〈木蘭花〉（獨上小樓春欲暮）描寫思婦還念征人。是知此集選錄韋莊各類不同題材之作，詞風自然各有其致，畢具含蓄、爽雋等風格。

3. 韋莊詞善摹情態

　　卓人月與徐士俊論詞主「情」，故兩人選詞標準，悉爲善摹情態者，誠如孟稱舜〈古今詞統序〉所云：「《古今詞統》……妙詞無不畢具，其意大槪謂詞無定格，要以摹寫情態，令人一展卷而魂動魄化者爲上，他雖素膾炙人口者，弗錄也。」說明《古今詞統》選詞，凡善於摹寫情態，能使讀者深感其情者，皆在選中；反之，若詞作非出自作者眞情，甚或無法極情盡態者，縱爲流行之作，亦不選錄。

　　《古今詞統》所收韋莊詞中，有五闋經徐士俊評點。其中〈思帝鄉〉（春日遊）評爲：「死心塌地」，認爲該詞極盡描摹少女心思，眞率抒情，爲言情得妙之作；〈女冠子〉（四月十七）評爲：「沖口而出，不假妝砌」，認爲該詞直抒胸臆，純用白描，明晰如話，而自情深一往；〈謁金門〉（春漏促）評爲：「末二句與『彈到斷腸時，春山眉黛低』相類，而《花間》、《草堂》，語致自異，心手不知。」認爲該詞屬晏幾道情詞之類，異於《花間集》與《草堂詩餘》諸作，其間心思與筆法皆曲盡深刻；〈應天長〉（別來半歲音書絕）評爲：「以末一字而生一首之色」認爲該詞善以設色抒情，末句「淚沾紅袖黦」之「黦」字，生動刻劃相思情態，點睛整闋詞之情意；〈木蘭花〉（獨上小樓春欲暮）評爲：「『夢魂不怕險，飛過大江西』又何說耶？」認爲該詞之情意，可比〔宋〕崔球妻之詩，此詩之本事，據〔宋〕阮閱《詩話總龜》卷三三載：「池陽崔球爲太學生，苦學不歸。一日晝夢到其家，見其妻正寫字，呼之不應，與之言，不答，眠其所書，乃詩也，曰：『數日相望極，須知意思迷，夢魂不怕險，飛過大江西』既覺，歷歷記之。數日書至，其妻寄此詩，一字不差　驗其寫詩日，乃球得夢之日也。」〔註65〕是知此詩係崔球妻久別相思，以詩傾吐深情，語淺而情實，與韋莊此詞同工同情。凡此，透過徐士俊之評點，顯示此五詞洵符該選「摹寫情態，令人一展卷而魂動魄化者」之選旨。而〈訴衷情〉（燭燼香殘簾未卷）、〈菩薩蠻〉（人人盡說江南好）與（如今卻憶江南樂）三闋，雖無徐士俊之評，亦能由詞作探得其要，其中〈訴衷情〉一闋，除首句外，句句押韻，聲情低迴，備覺情意；〈菩薩蠻〉兩闋，則爲韋莊自抒思鄉念國之代表作，此集選錄其中二、三闋，皆爲情意宛轉，哀傷極至之作。是知，此集選錄韋莊各詞，洵符選旨，皆爲善摹情而動人之作。

　　總之，《古今詞統》爲明末詞選，對韋莊詞之接受，已突破前時

〔註65〕〔宋〕阮閱編：《詩話總龜》，見《景印文淵閣四庫全書》本（臺北：臺灣商務印書館），冊766，卷33，頁6。

詞選將韋莊詞附載《花間集》之情形，主要表現爲視韋莊爲詞史代表之一，且畢具各類風格，又善摹情態。此集之操選政者，卓人月與徐士俊皆爲當代文才，韋莊詞錄選此集，顯示頗受明代文人重視。

表 12：《古今詞統》所收韋莊詞作

序號	詞　牌	首　　句	備　　註
1	訴衷情	燭燼香殘簾未卷	
2	思帝鄉	春日遊	
3	女冠子	四月十七	
4	菩薩蠻	人人盡說江南好	
5	菩薩蠻	如今卻憶江南樂	
6	謁金門	春漏促	
7	應天長	別來半歲音書絕	
8	木蘭花	獨上小樓春欲暮	
總計：8 闋			

（五）茅暎《詞的》〔註66〕

《詞的》，茅暎編集。茅暎，字遠士，吳興人（今浙江省湖州），生卒年與行實事蹟，皆不詳。而《詞的》爲〔明〕朱之蕃輯錄《詞壇合璧》，朱之蕃於明神宗萬曆乙未二十三年（西元 1560）第進士，〔註67〕則茅暎或爲萬曆間人。

茅暎所編《詞的》，收錄唐五代至明代詞，凡四卷，選錄 145 詞人，收 393 闋詞。此集之體例，卷首爲茅暎〈詞的序〉；其次爲「凡例」，計凡五條，與〈詞的序〉皆顯示此集之編選標準；再次，每卷前爲「詞的目錄」，分列卷次、調體，下書詞牌及詞數，顯示此集編

〔註66〕《詞的》之版本，依《四庫未收書輯刊》所載清萃閣堂鈔本，見《四庫未收書輯刊》捌輯（北京：北京出版社，2000 年），冊 30。
〔註67〕《四庫全書總目·奉使稿提要》載：「之蕃字元介，荏平人，南京錦衣衛籍。萬曆乙未進士第一。」，見〔清〕紀昀等撰：《欽定四庫全書總目》（北京：中華書局，1997 年），卷 179，頁 1619。

選頗具條理。卷中之編排，依調編次，卷一、卷二收小令，凡 79 調 244 首；卷三收中調，凡 35 調 92 首；卷四收長調，凡 38 調 55 首。《詞的》之編成年代，因此集未載，且《詞壇合璧》亦無載成書年代，而由《詞壇合璧》合刊詞選中，成書最晚者爲萬曆間之湯顯祖《花間集》，則《詞的》最遲爲明代末年詞選，代表萬曆間之詞壇風氣。此集對韋莊詞之接受，則反映於〈詞的序〉與「凡例」。

1. 韋莊詞緣情訴恨

有明一代，時風尙「情」。茅暎選錄詞作，亦以「情」爲選錄標準，〈詞的序〉開篇即云：「竊以芳性深情，恒藉文犀以見；幽懷遠念，每因翠羽以明。……清文滿篋，無非訴恨之辭；新製連篇，時有緣情之作。新聲度曲，裁方絮而多愁；舊恨調絃，借稠桑以寄怨。……或託言於短韻，石韞玉而山輝；或寄意於新腔，水沉珠而川媚。……情文雙爛，諸鳥窗前；開茲縹衷，神魄俱馳。」〔註68〕說明茅暎認爲塡詞當緣情而作，不應爲文造情；蓋人秉性情而生，凡生之所歷，如分離相思、萬物觸動等，皆得感發爲情，而欲形之於文；唯萬般情感，訴諸於詞，當嚴擇深刻者，尤以愁恨哀怨之情，最爲動人神思；如此，則情文相映，倍覺燦爛。

《詞的》選錄韋莊詞，計有十闋，其中〈思帝鄉〉（春日遊）描寫女追男，「縱被無情棄，不能羞」表現熱烈執著之眞情；〈江城子〉（恩重嬌多情易傷）描寫男女情事，「恩重嬌多情易傷」句，表現閱歷相戀後之情悟；〈訴衷情〉（碧沼紅芳煙雨靜）描寫女子相思，「鴛夢隔星橋」句，表現難以相見之愁情；〈女冠子〉（四月十七）描寫男女分別，「除卻天邊月，沒人知」句，表現暗呑思念之苦情；〈女冠子〉（昨夜夜半）描寫男子相思，「覺來知是夢，不勝悲」句，表現相思成夢之悲情；〈歸國遙〉（春欲暮）描寫女子獨宿，「惆悵玉籠鸚鵡，

〔註68〕見《四庫未收書輯刊》捌輯（北京：北京出版社，2000 年），冊 30，頁 468～469。

單栖無伴侶」句，表現無侶相思之孤情；〈歸國遙〉（金翡翠）描寫女子思別夫，「別後只知相愧，淚珠難遠寄」句，表現別後難言之情痛；〈浣溪沙〉（清曉粧成寒食天）描寫女子懷春，「含嚬不語恨春殘」句，表現愛春之惜情；〈更漏子〉（鐘鼓寒樓閣暝）描寫女子等待，「待郎郎不歸」句，表現久待之深情；〈小重山〉（一閉昭陽春又春）描寫宮怨，「宮殿欲黃昏」句，表現深宮憶舊之怨情。是知茅暎選錄之韋莊詞，皆爲情深意重之作，頗符此集選旨。

2. 韋莊詞幽俊香艷

《詞的》「凡例」，首列之選詞標準，爲「幽俊香豔，爲詞家當行，而莊重典麗者次之；故古今名公，悉多鉅作，不敢攔入。匪曰偏狥，意存正調。」〔註 69〕又〈詞的序〉云：「構思綺合，悽若繁絃；寓意芊眠（筆者按：趙岳尊作「綿」），〔註 70〕炳焉繡褥。……蓋旨本浮靡，寧虧大雅；意非訓詁，何事莊嚴。……聖賢言異，愧非子郁（筆者按：趙岳尊作「都」）之刪除；兒女情長，豈是伯饒之筆削。」知茅暎認爲塡詞當以繡褥之形式，描寫綺思之內容，蓋詞體不同於記載哲言之訓詁；故選詞之標準，首選靡豔之本色詞作，次選典麗之一般詞作；寧可愧對聖賢莊言，絕不削兒女情語，要皆以艷情爲標準。

此集於詞作中，間有詞題、眉批，且甚多圈點，其所圈點爲於字句之右邊標注「、」或「。」，其中後者較前者爲少，且往往是詞作關鍵處，顯示「、」代表該詞佳處，而「。」爲尤佳之處。由茅暎對詞作之品評，或更能明示選錄之因。此集所錄之韋莊詞，僅〈女冠子〉（四月十七）無任何形式之品評，其他各闋則皆有所標記，茲以下標「單線」、「雙線」分別表示「、」與「。」其中〈思帝鄉〉標爲：「陌上誰家年少，足風流。妾擬將身嫁與，一生休。」；〈江城子〉爲：「朱唇未

〔註 69〕見《四庫未收書輯刊》捌輯（北京：北京出版社，2000 年），冊 30，頁 470。又，本文所引「凡例」，皆根據該書是頁，爲免繁瑣，不另註明。

〔註 70〕見趙越尊：〈詞籍提要〉所附該序，《詞學季刊》創刊號，（臺北：臺灣學生書局，1967 年 6 月初版），頁 92～93。

動，先覺口脂香。緩揭繡衾抽皓腕，移鳳枕，枕潘郎。」;〈訴衷情〉
為：「垂玉佩。交帶。裊纖腰。……越羅香暗銷。墜花翹。」;〈女冠子〉
為：「枕上分明夢見。……依舊桃花面，頻低柳葉眉」;〈歸國遙〉為：
「滿地落花紅帶雨。……單棲無伴侶。……問花花不語。早晚得同歸
去。」;〈歸國遙〉為：「為我南飛傳我意。罨畫橋邊春水。幾年花下醉」;
〈浣溪沙〉為：「柳毬斜裊間花鈿。捲簾直出畫堂前」;〈更漏子〉為：
「月照古桐金井。……落花香露紅。……燈背水窗高閣」;〈小重山〉
為：「臥思陳事暗消魂」，又另加題目「宮詞」，且評為「雨露難，自是
恩不勝怨」，說明諸詞中，茅暎尤喜該詞，認為盡道宮怨之深。凡此，
皆顯示茅暎著意於韋莊詞之濃情麗句，認為具有「幽俊香艷」之致。

3. 韋莊詞律協黃鍾

《詞的》「凡例」，次列之選詞標準，為「詞協黃鍾，倘隻字失律，
便乖元韻；故先小令，次中調，次長調，俱輪宮合度，字字相符，以定
正的；間有句語中轅疊一二字者，各列左方，用便考訂」說明茅暎認為
詞作須協律合韻，故此集體例即以調排次，且卷中各詞，多有標明斷句
及押韻之處；其中，對韋莊詞亦有所標明，計有〈思帝鄉〉、〈女冠子〉、
〈更漏子〉與〈小重山〉諸闋，顯示此五闋詞作，較為協合音律。

4. 韋莊詞為唐五代之冠

《詞的》「凡例」，末列之選詞標準，為「詞苑諸刻，暨古今文集，
頗勤搜采。」又前二條分別為「諸家爵里姓字……不敢混註」、「諸家
先後，但分世代」說明茅暎編選此集，羅搜古今詞選；且對署名詞人
及詞家詞序，出以嚴正態度，顯示此集頗有存史及重人之意。

此集對韋莊詞，選錄 10 闋，於唐五代中名列第一，歷代則名列
第三，僅次於周邦彥 17、楊基 12 闋，顯示極重視韋莊，蓋因韋莊詞
頗符合選旨。至於此集所收之花間詞作，詞數則大異《花間集》，分
別為溫庭筠 7、皇甫松 1、薛昭蘊 4、牛嶠 7、張泌 2、毛文錫 1、牛
希濟 3、歐陽炯 10、和凝 4、顧敻 4、孫光憲 2、閻選 1、尹鶚 3、李

珣 6 闋；且未選魏承斑，顯示此集對花間詞人已能獨立看待，著意詞作本身之文學性。是知，此集對韋莊詞，雖悉選錄自《花間集》，而無沿襲之意；且〈小重山〉一闋，擇《金奩集》所載「題情立」，而不從《花間集》所載「凝情立」，顯示視韋莊爲獨立詞家，重視詞作成就，列爲唐五代之冠。

　　總之，《詞的》收錄韋莊詞，名列此集第三，顯示極爲重視。而接受態度，主要認爲韋莊詞緣情訴恨，尤具幽俊香艷之風致，且多律協黃鍾，故爲唐五代詞之冠。

　表 13：《詞的》所收韋莊詞作

序號	詞　牌	首　　　句	備　　　註
1	思帝鄉	春日遊	
2	江城子	恩重嬌多情易傷	
3	訴衷情	碧沼紅芳煙雨靜	
4	女冠子	四月十七	
5	女冠子	昨夜夜半	
6	歸國遙	春欲暮	
7	歸國遙	金翡翠	
8	浣溪沙	清曉粧成寒食天	
9	更漏子	鐘鼓寒樓閣暝	
10	小重山	一閉昭陽春又春	
總計：10 闋			

（六）陸雲龍《詞菁》〔註71〕

　　《詞菁》，陸雲龍編集。陸雲龍，字雨侯，錢塘人（今浙江省杭州），生卒年與行實事蹟，皆不詳，約爲明思宗崇禎間人；編著有《十六名家小品》、《詞菁》等書。〔註72〕《詞菁》收錄唐至明代詞，凡兩

〔註71〕《詞菁》之版本，依明崇禎崢霄館刻本，見〔明〕陸雲龍編選：《詞菁》（上海：復旦大學圖書館藏）。

〔註72〕見〔清〕紀昀等撰：《欽定四庫全書總目・十六名家小品提要》（北京：中華書局，1997 年），卷 93，頁 1765。

卷，選錄 129 詞人，收 276 闋詞。此集之體例，卷首為陸雲龍〈序〉，說明此集之編選宗旨；其次，每卷有目錄，分列類目、調牌與作者。卷中編排，仿《草堂詩餘》體例，分類編次，卷一分天文、節序、形勝、人物、宴集、游望、行役、稱壽等八類，卷二分離別、宮詞、閨詞、懷思、愁恨、寄贈、題詠、雜詠、居室、植物、動物、器具、迴文等十三類，韋莊詞則列於宮詞。此集對韋莊詞之接受，全反映於陸雲龍〈序〉中。

1.韋莊詞為唐五代菁華

陸雲龍〈序〉云：「務見菁華之色，則所尚可知已。其後明賢輩出，人巧欲盡，悉為奇險之句，幽窈之字，實緣徑窮路絕，不得不另開一堂奧。試取《花間》、《草堂》並咀之，……特其中有欲求新而得誤，似為吳歈作祖，予不敢不嚴剔之，誠以險中有菁，俳不可為菁耳。具眼者倘亦不罪我，而知我。」〔註73〕說明該集鑑於時人務求新變，過於偏狹，而欲以《花間集》與《草堂詩餘》導正時風，統合前賢菁華，以開明詞之新路。

韋莊為花間大家，然陸雲龍選錄詞作僅一闋。該集係以《花間集》與《草堂詩餘》為主要選源，所收唐五代詞人，計有李白、馮延巳、李煜與花間四詞家等七人，凡收 11 闋詞。其中所收花間詞作之詞數，分別為溫庭筠 3、和凝 1、李珣 1 闋，其他詞家皆未入選，顯示視韋莊為花間詞家之代表。而所收韋莊詞雖僅一闋，實僅次於李煜 6 闋、溫庭筠 3 闋，與唐五代其他詞人，皆同列第三，是知該集對韋莊詞之接受，視為唐五代詞之精華。

2. 韋莊詞精新綺麗

陸雲龍〈序〉云：「詞家一徑，大都以精新綺麗為宗。……試取……《草堂》自更新綺者。」說明此集選詞之標準，以精新綺麗為主，反

〔註73〕見〔明〕陸雲龍編選：《詞菁》（上海：復旦大學圖書館藏）。又：本文所引陸雲龍〈序〉，皆根據該書，為免繁瑣，不另註明。

映明代末年詞壇之審美風尚。《詞菁》選錄韋莊詞作，爲〈小重山〉（一閉昭陽春又春）一闋，該詞描寫宮怨，陸雲龍歸爲「宮詞」一類，洵符該詞旨意，更符新綺香豔之選旨；並圈點「紅袂有啼痕」一句，顯示尤欣賞該句，或認爲道盡宮閨深怨。而《詞菁》收錄「宮詞」之作，全集只兩闋，韋莊詞即爲其中之一，顯示視韋莊詞爲歷代宮詞之代表，更爲精新綺麗詞作之代表。

　　總之，《詞菁》對韋莊詞之接受，主要視爲唐五代精華，爲歷代宮詞之代表，具有精新綺麗之風，典型反映明代末年主豔之詞壇風尚。然，《詞菁》之編選態度非甚嚴謹，目錄所列與卷內實錄有所出入，且卷中詞牌頗多錯誤；其中，所錄韋莊詞作亦是如此，目錄誤列薛昭蘊而卷內列名韋莊，又將〈小重山〉誤題爲〈清平樂〉一詞牌，顯示對韋莊詞之態度，無因視爲宮詞代表而嚴謹選錄。

表14：《詞菁》所收韋莊詞作

序號	詞　牌	首　　句	類　目
1	清平樂	一閉昭陽春又春	宮詞
總計：1闋			

（七）潘游龍《古今詩餘醉》[註74]

　　《古今詩餘醉》，潘游龍編集。潘游龍，字麟長，荆南人（今湖北省江陵縣），生卒年與行實事蹟，皆不詳，約爲明思宗崇禎間人；該集卷前有〔明〕郭紹儀〈詩餘醉序〉：「門人潘麟長，磊落英多，向從余游，讀其所輯《康濟譜》，知其爲深情人。繼是余以所選《古今詩餘醉》，益信麟長之人之深情也。」[註75] 是知潘游龍

〔註74〕《古今詩餘醉》之版本，依明崇禎刻清補刻重印本，見〔明〕潘游龍輯，梁穎校點：《精選古今詩餘醉》（瀋陽：遼寧教育出版社，2003年3月第1版）。

〔註75〕見·潘游龍輯，梁穎校點：《精選古今詩餘醉》（瀋陽：遼寧教育出版社，2003年3月第1版）。又：本文所引《古今詩餘醉》之序（敘），皆根據該書，爲免繁瑣，不另註明。

曾師從郭紹儀，性格磊落多情，富於才情，編著《康濟譜》與《古今詩餘醉》。

　　潘游龍所編《古今詩餘醉》，收錄唐五代至明代詞，凡十五卷，選錄 325 詞人，收 1403 闋詞。此集之體例，卷首爲郭紹儀、范文光、陳琁，管貞乾與潘游龍等人之序，顯示此集頗受文人重視；其次，每卷有目錄，分列類目、調牌與作者。卷中編排，潘游龍〈自序〉云：「獨惜向有選教者，每以雜體硬牽附於時序，殊失作者之旨。余乃比事類情，尋爲次第。」此集係仿《草堂詩餘》體例，分類徵選，且不依詞數多寡；然並非先分類目，下歸詞作；而是先將各詞逐一自加題目，再歸同類詞作爲一卷。此外，詞中多有評點，對韋莊詞亦有所評論。至於詞人署名，或署姓名，或署字，或署號，甚有同人而前後稱謂不同，署名頗不一致，其中對韋莊皆署名「韋莊」，顯示接受態度較爲嚴正。此集之成書年代，據卷前范文光〈詩餘醉序〉與陳琁〈詩餘醉敘〉題於明思宗崇禎九年丙子中秋（西元1636），是知此集編於是年，爲明代末年詞選。此集對韋莊詞之接受，主要反映於各家序言中。

1. 韋莊詞至情興人

　　潘游龍〈自序〉云：「於詞則醉心於小令，謂其備極情文，而饒餘致也。……詞則自極其意之所之，……情爲至情，語不必蕪，而單言只句，餘於清遠者有焉，餘於摯刻者有焉，餘於莊麗者有焉，餘於淒惋悲壯、沉痛慷慨者有焉，令人撫一調，讀一章，忠孝之思、離合之況、山川草木鬱勃難狀之境，莫不躇躇於言後言先，則詩餘之興起人豈在三百篇之下乎！」說明選詞標準，於體裁方面，尤尚小令；內容風格方面，廣納各類題材，一以情爲歸，希冀上比《詩經》之興發感人。而韋莊詞皆爲小令體，正合潘游龍之好尚。所收韋莊詞，計有8 闋，爲〈謁金門〉（春漏促）、〈謁金門〉（空相憶）、〈謁金門〉（春雨足）、〈小重山〉（一閉昭陽春又春）、〈女冠子〉（四月十七）、〈清平樂〉（鶯啼殘月）、〈浣溪沙〉（夜夜相思更漏殘）、〈浣溪沙〉（惆悵夢

餘山月斜），皆爲男女之情，且描寫眞實深刻，當爲親身經歷，頗符
合此集「至情」之選錄標準；此集選錄韋莊詞之題材，皆爲男女情感，
顯示潘游龍認爲該類詞作，尤能表現韋莊之至情至性，而足以興發人
思。

　　此外，該集選錄韋莊八闋詞，非盡出自《花間集》，對唐五代詞
亦不尊主《花間集》，不僅所收花間詞作之數異於《花間集》；分別爲
溫庭筠6、薛昭蘊4、牛嶠4、張泌1、毛文錫1、歐陽炯2、和凝4、
顧敻2、孫光憲5、魏承班1、閻選1、李珣2闋，且未選皇甫松、牛
希濟、尹鶚諸人。凡此，顯示該集對韋莊詞之接受，著意於詞作本身，
不依附《花間集》。

2. 韋莊詞流暢駘蕩

　　管貞乾〈詩餘醉附言〉云：「今人莊語、雄語、經濟語、金華殿
中語，畢竟不如情致語爲流暢。今文台閣體、碎金體、誥詔羽檄體、
天才人才鬼才三絕之體，畢竟不如風流體爲駘蕩。余……日與麟長潘
先生閑評世務。」可知該選專收流暢駘蕩之作。所收韋莊詞作，歸入
類目爲：「春夜」、「春恨」、「宮詞」、「閨情」、「閨怨」與「佳人」，皆
偏向香艷風格。又，潘游龍於詞作中有所圈點，其中〈謁金門〉（春
雨足）評爲：「『染就』句最豔麗」，顯示認爲該詞爲豔麗之作，尤以
「染就」句爲最；〈小重山〉（一閉昭陽春又春）評爲：「『紅袂有啼痕』
作『新搵舊啼痕』」認爲後句較前句爲佳，顯示對詞作版本有所考察；
〈浣溪沙〉（惆悵夢餘山月斜）評爲：「『一枝春』句妙」認爲該詞妙
用花比人之美；凡此，可知對韋莊詞有不同面向之評點，然所論亦較
無中心思想。

　　總之，《古今詩餘醉》對韋莊詞之接受，主要視爲至情之作，
認爲具有流暢駘蕩風致，爲繼《詞的》、《詞菁》後，另一主豔詞選
而錄選大量韋莊詞者，顯示韋莊詞於明代末年，不少詞選均視之爲
豔詞。

表 15：《古今詩餘醉》所收韋莊詞作

序號	詞　牌	首　　句	類　目
1	謁金門	春漏促	春夜
2	謁金門	空相憶	春恨
3	謁金門	春雨足	春恨
4	小重山	一閉昭陽春又春	宮詞
5	女冠子	四月十七	閨情
6	清平樂	鶯啼殘月	閨情
7	浣溪沙	夜夜相思更漏殘	閨怨
8	浣溪沙	惆悵夢餘山月斜	佳人
總計：8 闋			

二、斷代詞選：《唐詞紀》〔註76〕

　　《唐詞紀》，董逢元編集，十六卷。董逢元，生卒年與事跡不詳。該集之編成，據《四庫全書總目・唐詞紀提要》所載，為明萬曆二十二年甲午〔註77〕（西元 1594），時值明代後期，通俗文學崛起，詞學不興。《唐詞紀》前無序跋，雖無法明確得知董逢元之編選目的，而由是集命名「唐詞」，顯示其以唐詞為尊，隱含追溯詞體淵源，頗有振興詞體之意，體現明代復古之文學思潮。緣此，董逢元廣收《花間集》、《尊前集》與諸家詞集等，選錄 96 詞人，實錄 922 闋詞，頗有存唐詞史之意。此集之體例，卷前列有「詞名徵」、「唐詞卷目」、「唐詞人」三篇目，其後為「唐詞紀」之內容。此集對韋莊詞之接受，則出自推尊唐詞之詞史觀，具體表現於「詞名徵」、「唐詞卷目」、「唐詞人」與「唐詞紀」之中。

〔註76〕《唐詞紀》之版本，依《四庫全書存目叢書》所載首都圖書館藏抄本，見四庫全書存目叢書編輯委員會編：《四庫全書存目叢書》（臺南：莊嚴文化事業有限公司，1997 年 6 月初版），冊 422。
〔註77〕見〔清〕紀昀等撰：《欽定四庫全書總目》（北京：中華書局，1997年），卷 200，頁 1832。

1. 韋莊詞備有聲情

就「詞名徵」篇目來看，載錄該集所選 120 詞牌，詳考各詞牌之起源、同調異名，並區分本體、詞體、詩體、別體、側體、附體等，最後著錄詞數，顯示董逢元對詞牌極為重視。故於卷中列詞，先按類排列，各類之下則匯聚同詞牌。此蓋董逢元見明代詞樂失傳，時人已難體會詞作之聲情，故詳考詞牌，誠如〔明〕陳霆《渚山堂詞話》卷三所云：「予嘗妄謂我朝文人才士，鮮工南詞。間有作者，病其賦情遣思、殊乏圓妙。甚則音律失諧，又甚則語句塵俗。求所謂清楚流麗，綺靡醞藉，不多見也。」〔註78〕此處指出明人不善填詞，多與調乖，語句塵俗。而董逢元考述詞牌之動機，乃為資時人追摹詞作聲情，則所選詞牌，當是精擇聲情俱佳者；且查董逢元盡收《花間集》所載韋莊詞，顯係認為韋莊詞悉為聲情俱佳之作。

此集選錄韋莊詞之詞牌數，計 20 調，比較韋莊同調總數觀之，超過半數者，計有〈上行杯〉2 闋，凡 3 闋，占 66%；〈天仙子〉5 闋，凡 9 闋，占 55%；〈思帝鄉〉2 闋，凡 4 闋，占 50%，20 調中即有 3 調超過半數，占 15%，可證頗能接受韋莊詞。此外，董逢元於詞牌下，偶有僅記所收詞數，而未考述者，顯示對該詞牌及詞作，或較生疏、較無關注。就韋莊詞查之，計有〈荷葉杯〉、〈酒泉子〉、〈思帝鄉〉、〈上行杯〉、〈訴衷情〉、〈應天長〉6 調，只計詞數，餘者 14 調皆有所考述，顯示對韋莊詞作之體會，大體能有較深刻之認識。

2. 韋莊詞題材豐富，偏多怨思

檢索「唐詞卷目」，可知此集為分類選詞，全集十六卷，分為十六類，大體受明代流行分類本《草堂詩餘》之影響，並予以增廣，計有：景色、吊古、感慨、宮掖、行樂、別離、征旅、邊戍、佳麗、悲愁、憶念、怨思、女冠、漁父、仙逸、登第等，是知選者錄詞出自較

〔註78〕見唐圭璋編：《詞話叢編》（北京：中華書局，2005 年 10 月第 2 版），
　　冊 1，頁 378～379。

寬廣之視野，韋莊詞分別繫於吊古、征旅、悲愁、憶念、怨思、登第、行樂、別離、宮掖之下，計有九類，占56%，顯示韋莊詞尚稱內容豐富。又，此集於景色、吊古、宮掖、行樂、征旅等五大類下再分子目，是知選者尤關注此五類；再細查之，吊古、宮掖、行樂、征旅四類中，均可見韋莊作品，顯示選者以詳密態度選錄韋莊詞，並仔細區其歸屬，較之《草堂詩餘》只關注三闋，接受態度可謂更全面且深入。而選者歸屬韋莊詞作，亦頗符詞作本意，已能關注詞作本身之文學性，不同於《草堂詩餘》為應歌而分類勉強，此蓋明代詞樂失傳，明人只得側重詞作內容而非音律。

此外，每項類目下著有詞數，其中以「怨思」收錄166闋為最多，表現該選尤重情思之作，此蓋緣於明人主情之文化氛圍，而韋莊詞亦以歸屬此類凡12闋為最多，顯示選者立基主情態度，分類韋莊詞作時，自然偏向怨思一類。如〈菩薩蠻〉五闋，明顯抒發故國之思，或更適合歸於「故國」一類，選乃因其偏好而歸之於「怨思」類。

3. 韋莊詞為唐五代之代表

就「唐詞人」目錄與「唐詞紀」內容結合來看。首先，此集特為所選詞家別立「唐詞人」一目錄，頗有存人之意，排列略依時代，或係展現詞史之貌，唯時代先後多有錯亂。此外，於詞家下著錄所收詞數，或係明示詞史中之重要詞家，然所載數目與卷中實錄稍有出入。就詞數而言，著錄韋莊詞49闋（實錄48），僅次於馮延巳104闋（實錄98）、溫庭筠69闋（實錄67）、孫光憲61闋、顧敻55闋（實錄51），於96詞人中名列第五，顯示頗重視韋莊詞。而作家署名，除君王外，大抵題署姓名，無特意關注某詞人，對韋莊則署「韋莊」；同卷內，詞作若同為前闋作者，則不復署名。

其次，此集冠名「唐詞」，實收錄唐五代詞作，其中主要為五代詞人之作，誠如《四庫全書總目·唐詞紀提要》所云：「雖以《唐詞》為名，而五季十國之作，居十之七。蓋時代既近，末派相沿，往往皆

唐之舊人，不能截分畛域，」〔註79〕說明此集以五代詞作為唐詞之延續，唐詞尚處於詞體萌興之際，五代則詞人已專力填詞，故五代詞數自然較唐詞為多。此集所收詞人與詞作，除無名氏外，共收唐五代96詞人，實錄922闋詞，其中雜有隋、南宋與元代數人，或係誤收，顯示選者推尊五代詞之意。所收唐五代詞，主要以《花間集》為選源，將《花間集》所收詞家，悉為收錄；所收詞作，除薛昭蘊、張泌、和凝、顧敻與毛熙震分別少選1、1、1、4、3闋，計凡10闋外，花間498闋詞見選488闋，占98%；而詞家順序未依《花間集》，乃散入諸詞人中，顯示推尊《花間集》之際，同時顧及花間詞家之獨立性，於詞史中各有其地位，突破以往視為群體詞人，之觀點。唯所收花間各家詞作，多有誤收，如溫庭筠〈後庭花破子〉（玉樹後庭前）誤收自李煜，張泌〈浣溪沙〉（枕障熏爐隔繡幃）誤收自張曙，薛昭蘊〈河傳〉（秋光滿目）誤收自徐昌圖，毛文錫〈浣溪沙〉（花榭香紅煙景迷）、〈浣溪沙〉（春暮黃鶯下砌前）誤收自毛熙震，和凝〈喜遷鶯〉（曉月墜）誤收自馮延巳，而韋莊詞則盡同《花間集》，顯示選者對韋莊詞之態度，較為嚴謹。又，此集選源廣羅至《尊前集》等，而收錄韋莊詞作，仍僅全錄《花間集》，無保存韋莊詞全貌之意；不同於對溫庭筠詞，尚有自他集多錄〈南歌子〉（一尺深紅蒙麴塵）、〈南歌子〉（井底點灯深燭伊）兩闋。

　　總之，此集以唐五代詞為尊，為明代少見之唐五代斷代詞選。對韋莊詞之接受，雖主要仍出自《花間集》，盡收詞作48闋，而能別出己意，立基於推尊五代詞之詞史觀。首先，透過考察詞牌，能較為深入體會韋莊詞。其次，透過分類選詞，認為韋莊詞作，題材豐富而偏多怨思。最後，透過各家詞之排列，已能視及韋莊詞之獨立性。

〔註79〕見〔清〕紀昀等撰：《欽定四庫全書總目》（北京：中華書局，1997
　　　　年），卷200，頁1832。

表 16：《唐詞紀》所收韋莊詞作

序號	詞 牌	首 句	分類（子目）
1	天仙子	金似衣裳玉似身	吊古（仙祠）
2	河傳	何處烟雨	吊古（故國）
3	清平樂令	春愁南陌	征旅（征行）
4	歸國遙	春欲暮	征旅（羈旅）
5	浣溪沙	清曉粧成寒食天	悲愁
6	浣溪沙	欲上鞦韆四體傭	悲愁
7	訴衷情	燭燼香殘簾未卷	悲愁
8	訴衷情	碧沼紅芳煙雨靜	悲愁
9	歸國遙	春欲晚	悲愁
10	浣溪沙	惆悵夢餘山月斜	憶念
11	浣溪沙	夜夜相思更漏殘	憶念
12	菩薩蠻	如今卻憶江南樂	憶念
13	菩薩蠻	人人盡說江南好	憶念
14	謁金門	春漏促	憶念
15	謁金門	空相憶	憶念
16	歸國遙	金翡翠	憶念
17	荷葉杯	絕代佳人難得	憶念
18	荷葉杯	記得那年花下	憶念
19	女冠子	昨夜夜半	憶念
20	菩薩蠻	洛陽城裏	怨思
21	更漏子	鐘鼓寒樓閣暝	怨思
22	木蘭花	獨上小樓春欲暮	怨思
23	酒泉子	月落星沉	怨思
24	天仙子	悵望前回夢裏期	怨思
25	天仙子	蟾彩霜華夜不分	怨思
26	天仙子	夢覺雲屏依舊空	怨思
27	女冠子	四月十七	怨思
28	應天長	綠槐陰裏黃鶯語	怨思

29	應天長	別來半歲音書絕	怨思
30	清平樂令	野花芳草	怨思
31	喜遷鶯	人洶洶	登第
32	喜遷鶯	街鼓動	登第
33	謁金門	春雨足	行樂（眺賞）
34	河傳	錦浦春女	行樂（遊遇）
35	河傳	春晚風煖	行樂（游歸）
36	菩薩蠻	勸君今夜須沉醉	行樂（宴飲）
37	天仙子	深夜歸來長酩酊	行樂（醉歸）
38	浣溪沙	綠樹藏鶯鶯正啼	行樂（醉歸）
39	思帝鄉	春日遊	行樂（俳調）
40	思帝鄉	雲髻墜鳳釵垂	行樂（會合）
41	江城子	恩重嬌多情易傷	行樂（會合）
42	江城子	髻鬟狼籍黛眉長	行樂（會合）
43	菩薩蠻	紅樓別夜堪惆悵	別離
44	清平樂	鶯啼殘月	別離
45	上行杯	芳草灞陵春岸	別離
46	上行杯	白馬玉鞭金轡	別離
47	望遠行	欲別無言倚畫屏	別離
48	小重山	一閉昭陽春又春	宮掖（宮怨）

總計：48 闋
小計：弔古 2、征旅 2、悲愁 5、憶念 10、怨思 11、登第 2、行樂 10、別離 5、宮掖 1

三、專題詞選：《唐宋元明酒詞》〔註80〕

　　《唐宋元明酒詞》凡兩卷，周履靖編集。該集爲繼〔宋〕黃大輿《梅苑》後之專題詞選。韋莊因無梅詞，自然未收錄於《梅苑》；然有酒詞，故作品見錄於《唐宋元明酒詞》。《梅苑》代表宋人尙梅復雅

〔註80〕《唐詞紀》之版本，依〔明〕周履靖著：《唐宋元明酒詞》，見周履靖著：《夷門廣牘》（臺北：臺灣商務印書館，1969 年 4 月臺 1 版），冊 48。

之時風，而《唐宋元明酒詞》則顯示明人嗜酒自保之氛圍。

　　周履靖，字逸之，號梅墟，又自號梅顛道人、螺冠子。嘉興秀水人（今浙江省嘉興縣）。生卒年不詳，約明穆宗隆慶、神宗萬曆間人。中年亡妻，續弦白氏女桑貞，桑貞字月姝，號月窗，嘉興人；嫻範淑懿，纂組之外，留心典籍，能詩善詠，與周履靖相唱和，先後和詩數百餘首，刪繁擷精而成《香奩詩草》。〔註81〕周履靖性恬淡，〔明〕鄭琰《梅墟先生別錄》稱云：「性恬淡無所適，一切聲華玩好不入其心，唯喜樹梅」〔註82〕萬曆間爲布衣，少羸，去經生業，隱居不仕，編茅引流，築舍鴛湖之濱，雜植梅竹百餘株，人呼爲「梅顛道人」；讀書其中，專力爲古文詩詞，廢箸千金庋古令典籍，見其嗜書之甚。與妻偕隱於太平時日，亦樂事也。明穆宗隆慶、神宗萬曆間號爲隱士，而聲氣頗廣，凡有著作，必請勝流爲之題詠序跋。其人博才精藝，著詩盈百卷，又手書金石，工篆隸、章草與晉魏行楷，擅畫而書摹晉人。與文休承、王元美相友善。〔註83〕由周履靖之生平，可知其人性恬適，博精文藝，喜吟詩唱和，交游者皆雅士文人。

　　周履靖著述甚富，達數十種，著有《梅顛稿》二十卷、《梅塢貽瓊》四卷諸集；並刊有《夷門廣牘》，《唐宋元明酒詞》爲其中一類。據《四庫全書總目・夷門廣牘提要》所載：「《夷門廣牘》一百二十六

〔註81〕〔清〕朱彝尊著：《明詩綜》，見《景印文淵閣四庫全書》本（臺北：臺灣商務印書館），冊1460，卷84，頁15。〔清〕沈季友編：《橋李詩繫》，見《景印文淵閣四庫全書》本（臺北：臺灣商務印書館），冊1475，卷24，頁20。

〔註82〕〔明〕李日華，鄭琰著：《梅墟先生別錄》，見《叢書集成新編》本（臺北：新文豐出版公司，1989年7月），冊103，頁185。

〔註83〕〔清〕沈翼機等編纂：《浙江通志》，見《景印文淵閣四庫全書》本（臺北：臺灣商務印書館），冊524，卷179，頁11。《四庫全書總目・梅塢貽瓊提要》，見〔清〕紀昀等撰：《欽定四庫全書總目》（北京：中華書局，1997年），卷192，頁1753。〔清〕孫岳頒等奉敕撰：《御定佩文齋書畫譜》，見《景印文淵閣四庫全書》本（臺北：臺灣商務印書館），冊820，卷44，頁35。〔清〕沈季友編：《橋李詩繫》，見《景印文淵閣四庫全書》本（臺北：臺灣商務印書館），冊1475，卷15，頁24。

卷……是編廣集歷代以來小種之書，並及其所自著……。夷門者，自
寓隱居之意也。書凡八十六種，分門有十：曰藝苑、曰博雅、曰食品、
曰娛志、曰雜占、曰禽獸、曰草木、曰招隱、曰閒適、曰觴詠。觀其
自序，藝苑，博雅之下有尊生、書法、畫藪三牘，而皆未刊入。所收
各書，眞僞雜出，漫無區別。如郭橐駝《種樹書》之類，殆於戲劇。
其中間有一二古書，又刪削不完。如《釋名》惟存《書契》一篇，而
乃題曰『釋名全帙』，尤爲乖舛。其所自著，亦皆明季山人之窠臼，
卷帙雖富，實無可採錄也。」〔註84〕說明《夷門廣牘》一編，寓含周
履靖隱逸恬淡之意，凡一二六卷，收書八十六種，包含他著與自著，
分爲十類，卷帙豐富，不免多有乖誤。該編有萬曆丁酉周履靖自序，
則成書付梓當爲明神宗萬曆二十五年（西元 1597）之前。

　　《唐宋元明酒詞》屬「觴詠」類，分上、下兩卷，該集之選錄範
圍，即爲書之命名，收錄唐五代至明代 31 詞人，其中唐五代人凡 8
人；選詞 62 闋，選錄詠酒或與酒有關之作，末附周履靖詞 9 闋，其
中唐五代人凡 23 闋；韋莊詞收 2 闋，占總詞數 3%、占唐五代詞數
9%（不計周履靖之詞），顯示韋莊詞於歷代酒詞中，並未特別突出，
蓋酒詞非韋莊主要創作題材也。此集卷前有目錄，依序記載周履靖所
自加之詞題、詞牌、作者名，並以己身所加詞題列首，顯示此集具有
濃厚主觀之選詞標準。編排體例，大略依詞人之時代先後，先列唐五
代詞人，次爲宋人，後爲明人，末爲編者周履靖；唯各朝代間之時代
先後則多有雜亂，且詞人重出多處；甚者，將周邦彥詞割裂於上、下
卷間。而作者題署，或署名，或署字，或署號，對韋莊則署「韋莊」。
凡此，顯示此集係漫錄而成，對韋莊詞之接受態度，亦較爲隨性。《唐
宋元明酒詞》爲酒詞詞選，其獨特之處，即在於選者主觀選詞，並根
據選詞內容增添題目，更於選詞一闋後即唱和一闋，和作皆依原作次
韻。故卷中內容，先錄所選之酒詞，於選詞前列詞題、詞牌、作者名；

〔註84〕《四庫全書總目・夷門廣牘提要》，見〔清〕紀昀等撰：《欽定四庫
　　　全書總目》（北京：中華書局，1997 年），卷 134，頁 1137。

後列編者周履靖之和作，是知周氏其對韋莊詞之接受，表現在所選酒詞與所和詞作兩部份。茲分述如下：

（一）喜勸酒，醉方歸：酒樂

周履靖編選《唐宋元明酒詞》，主要動機即爲「嗜酒」。此緣於明季特有之自由時風。自明代中期起，文人始逐漸突破統治者之高壓政策，於新興經濟、市民思想與王陽明心學等因素影響下，社會掀起反抗傳統、追求個性解放之浪漫思潮，產生崇尚恣縱主義之人生哲學與生活情趣。此種思想明顯反映於嗜酒文化中，如出現唐寅與張靈等一批風流飲士，《明史》卷二八六載：「唐寅……與里狂生張靈縱酒，不事諸生業」〔註85〕說明唐寅諸人飲酒行樂、酣放自恣之行。唐寅作有〈花下酌酒歌〉、〈把酒對月歌〉等詩，張靈亦作有〈對月歌〉等詩。周履靖生逢此時，自然不免於俗，《夷門廣牘》甚錄有其所自著《狂夫酒語》一書，該書之名命，即明示其性嗜酒；是書內容則盡爲與酒相關之自作與和作，所錄之詩文銘賦等，適與《唐宋元明酒詞》所錄之詞相輝映。

《唐宋元明酒詞》既選錄歷代酒詞，即顯示選者喜酒之心。觀之周履靖爲各詞所添加之詞題，亦悉代表酒樂之選，如「飲興」五次、「春宴」三次、「勸酒」兩次、「詠酒」兩次、「歌妓」兩次，是見周履靖選詞標準乃出自喜酒之心，選錄作品皆屬描寫酒樂之作。又所作《狂夫酒語》中，即直敘其「嗜酒」之性，如〈歌酒〉言：「生惟嗜旨酒」；〔註86〕〈酒銘〉言：「生無他嗜，喜於滿斟，一吸五斗，欲醉十罍。酒仙之侶，山澤逸民，樂茲眞味，敍以酒銘。」（上卷，頁56）皆說明其「斷送一生惟有酒」〔註87〕之嗜好。《唐宋元明酒詞》選錄

〔註85〕見〔清〕張廷玉等著：《新校本明史并附編六種・唐寅列傳》（臺北：鼎文書局，1975年6月初版），卷286，頁7352。

〔註86〕〔明〕周履靖：《狂夫酒語》，見周履靖著：《夷門廣牘》（臺北：臺灣商務印書館，1969年4月臺1版），冊48，下卷，頁74。又爲省篇幅，本文下引周履靖之詩文賦銘，皆據此書；並逐一將卷數、頁碼逕標於引文後，不再一一附注。

〔註87〕〔唐〕韓愈〈遊城南〉詩。

韋莊之酒詞，計有兩闋，一爲〈菩薩蠻〉（勸君今夜須沉醉），題爲「勸酒」；二爲〈天仙子〉（深夜歸來長酩酊）題爲「醉歸」。由周履靖所加之詞題，顯示對韋莊酒詞之接受，亦出自喜酒之心。其「勸酒」、「醉歸」之心，可以《狂夫酒語》所收自作爲注。首先，「勸酒」之作，如〈勸酒四言〉：「樂我天眞，寡嗜無契。惟喜滿斝，醉觀蝶栩，寐聽鳴禽。」（上卷，頁 59）描寫與酒相親，蝶鳥爲友之樂；又〈勸酒七言古詩〉：「美麗文君勸酒巵，拂拂箱風飄錦袖。溶溶明月照蛾眉，猖狂金谷園中樂。酩酊花間枕習池，婆娑俠客歌新調。」（上卷，頁 67）描寫美人勸酒，花間飲宴之樂；〈勸酒〉：「樂志漫吟詩百首，怡情豪整酒三壺。晴春挈榼尋花柳，秋月悉尊泛石湖。」（上卷，頁 75）描寫詩酒吟詠之樂。其次，「醉歸」之作，如〈對酒〉：「淑氣侵詩骨，暄風拂翠微。攜壺偕酒伴，不醉肯言歸。」描寫莫負景芳，宜傾數斗（上卷，頁 59）；〈樂酒〉：「興來拉客花前飲，樂至哦詩竹底行。有酒莫辭千日醉，無官猶喜一身輕。」描寫酕醄不管塵中事（下卷，頁 75）。斯可證周履靖視韋莊酒詞，乃酒樂之作也。

（二）飲酒不須呵：酒悲

明季酒文化盛行，文人普遍嗜酒，飲酒爲樂，然其中更深層之思想，則源於政治社會之黑暗不安，飲酒之風實爲消極浪漫主義。有明一代，自明太祖朱元璋建國以來，即建立專制政權，對文人進行高壓統治，甚而定法「寰中士夫不爲君用，其罪至抄箚」〔註88〕文人動輒得咎，噤若寒蟬。至周履靖所處之神宗朝，政績積弊已深，內有黨爭，外有倭寇入侵，文人面對大時代環境之動盪，飲酒往往作爲解悶抒悲之用。周履靖生逢明際，只得隱居避禍，縱酒忘憂，酒之於周履靖，正顯示其矛盾痛苦之心境，飲酒之風更多帶有忘卻名利、人生苦短之消極隱逸心態。故其《狂夫酒語》所錄，酒悲之作甚多於酒樂，如〈勸

〔註88〕見〔清〕張廷玉等著：《新校本明史并附編六種・刑法志》（臺北：鼎文書局，1975 年 6 月初版），卷 93，頁 2284。

酒七言古詩〉：「聲華今古總成空，不如飲酒為上策」（上卷，頁67）
描寫往事成空，不重榮華；〈醉後口占〉：「憶傾元旦酒，不覺報新秋。
歲月忙奔走，韶光不肯留。」描寫珍惜時光（下卷，頁74）。此種心
態亦表現於《唐宋元明酒詞》之和作。

　　《唐宋元明酒詞》除選錄酒詞之外，並於每闋之後，自和一闋，
〔註89〕而此和作即表現周履靖對原作之接受態度。茲錄所選韋莊詞作
與和作如次：

　　韋莊〈菩薩蠻〉：

　　　勸君今夜須沉醉。尊前莫話明朝事。珍重主人心。酒深情
　　　亦深。　須愁春漏短。莫訴金盃滿。遇酒且呵呵。人生能
　　　幾何。

　　周履靖和作：

　　　且傾清醑圖一醉。無求世上榮華事。焦却利名心。不如杯
　　　酒深。　應知來日短。飲醉須斟滿。醉去不須呵。問君情
　　　若何。（上卷，頁11。）

　　韋莊〈天仙子〉：

　　　深夜歸來長酩酊。扶入流蘇猶未醒。醺醺酒氣與蘭和。驚
　　　睡覺，咲呵呵。長道人生能幾何。

　　周履靖和作：

　　　休咲吾齋時酩酊。三日之中難一醒。陶然歲月保天合。心
　　　更覺，不須呵。有限年光怎奈何。（上卷，頁12。）

對照兩人詞作，可知韋莊詞為抒發懷鄉念國之思，而周履靖則為抒發隱
居避禍之心；顯示對韋莊酒詞之接受，或尚未能發掘其中家國情懷、強
顏歡笑之深層意義，僅停留於韋莊藉酒忘憂、笑對人生幾何之表面層次
意義，並轉為抒發己身淡泊閒適、珍惜時光之心態。故周履靖所選韋莊
兩闋詞，皆為飲酒而笑對人生幾何之作，不選其它出現「酒」、「醉」字
眼，且未笑對人生之作。如〈浣溪沙〉（綠樹藏鶯鶯正啼）：「滿身蘭麝

〔註89〕《唐宋元明酒詞》選詞一闋後，即唱和一闋，唯毛澤民〈感皇恩〉（多
　　　病酒樽踈）一闋，周履靖和作兩闋。

醉如泥」只寫歸客醉態；〈菩薩蠻〉（如今卻憶江南樂）：「醉入花叢宿」
只寫江南青樓遊樂；〈歸國遙〉（金翡翠）：「幾年花下醉」只寫花下醉態；
〈上行盃〉（白馬玉鞭金轡）：「珍重意，莫辭醉」只寫勸酌，凡此無法
表述周履靖飲酒忘憂之心境，故未入選。此外，所錄韋莊詞作，字句間
有不同，一為「醺醺酒氣麝蘭和」作「醺醺酒氣與蘭和」，二為「笑呵
呵」作「咲呵呵」（「咲」同「笑」），於詞意則無大影響。

　　有明一代，萬曆期間尤盛刻書之風，其中周履靖家鄉浙江，即為
三大刻書重鎮之一，誠如〔明〕胡應麟《少室山房筆叢·正集·經籍
會通四》卷四所載：「凡刻之地有三，吳也、越也、閩也。」又云：「金
陵，擅名文獻，刻本至多，鉅袠類書，咸會萃焉。」〔註90〕是言說明
金陵書肆為海內雕刻類書之聚散地，而周履靖該編即為箇中代表，卷
內首頁題有：「金陵荊山書堂（按：《狂夫酒語》等書題『荊山書林』）
梓行」，周履靖既刊行其書，則欲向世人推廣傳播，此即嗜酒而隱逸
之意。其對韋莊詞之接受，即表現於樂酒又悲酒之心態。

表 17：《唐宋元明酒詞》所收韋莊詞作

序號	詞　牌	首　　　句	詞　　題
1	菩薩蠻	勸君今夜須沉醉	勸酒
2	天仙子	深夜歸來長酩酊	醉歸
總計：2 闋			

　　綜上所述，明代詞選以唐五代為選源，錄韋莊詞者，計有：《天
機餘錦》、楊慎《詞林萬選》、陳耀文《花草粹編》、卓人月《古今詞
統》、茅暎《詞的》、陸雲龍《詞菁》、潘游龍《古今詩餘醉》、董逢元
《唐詞紀》與周履靖《唐宋元明酒詞》等九部。未錄韋莊詞者，有卓
回·《古今詞匯》，該集係「初編於歐蘇集登選甚廉，非故嚴也，正以
多不勝收，但取後世必傳者十之一二，見精奇明悟之人亦為此等佳

〔註90〕〔明〕胡應麟著：《少室山房筆叢》，見《景印文淵閣四庫全書》本
　　　　（臺北：臺灣商務印書館），冊886，卷4，頁6、卷4，頁5。

調，學者善師其意」〔註91〕是知卓回或認爲韋莊詞不適合供學詞者備覽，未予選入。而楊肇祉《詞壇絕逸品》一集，藏於大陸圖書館，惜未能寓目，不知是否收入韋莊詞。

此外，明代詞選尚有續補類詞選、叢編類詞選，係皆據前人詞選所編，姑不贅錄。續補類詞選，主要爲根據《花間集》、《草堂詩餘》所編；其中，「《草堂詩餘》詞選家族」，〔註92〕據陶師子珍《明代詞選研究》統計，即有 11 部；〔註93〕《花間集》系列，有溫博《花間集補》等。叢編類詞選，據陶師子珍《明代四種詞集叢編研究》所載，〔註94〕以唐五代爲選源者，主要有：朱之蕃《詞壇合璧》，係合刊《草堂詩餘》、《四家宮詞》、《花間集》與《詞的》；吳訥《唐宋明賢百家詞》係合刊歷代別集、選集；毛晉《詞苑英華》係合刊歷代選集。

四、詞譜：《詞學筌蹄》、《詩餘圖譜》與《嘯餘譜》

自明代以來，詞譜日益盛行。詞譜中選錄大量詞牌與詞體，代表當代所流行之詞牌與詞作情況，一方面作爲填詞規範，一方面作爲讀詞示例，凝聚其時之審美意識。韋莊詞見錄於詞譜，始自明代。現存明代詞譜，計有：周瑛《詞學筌蹄》、張綖《詩餘圖譜》、程明善《嘯餘譜》與萬惟檀《詩餘圖譜》四部。其中，萬惟檀《詩餘圖譜》錯誤頗多，〔註95〕故不取用；周瑛《詞學筌蹄》、張綖《詩餘圖譜》與程明善《嘯餘譜》均有選錄。茲列表如下：

〔註91〕明卓回．《古今詞匯．緣起》，見趙尊嶽輯：《明詞彙刊》（上海：上海古籍出版社，1992 年 7 月第 1 版），下冊，頁 1545。

〔註92〕「《草堂詩餘》詞選家族」爲蕭鵬所創，見蕭鵬著：《群體的選擇－唐宋人選詞與詞選通論》（臺北：文津出版社，1992 年 11 月初版），頁 239。

〔註93〕見陶子珍著：《明代詞選研究》（臺北：秀威資訊科技股份有限公司，2003 年 7 月 BOD1 版），頁 45～101。

〔註94〕見陶子珍著：《明代四種詞集叢編研究》（臺北：秀威資訊科技股份有限公司，2006 年 4 月 BOD1 版）

〔註95〕見王兆鵬著：《詞學史料學．詞律》（北京：中華書局，2004 年 5 月第 1 版），頁 10。

序號	詞牌	詞　譜 所收詞作（首句）		
		周瑛《詞學筌蹄》〔註96〕	張綖《詩餘圖譜》〔註97〕	程明善《嘯餘譜》〔註98〕
1	浣溪沙			
2	菩薩蠻			洛陽城裏春光好
3	歸國遙			春欲暮
4	應天長			綠槐陰裏黃鶯語
5	荷葉杯			絕代佳人難得
6	清平樂			鶯啼殘月
7	忘遠行			欲別無言倚畫屏
8	謁金門			空相憶
9	江城子			
10	河傳			錦浦春女
11	怨王孫			
12	天仙子		悵望前回夢裏期	
13	喜遷鶯		人洶洶	
14	思帝鄉		雲髻墜	雲髻墜
				春日游
15	訴衷情		碧沼紅芳煙雨靜	碧沼紅芳煙雨靜
16	上行杯			芳草灞陵春岸
17	女冠子		昨夜夜半	四月十七
18	更漏子			

〔註96〕《詞學筌蹄》之版本，依《續修四庫全書》所載上海圖書館藏，清抄本影印，見《續修四庫全書》編纂委員會編：《續修四庫全書》（上海：上海古籍出版社，2002年3月），冊1735。

〔註97〕《詩餘圖譜》之版本，依《續修四庫全書》所載北京圖書館藏，明萬曆二十七年謝天瑞刻本影印，見《續修四庫全書》編纂委員會編：《續修四庫全書》（上海：上海古籍出版社，2002年3月），冊1735。

〔註98〕《嘯餘譜》之版本，依《續修四庫全書》所載明萬曆刻本影印，見《續修四庫全書》編纂委員會編：《續修四庫全書》（上海：上海古籍出版社，2002年3月），冊1736。

19	酒泉子			月落星沉
20	木蘭花			獨上小樓春欲暮
21	小重山	一閉昭陽春又春	一閉昭陽春又春	一閉昭陽春又春
22	定西番			
	共計	1 調 1 闋	6 調 6 闋	15 調 16 闋

由上表統計可知，首先，詞牌方面，韋莊詞牌截至明代詞選所收，凡 22 調，周瑛《詞學荃蹄》、張綖《詩餘圖譜》與程明善《嘯餘譜》分別選錄 1 調、6 調、15 調，占 5%、27%、68%，三者差異頗大，其中《詞學荃蹄》為明代首部詞譜，而《嘯餘譜》為繼《詩餘圖譜》所作，是知韋莊詞為明人接受之情況，呈現日益增加之正面態度，且頗視為典範。

《詞學荃蹄》為明代首部詞譜，此或係所收詞數較少之因，而自該譜收錄韋莊詞後，《詩餘圖譜》與《嘯餘譜》所收詞數則明顯增加。茲就《詩餘圖譜》與《嘯餘譜》所錄作品，以見明代詞譜對韋莊接受之情形。首先，詞牌方面，《嘯餘譜》雖繼《詩餘圖譜》而作，然不避重出，同選錄〈思帝鄉〉、〈訴衷情〉與〈小重山〉三調，顯示此三調尤為典範之代表。。其次，詞作方面，選錄標準，傾向婉約之作，誠如張綖《詩餘圖譜·凡例》所云：「大抵詞體以婉約為正。」〔註 99〕而兩譜所選錄之韋莊詞，亦大抵傾向婉約，如〈菩薩蠻〉不選其四，以「呵呵」兩字過於率直；〈河傳〉不選其一（起句：古今愁），以其係詠史諷諭之作。此外，兩譜並錄詞牌，唯〈思帝鄉〉一調選錄不同詞作，顯示詞譜選者著錄詞牌之際，亦同時關注詞作之文學性。

總之，韋莊詞見錄於《詞學荃蹄》、《詩餘圖譜》與《嘯餘譜》等三部重要詞譜，顯示明人視其作品為填詞之經典與讀詞之範本，〈小重山〉一調尤為典範之作。

〔註 99〕〔明〕張綖著：《詩餘圖譜》，見《續修四庫全書》編纂委員會編：《續修四庫全書》（上海：上海古籍出版社，2002 年 3 月），冊 1735，頁 473。

第六章　清人對韋莊詞之接受

　　有清一代，詞學復興，詞家輩出，且詞評、詞選與詞譜等詞學文獻亦紛紛出版，可謂盛極一時。〔清〕楊芳燦〈納蘭詞序〉云：「倚聲之學，唯國朝為盛。文人才子，磊落間起。」〔註1〕陳匪石《聲執》下卷亦云：「詞肇於唐，成於五代，盛於宋，衰於元。……亡於明。……復興於清」〔註2〕足以說明清代詞學輝煌復興之盛況。而清人對韋莊詞之接受，為歷代高峰，於創作、詞論與詞選三方面，皆表現豐富多樣之態度。

第一節　創作中之韋莊詞接受

　　詞學之創作，時至清代，詞家輩出，詞作眾多，據嚴迪昌《清詞史》估量：「一代清詞總量將超出 20 萬首以上，詞人也多至 1 萬之數。」〔註3〕說明清代詞體創作之繁榮。有鑑於此，本文乃就《全清詞・順康卷》、《全清詞・順康卷・補編》與《清詞別集百三十四種》，〔註4〕

〔註1〕見施蟄存編：《詞籍序跋萃編》（北京：中國社會科學出版社，1994年 12 月第 1 版），頁 549。

〔註2〕見唐圭璋編：《詞話叢編》（北京：中華書局，2005 年 10 月第 2 版），冊 5，頁 4970。

〔註3〕見嚴迪昌著：《清詞史》（南京：江蘇古籍出版社，2001 年 7 月第 2 版），頁 1。

〔註4〕《全清詞・順康卷》之版本，依南京大學中國語言文學系全清詞編

－213－

檢索詞作之詞題或詞文，凡作者標明以韋莊爲接受對象者，均取爲析論之材料。同時發現清代詞人對韋莊詞之接受，較明人僅有和韻詞作，更增加仿擬詞與集句詞，顯示清代詞人對韋莊詞之接受，爲歷代之最。茲分述如次：

一、仿擬詞：王鵬運——擬浣花

仿擬詞自宋代即已出現，而歷代詞人仿擬韋莊詞者，至清代方出現。本文檢索清人詞作中，以韋莊詞爲對象，於詞題中標明「擬」、「效」（或作「傚」）、「法」、「改」、「用」等，尋得王鵬運詞作一闋。

王鵬運，號半塘老人，生於清高宗道光二十九年（西元 1849），卒於清德宗光緒三十年（西元 1904），爲清代末年人。舉人，官至禮科掌印給事中，以直聲震天下。〔註5〕其人精於校刊，曾匯刻自《花間集》迄宋、元諸家詞爲《四印齋所刻詞》，顯示頗推崇花間詞人；又工詞，有《半塘定稿》，中有 9 闋仿擬詞。〔註6〕所擬對象，兩闋爲唐五代，其中一闋係仿擬花間集，另一闋則爲仿擬韋莊，顯示視韋莊詞爲創作典範，茲錄該詞如下：

〈阮郎歸·擬浣花〉：

雛鶯啼去怨春殘。餘香襟袖斑。朱絃辛苦再三彈。心期深訴難。　金鴨冷黛蛾攢。依依山上山。將離花好自愁簪。

篡研究室編：《全清詞·順康卷》（北京：中華書局，2002 年 5 月第 1 版）、《全清詞·順康卷·補編》之版本，依張宏生主編：《全清詞·順康卷·補編》（南京：南京大學出版社，2008 年 5 月第 1 版）、《清詞別集百三十四種》之版本，依楊家駱主編：《清詞別集百三十四種》（臺北：鼎文書局，1976 年 8 月初版）。

〔註5〕見馬興榮、吳熊和、曹濟平主編：《中國詞學大辭典·詞人》（杭州：浙江教育出版社，1996 年 10 月第 1 版）頁 252。

〔註6〕王鵬運仿擬詞之仿擬對象與詞爲：韋莊〈阮郎歸·擬浣花〉、花間集〈楊柳枝·擬花閒〉、辛棄疾〈臨江仙·擬稼軒〉、朱敦儒〈減字木蘭花·擬樵歌〉、蔡松年〈卜算子·擬蕭閒〉、李萊老〈點絳脣·擬秋巖〉、史達祖〈戀繡衾·擬梅谿〉、許棐〈浣谿沙·擬梅屋〉、清谿〈阮郎歸·擬清谿〉（《清詞別集百三十四種·半塘定稿》冊 10，頁 15、27-28、32、32、32、33、33、33、33）

由他紅半闌。(《清詞別集百三十四種・半塘定稿》冊 10，頁 15。)

王鵬運詞題註明「擬浣花」，係指韋莊詩集《浣花集》，蓋因韋莊無個人詞集傳世之故，遂以詩集名代指其詞。而王鵬運對韋莊詞之仿擬情形，就仿擬對象而言，以該詞所用詞牌〈阮郎歸〉，未見於韋莊詞作，是知王鵬運非專擬某闋詞，係以韋莊整體詞作爲對象。就仿擬方式而言，經比對該詞與韋莊全部詞作，知係仿擬字句、內容與詞風。

首先，字句方面，該詞上闋悉化用韋莊詞句，首句「雛鶯啼去怨春殘」係摘自〈清平樂〉(鶯啼殘月)：「鶯啼殘月」與〈浣溪沙〉(清曉粧成寒食天)：「含嚬不語恨春殘」，合兩句爲一；次句「餘香襟袖斑」係化用〈應天長〉(別來半歲音書絕)：「淚沾紅袖黦」；末句「朱絃辛苦再三彈，心期深訴難」係化用〈菩薩蠻〉(紅樓別夜堪惆悵)：「琵琶金翠羽，弦上黃鶯語，勸我早歸家」；下闋則爲出自己作。其次，內容方面，上闋化用韋莊詞句，所填內容大體同於原作，其中首句亦描寫傷春；次句亦描寫淚痕濕袖；末句描寫待人歸家，唯發言者則由男子轉爲女子，稍有改變。下片未化用韋莊詞句，故無法就內容比較其關係。至於風格方面，該詞描寫傷春思念，頗有韋莊情詞風格，情感眞切而含蓄。

綜上所述，可知王鵬運對韋莊詞之仿擬，係以韋莊整體詞作爲對象，仿擬方式則包含字句、內容與風格，時亦自出新意。

二、和韻詞：尤侗、宋元鼎、王岱、周廷謔、侯嘉繙與 凌廷堪

清代詞人，和韻韋莊詞者，計有尤侗、宋元鼎、王岱、周廷謔、侯嘉繙與凌廷堪等六人，較明代只有周履靖與張杞兩人，表現更多詞人接受韋莊詞；且清人和韻詞作，皆於詞題標明和韋莊韻，表現較明代更爲積極接受之態度。

和韻詞，謂用原韻與他人相唱和之詞，故和韻詞之條件有三：一爲形式方面，須與原作依韻、次韻或用韻。二爲內容方面，需與原作

相應；三爲風格方面，需與原作相合。〔註7〕故本文由此三方面，討論清人和韻詞對韋莊詞之接受情形。並依時代先後，分述如下：

（一）尤侗：〈謁金門‧代和韋莊〉

尤侗，字同人，更字展成，別字悔庵，號艮齋，晚號西堂老人，江蘇長洲人（今江蘇省吳縣）。生於明神宗萬曆四十六年（西元1618），卒於清聖祖康熙四十三年（西元1704），爲明末清初人。以才子名世，官至翰林院檢討，工詞，有《百末詞》，〔註8〕中有9闋和韻詞，詞題皆自言和韻對象，〔註9〕其一即爲和韻韋莊，該詞前有序文云：

> 雜紀云：「韋莊有寵人，資質豔麗，兼善詞翰。蜀王建聞之，託以教內人爲詞翰，奪去。莊追念悒怏，作〈謁金門〉詞云：「空相憶。無計得傳消息。天上嫦娥人不識。寄書何處覓。新睡覺來無力。不忍把伊書跡。滿院落花春寂寂。斷腸芳草碧。」姬聞此詞，遂不食而卒。予惜其未有和篇，因擬爲之。
>
> 休相憶。紅葉不傳消息。燕鎖雕梁路未識。舊巢難再覓。風捲楊花無力。浪打萍花無跡。永巷夜臺同寂寂。土花凝血碧。（《全清詞‧順康卷》，冊3，頁1519。）

由尤侗詞序，知所和係韋莊〈謁金門〉詞，茲移錄如下：

> 空相憶。無計得傳消息。天上嫦娥人不識。寄書何處覓。新睡覺來無力。不忍把伊書跡。滿院落花春寂寂。斷腸芳草碧。

〔註7〕和韻詞之條件，參見第一章緒論，茲不贅。

〔註8〕《全清詞‧順康卷》所載作者小傳，見南京大學中國語言文學系全清詞編纂研究室編：《全清詞‧順康卷》（北京：中華書局2002年5月第1版），冊3，頁1506～1507。

〔註9〕尤侗和韻詞之和韻對象與詞作爲：韋莊〈謁金門‧代和韋莊〉、范仲淹〈蘇幕遮‧行旅，用范希文韻〉、李清照〈聲聲慢‧旅思，用易安韻〉、秦觀〈夢揚州‧客廣陵，用少游韻〉、蘇軾〈念奴嬌‧贈吳梅村先輩，用東坡赤壁韻〉、陳其年〈念奴嬌‧詠米家燈，和其年韻〉、蘇軾〈水龍吟‧楊花，和東坡韻二首〉、劉潛甫〈賀新郎‧端午，和劉潛甫韻〉、李清照〈一翦梅‧和李易安韻〉（《全清詞‧順康卷》冊3，頁1519、1539、1552、1553、1554、1556、1557、1569、1573）

尤侗自言創作動機爲：「予惜其未有和篇，因擬爲之」說明嘆惜佳詞無
人效法，而頗欲發揚，顯示特爲喜好該詞。究其緣由，或如〔清〕陳廷
焯《白雨齋詞話》卷六所云：「尤展成云：『近日詞家，愛寫閨幃……』
顧自言之而自蹈之」〔註10〕指出尤侗喜塡閨詞，故以〈謁金門〉爲和韻
對象。而韋莊作有甚多閨詞，尤侗獨鍾此詞；且所和諸詞，唯此詞作有
序文。序文所稱雜記，係指〔宋〕楊湜《古今詞話》，上文已見引錄，
茲不贅；比較尤侗所引之文字，與《古今詞話》大抵皆同，且有所說明，
亦即將「莊追念悒怏，作〈小重山〉及『空相憶』云：『空相憶。……』」
補充爲「莊追念悒怏，作〈謁金門〉詞云：『空相憶。……』」增補韋莊
該詞之詞牌，以明其本事，此亦顯示尤侗所賞者乃出乎眞情之作。凡此，
皆可見尤侗對〈謁金門〉頗爲推崇，視爲創作典範。

　　尤侗和韻之作，就形式觀之，係次韻原作，先後次第皆因之；又
字句多用韋莊詞，計有：「相憶」、「傳消息」、「無力」、「寂寂」四句，
顯示亦將該詞字句視爲典範。內容方面，與原作相應，皆寫男子對女
子之懷念，唯韋莊詞寫「天上嫦娥人不識」之天人相隔，爲悼亡詞；
尤侗詞則寫人世分離，爲相思詞，兩詞情感稍有不同。至於風格，亦
與原作大抵相合，呈現淒麗詞風，而又稍有不同，此蓋尤侗用語繁縟，
如：韋莊詞爲「無計得傳消息。天上嫦娥人不識」語言淺白，尤侗則
作「紅葉不傳消息。燕鎖雕梁路未識」，故詞風較爲綺豔，誠如〔清〕
陳廷焯《白雨齋詞話》卷三所云：「西堂亦好爲艷詞，多聰明纖巧語。」
〔註11〕說明尤侗詞風纖豔。凡此，顯示尤侗和韻韋莊詞作，表現欣賞
推崇之意，直將該詞視爲典範，予以全面效法。其《百末詞・序》云：
「予所作詞，亦《花間》《草堂》之末也，故以名之」〔註12〕說明塡

〔註10〕見唐圭璋編：《詞話叢編》（北京：中華書局，2005 年 10 月第 2 版），
　　　　冊 4，頁 3927～3928。
〔註11〕見唐圭璋編：《詞話叢編》（北京：中華書局，2005 年 10 月第 2 版），
　　　　冊 4，頁 3831。
〔註12〕見南京大學中國語言文學系全清詞編纂研究室編：《全清詞・順康卷》
　　　　（北京：中華書局 2002 年 5 月第 1 版），冊 20，頁 1507。

詞以《花間集》爲宗，而所作和韻詞，於花間詞人甚至唐五代詞人中，獨和韋莊，顯示推尊韋莊詞之意。

（二）宋元鼎：〈河傳・侯夫人，用韋莊韻〉

宋元鼎，號梅岑，別號小香居士，又號賣花老人。生於明光宗泰昌元年（西元 1620），卒於清聖祖康熙三十七年（西元 1698），爲明末清初人。諸生，後貢太學。能詩，從王士禎學；又工山水畫。性喜花與酒，晚年隱居即藝花草以錢沽酒，其人可謂風流才子也。有《芙蓉詞》，[註13] 中有 7 闋和韻詞，皆用〈河傳〉一調，詠隋煬帝事，且所和對象悉爲花間詞人，顯現別有創作寓意，茲引錄詞題及詞序如次：

其一：〈河傳・迷樓，用張泌韻〉

舊說〈河傳〉蓋隋煬帝幸江都時所製，共十二體

其二：〈河傳・堤柳，用張泌韻〉

其三：〈河傳・殿腳女，用顧敻韻〉

隋煬帝幸江都，每龍舟用綵纜十條，每條殿腳女十人，嫩羊十口，相見而行。

其四：〈河傳・女相如，用閻選韻〉

帝見絳仙謝水果詩，歎曰：『才調女相如也』。

其五：〈河傳・侯夫人，用韋莊韻〉

侯夫人自懸於棟下，臂繫錦囊有詩，煬帝傷感曰：此已死，顏色猶美如桃花。乃責許廷輔曰：朕遣汝擇後宮，汝何故獨棄此人。命以夫人禮葬之，賜廷輔死

其六：〈河傳・江都下，用溫庭筠韻〉

帝〈四十白紵歌〉有江都夏。

其七：〈河傳・丹陽宮，用李珣韻〉

煬帝在江都，聞天下已亂，欲築宮丹陽以避之。丹陽即建業也。（《全清詞・順康卷・補編》，冊 1，頁 556～557。）

〔註13〕《全清詞・順康卷》所載作者小傳，見南京大學中國語言文學系全清詞編纂研究室編：《全清詞・順康卷》（北京：中華書局 2002 年 5 月第 1 版），冊 4，頁 2291。

觀此六詞，知爲組詞，係借和韻花間詞作，以〈河傳〉詠隋煬帝事，此中有二要點：一就所和對象而言，視張泌、顧敻、閻選、韋莊、溫庭筠與李珣爲塡詞典範，顯示推崇花間詞人之意。二就和韻詞作而言，所塡內容皆爲隋煬帝之風流韻事，僅末闋描寫避亂事，雖有感慨，而更多不捨，顯示喜愛憐惜隋煬帝之心。其中，第五闋爲和韻韋莊詞，該詞詞題自言「用韋莊韻」，經對比韋莊〈河傳〉諸詞之韻腳，知係和韻「錦浦春女」一闋，茲引錄如次：

　　宋元鼎〈河傳・侯夫人，用韋莊韻〉：

　　　　未央宮女。淡妝香縷。命薄恩輕。雕房秘洞，又是鶯暖花
　　　　明。　奈春晴。北堂親老歸無路。空愁語。珠淚頻如雨。
　　　　毛君可數，丹青獨棄朱樓。捲簾愁。（《全清詞・順康卷・補編》，
　　　　冊1，頁557。）

　　韋莊〈河傳〉：

　　　　錦浦。春女。繡衣金縷。霧薄雲輕。花深柳暗，時節正是
　　　　清明。　雨初晴。玉鞭魂斷煙霞路。鶯鶯語。一望巫山雨。
　　　　香塵隱映，遙見翠檻紅樓。黛眉愁。

宋元鼎此一組詞，係用〈河傳〉一調，而韋莊此調詞作計有三闋，宋元鼎選就「錦浦春女」一闋，究其緣由，蓋因「何處煙雨」一闋，描寫隋煬帝荒淫事，雖對象爲隋煬帝，然係諷諭，自不合宋元鼎喜好煬帝之心；「春晚風暖」一闋，描寫錦城勝游景況，亦不適合詠侯夫人；而「錦浦春女」一闋，描寫錦江春女，雖對像非隋煬帝，而較適宋元鼎之題旨。對比兩詞，及宋元鼎之詞題與詞序所言，知其用韋莊詞之詞調，而別寫侯夫人事。首先，形式方面，就押韻而言，依原作次韻，先後次第皆因之；就句式而言，唯首句有所不同，韋莊詞作 2，2，且押兩韻，宋元鼎則合爲一句，僅押一韻，係因所依詞作版本不同故也。內容方面，兩詞不盡相同，韋莊詞描寫錦江春女，宋元鼎則轉爲描寫宮怨，而其筆法頗爲巧妙，先大體規模原詞句意，爾後爲轉移至侯夫人，兩詞內容可謂若即若離；細言之，就上闋爲言，韋莊寫春女

郊遊，次第交代人、事、地、時，宋元鼎亦如此塡此，唯對象改爲侯
夫人；次就下闋而言，韋莊寫春女所見所思，宋元鼎亦寫侯夫人所感
所思。總之，宋元鼎將韋莊詞改寫侯夫夫之宮怨，整闋詞意已復不同，
而其間仍暗隱承襲關係。風格方面，由於此詞係宋元鼎就原作加以改
作，詞風仍與原作有幾許相似。凡此，顯示宋元鼎將韋莊詞視爲和韻
典範，又能巧妙再次創作，保有原詞風味又更多帶有個人寓意。

（三）王岱：〈菩薩蠻・題韋端己畫船聽雨圖，用原調〉

　　王岱，明思宗崇禎十二年（西元 1639）舉人，後入清爲官，爲
明末清初間人，有《了庵詞》，〔註14〕中有 6 闋和韻詞，皆爲題古人
塡詞圖，〔註15〕顯示所作和韻詞乃著意古人詞作之意境。其中和韻韋
莊詞者，爲〈菩薩蠻・題韋端己畫船聽雨圖，用原調〉，詞題所言「畫
船聽雨」，係摘錄韋莊〈菩薩蠻〉：「畫船聽雨眠」一句，及其言「用
原調」，是知王岱以韋莊〈菩薩蠻〉（人人盡說江南好）一闋爲和韻對
象，茲引錄如次：

　　王岱〈菩薩蠻・題韋端己畫船聽雨圖，用原調〉：
　　　煙雨空濛天共水。孤篷繫處微風起。莫辨雨和風。蕭蕭響
　　　竹叢。　瓶花香斷續。隱几看鷗浴。最是錦鴛鴦。風波亦
　　　會雙。（《全清詞・順康卷・補編》，冊 1，頁 219。）

　　韋莊〈菩薩蠻〉：
　　　人人盡說江南好。遊人只合江南老。春水碧於天。畫船聽
　　　雨眠。　鑪邊人似月。皓腕凝霜雪。未老莫還鄉。還鄉須

〔註14〕《全清詞・順康卷》所載作者小傳，見南京大學中國語言文學系全
　　　　清詞編纂研究室編：《全清詞・順康卷》（北京：中華書局 2002 年 5
　　　　月第 1 版），冊 1，頁 568。

〔註15〕王岱和韻詞之和韻對象與詞作爲：李煜〈虞美人・題李重光竹聲新
　　　　月圖，即用原韻〉、韋莊〈菩薩・題韋端己畫船聽雨圖，用原調，即
　　　　用原韻〉、陸游〈霜天曉角・題陸放翁曉關河圖〉、蘇軾〈蝶戀花・
　　　　題蘇子瞻天涯芳草圖，用原調原韻〉、晏幾道〈鷓鴣天・題晏小山楊
　　　　花謝橋圖，用原調原韻〉、姜夔〈醉太平・題姜白石暗香疏影圖〉（《全
　　　　清詞・順康卷・補編》，冊 1，頁 219、219、219、220、220、220）

斷腸。

對比兩詞，及王岱詞題所自言「題韋端己畫船聽雨圖，用原調」，知其用韋莊詞之詞調，立基「畫船聽雨眠」一句，而別出新意。論其形式，僅下片以「依韻」方式和原作，上片則悉出自作。內容方面，由王岱詞題，知該詞爲想像「韋端己畫船聽雨圖」之景況，上片著意「春水碧於天，畫船聽雨眠」兩句，描寫孤篷賞景，將韋莊喜愛江南之心，轉爲抒發莫辨風雨之悟；下片著意「鑪邊人」一語，描寫所見花鳥景致，將韋莊懷鄉之情，轉爲抒發萬物成雙之羨，是知王岱對〈菩薩蠻〉一詞，基於己身期待視野，進行塡補空白，予以想像再創造，與韋莊原作已明顯不同。至論風格，由於該詞係王岱別出新意，自字句以至內容各方面，皆與原作不復相同，爲對韋莊詞再創造之作，故詞作表現王岱個人之風格。總之，王岱欣賞韋莊詞，而予以想像再創造；故所作和韻詞，於唐五代詞人中只選韋莊與李煜，足見對兩人之推崇也。

（四）周廷諤：〈小重山・宮詞，用韋莊韻〉

周廷諤，約清初人。諸生，仕途乖舛，皓首沉淪，遂以詞寄懷，有《蕈香詞》，〔註16〕中有 21 闋和韻詞，顯示好借和韻古人以抒發生活百態。〔註17〕其中，和韻韋莊詞者，爲〈小重山・宮詞，用韋莊韻〉，

〔註16〕《全清詞・順康卷》所載作者小傳，見南京大學中國語言文學系全清詞編纂研究室編：《全清詞・順康卷》（北京：中華書局 2002 年 5 月第 1 版），冊 20，頁 11615。

〔註17〕周廷諤和韻詞之和韻對象與詞作爲：史達祖〈東風第一枝・同沈焦音、吳青霞月夜探梅，用史梅溪春雪韻〉、韋莊〈小重山・宮詞，用韋莊韻〉、黃庭堅〈品令・詠茶，用黃山谷韻〉、辛棄疾〈千秋歲・自壽，用辛幼安慶壽韻〉、周邦彥〈蘭陵王・詠柳，用周美成韻〉、秦觀〈如夢令・閨情，用秦少游韻〉、歐陽修〈浣溪沙・鞦韆，用六一居士韻〉、陸游〈卜算子・落梅，用陸放翁韻〉、黃庭堅〈阮郎歸・午茶，用黃山谷詠茶韻〉、蘇軾〈阮郎歸・初夏，用蘇長公韻〉、秦觀〈阮郎歸・詠淚，用秦少游韻〉、宋祁〈玉樓春・春意，用宋子京韻〉、辛棄疾〈鷓鴣天・秋意，用辛幼安韻〉、李元膺〈鷓鴣天・春暮，用李元膺春晴韻〉、朱敦儒〈減字木蘭花・聽琵琶，用朱希眞韻〉、歐陽修〈減字木蘭花・曉景，用六一居士韻〉、歐陽修〈涼州令・榴

該詞詞題自言「用韋莊韻」，經對比韋莊〈小重山〉諸詞之韻腳，知係和韻「一閉昭陽春又春」闋，茲引錄如次：

周廷謗〈小重山‧宮詞，用韋莊韻〉

一臥昭陽巳卅春。絲絲侵鬢影、幾承恩。杜鵑枝上欲消魂。三更裏，雲破月留痕。　宮漏滴重閽。玉階零露滑、望君門。無窮心事要將論。晨星散，天曙亂鴉昏。（《全清詞‧順康卷》，冊20，頁11622。）

韋莊〈小重山〉：

一閉昭陽春又春。夜寒宮漏永。夢君恩。臥思陳事暗消魂。羅衣濕，紅袂有啼痕。　歌吹隔重閽。繞庭芳草綠，倚長門。萬般惆悵向誰論。凝情立，宮殿欲黃昏。

對比兩詞，可見周廷謗全面規模韋莊詞。論其形式，係依原作次韻，先後次第皆因之。內容方面，詞題自言「宮詞」，其詞亦寫宮怨，整闋詞意悉同原作，且句中情意，亦大抵句句規模，唯稍改以「杜鵑」、「鴉」「雲」、「月」、「星」等景物襯托情感，要皆不另出原意。至於風格，亦與原作相合，呈現含蓄詞風。凡此，顯示周廷謗全面規模韋莊詞作，直將該詞作為創作依歸；故所作和韻詞，於唐五代詞人中獨和韋莊，顯示其推崇之意。

（五）侯嘉繙：〈小重山‧宮詞，和韋莊韻〉

侯嘉繙，號彝門。生於清聖祖康熙三十六（西元1697），卒於清高

花，用六一居士韻〉、孫夫人〈南鄉子‧深冬，用孫夫人閨情韻〉、寇准〈陽關引‧本意，用寇平仲離別韻〉、林外〈洞仙歌‧垂虹橋，用林外韻〉、李清照〈鳳凰臺上憶吹簫‧離別，用李易安韻〉、史達祖〈雙雙燕‧本意，有感，用史邦卿詠燕韻傷姪銓衡也〉、僧仲殊〈金菊對芙蓉‧桂花，用僧仲殊韻〉、柳永〈玉蝴蝶‧秋思，用柳耆卿韻〉、劉叔安〈慶春澤‧上元，用劉叔安韻〉、周邦彥〈花犯‧梅花，用周美成韻〉、聶冠卿〈多麗‧寫懷，用聶冠卿春情韻〉、歐陽修〈木蘭花‧杜鵑，用六一居士韻〉（《全清詞‧順康卷》，冊20，頁11616、11622、11622、11622、11627、11627、11627、11628、11629、11629、11630、11630、11630、11632、11632、11632、11636、11637、11637、11637、11637、11638、11638、11638、11638、11639、11639）

宗乾隆十一年（西元 1746），爲清代中葉人。曾選貢，官至江寧巡捕廳。
其人富有才情，與齊召南、秦錫淳並稱台州「三傑」，著有《彝門詩存》，
[註18] 中有 24 闋和韻詞，所和對象，唐五代爲四人，餘皆爲宋人。所
和內容，唐五代和詞中，四闋詠宮詞，其中兩闋用〈小重山〉；宋代和
詞中，兩闋詠天台，餘皆詠春景，所用詞牌則較豐富；顯示對唐五代人
之接受，尤好以〈小重山〉描寫宮事，對宋人則好寫春景。[註19] 其中，
和韻韋莊詞者，即用〈小重山〉描寫宮事，經對比韋莊〈小重山〉諸詞
之韻腳，知係和韻「一閉昭陽春又春」闋，茲引錄如次：

> 侯嘉繙〈小重山·宮詞，和韋莊韻〉：
>
> 紫陌流鶯花半春。隔園笙吹滿，賀新恩。百年幽怨滯香魂。
> 紅紅淚，衣帶淡無痕。　峻絕九重闍。外人遙指點，殿宮
> 門。百番冷暖細難論。清如玉，涼簟月黃昏。（《全清詞·順
> 康卷·補編》，冊 4，頁 2290。）

> 韋莊〈小重山〉：
>
> 一閉昭陽春又春。夜寒宮漏永。夢君恩。臥思陳事暗消魂。

[註18]《全清詞·順康卷·補編》所載作者小傳，見張宏生主編：《全清詞·
順康卷·補編》（南京：南京大學出版社，2008 年 5 月第 1 版），冊
4，頁 2287。

[註19] 周廷諤和韻詞之和韻對象與詞作爲：李煜〈玉樓春·宮中詞，和李
後主韻〉、和凝〈小重山·宮詞，和和凝韻〉、韋莊〈小重山·宮詞，
和韋莊韻〉、鹿虔扆〈臨江仙·宮詞，和鹿虔扆韻〉、周邦彥〈玉樓
春·天台，和周美成韻〉、蘇軾〈點絳唇·詠天台，和蘇東坡韻〉、
秦觀〈憶王孫·春景，和秦少遊韻〉、秦觀〈如夢令·春景，再和少
遊韻〉、秦觀〈如夢令·春景，三和少遊韻〉、周邦彥〈浣溪沙·春
景，和周美成韻〉、周邦彥〈浣溪沙·春景，再和美成韻〉、周邦彥
〈浣溪沙·春景，三和美成韻〉、趙令畤〈清平樂·春景，和趙德鱗
韻〉、李煜〈阮郎歸·春景，春景，和李後主韻〉、歐陽脩〈阮郎歸·
和歐陽永叔韻〉、王元澤〈眼兒媚·春景，和王元澤韻〉、秦觀〈眼
兒媚·春景，和秦少遊韻〉、秦觀〈柳梢青·春景，再和少遊韻〉、
宋祁〈玉樓春·春景，和宋子京韻〉、晏殊〈玉樓春·春景，和晏同
叔韻〉、宋祁〈錦纏道·春景，再和子京韻〉、秦觀〈千秋歲·春景，
再和少遊韻〉、黃庭堅〈驀山溪·春景，和黃山谷韻〉、阮逸女〈魚
游春水·春景，和阮逸女韻〉（《全清詞·順康卷·補編》，冊 4，頁
2290～2293）

羅衣濕，紅袂有啼痕。　歌吹隔重闈。繞庭芳草綠，倚長
門。萬般惆悵向誰論。凝情立，宮殿欲黃昏。

韋莊〈小重山〉一調凡三闋，侯嘉繙選就「一閉昭陽春又春」闋，究
其緣由，蓋因「春到長門春草青」、「秋到長門秋草黃」兩詞，於歷代
詞選中，皆題薛昭蘊，僅〔明〕陳耀文《花草粹編》迻爲韋莊詞，當
係陳耀文誤收，故侯嘉繙不選也。對比兩詞，可見侯嘉繙極力揣摩韋
莊詞。論其形式，係依原作次韻，先後次第皆因之。內容方面，誠如
侯嘉繙於詞題自言「宮詞」，其詞亦寫宮怨，且將原詞情意予以句句
加重，極力刻劃宮門幽怨。至於風格，因全面揣摩原作，且用字用情
更爲幽怨，故詞風與原作頗相合，而更哀絕。凡此，顯示侯嘉繙極力
揣摩韋莊詞，且視爲描寫宮詞之典範。

（六）凌廷堪：〈河傳·用韋端己韻〉

凌廷堪，生於清高宗乾隆二十年（西元 1755），卒於清德宗嘉慶
十四年（西元 1809），爲清代中葉人。進士第，官至寧國府學教授。
凌廷堪貫通群經，並專精音律，爲乾嘉樸學大師。能詩善文；又工詞，
填詞不專主一家，尤嚴於律，又不拘泥音律，能驗諸人聲，可謂精審
活通，著有《梅邊吹笛譜》，〔註 20〕中有八闋和韻詞，皆借和韻古人
以唱和自娛。〔註 21〕其中，和韻韋莊詞者，爲〈河傳·用韋端己韻〉

〔註20〕〔清〕凌廷堪〈梅邊吹笛譜自序〉、〔清〕張其錦〈梅邊吹笛譜跋〉、
　　　　《清詞別集百三十四種·梅邊吹笛譜》所載作者小傳，見楊家駱主
　　　　編：《清詞別集百三十四種》（臺北：鼎文書局，1976 年），冊7，頁
　　　　1～3。又：本文所引〈梅邊吹笛譜自序〉，皆根據該書，爲免繁瑣，
　　　　不另註明。

〔註21〕凌廷堪和韻詞之和韻對象與詞作爲：韋莊〈河傳·用韋端己韻〉、張
　　　　炎〈掃花遊·己亥四月，眞州送客，用樂笑翁韻〉、趙以夫〈憶舊遊
　　　　慢·東城看荷花，用趙虛齋荷花韻〉、姜夔〈秋宵吟·己亥秋，客眞
　　　　州，涼夜支枕見桐影橫窗，月白如晝，殘夢初回，角聲蛩響亂起，
　　　　念舊日吟侶南北星散魚雁久疏，淒然有懷，爰用白石飛仙自製曲譜
　　　　之，兼和其韻〉、王沂孫〈踏莎行·讀《花外集》即用碧山題草窗詞
　　　　卷韻〉、周密〈曲遊春·西泠春泛用草窗韻〉、姜夔〈霓裳中序第一·
　　　　杭州府志西馬塍有姜白石墓，乾隆甲寅冬游湖上尋之，未得及晤鮑

兩詞作，詞題自言「用韋莊韻」，經分別對比韋莊〈河傳〉諸詞之韻
腳，知係和韻「春晚風暖」與「錦浦春女」兩闋，茲引錄如次：

　　凌廷堪〈河傳・用韋端己韻〉：

　　　今晚。衾暖。寶猊香滿。遙想伊人。踏青應倦。羅襪誰別
　　　芳塵。待侵晨。　倚闌嬌困濃於酒。低垂手。澀澀如春柳。
　　　新詞成未。籬角月澹烟昏。瘦吟魂。(《清詞別集百三十四種・
　　　梅邊吹笛譜》，冊7，頁9)

　　韋莊〈河傳〉：

　　　春晚。風暖。錦城花滿。狂殺遊人。玉鞭金勒。尋勝馳驟
　　　輕塵。惜良晨。　翠娥爭勸臨邛酒。纖纖手。拂面垂絲柳。
　　　歸時煙裏，鐘鼓正是黃昏。暗銷魂。

　　凌廷堪〈河傳・用韋端己韻〉

　　　柳浦。遊女。競攀烟縷。逐伴聲輕。牽衣笑淺。風外聽不
　　　分明。　說春晴。　夕陽芳草歸時路。還私語。又怕來朝
　　　雨。薔薇滿架。多分映户遮樓。替花愁。(《清詞別集百三十四
　　　種・梅邊吹笛譜》，冊7，頁9～10)

　　韋莊〈河傳〉：

　　　錦浦。春女。繡衣金縷。霧薄雲輕。花深柳暗，時節正是
　　　清明。　雨初晴。玉鞭魂斷煙霞路。鶯鶯語。一望巫山雨。
　　　香塵隱映，遙見翠檻紅樓。黛眉愁。

韋莊〈河傳〉凡三闋，凌廷堪乃和兩闋，顯示對韋莊該調兩詞頗爲欣
賞。先比對第一闋，知係凌廷堪別出己意。論其形式，係依原作次韻，
先後次第皆因之。內容方面，由「新詞成未」一句，是知係自抒懷抱，
誠如〈梅邊吹笛譜自序〉所云：「往往以塡詞自娛」知其甚喜塡詞，

君潄飲，飲始知在武林門外，約暇時同訪，且擬表石於其上，各塡
一詞紀之，未幾，余之官宛陵遂不果，途中耿耿，即用白石韻賦此
解，庶他日重游踐前約也〉、王沂孫〈慶春宮・去臘衍石贈稚圭水仙
數本，花事既畢，緘置牆角，久且忘之，雪窗偶一檢視，抽葉巳寸
許矣，用碧山水仙韻成闋，余亦和之〉(《清詞別集百三十四種・
梅邊吹笛譜》，冊7，頁9～10、18、19、21、30、56、57、84)

此闋和詞即描寫填詞景況，故該詞句意雖頗多沿襲韋莊，而整闋詞意已轉為自抒懷抱，與原作不復相同。至於風格，因該詞為凌廷堪自抒懷抱，故具有個人詞風。次比對第二闋，可見其形式，仍依原作次韻，先後次第皆因之。內容方面，雖較近似原作，亦描寫春女交遊，詞意大體規模原作，而又別出新意。至於風格，因該詞規模原作又另出己意，故與原作詞風相近，又能凸顯個人風致。凡此，顯示凌廷堪所作和韻詞，對韋莊詞能進行再創造之交流，視韋莊詞為典範而別出己意，故於唐五代詞人中獨和韋莊，可見其推崇之意。

綜上所述，清人和韻韋莊詞之情形，有兩要點：

其一，詞人方面：

清人和韻韋莊詞者，計有尤侗、宋元鼎、王岱、周廷諤、侯嘉繙與凌廷堪等六人，就詞人創作時代而言，尤侗、宋元鼎與王岱為明末清初人、周廷諤為清初人、侯嘉繙為康乾間人、凌廷堪為乾嘉間人，顯示清人和韻韋莊詞者，皆出現於清代中葉以前，而集中清初，且諸和作皆為情詞。推究其因，或係清初仍承明末詞風尚情，故韋莊詞備受關注。就所和作詞數而言，除凌廷堪和有兩闋，其他詞人皆為一闋，顯示對韋莊詞之接受，以凌廷堪為最。

其二，詞作方面：

清人和韻韋莊詞之作，計有七闋。就詞牌言，〈河傳〉有三闋，其中「錦浦春女」有兩闋、〈小重山〉兩闋、〈謁金門〉一闋、〈菩薩蠻〉一闋，顯示〈河傳〉與〈小重山〉較受關注。就內容言，諸家所作和詞，皆為情詞，顯示清人偏好韋莊之情詞。

三、集句詞：15 位詞家廣集 44 闋詞

集句詞自宋代即已出現，而集句韋莊者，至清代始出現。本文檢索清人詞作，於詞題或詞文標明集韋莊詞者，凡 15 位詞家，44 闋詞。茲表列如次：

序號	作者	集　句　詞		集句對象	集句方式	《全清詞》冊數及頁碼
1	傅燮詷	〈搗練子・戲集古句〉（愁脉脉）：「滿院落花春寂寂韋莊」		〈謁金門〉（空相憶）		冊 14 頁 8224
2	蔣景祁	〈河傳・採蓮，集唐詞〉（團扇）：「暗相思韋莊〈應天長〉」		〈應天長〉（別來半歲音書絕）		冊 15 頁 8760
3	錢琰	〈憶王孫・寄情，集唐人句〉（水天春暗暮雲濃）：「恨重重。韋莊」		〈天仙子〉（夢覺雲屏依舊空）		冊 16 頁 9205
4	錢琰	〈江城子・游女，集唐人句〉（步搖雲鬢珮鳴璫）	「出蘭房韋莊」	〈江城子〉（髻鬟狼籍黛眉長）		冊 16 頁 9205
			「朱唇未動，先覺口脂香同上」	〈江城子〉（恩重嬌多情易傷）		
			「無處說韋莊」	〈應天長〉（別來半歲音書絕）		
5	侯晰	〈滿庭芳・集句送春〉（燕子呢喃）：「惆悵曉鶯殘月，韋莊」		〈荷葉盃〉（記得那年花下）		冊 16 頁 9509
6	徐旭旦	〈甘州子・山枕上〉（風流學得內家妝）：「金翡翠……韋莊」		〈歸國遙〉（金翡翠）	韋莊詞指鳥，徐旭旦指物	補編，冊 3 頁 1519
7	徐旭旦	〈荷葉杯・豔情〉（夢覺半牀斜月）：「夢覺半牀斜月……韋莊」		〈清平樂〉（野花芳草）		補編，冊 3 頁 1519
8	徐旭旦	〈訴鍾情・本意〉（嫋嫋翠翹移玉步）：「鳳釵垂……韋莊」		〈思帝鄉〉（雲髻墜）		補編，冊 3 頁 1519
9	徐旭旦	〈謁金門・遊春〉（春風急）：「燕拂畫簾金額……韋莊」		〈清平樂〉（春愁南陌）		補編，冊 3 頁 1521
10	徐旭旦	〈謁金門・無題〉（霞衣窄）：「無計得傳消息……韋莊」		〈謁金門〉（空相憶）		補編，冊 3 頁 1521
11	徐旭旦	〈天仙子・送春〉（何許相逢綠楊路）：「君莫訴……韋莊」		〈菩薩蠻〉（勸君今夜須沉醉）	截取二句：「勸君今夜須沉醉」、「莫訴金盃滿」	補編，冊 3 頁 1525

<table>
<tr><td rowspan="2">12</td><td rowspan="2">徐旭旦</td><td rowspan="2">〈東坡引・閨情〉（陽臺隔楚水）</td><td>「半羞還半喜。……韋莊」</td><td rowspan="2">〈女冠子〉（昨夜夜半）</td><td rowspan="2"></td><td rowspan="2">補編，冊 3 頁 1526</td></tr>
<tr><td>「半羞還半喜……、韋莊」</td></tr>
<tr><td>13</td><td>徐旭旦</td><td colspan="2">〈鶴沖天・憶舊〉（朱戶掩）：「正是去年今日……韋莊」</td><td>〈女冠子〉（四月十七）</td><td></td><td>補編，冊 3 頁 1527</td></tr>
<tr><td>14</td><td>徐旭旦</td><td colspan="2">〈南柯子・豔情〉（錦帳徒自設）：「妾擬將身嫁與、一生休……韋莊」</td><td>〈思帝鄉〉（春日遊）</td><td></td><td>補編，冊 3 頁 1529</td></tr>
<tr><td>15</td><td>徐旭旦</td><td colspan="2">〈如夢令・即事〉（日落謝家池館）：「日落謝家池館韋莊」</td><td>〈歸國遙〉（春欲晚）</td><td></td><td>補編，冊 3 頁 1529</td></tr>
<tr><td rowspan="2">16</td><td rowspan="2">侯文照</td><td rowspan="2">〈采桑子・閨思〉（樓上春寒山四面）</td><td>「柳色蔥籠韋莊」</td><td>〈河傳〉（何處煙雨）</td><td rowspan="2"></td><td rowspan="2">補編，冊 3 頁 1547</td></tr>
<tr><td>「欲上秋千四體饕韋莊」</td><td>〈浣溪沙〉（欲上鞦韆四體慵）</td></tr>
<tr><td>17</td><td>侯承垕</td><td colspan="2">〈木蘭花・春色〉（庭院深深深幾許）：「却斂細眉歸繡戶韋莊」</td><td>〈木蘭花〉（獨上小樓春欲暮）</td><td></td><td>補編，冊 3 頁 1549</td></tr>
<tr><td>18</td><td>侯承基</td><td colspan="2">〈鷓鴣天・閨情〉（隔水殘霞見畫衣）：「畫簾垂韋莊」</td><td>〈荷葉盃〉（記得那年花下）</td><td>韋莊詞作：「水堂西面畫簾垂」</td><td>補編，冊 3 頁 1549</td></tr>
<tr><td>19</td><td>侯承垿</td><td colspan="2">〈歸國謠・寄錦〉（人寂寂）：「人寂寂韋莊」</td><td>〈天仙子〉（蟾彩霜華夜不分）</td><td></td><td>補編，冊 3 頁 1549</td></tr>
<tr><td>20</td><td>陸大成</td><td colspan="2">〈桃源憶故人・閨情〉（景陽鐘罷瓊窗暖）：「睡起綠鬟風亂韋莊」</td><td>〈歸國遙〉（春欲晚）</td><td></td><td>補編，冊 3 頁 1596</td></tr>
<tr><td>21</td><td>華韶</td><td colspan="2">〈憶王孫・春閨〉（一渠春水赤欄橋）：「倚蘭橈韋莊」</td><td>〈訴衷情〉（碧沼紅芳煙雨靜）</td><td></td><td>補編，冊 3 頁 1598</td></tr>
<tr><td>22</td><td>華宋時</td><td colspan="2">〈憶王孫・秋閨〉（雕籠鸚鵡怨長宵）：「墜花翹韋莊」</td><td>〈訴衷情〉（碧沼紅芳煙雨靜）</td><td></td><td>補編，冊 3 頁 1599</td></tr>
<tr><td>23</td><td>華紹曾</td><td colspan="2">〈減字木蘭・花尋芳〉（玉鞭金勒）：「霧薄雲輕韋莊」</td><td>〈河傳〉（錦浦春女）</td><td></td><td>補編，冊 3 頁 1600</td></tr>
</table>

24	瞿大發	〈一斛珠·春暮〉（春光欲暮）：「玉鞭魂斷煙霞路韋莊」		〈河傳〉：（錦浦春女）。		補編，冊3 頁1692
25	柴才	〈惜分釵·本意〉（詠煞江南風與月）：「正是落花時節韋莊」		〈清平樂〉（鶯啼殘月）		補編，冊4 頁2329
26	柴才	〈碧窗夢·復遊放鶴亭〉（遶砌梅堪折）：「正是去年今日韋莊」		〈女冠子〉（四月十七）		補編，冊4 頁2330
27	柴才	〈虞美人·春閨曉〉（流蘇帳曉春雞報）	「足風流韋莊」	〈思帝鄉〉（春日遊）		補編，冊4 頁2330
			「春睡覺來無力韋莊」	〈謁金門〉（空相憶）	韋莊詞作：「新睡覺來無力」	
28	柴才	〈踏莎行·寄懷周太史琡大、王進士景郴〉（柳拂浮橋）：「鶯啼殘月韋莊」		〈清平樂〉（鶯啼殘月）		補編，冊4 頁2331
29	柴才	〈水調歌頭·雲隱寺避暑〉（靜愛青苔院）：「倚遍闌干幾曲韋莊」		〈謁金門〉（春雨足）		補編，冊4 頁2332
30	柴才	〈鷓鴣天·輓包文學即山〉（年少登壇眾所聞）：「碧天雲韋莊」		〈應天長〉（綠槐陰裏黃鶯語）		補編，冊4 頁2333
31	柴才	〈法駕導引·春雨二闋〉（春雨足）	「春雨足韋莊」	〈謁金門〉（春雨足）		補編，冊4 頁2336
			「春雨足重用」	〈謁金門〉（春雨足）		
32	柴才	〈一痕沙·良渚漫興〉（茅屋槿籬溪曲）	「染就一溪新綠韋莊」	〈謁金門〉（春雨足）		補編，冊4 頁2336
			「棹歌聲韋莊」	〈訴衷情〉（燭燼香殘簾未卷）	韋莊詞作：「何處按歌聲」	
33	柴才	〈添字昭君怨·閨怨〉（點翠勻紅時世）：「夜夜綠窗風雨韋莊」		〈應天長〉（綠槐陰裏黃鶯語）		補編，冊4 頁2337
34	柴才	〈江月晃重山·懷林文學起瞻〉（漁網平鋪荇葉）：「無計得傳消息韋莊」		〈謁金門〉（空相憶）		補編，冊4 頁2338
35	柴才	〈鶴沖天·聞簫〉（月初出）：「樓外翠簾高軸韋莊」		〈謁金門〉（春雨足）		補編，冊4 頁2340

36	柴才	〈南鄉子‧夏日漫興〉（驟雨鬧芭蕉）：「迢迢韋莊」		〈訴衷情〉（碧沼紅芳煙雨靜）		補編，冊4頁2340
37	柴才	〈訴衷情‧送外兄錢秀才以成之閩南〉（棹舉）：「恨重重韋莊」		〈天仙子〉（夢覺雲屏依舊空）		補編，冊4頁2341
38	柴才	〈昭君怨‧感舊〉（去歲暮春上巳）	「羅幕繡幃鴛被韋莊」	〈歸國遙〉（金翡翠）		補編，冊4頁2341
			「負春情韋莊」	〈訴衷情〉（燭燼香殘簾未卷）		
39	柴才	〈十六字‧雨後看桃〉（花）：「春雨過韋莊」		〈謁金門〉：「春雨足」	韋莊詞作：「春雨足」	補編，冊4頁2341
40	柴才	〈如夢令‧春閨〉（芳草落花無限）：「睡覺綠鬟風亂韋莊」		〈歸國遙〉（春欲晚）		補編，冊4頁2342
41	柴才	〈女冠子‧本意〉（風生雲起）：「墜花翹韋莊」		〈訴衷情〉（碧沼紅芳煙雨靜）		補編，冊4頁2343
42	柴才	〈點絳唇‧賦得『殘夢關心懶下樓』〉（爲問新愁）	「四月十七韋莊」	〈女冠子〉（四月十七）		補編，冊4頁2344
			「繡閣香燈滅韋莊」	〈清平樂〉（鶯啼殘月）		
43	柴才	〈江城梅花引‧落花〉（隔煙花柳遠濛濛）	「春雨過韋莊」	〈謁金門〉：「春雨足」	韋莊詞作：「春雨足」	補編，冊4頁2347
			「閒倚北窗長歎韋莊」		韋莊詩詞皆無	
44	柴才	〈中興樂‧別揚州〉（二分無賴是揚州）：「花深柳暗韋莊」		〈河傳〉（錦浦春女）		補編，冊4頁2352

茲就上表統計，分作者、詞作兩方面，析論如次：

（一）作者方面

清人集韋莊詞者，計有 15 人，所集詞數分別爲：柴才 20 闋、徐旭旦 10 闋、錢琰 2 闋、傅燮詗 1 闋、蔣景祁 1 闋、侯晰 1 闋、侯文照 1 闋、侯承垕 1 闋、侯承基 1 闋、侯承垾 1 闋、陸大成 1 闋、華韶 1 闋、華宋時 1 闋、華紹曾 1 闋、瞿大發 1 闋。

就詞作總數而言，以柴才與徐旭旦尤高於眾人；究其緣由，當爲

所作集句詞數較夥。其中，柴才有《百一草堂集唐詩餘》，凡 129 闋詞，其填詞專力「集唐詩餘」，所集韋莊詞名冠各家，良有以也。徐旭旦則作有集句詞 66 闋，其他各家僅數闋而已；分別爲錢琰 4 闋、瞿大發 3 闋、傅燮詷 2 闋、華韶 2 闋、侯承基 2 闋、蔣景祁 1 闋、侯晰 1 闋、侯文照 1 闋、侯承壴 1 闋、侯承垳 1 闋、陸大成 1 闋、華宋時 1 闋、華紹曾 1 闋。是知，柴才與徐旭旦對韋莊詞之接受態度，表現最爲寬廣接受。

就接受程度而言，各家所作集句詞中，集有韋莊詞者比例，分別爲蔣景祁 100%、侯晰 100%、侯文照 100%、侯承壴 100%、侯承垳 100%、陸大成 100%、華韶 100%、華宋時 100%、華紹曾 100%、錢琰 50%、傅燮詷 50%、侯承基 50%、瞿大發 33%、柴才 16%、徐旭旦 15%。是知，蔣景祁、侯晰、侯文照、侯承壴、侯承垳、陸大成、華韶、華宋時、華紹曾等人，雖只作一闋集句詞，乃集入韋莊詞句，可見對韋莊詞之推崇接受，並視其詞爲填詞典範。

（二）詞作方面

清人集韋莊詞之作品，計有 44 闋。就集句方式而言，計有整引、截取、增損三種，〔註22〕其中，整引者計有 39 闋；截取者計有 1 闋，爲徐旭旦〈天仙子·送春〉：「君莫訴」，係截取並組合韋莊〈菩薩蠻〉「勸君今夜須沉醉」與「莫訴金盃滿」兩詞句。增損者計有 6 闋，分別爲侯承基〈鷓鴣天·閨情〉：「畫簾垂」，係就〈荷葉盃〉：「水堂西面畫簾垂」句減字；柴才〈虞美人·春閨曉〉：「春睡覺來無力」，係就〈謁金門〉「新睡覺來無力」句改易；柴才〈一痕沙·良渚漫興〉：「棹歌聲」，係就〈訴衷情〉「何處按歌聲」句改易；柴才〈十六字·雨後看桃〉：「春雨過」與〈江城梅花引·落花〉：「春雨過」，皆就〈謁金門〉：「春雨足」

〔註22〕王偉勇區分「集句體」之使用方式：「整引、截取、增損、化用、櫽括等」，該文係針對宋人集句體，而亦能運用清人集句體，本文茲依之。見王偉勇：《詞學專題研究·兩宋集句詞形式考──兼論兩宋集句詞未必盡集前人成句》（臺北：文史哲出版社，2003 年 4 月初版），頁 330。

句改易，其中以柴才最多，顯示對韋莊詞之接受變化較多；且見集韋莊詩者，計有5闋：〈南鄉子·柳〉（相見也依依）：「依舊煙籠十里堤韋莊」句集自〈臺城〉詩、〈南鄉子·夏日漫興〉（驟雨鬧芭蕉）：「翠簟初清暑半消韋莊」句集自〈早秋夜作城〉詩、〈誤佳期·寓湖偶成〉（殘月光沉樹杪）：「破煙穿入畫屏飛韋莊」句集自〈稻田〉詩、〈惜分飛·本意〉（淚臉露桃紅色重）：「纔喜相逢又相送韋莊」句集自〈長干塘別徐茂才〉詩、〈蝶戀花·宿瓜州〉（一夕瓜洲渡頭宿）：「二十四橋俱寂寞韋莊」句集自〈過揚州〉：「二十四橋空寂寂」詩（《全清詞·補編》，冊4，頁2331、2340、2342、2344、2352）。是知，柴才對韋莊確為廣泛接受，不僅關注較多詞作，又及於其詩。由上舉證，可見清人集韋莊詞之方式，主要為整引，其次為增損，而截取只有一闋。

其次，就詞句意義而言，除徐旭旦〈甘州子·山枕上〉（風流學得內家妝）：「金翡翠」將韋莊詞句指鳥，轉為指物，詞句意義有所改變外，餘者皆不改變韋莊詞原意，顯示將韋莊詞句視為標準定句者為夥。

末就詞句引用而言，如「睡起綠鬟風亂」、「無計得傳消息」、「恨重重」、「墜花翹」、「正是去年今日」等句，分別使用兩次，顯示尤為典範名句，其他各句則均使用一次。

綜上所述，可見清代詞人集韋莊詞之情形如次：就作者言之，柴才與徐旭旦表現廣泛接受之態度，蔣景祁、侯晰、侯文照、侯承垕、侯承埏、陸大成、華韶、華宋時、華紹曾等人表現深入接受之態度。詞作方面，詞人對韋莊詞集句方式，大抵一詞集一句，不改變句意，而以整句引用最夥，顯示視韋莊詞為標準定句；其中，「睡起綠鬟風亂」、「無計得傳消息」、「恨重重」、「墜花翹」、「正是去年今日」尤被視為典範詞句。另一方面，清人集韋莊詞，亦表現於詩作中，尤以黃之雋最為突出，《香屑集》多處集韋莊詞入詩，如〈倣風〉「遠山眉黛綠」集自韋莊〈謁金門〉（春漏促）；〈歡情〉（相逢明月裏）：「半羞還半喜」集自〈女冠子〉（昨夜夜半）；〈無題〉：「先覺口脂香」集自〈江城子〉（恩重嬌多情易傷）；〈美人〉：「鴛夢隔星橋」集自〈訴衷情〉

（碧沼紅芳煙雨靜）；〈情詩〉：「妾擬將身嫁與」集自〈思帝鄉〉（春日遊）；〈情詩〉：「絕代佳人難得」集自〈荷葉盃〉（絕代佳人難得）；〈情詩〉：「玉勒金鞍何處」集自〈清平樂〉（綠楊春雨）；〈情詩〉：「掃掃即郎去歸遲」集自〈清平樂〉（鶯啼殘月）等，〔註23〕顯示黃氏亦視韋莊詞為創作典範。

雖然，清代詞人集韋莊詞，仍有亡佚未載者。如〔清〕毛奇齡《西河詞話》卷一載：「姑蘇周五郎巷，貨郎貨紙團扇者，晨起有道士乞食過門。貨郎句書扇，道士書數扇去。其一〈菩薩蠻〉詞，是集唐者。詞曰：『……皓腕凝雙雪……』觀者異之，但不得道士所在。或疑道士為女冠賦此。觀詞中玉樓、翠翹、抱琴、爇香，俱類女冠可見。或曰，此非道士詞，考《花間集》，爇香本作竊香，女冠與竊香微不合。後有人從吳淞歸云，此詞係海上張也倩作也。倩號梅禪道人，有刻集，其未刻集中載此詞，未知是否。」〔註24〕明白指出清代道士集韋莊〈菩薩蠻〉（人人盡說江南好）一詞，而為賣貨郎書之於扇，顯示韋莊詞頗流行於民間，傳播誠廣泛也。

四、其 他

清代詞人接受韋莊詞，在創作方面，除上述仿擬、和韻與集句等形式外，另有以韋莊為學習對象，而未於詞題或詞作中標明者。此一創作情形，往往見載詞話。其中，包含以韋莊為學習對象與以《花間集》為學習對象兩情形。茲分述如次：

（一）以韋莊為學習對象

清代詞人有以韋莊為學習對象者，茲舉劉炳照、潘德輿為例。據〔清〕譚獻《復堂詞話》載：「光珊自道……源溯馮、韋語，既擴心

〔註23〕〔清〕黃之雋著：《香屑集》，見《景印文淵閣四庫全書》本（臺北：臺灣商務印書館），冊1327，卷3，頁3、卷7，頁6、卷8，頁12、卷9，頁22、卷16，頁22、卷16，頁22、卷16，頁22、卷16，頁22。

〔註24〕見唐圭璋編：《詞話叢編》（北京：中華書局，2005年10月第2版），冊1，頁575。

得，亦表正宗，庶乎不愧。」〔註25〕是知劉炳照學習韋莊詞之用語。
潘德輿於《養一齋詞‧自序》自云：「余年二十七，始學爲詞，愛韋
端己、馮正中風調，一歲得一卷，流轉友人，索之不可得，平心思之，
情取跌宕，不無佻冶，無足恨也。」〔註26〕是知潘德輿頗好韋莊詞，
稱賞其情濃厚起伏且溫柔敦厚，故作爲學習對象。

（二）以《花間集》爲學習對象

　　清代詞人多以《花間集》爲學習對象，而韋莊既爲花間諸家之一，
自可視爲被學習之對象，茲舉鄒祗謨、王士錄爲例。鄒祗謨《遠志齋
詞衷》云：「長調音節有出入　己丑庚寅間，常與文友取唐人……《花
間集》……摹倣僻調將遍。」〔註27〕是知鄒祗謨全面仿效《花間集》
之罕用詞牌；又〔清〕李調元《雨村詞話》卷四記載：「西樵王士祿……
有《炊聞卮語》。自序云：『……因取《花間》……稍規撫橅爲之，少
即一二，多或六七，設然隨意，都無納限，既檢積稿，遂踰百篇，舊
作二十首亦附見焉。」〔註28〕是知王士祿亦規模《花間集》。而清代
詞人凡自言學習《花間集》者，其學習對象自不排除韋莊詞。

　　綜上所述，可知清代詞人之創作，雖有未於某一詞作標明學習韋
莊者，而對韋莊詞之接受，實貫穿於創作態度，體現於整體創作中，
亦將韋莊詞視爲學習之典範。

第二節　詞論中之韋莊詞接受

　　孫克強《清代詞學》云：「清代詞學的集大成性表現在其詞學理

〔註25〕見唐圭璋編：《詞話叢編》（北京：中華書局，2005年10月第2版），
　　　　冊4，頁4020。

〔註26〕見施蟄存編：《詞籍序跋萃編》（北京：中國社會科學出版社，1994
　　　　年12月第1版），頁581。

〔註27〕見唐圭璋編：《詞話叢編》（北京：中華書局，2005年10月第2版），
　　　　冊1，頁643。

〔註28〕見唐圭璋編：《詞話叢編》（北京：中華書局，2005年10月第2版），
　　　　冊2，頁1435～1436。

論往往是對前人理論的繼承、總結和發展。清人對詞史上的幾乎所有重要命題範疇，都進行了深入的探討、總結。」〔註29〕清代詞論對韋莊詞之接受，亦繼承、總結和發展前人對韋莊詞之評論，主要關注於詞史、情感、藝術技巧與風格三方面。茲分述如下：

一、韋莊爲詞之正宗，下開千年詞史

中國文化具有復古意識之傳統，當文體發展至一定階段，必追溯其源流，見構發展歷史。詞體之發展，乃「句萌於隋，發育於唐，敷舒於五代，茂盛於北宋，煊爛於南宋，寁伐於金，散漫於元，灌溉於清初，收穫於乾嘉之際。」〔註30〕詞體自隋代萌芽，迄清代已流衍悠久。清代詞論課題之一，即爲詞史，亦即關注對詞體演變具重大影響之詞人。韋莊詞既屬詞史初期，更對詞史發展多所影響，誠如胡適《詞選》所謂：「在詞史上他（韋莊）要算一個開山大師」，〔註31〕鄭振鐸亦云：「蜀中詞當始於韋莊……在他之前，蜀中文學，無聞於世。蜀士皆往往出遊於外。……到了韋莊的入蜀，於是蜀中乃儼然成爲一個文學的重鎮了。」〔註32〕是皆自詞史立論，認爲韋莊居開宗地位，對西蜀貢獻尤巨。清人論韋莊詞，自然亦關注其詞史地位。

另一方面，清人往往結合詞史，評論「正變」課題。所謂「正變」，乃對詞體風格或流派作總體性評論，「正」指正體，「變」指變體；此爲〔明〕張綖首先提出，其《詩餘圖譜・凡例》云：「詞體大略有二：一體婉約，一體豪放。……大抵詞體之婉約爲正。」〔註33〕張綖將詞

〔註29〕見孫克強著：《清代詞學》（北京：中國社會科學出版社，2004 年 7 月第 1 版），頁 36～37。

〔註30〕見劉毓盤著：《詞史》（臺北：臺灣學生書局，1982 年 8 月第 3 版），頁 169。

〔註31〕見胡適著：《詞選》（北京：中華書局，2007 年 4 月北京第 1 版），頁 11。

〔註32〕見鄭振鐸著：《插圖本中國文學史》（臺北：莊嚴出版社，1991 年 1 月初版），上冊，頁 427。

〔註33〕〔明〕張綖著：《詩餘圖譜》，見《續修四庫全書》編纂委員會編：《續修四庫全書》（上海：上海古籍出版社，2002 年 3 月），冊 1735，頁 473。

體分爲婉約與豪放兩類，而以婉約爲正體，此一說法遂廣爲詞學界認同，成爲主要課題之一。清人論韋莊詞史意義，亦多結合「正變」課題；而各家對「正變」之定義、態度等看法，各持己說，所論韋莊詞正變之含意頗爲細膩、豐富。茲列舉說明述如下：

（一）王士禎：韋莊爲婉約詞宗

王士禎於《花草蒙拾》論及韋莊詞云：

> 弇州謂蘇、黃、稼軒爲詞之變體，是也。謂溫、韋爲詞之變體，非也。夫溫、韋視晏、李、秦、周，譬賦〈高唐〉、〈神女〉，而後有〈長門〉、〈洛神〉。詩有古詩錄別，而後有建安黃初三唐也。謂之正始則可，謂之變體則不可。〔註34〕

此論首先將張綖以正變論詞體，轉爲論流派；進而評論〔明〕王世貞對韋莊詞之說法。王世貞《藝苑卮言》云：「詞須婉轉縣麗，淺至儇俏，挾春月烟花於閨幨內奏之，一語之豔，令人魂絕，一字之工，令人色飛，乃爲貴耳。至於慷慨磊落，縱橫豪爽，抑亦其次，不作可耳。……溫韋艷而促，……詞之變體也。」〔註35〕此言立基於張綖之論，並提出崇正抑變之主張，認爲韋莊詞爲變體，因視之爲次等而予以貶斥。王士禎修正此論，雖同意王世貞之詞體正變說，然批評其視韋莊詞爲變體之觀點。

王士禎自詞史之源流遞嬗立論，認爲溫庭筠與韋莊爲詞史淵源，後世諸多詞家由此衍生，故不應將淵源視爲變體，當爲正體。而王士禎對「正變」之定義，係繼承張綖說法，所以《花草蒙拾》云：「張南湖論詞派有二：一曰婉約，一曰豪放。僕謂婉約以易安爲宗，豪放爲幼安稱首；皆吾濟南人，難乎爲繼矣」〔註36〕是知，王士禎以婉約

〔註34〕見唐圭璋編：《詞話叢編》（北京：中華書局，2005 年 10 月第 2 版），冊 1，頁 673。

〔註35〕見唐圭璋編：《詞話叢編》（北京：中華書局，2005 年 10 月第 2 版），冊 1，頁 385。

〔註36〕見唐圭璋編：《詞話叢編》（北京：中華書局，2005 年 10 月第 2 版），冊 1，頁 685。

與豪放論正變，視韋莊詞爲婉約正宗；而細論王士禛對韋莊詞之態度，以其同時肯定婉約與豪放風格，無分優劣，故雖尊爲婉約正宗，並未推舉至歷代詞史之冠。

　　總之，王士禛論韋莊詞，出自詞史角度，視爲歷代婉約詞之正宗。而王士禛此論爲謝章鋌《賭棋山莊詞話》〔註37〕引錄，是知謝章鋌亦如此接受韋莊詞。然王又華《古今詞論》〔註38〕則引錄王世貞之論，可知王又華仍視韋莊爲詞之變體。

（二）康熙：韋莊為詞史權輿

　　康熙於《御選歷代詩餘・序》論及韋莊詞云：

> 詩餘之作，蓋自昔樂府之遺音，而後人之審聲選調，所由以緣起也。而要接昉於詩，則其本末源流之故有可言者。……洎溫庭筠、韋莊之徒，相繼有作，而新聲迭出，時皆被諸管弦。是詩之流爲詞，已權輿於唐矣。〔註39〕

康熙論韋莊詞，出自詞史角度，認爲詞體經韋莊等唐人創製，始得成熟，故視韋莊爲詞史宗祖之一。蓋康熙身爲滿人，較少受中國傳統儒家思想所束縛，故看待詞體較爲客觀，不同宋代以來，往往視之爲小道。所謂「繼響夫詩者也」，即謂詞具有「風雅」傳統，乃「有關政教而裨益身心者」，將詞提升至正統文學之列；然雖沿用「詩餘」觀念，所論內涵則不復相同，帶有尊體之政治涵意；是知，康熙視韋莊詞，出自「詩餘」角度，接受態度頗爲尊重。

　　總之，康熙視韋莊爲詞史宗祖，確立詞體成熟；又以其尊詞體爲詩之餘響，對韋莊詞亦持正面之接受態度。

〔註37〕見唐圭璋編：《詞話叢編》（北京：中華書局，2005年10月第2版），冊4，頁3323。

〔註38〕〔日本〕青山宏：〈《花間集》的詞（二）──韋莊的詞〉，見王水照，保苅佳昭編選：《日本學者中國詞學論文集》（上海：賞海古籍出版社，1991年5月第1版），頁151。

〔註39〕〔清〕沈辰垣、王奕清等奉敕編：《御選歷代詩餘》，見《景印文淵閣四庫全書》本（臺北：臺灣商務印書館），冊1491，頁1～2。又：下文所引康熙《御選歷代詩餘・序》，皆根據該書，爲免繁瑣，不另註明。

（三）陳廷焯：韋莊為千古詞宗、風騷正祖

陳廷焯於《白雨齋詞話》與《詞則》，多處論及韋莊詞：

> 倚聲之學，千有餘年，作者代出。顧能上溯風騷，與為表裡，自唐迄今，合者無幾。……飛卿、端己，首發其端，周、秦、姜、史、張、王，曲竟其緒，而要皆發源於風雅，推本於騷辯。〔註40〕（《白雨齋詞話‧自序》）

> 風騷既息，樂府代興。自五七言盛行於唐，長短句無所依，詞於是作焉。詞也者，樂府之變調，風騷之流派也。溫、韋發其端，兩宋名賢暢其緒。風雅正宗，於斯不墜。〔註41〕（《詞則‧自序》）

> 千古詞宗，溫、韋發其源。〔註42〕（《白雨齋詞話》卷五）

> 溫、韋創古者也。〔註43〕（《白雨齋詞話》卷八）

> 自溫、韋以迄玉田，詞之正也，亦詞之古也。元、明而後，詞之變也。〔註44〕（《白雨齋詞話》卷七）

> 余擬輯古今二十九家詞選，……五代三家，……韋端己……詞中原委正變，約略具是。〔註45〕（《白雨齋詞話》卷八）

> 宋詞可以越五代，而不能越飛卿、端己者，彼已臻其極也。〔註46〕（《白雨齋詞話》卷八）

〔註40〕見唐圭璋編：《詞話叢編》（北京：中華書局，2005年10月第2版），冊4，頁3750。
〔註41〕見〔清〕陳廷焯著：《詞則》（上海：上海古籍出版社，1984年5月），卷1，頁1。
〔註42〕見唐圭璋編：《詞話叢編》（北京：中華書局，2005年10月第2版），冊4，頁3877。
〔註43〕見唐圭璋編：《詞話叢編》（北京：中華書局，2005年10月第2版），冊4，頁3965。
〔註44〕見唐圭璋編：《詞話叢編》（北京：中華書局，2005年10月第2版），冊4，頁3942。
〔註45〕見唐圭璋編：《詞話叢編》（北京：中華書局，2005年10月第2版），冊4，頁3964～3965。
〔註46〕見唐圭璋編：《詞話叢編》（北京：中華書局，2005年10月第2版），冊4，頁3973。

綜觀陳廷焯對韋莊詞之評論，知係出自詞史角度，認為具創古之功，發揚詞體之風騷精神，而推尊為千古詞宗，為歷代詞家典範。陳廷焯之詞學理論，早期服膺浙西詞派，編有《雲韶集》；後歸依常州詞派，著有《白雨齋詞話》，編有《詞則》；上列各則之評論，係皆繼承常州詞派之觀點，延續張惠言、周濟等人以「風騷精神」論詞，所論韋莊詞亦出自「風騷精神」。

　　常州詞派論詞，重視詞史，周濟《介存齋論詞雜著》即云：「詩有史，詞亦有史」〔註47〕陳廷焯論詞，亦先探究詞之淵源，《白雨齋詞話》卷六云：「作詞貴求其本原……此余不得已撰述此編，推諸風騷，以盡精義。」〔註48〕說明學詞或評詞須先求「本原」，而「本原」之內涵乃「風騷精神」；遂將詞史遠流追溯至《風》、《騷》與漢樂府，並以風騷精神區分詞之「正變」，不同於王士禎繼承張綖之說，而認為符合風騷精神者為正，反之則為變，並崇正抑變，故肯定韋莊之於詞史地位。

　　總之，陳廷焯論韋莊詞，係立基「風騷精神」，認為韋莊以「風騷精神」入詞，符合其詞史觀點，遂尊為風騷詞宗。

（四）陳洵：韋莊為五代詞宗、正聲之祖

　　陳洵於《海綃說詞》論及韋莊詞云：

> 詞興於唐，李白肇基，溫岐受命。五代纘緒，韋莊為首。溫韋既立，正聲於是乎在矣。天水將興，江南國蹙，心危音苦，變調斯作，文章世運，其勢則然。〔註49〕

陳洵師從朱祖謀，屬常州詞派，《海綃說詞》多本周濟之意，知其論詞尤傾向周濟之學。陳洵論詞，繼承常州詞派重視詞史之理論，《海

〔註47〕見唐圭璋編：《詞話叢編》（北京：中華書局，2005 年 10 月第 2 版），冊 2，頁 1630。

〔註48〕見唐圭璋編：《詞話叢編》（北京：中華書局，2005 年 10 月第 2 版），冊 4，頁 3935。

〔註49〕見唐圭璋編：《詞話叢編》（北京：中華書局，2005 年 10 月第 2 版），冊 5，頁 4837。

綃說詞》開篇即探究詞之淵源：「詩三百篇，皆入樂者也。漢魏以來，有徒詩，有樂府，而詩與樂分矣。唐之詩人，變五七言爲長短句，制新律而繫之詞，蓋將合徒詩、樂府而爲之，以上窺國子絃歌之教。謂之爲詞，則與廿五代興者也。」〔註50〕是言將詞史遠流追溯至《詩經》，認爲「溫柔敦厚其教也，芳菲悱惻其懷也」〔註51〕詞因而具有詩教之大用。故其論韋莊詞，亦關注詞史地位，認爲韋莊繼李白、溫庭筠創製後，爲五代之詞宗，並確立詞體之正，爲詞之正宗。陳洵所謂「正聲」，係指詩之「變調」，即《詩經》之變風，可知亦以「風騷精神」區分正變，認爲溫庭筠與韋莊首次將變風入詞，而爲詞之正宗始祖。

　　總之，陳洵論韋莊詞，繼承常州詞派之理論，視韋莊爲五代詞宗，又以其首次將變風入詞，自屬詞之正宗。

　　綜上所述，可知王士禎、康熙、陳廷焯與陳洵等人，關注韋莊詞之「詞史」與「正變」課題，四人皆將韋莊視爲千古詞宗。此外，王士禎、陳廷焯與陳洵，更結合詞史論及正變，三人皆視韋莊爲詞之正宗，而各家所謂正變之定義，有所不同；其中，王士禎繼承張綖之說，以婉約與豪放區分正變，故所論韋莊乃婉約正宗；陳廷焯與陳洵則將張綖之說，另賦以常州詞派之理論，以具有風騷精神之有無區分正變，故視韋莊詞乃風騷正宗。總之，清人多將韋莊視爲詞之正宗，下開千年詞史。

二、韋莊詞情感眞切

　　李誼云：「韋莊的詞同其詩一樣，都是用作爲抒情的工具，它們多數都是寓目緣情，有感而發的作品。」〔註52〕唐圭璋亦謂韋莊詞：「大抵景眞情眞」〔註53〕是皆言韋莊詞眞切具體，多出自眞實感情之

〔註50〕見唐圭璋編：《詞話叢編》（北京：中華書局，2005 年 10 月第 2 版），
　　　　冊5，頁 4837。
〔註51〕〔清〕陳洵《海綃說詞》，見唐圭璋編：《詞話叢編》（北京：中華書局，2005 年 10 月第 2 版），冊5，頁 4839。
〔註52〕見李誼：《韋莊生平及其作品簡論》《中國文化月刊》，第 207 期，（1997年 6 月），頁 71。
〔註53〕唐圭璋：〈唐宋兩代蜀詞〉，見華東師範大學中文系古典文學研究室

經歷，其中尤以思鄉念國與懷憶愛姬兩類詞作，情感最爲深刻，明顯自抒胸臆，故清人往往關注韋莊詞中所寄託之情意。茲分述如下：

（一）思鄉念國

唐末之際，中原鼎沸，韋莊爲避亂人蜀，欲歸未得，雖身歷顯要，心所難堪，發之於詞，自然思鄉念國，情溢於辭，誠如〔日本〕青山宏所云：「就韋莊個人來說，他雖然甘心情願依附於蜀國，但終究忘不了故鄉長安，這種遠離故土的惆悵、失落的情緒，即是韋詞的背景和先決條件。」〔註54〕清人評論韋莊詞思鄉念國之內容，主要爲總論其情與關注〈菩薩蠻〉諸詞，茲分述如次：

1. 劉熙載：韋莊詞惆悵自憐，詞品不高

劉熙載於《藝概·詞概》卷四論及韋莊詞云：

> 韋端己、馮正中諸家詞，留連光景，惆悵自憐，蓋亦易飄颻於風雨者。若論第其吐屬之美，又何加焉。〔註55〕

此言指出韋莊處於亂世，卻沉湎歡樂、自我哀憐，以逃避現實，故詞作之辭采雖美，亦非上等作品。劉熙載《藝概·詞概》以「詞品」爲綱領，所論韋莊，亦聯繫人品與詞品，作爲評騭之標準。

劉熙載之詞學理論，以儒家思想爲基礎，嘗云：「詞導源於古詩，故亦兼具六義。六義之取，各有所當，不得以一時一境盡之。」〔註56〕又云：「詞之興觀群怨，豈下於詩哉」，〔註57〕認爲詞體具有《詩經》

編：《詞學研究論文集》（上海：華東師範大學出版社，1988 年 3 月第 1 版），頁 256。

〔註54〕〔日本〕青山宏：〈《花間集》的詞（二）──韋莊的詞〉，見王水照，保苅佳昭編選：《日本學者中國詞學論文集》（上海：賞海古籍出版社，1991 年 5 月第 1 版），頁 147。

〔註55〕見唐圭璋編：《詞話叢編》（北京：中華書局，2005 年 10 月第 2 版），冊 4，頁 3689。

〔註56〕〔清〕劉熙載著：《藝概》，見唐圭璋編：《詞話叢編》（北京：中華書局，2005 年 10 月第 2 版），冊 4，頁 3687。

〔註57〕〔清〕劉熙載著：《藝概》，見唐圭璋編：《詞話叢編》（北京：中華書局，2005 年 10 月第 2 版），冊 4，頁 3687。

六義之作用；至其具體評論，則以「詞品」爲批評標準，所謂：「論詞莫先於品」〔註58〕蓋以爲論詞首重詞中所表現之人品，即符合儒家詩教，而將人品視爲決定詞作價值之主因。劉熙載進而依人品與詞品之關係，區分詞品爲三等，《藝概・詞概》卷四云：

> 「沒些兒婆珊勃窣，也不是崢嶸突兀，管做徹元分人物」，此陳同甫〈三部樂〉詞也。余欲借其語以判詞品，以元分人物爲最上，崢嶸突兀猶不失爲奇傑，婆珊勃窣則淪於側媚矣。〔註59〕

劉熙載借用陳亮〈三部樂〉以具體說明詞作之三品區分，該言雖未將詞品等第作明確定義，而仍可知所謂三詞品乃：上等者爲人品與詞品皆好；中等者爲人品與詞品基本統一而較不突出；下等者爲人品與詞品相矛盾，或人品好而詞品差，或人品差而詞品好。〔註60〕是知詞品之等第，決定於人品，即詞作所含之思想性，其次方論詞作之藝術性。故論韋莊詞，首先視其人品，以爲韋莊縱樂忘憂，詞作無甚深刻思想，乃個人小我惆悵情懷；而後論詞作之藝術性，認爲頗具辭采，然因其人品格不高，故辭采無足觀。劉熙載雖未將韋莊詞定爲下品，然稱韋莊「留連光景，惆悵自憐」，譏彈其人品非爲上品，故視其詞亦非上品。

　　總之，劉熙載於詞壇盛行常州詞論之際，首創「詞品」說，形成自我體系，力圖糾正常州詞派之弊端，不復推崇韋莊，而持「詞品」以論之，認爲韋莊人品不高，故詞品亦不高。劉熙載此言爲江順詒《詞學集成》〔註61〕引錄，顯示江順詒認同此說，亦視韋莊詞爲惆悵自憐，而詞品不高。

〔註58〕〔清〕劉熙載著：《藝概》，見唐圭璋編：《詞話叢編》（北京：中華書局，2005年10月第2版），冊4，頁3709。

〔註59〕見唐圭璋編：《詞話叢編》（北京：中華書局，2005年10月第2版），冊4，頁3710。

〔註60〕見謝桃坊著：《中國詞學史》（成都：巴蜀書舍，2002年12月第1版），頁339。

〔註61〕見唐圭璋編：《詞話叢編》（北京：中華書局，2005年10月第2版），冊4，頁3269。

2. 張德瀛：韋莊詞寄託深遠，冠於五代

張德瀛於《詞徵》卷五論及韋莊詞云：

> 五代詞，嘲風笑月，惆悵自憐，其能如韋端己、鹿虔扆之
> 寄託深遠者，亦僅矣。

> 詞有與風詩意義相近者，自唐迄宋，前人鉅製，多寓微旨。
> 如……韋端己「紅樓別夜」，匪風怨也。〔註62〕

張德瀛兩則評論，先是總論韋莊詞，稱賞其詞作深有寄託，高於當代
其他詞作。其次關注〈菩薩蠻〉（紅樓別夜堪惆悵）一詞，認爲近於
《詩經》「變風」之義。張德瀛論詞，繼承常州詞派，主張比興寄託，
此則所論韋莊，亦以詞作之思想內容作爲評騭標準。

張德瀛之詞學理論，繼承常州詞派，葉嘉瑩〈常州詞派比興寄託
之說的新檢討〉即云：「晚清及民初之詞人及詞論，乃幾乎無不盡在
常州一派的影響籠罩之下，如……張德瀛《詞徵》」〔註63〕張德瀛於
常州詞人中，尤受始祖張惠言之影響，其詞論明顯出自《詞選‧序》。
首先，張德瀛繼承張惠言對詞體之定義，《詞徵》卷一云：

> 詞……《周易》孟氏章句曰：「意內而言外也」〔註64〕

此言即《詞選‧序》所云：「《傳》曰：『意內而言外謂之詞』」〔註65〕
兩人皆認爲作者創作之內在意義，並非直接表達，詞作真正意義，乃
在言外之意。其次，立基於詞體之意在於言外，進而提出詞之功用，
上引《詞徵》卷二之言，即《詞選‧序》所云：「緣情造端，興於微
言，以相感動。……蓋《詩》之比興，變風之義，騷人之歌，則近之

〔註62〕見唐圭璋編：《詞話叢編》（北京：中華書局，2005 年 10 月第 2 版），
　　　　冊 5，頁 4149、4079。
〔註63〕見葉嘉瑩著：《嘉瑩論詞叢稿》（臺北：明文書局股份有限公司，1982
　　　　年 10 月再版），頁 318。
〔註64〕見唐圭璋編：《詞話叢編》（北京：中華書局，2005 年 10 月第 2 版），
　　　　冊 5，頁 4075。
〔註65〕見唐圭璋編：《詞話叢編》（北京：中華書局，2005 年 10 月第 2 版），
　　　　冊 2，頁 1617。又：下文所引張惠言《詞選‧序》，皆根據該書，爲
　　　　免繁瑣，不另註明。

矣。」主張詞體繼承風騷傳統，通過比興而寄託政治寓意。故張德瀛稱賞韋莊詞，認為韋莊身處亂世，忠愛國家，不同於時人之沉溺個人境遇，製詞能曲折諷刺政事，寄託政治寓意，以正興王道，發揮詞體之積極功用。

總之，張德瀛論詞，繼承常州詞派，認為韋莊詞寄託深遠，〈菩薩蠻〉一詞即具有「變風」之義，因而冠於五代。

3. 譚獻：韋莊〈菩薩蠻〉折衷柔厚

譚獻於《詞辨》卷一評韋莊〈菩薩蠻〉：

> 亦填詞中〈古詩十九首〉，即以讀〈十九首〉心眼讀之。

> 強顏作愉快語，怕腸斷，腸亦斷矣。

> 項莊舞劍，怨而不怒之義。〔註66〕

韋莊〈菩薩蠻〉凡五闋，為「紅樓別夜堪惆悵」、「如今卻憶江南樂」、「勸君今夜須沉醉」、「人人盡說江南好」與「洛陽城裏春光好」，譚獻此三則評論，其中第一則係論〈菩薩蠻〉之第一、二、四與五闋，第二則係論第四闋，第三則係論第五闋。譚獻首先認為四闋詞作，具有〈古詩十九首〉文直意婉之特色；進而言「人人盡說江南好」一詞，係韋莊強顏歡笑，隱含思歸情切；而「洛陽城裏春光好」一詞則委婉道出思歸之情，凡此，顯示韋莊詞情感適中，以理節情。譚獻論詞，繼承常州詞派，並修正為「折衷柔厚」之說，此則所論韋莊，亦以「折衷柔厚」為評騭標準。

譚獻學詞，適值浙西與常州詞派轉移之際，其詞初學浙西詞派，後轉宗常州詞派，順應「慢生念亂」〔註67〕之時代精神，公允評定兩派之得與失，繼承、發展張惠言與周濟等人之常州詞派，其〈詞辨跋〉云：

> 予固心知周氏之意，而持小異。大抵周氏所謂變，亦予所謂

〔註66〕見唐圭璋編：《詞話叢編》（北京：中華書局，2005年10月第2版），冊4，頁3989。

〔註67〕見〔清〕譚獻著《復堂日記》（石家莊：河北教育出版社，2001年1月第1版），卷6，頁142。

正也，而折衷柔厚則同。仲可比類而觀，思過半矣。〔註68〕

譚獻依傍常州詞派而洞見其中偏勝，遂提出「折衷柔厚」之說。所謂「折衷柔厚」，即呈現柔婉風致之比興寄託；既包含儒家詩教之道德倫理觀，又蘊含溫柔敦厚之審美原則。〔註69〕譚獻論詞，較多繼承張惠言，〈復堂詞錄序〉云：

> 詞爲詩餘，非徒詩之餘，而樂府之餘也。律呂廢墜，則聲音衰息。聲音衰息，則風俗遷改。樂經亡而六藝不完，樂府之官廢，而四始六義之遺，蕩焉泯焉。……愚謂詞不必無頌，而大旨近雅。於雅不能大，然亦非小，殆雅之變者歟。其感人也尤捷，無有遠近幽深，風之使來。是故比興之義，升降之故，是詩較著，夫亦在於爲之者矣。〔註70〕

此言即重申張惠言之詞論。譚獻定義詞體性質爲風詩之遺，認爲具備儒家詩教，以比興手法，寄託政治社會之寓意，並達至「柔厚」之旨。又〈篋中詞序〉亦云：

> 昔人之論賦曰：「懲一而勸百」又曰：「曲終而奏雅」，麗淫麗則，辨於用心。無小非大，皆曰立言。惟詞亦有然矣。〔註71〕

是言指出詞體最適宜運用比興手法，如此塡詞，則入詞之題材爲大或小、語言爲莊嚴或綺麗，皆能表達詞作之重大情志；而其間關鍵，仍在「用心」，即須合儒家道德倫理。故譚獻論韋莊詞，關注其描寫個人遭亂思鄉之作，認爲〈菩薩蠻〉諸詞寄託家國之思，具備儒家倫理道德之深意；且其表現家國之思，雖情感急切至極，而能以低回柔婉之語道出，情感有所節制，不溫不火，符合儒家中庸之道。故四闋詞

〔註68〕見唐圭璋編：《詞話叢編》（北京：中華書局，2005 年 10 月第 2 版），冊 4，頁 3988～3989。

〔註69〕見方智範、鄭喬彬、周聖偉、高建中著：《中國詞學批評史》（北京：中國社會科學出版社，1994 年 7 月第 1 版），頁 345～346。

〔註70〕見唐圭璋編：《詞話叢編》（北京：中華書局，2005 年 10 月第 2 版），冊 4，頁 3987。

〔註71〕見唐圭璋編：《詞話叢編》（北京：中華書局，2005 年 10 月第 2 版），冊 4，頁 3988。

作可謂〈古詩十九首〉之遺，文溫麗而意悲遠，要皆折衷柔厚。雖然，譚獻於〈菩薩蠻〉諸詞中，獨不論「勸君今夜須沉醉」一闋，亦係繼承張惠言、周濟選詞不錄該詞之意，或係該詞只寫飲酒，無比興可尋；或係語言過於直敘，不符溫柔敦厚之旨。

　　總之，譚獻論韋莊〈菩薩蠻〉四詞，以「折衷柔厚」爲評論標準，認爲寄託深遠而溫柔敦厚，顯示接受態度頗爲欣賞。

4. 李其永：韋莊〈菩薩蠻〉足斷人腸

　　李其永於〈讀歷朝詞雜興三十首〉評韋莊詞：

> 鳳笙冷落舊宮臣，隱隱傷心到晚春。欲問江南知好否，斷花飛絮正撩人。〔註72〕

〈讀歷朝詞雜興三十首〉爲論詞絕句，凡 30 首，評唐至清人，此組論詞絕句，多係一首詩合論兩位詞人，該詩亦如此，於第三、四句論韋莊。該詩評論韋莊，係藉〈菩薩蠻〉（人人盡說江南好）一詞而論之，第三、四句分別化用「人人盡說江南好」、「未老莫還鄉。還鄉須斷腸」字面，並隱括整闋詞意，一問一答，言韋莊見江南美好，更加深歸鄉之切。

　　總之，李其永以〈菩薩蠻〉一詞，說明韋莊詞寓含家國之思，表現態度頗爲欣賞。

5. 周之琦：韋莊〈菩薩蠻〉負景思歸

　　周之琦於〈心日齋十六家詞錄〉論及韋莊詞云：

> 浣花集寫浣花箋，消得孤蓬聽雨眠。顧曲臨川還草草，負他春水碧於天。〔註73〕

〈心日齋十六家詞錄〉爲論詞絕句，凡 16 首，評唐至南宋人，此組論詞絕句，爲一首論一位詞人。該詩評論韋莊詞，係藉〈菩薩蠻〉（人人盡說江南好）一詞而論之，第二、四句分別化用「畫船聽雨眠」、「春水碧於天」字面，整首詩則隱括該詞意。首句「浣花集寫浣花箋」係

〔註72〕〔清〕李其永著：《賀九山房詩集》（紅樹樓乾隆四十一年刻本），卷 1。
〔註73〕〔清〕周之琦著：《心日齋十六家詞錄‧附題》（道光二十四年刻本）

以韋莊詩集《浣花集》代指其詞，蓋因韋莊無個人詞集故也。第三句
「顧曲臨川還草草」，謂韋莊入蜀後，不論顧曲聽歌、臨川覽物，均
草草敷衍，漫無心情；蓋原朝已亡，江南已難重遊，得辜負畫船聽雨、
春水碧天之佳景。該詩全意，言韋莊於唐亡後，只得辜負江南畫船聽
雨、春水碧天等佳景。故詞作縱寫江南美景，實寓含家國之思也。

　　總之，周之琦強調韋莊〈菩薩蠻〉一詞，深寓家國之思。

6. 夏敬觀：韋莊〈菩薩蠻〉身世堪悲

　　夏敬觀《映庵詞評》論及韋莊詞云：

> 唐亡仕蜀，心不忘故，身世堪悲，情見於〈菩薩蠻〉五闋。
> 〔註74〕

是言立基韋莊之人生際遇，指出韋莊以唐人身分入蜀，以〈菩薩蠻〉
五闋詞作抒發人生境遇，而深寓家國之思。

（二）憶念愛姬

　　鄭騫先生《詞選》謂韋莊詞：「其中有人，呼之欲出。……端己
『一生風月，到處烟花』」，〔註75〕又劉大杰云：「韋莊以情詞聞名，
但他所描寫的背景，與那些泛寫歌姬妓女的有所不同，在他的生活過
程中，確有許多情愛的葛藤，有實際的生活感受，這種感情，也真實
地表現在他作品中。」〔註76〕曾昭岷《溫韋馮詞新校》亦云：「韋莊
正因有此一真實感情經歷，故其詞中如〈荷葉杯〉、〈女冠子〉、〈浣溪
沙〉、〈謁金門〉〈小重山〉諸闋，寫得真切具體，直抒情意。」〔註77〕
皆說明韋莊親歷男女情感，詞作自抒情意，清人論韋莊詞即多關注於

〔註74〕見張璋，職承讓，張驊，張博寧編纂：《歷代詞話續編》（鄭州：大
　　　　象出版社，2005年11月第1版），上冊，頁417。
〔註75〕見鄭騫著：《詞選》（臺北：中國文化大學華岡出版部，2005年9月
　　　　新1版），頁8。
〔註76〕見劉大杰著：《中國文學發展史》（臺北：華正書局有限公司，1993
　　　　年9月），頁610～611。
〔註77〕見〔唐〕溫庭筠，〔唐〕韋莊，〔南唐〕馮延巳著，曾昭岷校訂《溫
　　　　韋馮詞新校》（上海：上海古籍出版社，1988年12月第1版），頁8。

此，並以詞話、詩話、論詞絕句與論詞長短句等形式呈現，其中詞話、詩話大抵引錄〔宋〕楊湜《古今詞話》，字句無甚差異，幾無個人新意；而論詞絕句與論詞長短句，則對韋莊情詞本事加以評騭，具有論者之主觀論點，茲分述如次：

1. 詞話與詩話：引楊湜之說

韋莊詞作之本事，自〔宋〕楊湜《古今詞話》載錄〈小重山〉、〈謁金門〉情事後；明人復增之，以為〈小重山〉（一閉昭陽春又春）、〈謁金門〉（空相憶）、〈荷葉盃〉（絕代佳人難得）、（記得那年花下）四闋詞，皆具有情事故實。如〔明〕蔣一葵《堯山堂外紀》卷四十載錄〈小重山〉，〔明〕陳耀文《花草稡編》卷六載錄〈小重山〉、〈謁金門〉，〔明〕卓人月《古今詞統》卷八載錄〈謁金門〉，《樂府紀聞》四闋皆載錄。至清代，詞話與詩話即多所引用，計凡六書，分別為沈雄《古今詞話‧詞辨》上卷，〔註78〕亦引《堯山堂外記》，〔註79〕又《古今詞話‧詞評》上卷引《樂府紀聞》；〔註80〕馮金伯《詞苑萃編》卷十引沈雄《古今詞話》與《堯山堂外紀》；〔註81〕徐釚《詞苑

〔註78〕 沈雄《古今詞話‧詞辨》上卷載：「韋莊以才名寓蜀，蜀主建奪其姬之善詞翰者入宮。莊作〈謁金門〉云（略）」，見唐圭璋編：《詞話叢編》（北京：中華書局，2005 年 10 月第 2 版），冊 1，頁 906。

〔註79〕 沈雄《古今詞話‧詞辨》上卷載：「《堯山堂外記》曰：『韋莊留蜀，蜀主奪其姬之善詞翰者入宮。韋莊念之，因作〈小重山〉宮詞，流傳入宮，姬聞之不食死。詞云（略）」，見唐圭璋編：《詞話叢編》（北京：中華書局，2005 年 10 月第 2 版），冊 1，頁 923。

〔註80〕 沈雄《古今詞話‧詞評》上卷載：「《樂府紀聞》曰：『韋莊字端己，著〈秦婦吟〉，稱為秦婦吟秀才』，舉乾寧進士，以才名寓蜀。蜀主建羈縻之，奪其姬善詞翰者入宮，因作〈謁金門〉『空相憶，無計得傳消息』云。後相蜀，復作〈荷葉杯〉、〈小重山〉二闋，流傳入宮，姬聞之，不食死。」，見唐圭璋編：《詞話叢編》（北京：中華書局，2005 年 10 月第 2 版），冊 1，頁 971。

〔註81〕 馮金伯《詞苑萃編》卷十載：「韋莊字端己，著〈秦婦吟〉，稱為秦婦吟秀才。舉乾寧進土，以才名寓蜀。後蜀建羈留之。莊有寵人，姿質豔麗，兼善詞翰。建聞之，托以教內人為詞，強奪去。莊追念恛怏，作〈荷葉杯〉、〈小重山〉詞，情意淒怨，人相傳播，盛行於

叢談》卷七引沈雄《古今詞話》；〔註82〕張宗橚《詞林紀事》卷二引
沈雄《古今詞話》；〔註83〕鄭方坤《五代詩話》卷四引卓人月《古今
詞統》與沈雄《古今詞話》；〔註84〕葉申薌《本事紀》，〔註85〕各書
或未註明出處，或分別注輯自〔明〕蔣一葵《堯山堂外紀》、〔明〕
卓人月《古今詞統》、〔清〕沈雄《古今詞統》與《樂府紀聞》。然探
其本源，當同出楊湜《古今詞話》，唯字句略有不同，而均未置異議，

時。《古今詞話》」、「韋端己思舊姬作〈荷葉杯〉詞云（略）又，（略）
又〈小重山〉詞云（略）流傳入宮，姬聞之，不食死。《堯山堂外紀》」，
見唐圭璋編：《詞話叢編》（北京：中華書局，2005 年 10 月第 2 版），
冊 2，頁 1995～1996。

〔註82〕徐釚《詞苑叢談》卷七載：「韋莊寓蜀，有美姬，善詞翰。王建扡以
教內人，強奪去。莊作〈謁金門〉云（略），姬聞之，不食死。」，
見〔清〕徐釚著，王百里校箋：《詞苑叢談校箋》（北京：人民文學
出版，1998 年 11 月北京第 1 版），卷 7，頁 403。

〔註83〕張宗橚《詞林紀事》卷二載：「《古今詞話》韋莊以才名寓蜀，王建
割據，遂羈留之。莊有寵人，姿質豔麗，善詞翰。建聞之，託以教
內人爲辭，強莊奪去，莊追念悒怏，作〈荷葉杯〉、〈小重山〉詞，
情意悽怨，人相傳播，盛行於時。姬後傳聞之，遂不食而卒。」，見
〔清〕張宗橚編，楊寶霖補正：《詞林紀事，詞林紀事補正合編》（上
海：上海古籍出版社，1998 年 11 月第 1 版），卷 2，頁 93。

〔註84〕鄭方坤《五代詩話》卷四載：「韋端己讀書，數米而炊，秤薪而爨。
應舉時遇黃寇犯闕，著〈秦婦吟〉云：『內庫燒爲錦繡灰，天街踏盡
公卿骨。』時號『秦婦吟秀才』。又有贈新進士詩：『新馬杏花色，
綠袍春草香。』杜荀鶴曾得句云：『舊衣灰絮絮，新酒竹篘篘。』韋
莊曰：『我道『印將金鎖鎖，簾用玉鉤鉤。』』舉乾寧進士。後以才
名寓蜀，王建割據，遂羈留之。莊有寵姬，兼善詞翰，建託以教內
人爲詞，強奪去。莊作〈謁金門〉云（略）情意悽怨，人相傳播。
姬後聞之，遂不食卒。《古今詞統》」、「韋又有〈荷葉杯〉詞云（略）
詞意悽婉，亦爲姬作也。《古今詞話》」，見《景印文淵閣四庫全書》
本（臺北：臺灣商務印書館），冊 782，卷 4，頁 2～3。

〔註85〕葉申薌《本事紀》載：「韋莊字端己，以才名寓蜀，王建割據，遂羈
留之。莊有寵人，資質豔麗，兼善詞翰。建聞之，託以教內人爲辭，
強奪去。莊追念悒怏，每寄之吟咏，〈荷葉杯〉、〈小重山〉、〈謁金
門〉諸篇，皆爲是姬作也。其情意悽怨，人相傳播，盛行於時。姬後傳
聞之，不食而卒。〈荷葉杯〉詞云（略）〈小重山〉詞云（略）〈謁金
門〉詞云（略）」，見唐圭璋編：《詞話叢編》（北京：中華書局，2005
年 10 月第 2 版），冊 3，頁 2301。

顯示清人尤關注韋莊情詞，認為韋莊確有此一真實感情經歷。然韋莊既為王建所知，愛姬復遭王建硬奪，所茹隱痛，難以言表，唯以詞寄情，怨而無怒。

2. 論詞絕句與論詞長短句：感韋莊之深情

清人論韋莊情事者，計有五人，為焦袁熹、譚瑩、汪筠、華長卿與高旭，其中焦袁熹與譚瑩關注韋莊情事，汪筠、華長卿與高旭則同時關注韋莊思鄉之情。

（1）焦袁熹：韋莊詞說盡離愁

焦袁熹有《此木軒直寄詞》，作有論詞長短句 50 闋，評唐至清人；論韋莊之詞為：

〈采桑子・詠韋端己事〉：

人間天上同心事，爭得無愁。說盡離愁。金谷珠娘一樣愁。

侯門一入深如海，海水添愁。厚地埋愁。不及盧家有莫愁。

（《全清詞・順康卷》，冊 18，頁 10579。）

該詞詞題言「詠韋端己事」，觀詞內容，知係詠韋莊為王建奪愛姬之情事。焦袁熹使用倒敘手法，上闋先敘韋莊悼亡愛姬，下闋方敘愛姬遭王建所奪。上闋首句：「人間天上同心事」，摘自〈思帝鄉〉：「說盡人間天上，兩心知。」言韋莊與愛姬天人相隔，兩心仍戀戀不忘；末句「金谷珠娘一樣愁」用〔晉〕石崇與綠珠典故，〔註86〕借劉秀爭奪

〔註86〕《晉書。石崇列傳》記載：「崇有妓曰綠珠，美而豔，善吹笛。孫秀使人求之。崇時在金谷別館，方登涼臺，臨清流，婦人侍側。使者以告。崇盡出其婢妾數十人以示之，皆蘊蘭麝，被羅縠，曰：『在所擇。』使者曰：『君侯服御麗則麗矣，然本受命指索綠珠，不識孰是？』崇勃然曰：『綠珠吾所愛，不可得也。』使者曰：『君侯博古通今，察遠照邇，願加三思。』崇曰：『不然。』使者出而又反，崇竟不許。秀怒，乃勸倫誅崇、建。崇、建亦潛知其計，乃與黃門郎潘岳陰勸淮南王允、齊王同以圖倫、秀。秀覺之，遂矯詔收崇及潘岳、歐陽建等。崇正宴於樓上，介士到門。崇謂綠珠曰：『我今為爾得罪。』綠珠泣曰：『當效死於官前。』因自投于樓下而死。」，見・唐房玄齡撰：《新校本晉書並附編六種》（臺北：鼎文書局，1976 年），卷 33，頁 1008。

石崇愛妓綠珠，綠珠只得以死平息紛爭之事，喻指韋莊與愛姬「爭得無愁，說盡離愁」之無奈，雙方亦因王建奪愛而被迫生離死別，無法求得相聚，內心盡是分離愁思。下闋首句：「侯門一入深如海」，化用〈浣溪沙〉：「咫尺畫堂深似海」；而此句則出自〔唐〕崔郊〈贈去婢〉詩：「侯門一入深如海，從此蕭郎是路人」，［註87］以「侯門」借代王建，以「蕭郎」自謂，言愛姬所居雖近而不得相見；末句「不及盧家有莫愁」，引用〔唐〕李商隱〈馬嵬〉詩：「如何四紀爲天子，不及盧家有莫愁」，［註88］借南北朝・莫愁典故，［註89］言韋莊與愛姬「海水添愁，厚地埋愁」之隱痛，雙方不及民間夫妻能終身相守。

　　焦袁熹〈采桑子・詠韋端己事〉一詞，係詠韋莊憶愛姬之深情，其寫作手法頗爲細膩多樣，一方面摘錄、化用韋莊詞作，以明所詠確有其事；一方面引用典故與詩作，以相同歷史悲劇，深化韋莊情事之悲怨。凡此，顯示焦袁熹對韋莊詞之接受，在於感動其用情深刻。

　　（2）譚瑩：韋莊〈小重山〉廣為人徵

　　譚瑩作有〈論詞絕句一百首〉，論詞絕句凡 101 闋，評唐至南宋人，論韋莊之詞爲：

　　　醉粧詞作又何年，韋相才名兩蜀先。徵到小重山故事，遭

［註87］〔唐〕崔郊〈贈去婢〉：「公子王孫逐後塵，綠珠垂淚滴羅巾。侯門一入深如海，從此蕭郎是路人。」清康熙御定：《御定全唐詩》，見《景印文淵閣四庫全書》本（臺北：臺灣商務印書館），冊 1428，卷 505，頁 6。

［註88］〔唐〕李商隱〈馬嵬〉詩：「海外徒聞更九州，他生未卜此生休。空聞虎旅傳宵柝，無復雞人報曉籌。此日六軍同駐馬，當時七夕笑牽牛。如何四紀爲天子，不及盧家有莫愁。」〔清〕康熙御定：《御定全唐詩》，見《景印文淵閣四庫全書》本（臺北：臺灣商務印書館），冊 1428，卷 539，頁 44。

［註89］南北朝・蕭衍梁武帝〈河中之水歌〉：「河中之水向東流，洛陽女兒名莫愁。莫愁十三能織綺，十四采桑南陌頭。十五嫁爲盧郎婦，十六生兒字阿侯。盧家蘭室桂爲梁，中有鬱金蘇合香。頭上金釵十二行，足下絲履五文章。珊瑚挂鏡爛生光，平頭奴子擎履箱。人生富貴何所望，恨不嫁與東家王。」〔宋〕郭茂倩輯：《樂府詩集》，見《景印文淵閣四庫全書》本（臺北：臺灣商務印書館），冊 524，卷 85，頁 17。

逢宵壞鷓鴣天。〔註90〕

該詞首句「醉粧詞作又何年」，指五代前蜀末代君王王衍作有〈醉粧詞〉，〔註91〕譚瑩之所以言「又何年」，並非不知該詞作於何時，係為引出下句，即該闋絕句所論之人韋莊。次句「韋相才名兩蜀先」，以韋莊最高官職宰相稱之，頗有稱賞之意，亦相應於前句所論王衍之君王地位；繼言韋莊名聲居兩蜀之先，兩蜀係指前蜀與後蜀，蓋韋莊於唐昭宗天復元年辛酉（西元 901），以進士身分投效王建，時六十六歲，攜中原歌詞入蜀，對西蜀詞壇有開創之功，且以其宰相高位活躍詞壇。譚瑩該詞係論韋莊，並及王衍，除基於時代先後，認為韋莊開創西蜀詞壇外；並寓含品評詞作高下之意，蓋譚瑩論詞主「由來樂府本風騷」，〔註92〕故以王衍〈醉粧詞〉之浮豔內容，襯托下文所引韋莊〈小重山〉之真切情感。第三句「徵到小重山故事」指〔宋〕楊湜《古今詞話》所載〈小重山〉（一閉昭陽春又春）之情事，顯示認同該詞本事，欣賞詞作之情意真切，故指出該詞本事廣為人所徵引；第四句遂云「遭逢霄壞鷓鴣天」，指出後人所作〈鷓鴣天〉（枝上流鶯和淚聞）詞，曾化用韋莊〈小重山〉：「紅袂有啼痕」句，然該詞作者迄無定論，遭遇與〈小重山〉相比，自有天壞之別。有關〈鷓鴣天〉作者，歷來要有三說：一為秦觀，二為無名氏，三為李清照，主張〔宋〕秦觀所作，如：〔明〕茅暎《詞的》卷三評韋莊〈小重山〉云：「『紅袂有啼痕』與『羅衣濕』句複。秦詞『新啼痕間舊啼痕』亦始諸此。」〔註93〕指出秦觀〈鷓鴣天〉「新啼痕間舊啼痕」

〔註90〕〔清〕譚瑩著：《樂志堂詩集》，見《續修四庫全書》編纂委員會編：《續修四庫全書》（上海：上海古籍出版社，2002 年 3 月），冊 1528，卷 6，頁 477。

〔註91〕王衍〈醉粧詞〉：「者邊走。那邊走。只是尋花柳。那邊走。者邊走。莫厭金杯酒」，見曾昭岷、王兆鵬編：《全唐五代詞》（北京：中華書局，1999 年 12 月第 1 版），頁 491。

〔註92〕譚瑩〈論詞絕句一百首〉之首闋：「對酒歌難興轉豪，由來樂府本風騷。承詩啟曲端倪在，苦為分明卻不勞。」，見《續修四庫全書》編纂委員會編：《續修四庫全書》（上海：上海古籍出版社，2002 年 3 月），冊 1528，

〔註93〕〔明〕茅暎編：《詞的》，見《四庫未收書輯刊》本（北京：北京出

一句，源出韋莊〈小重山〉「紅袂有啼痕」一句；又〔明〕徐士俊《古今詞統》卷七評秦觀〈鷓鴣天〉「枕上流鶯和淚聞」云：「韋莊『新搵舊啼痕』更勝此。」〔註94〕亦將〈鷓鴣天〉歸爲秦觀詞，且與韋莊〈小重山〉並論；然秦觀詞集，往往不收該詞，或注爲誤收，認爲非秦觀所作，乃無名氏之詞，此爲第二說；又有主張爲李清照詞者，於此，楊寶霖《詞林紀事補正》謂該詞：「宋刻本《淮海居士長短句》不收此詞，汲古閣《六十名家詞》本《淮海詞》收之，題下注云：『舊刻逸。』淮海詞》誤收。至正本《草堂詩餘》收此詞不注撰人，予秦觀〈畫堂春〉銜接，類編本《草堂詩餘》即以爲秦作，誤。此詞又誤爲李清照詞，見四印齋本《漱玉詞》引汲古閣未刻本《漱玉詞》。」〔註95〕說明該詞之作者多有疑問。

譚瑩此闋論詞絕句，稱讚韋莊對西蜀詞壇有開創之功，並欣賞〈小重山〉（一閉昭陽春又春）詞作之情感眞切，故而廣爲徵引，傳名千古。

（3）汪筠：韋莊詞惆悵多情

汪筠作有〈讀《詞綜》書後二十首〉，屬論詞絕句，凡20闋，評唐至清人，論韋莊之詞爲：

> 浣花端己添惆悵，僕射陽春且奈何。小令未應誇北宋，亂來哀怨覺情多。〔註96〕

該詞之評論方式，爲合論而非專論，由前二句「浣花端己」與「僕射陽春」知係合論韋莊與馮延巳。首句「浣花端己添惆悵」，以「浣花」代稱韋莊及其詞，蓋因韋莊畢生崇仰杜甫，唐昭宗天復二年壬戌（西元902），六十七歲時，於浣花溪尋得杜甫草堂舊址，結茅爲室，隔年，

版社，2000年），捌輯，冊30，卷3，頁505。

〔註94〕見張璋，職承讓，張驊，張博寧編纂：《歷代詞話》（鄭州：大象出版社，2002年3月第1版），上冊，頁419。按：韋莊該詞「紅袂」句，《草堂詩餘正集》作「新搵舊啼痕」。

〔註95〕見〔清〕張宗橚編，楊寶霖補正《詞林紀事、詞林紀事補正》（上海：上海古籍出版社），下冊，頁1204。

〔註96〕〔清〕汪筠著：《謙谷集》，見《四庫未收書輯刊》拾輯（北京：北京出版社，2000年），冊21，卷2，頁93。

弟韋藹集結其詩文而命名為《浣花集》，〔註97〕韋莊無詞作專集，且與
浣花溪一地深有淵源，汪筠故如是稱道；至於「添惆悵」，係指韋莊詞
多哀怨情緒。汪筠所以用「惆悵」稱韋莊詞，蓋因「惆悵」為韋莊使
用最多之感情語彙，凡9處，包含〈浣溪沙〉：「<u>惆悵</u>夢餘山月斜」、〈菩
薩蠻〉：「紅樓別夜堪<u>惆悵</u>」、〈歸國遙〉：「<u>惆悵</u>玉籠鸚鵡」、〈應天長〉：
「<u>惆悵</u>夜來煙月」、〈荷葉盃〉：「<u>惆悵</u>舊房櫳」、〈荷葉盃〉：「<u>惆悵</u>曉鶯
殘月」、〈清平樂〉：「<u>惆悵</u>香閨暗老」、〈上行盃〉：「<u>惆悵</u>異鄉雲水」、〈小
重山〉：「萬般<u>惆悵</u>向誰論」，所用感情語彙次多者為「相思」四次、「斷
腸」三次，復次為「銷魂」、「傷心」、「含恨」、「愁」、「悲」、「喜」等，
故「惆悵」最能代表為韋莊之詞情。第三句「小令未應誇北宋」，該言
結合前二句所論，係認為小令詞作之優劣，不當誇讚北宋人所作，而
以韋莊等唐五代人所作為首選。原因為何？末句「亂來哀怨覺情多」
已道出箇中消息；韋莊詞作，係自抒亂世所感，詞意哀怨而情感豐沛，
極具內涵，故高於北宋詞徒應歌而作，少深刻意涵之作品。

　　汪筠此闋論詞絕句，透過韋莊詞與北宋詞之比較，稱賞韋莊詞高
於北宋，蓋因韋莊詞作於亂世，多自抒胸臆，情意備極哀怨惆悵。

　　（4）華長卿：韋莊詞思鄉思人

　　華長卿作有〈論詞絕句三十六首〉，論詞絕句凡36闋，評唐至清
人，論韋莊之詞為：

　　　　羈魂何日度函關，韋相神傷淚暗潸。絕代佳人難再得，那
　　　　堪填到〈小重山〉。〔註98〕

該詞所論內容，可概分為兩部分，前二句主要論鄉情，末二句則論情
事。首二句「羈魂何日度函關，韋相神傷淚暗潸」言韋莊為王建羈留
西蜀之事，由華長卿選用「羈」字，顯示認為韋莊為王建強留，韋莊

〔註97〕該事詳情，請參見本文第二章〈韋莊之創作背景及其詞作編選〉。

〔註98〕〔清〕華長卿著：《梅莊詩鈔‧嗜痂集》，見《續修四庫全書》編纂
　　　　委員會編：《續修四庫全書》（上海：上海古籍出版社，2002年3月），
　　　　冊1533，卷5，下集，頁606。

本人則心繫故國唐室，故只得暗自懷念家國，盼望早歸。末二句「絕代佳人難再得，那堪填到〈小重山〉」言王建奪韋莊愛姬之事，其中「絕代佳人難再得」，係引用〈荷葉盃〉：「絕代佳人難得」，言愛姬遭奪而不復相見，繼言韋莊承受分離之苦而填就〈小重山〉。

　　華長卿此闋論詞絕句，係論韋莊因王建羈留西蜀，且奪其愛姬，只得暗自思鄉思人，認爲詞作眞切動人，其人深情可感。

　　（5）高旭：韋莊詞憶鄉悵佳人

　　高旭作有〈論詞絕句三十首〉，評唐至南宋人，論韋莊之詞爲：

　　　浣花詞筆老逾工，苦憶江南淚點紅。贏得佳人甘絕粒，休
　　　提惆悵舊房櫳。〔註99〕

該詞所論內容，亦可概分爲兩部分，前二句論鄉情，末二句則論情事。首句「浣花詞筆老逾工」，以「浣花」代稱韋莊及其詞，進而言韋莊詞作，年老而愈工，原因即在「苦憶江南淚點紅」也。其中「江南」，係摘自韋莊〈菩薩蠻〉「人人盡說江南好，遊人只合江南老」與「如今卻憶江南樂」等句，高旭以江南代表韋莊所思念之鄉國；「淚點紅」則因韋莊多以紅形容淚，計有：〈木蘭花〉（羅袂濕斑紅淚滴）、〈清平樂〉（紅淚散沾金縷）、〈天仙子〉（淚界蓮腮兩線紅）、〈應天長〉（淚沾紅袖黦）等，故高旭引用韋莊詞語，言韋莊垂淚思鄉。總之，首二句指韋莊思鄉之情與時俱增，年邁而愈工也。末二句「贏得佳人甘絕粒，休提惆悵舊房櫳」，係摘自〈荷葉盃〉：「絕代佳人難得」與「惆悵舊房櫳」，並用〈小重山〉諸詞所載本事，言韋莊與愛姬之情深意重，愛姬甘爲韋莊而死，韋莊亦終身惆悵。

　　高旭此闋論詞絕句，係論韋莊詞作備極深情，思鄉思人之作皆出自親身經歷，而工致動人。

三、論韋莊詞之藝術技巧與整體風格

　　清人論韋莊詞，主要關注於藝術技巧與整體風格兩方面，較前人

〔註99〕見《南社》（1908年，民國鉛印本），第2集。

評論更爲細緻深入，茲論述如下：

（一）藝術技巧方面

1. 精工小令

韋莊詞皆爲小令，自〔宋〕張炎《詞源》譽之爲「令曲射雕手」後，至清人始復關注於此，馮金伯《詞苑萃編》卷二〔註 100〕即引錄張炎此論。又，王僧保〈論詞絕句〉云：

> 倚聲宋代始傳家，情致唐賢小小誇。劉白溫韋工令曲，謫
> 仙誰與並才華。〔註 101〕

王僧保立基詞史角度，評論韋莊詞，先言詞體創作自宋代始成流派，進而將韋莊置於李白之後，認爲其與劉禹錫、白居易、溫庭筠皆工小令，成就足比李白之才華，顯示王僧保視韋莊詞爲歷代小令之代表。陳廷焯《詞壇叢話》卷一亦云：

> 詞至五代，譬之於詩，兩宋猶三唐，五代猶六朝也。後主
> 小令，冠絕一時。韋端己亦不在其下。〔註 102〕

陳廷焯此言將韋莊與李煜並論，先稱賞李煜小令之作，爲五代詞之冠；復論及韋莊可與李煜相比，顯示亦認爲韋莊工於小令，且冠於五代。凡此，說明馮金伯、王僧保與陳廷焯皆認爲韋莊精工小令。

2. 表現手法：以詩入詞，決絕妙語

韋莊詞之特色，即上文所述，乃情感眞切，亦即將眞實感情經歷悉塡入詞中，具有寫實性，適宜直接抒發。鄭騫先生即云：「端己直抒胸臆」；〔註 103〕又孫康宜亦云：「詞人（韋莊）無心機，感情自然

〔註 100〕 見唐圭璋編：《詞話叢編》（北京：中華書局，2005 年 10 月第 2 版），
　　　　　冊 2，頁 1793。

〔註 101〕 轉引自孫克強著：《清代詞學批評史論》（上海：上海古籍出版社，
　　　　　2008 年 11 月第 1 版），頁 431。

〔註 102〕 見唐圭璋編：《詞話叢編》（北京：中華書局，2005 年 10 月第 2 版），
　　　　　冊 4，頁 3719。

〔註 103〕 見鄭騫著：《景午叢編・溫庭筠、韋莊與詞的創始》（臺北：臺灣中
　　　　　華書局股份有限公司，1972 年 3 月初版），頁 104。

流露……直言無隱。」〔註104〕清人亦關注韋莊詞之爲表現手法，認爲其詞作直抒胸臆，主要呈現「以詩入詞」與「運用決絕語」兩方面。首先，以詩入詞方面，夏敬觀《映庵詞評》云：

> 端己……由詩入詞，漸開後來諸派，此時代使然也。

> 端己善作直語，飛卿如此者則罕。飛卿琢句如其詩，端己則漸成詞家琢句之法。〔註105〕

夏敬觀爲歷代詞人中，首先關注韋莊以詩入詞者。是言透過比較溫庭筠與韋莊詞作，立基詞史角度，並結合時代背景，認爲韋莊「唐亡仕蜀」，生逢亂世，悲傷溢懷，〔註106〕塡詞需以寫詩態度爲之，方能傾吐情懷；至於表現手法，則尤重「直語」，善以平實語言直接表達情感。至於溫庭筠並未經歷此等遭遇，其詞率類香奩詩，故視韋莊爲以詩入詞之祖。

其次，決絕語言方面，韋莊往往運用決絕語，以抒發激切情感，誠如葉嘉瑩所云：「端己用情至切，每一落筆自有一份勁直激切之力噴湧而出」〔註107〕清人評論韋莊決絕用語者，有沈雄、賀裳、王又華與馮金伯等人，皆關注〈思帝鄉〉（春日遊）一詞，茲列各家評論如下：

沈雄《古今詞話·詞品》下卷云：

> 詞有……有言情得妙者，韋莊云：「妾擬將身嫁與，一生休。
> 縱被無情棄，不能羞」〔註108〕

賀裳《皺水軒詞筌》云：

> 小詞以含蓄爲佳，亦有作決絕語而妙者。如韋莊「誰家年

〔註104〕　見孫康宜著，李奭學譯著：《晚唐迄北宋詞體演進與詞人風格》（臺北：聯經出版社，1994 年 6 月初版），頁 64。

〔註105〕　見張璋，職承讓，張驊，張博寧編纂：《歷代詞話續編》（鄭州：大象出版社，2005 年 11 月第 1 版），上冊，頁 417、418。

〔註106〕　詳見上文夏敬觀評韋莊〈菩薩蠻〉，頁 30。

〔註107〕　見葉嘉瑩著：《嘉瑩論詞叢稿·從《人間詞話》看溫韋馮李四家詞的風格》（臺北：明文書局股份有限公司，1982 年 10 月再版），頁 51。

〔註108〕　見唐圭璋編：《詞話叢編》（北京：中華書局，2005 年 10 月第 2 版），冊 1，頁 849。

少足風流。妾擬將身嫁與，一生休。縱被無情棄，不能羞」
之類是也。牛嶠「須作一生拚。盡君今日歡。」，抑亦其次。
柳耆卿「衣帶漸寬終不悔，爲伊消得人憔悴」，亦即韋意，
而氣加婉矣。〔註109〕

賀裳此論爲王又華《古今詞論》〔註110〕與馮金伯《詞苑萃編》〔註111〕
引錄，顯示兩人亦認同該說法。沈雄與賀裳之言，皆稱賞〈思帝鄉〉
一詞善於表現情感；其中賀裳更爲詳細評論，指出小令因體裁精短，
適宜含蓄蘊藉，而情感積蓄已久，則需運用率眞語言，以盡情宣洩，
並列舉對比韋莊〈思帝鄉〉、〔唐〕牛嶠〈菩薩蠻〉（玉樓冰簟鴛鴦錦）
與〔宋〕柳永〈鳳棲梧〉（佇倚危樓風細細）三詞，認爲韋莊該詞爲
其中翹楚，其言語愈決絕，則愈顯情意纏綿。凡此，顯示清人多關注
韋莊〈思帝鄉〉之用語，稱賞其善用決絕語抒發充沛情感。

3. 著意設色

王士禎於《花草蒙拾》論及韋莊詞之設色：

> 花間字法，最著意設色，異紋細豔，非後人纂組所及。如
> 『淚沾紅袖黦』、『猶結同心苣』、『苴蔻花間趷晚日』、『畫
> 梁塵黦』、『洞庭波浪颭晴天』，山谷所謂古蕃錦者，其殆是
> 耶。〔註112〕

「設色」本屬繪畫範疇之術語，始見於《考工記》，係指著色，王士禎
則借鑑以論詞，認爲花間詞作，注重色彩，充滿斑爛艷紋，後人難以
企及，並列舉韋莊、牛嶠、歐陽炯、毛熙震、牛希濟諸詞。其中韋莊
該詞句「淚沾紅袖黦」，係描寫紅袖上淚痕點點之貌，一詞句即運用紅、

〔註109〕 見唐圭璋編：《詞話叢編》（北京：中華書局，2005 年 10 月第 2 版），
冊 1，頁 697。

〔註110〕 見唐圭璋編：《詞話叢編》（北京：中華書局，2005 年 10 月第 2 版），
冊 1，頁 601。

〔註111〕 見唐圭璋編：《詞話叢編》（北京：中華書局，2005 年 10 月第 2 版），
冊 2，頁 1794。

〔註112〕 見唐圭璋編：《詞話叢編》（北京：中華書局，2005 年 10 月第 2 版），
冊 1，頁 673。

黑兩色，倍添繽紛之感；且「黦」字乃文人罕用，明人楊愼與卓人月皆稱賞此字設色甚妙，更見韋莊善用色彩。王士禎此論爲馮金伯《詞苑萃編》引錄，〔註113〕顯示馮金伯亦賞「淚沾紅袖黦」之善於設色。

（二）整體風格方面

任何作家之創作，往往具有多樣風格。清人論韋莊詞之風格，亦認爲有濃有淡。各家評騭，多與溫庭筠並論，其中溫韋合論者，咸認爲兩人詞風精艷；分論者，則謂韋莊詞風清淡、溫庭筠詞風濃艷。

1. 流麗穠艷

清人評論韋莊詞風格濃艷，有以下各說：

李調元《雨村詞話》云：

> 溫、韋以流麗爲宗。〔註114〕

樊志厚〈人間詞話序〉云：

> 溫韋之精艷，所以不如正中者，意境有深淺也。〔註115〕

彭孫遹〈曠庵詞序〉云：

> 歷觀古今諸詞，其以景語勝者，必芊綿而溫麗者也；其以情語勝者，必淫艷而佻巧者也。情景合則婉約而不失之淫，情景離則儇淺而或流於蕩，如溫、韋、二李、少游、美成諸家，率皆以穠至之景寫哀怨之情，稱美一時，流聲千載。
>
> 〔註116〕

是知李調元、樊志厚與彭孫遹皆認爲韋莊詞風格精艷，其中，李調元只論詞風；樊志厚論詞風外，並以之與馮延巳比較，認爲韋莊詞作之意境不如馮延巳；彭孫遹則言韋莊以穠至之景寫情，稱賞其詞情景相合。

〔註113〕　見唐圭璋編：《詞話叢編》（北京：中華書局，2005 年 10 月第 2 版），
　　　　　冊 2，頁 1798。

〔註114〕　見唐圭璋編：《詞話叢編》（北京：中華書局，2005 年 10 月第 2 版），
　　　　　冊 2，頁 1377～1178。

〔註115〕　見唐圭璋編：《詞話叢編》（北京：中華書局，2005 年 10 月第 2 版），
　　　　　冊 5，頁 4276。

〔註116〕　〔清〕彭孫遹著：《松桂堂集》，見《景印文淵閣四庫全書》本（臺
　　　　　北：臺灣商務印書館），冊 1317，卷 37，頁 36。

2. 顯豁清麗

韋莊詞除風格濃艷外，更以顯豁清麗爲特色，誠如張夢機〈韋莊詞欣賞〉謂韋莊：「他的詞選語清俊，直抒胸臆，所表現出來的風格顯豁清麗，樸素生動。」〔註117〕說明韋莊詞風清淡。而韋莊詞與溫庭筠比較，則更凸顯兩人詞風之特色，誠如唐圭璋〈溫韋詞之比較〉所云：「韋端己白描情感，秀逸絕倫，與飛卿一濃一淡，異趣同工。故世以溫韋並稱。」〔註118〕夏承燾〈論韋莊詞〉云：「溫詞較密，韋詞較疏；溫詞較隱，韋詞較顯。」〔註119〕楊仲謀亦云：「溫韋其名方伯仲，金荃濃艷浣花清。」〔註120〕清人評論韋莊詞風格清淡者，有以下各說：

（1）許昂霄

許昂霄《詞綜偶評》云：

〈菩薩蠻〉（紅樓別夜堪惆悵）語意自然，無刻畫之痕。

〈荷葉杯〉二闋語淡而悲，不堪多讀。〔註121〕

此兩則係論個別詞作，指出語言明白如話，毫無藻飾；實則韋莊此等平淡語言，乃經千錘百鍊，方得自然無雕飾。〔註122〕而韋莊詞用語平淡，則使詞風呈現清淡風致。

（2）周　濟

周濟《介存齋論詞雜著》云：

端己詞，清艷絕倫，初日芙蓉春月柳，使人想見風度。

〔註117〕　見張夢機著：《詞箋》（臺北：三民書局股份有限公司，2008 年 5 月第 1 版），頁 162。

〔註118〕　見唐圭璋著：《詞學論叢》（臺北：鼎文書局，2001 年 5 月 15 日初版），頁 896～897。

〔註119〕　見夏承燾著：《唐宋詞欣賞》（杭州：浙江古籍出版社，2004 年 2 月第 1 版），頁 30。

〔註120〕　見楊仲謀著：《論詞絕句註》（四川：四川同鄉會，1988 年 10 月），頁 12。

〔註121〕　見唐圭璋編：《詞話叢編》（北京：中華書局，2005 年 10 月第 2 版），冊 2，頁 1549。

〔註122〕　見吳世昌著，吳令華編：《吳世昌全集·詞學論叢·花間詞簡論》（石家莊：河北教育教育出版社，2003 年 1 月第 1 版），第 4 卷，頁 65。

　　詞有高下之別，有輕重之別，飛卿下語鎮紙，端己揭響入
　　雲，可謂極兩者之能事。

　　毛嬙、西施，天下美婦人也。嚴妝佳，淡妝亦佳，粗服亂
　　頭，不掩國色。飛卿，嚴妝也；端己，淡妝也；後主則粗
　　服亂頭矣。〔註123〕

此三則評論，第一則係以清豔景物比喻韋莊詞，說明其風格清豔，令
人得以感受其風采。第二則係就詞之輕重比較溫庭筠與韋莊詞作，認
爲溫庭筠詞作濃豔，因而凝重；韋莊詞作清淡，因而輕揭，兩人詞作
各極其妙；〔註124〕此評論爲《憩園詞話》〔註125〕引錄，顯示杜文瀾
亦認爲韋莊詞輕揭。第三則係以妝容比較溫庭筠、韋莊與李煜詞作，
認爲溫庭筠詞作濃豔，韋莊詞作清淡，李煜詞作眞率自然，三者皆屬
佳作。凡此，顯示周濟認爲韋莊詞風格清淡。

　　（3）吳衡照

　　《蓮子居詞話》云：

　　韋相清空善轉，殆與溫尉異曲同工。所賦〈荷葉杯〉，眞能
　　攄摽擗之憂，發踟躕之愛。〔註126〕

是言指出韋莊詞清朗流暢，與溫庭筠異曲而同工，其中〈荷葉杯〉詞
作，擅於將內心深婉纏綿之情，予以娓娓道出。

　　（4）沈曾植

　　《菌閣瑣談》云：

　　若所謂上脫香籤者，則韋莊、光憲既與致光同時，延己、
　　熙震亦與成績並世，波瀾不二，風習相通，方當於此津逮

〔註123〕見唐圭璋編：《詞話叢編》（北京：中華書局，2005年10月第2版），
　　　　　冊2，頁。

〔註124〕見唐圭璋：〈唐宋兩代蜀詞〉，華東師範大學中文系古典文學研究室
　　　　　編：《詞學研究論文集》（上海：華東師範大學出版社，1988年3
　　　　　月第1版），頁256。

〔註125〕見唐圭璋編：《詞話叢編》（北京：中華書局，2005年10月第2版），
　　　　　冊3，頁1629、1633、2856～2857。

〔註126〕見唐圭璋編：《詞話叢編》（北京：中華書局，2005年10月第2版），
　　　　　冊3，頁2401。

　　唐餘，求欲脱之，是欲升而去其階已。〔註127〕

是言指出唐末文壇盛行香奩體，崇尚豔麗，韋莊等人則頗有突破之
意，雖無免不受時風影響，而亦有所改變，顯示沈曾植認爲韋莊詞不
全爲豔麗之作。

（5）陳廷焯

《白雨齋詞話》云：

> 端己詞似直而紆，似達而鬱，最爲詞中勝境。（卷一）
>
> 近人爲詞，習綺語者，託言溫、韋。（卷五）
>
> 根柢於風騷，涵泳於溫、韋，以之作正聲也可，以之作艷
> 體亦無不可。〔註128〕（卷五）

此三則評論，第一則係論韋莊詞之表現形式與內在情感，認爲「筆直
而情曲，辭達而感鬱」。〔註129〕第二、三則係論後人艷詞，反對後人
言以溫庭筠與韋莊爲綺艷詞作爲學習對象，顯示認爲二人詞作非屬綺
艷之作。凡此，顯示陳廷焯認爲韋莊詞非艷體，乃以「淺直之筆寫淺
直之情」，〔註130〕詞風傾向淺直。

（6）王國維

《人間詞話》云：

> 「畫屏金鷓鴣」，飛卿語也，其詞品似之。「弦上黃鶯語」，
> 端己語也，其詞品亦似之。正中詞品，若欲于其詞句中求
> 之，則「和淚試嚴妝」，殆近之歟。
>
> 溫飛卿之詞，句秀也。韋端己之詞，骨秀也。李重光之詞，
> 神秀也。

〔註127〕 見唐圭璋編：《詞話叢編》（北京：中華書局，2005 年 10 月第 2 版），
　　　　　 冊 4，頁 3606

〔註128〕 見唐圭璋編：《詞話叢編》（北京：中華書局，2005 年 10 月第 2 版），
　　　　　 冊 4，頁 3779、3885、3885。

〔註129〕 見繆鉞，葉嘉瑩著：《靈谿詞說·論韋莊詞》（臺北：國文天地雜誌
　　　　　 社，1989 年 12 月初版），頁 51。

〔註130〕 見葉嘉瑩著：《嘉瑩論詞叢稿·從《人間詞話》看溫韋逢李四家詞的
　　　　　 風格》（臺北：明文書局股份有限公司，1982 年 10 月再版），頁 52。

端己詞情深語秀，雖規模不及後主、正中，要在飛卿之上。

觀昔人顏、謝優劣論可知矣。（刪稿）〔註131〕

此三則評論皆將韋莊詞與溫庭筠、馮延巳、李煜相比較。其中，第一則係以人品與詞品論溫庭筠、韋莊與馮延巳，認為溫庭筠詞宛如「一隻華美精麗而沒有明顯的個性及生命的『畫屏金鷓鴣』」，韋莊詞宛如「一曲清麗宛轉，充滿生命和情感的『弦上黃鶯語』」，馮延巳詞則為「濃麗的彩色來表現悲哀」。〔註132〕第二係以作品質素論溫庭筠、韋莊與李煜，認為溫庭筠詞為外表辭句藻飾之美，韋莊詞為內容情意本質之美，李煜為精神生動之美。〔註133〕第三則指出韋莊詞用語清秀而情感深刻，雖不如馮延巳、李煜，而高於溫庭筠；並藉顏、謝詩之優劣比溫、韋詞之甲乙，所謂「顏、謝優劣論」，蓋指《南史・顏延之傳》：「延之嘗問鮑照己與靈運優劣，照曰：『謝五言如初發芙蓉，自然可愛。君詩若鋪錦列繡，亦雕繢滿眼。』」〔註134〕說明韋莊詞高於溫庭筠之處，在於其詞自然而具生命之美，溫庭筠詞則為雕飾而無生命之美。凡此，顯示王國維認為韋莊詞具有生命之美，其內容情意真摯，詞藻則本色自然，而呈現自然清淡風格。

（7）況**周頤**

《蕙風詞話》卷一云：

唐五代詞並不易學，五代詞尤不必學，何也。五代詞人丁運會，遷流至極，燕酣成風，藻麗相尚。其所為詞，即能沉至，祇在詞中。豔而有骨，祇是豔骨。學之能造其域，

〔註131〕見唐圭璋編：《詞話叢編》（北京：中華書局，2005年10月第2版），冊5，頁4241、4269、4269。

〔註132〕見葉嘉瑩著：《嘉瑩論詞叢稿・從《人間詞話》看溫韋馮李四家詞的風格》（臺北：明文書局股份有限公司，1982年10月再版），頁70、74。

〔註133〕見葉嘉瑩著：《王國維及其文學批評・《人間詞話》中批評之理論與實踐》（臺北：明倫出版社），頁285～286。

〔註134〕見〔唐〕李延壽著：《新校本南史・顏延之列傳》（臺北：鼎文書局，1976年），卷34，頁881。

未爲斯道增重。翃徒得其似乎。其錚錚佼佼者，如李重光
之性靈，韋端己之風度，馮正中之堂廡，豈操觚之士能方
其萬一。〔註135〕

是言指出唐五代詞尙藻麗，艷體盛行，期間惟有李煜、韋莊與馮延巳
可觀，稱賞韋莊詞具有風度，獨立當代艷體之外。

第三節　詞選中之韋莊詞接受

　　有清一代，詞家輩出，聚集成各流派。嚴迪昌《清詞史》云：「在
詞的發展史上還不曾有過如清代詞所表現出來的如此鮮明、如此成熟
以及有著很強自覺意識的重多流派和群體。」〔註136〕即謂清詞流派
貫穿於有清一代。且各流派多藉編詞選以闡明派別主張，孫克強《清
代詞學批評史論》云：「清代各詞派不僅都編選有體現本派成員成就、
聲勢和特色的當代選本，而且特意在編選古人詞選上大作文章，把詞
選本作爲闡明本派的詞學主張的工具。」〔註137〕此言說明清代詞選
多具詞學流派意義。清詞各流派中，藉詞選建立、宣揚詞學理論者，
以浙西詞派朱彝尊所編《詞綜》與常州詞派張惠言所編《詞選》最具
影響，故龍沐勛〈選詞標準論〉云：「自浙常二派出，而詞學遂號中
興；風氣轉移，乃在一二選本之力。」〔註138〕清代詞選對韋莊詞之
接受，亦以浙西、常州兩派爲主，此外尙有非屬詞派之清廷御選。故
本文將清代詞選對韋莊詞之接受，分爲浙西詞派之詞選、常州詞派之
詞選、清廷御選與詞譜四類。其中，浙西詞派之詞選計有：朱彝尊《詞

〔註135〕見唐圭璋編：《詞話叢編》（北京：中華書局，2005 年 10 月第 2 版），
　　　　冊 5，頁 4418。
〔註136〕見嚴迪昌著：《清詞史》（南京：江蘇古籍出版社，2001 年 7 月第 2
　　　　版），頁 4～5。
〔註137〕見孫克強著：《清代詞學批評史論》（北京：中國社會科學出版社，
　　　　2008 年 11 月第 1 版），頁 238。
〔註138〕龍沐勛：〈選詞標準論〉，見張璋，職承讓，張驊，張博寧編纂：
　　　　《歷代詞話續編》（鄭州：大象出版社，2005 年 11 月第 1 版），
　　　　頁 1014。

綜》、沈時棟《古今詞選》、夏秉衡《清綺軒詞選》與王闓運《湘綺樓詞選》等四部；常州詞派之詞選計有：張惠言《詞選》、董毅《續詞選》、周濟《詞辨》、黃蘇《蓼園詞選》、陳廷焯《詞則》、成肇麐《唐五代詞選》、梁令嫻《藝蘅館詞選》等七部；清廷御選爲沈辰垣、王奕清《御選歷代詩餘》；詞譜計有：賴以邠《塡詞圖譜》、萬樹《詞律》、康熙御製《康熙詞譜》、秦巘《詞繫》、葉申薌《天籟軒詞譜》與謝元淮《碎金詞譜》等六部。茲分述如次：

一、浙西詞派之詞選

　　浙西詞派係指以朱彝尊爲首之詞人群體。此派興起於康熙朝，應盛世而生；其形成以康熙十七年（西元 1678 年）朱彝尊與汪森所編《詞綜》問世爲標誌；次年，龔翔麟編《浙西六家詞》，宣告「浙西派」名目之正式成立，影響清初詞壇百餘年，歷康熙、雍正、乾隆、嘉慶、道光數朝。浙西詞派無專門詞學或詞話著作，端以編選詞選體現詞學理論；此派理論之建立，以朱彝尊編集《詞綜》之宗法南宋、標舉醇雅爲旨。浙西詞派之詞選，對韋莊詞之接受，自朱彝尊編集《詞綜》，即有選入；此後，經沈時棟編集、朱彝尊參訂《古今詞選》，及補輯《詞綜》之夏秉衡《清綺軒詞選》，以《詞綜》爲選源之王闓運《湘綺樓詞選》，皆收有韋詞，此三部詞選因與《詞綜》相關，茲並歸入浙西詞派。

　　（一）朱彝尊、汪森《詞綜》：〔註139〕**韋莊詞為醇雅之作**

　　《詞綜》，朱彝尊、汪森編集。朱彝尊（西元 1629～1709），字錫鬯，號竹垞，又號金風亭長、小長蘆釣魚師，秀水人（今浙江省嘉興）。博通經史，能詩工詞，從同鄉前輩曹溶學詞，所撰詞學專著，有詞集《眉匠詞》、《靜志居琴趣》、《江湖載酒集》、《茶煙閣體物集》、《蕃錦集》、《曝書亭詞》等，並編有《詞綜》。汪森（西元 1653～1726），字晉賢，號碧巢，桐鄉人（今浙江省）。爲朱彝尊之追隨者，同朱彝

〔註139〕　《詞綜》之版本，依《景印文淵閣四庫全書》本（臺北：臺灣商務印書館），冊 1493。

尊編選《詞綜》，並為之刊刻行世；能詞，宗法〔南宋〕張炎，追求精雅柔婉；著有《小方壺存稿》，編有《詞綜》等。《詞綜》一集，係朱彝尊與汪森共同編選，收錄唐五代、宋、金、元人詞，凡三十六卷，朱彝尊編選三十卷，汪森增補六卷，選錄 687 詞人，2251 闋詞。該集對韋莊詞之接受，茲概述如次：

1. 韋莊名列五代詞第二

《詞綜》之體例，以詞人時代先後為序，詞人名下附小傳，詞後間附詞話。該集凡三十六卷，卷一為唐詞，凡 19 家 68 闋；卷二至卷三為五代十國詞，凡 24 家 148 闋；卷四至卷二十五為宋詞，凡 374 家 1387 闋；卷二十六為金詞，凡 27 家 62 闋；卷二十七至卷三十為元詞，凡 93 家 217 闋；卷三十一至卷三十三為補詞，凡 149 家 369 闋。《詞綜》列韋莊詞於卷二，收詞 19 闋，僅次於馮延巳 20 闋，顯視之為五代詞之代表。

此集所列韋莊小傳為：「韋莊，字端己，杜陵人。乾寧元年進士。入蜀，王建辟掌書記，尋召為起居舍人，建表留之，後為蜀散騎常侍，判中書門下事。有《浣花集》。」此外，於〈荷葉盃〉後附有詞話：「《古今詞話》云：『韋莊以才名寓蜀，王建割據，遂羈留之。莊有寵人，資質艷麗，兼善詞翰。建聞之，托以教內人為詞，強莊奪去。莊追念悒快，作〈小重山〉及此詞。情意淒怨，人相傳播，盛行於時。姬後傳聞之，遂不食而卒。』」所引《古今詞話》，經對比〔宋〕楊湜《古今詞話》與〔清〕沈雄《古今詞話》，知係引自首載該詞本事之楊湜，且內容盡悉引錄，並將「作〈小重山〉及『空相憶』」書為「作〈小重山〉及此詞」，指明乃〈荷葉盃〉。

2. 韋莊詞為醇雅之作

《詞綜》卷首有汪森《詞綜・序》及朱彝尊《詞綜・發凡》十六則，說明此集之編選目的與選詞標準。汪森《詞綜・序》云：「鄱陽姜夔出，句琢字煉，歸於醇雅……世知論詞者，惟《草堂》是觀。白

石、梅溪諸家，或未窺其集，輒高自矜詡，予嘗病焉。顧未有以奪之也。友人朱子錫鬯輯有唐以來迄於元人所爲詞，……庶幾可一洗《草堂》之陋，而倚聲者之所宗矣。」〔註140〕朱彝尊《詞綜·發凡》云：「《草堂詩餘》所收最下，最傳。三百年來，學者守爲兔園冊，無惑乎詞之不振也。……言情之作，易流於穢，此宋人選詞多以雅爲目。……塡詞最雅無過石帚。」〔註141〕凡此，說明此集之編選，意欲取《草堂詩餘》而代之，故標舉醇雅詞風。

　　朱彝尊認爲清初詞壇不振，主要係因《草堂詩餘》自編選以來，即風靡詞壇，遂彌漫淺俗之風，其主張以醇雅格調挽救低俗時風。所謂「醇雅」，係指具「騷雅之義」，朱彝尊〈陳緯雲《紅鹽詞》序〉云：「詞雖小技，昔之通儒巨公往往爲之。蓋有詩所難言者，委曲倚之於聲，其辭愈微，而其旨益遠。善言詞者假閨房兒女子之言，通之於《離騷》變雅之義，此尤不得志於時者所宜寄情焉耳。」〔註142〕指出詞作需寄興託意，曲婉表達深幽情感。其次在於「雅俗之分」，其〈書《絕妙好詞》後〉云：「詞人之作，自《草堂詩餘》盛行，屏去激楚陽阿，而巴人之唱齊進矣。周公謹《絕妙好詞》選本雖未全醇，然中多俊語，方諸《草堂》所錄雅俗殊分。」〔註143〕說明以高雅救俚俗，希冀審美接受者具較高之文化素養，脫離市井層次。〔註144〕此集既以「醇雅」爲選詞標準，顯示所收韋莊19闋詞當爲溫厚清高之作。其中，〈菩薩蠻〉諸詞抒發家國之思、〈河傳〉（何處煙雨）詠史幽諷，

〔註140〕 見施蟄存編：《詞籍序跋萃編》（北京：中國社會科學出版社，1994年12月第1版），頁748～749。

〔註141〕 〔清〕朱彝尊著：《詞綜·發凡》，見《景印文淵閣四庫全書》本（臺北：臺灣商務印書館），冊1493，頁7～12。

〔註142〕 〔清〕朱彝尊著：《曝書亭集》，見《景印文淵閣四庫全書》本（臺北：臺灣商務印書館），冊1317，卷40，頁2～3。

〔註143〕 〔清〕朱彝尊著：《曝書亭集》，見《景印文淵閣四庫全書》本（臺北：臺灣商務印書館），冊1317，卷43，頁7。

〔註144〕 參見方智範、鄭喬彬、周聖偉、高建中著：《中國詞學批評史》（北京：中國社會科學出版社，1994年7月第1版），頁223～2246。

皆具深刻思想;而〈荷葉杯〉等情詞,亦寄情高雅,毫無淫哇頹風。

表18:《詞綜》所收韋莊詞作

序號	詞　牌	首　　句	備　　註
1	菩薩蠻	紅樓別夜堪惆悵	
2	菩薩蠻	人人盡說江南好	
3	菩薩蠻	如今卻憶江南樂	
4	菩薩蠻	洛陽城裏春光好	
5	歸國遙	金翡翠	
6	應天長	綠槐陰裏黃鶯語	
7	應天長	別來半歲音書絕	
8	荷葉杯	絕代佳人難得	
9	荷葉杯	記得那年花下	
10	清平樂	野花芳草	
11	清平樂	鶯啼殘月	
12	河傳	何處煙雨	
13	河傳	春晚風暖	
14	河傳	錦浦春女	
15	訴衷情	燭燼香殘簾未卷	
16	訴衷情	碧沼紅芳煙雨靜	
18	女冠子	四月十七	
19	更漏子	鐘鼓寒樓閣暝	
總計:19闋			

（二）沈時棟《古今詞選》: ﹝註145﹞〈女冠子〉為韋莊代表作

　　《古今詞選》,沈時棟編集,尤侗、朱彝尊參訂。沈時棟,字成廈,號瘦吟詞客。吳江人(今江蘇省)。工詞,著有《瘦吟樓詞》,編有《古今詞選》。《古今詞選》,收錄唐五代至清人詞,凡十二卷,選

﹝註145﹞《古今詞選》之版本,依〔清〕沈時棟著:《古今詞選》(臺北:臺灣東方書店,1956年5月初版)

錄 286 詞人，199 詞牌，994 闋詞。此集體例，係按詞調字數多寡排列，前小令後長調慢詞。

　　此集收唐五代 24 位詞人，所收韋莊詞僅 1 闋，顯示對韋莊詞未特別標榜。《古今詞選》卷前有「選略」八則，第二則云：「是集雄奇香艷者俱錄，惟或粗或俗，間有敗筆者置之。即名作不登選者，猶所不免。」說明該集選詞標準，乃不拘一格，所選韋莊詞為〈女冠子〉（四月十七），其內容描寫離別相思，此詞亦為《詞綜》選錄，而《古今詞選》之參訂者為朱彝尊，則沈時棟或受朱彝尊影響而選此詞。

表 19：《古今詞選》所收韋莊詞作

序號	詞　牌	首　　　句	備　　註
1	女冠子	四月十七	見錄《詞綜》
總計：1 闋			

（三）夏秉衡《清綺軒詞選》： [註146] 韋莊詞為淡雅之作

　　《清綺軒詞選》，夏秉衡編集。夏秉衡（西元 1726～？），字平千，號縠香，華亭人（今上海省）；著有《清綺軒初集》。《清綺軒詞選》，又名《歷朝名人詞選》，收錄唐五代至清人詞，凡十三卷，選錄 339 詞人，846 闋詞。此集體例，係依《草堂詩餘》，按詞調字數多寡排列，前小令、次中調、後長調。

　　此集卷前有沈德潛〈清綺軒詞選序〉、夏秉衡〈清綺軒詞選自序〉與「發凡」九則，說明編選目的與選詞標準。《清綺軒詞選》之編選目的，夏秉衡〈清綺軒詞選自序〉云：「竹垞《詞綜》一選，最為醇雅。但自唐及元而止，猶未為全書也。因不揣固陋，網羅我朝百餘年來宗工名作，薈萃得若干首，合唐、宋、元、明共成十三卷，亦在選詞，不備調，固寧隘毋濫。」 [註147] 沈德潛〈清綺軒詞選序〉亦云：「準乎朱竹

<hr>

〔註146〕　《清綺軒詞選》之版本，依中華古籍叢刊編輯委員會編：《歷朝名人詞選》（臺北：大西洋圖書公司，1966 年 5 月第 1 版）。
〔註147〕　見施蟄存編：《詞籍序跋萃編》（北京：中國社會科學出版社，1994

坨太史之《詞綜》而簡嚴過之。」〔註148〕說明此集欲補《詞綜》未集清詞之缺憾，顯示曾參考《詞綜》之選詞。此集所收韋莊詞凡四闋，其中〈訴衷情〉（燭燼香殘簾未卷）、〈女冠子〉（四月十七）、〈荷葉杯〉（絕代佳人難得）3闋即見錄《詞綜》，僅〈浣溪沙〉（夜夜相思更漏殘）未見，或係參考《詞綜》。至其選詞標準，「發凡」第七則云：「詞雖宜於豔冶，亦不可流於穢褻。……是集所選，一以淡雅爲宗。」〔註149〕沈德潛〈清綺軒詞選序〉亦謂該集：「意不外乎溫厚纏綿，語不外乎搴芳振藻，隔不外乎循聲按節，要必清遠超妙，得言中之旨、言外之韻者，取焉。」〔註150〕是知選詞以清淡高雅爲尚，並注重思想性。此集所收韋莊四闋詞，皆爲相思之作，情感纏綿而辭采清麗，頗符合選旨；又夏秉衡〈清綺軒詞選自序〉謂韋莊：「唐末五代，李後主、和成績、韋端己輩出，語極工麗而體製未備。」此言稱賞韋莊詞工致清麗，顯示亦視所收爲佳作。

表20：《清綺軒詞選》所收韋莊詞作

序號	詞　牌	首　　句	備　　註
1	訴衷情	燭燼香殘簾未卷	見錄《詞綜》
2	女冠子	四月十七	見錄《詞綜》
3	浣溪沙	夜夜相思更漏殘	未見錄《詞綜》
4	荷葉杯	絕代佳人難得	見錄《詞綜》
總計：4闋			

年12月第1版），頁763。又：本文所引夏秉衡〈清綺軒詞選自序〉，皆根據該書，爲免繁瑣，不另註明。

〔註148〕見施蟄存編：《詞籍序跋萃編》（北京：中國社會科學出版社，1994年12月第1版），頁762～763。又：本文所引沈德潛〈清綺軒詞選序〉，皆根據該書，爲免繁瑣，不另註明。

〔註149〕見施蟄存編：《詞籍序跋萃編》（北京：中國社會科學出版社，1994年12月第1版），頁763。

〔註150〕見施蟄存編：《詞籍序跋萃編》（北京：中國社會科學出版社，1994年12月第1版），頁762～763。又：本文所引沈德潛〈清綺軒詞選序〉，皆根據該書，爲免繁瑣，不另註明。

（四）王闓運《湘綺樓詞選》：〔註151〕韋莊詞以〈女冠子〉為妙

《湘綺樓詞選》，王闓運編集。王闓運（西元 1833～1916），字壬秋，號湘綺。湘潭人（今湖南省）。著作甚豐，門人輯爲《湘綺樓全書》。《湘綺樓詞選》，收錄五代至南宋人詞，凡三卷，分本編、前編、續編，選錄 55 詞人，78 闋詞。該集卷前有王闓運自序，說明各編選源，本編係輯自〔宋〕周密《絕妙好詞》；前編乃「取《詞綜》覽之，所選乃無可觀。姑就其本，更加點定」；續編爲王闓運「自錄精華名篇，以示諸從學詩文者，俾知小道可觀，致遠不泥之道云」。〔註152〕此集體例，詞人名下不附小傳，詞牌下亦不錄詞題、詞序，而詞下間附評語

此集所收韋莊詞，列前編，是知係以《詞綜》爲選源，計收一闋，爲〈女冠子〉（四月十七），王闓運評此詞云：

> 不知得妙，夢隨乃知耳。若先知那得有夢，惟有月知，則常語矣。〔註153〕

此言係評「不知魂已斷，空有夢相隨。除卻天邊月，沒人知」一句，認爲筆法巧妙，描寫思極入夢，而無人知情，情感倍覺淒婉，顯示頗爲稱賞寫作技巧。

表21：《湘綺樓詞選》所收韋莊詞作

序號	詞　牌	首　　句	備　　註
1	女冠子	四月十七	見錄《詞綜》
總計：1 闋			

〔註151〕 《湘綺樓詞選》之版本，依王闓運編：《王闓運手批唐詩選》（上海：上海古籍出版社，1989 年 11 月第 1 版）

〔註152〕 王闓運：〈湘綺樓詞選序〉，見施蟄存編：《詞籍序跋萃編》（北京：中國社會科學出版社，1994 年 2 月第 1 版），頁 807～808。

〔註153〕 〔清〕王闓運《湘綺樓評詞》，見唐圭璋編：《詞話叢編》（北京：中華書局，2005 年 10 月第 2 版），冊 5，頁 4286。

綜觀與浙西詞派相關之詞選：朱彝尊《詞綜》、沈時棟《古今詞
選》、夏秉衡《清綺軒詞選》與王闓運《湘綺樓詞選》四部，所選韋
莊詞，皆錄〈女冠子〉（四月十七）一詞，當係沈時棟、夏秉衡、王
闓運受朱彝尊影響，顯示該詞備浙西詞派受青睞，視為雅詞之代表，
表現該派尚雅之主張。

二、常州詞派之詞選

常州詞派係指以張惠言為首之詞人群體。該派興起於嘉慶朝，逢
衰世而生，以嘉慶二年（西元 1797 年）張惠言、張琦所編《詞選》
問世為標誌；道光十年（西元 1830 年），張琦重刊《詞選》，補入董
毅《續詞選》及鄭善長《詞選附錄》，常州詞派聲勢漸盛，主盟清代
詞壇百餘年，自嘉慶至近代。常州詞派具有明確之詞學理論，張惠言
《詞選》主張學習唐五代及北宋，提倡比興寄託，遂成該派理論基礎，
後繼者遂予以繼承、發展。常州詞派之詞選，對韋莊詞之接受，自始
祖張惠言編集《詞選》，即有選入；此後，董毅《續詞選》、周濟《詞
辨》、黃蘇《蓼園詞選》、陳廷焯《詞則》、成肇麐《唐五代詞選》、梁
令嫻《藝蘅館詞選》等七部，皆選入韋莊詞，所選詞作，根據各自詞
學理論而有所不同。

（一）張惠言《詞選》：[註154]〈菩薩蠻〉意內言外

《詞選》，張惠言與弟張琦合編。張惠言（西元 1761～1802），
字皋文，號茗柯。武進人（今江蘇省）。專治《易經》，為今文經大師；
又工駢體文與古文，創立陽湖派。著有《周易虞氏義》、《虞氏易禮》
及《茗柯文編》、《茗柯詞》等，編有《詞選》。張惠言非專業詞學家，
其偶稱涉及詞學則表現今文經學家之觀點。

此集凡兩卷，收錄唐、五代、宋人詞，選錄 44 詞人，116 闋詞。
《詞選》之編選目的，據張琦〈重刻詞選序〉所云，知係嘉慶二年（西

〔註154〕 《詞選》之版本，依〔清〕張惠言編，〔清〕金應珪校：《詞選》（臺
　　　　　北：世界書局，1956 年 2 月初版）

元 1797），張惠言與張琦於安徽省歙縣設館教授金氏諸生，爲作詞學
教材所編。〔註155〕卷前有張惠言〈詞選序〉，說明該集之編選旨意及
其詞學理論，序中力主比興寄託；對韋莊詞之接受，亦出自此觀點。
嘗云：「詞者，蓋出於唐之詩人，採樂府之音，以制新律，因系其詞，
故曰：『詞』。傳曰：『意內而言外，謂之詞。』其緣情造端，興於微
言，以相感動。極命風謠裏巷男女哀樂，以道賢人君子幽約怨悱不能
自言之情，低徊要眇，以喻其致。蓋詩之比興，變風之義，騷人之歌，
則近之矣。……然要其至者，然要其至者，莫不惻隱盱愉，感物而發，
觸類條鬯，各有所歸，非苟爲雕琢曼辭而已。自唐之詞人，李白爲
首……而溫庭筠最高，其言深美閎約。五代之際……近古然也。宋之
詞家，號爲極盛……自宋之亡而正聲絕，元之末而規矩隳。以至於今，
四百餘年，作者十數，諒其所是，互有繁變，皆可謂安蔽乖方，迷不
知門戶者也。今第錄此篇，都爲二卷，義有幽隱，並爲指發。幾以塞
其下流，導其淵源，無使風雅之士，懲於鄙俗之音，不敢與詩賦之流
同類而風誦之也。」〔註156〕張惠言之詞學理論，以比興寄託爲核心。
該理論立基於推尊詞體，蓋見浙西詞派末流，甚多弊端，詞壇氾濫「淫
詞」、「鄙詞」與「遊詞」，〔註157〕故欲力挽頹風，打破詞爲小道之偏
見，遂自提高詞體地位入手。張惠言特意引古訓作爲「詞」之定義，
認爲詞人創作旨意，係言外之意，並非詞文表面所示。由此，將儒家
詩教作爲詞體本源，認爲「意」之內涵，需符合「賢人君子」之道德
規範，以「低徊要眇」之婉曲方式表現，體現溫柔敦厚之詩教。進而
將詞體功用比同「詩之比興，變風之義，騷人之歌」，認爲詞體繼承
詩、騷傳統，亦通過比興以寄託政治寓義。復根據對詞體之認識，敘

〔註155〕　見施蟄存編：《詞籍序跋萃編》（北京：中國社會科學出版社，1994
　　　　　年 12 月第 1 版），頁 796～797。

〔註156〕　見施蟄存編：《詞籍序跋萃編》（北京：中國社會科學出版社，1994
　　　　　年 12 月第 1 版），頁 795～796。

〔註157〕　〔清〕金應珪：〈詞選後序〉，見施蟄存編：《詞籍序跋萃編》（北京：
　　　　　中國社會科學出版社，1994 年 12 月第 1 版），頁 799～800。

述詞史，區分詞體之「正變」，認爲唐五代至宋爲「正聲」，宋以後爲變體，故《詞選》只選唐至宋詞。〔註158〕

《詞選》選錄韋莊詞，凡四闋，於五代名列第三，次於李煜七闋、馮延巳五闋。所選韋莊詞作，係〈菩薩蠻〉「紅樓別夜堪惆悵」、「人人盡說江南好」、「如今卻憶江南樂」與「洛陽城裏春光好」四闋。張惠言於詞下皆有評語，其對韋莊詞之接受，亦可於評語中，一窺究竟。茲列如次：

> 此詞蓋留蜀後寄意之作。一章言奉使之志，本欲速歸。

> 此章述蜀人勸留之辭，即下章云：「滿樓紅袖招」也。江南即指蜀。中原沸亂，故曰：「還鄉須斷腸」。

> 上云：「未老莫還鄉」，猶冀老而還鄉也。其後朱溫篡成，中原愈亂，遂決勸進之志。故曰：「如今卻憶江南樂」。又曰：「白頭誓不歸」則此詞之作，其在相蜀時乎？

> 此章致思唐之意。

是知張惠言選錄韋莊〈菩薩蠻〉四闋詞，係貫徹其論詞主張，即比興寄託說。張惠言出自比興寄託，對四詞「義有幽隱，並爲指發」，極力闡發其中「微言」，認爲韋莊寄託政治寓意，表達入蜀後對唐室之思念。韋莊〈菩薩蠻〉凡五闋作品，張惠言獨選此四闋，卻不錄「勸君今夜須沉醉」一詞，今人認爲係因「勸君今夜須沉醉」一詞無比興可尋或俚質不雅，如施蟄存〈讀韋莊詞箚記〉即云：「《花間集》所錄韋端己〈菩薩蠻〉凡五首，其第四首『勸君今夜須沉醉』乃當筵勸酒之作，絕無比興可尋，故選家皆棄而不取。」〔註159〕是知該詞不符張惠言選詞務求政治寓意之旨；俞平伯則謂：「韋氏此詞凡五首，實一篇之五節耳，而選家每割裂之：如張氏《詞選》、周氏《詞辨》、成氏《唐五代詞選》，均去其『勸君今夜須沉醉』一首，大約以其太近

〔註158〕 參見謝桃坊著：《中國詞學史》（成都：巴蜀書舍，2002年12月第1版），頁290～306。

〔註159〕 施蟄存：〈讀韋莊詞箚記〉，見《詞學》編輯委員會編：《詞學》（上海：華東師範大學出版社，1981年11月第1版），第1輯，頁190。

白話，俚質不雅也。」〔註160〕說明此詞不合溫柔敦厚之詩教，故未見選錄。總之，張惠言對韋莊詞之接受，係出自比興寄託說，認為〈菩薩蠻〉四詞表達留蜀思唐之思，意內言外，具有政治寓意，符合其選旨，故錄於《詞選》。

表 22：《詞選》所收韋莊詞作

序號	詞　牌	首　　　句	備　　註
1	菩薩蠻	紅樓別夜堪惆悵	
2	菩薩蠻	人人盡說江南好	
3	菩薩蠻	如今卻憶江南樂	
4	菩薩蠻	洛陽城裏春光好	
總計：4 闋			

（二）董毅《續詞選》：〔註161〕韋莊詞為五代之冠

　　《續詞選》，董毅編集。董毅係張惠言曾甥，〔註162〕父董士錫曾從張惠言學經學、古文與詩詞。《續詞選》編選原因，係《詞選》選詞過嚴，入選詞作甚少，據張琦〈續詞選序〉云：「《詞選》之刻，多有病其太嚴者，擬續選而未果。今夏外孫董毅子遠來署，攜有錄本。」〔註163〕是知該集係《詞選》之續補。《續詞選》凡二卷，收錄唐、五代、宋人詞，選錄 52 詞人，122 闋詞；所收詞人與詞作之數量，皆較《詞選》為多；此中，21 位詞人已見錄《詞選》，《續詞選》不避

〔註160〕　見俞平伯著：《俞平伯論古詩詞・韋端己〈菩薩蠻〉五首》（上海：復旦大學出版社，2006 年 10 月第 1 版），頁 114。

〔註161〕　《續詞選》之版本，依〔清〕董毅續編：《續詞選》（臺北：世界書局，1956 年 2 月初版）

〔註162〕　關於董毅之身分，學術界尚有爭議，或認為係張惠言外甥或認為曾甥，主張外甥者：如邱世友；主張曾甥者：如方智範。本文依方智範之說。方智範：〈周濟詞論發微〉，見《詞學》編輯委員會編：《詞學》（上海：華東師範大學出版社，1985 年 2 月第 1 版），第 3 輯，頁 129。

〔註163〕　見施蟄存編：《詞籍序跋萃編》（北京：中國社會科學出版社，1994 年 12 月第 1 版），頁 800。

重出，知其尤重視此 21 詞人，韋莊即其中之一。

此集選錄韋莊詞，計三闋，與李珣、馮延巳同列五代之冠，顯示接受態度頗爲推尊。所收韋莊詞，爲〈歸國遙〉（金翡翠）、〈應天長〉（綠槐陰裏黃鶯語）與〈更漏子〉（鐘鼓寒樓閣暝），此三詞皆爲情詞，與張惠言所選〈菩薩蠻〉諸闋思鄉詞之選旨頗不相同，此或董毅欲以該類詞續補《詞選》之故。

表 23：《續詞選》所收韋莊詞作

序號	詞　牌	首　　句	備　　註
1	歸國遙	金翡翠	續補《詞選》
2	應天長	綠槐陰裏黃鶯語	續補《詞選》
3	更漏子	鐘鼓寒樓閣暝	續補《詞選》
總計：3 闋			

（三）黃蘇《蓼園詞選》：〔註164〕〈謁金門〉寄託心志

《蓼園詞選》，黃蘇編集。黃蘇，原名道溥，字蓼園。臨桂人（今廣西省桂林）。生卒年不詳，乾隆五十四年（西元 1789）舉人，與張惠言爲同時代人。

此集不分卷，收錄唐宋人詞，選錄 85 詞人，213 闋詞。《蓼園詞選》之編選目的，況周頤〈蓼園詞選序〉：「曩歲壬申，餘年十二，先未嘗知詞。偶往省姊氏，得是書（筆者按：指《蓼園詞選》）案頭。假歸雒誦，詫爲鴻寶。繇是遂學爲詞，蓋餘詞之導師也。」〔註 165〕蘇黃乃況周頤姊夫之曾大父，況周頤學詞即從《蓼園詞選》開始，知此集係黃氏之家塾讀本，初刻於道光年間。至於選詞來源與標準，據況周頤〈蓼園詞選序〉云：「《蓼園詞選》，取材於《草堂》而汰其近

〔註164〕　《蓼園詞選》之版本，依《清人選評詞集三種》（濟南：齊魯書社，1988 年 9 月第 1 版）

〔註165〕　見金啓華、張惠民、王恒展、張宇聲、張增學編：《唐宋詞集序跋匯編》（臺北：臺灣商務印書館，1993 年 2 月臺灣初版），頁 433～434。又：本文所引況周頤〈蓼園詞選序〉，皆根據該書，爲免繁瑣，不另註明。

俳近俚諸作者也。每闋綴以小箋，意在引掖初學。……前人名句意境
絕佳者，皆載在是編者也。」是言說明該集取材於《草堂詩餘》，刪
去俳俚者，以雅爲尚；並於名作下加以評點。

　　黃蘇論詞主「比興寄託」說，講求微言大意，認爲「士不得志而
悲憫之懷難以顯言，託於閨怨，往往如是」，〔註166〕故謂詞多以男女之
情比於君臣家國之意，與常州詞派之論詞方法頗接近。關於黃蘇是否受
張惠言影響，據張宏一〈《詞選》和《蓼園詞選》的性質、顯晦及其相
關諸問題〉考證，認爲黃蘇編選《蓼園詞選》時，並未見過《詞選》。
〔註167〕比興寄託說之興盛，蓋嘉慶、道光年間，社會政治動盪不安，
迫使詞人反思詞作之思想內容與政治作用，傾向以政治寓意解釋詞作，
常州詞派標舉之比興寄託說，遂應時而興，成爲時代風會。〔註168〕《蓼
園詞選》選詞，以「比興寄託」爲標準，亦時代使然，故本文基於論詞
方法，歸其爲常州詞派之詞選，非謂黃蘇必屬該派。《蓼園詞選》選錄
韋莊詞，凡一闋；此集所收唐人詞作，除李白選錄兩闋外，其他各家皆
收一闋，顯示對韋莊詞之接受，視同一般詞人，未特別推崇。所選韋莊
詞作，係〈謁金門〉（春雨足）一闋，黃蘇對該詞有所評點：

> 端己以才名入蜀，後王建割據，遂被羈留爲蜀散騎常侍，
> 判中書門下事。曰：「弄晴對浴」，其自喻仕蜀乎。曰：「寸
> 心千里」，又可以悲其志矣。

由黃蘇之評論，可知選錄〈謁金門〉之原因，係出自「比興寄託」，
結合韋莊生平以闡釋作品內容，認爲該詞「託意深微」，〔註169〕寄託
羈蜀思唐之心志。

〔註166〕　〔清〕黃蘇著：《蓼園詞選》，見唐圭璋編：《詞話叢編》（北京：中
　　　　　華書局，2005 年 10 月第 2 版），冊 4，頁 3025～3026。

〔註167〕　見張宏一著：《清代詞學的建構》（南京：江蘇古籍出版社，1999
　　　　　年 9 月第 1 版），頁 210～215。

〔註168〕　參見孫克強著：《清代詞學》（北京：中國社會科學出版社，2004
　　　　　年 7 月第 1 版），頁 338～339。

〔註169〕　〔清〕黃蘇著：《蓼園詞評》，見唐圭璋編：《詞話叢編》（北京：中
　　　　　華書局，2005 年 10 月第 2 版），冊 4，頁 3034。

表 24：《蓼園詞選》所收韋莊詞作

序號	詞　牌	首　　句	備　　註
1	謁金門	春雨足	
總計：1 闋			

（四）周濟《詞辨》：〔註170〕〈菩薩蠻〉比興寄託

　　《詞辨》，周濟編集。周濟（西元 1781～1839），字保緒，號止庵，又號介存居士。荊溪人（今江蘇省宜興）。自負經世之才，喜言兵家，能詩善文又工詞。著有《味雋齋史義》、《介存齋文稿》及《晉略》等，詞學著作有《詞辨》、《介存齋論詞雜著》與《宋四家詞選》。周濟主張經世致用之學，抱負未能實現，便寄託論史、論詞，其詞論表現史學家與經世學家留心社會現實之觀點。

　　此集原帙十卷，書稿未及刊刻，不慎落水，存止兩卷；〔註171〕收錄唐至宋人詞，選錄 14 詞人，94 闋詞。《詞辨》之編選目的，據周濟〈詞辨序〉所載，知係嘉慶十七年（西元 1812），客授吳江，爲教授弟子學詞，遂仿張惠言《詞選》，「次第古人之作，辨其是非，與二張、董氏各存崖略，庶幾他日有所觀省。」〔註172〕此集爲周濟早年所編，反映其早期詞學思想，主要受張惠言影響，又有所發展，誠如〔清〕潘曾瑋〈周氏詞辨序〉所云：「其所選與張氏略有出入，要其大旨，固深惡夫昌狂雕琢之習而不反，而亟思有以釐定之，是固張氏之意也。」〔註173〕蓋周濟之詞學理論，乃常州詞派之嫡傳，〈詞辨

〔註170〕　《詞辨》之版本，依《續修四庫全書》所載中國科學院圖書館藏，
　　　　　清光緒四年刻本影印，見《續修四庫全書》編纂委員會編：《續
　　　　　修四庫全書》（上海：上海古籍出版社，2002 年 3 月），冊 1732。
〔註171〕　〔清〕潘曾瑋：〈周氏詞辨序〉，見施蟄存編：《詞籍序跋萃編》（北
　　　　　京：中國社會科學出版社，1994 年 12 月第 1 版），頁 783。
〔註172〕　見施蟄存編：《詞籍序跋萃編》（北京：中國社會科學出版社，1994
　　　　　年 12 月第 1 版），頁 781。又：本文所引周濟〈詞辨序〉，皆根據該
　　　　　書，爲免繁瑣，不另註明。
〔註173〕　見施蟄存編：《詞籍序跋萃編》（北京：中國社會科學出版社，1994

序〉自述年十六從學董士錫學詞，曾親受張惠言教誨，故《詞辨》深受《詞選》影響，所收韋莊詞同於《詞選》所錄，爲〈菩薩蠻〉四詞，選錄原因亦出自「比興寄託」，然以其詞學思想對張惠言有繼承又有所發展，故兩人雖皆選錄〈菩薩蠻〉，對此四詞之接受態度則稍有不同，主要表現於「正變」與「比興寄託」兩方面。

　　《詞辨》之體例，「一卷起飛卿爲正，二卷起南唐後主爲變」，〔註174〕卷一錄溫庭筠等 17 家 59 闋詞，卷二錄李煜等 15 家 35 闋詞。〈詞辨序〉對正變兩體有所闡述，所謂：「自溫庭筠、韋莊、歐陽修、秦觀、周邦彥、周密、吳文英、王沂孫、張炎之流，莫不蘊藉深厚，而才豔思力，各騁一途，以極其致。……南唐後主以下，雖駿快馳騖，豪宕感激稍漓矣。然猶皆委曲以致其情，未有亢屬剽悍之習，抑亦正聲之次也。」周濟繼承張惠言以「正變」區分詞人，亦列韋莊於正體，然對張惠言之說有所修正，非出自政治教化，而係著眼於藝術風格。並重新解釋張惠言「比興寄託」說，其《介存齋論詞雜著》云：「感慨所寄，不過盛衰：或綢繆未雨，或太息厝薪，或己溺己饑，或獨清獨醒，隨其人之性情學問境地，莫不有由衷之言。見事多，識理透，可爲後人論世之資。詩有史，詞亦有史，庶乎自樹一幟矣。若乃離別懷思，感士不遇，陳陳相因，唾瀋互拾，便思高揖溫、韋，不亦恥乎？」〔註175〕周濟雖繼承張惠言以「比興寄託」理解韋莊詞，然不再出自儒家政治教化說，專主寄託，刻意尋求政治寓意；而係從韋莊個人聯繫當時衰亂之社會現實生活，由文學自身之客觀社會意義以理解詞作之社會功能，故認爲〈菩薩蠻〉四詞寄託韋莊於社會現實中，感受國家衰亡之悲志。〔註176〕

年 12 月第 1 版），頁 783。

〔註174〕〔清〕周濟《介存齋論詞雜著》，見唐圭璋編：《詞話叢編》（北京：中華書局，2005 年 10 月第 2 版），冊 2，頁 1636。

〔註175〕見唐圭璋編：《詞話叢編》（北京：中華書局，2005 年 10 月第 2 版），冊 2，頁 1630。

〔註176〕參見謝桃坊著：《中國詞學史》（成都：巴蜀書舍，2002 年 12 月第

表 25：《詞辨》所收韋莊詞作

序號	詞　牌	首　　句	備　　註
1	菩薩蠻	紅樓別夜堪惆悵	見錄《詞選》
2	菩薩蠻	人人盡說江南好	見錄《詞選》
3	菩薩蠻	如今卻憶江南樂	見錄《詞選》
4	菩薩蠻	洛陽城裏春光好	見錄《詞選》
總計：4 闋

（五）陳廷焯《詞則》：〔註177〕韋莊詞沉鬱頓挫

　　《詞則》，陳廷焯編集。陳廷焯（西元 1853～1892），原名世焜，字耀先，一字亦峰，江蘇丹徒人。工詩文，尤長於詞。著有《詞壇叢話》、《白雨齋詞話》，編有《雲韶集》、《詞則》。陳廷焯畢生致力詞學研究，其學詞歷程可分爲兩階段：第一階段爲同治十三年（西元 1874）至 22 歲，初習倚聲，受浙西詞派影響，著有《詞壇叢話》，並編《雲韶集》，收錄歷代詞作，凡二十六卷，三千四百餘闋。第二階段自光緒六年（西元 1880）至光緒十七年（西元 1891），轉宗常州詞派，著有《白雨齋詞話》，編有《詞則》。

　　陳廷焯編選《詞則》緣由，可自其〈詞則自序〉得知，序云：「卓哉皋文，《詞選》一編，宗風賴以不滅，可謂獨具只眼矣。惜篇幅狹隘，不足以見諸賢之面目。而去取未當者，十亦有二三。夫風會既衰，不必無一篇之偶合。而求諸古作者，又不少靡曼之詞。衡鑒不精，貽誤匪淺。餘竊不自揣，自唐迄今，擇其尤雅者五百餘闋，匯爲一集，名曰《大雅》。長吟短諷，覺南國雅化，湘漢騷音，至今猶在人間也。顧境以地遷，才有偏至。執是以尋源，不能執是以窮變。《大雅》而外，爰取縱橫排奡感激豪宕之作四百餘闋爲一集，名曰《放歌》。取盡態極妍哀感頑艷之作六百餘闋爲一集，名曰《閑情》。其一切清圓柔脆急奇

　　　　　1 版），頁 312～323。
〔註177〕《詞則》之版本，依〔清〕陳廷焯著：《詞則》（上海：上海古籍出版社，1984 年 5 月）

鬥巧之作，別錄一集，得六百餘闋，名曰《別調》。《大雅》爲正，三集副之，而總名之曰《詞則》。求諸《大雅》固有餘師，即遁而之他，亦即可於《放歌》、《閑情》、《別調》中求大雅，不至入於歧趨。古樂雖亡，流風未闃，好古之士，庶幾得所宗焉。」〔註178〕是知陳廷焯見張惠言《詞選》選詞苟隘，遂歷十二載，將《雲韶集》重加刪選，釐爲《大雅集》、《放歌集》、《閑情集》與《別調集》四集，每集六卷，凡二十四卷，收錄唐、五代十國、宋、金、元、明至國朝詞，選錄詞人 470 餘家、詞作 2360 餘闋，總名曰《詞則》，較《雲韶集》刪去三分之一。該集以《大雅集》爲正，餘三集副之。《詞則》所收韋莊詞凡 15 闋，四集中僅《放歌集》未見錄，蓋因此集選錄標準爲「縱橫排奡感激豪宕」，陳廷焯認爲韋莊無此類作品，故未予選錄。

　　陳廷焯編集《詞則》之詞學理論，係繼承常州詞派，並基於個人之審美價值觀念，於新時代文化下，將該派理論予以發展，提出「沉鬱頓挫」說；該集對韋莊詞之接受，亦出自此論。其身爲常州詞派後繼，論詞以闡明詞體之源流正變入手，〈詞則自序〉云：「風騷既息，樂府代興。自五七言盛行於唐，長短句無所依，詞於是作焉。詞也者，樂府之變調，風騷之流派也。溫、韋發其端，兩宋名賢暢其緒。風雅正宗，於斯不墜。」是言將詞體上接《風》、《騷》，以「風騷精神」區分詞體之正變，推尊溫庭筠與韋莊爲千古正宗。緣此，陳廷焯主張詞體具有比興寄託之功能，〈白雨齋詞話自序〉云：「夫人心不能無所感，有感不能無所寄，寄託不厚，感人不深，厚而不鬱，感其所感，不能感其所不感。伊古詞章，不外比興。」〔註179〕認爲人必有情感，而需宣洩表達，遂藉詞體比興寄託。然陳廷焯所謂「比興」，與張惠言所論有所不同，認爲詞作所寄託之內容係屬個人情感，雖不排斥政治寄意，

〔註178〕　〔清〕陳廷焯著：《白雨齋詞話》，見唐圭璋編：《詞話叢編》（北京：中華書局，2005 年 10 月第 2 版），冊 4，卷 5，頁 3890～3891。又：本文所引陳廷焯〈詞則自序〉，皆根據該書，爲免繁瑣，不另註明。
〔註179〕　〔清〕陳廷焯著：《白雨齋詞話》，見唐圭璋編：《詞話叢編》（北京：中華書局，2005 年 10 月第 2 版），冊 4，卷 5，頁 3890～3891。

而反對儒家政教觀念與政治寄託。進而創立「本諸風騷，正其情性。溫厚以爲體，沉鬱以爲用」之詞學觀。關於「沉鬱頓挫」之意涵，《白雨齋詞話》卷五云：「所謂沉鬱者，意在筆先，神餘言外，寫怨夫思婦之懷，寓孽子孤臣之感。凡交情之冷淡，身世之飄零，皆可於一草一木發之。而發之又必若隱若見，欲露不露，反覆纏綿，終不許一語道破，匪獨體格之高，亦見性情之厚。」〔註180〕、卷十云：「詞則以溫厚和平爲本，而措語即以沉鬱頓挫爲正」〔註181〕，是知「沉鬱頓挫」包含思想情感與表達形式兩方面，即以自然含蓄之方式，表達個人眞實溫厚之情感。〔註182〕陳廷焯之詞學理論，即以「沉鬱頓挫」說爲基礎，《詞則》則立基此論而編成，其選詞標準，重在扶雅放鄭，力主沉鬱頓挫，對韋莊詞之接受態度亦出於此。《詞則》四集各有選詞標準，陳廷焯對詞作多有評點；其圈點有「、」與「。」兩種符號，由該集評點推測，「、」或代表該詞佳處，而「。」或爲尤佳之處，本文分別以「單線」、「雙線」表示。茲分述各集對韋莊詞接受之情況如次：

1. 《大雅集》

〈大雅集序〉云：「太白詩云：『大雅久不作，吾衰竟誰陳。』然詩教雖衰，而談詩者猶得所祖襧。詞至兩宋而後，幾成絕響。古之爲詞者，志有所屬，而故鬱其辭，情有所感，而或隱其義。而要皆本諸風騷，歸於忠厚。」〔註183〕說明《大雅集》係擇「尤雅」之作，以

〔註180〕 見唐圭璋編：《詞話叢編》（北京：中華書局，2005 年 10 月第 2 版），冊 4，頁 3777。

〔註181〕 見唐圭璋編：《詞話叢編》（北京：中華書局，2005 年 10 月第 2 版），冊 4，頁 3967。

〔註182〕 參見謝桃坊著：《中國詞學史》（成都：巴蜀書舍，2002 年 12 月第 1 版），頁 356～372。方智範、鄭喬彬、周聖偉、高建中著：《中國詞學批評史》（北京：中國社會科學出版社，1994 年 7 月第 1 版），頁 354～371。孫克強著：《清代詞學》（北京：中國社會科學出版社，2004 年 7 月第 1 版），頁 299～304。

〔註183〕 〔清〕陳廷焯著：《白雨齋詞話》，見唐圭璋編：《詞話叢編》（北京：中華書局，2005 年 10 月第 2 版），冊 4，卷 5，頁 3891。

風騷精神爲選詞標準。該集選錄 128 詞人，571 闋。其中，收韋莊詞凡 9 闋，於五代十國詞中，名列第二，次於馮延巳 13 闋。所收詞作爲：〈菩薩蠻〉（紅樓別夜堪惆悵）、〈菩薩蠻〉（人人盡說江南好）、〈菩薩蠻〉（如今卻憶江南樂）、〈菩薩蠻〉（洛陽城裏春光好）、〈歸國遙〉（金翡翠）、〈應天長〉（綠槐陰裏黃鶯語）、〈浣溪沙〉（夜夜相思更漏殘）、〈謁金門〉（空相憶）與〈更漏子〉（鐘鼓寒）。陳廷焯於此集中列有韋莊小傳：「韋莊，字端己，杜陵人，乾寧元年進士，入蜀，王建辟掌書記，尋召爲起居舍人，建表留之，後爲蜀散騎常侍，判中書門下事，有《浣花集》」，詳細記載韋莊字號、籍貫、官爵、著作等傳記資料，顯示頗爲重視。此外，對各詞有所評點，其中〈謁金門〉（空相憶）與〈更漏子〉（鐘鼓寒）兩闋無評論而僅圈點。茲列如次：

〈菩薩蠻〉（紅樓別夜堪惆悵）：

深情苦詞，意婉詞直，屈子〈九章〉之遺。詞至端己語漸疏，情卻深厚，雖不及飛卿之沉鬱，亦古今之絕構也。

〈菩薩蠻〉（人人盡說江南好）：

諱蜀爲江南，是其良心不殁處。端己人品未爲高，然其情亦可哀矣。

《詞選》云：「此章述蜀人勸留之辭，即下章云：『滿樓紅袖招』也。江南即指蜀。中原沸亂，故日：『還鄉須斷腸』。」

〈菩薩蠻〉（如今卻憶江南樂）：

決絕語正自悽楚。

《詞選》云：「『未老莫還鄉』猶冀老而還鄉也。其後朱溫篡成，中原愈亂，遂決勸進之志。故日：『如今卻憶江南樂』又曰：『白頭誓不歸』則此詞之作，其在相蜀時乎？」

〈菩薩蠻〉（洛陽城裏春光好）

中有難言之隱。

〈歸國遙〉（金翡翠）：

此亦〈菩薩蠻〉之意。

〈應天長〉（綠槐陰裏黃鶯語）：

「憶君君不知」意。

〈浣溪沙〉（夜夜相思更漏殘）：

　　從對面設想，便深厚。

綜觀陳廷焯之評論，知其所選大抵以〈菩薩蠻〉一類詞作爲主，謂〈歸國遙〉（金翡翠）表達〈菩薩蠻〉之意，謂〈應天長〉表達〈菩薩蠻〉（洛陽城裏春光好）之意。此外，《白雨齋詞話》卷八亦如是云：「韋端己〈菩薩蠻〉四章……間有樸實處。而伊鬱即寓其中」，〔註184〕卷一亦云：「端己〈菩薩蠻〉四章，惓惓故國之思，而意婉詞直，一變飛卿面目，然消息正自相通。餘嘗謂後主之視飛卿，合而離者也。端己之視飛卿，離而合者也。端己〈菩薩蠻〉云：『未老莫還鄉。還鄉須斷腸。』又云：『凝恨對斜暉。憶君君不知。』〈歸國遙〉云：『別後只知相愧。淚珠難遠寄。』〈應天長〉云：『夜夜綠窗風雨。斷腸君信否。』皆留蜀後思君之辭。時中原鼎沸，欲歸不能。端己人品未爲高，然其情亦可哀矣。」〔註185〕是知陳廷焯認爲韋莊該類詞作，寄託個人身世家國之感，情感沉鬱哀怨，語言含蓄溫厚，深具屈騷精神；評〈浣溪沙〉一詞，及圈點〈謁金門〉、〈更漏子〉二詞，亦著眼情感之溫柔敦厚，認爲 9 闋詞作皆符合「雅詞」內涵，而頗爲稱賞。

表 26：《大雅集》所收韋莊詞作

序號	詞牌	首　句	圈　　點	備　註
1	菩薩蠻	紅樓別夜堪惆悵	殘月出門時。美人和淚辭。勸我早歸家。綠窗人似花。	見錄《詞選》
2	菩薩蠻	人人盡說江南好	人人盡說江南好。未老莫還鄉。還鄉須斷腸。	見錄《詞選》

〔註184〕見唐圭璋編：《詞話叢編》（北京：中華書局，2005 年 10 月第 2 版），冊 4，頁 3976。

〔註185〕見唐圭璋編：《詞話叢編》（北京：中華書局，2005 年 10 月第 2 版），冊 4，頁 3780。

3	菩薩蠻	如今卻憶江南樂	如今卻憶江南樂。 滿樓紅袖招。 此度見花枝。白頭誓不歸。	見錄《詞選》
4	菩薩蠻	洛陽城裏春光好	洛陽城裏春光好。洛陽才子他鄉老。 柳暗魏王堤。此時心轉迷。 憶君君不知。	見錄《詞選》
5	歸國遙	金翡翠	別後只知相愧。淚珠難遠寄。 舊歡如夢裏。	
6	應天長	綠槐陰裏黃鶯語	夜夜綠窗風雨。斷腸君信否。	
7	浣溪沙	夜夜相思更漏殘	想君思我錦衾寒。	
8	謁金門	空相憶	不忍把伊書跡。 滿院落花春寂寂。斷腸芳草碧。	
9	更漏子	鐘鼓寒	深院閉，小庭空。落花香露紅。 閑倚戶，暗沾衣。待郎郎不歸。	
總計：9闋				

2. 《閑情集》

〈閑情集序〉云：「〈閑情〉一賦，白璧微瑕，昭明誤會其旨矣。淵明以名臣之後，際易代之時，欲言難言，時時寄託。〈閑情〉云者，閑其情使不得逸也。是以歷寫諸願，而終以所願必違。其不仕劉宋之心，言外可見。淺見者膠柱鼓瑟，致使美人香草之遺意，等諸桑間濮上之淫聲，此昭明之過也。茲篇之選，綺說邪思，皆所不免。然夫子刪詩，並存鄭衛，知所懲勸，於義何傷。名以《閑情》，欲學者情有所閑，而求合於正，亦聖人思無邪旨也。」〔註186〕是知《閑情集》係擇「盡態極嬌、哀感頑艷」之作，以雅正艷情爲選詞標準。此集選錄217詞人，655闋。其中，收韋莊詞凡2闋，於五代十國詞中，次於李珣7闋、和凝6闋、孫光憲6闋，薛昭蘊5闋、顧敻5闋、牛嶠3闋、毛文錫3闋、牛希濟3闋、李煜3闋，顯示認爲韋莊較少此類作品；所收詞作爲：〈上行盃〉（芳草灞陵春岸）與〈女冠子〉（四月

〔註186〕　〔清〕陳廷焯著：《白雨齋詞話》，見唐圭璋編：《詞話叢編》（北京：中華書局，2005年10月第2版），冊4，卷5，頁3892。

十七），陳廷焯對兩詞皆有評點，茲列如次：

〈上行盃〉（芳草灞陵春岸）：

殷勤惆款，令人情醉。

〈女冠子〉（四月十七）：

一往情深，不著力而自勝。

〈上行盃〉係描寫女子灞陵勸酒送君，〈女冠子〉則描寫別後相思，兩詞皆為情詞。陳廷焯指出〈上行盃〉愈寫勸酒殷勤，則愈顯別情悽楚；〈女冠子〉起始即明點分別時間以示永記不忘，藉魂斷夢繞表相思，用筆委婉而情感深刻，兩詞言情而敦厚雅正，頗符合該集選旨。

表 27：《閑情集》所收韋莊詞作

序號	詞　牌	首　　　句	圈　　　點
1	上行盃	芳草灞陵春岸	珍重意，莫辭滿。
2	女冠子	四月十七	四月十七。正是去年今日。忍淚佯低面，含羞半斂眉。不知魂已斷，空有夢相隨。
總計：2 闋			

3.《別調集》

〈別調集序〉云：「人情不能無所寄，而又不能使天下同出一途。大雅不多見，而繁聲於是乎作矣。猛起奮末，誠蘇、辛之罪人。盡態逞妍，亦周、姜之變調。外此則嘯傲風月，歌詠江山，規模物類，情有感而不深，義有託而不理。直抒所事，而比興之義亡。侈陳其盛，而怨慕之情失。辭極其工，意極其巧，而不可語於大雅，而亦不能盡廢也。」〔註187〕是知《別調集》係擇「清圓柔脆、爭奇鬥巧」之作，選錄近於《大雅集》、《放歌集》、《閑情集》三集而不至者。該集選錄 257 詞人，685 闋。其中，收韋莊詞凡 4 闋，於五代十國詞中，名列第三，次於馮延巳 13 闋、李煜 8 闋；所收詞作為：〈天仙子〉（蟾彩

〔註187〕〔清〕陳廷焯著：《白雨齋詞話》，見唐圭璋編：《詞話叢編》（北京：中華書局，2005 年 10 月第 2 版），冊 4，卷 5，頁 3892～3893。

霜華夜不分）、〈荷葉杯〉（絕代佳人難得）、〈小重山〉（一閉昭陽春又春）與〈訴衷情〉（碧沼紅芳煙雨靜），陳廷焯對四詞皆有評點，茲列如次：

〈天仙子〉（蟾彩霜華夜不分）：

　端己詞時露故君之思，讀者當會意於言外。

〈荷葉杯〉（絕代佳人難得）：

　「不忍更思惟」五字，淒然欲絕。姬獨何心能勿腸斷耶？

　《古今詞話》云：「韋莊以才名寓蜀，王建割據，遂羈留之。莊有寵人，資質艷麗，兼善詞翰。建聞之，託以教內人爲詞，強莊奪去。莊追念悒怏，作〈小重山〉及此詞，情意淒怨，人相傳播，盛行於時。姬後傳聞之，遂不食而卒。」

〈小重山〉（一閉昭陽春又春）：

　淒警。

〈訴衷情〉（碧沼紅芳煙雨靜）：

　「鴛夢隔星橋」五字，有仙氣，亦有鬼氣。

綜觀陳廷焯之評論，知其所選不拘一格。其中，〈天仙子〉一詞，陳廷焯指出「才睡依前夢見君」，寄託思念君王之意，或係該詞表面寫閨情，不適合列於《大雅集》，故別錄此集。至其選錄〈荷葉杯〉，係緣於該詞寫情眞實動人；錄〈小重山〉係稱賞其情感淒切，用詞警策；錄〈訴衷情〉則體現韋莊詞涉及仙事之不同面貌。

表 28：《別調集》所收韋莊詞作《別調集》

序號	詞　牌	首　　句	圈　　點
1	天仙子	蟾彩霜華夜不分	纔睡依前夢見君。
2	荷葉杯	絕代佳人難得	不忍更思惟。
3	小重山	一閉昭陽春又春	繞庭芳草綠，倚長門。凝情立，宮殿欲黃昏。
4	訴衷情	碧沼紅芳煙雨靜	鴛夢隔星橋。
總計：4 闋			

（六）成肇麐《唐五代詞選》：[註188] 韋莊詞緣情託興

　　《唐五代詞選》，成肇麐編集。成肇麐（西元 1847～1901），號漱泉，江蘇寶應人。光緒二十七年（西元 1901），爲靈壽知縣，時八國聯軍侵佔京津，復進逼靈壽縣，肇麐投井死，顯示其人之忠貞愛國。編有《唐五代詞選》。

　　此集係斷代詞選，選錄唐五代詞，分上、中、下三卷，以人編次，選錄 49 詞人，347 闋詞。上卷選唐昭宗等 25 家 118 闋；卷中選韋莊等 12 家 117 闋；下卷選歐陽炯等 12 家 112 闋。此集卷首有馮煦〈敘〉與成肇麐〈敘〉，說明編選始末與選詞標準，馮煦〈敘〉云：「成子漱泉，竺嗜過我，手寫一編，既精且審，日夕三復，雅共商榷，損益百一，授之劂氏。」[註189] 是知《唐五代詞選》係成肇麐編集，復與馮煦討論而定。蓋肇麐從馮煦學詞，而馮煦爲常州詞派之繼承者，〔清〕徐珂《近詞叢話》云：「效常州詞派者，光緒朝有……金壇馮煦」，[註190] 則成肇麐之詞學理論屬常州詞派，故特別將此派標舉之唐五代詞勒爲《唐五代詞選》，此集之選詞標準亦繼承常州詞派，體現於詞人排名與以「緣情託興」釋詞兩方面。

　　《唐五代詞選》收韋莊凡 24 闋詞，名列第四，次於馮延巳 54 闋、溫庭筠 40 闋、李煜 27 闋，顯示視韋莊詞爲唐五代之代表。該集所選詞作之前三名，大體同於張惠言《詞選》所收溫庭筠 18 闋、馮延巳 5 闋、李煜 4 闋、韋莊 4 闋之排名，唯將馮延巳改列爲冠，揆度原由，據馮煦〈敘〉所云：「吾家正中翁，鼓吹南唐，上翼二主，下啓歐、晏，實正變之樞貫，短長之流別。編中所采，亦爲收

　　〔註188〕　《唐五代詞選》之版本，依〔清〕成肇麐輯：《唐五代詞選》（臺北：臺灣商務商務印書館股份有限公司，1970 年 7 月臺 1 版）

　　〔註189〕　見〔清〕成肇麐輯：《唐五代詞選》（臺北：臺灣商務商務印書館股份有限公司，1970 年 7 月臺 1 版），頁 1。又：本文所引馮煦〈敘〉，皆根據該書，爲免繁瑣，不另註明。

　　〔註190〕　見唐圭璋編：《詞話叢編》（北京：中華書局，2005 年 10 月第 2 版），冊 5，頁 4224。

弁。而《陽春》一錄，罕睹傳世，世有好事，願以是編徵之」是知
此集推尊馮延巳，係因馮煦與馮延巳乃同姓本家，故極為標榜其於
唐五代詞人中之思想藝術成就與詞史地位。至於此集以「緣情託興」
釋詞，係立基於常州詞派「尊體」之觀念，成肇麐〈敘〉云：「十
五國風息而樂府興，樂府為而歌詞作。」〔註 191〕知其將詞體上接
《詩經》；進而主張詞體具有詩歌功能，馮煦〈敘〉云：「夫詩有六
義，詞亦兼有。」認為詞能比興寄託。故此集以「緣情託興」為選
詞標準，成肇麐〈敘〉云：「唐五代作者數十人，大抵緣情託興，
無藉湛冥奧窔之思。而耳目所寓，出入動作之所適，舉以入諸樂章。
或意中之恉，不克徑致，則隱謬其辭，旁寄於一物一事。而俯仰之
際，萬感橫集，使後之讀者，如聆其聲，睹其不言之意。世有鬱伊
於內，無可訴語，偶有觸焉，亦且恍然其中之纏緜蘊結。固有先我
而發之者，又皇論（筆者按：應為「遑論」）其詞之貞邪正變，與
其人之妍媸也耶。」馮煦〈敘〉亦云：「是編涉樂必笑，言哀已嘆，
率緣情靡曼之作，感遇怨悱之旨，揆厥所由，或乖貞烈。然晚唐五
季，如沸如羹，天宇崩析，彝教凌遲，深識之士，陸沉其間，懼忠
言之觸機，文俳語以自晦。黍離麥秀，周遺所傷；美人香草，楚累
所託。其詞則亂，其志則苦，義兼盍各，毋勞刻舟。」是皆說明唐
五代詞人，遭逢亂世，身之所歷，訴諸於詞，或笑或哀，實寓悲苦
心志。其中，韋莊一生顛沛曲折，先逢黃巢之亂，復遭藩鎮割據，
暮年以唐人身分入蜀，生平經歷何啻一部晚唐五代史，其詞大多自
抒胸臆，出自真實情感。緣此，此集收韋莊詞達 24 闋，以「緣情
託興」為選錄標準，廣收各類詞作，如〈菩薩蠻〉諸闋寄託家國之
作，明顯寄託身世之感；其他各詞則大抵屬情詞，以之寄情真實，
亦見收錄。

〔註191〕見〔清〕成肇麐輯：《唐五代詞選》（臺北：臺灣商務商務印書館股
　　　　份有限公司，1970 年 7 月臺 1 版），頁 3。又：本文所引成肇麐〈敘〉，
　　　　皆根據該書，為免繁瑣，不另註明。

表29：《唐五代詞選》所收韋莊詞作

序號	詞牌	首句	備註
1	天仙子	蟾彩霜華夜不分	
2	定西番	挑盡金燈紅燼	
3	思帝鄉	雲髻墜鳳釵垂	
4	上行杯	芳草灞陵春岸	
5	浣溪沙	夜夜相思更漏殘	
6	歸國遙	春欲暮	
7	歸國遙	金翡翠	
8	菩薩蠻	紅樓別夜堪惆悵	見錄《詞選》
9	菩薩蠻	人人盡說江南好	見錄《詞選》
10	菩薩蠻	如今卻憶江南樂	見錄《詞選》
11	菩薩蠻	洛陽城裏春光好	見錄《詞選》
12	更漏子	鐘鼓寒樓閣暝	
13	謁金門	春雨足	
14	謁金門	空相憶	
15	清平樂	春愁南陌	
16	清平樂	野花芳草	
17	清平樂	鶯啼殘月	
18	應天長	綠槐陰裏黃鶯語	
19	應天長	別來半歲音書絕	
20	荷葉杯	絕代佳人難得	
21	荷葉杯	記得那年花下	
22	木蘭花	獨上小樓春欲暮	
23	小重山	一閉昭陽春又春	
24	望遠行	欲別無言倚畫屏	
總計：24闋			

（七）梁令嫻《藝蘅館詞選》：〔註192〕韋莊詞為歷代正宗

《藝蘅館詞選》，梁令嫻編集。梁令嫻，係梁啓超之長女。廣東新會人。能詞，從父梁啓超、麥夢華學詞，梁啓超詞學受之於王鵬運、康有爲，麥夢華亦屬常州詞派，則梁令嫻當爲常州後繼。〔註193〕編有《藝蘅館詞選》。

此集凡五卷，正編分甲、乙、丙、丁四卷，另有戊卷爲補遺，收錄唐至清人詞，選錄 206 詞人，676 闋詞。其中，甲卷選唐五代詞 31 家 111 闋，以明淵源；乙卷選北宋詞 33 家 129 闋；丙卷選南宋詞 52 家 191 闋；丁卷選清詞 68 家 167 闋；戊卷爲後來增選之補遺，宋 3 家、清 19 家，詞作 78 闋。《藝蘅館詞選》之編選原因，梁令嫻於〈藝蘅館詞選序〉云：「麥蛻庵世丈東游，主吾家者數月，且夕奉手從授業……令嫻家中頗有藏書，比年以來，盡讀所有詞家專集若選本，手鈔資諷誦，殆二千首……顧詞之爲道……專集固不可得悉讀，選本……皆斷代取材，爲由盡正變之軌。近世朱竹垞網羅百代，渢爲《詞綜》，王德甫氏繼之，可謂集茲事之偉觀。然苦於浩瀚……張皋文氏《詞選》，周止庵氏之《宋四家詞選》，精粹蓋前無古人。然引繩批跟，或病太嚴；主奴之見，諒所不免。令嫻茲編，斟酌於繁簡之間」〔註194〕是知該集係梁令嫻早年從麥夢華學詞，手鈔歷代各家詞二千首以資諷詠，且以《詞綜》過於浩繁，又病張惠言《詞選》偏嚴，遂斟酌浙西、常州兩派繁簡之間，刪削成此選，以明詞體正變源流。

梁令嫻對韋莊詞之接受，主要繼承張惠言《詞選》之觀點。詞數方面，收韋莊詞凡 8 闋，列於甲集，視爲歷代正宗、詞家之源；所收

〔註192〕　《藝蘅館詞選》之版本，依〔清〕梁令嫻輯：《藝蘅館詞選》（臺北：中華書局，1970 年）

〔註193〕　參見歐明俊：〈近代詞學師承論〉，《上海大學學報》，第 5 期，（2007 年）、曹新華：〈梁啓超詞學研究述論〉，《泰安教育學院學報岱宗學刊》，第 3 期，（2002 年）。

〔註194〕　見施蟄存編：《詞籍序跋萃編》（北京：中國社會科學出版社，1994 年 12 月第 1 版），頁 806。

詞數,於唐五代中,名列第四,次於溫庭筠 21 闋、馮延巳 14 闋、李煜 14 闋,排名同於張惠言《詞選》。至於所選詞作,爲:〈菩薩蠻〉(紅樓別夜堪惆悵)、〈菩薩蠻〉(人人盡說江南好)、〈菩薩蠻〉(如今卻憶江南樂)、〈菩薩蠻〉(洛陽城裏春光好)、〈謁金門〉(空相憶)、〈清平樂〉(野花芳草)、〈應天長〉(綠槐陰裏黃鶯語)、〈荷葉杯〉(絕代佳人難得),本於《詞選》而增補《詞綜》,誠如該集自序所謂「斟酌於繁簡之間」,其中〈菩薩蠻〉四詞選自《詞選》及《詞綜》,〈清平樂〉(野花芳草)、〈應天長〉(綠槐陰裏黃鶯語)、〈荷葉杯〉(絕代佳人難得)三詞選自《詞綜》,又另出己意選錄〈謁金門〉(空相憶)一詞。

表 30:《藝蘅館詞選》所收韋莊詞作

序號	詞 牌	首 句	備 註
1	菩薩蠻	紅樓別夜堪惆悵	見錄《詞選》、《詞綜》
2	菩薩蠻	人人盡說江南好	見錄《詞選》、《詞綜》
3	菩薩蠻	如今卻憶江南樂	見錄《詞選》、《詞綜》
4	菩薩蠻	洛陽城裏春光好	見錄《詞選》、《詞綜》
5	謁金門	空相憶	
6	清平樂	野花芳草	見錄《詞綜》
7	應天長	綠槐陰裏黃鶯語	見錄《詞綜》
8	荷葉杯	絕代佳人難得	見錄《詞綜》
總計:8 闋			

綜觀與常州詞派相關之詞選,自張惠言《詞選》以「推尊詞體,本諸詩教,崇尚比興之義,嚴分源流正變」〔註 195〕看待韋莊詞,選入〈菩薩蠻〉四詞,以爲其詞具有風騷精神,比興寄託,爲詞之始祖正宗。其後,各詞選大抵本此理論,作爲選錄韋莊作品之標準,其中,

〔註195〕 方智範等人謂張惠言建立之常州詞派理論爲:「推尊詞體,本諸詩教,崇尚比興之義,嚴分源流正變」,見方智範、鄭喬彬、周聖偉、高建中著:《中國詞學批評史》(北京:中國社會科學出版社,1994年 7 月第 1 版),頁 223~2246。

周濟《詞辨》、陳廷焯《詞則》、成肇麐《唐五代詞選》與梁令嫻《藝蘅館詞選》等四部詞選，皆選入〈菩薩蠻〉四詞，顯示此四詞備受青睞。唯董毅《續詞選》、黃蘇《蓼園詞選》未錄〈菩薩蠻〉，揆其原由，董毅該選係續《詞選》，故錄他作；而黃蘇對《詞選》一集或不曾寓目，故未選〈菩薩蠻〉諸詞。

三、清廷御選：沈辰垣、王奕清《御選歷代詩餘》〔註196〕

《御選歷代詩餘》，為清聖祖康熙御定，沈辰垣、王奕清等奉敕編。此集收錄唐至明人詞，凡一百二十卷，選錄 957 詞人，收 1540 詞牌，9009 闋詞，為清代大型官書。該集對韋莊詞之接受，主要表現於康熙〈御製選歷代詩餘序〉與〈欽定凡例〉中。

（一）廣搜韋莊詞

《御選歷代詩餘》為康熙朝所編之大型官書，以集歷代詞作大成為編選目的，〈欽定凡例〉第五條載：「是選廣搜名作」〔註197〕說明編選態度為廣收各詞家之作品，選錄作品則以「名作」為標準。此集所收韋莊詞，凡 39 闋，就詞數而言，歷代詞選截至該集前，所收韋莊詞計 56 闋，則該集收詞占 70%，並增補〈玉樓春〉（日照玉樓花似錦）一闋；而所收詞數更為清代詞選最夥者（參見附錄 2.歷代詞選之韋莊詞接受史一覽表），顯現凡例所稱「廣搜」韋莊詞。然此集並非盡收 56 闋詞，此係因「名作」方得入選，顯示所選 39 闋詞為清代聞名之作。

此集除收錄詞作外，卷後復有「詞人姓氏」十卷，〈欽定凡例〉第六條載：「詞人以時代為序，其爵里、姓氏彙載卷後」，指出按時代先後列詞人小傳，所選 957 詞家皆有小傳，顯示頗為重視詞人，此集所載韋莊小傳為：「韋莊，字端己，杜陵人，唐宰相見素之孫。乾寧元年進士，

〔註196〕　《御選歷代詩餘》之版本，依《景印文淵閣四庫全書》本（臺北：臺灣商務印書館），冊 1491～1493。

〔註197〕　〔清〕康熙：〈欽定凡例〉，見《景印文淵閣四庫全書》本（臺北：臺灣商務印書館），冊 1491，頁 2。又：本文所引〈欽定凡例〉，皆根據該書，為免繁瑣，不另註明。

官左補闕。王建爲西川節度使，昭宗命莊同李詢宣諭，遂留，掌書記，尋以起居舍人召，建復表留之。及僭號，進莊左散騎常侍，判中書門下事，累官至吏部尙書同平章事。卒，諡文靖。有集二十餘卷，其弟藹編定，其詩爲《浣花集》五卷。」詳細記載韋莊字號、里第、官爵、著作等傳記資料，對韋莊其人有周密考證。此外，有「詞話」十卷，〈欽定凡例〉第八條載：「詩餘有因事而發，流傳爲詞話者，別錄卷末。」言輯錄歷代詞話，並下注引文出處，計錄 763 則，顯示注重詞作本事等相關資料，所載韋莊詞話有兩則：其一，「韋莊字端己，著〈秦婦吟〉，稱爲秦婦吟秀才。舉乾寧進士，以才名寓蜀，蜀主建羈留之。莊有寵人，姿質豔麗，兼善詞翰。建聞之，託以教內人爲詞，強奪去。莊追念悒怏，作〈荷葉杯〉、〈小重山〉詞，情意凄怨，人相傳播，盛行於時。《古今詞話》、其二，「韋端己思舊姬作〈荷葉杯〉詞云（略）又（略）又，〈小重山〉詞云（略）流傳入官，姬聞之，不食死。《堯山堂外紀》」韋莊詞作之本事，自〔宋〕楊湜《古今詞話》記載王建奪姬後，歷代詞話皆以此爲本，無載其他本事，顯示韋莊詞以情事傳世，故《御選歷代詩餘》亦引錄〔清〕沈雄《古今詞話》與〔明〕蔣一葵《堯山堂外紀》。

　　此集對韋莊詞之接受，收詞數夥外，並詳細記載韋莊之「詞人姓氏」與詞作之「詞話」，《四庫全書總目・御定歷代詩餘提要》載：「自有詞選以來，可云集其大成矣」〔註 198〕此集對韋莊及其詞亦宏富搜羅，關注詞作、詞人、詞話三方面，雖所錄詞數非歷代詞選之最，仍次於《花間集》、《金奩集》與《唐詞紀》全錄 48 闋詞，而所載詞人與詞話之內容則爲歷代詞選中最詳盡者，以此集全面關注之接受態度，可謂集韋莊詞之大成。

（二）韋莊詞風華典麗

　　《御選歷代詩餘》選詞之標準，除「名作」外，〈欽定凡例〉第

〔註198〕見〔清〕紀昀等撰：《欽定四庫全書總目》（北京：中華書局，1997年），卷 199，頁 1825。

四條載：「選錄其風華典麗而不失於正者爲準式，其沉鬱排宕、寄託深遠，不涉綺靡，卓然名家者尤多收錄。」〈御製選歷代詩餘序〉亦云：「風華典麗悉歸於正者爲若干卷，而朕親裁定焉」〔註199〕說明該集以「風華典麗」爲標準，故所收韋莊詞作，「不主一隅」，〔註200〕並選〈謁金門〉（空相憶）之情詞、〈菩薩蠻〉之思鄉詞、〈喜遷鶯〉之登科詞等各類風格者；而不錄「綺靡」者，故該集雖錄〈荷葉杯〉、〈小重山〉詞作本事，卻只收〈荷葉杯〉（絕代佳人難得）一闋，未收〈小重山〉（一閉昭陽春又春）及〈荷葉杯〉（記得那年花下），或係認爲二詞「失於正」，所選39闋詞則視爲「風華典麗」之作。

總之，《御選歷代詩餘》對韋莊詞之接受，主要表現爲廣搜羅集，同時關注詞作、詞人、詞話三方面，更增補〈玉樓春〉（日照玉樓花似錦）一闋；而視39闋詞爲「風華典麗」之「名作」。

表31：《御選歷代詩餘》所收韋莊詞作

序號	詞　牌	首　　句	備　　註
1	訴衷情	碧沼紅芳煙雨靜	
2	訴衷情	燭燼香殘簾未卷	
3	思帝鄉	雲髻墜鳳釵垂	
4	天仙子	悵望前回夢裏期	
5	定西番	挑盡金燈紅燼	
6	定西番	芳草叢生縷結	
7	女冠子	昨夜夜半	
8	女冠子	四月十七	
9	酒泉子	月落星沉	
10	上行杯	芳草灞陵春岸	

〔註199〕　〔清〕康熙：〈御製選歷代詩餘序〉見《景印文淵閣四庫全書》本（臺北：臺灣商務印書館），冊1491，頁2。
〔註200〕　《四庫全書總目‧御定歷代詩餘提要》，見〔清〕紀昀等撰：《欽定四庫全書總目》（北京：中華書局，1997年），卷199，頁1825。

11	浣溪沙	惆悵夢餘山月斜	
12	浣溪沙	夜夜相思更漏殘	
13	歸國遙	金翡翠	
14	歸國遙	春欲晚	
15	歸國遙	春欲暮	
16	菩薩蠻	紅樓別夜堪惆悵	
17	菩薩蠻	人人盡說江南好	
18	菩薩蠻	如今卻憶江南樂	
19	謁金門	春雨足	
20	謁金門	春漏促	
21	謁金門	空相憶	
22	清平樂	春愁南陌	
23	清平樂	野花芳草	
24	清平樂	鶯啼殘月	
25	清平樂	綠楊春雨	
26	清平樂	何處遊女	
27	清平樂	瑣窗春暮	
28	更漏子	鐘鼓寒樓閣暝	
29	喜遷鶯	人洶洶	
30	喜遷鶯	街鼓動	
31	荷葉杯	絕代佳人難得	
32	應天長	綠槐陰裏黃鶯語	
33	應天長	別來半歲音書絕	
34	河傳	春晚風暖	
35	河傳	錦浦春女	
36	怨王孫	錦里蠶市	
37	木蘭花	獨上小樓春欲暮	
38	玉樓春	日照玉樓花似錦	
39	望遠行	欲別無言倚畫屏	
總計：39闋			

綜上所述，清代詞選以唐五代爲選源，錄韋莊詞者，計有：朱彝尊《詞綜》、沈時棟《古今詞選》、夏秉衡《清綺軒詞選》、王闓運《湘綺樓詞選》、張惠言《詞選》、董毅《續詞選》、周濟《詞辨》、黃蘇《蓼園詞選》、陳廷焯《詞則》、成肇麐《唐五代詞選》、梁令嫻《藝蘅館詞選》與《御選歷代詩餘》等 12 部。

此外，清代詞選據王兆鵬《詞學史料學》所錄，以唐五代爲選源者，尚有：柯崇樸，周篔《詞緯》、孫致彌，樓儼《詞鵠初編》、孔傳鏞《笋亭詞選》、孫星衍《歷代詞鈔》、許寶善《自怡軒詞選》、蔣方增《浮筠山館詞鈔》、黃承勛《歷代詞腴》、周之琦《心日齋十六家詞錄》、周之琦《晚香室詞錄》、楊希閔《詞軌》、譚獻《復堂詞錄》等 11 部；復有專題詞選，共計：趙式輯《古今別腸詞選》、汪森《撰辰集》、陳鼎《同情集詞選》等 3 部，後兩集以唐五代爲選源；然上述詞選皆藏於大陸圖書館，未能寓目，不知是否收入韋莊詞。而郡邑詞選、女性詞選，因選詞範圍未包含韋莊，故不討論。

四、詞譜：韋莊詞見錄於六部主要詞譜

吳熊和云：「以詞爲譜、或以名家詞代詞譜的現象是很普遍的，而且愈到後來愈如此。」〔註 201〕有清一代，詞學復興，由於詞人眾多、創作繁榮，對詞體有深入探討之需要；加以其時音韻學發達，詞譜之作亦日益繁多。舉其要者，計有：賴以邠《塡詞圖譜》、萬樹《詞律》、徐立本《詞律拾遺》、杜文瀾《詞律補遺》、康熙御製《康熙曲譜》、秦巘《詞繫》、葉申薌《天籟軒詞譜》、錢裕《有眞意齋詞譜》、謝元淮《碎金詞譜》、舒夢蘭《白香詞譜》等十部詞譜。其中，韋莊詞見錄賴以邠《塡詞圖譜》、萬樹《詞律》、康熙御製《康熙曲譜》、秦巘《詞繫》、葉申薌《天籟軒詞譜》與謝元淮《碎金詞譜》等六部詞譜。茲列表如下：

〔註201〕　見吳熊和著：《唐宋詞通論》（北京：商務印書館，2003 年 10 月第 1 版），頁 47。

序號	詞牌	詞　譜　所收詞作（首句）						合計	排名
		賴以邠《填詞圖譜》〔註202〕	萬樹《詞律》〔註203〕	康熙《康熙曲譜》〔註204〕	秦巘《詞繫》〔註205〕	葉申薌《天籟軒詞譜》〔註206〕	謝元准《碎金詞譜》〔註207〕		
1	浣溪沙							0	
2	菩薩蠻							0	
3	歸國遙			春欲暮		春欲暮		2	5
			春欲晚					1	6
4	應天長	綠槐陰裏黃鶯語	綠槐陰裏黃鶯語	綠槐陰裏黃鶯語		綠槐陰裏黃鶯語	綠槐陰裏黃鶯語	5	2
5	荷葉杯	絕代佳人難得				絕代佳人難得		2	5
			記得那年花下〔註208〕	記得那年花下	記得那年花下		記得那年花下	4	3
6	清平樂				春愁南陌			1	6
		鶯啼殘月〔註209〕			鶯啼殘月			2	5
7	忘遠行	欲別無言倚畫屏	欲別無言倚畫屏	欲別無言倚畫屏		欲別無言倚畫屏		4	3

〔註202〕《填詞圖譜》之版本，依《四庫全書存目叢書》所載北京圖書館藏，清康熙十八年刻《詞學全書》本，見四庫全書存目叢書編輯委員會編：《四庫全書存目叢書》（臺南：莊嚴文化事業有限公司，1997年6月初版），冊426。

〔註203〕《詞律》之版本，依《景印文淵閣四庫全書》本（臺北：臺灣商務印書館），冊1496。

〔註204〕《康熙詞譜》之版本，依〔清〕康熙御製：《詞譜》（臺北：聞汝賢出版發行，1976年1月再版）

〔註205〕《詞繫》之版本，依〔清〕秦巘編：《詞繫》（北京：北京師範大學出版社，1996年9月第1版）

〔註206〕《天籟軒詞譜》之版本，依清道光九年刊本。

〔註207〕《碎金詞譜》之版本，依《續修四庫全書》所載湖北省圖書館藏，清道光刻朱墨套印本影印，見《續修四庫全書》編纂委員會編：《續修四庫全書》（上海：上海古籍出版社，2002年3月），冊1737。

〔註208〕萬樹《詞律》題作皇甫松。

〔註209〕詞牌名作〈憶蘿月〉。

	詞牌								
8	謁金門	空相憶〔註210〕	空相憶	空相憶				3	4
9	江城子			髻鬟狼籍黛眉長				1	6
10	河傳				何處煙雨			1	6
		錦浦春女	錦浦春女	錦浦春女		錦浦春女	錦浦春女	5	2
11	怨王孫							0	
12	天仙子			恨望前回夢裏期	恨望前回夢裏期	恨望前回夢裏期	恨望前回夢裏期	4	3
			深夜歸來長酩酊	深夜歸來長酩酊	深夜歸來長酩酊	深夜歸來長酩酊	深夜歸來長酩酊	5	2
			夢覺雲屏依舊空					1	6
13	喜遷鶯		街鼓動	街鼓動		街鼓動		3	4
14	思帝鄉	雲髻墜	雲髻墜	雲髻墜	雲髻墜	雲髻墜	雲髻墜	6	1
		春日游	春日游	春日游	春日游	春日游		5	2
15	訴衷情						燭燼香殘簾未卷	1	6
		碧沼紅芳煙雨靜〔註211〕	碧沼紅芳煙雨靜	碧沼紅芳煙雨靜	碧沼紅芳煙雨靜			4	3
16	上行杯		芳草灞陵春岸	芳草灞陵春岸			芳草灞陵春岸	3	4
						白馬玉鞭金轡		1	6
17	女冠子	四月十七〔註212〕						1	6
18	更漏子			鐘鼓寒	鐘鼓寒			2	5
19	酒泉子	月落星沉	月落星沉	月落星沉	月落星沉	月落星沉		5	2
20	木蘭花	獨上小樓春欲暮	獨上小樓春欲暮	獨上小樓春欲暮	獨上小樓春欲暮	獨上小樓春欲暮		5	2
21	小重山	一閉昭陽春又春					一閉昭陽春又春	2	5
22	定西番			挑盡金燈紅燼				1	6

〔註210〕 詞牌名作〈花自落〉。
〔註211〕 詞牌名作〈桃花水〉。
〔註212〕 詞牌名作〈紗窗恨〉。

		填詞圖譜	詞律	康熙曲譜	詞繫	天籟軒詞譜	碎金詞譜		
23	玉樓春							0	
24	浣溪沙				紅藕香寒翠渚平〔註213〕			1	6
共計		12調 13闋	13調 15闋	16調 18闋	10調 13闋	13調 14闋	7調 8闋		

由上表統計可知，詞牌方面，韋莊詞牌截至清代詞選所收，凡23調，賴以邠《填詞圖譜》、萬樹《詞律》、康熙御製《康熙曲譜》、秦巘《詞繫》、葉申薌《天籟軒詞譜》與謝元淮《碎金詞譜》，分別選錄12調、13調、16調、9調（其中〈浣溪沙〉（紅藕香寒翠渚平）係誤收顧敻詞，非韋莊該調作品，故不計）、13調與7調，占52％、57％、70％、39％、57％、30％，其中有四部詞譜選錄達一半以上，顯示頗視為詞譜典範。復論各譜所收詞牌之數，其中，〈思帝鄉〉一調見錄各譜，〈應天長〉、〈河傳〉、〈天仙子〉、〈酒泉子〉、〈木蘭花〉則見錄五譜，顯示尤為典範詞牌。

至於詞作方面，清人論詞律並非僅僅著眼音律範疇，往往聯繫詞體之審美特性，〔註214〕故不必重收韋莊詞同調之作，如收入〈天仙子〉「悵望前回夢裏期」、「深夜歸來長酩酊」、「夢覺雲屏依舊空」三詞，〈歸國遙〉「春欲暮」、「春欲晚」二詞，〈荷葉杯〉「絕代佳人難得」、

〔註213〕 《詞繫》所收該詞為：「紅藕香寒翠渚平。月籠虛閣夜蛩清。天際鴻，枕上夢，兩牽情。寶帳玉爐殘麝冷，羅衣金縷暗塵生。小窗涼，孤燭背，淚縱橫。」詞後注：「兩結三句各三字，與前異（筆者按：指張曙〈浣溪沙〉（枕障薰爐隔繡幃））。即擺破格也。《花間集》前結句作『塞鴻驚夢兩牽情』，後結句作『小窗孤燭淚縱橫』，仍是七字句，今從《花草粹編》以備一體。『涼』字一本作『深』。」見〔清〕秦巘編：《詞繫》（北京：北京師範大學出版社，1996年9月第1版），頁77。然《花間集》與《花草粹編》等詞選皆將此詞歸為顧敻所作，唯字句略有不同，如《花間集》所載顧敻〈浣溪沙〉為：「紅藕香寒翠渚平。月籠虛閣夜蛩清。塞鴻驚夢兩牽情。寶帳玉爐殘麝冷，羅衣金縷暗塵生。小窗孤燭淚縱橫。」，則《詞繫》或將顧敻詞誤題為韋莊。

〔註214〕 參見孫克強著：《清代詞學》（北京：中國社會科學出版社，2004年7月第1版），頁73。

「記得那年花下」二詞，〈清平樂〉「春愁南陌」、「鶯啼殘月」二詞，〈河傳〉「何處煙雨」、「錦浦春女」二詞，〈思帝鄉〉「雲髻墜」、「春日游」二詞，〈訴衷情〉「燭燼香殘簾未卷」、「碧沼紅芳煙雨靜」二詞，〈上行杯〉「芳草灞陵春岸」、「白馬玉鞭金轡」二詞。復論各譜所收詞作之數，其中，〈思帝鄉〉（雲髻墜）一詞見錄各譜，其次為〈應天長〉（綠槐陰裏黃鶯語）、〈河傳〉（錦浦春女）、〈天仙子〉（深夜歸來長酩酊）、〈思帝鄉〉（春日游）、〈酒泉子〉（月落星沉）、〈木蘭花〉（獨上小樓春欲暮）見錄五譜，顯示尤為佳作。綜觀各譜所收詞作，除《詞繫》所收〈河傳〉（何處煙雨）為詠史諷諭詞，《詞律》、《康熙曲譜》與《天籟軒詞譜》所收〈喜遷鶯〉（街鼓動）為登科及第詞外，大抵為情詞，顯示清人詞譜對韋莊詞之接受，偏好婉約艷情一類。

綜上所述，可知清代詞譜對韋莊詞之接受，於主要十部詞譜中，見錄六部，顯示接受態度頗為重視。其中，未錄韋莊詞者，為：徐立本《詞律拾遺》〔註215〕、杜文瀾《詞律補遺》〔註216〕、錢裕《有真意齋詞譜》〔註217〕與舒夢蘭《白香詞譜》；〔註218〕揆度其因，《詞律拾遺》與《詞律補遺》係補正《詞律》之失，或認為所錄 13 調 15 闋悉為韋莊詞之代表，故未增補；《有真意齋詞譜》與《白香詞譜》之選錄標準為常用詞調，所選凡一百闋，皆為通俗名篇，作為初學者津梁，兼及詞家圭臬，或視韋莊詞尚不足已代表歷代通俗名作，而未選入。至於收錄韋莊詞者，賴以邠《填詞圖譜》、萬樹《詞律》、康熙御製《康熙曲譜》、秦巘《詞繫》、葉申薌《天籟軒詞譜》與謝元淮《碎金詞譜》等六部詞譜，各譜對韋莊詞之接受，大抵偏好情詞，其中〈思

〔註215〕 《詞律拾遺》之版本，依〔清〕徐立本撰：《詞律拾遺》（臺北：世界書局，1959 年 12 月初版）

〔註216〕 《詞律補遺》之版本，依〔清〕杜文瀾撰：《詞律補遺》（臺北：世界書局，1959 年 12 月初版）

〔註217〕 《有真意齋詞譜》之版本，依清道光二年辛丑刊本。

〔註218〕 《白香詞譜》之版本，依〔清〕舒夢蘭著：《白香詞譜》（臺南：綜合出版社，1987 年初版）

帝鄉〉（雲髻墜）見錄各譜，顯示尤爲典範之作；而〈浣溪沙〉、〈菩薩蠻〉、〈怨王孫〉與〈玉樓春〉四調，諸詞譜未見，顯見不受清人青睞。然〈菩薩蠻〉諸詞卻恒見於詞論與詞選，顯示清人之詞論、詞選與詞譜對該調諸詞，有不同評論標準，此情形殊值留意。

第七章　結　論

本文係運用西方接受美學理論，探析韋莊及其詞於歷代接受之意義。各章架構，以時代為經，詞人創作、詞論與詞選為緯，期多方面展示韋莊接受史。茲依朝代總結如次：

一、唐五代人對韋莊詞之接受：萌芽期

韋莊係唐五代人，故唐五代可謂韋莊接受史之萌芽期。唐五代人對韋莊詞之接受，主要表現於詞論與詞選兩方面，趙崇祚《花間集》與歐陽炯〈花間集序〉為最早接受韋莊詞者。其中，《花間集》視韋莊為西蜀詞壇先導之一，認為其長於小令，詞作內容豐富、多有詩味，且於詞牌方面增加體式、突破本意；〈花間集序〉則視韋莊詞為唱本，謂其詞與詩體分流，風格雅豔，因而廣得佳論，無愧前人。創作方面，尚無詞人於詞作之詞題或詞文，標明以韋莊為接受對象者之作。

二、宋人對韋莊詞之接受：成立期

宋人對韋莊詞之接受，日益增加，可謂韋莊接受史之成立期。創作方面，宋人雖仍未於詞作標明接受韋莊，然歷代詞話則有宋人創作以韋莊為接受對象之記載，顯示詞人對韋莊詞之接受態度雖不甚積極，然已加以接受。

詞論方面，計有 2 部：為楊湜《古今詞話》與張炎《詞源》。前

者記載〈小重山〉與〈謁金門〉之情事，並影響至清代，成爲歷代韋莊情事之定評。後者則視韋莊爲「令曲射雕手」。

　　詞選方面，計有 5 部，爲孔夷《蘭畹曲會》、佚名《尊前集》、佚名《金奩集》、書坊《草堂詩餘》與黃昇《唐宋以來諸賢絕妙詞選》。此五部詞選對韋莊詞之接受，大抵分爲唱本與文本兩種態度，《尊前集》、《金奩集》與《草堂詩餘》出自坊間，主要視韋莊詞爲唱本；其中《尊前集》與《草堂詩餘》分別補輯韋莊詞 5 闋、1 闋，有功於韋莊詞之保存。《蘭畹曲會》與《唐宋以來諸賢絕妙詞選》，則出自文人，視韋莊詞爲文本，重視詞作之文學性，對韋莊詞之接受，較唱本更有深層意義。

三、金、元人對韋莊詞之接受：停滯期

　　金、元兩代爲韋莊詞接受史之停滯期，於詞人創作、評論與詞選三方面，均未見明確接受韋莊者。然對《花間集》有所關注，詞人創作方面，如〔金〕元好問〈江城子‧效花間體詠海棠〉。〔註1〕評論方面，如〔金〕元好問〈新軒樂府引〉云：「《麟角》、《蘭畹》、《尊前》、《花間》等集，傳播里巷，子婦母女交口教授，媟言媟語，深入骨髓，牢不可去，久而與之俱化。」〔註2〕元好問一方面出自尚情角度而肯定其傳播效果，一方面出自儒家詩教於予以否定，此正代表金人對《花間集》既愛且責之矛盾心態；元代‧趙文〈吳山房樂府序〉則云：「〈玉樹後庭花〉盛，陳亡；《花間》麗情盛，唐亡；清眞盛，宋亡，可畏哉。」〔註3〕趙文連繫《花間集》與世道盛衰，斥責花間詞作之委靡

〔註1〕〔金〕元好問〈江城子‧效花間體詠海棠〉：「蜀禽啼血染冰綃。趁花期。占芳菲。翠袖盈盈，凝笑弄晴暉。比盡世間誰似得，飛燕瘦，玉環肥。一番風雨未應得。怨春遲。怕春歸。恨不高張，紅錦百重圍。多載酒來連夜看，嫌花作，彩雲飛。」，見唐圭璋編：《全金元詞》（臺北：洪氏出版社，1980 年 11 月），上冊，頁 84。

〔註2〕〔金〕元好問《遺山集》，見《景印文淵閣四庫全書》本（臺北：臺灣商務印書館），冊 1191，卷 36，頁 23。

〔註3〕元代‧趙文《青山集》，見《景印文淵閣四庫全書》本（臺北：臺灣商務印書館），冊 1195，卷 2，頁 3。

風氣。總之，金元時期崇尚剛健詞風，《花間集》不受重視，韋莊詞之接受史亦呈現停滯期。

四、明人對韋莊詞之接受：發展期

明代繼宋代之後，於詞人創作、詞論與詞選三方面，均有明確接受韋莊者，且數量增加甚多，可謂韋莊接受史之發展期。

創作方面，出現和韻詞，計有 3 闋，爲周履靖〈浣溪沙〉、張杞〈菩薩蠻〉與〈天仙子〉，顯示對韋莊詞有不同喜好。

詞論方面，主要表現於評點之中，而詞話、筆記等則偶有記載。評點方面，計有 2 部，爲湯顯祖《玉茗堂評花間集》與沈際飛《古香岑草堂詩餘四集》，兩者所評較宋人已具體分析詞作本身，顯示接受態度更爲深入。詞話與筆記方面，計有 3 部，爲胡應麟《少室山房筆叢》、王世貞《藝苑卮言》與曹學佺《蜀中廣記》，主要關注詞史地位與詞作風格等。

詞選方面，計有 9 部，爲《天機餘錦》、楊慎《詞林萬選》、陳耀文《花草粹編》、卓人月《古今詞統》、茅暎《詞的》、陸雲龍《詞菁》、潘游龍《古今詩餘醉》、董逢元《唐詞紀》與周履靖《唐宋元明酒詞》。其中，《天機餘錦》視之爲名公之作，無涉諧謔；《詞林萬選》視之爲其綺練之作，可導正《草堂詩餘》；《花草粹編》視其爲雅麗之作，而予以銓粹；《古今詞統》視之爲畢具各類風格、善摹情態，爲詞史代表；《詞的》視之爲緣情訴恨、幽俊香艷、律協黃鍾之作，足冠唐五代詞；《詞菁》視之爲精新綺麗之作，爲歷代宮詞之代表、唐五代詞之精華；《古今詩餘醉》視之爲至情、流暢駘蕩之作；《唐詞紀》係斷代詞選，視之爲唐五代詞之代表；《唐宋元明酒詞》係專題詞選，視之爲歷代酒詞之代表。凡此，顯示各家選詞自有標準，表現對韋莊詞不同之接受態度。此外，自明代以來，詞譜日益盛行，韋莊詞自此見錄詞譜。詞譜方面，計有 3 部，爲周瑛《詞學筌蹄》、張綖《詩餘圖譜》與程明善《嘯餘譜》，各譜均視〈小重山〉（一閉昭陽春又春）爲典範之作。

五、清人對韋莊詞之接受：興盛期

　　有清一代，詞學復興，清人對韋莊詞之接受，於創作、詞論與詞選三方面，皆表現豐富多樣之態度，可謂韋莊接受史之興盛期。

　　創作方面，包含仿擬詞、和韻詞與集句詞，而以集句詞爲最多，次爲和韻詞、仿擬詞。仿擬詞，計有 1 闋，爲王鵬運〈阮郎歸・擬浣花〉，係就字句、內容、風格等方面，予以仿擬而又自出新意。和韻詞，計有 7 闋，爲尤侗〈謁金門・代和韋莊〉、宋元鼎〈河傳・侯夫人，用韋莊韻〉、王岱〈菩薩蠻・題韋端己畫船聽雨圖，用原調〉、周廷諤〈小重山・宮詞，用韋莊韻〉、侯嘉繙〈小重山・宮詞，和韋莊韻〉與凌廷堪〈河傳・用韋端己韻〉兩闋，各家對韋莊詞和韻之情形，以尤侗、周廷諤、侯嘉繙三人較爲步趨韋莊，而宋元鼎、王岱與凌廷堪三人較爲別出己意；此中，殊值得留意者，諸家所作和韻詞皆爲情詞，顯示清人尤鍾韋莊之情詞。集句詞，計有 44 闋，爲柴才〈惜分釵・本意〉、〈碧窗夢・復遊放鶴亭〉、〈虞美人・春閨曉〉、〈踏莎行・寄懷周太史琬大、王進士景郴〉、〈水調歌頭・雲隱寺避暑〉、〈鷓鴣天・輓包文學即山〉、〈法駕導引・春雨二闋〉、〈一痕沙・良渚漫興〉、〈添字昭君怨・閨怨〉、〈江月晃重山・懷林文學起瞻〉、〈鶴沖天・聞簫〉、〈南鄉子・夏日漫興〉、〈訴衷情・送外兄錢秀才以成之閩南〉、〈昭君怨・感舊〉、〈十六字・雨後看桃〉、〈如夢令・春閨〉、〈女冠子・本意〉、〈點絳唇・賦得『殘夢關心懶下樓』〉、〈江城梅花引・落花〉與〈中興樂・別揚州〉，徐旭旦〈甘州子・山枕上〉、〈荷葉杯・豔情〉、〈訴鍾情・本意〉、〈謁金門・遊春〉、〈謁金門・無題〉、〈天仙子・送春〉、〈東坡引・閨情〉、〈鶴沖天・憶舊〉、〈南柯子・豔情〉與〈如夢令・即事〉，錢琰〈憶王孫・寄情，集唐人句〉與〈江城子・游女，集唐人句〉，傅燮詷〈搗練子・戲集古句〉，蔣景祁〈河傳・採蓮，集唐詞〉，侯晰〈滿庭芳・集句送春〉，侯文照〈采桑子・閨思〉，侯承垕〈木蘭花・春色〉，侯承基〈鷓鴣天・閨情〉，侯承垿〈歸國謠・寄錦〉，陸大成〈桃源憶故人・閨情〉，華韶〈憶王孫・春閨〉，華宋時〈憶王孫・秋閨〉，華紹曾〈減

字木蘭・花尋芳〉，瞿大發〈一斛珠・春暮〉，各家所作集句詞，以柴才 20 闋爲最多，次爲徐旭旦 10 闋、錢琰 2 闋，其他 10 位詞人則各有 1 闋，顯示柴才最爲關注韋莊詞。集句情形，大抵採直接整引，蓋因集句詞本身具有較多遊戲性質，非嚴格創作之故；而所集句詞中，以「睡起綠鬟風亂」、「無計得傳消息」、「恨重重」、「墜花翹」、「正是去年今日」分別使用二次，顯示此五句尤爲典範名句。

　　詞論方面，主要關注於詞史、情感、藝術技巧與風格三方面。其一，視韋莊爲詞之正宗，下開千年詞史，計有 5 部，爲王士禎《花草蒙拾》、康熙《御選歷代詩餘・序》、陳廷焯《白雨齋詞話》及《詞則》與陳洵《海綃說詞》。其二，認爲韋莊詞情感眞切，富含思鄉念國與憶念愛姬之情；其中，論思鄉念國者，主要爲總論其情與關注〈菩薩蠻〉諸詞，計有 6 部，爲劉熙載《藝概》、張德瀛《詞徵》、譚獻於《詞辨》、李其永〈讀歷朝詞雜興三十首〉、周之琦〈心日齋十六家詞錄〉與夏敬觀《映庵詞評》。論憶念愛姬者，可分爲以詞話、詩話與論詞絕句、論詞長短句兩種形式呈現；其中，詞話、詩話大抵引錄〔宋〕楊湜《古今詞話》，計有 6 部，爲沈雄《古今詞話》、馮金伯《詞苑萃編》、徐釚《詞苑叢談》、張宗橚《詞林紀事》、鄭方坤《五代詩話》與葉申薌《本事紀》；論詞絕句、論詞長短句，則對韋莊情詞本事加以評騭，計有 5 闋，爲焦袁熹〈采桑子・詠韋端己事〉、譚瑩〈論詞絕句一百首〉、汪筠〈讀《詞綜》書後二十首〉、華長卿〈論詞絕句三十六首〉與高旭〈論詞絕句三十首〉。其三，論韋莊詞之藝術技巧與整體風格；其中，論藝術技巧者，認爲韋莊精工小令、以詩入詞、決絕妙語、著意設色，計有 6 部，爲王僧保〈論詞絕句〉、陳廷焯《詞壇叢話》、夏敬觀《映庵詞評》、沈雄《古今詞話》、賀裳《皺水軒詞筌》與王士禎於《花草蒙拾》。論整體風格方面者，可分爲溫韋合論，咸認爲兩人詞風精艷，計有 3 部，爲李調元《雨村詞話》、樊志厚〈人間詞話序〉與彭孫遹〈曠庵詞序〉；分論者，則謂韋莊詞風清淡、溫庭筠詞風濃艷，計有 7 部，爲許昂霄《詞綜偶評》、周濟《介存齋論

詞雜著》、吳衡照《蓮子居詞話》、沈曾植《菌閣瑣談》、陳廷焯《白雨齋詞話》、王國維《人間詞話》與況周頤《蕙風詞話》。

　　詞選方面，計有 12 部，各集對韋莊詞之接受，大抵可分爲浙西詞派之詞選、常州詞派之詞選與清廷御選三種。浙西詞派之詞選爲：朱彝尊《詞綜》、沈時棟《古今詞選》、夏秉衡《清綺軒詞選》與王闓運《湘綺樓詞選》，皆錄〈女冠子〉（四月十七）一闋，顯示備賞該詞。常州詞派之詞選爲：張惠言《詞選》、董毅《續詞選》、周濟《詞辨》、黃蘇《蓼園詞選》、陳廷焯《詞則》、成肇麐《唐五代詞選》與梁令嫻《藝蘅館詞選》，主要立基張惠言以「推尊詞體，本諸詩教，崇尚比興之義，嚴分源流正變」看待韋莊詞，尤鍾〈菩薩蠻〉四詞。清廷《御選歷代詩餘》係大型官書，主要爲廣集韋莊詞。此外，詞譜方面，計有 6 部，爲賴以邠《填詞圖譜》、萬樹《詞律》、康熙御製《康熙曲譜》、秦巘《詞繫》、葉申薌《天籟軒詞譜》與謝元淮《碎金詞譜》，各譜均視〈思帝鄉〉（雲髻墜）爲典範之作。

　　綜上所述，可知韋莊接受史係萌芽於唐五代、成立於宋代、停滯於金元、發展於明代，而興盛於清代。各朝代對韋莊詞有獨屬之審美風尚，而不同讀者又有個人審美觀點，韋莊詞遂呈現繽紛多采之接受面貌。

參考文獻

一、專　書

（一）韋莊詞集及研究論著

1. 向迪琮校訂：《韋莊集》，北京：人民文學出版社，1958 年 3 月北京第 1 版。

2. 劉金城校注，夏承燾審訂：《韋莊詞校注》，北京：中國社會科學出版社，1985 年 4 月第 1 版。

3. 李誼校注：《韋莊集校注》，成都：四川省社會科學院出版社，1986 年第 1 版。

4. 〔唐〕溫庭筠，〔唐〕韋莊，〔南唐〕馮延巳著，曾昭岷校訂：《溫韋馮詞新校》，上海：上海古籍出版社，1988 年 12 月第 1 版。

5. 聶福安箋注：《韋莊集箋注》，上海：上海古籍出版社，2002 年 4 月第 1 版。

6. 齊濤箋注：《韋莊詩詞箋注》，濟南：山東教育出版社，2002 年 6 月第 1 版。

7. 姜尚賢著：《溫韋詞研究》，台南：自印本，1971 年 7 月初版。

8. 任海天著：《韋莊研究》，北京：人民文學出版社，2005 年 3 月北京第 1 版。

9. 江聰平著：《韋端己詩校注》，臺北：臺灣中華書局，1969 年 9 月初版。

（二）花間集及研究論著

1. 〔明〕湯顯祖評，劉崇德點校：《花間集》，保定：河北大學出版社，

2006 年 10 月第 1 版。

2. 李一珉校：《花間集校》，臺北：臺灣學生書局，1971 年 4 月初版。

3. 蕭繼宗評點校注：《花間集》，臺北：臺灣學生書局，1981 年 10 月再版。

4. 于翠玲注：《花間集、尊前集》，北京：華夏出版社，1998 年 1 月第1 版。

5. 華連圃著：《花間集注》，臺北：天工書局，1992 年 3 月 10 日。

6. 李冰若著：《花間集評注》，北京：人民文學出版，1993 年 6 月北京新 1 版。

7. 王新霞著：《花間詞派選集》，北京：北京師範學院出版社，1993 年9 月。

8. 張以仁著：《花間詞論集》，臺北：中研院中國文哲研究所籌備處，1996 年 12 月初版。

9. 沈祥源、傅生文注：《花間集新注》，南昌：江西人民出版社，1997年 2 月第 2 版。

10. 顧農，徐俠著：《花間派詞傳》，長春：吉林人民出版社，1999 年 9月初版。

11. 洪華穗著：《花間集的主題與感覺》，臺北：文津出版社有限公司，1999 年 12 月初版。

12. 高鋒著：《花間詞研究》，南京：江蘇古籍出版社，2001 年 9 月初版。

13. 艾治平著：《花間派藝術》，上海：學林出版社，2001 年 10 月第 1 版。

14. 高鋒著：《花間集注評》，南京：鳳凰出版社，2008 年 5 月第 1 版。

15. 房開江注，崔黎民譯：《花間集全譯》，貴陽：貴州人民出版社，2008年 9 月第 1 版。

16. 趙逸之著：《花間詞品論》，濟南：齊魯書社，2008 年 9 月第 1 版。

（三）其他詞集

【總集】

1. 曾昭岷、王兆鵬編：《全唐五代詞》，北京：中華書局，1999 年 12月第 1 版。

2. 唐圭璋編：《全宋詞》，北京：中華書局，1965 年 6 月第 1 版。

3. 唐圭璋編：《全金元詞》，臺北：洪氏出版社，1980 年 11 月。

4. 饒宗頤初纂，張璋總纂：《全明詞》，北京：中華書局，2004 年 1 月

第 1 版。

5. 周明初，葉曄編纂：《全明詞・補編》，浙江：浙江大學出版社，2007 年 1 月第 1 版。

6. 趙尊嶽輯：《明詞彙刊》，上海：上海古籍出版社，1992 年 7 月第 1 版。

7. 南京大學中國語言文學系全清詞編纂研究室編：《全清詞・順康卷》，北京:中華書局，2002 年 5 月第 1 版。

8. 張宏生主編：《全清詞・順康卷・補編》，南京:南京大學出版社，2008 年 5 月第 1 版。

9. 楊家駱主編：《清詞別集百三十四種》，臺北：鼎文書局，1976 年 8 月初版。

【選集】

1. 〔北宋〕孔夷編：《蘭畹曲會》，上海：商務印書館，1937 年 7 月初版（《唐宋金元詞鉤沉》）。

2. 〔宋〕佚名編：《尊前集》，臺北：臺灣商務印書館，1983 年 6 月（《景印文淵閣四庫全書》）。

3. 〔宋〕佚名編：《金奩集》，上海：上海古籍出版社，2002 年 3 月（《續修四庫全書》）。

4. 〔宋〕黃大輿編：《梅苑》，臺北：臺灣商務印書館，1983 年 6 月（《景印文淵閣四庫全書》）。

5. 〔宋〕曾慥編：《樂府雅詞》，臺北：臺灣商務印書館，1983 年 6 月（《景印文淵閣四庫全書》）。

6. 〔宋〕書坊編：《草堂詩餘》，臺北：臺灣商務印書館，1983 年 6 月（《景印文淵閣四庫全書》）。

7. 〔宋〕黃昇編：《唐宋以來諸賢絕妙詞選》，臺北：臺灣商務印書館，1983 年 6 月（《景印文淵閣四庫全書》）。

8. 〔宋〕趙聞禮編、葛渭君校點：《陽春白雪》，上海：上海古籍出版社，1993 年 6 月第 1 版。

9. 〔宋〕周密編：《絕妙好詞》，臺北：臺灣商務印書館，1983 年 6 月（《景印文淵閣四庫全書》）。

10. 〔宋〕陳恕可編：《樂府補題》，臺北：臺灣商務印書館，1983 年 6 月（《景印文淵閣四庫全書》）。

11. 〔宋〕佚名編：《宋舊宮人贈汪水雲南還詞》，藝文印書館，1966 年（《宋舊宮人詩詞》）。

12. 〔明〕陳敏政編：《天機餘錦》，臺北：國家圖書館。

13. 〔明〕楊慎編：《詞林萬選》，臺南：莊嚴文化事業有限公司，1997年6月初版（《四庫全書存目叢書》）。

14. 〔明〕陳耀文編：《花草稡編》，臺北：臺灣商務印書館，1983年6月（《景印文淵閣四庫全書》）。

15. 〔明〕卓人月編：《古今詞統》，上海：上海古籍出版社，2002年3月（《續修四庫全書》）。

16. 〔明〕茅暎編：《詞的》，北京：北京出版社，2000年（《四庫未收書輯刊》）。

17. 〔明〕陸雲龍編：《詞菁》，上海：復旦大學圖書館藏。

18. 〔明〕潘游龍編，梁穎校點：《精選古今詩餘醉》，瀋陽：遼寧教育出版社，2003年3月第1版。

19. 〔明〕董逢元編：《唐詞紀》，臺南：莊嚴文化事業有限公司，1997年6月初版（《四庫全書存目叢書》）。

20. 〔明〕周履靖編著：《唐宋元明酒詞》，臺北：臺灣商務印書館，1969年4月臺1版。

21. 〔清〕朱彝尊編：《詞綜》，臺北：臺灣商務印書館，1983年6月（《景印文淵閣四庫全書》）。

22. 〔清〕康熙御定：《御選歷代詩餘》，臺北：臺灣商務印書館，1983年6月（《景印文淵閣四庫全書》）。

23. 〔清〕沈時棟編：《古今詞選》，臺北：臺灣東方書店，1956年5月初版。

24. 〔清〕夏秉衡編：《清綺軒詞選》，臺北：大西洋圖書公司，1966年5月第1版（《歷朝名人詞選》）。

25. 〔清〕黃蘇編：《蓼園詞選》，濟南：齊魯書社，1988年9月第1版（《清人選評詞集三種》）。

26. 〔清〕張惠言編，〔清〕金應珪校：《詞選》，臺北：世界書局，1956年2月初版。

27. 〔清〕董毅續編：《續詞選》，臺北：世界書局，1956年2月初版。

28. 〔清〕周濟編：《詞辨》，上海：上海古籍出版社，2002年3月（《續修四庫全書》）。

29. 〔清〕陳廷焯編：《詞則》，上海：上海古籍出版社，1984年5月。

30. 〔清〕王闓運編：《湘綺樓詞選》，上海：上海古籍出版社，1989年11月第1版（《王闓運手批唐詩選》）。

31. 〔清〕成肇麐編:《唐五代詞選》,臺北:臺灣商務商務印書館股份有限公司,1970 年 7 月臺 1 版。

32. 〔清〕梁令嫻編:《藝蘅館詞選》,臺北:中華書局,1970 年。

【詞譜】

1. 〔明〕周瑛編:《詞學筌蹄》,上海:上海古籍出版社,2002 年 3 月(《續修四庫全書》)。

2. 〔明〕張綖編:《詩餘圖譜》,上海:上海古籍出版社,2002 年 3 月(《續修四庫全書》)。

3. 〔明〕程明善編:《嘯餘譜》,上海:上海古籍出版社,2002 年 3 月(《續修四庫全書》)。

4. 〔清〕賴以邠編:《填詞圖譜》,臺南:莊嚴文化事業有限公司,1997 年 6 月初版(《四庫全書存目叢書》)。

5. 〔清〕萬樹編:《詞律》,臺北:臺灣商務印書館,1983 年 6 月(《景印文淵閣四庫全書》)。

6. 〔清〕徐立本編:《詞律拾遺》,臺北:世界書局,1959 年 12 月初版。

7. 〔清〕杜文瀾編:《詞律補遺》,臺北:世界書局,1959 年 12 月初版。

8. 〔清〕康熙御製:《康熙曲譜》,臺北:聞汝賢出版發行,1976 年 1 月再版。

9. 〔清〕秦巘編:《詞繫》,北京:北京師範大學出版社,1996 年 9 月第 1 版。

10. 〔清〕葉申薌編:《天籟軒詞譜》,清道光九年刊本。

11. 〔清〕錢裕編:《有眞意齋詞譜》,清道光二年辛丑刊本。

12. 〔清〕謝元淮編:《碎金詞譜》,上海:上海古籍出版社,2002 年 3 月(《續修四庫全書》)。

13. 〔清〕舒夢蘭編:《白香詞譜》,臺南:綜合出版社,1987 年初版。

(四)詩詞評論

1. 〔宋〕楊湜著:《古今詞話》,北京:中華書局,2005 年 10 月第 2 版(《詞話叢編》)。

2. 〔宋〕張炎著:《詞源》,北京:中華書局,2005 年 10 月第 2 版(《詞話叢編》)。

3. 〔明〕王世貞著:《藝苑卮言》,北京:中華書局,2005 年 10 月第 2 版(《詞話叢編》)。

4. 〔明〕楊慎著:《詞品》,北京:中華書局,2005 年 10 月第 2 版(《詞

話叢編》)。

5. 〔清〕王又華著：《古今詞論》，北京：中華書局，2005 年 10 月第 2 版（《詞話叢編》)。

6. 〔清〕王士禎著：《花草蒙拾》，北京：中華書局，2005 年 10 月第 2 版（《詞話叢編》)。

7. 〔清〕賀裳著：《皺水軒詞筌》，北京：中華書局，2005 年 10 月第 2 版（《詞話叢編》)。

8. 〔清〕沈雄著：《古今詞話》，北京：中華書局，2005 年 10 月第 2 版（《詞話叢編》)。

9. 〔清〕李調元著：《雨村詞話》，北京：中華書局，2005 年 10 月第 2 版（《詞話叢編》)。

10. 〔清〕田同之著：《西圃詞說》，北京：中華書局，2005 年 10 月第 2 版（《詞話叢編》)。

11. 〔清〕許昂霄著：《詞綜偶評》，北京：中華書局，2005 年 10 月第 2 版（《詞話叢編》)。

12. 〔清〕周濟著：《介存齋論詞雜著》，北京：中華書局，2005 年 10 月第 2 版（《詞話叢編》)。

13. 〔清〕馮金伯著：《詞苑萃編》，北京：中華書局，2005 年 10 月第 2 版（《詞話叢編》)。

14. 〔清〕吳衡照著：《蓮子居詞話》，北京：中華書局，2005 年 10 月第 2 版（《詞話叢編》)。

15. 〔清〕宋翔鳳著：《樂府餘論》，北京：中華書局，2005 年 10 月第 2 版（《詞話叢編》)。

16. 〔清〕黃蘇著：《蓼園詞評》，北京：中華書局，2005 年 10 月第 2 版（《詞話叢編》)。

17. 〔清〕江順詒著：《詞學集成》，北京：中華書局，2005 年 10 月第 2 版（《詞話叢編》)。

18. 〔清〕沈曾植著：《菌閣瑣談》，北京：中華書局，2005 年 10 月第 2 版（《詞話叢編》)。

19. 〔清〕劉熙載著：《藝概》，北京：中華書局，2005 年 10 月第 2 版（《詞話叢編》)。

20. 〔清〕陳廷焯著：《詞壇叢話》，北京：中華書局，2005 年 10 月第 2 版（《詞話叢編》)。

21. 〔清〕陳廷焯著：《白雨齋詞話》，北京：中華書局，2005 年 10 月第 2 版（《詞話叢編》)。

22. 〔清〕陳廷焯著:《詞則》,上海:上海古籍出版社,1984 年 5 月。

23. 〔清〕譚獻著:《復堂詞話》,北京:中華書局,2005 年 10 月第 2 版(《詞話叢編》)。

24. 〔清〕張德瀛著:《詞徵》,北京:中華書局,2005 年 10 月第 2 版(《詞話叢編》)。

25. 〔清〕王國維著:《人間詞話》,北京:中華書局,2005 年 10 月第 2 版(《詞話叢編》)。

26. 〔清〕王闓運著:《湘綺樓評詞》,北京:中華書局,2005 年 10 月第 2 版(《詞話叢編》)。

27. 〔清〕況周頤著:《蕙風詞話》,北京:中華書局,2005 年 10 月第 2 版(《詞話叢編》)。

28. 〔清〕況周頤著:《餐櫻廡詞話》,臺北:廣文書局有限公司,1986 年 1 月初版。

29. 〔清〕陳洵著:《海綃説詞》,北京:中華書局,2005 年 10 月第 2 版(《詞話叢編》)。

30. 〔清〕陳匪石著:《聲執》,北京:中華書局,2005 年 10 月第 2 版(《詞話叢編》)。

31. 〔清〕毛先舒著:《填詞名解》,鄭州:大象出版社,2002 年 3 月第 1 版(《歷代詞話》)。

32. 〔清〕鄭方坤著:《五代詩話》,臺北:臺灣商務印書館,1983 年 6 月(《景印文淵閣四庫全書》)。

33. 〔清〕徐釚著,王百里校箋:《詞苑叢談校箋》,北京:人民文學出版,1998 年 11 月北京第 1 版。

34. 〔清〕張宗橚編,楊寶霖補正:《詞林紀事,詞林紀事補正合編》,上海:上海古籍出版社,1998 年 11 月第 1 版。

35. 〔清〕夏敬觀著:《映庵詞評》,鄭州:大象出版社,2005 年 11 月第 1 版(《歷代詞話續編》)。

36. 唐圭璋編:《詞話叢編》,北京:中華書局,2005 年 10 月第 2 版。

37. 張璋,職承讓,張驊,張博寧編纂:《歷代詞話》,鄭州:大象出版社,2002 年 3 月第 1 版。

38. 張璋,職承讓,張驊,張博寧編纂:《歷代詞話續編》,鄭州:大象出版社,2005 年 11 月第 1 版。

39. 史雙元編著:《唐五代詞紀事會評》,合肥:黃山書社,1995 年 12 月第 1 版。

40. 吳熊和主編：《唐宋詞匯評・唐五代卷》，杭州：浙江教育出版社，2007 年 3 月第 1 版。

41. 施蟄存、陳如江輯錄：《宋元詞話》，上海：上海書店出版社，1999 年 2 月第 1 版。

42. 吳熊和主編：《唐宋詞匯評・兩宋卷》，杭州：浙江教育出版社，2004 年 12 月第 1 版。

43. 尤振中、尤以丁編著：《明詞紀事會評》，合肥：黃山書社，1995 年 12 月第 1 版。

44. 尤振中、尤以丁編著：《清詞紀事會評》，合肥：黃山書社，1995 年 12 月第 1 版。

（五）筆記雜錄

1. 〔唐〕張鷟著：《朝野僉載》，臺北：臺灣商務印書館，1983 年 6 月（《景印文淵閣四庫全書》）。

2. 〔五代〕何光遠著：《鑑誡錄》，臺北：臺灣商務印書館，1983 年 6 月（《景印文淵閣四庫全書》）。

3. 〔五代〕孫光憲著：《北夢瑣言》，臺北：臺灣商務印書館，1983 年 6 月（《景印文淵閣四庫全書》）。

4. 〔宋〕李昉等撰：《太平廣記》，臺北：臺灣商務印書館，1983 年 6 月（《景印文淵閣四庫全書》）。

5. 〔宋〕計有功著：《唐詩紀事》，臺北：木鐸出版社，1982 年 2 月初版。

6. 〔宋〕張唐英著：《蜀檮杌》，臺北：臺灣商務印書館，1983 年 6 月（《景印文淵閣四庫全書》）。

7. 〔宋〕陳振孫著：《直齋書錄解題》，臺北：臺灣商務印書館，1983 年 6 月（《景印文淵閣四庫全書》）。

8. 〔元〕辛文房撰，周本淳校正《唐才子傳校正》，臺北：文津出版社，1988 年 3 月。

9. 〔明〕胡應麟著：《少室山房筆叢》，臺北：臺灣商務印書館，1983 年 6 月（《景印文淵閣四庫全書》）。

10. 〔明〕曹學佺著：《蜀中廣記》，臺北：臺灣商務印書館，1983 年 6 月（《景印文淵閣四庫全書》）。

11. 〔清〕徐倬著：《全唐詩錄》，臺北：臺灣商務印書館，1983 年 6 月（《景印文淵閣四庫全書》）。

（六）史　部

1. 〔漢〕班固撰，〔唐〕顏師古注：《新校本漢書》，臺北：鼎文書局，1983 年。

2. 〔後晉〕劉昫等撰：《新校本舊唐書》，臺北：鼎文書局，1981 年。

3. 〔宋〕歐陽修，宋祁撰：《新校本新唐書》，臺北：鼎文書局，1981 年。

4. 〔宋〕歐陽修撰，〔宋〕徐無黨注：《新校本新五代史》，臺北：鼎文書局，1985 年。

5. 〔元〕脫脫等撰：《新校本宋史并附編三種》，臺北：鼎文書局，1983 年。

6. 〔宋〕司馬光著：《資治通鑑》，臺北：明倫出版社，1975 年再版。

7. 〔清〕吳任臣著：《十國春秋》，臺北：臺灣商務印書館，1983 年 6 月（《景印文淵閣四庫全書》）。

8. 〔清〕張廷玉等著：《新校本明史并附編六種》，臺北：鼎文書局，1975 年 6 月初版。

（七）文學研究專著

1. 王易著：《詞曲史》，南京：江蘇教育出版社，2005 年 8 月第 1 版。

2. 陳弘治著：《唐五代詞研究》，臺北：文津出版社，1985 年 3 月再版。

3. 楊海明著：《唐宋詞史》，天津：天津古籍出版社，1998 年 12 月第 1 版。

4. 劉尊明著：《唐五代詞史論稿》，北京：文化藝術出版社，2000 年 10 月第 1 版。

5. 吳熊和著：《唐宋詞通論》，北京：商務印書館，2003 年 10 月第 1 版。

6. 高峰著：《唐五代詞研究史稿》，濟南：齊魯書舍，2006 年 8 月第 1 版。

7. 黃昭寅，張士獻著：《唐五代詞史論稿》，山東：山東大學出版社，2006 年 11 月第 1 版。

8. 葉嘉瑩著：《唐宋詞名家論集》，臺北：國文天地雜誌社，1987 年 1 月初版。

9. 俞陛云著：《唐五代兩宋詞選釋》，臺北：文史哲出版社，1988 年 7 月。

10. 唐圭璋等著：《唐宋詞鑑賞集成》，臺北：五南圖書，1991 年 6 月第

1 版。

11. 陳如江著：《唐宋五十名家詞論》，上海：華東師範大學出版社，1992
    年 7 月第 1 版。

12. 孫康宜著，李奭學譯著：《晚唐迄北宋詞體演進與詞人風格》，臺北：
    聯經出版社，1994 年 6 月初版。

13. 夏承燾著：《唐宋詞欣賞》，杭州：浙江古籍出版社，2003 年 8 月第
    1 版。

14. 陶爾夫、諸葛憶兵著：《北宋詞史》，哈爾濱：黑龍江人民出版社，
    2005 年 1 月第 1 版。

15. 陶爾夫、諸葛憶兵著：《南宋詞史》，哈爾濱：黑龍江人民出版社，
    2004 年 11 月第 1 版。

16. 張仲謀著：《明詞史》，北京：人民文學出版社，2002 年 2 月北京第
    1 版。

17. 嚴迪昌著：《清詞史》，南京：江蘇古籍出版社，2001 年 7 月第 2 版。

18. 葉嘉瑩著：《清詞名家論集》，臺北：中央研究院中國文哲研究所籌
    備處，2001 年 4 月修定 1 版。

19. 方智範、鄭喬彬、周聖偉、高建中著：《中國詞學批評史》，北京：
    中國社會科學出版社，1994 年 7 月第 1 版。

20. 謝桃坊著：《中國詞學史》，成都：巴蜀書舍，2002 年 12 月第 1 版。

21. 朱崇才著：《詞話學》，臺北：文津出版社，1995 年 1 月初版。

22. 劉慶雲著：《詞話十論》，臺北：祺齡出版社，1995 年 1 月初版。

23. 邱世友著：《詞論史論稿》，北京：人民文學出版社，2002 年 2 月北
    京第 1 版。

24. 徐安琴著：《唐五代北宋詞學思想史論》，北京：人民文學出版社，
    2007 年 11 月北京第 1 版。

25. 張宏一著：《清代詞學的建構》，南京：江蘇古籍出版社，1999 年 9
    月第 1 版。

26. 孫克強著：《清代詞學》，北京：中國社會科學出版社，2004 年 7 月
    第 1 版。

27. 陳水雲著：《清代詞學發展史論》，北京：學苑出版社，2005 年 7 月
    北京第 1 版。

28. 孫克強著：《清代詞學批評史論》，上海：上海古籍出版社，2008 年
    11 月第 1 版。

29. 皮述平著：《晚清詞學的思想與方法》，北京：學苑出版社，2003 年

3 月北京第 1 版。

30. 楊柏嶺著：《晚清民初詞學思想建構》，合肥：安徽大學出版社，2006 年 1 月修改。

31. 朱惠國著：《中國近世詞學思想研究》，上海：上海古籍出版社，2005 年 6 月第 1 版。

32. 楊仲謀著：《論詞絕句註》，四川：四川同鄉會，1988 年 10 月。

33. 孫琴安著：《中國評點文學史》，上海：上海社會科學出版社，1999 年 6 月第 1 版。

34. 饒宗頤著：《詞集考》，北京：中華書局，1992 年 10 月第 1 版。

35. 王兆鵬著：《詞學史料學》，北京：中華書局，2004 年 5 月第 1 版。

36. 蕭鵬著：《群體的選擇—唐宋人選詞與詞選通論》，臺北：文津出版社，1992 年 11 月初版。

37. 陶子珍著：《明代詞選研究》，臺北：秀威資訊科技股份有限公司，2003 年 7 月 BOD1 版。

38. 陶子珍著：《明代四種詞集叢編研究》，臺北：秀威資訊科技股份有限公司，2006 年 4 月 BOD1 版。

39. 鄒雲湖著：《中國選本批評》，上海：上海三聯書店，2002 年 7 月第 1 版

40. 鄭騫著：《景午叢編》，臺北：臺灣中華書局股份有限公司，1972 年 3 月初版。

41. 夏承燾著：《唐宋詞人年譜》，臺北：金園出版社，1982 年 12 月初版。

42. 唐圭璋著：《詞學論叢》，臺北：鼎文書局，2001 年 5 月 15 日初版。

43. 龍沐勛著：《倚聲學》，臺北：鼎文書局，2003 年 9 月 30 日初版。

44. 葉嘉瑩著：《嘉瑩論詞叢稿》，臺北：明文書局股份有限公司，1982 年 10 月再版。

45. 葉嘉瑩著：《溫庭筠、韋莊、馮延巳、李煜》，臺北：大安出版社，1988 年 12 月初版。

46. 繆鉞，葉嘉瑩著：《靈谿詞說》，臺北：國文天地雜誌社，1989 年 12 月初版。

47. 吳世昌著，吳令華編：《吳世昌全集·詞學論叢》，石家莊：河北教育教育出版社，2003 年 1 月第 1 版。

48. 俞平伯著：《俞平伯論古詩詞》，上海：復旦大學出版社，2006 年 10 月第 1 版。

49. 王偉勇著：《詞學專題研究》，臺北：文史哲出版社，2003 年 4 月第

1 版。

50. 王偉勇著：《宋詞與唐詩之對應研究》，臺北：文史哲出版社，2004
    年 3 月初版修訂一刷。

51. 黃文吉著：《黃文吉詞學論集》，臺北：台灣學生書局，2003 年 11 月
    第 1 版。

52. 姜方錟著：《蜀詞人評傳》，成都：成都古籍出版社，1984 年 8 月第
    1 版。

53. 《詞學》編輯委員會編：《詞學》，上海：華東師範大學出版社，1981
    年 11 月第 1 版～2008 年 12 月第 1 版。第 1 輯～第 12 輯。

54. 濮禾章著：《杜甫草堂》，北京：中國建築工業出版社，1990 年 9 月
    第 1 版。

55. 劉揚忠著：《詩與酒》，臺北：文津出版社，1994 年 1 月初版。

56. 高建新著：《古代文人生活與酒》，呼和浩特：內蒙古大學出版社，
    2007 年 7 月第 1 版。

57. 陳尚君著：《唐代文學叢考》，北京：中國社會科學出版社，1997 年
    10 月初版。

58. 聞汝賢著：《詞牌彙釋》，臺北：自印本，1963 年 5 月臺 1 版。

59. 夏敬觀著：《詞調溯源》，臺北：臺灣商務印書館股份有限公司，1967
    年 10 月臺 1 版。

60. 張夢機著：《詞律探源》，臺北：文史哲出版社，1981 年 11 月初版。

61. 嚴建文編著：《詞牌釋例》，杭州：浙江古籍出版社，2003 年 8 月第
    1 版。

62. 張相著：《詩詞曲語詞匯釋》，北京：中華書局，1955 年 1 月第 3 版。

63. 王鍈著：《詩詞曲語辭例釋》，北京：中華書局，2005 年 2 月北京第
    3 版。

（八）接受美學理論及研究專著

【理論】

1. 〔德國〕姚斯、霍拉勃著，周寧、金元浦譯：《接受美學與接受理論》，
   瀋陽：遼寧人民出版社，1987 年第 1 版。

2. Hans Robert Jauss：《Toward an aesthetic of reception》，Minneapolis：
   University of Minnesota Press，1982。

3. 〔德國〕漢斯‧羅伯特‧耀斯著，英譯者麥克爾‧肖，顧建光、顧
   靜宇、張樂天譯：《審美經驗與文學解釋學》，上海：上海譯文出版

社，1997 年 11 月第 1 版。

4. Hans Robert Jauss：《Aesthetic experience and literary hermeneutics》，Minneapolis：University of Minnesota Press，1982。

5. 〔德國〕沃爾夫岡·伊瑟爾著，周寧、金元浦譯：《閱讀活動——審美反應理論》，北京：中國社會科學出版社，1991 年 7 月第 1 版。

6. Wolfgang Iser：《The act of reading：a theory of aesthetic response·Perface》，Baltimore：Johns Hopkins University Press，1978。

7. Wolfgang Iser：《The implied reader：patterns of communication in prose fiction from Bunyan to Beckett》，Baltimore：Johns Hopkins University Press，1974。

8. 赫魯伯著，董之林譯：《接受美學理論》，板橋：駱駝出版社，1994 年 6 月第 1 版。

9. 伊麗莎白·弗洛恩德著，陳燕谷譯：《讀者反應理論批評》，板橋：駱駝出版社，1994 年 6 月第 1 版。

10. 馬以鑫著：《接受美學新論》，上海：學林出版社，1995 年 10 月第 1 版。

11. 金元浦著：《接受反應文論》，濟南：山東教育出版社，1998 年 10 月第 1 版。

12. 王金山、王青山著：《文學接受研究》，呼和浩特：內蒙古大學出版社，2005 年 7 月第 1 版。

13. 鄔國平著：《中國古代接受文學與理論》，哈爾濱：黑龍江人民出版社，2005 年 11 月第 1 版。

14. 朱健平著：《翻譯：跨文化解釋——哲學詮釋學與接受美學模式》，長沙：湖南人民出版社，2007 年 4 月第 1 版。

15. 陳文忠著：《文學美學與接受史研究》，合肥：安徽大學出版社，2008 年 4 月第 1 版。

16. 朱立元主編：《當代西方文藝理論》，上海：華東師範大學出版社，2008 年 5 月第 2 版（增補版）。

17. 代迅著：《西方文論在中國的命運》，北京：中華書局，2008 年 8 月北京第 1 版。

18. 樂黛雲編：《比較文學研究》，武漢：湖北教育出版社，2008 年 8 月第 1 版。

【專著】

1. 朱棟霖主編：《文學新思維》，南京：江蘇教育出版社，1996 年 3 月

第 1 版。

2. 陳文忠著：《中國古典詩歌接受史研究》，合肥：安徽大學出版社，1998 年 8 月第 1 版。

3. 楊文雄《李白詩歌接受史》，臺北：五南圖書出版股份有限公司，2000 年 3 月第 1 版。

4. 鄧新華著：《中國古代接受詩學》，武漢：武漢出版社，2000 年 10 月第 1 版。

5. 蔡振念著：《杜詩唐宋接受史》，臺北：五南圖書出版股份有限公司，2002 年 2 月第 1 版。

6. 李劍鋒著：《元前陶淵明接受史》，濟南：齊魯書社，2002 年 9 月第 1 版。

7. 曾軍著：《接受的復調：中國巴赫金接受史研究》，濟南：齊魯書社，2007 年 6 月第 1 版。

8. 劉學鍇著：《李商隱詩歌接受史》，合肥：安徽大學出版社，2004 年 8 月第 1 版。

9. 朱麗霞著：《清代辛稼軒接受史》，濟南：齊魯書社，2005 年 1 月第 1 版。

10. 王玫著：《建安文學接受史論》，上海：上海古籍出版社，2005 年 7 月第 1 版。

11. 王兆鵬、尚永亮編：《文學傳播與接受論叢》，北京：中華書局，2006 年 4 月北京第 1 版。

12. 李冬紅著：《花間集接受史論稿》，濟南：齊魯書社，2006 年 6 月第 1 版。

13. 查清華著：《明代唐詩接受史》，上海：上海古籍出版社，2006 年 7 月第 1 版。

14. 高日暉、洪雁著：《水滸傳接受史》，濟南：齊魯書社，2006 年 7 月第 1 版。

15. 吳波著：《明清小說創作與接受研究》，長沙：湖南人民出版社，2006 年 10 月第 1 版。

16. 羅秀美著：《宋代陶學接受研究》，臺北：秀威資訊科技股份有限公司，2007 年 1 月 BOD1 版。

17. 於可訓、陳國恩編：《文學傳播與接受論叢》第二輯，北京：中華書局，2007 年 4 月北京第 1 版。

18. 米彥青著：《清代李商隱詩歌接受史稿》，北京：中華書局，2007 年 7 月北京第 1 版。

19. 楊柳著：《漢晉文學中的《莊子》接受》，成都：巴蜀書舍，2007 年 11 月第 1 版。

（九）其　他

1. 馬興榮、吳熊和、曹濟平主編：《中國詞學大辭典》，杭州：浙江教育出版社，1996 年 10 月第 1 版。

2. 王兆鵬、劉尊明主編：《宋詞大辭典》，南京：鳳凰出版社，2003 年 9 月第 1 版。

3. 施蟄存編：《詞籍序跋萃編》，北京：中國社會科學出版社，1994 年 12 月第 1 版。

4. 金啓華、張惠民、王恒展、張宇聲、張增學編：《唐宋詞集序跋匯編》，臺北：臺灣商務印書館，1993 年 2 月臺灣初版。

5. 張惠民編：《宋代詞學資料匯編》，廣東：汕頭大學出版社，1993 第 1 版。

二、論　文

（一）韋莊研究

【碩、博士論文】

1. 黃彩勤著：《韋莊研究》，臺中：東海大學中國文學研究所碩士論文，1988 年 6 月。

2. 江聰平著：《韋端己及其詩詞研究》，高雄：國立高雄師範大學國文學系博士論文，1997 年 6 月。

3. 陳慧寧著：《韋莊詞新探》，香港：香港新亞研究所文學組碩士畢業論文，1997 年 7 月。

4. 詹乃凡著：《韋莊男女情詞研究》，臺北：國立臺灣大學中國文學研究所碩士論文，2002 年 6 月。

5. 曹麗芳著：《韋莊研究》，南京：南京師範大學博士論文，2003 年 5 月。

6. 林淑華著：《主體意識的情志抒寫——韋莊詩詞關係研究》，彰化：國立彰化師範大學國文學系碩士論文，2003 年 6 月。

7. 孫振濤著：《韋莊的思想、詩歌研究》，呼和浩特：內蒙古師範大學碩士論文，2006 年 6 月。

8. 喻霏薈著：《韋莊詩詞比較研究》，福建：福建師範大學碩士論文，2007 年 4 月。

【單篇論文】

1. 鄭騫：〈溫庭筠、韋莊與詞的創始〉，收入鄭騫著：《景午叢編》，臺北：臺灣中華書局股份有限公司，1972 年 3 月初版。

2. 施蟄存：〈讀韋莊詞札記〉，收入《詞學》編輯委員會編：《詞學》，上海：華東師範大學出版社，1981 年 11 月第 1 版。第 1 輯。

3. 夏承燾：〈韋端己年譜〉，收入夏承燾著：《唐宋詞人年譜》，臺北：金圓出版社，1982 年 12 月初版。

4. 莫礪鋒：〈論唐五代詞風的轉變——兼論韋莊在詞史上的地位〉，《文學遺產》，第 6 期，1989 年。

5. 〔日本〕青山宏：〈《花間集》的詞（二）——韋莊的詞〉，收入王水照，保苅佳昭編選：《日本學者中國詞學論文集》，上海：賞海古籍出版社，1991 年 5 月第 1 版。

6. 曹慶章：〈論韋莊詞對溫庭筠詞的沿襲和創新〉，《廣東教育學院學報》，第 5 期，1995 年。

7. 曾憲燊：〈韋莊的詞——清淡秀雅〉，收入藝文誌文化事業公司編：《藝文誌》（臺北：藝文誌文化事業公司，第 141 期，1997 年 6 月 1 日。

8. 李誼：《韋莊生平及其作品簡論》，《中國文化月刊》，第 207 期，1997 年 6 月。

9. 房日晰：〈溫庭筠韋莊詞之比較〉，收入房日晰著：《唐詩比較論》，西安：三秦出版社，1998 年 8 月第 1 版。

10. 唐圭璋：〈溫韋詞之比較〉，收入唐圭璋著：《詞學論叢》，臺北：鼎文書局，2001 年 5 月 15 日初版。

11. 吳明德：〈溫庭筠、韋莊詞的「語言特徵」與「敘述手法」之比較析論〉，《中國學術年刊》，第 22 期，2001 年。

12. 陳志平：〈韋莊研究述評〉，《高等函授學報》（哲學社會科學版），第 14 卷，第 5 期，2002 年 10 月。

13. 莫立民：〈論韋莊詞與「以詩爲詞」的源頭〉，《甘肅社會科學》，第 4 期，2002 年。

14. 夏承燾：〈論韋莊詞〉，收入夏承燾著：《唐宋詞欣賞》，杭州：浙江古籍出版社，2004 年 2 月第 1 版。

15. 張夢機：〈韋莊詞欣賞〉，收入張夢機著：《詞箋》，臺北：三民書局股份有限公司，2008 年 5 月第 1 版。

（二）其　他

【碩、博士論文】

1. 謝敏琪著：《明代評點詞集研究》，臺北：東吳大學中國文學系博士論文，2004 年 6 月。

2. 李睿著：《清代詞選研究》，上海：華東師範大學博士論文，2006 年 4 月。

3. 岳淑珍著：《明代詞學研究》，河南：河南大學博士論文，2008 年 4 月。

4. 王曉雯著：《譚瑩論詞絕句研究》，臺北：東吳大學中國文學系博士論文，2008 年 7 月。

【單篇論文】

1. 王偉勇：〈兩宋詞人仿蘇辛體析論〉，收入《宋代文學研究叢刊》，高雄：麗文文化事業公司，2007 年 6 月，第 14 期。

2. 王偉勇：〈兩宋詞人仿擬典範作品析論——以「效他體」爲例〉，《文藝典範與創意研發學術研討會》，2007 年 6 月。

3. 張式銘：〈論『花間詞』的創作傾向〉，《文學遺產》，第 1 期，1984 年。

4. 〔日本〕哲崎久和：〈《花間集》的沿襲〉，收入《詞學》編輯委員會編：《詞學》，上海：華東師範大學出版社，1992 年 7 月第 1 版。第 9 輯。

5. 葉嘉瑩：〈論詞學中之困惑與《花間》詞之女性敘寫及其影響〉，收入《詞學》編輯委員會編：《詞學》，上海：華東師範大學出版社，1993 年 11 月第 1 版。第 11 輯。

6. 賀中復：〈《花間集序》的詞學觀點及《花間集》詞〉，《文學遺產》，第 5 期，1994 年。

7. 彭國忠：〈《花間集序》：一篇被深度誤解的詞論〉，《學術研究》，第 7 期，2001 年。

8. 唐圭璋：〈唐宋兩代蜀詞〉，收入華東師範大學中文系古典文學研究室編：《詞學研究論文集》，上海：華東師範大學出版社，1988 年 3 月第 1 版。

9. 劉揚忠：〈論唐宋詞中的詠史詞〉，收入《詞學》編輯委員會編：《詞學》，上海：華東師範大學出版社，2004 年 4 月第 1 版。第 12 輯。

10. 〔日本〕村上哲見：〈柳耆卿詞綜論〉，收入《詞學》編輯委員會編：

《詞學》，上海：華東師範大學出版社，1986 年 10 月第 1 版。第 5 輯。

11. 劉初棠：〈論柳永詞的俗〉，收入《詞學》編輯委員會編：《詞學》，上海：華東師範大學出版社，1986 年 10 月第 1 版。第 5 輯。

12. 陳定玉：〈論晏幾道對令詞發展的貢獻〉，收入《詞學》編輯委員會編：《詞學》，上海：華東師範大學出版社，1993 年 11 月第 1 版。第 11 輯。

13. 蕭瑞峰：〈論淮海詞〉，收入《詞學》編輯委員會編：《詞學》，上海：華東師範大學出版社，1989 年 2 月第 1 版。第 7 輯。

14. 劉乃昌：〈論東坡詞的反思人生〉，收入《詞學》編輯委員會編：《詞學》，上海：華東師範大學出版社，1993 年 11 月第 1 版。第 11 輯。

15. 歐明俊：〈近代詞學師承論〉，《上海大學學報》，第 5 期，2007 年。

16. 方智範：〈周濟詞論發微〉，收入《詞學》編輯委員會編：《詞學》，上海：華東師範大學出版社，1985 年 2 月第 1 版。第 3 輯。

17. 彭玉平：〈陳廷焯詞史論發微〉，收入《詞學》編輯委員會編：《詞學》，上海：華東師範大學出版社，1993 年 11 月第 1 版。第 11 輯。

18. 林玫儀：〈新出土資料對陳廷焯詞論之證補〉，收入《詞學》編輯委員會編：《詞學》，上海：華東師範大學出版社，1993 年 11 月第 1 版。第 11 輯。

19. 曹新華：〈梁啓超詞學研究述論〉，《泰安教育學院學報岱宗學刊》，第 3 期，2002 年。

20. 龍沐勛：〈選詞標準論〉，收入張璋，職承讓，張驊，張博寧編纂：《歷代詞話續編》，鄭州：大象出版社，2005 年 11 月第 1 版。

21. 趙越尊：〈詞籍提要〉，收入《詞學季刊》創刊號，臺北：臺灣學生書局，1967 年 6 月初版。

22. 李睿：〈論清代詞選〉，收入《詞學》編輯委員會編：《詞學》，上海：華東師範大學出版社，2007 年 12 月第 1 版。第 18 輯。

23. 孫克強：〈試論《草堂詩餘》在詞學批評史上的影響和意義〉，《中國韻文學刊》，第 2 期，1995 年。

24. 楊萬里：〈論《草堂詩餘》成書的原因〉，《文學遺產》，第 5 期，2001 年。

25. 楊海明：〈一部優秀的唐宋詞選──介紹黃昇《花菴詞選》〉，《鎮江師專》（教學與修養，語文文學版），第 2 期，1983 年。

26. 王兆鵬：〈詞學秘籍《天機餘錦》考述〉，《文學遺產》，第 5 期，1998 年。

27. 饒宗頤：〈張惠言《詞選》述評〉，收入《詞學》編輯委員會編：《詞學》，上海：華東師範大學出版社，1985 年 2 月第 1 版。第 3 輯。

28. 朱立元、楊明：〈試論接受美學對中國文學史研究的啓示〉，《復旦學報》（社會科學版），第 4 期，1989 年。

29. 馬以鑫：〈接受美學與文學史的撰寫〉，《社會科學戰線》，第 3 期，1994 年。

30. 顏文郁：〈論宋代詞壇對蘇軾之接受〉，《東方人文學誌》，第 7 卷，第 4 期，2008 年 12 月。

附錄一　歷代創作之韋莊詞接受史一覽表

序號	詞牌	首句	宋 和韻 永	觀	疾	明 仿擬 杞	靖	運	清 和韻 侗	鼎	岱	澤	繻	堪	清 集句 調	祁	琰	晰	旦	照	星	基	埒	成	詔	時	曾	發	才	合計	排名
1	浣溪沙	清曉粧成寒食天																												0	7
2	浣溪沙	欲上鞦韆四體慵																		✓									1	6
3	浣溪沙	惆悵夢餘山月斜				✓																								1	6
4	浣溪沙	綠樹藏鶯鶯正啼																												0	7
5	浣溪沙	夜夜相思更漏殘																												0	7
6	菩薩蠻	紅樓別夜堪惆悵																												0	7
7	菩薩蠻	人人盡說江南好									✓																			1	6
8	菩薩蠻	如今卻憶江南樂																												0	7
9	菩薩蠻	勸君今夜須沉醉					✓													✓										2	5
10	菩薩蠻	洛陽城裏春光好																												0	7
11	歸國遙	春欲暮																												0	7
12	歸國遙	金翡翠																		✓									✓	2	5
13	歸國遙	春欲晚																		✓					✓				✓	3	4
14	應天長	綠槐陰裏黃鶯語																											2	2	5
15	應天長	別來半歲音書絕										✓	✓																	2	5
16	荷葉杯	絕代佳人難得																												0	7

序號	詞牌	首句			
17	荷葉杯	記得那年花下		2	5
18	清平樂	春愁南陌		1	6
19	清平樂	野花芳草		1	6
20	清平樂	何處遊女		0	7
21	清平樂	鶯啼殘月	3	3	4
22	清平樂	瑣窗春暮		0	7
23	清平樂	綠楊春雨		0	7
24	忘遠行	欲別無言倚畫屏		0	7
25	謁金門	春漏促		0	7
26	謁金門	空相憶	2	5	2
27	謁金門	春雨足	7	7	1
28	江城子	恩重嬌多情易傷		1	6
29	江城子	髻鬟狼籍黛眉長		1	6
30	河傳	何處煙雨		1	6
31	河傳	春晚風暖		1	6
32	河傳	錦浦春女		5	2
33	怨王孫	錦里蠶市		0	7
34	天仙子	恨望前回夢裏期		0	7
35	天仙子	深夜歸來長酩酊		1	6
36	天仙子	蟾彩霜華夜不分		1	6
37	天仙子	夢覺雲屏依舊空		2	5
38	天仙子	金似衣裳玉似身		0	7
39	喜遷鶯	人洶洶		0	7
40	喜遷鶯	街鼓動		0	7
41	思帝鄉	雲髻墜		1	6
42	思帝鄉	春日游		3	4
43	訴衷情	燭燼香殘簾未卷	2	2	5
44	訴衷情	碧沼紅芳煙雨靜	2	4	3
45	上行盃	芳草灞陵春岸		0	7
46	上行盃	白馬玉鞭金轡		0	7
47	女冠子	四月十七	2	3	4

	詞牌	首句																											合計	排名
48	女冠子	昨夜夜半												✓																1	6
49	更漏子	鐘鼓寒																												0	7
50	酒泉子	月落星沉																												0	7
51	木蘭花	獨上小樓春欲暮		✓											✓														2	5
52	小重山	一閉昭陽春又春	✓						✓	✓																			3	4
53	小重山	春到長門春草青																												0	7
54	小重山	秋到長門秋草黃																												0	7
55	定西番	挑盡金燈紅燼																												0	7
56	定西番	芳草叢生繾結																												0	7
57	玉樓春	日照西樓花似錦																												0	7
58	整體詞作					✓																								1	6
	總　計		1	1	1	1	2	全	1	1	1	1	1	2	1	1	2	1	10	1	1	1	1	1	1	1	1	20		

表格說明

1. 總計：各詞人創作作品之總數。

2. 合計：韋莊詞為詞人接受之總和。

3. 排名：韋莊詞為詞人接受之次數比較。

4. 歷代詞人：

　　（1）永：〔宋〕柳永

　　（2）觀：〔宋〕秦觀

　　（3）疾：〔宋〕辛棄疾

　　（4）杞：〔明〕張杞

　　（5）靖：〔明〕周履靖

　　（6）運：〔清〕王鵬運

　　（7）侗：〔清〕尤侗

　　（8）鼎：〔清〕宋元鼎

　　（9）岱：〔清〕王岱

　　（10）諤：〔清〕周廷諤

（11）繙：〔清〕侯嘉繙

（12）堪：〔清〕凌廷堪

（13）詷：〔清〕傅燮詷

（14）祁：〔清〕蔣景祁

（15）琰：〔清〕錢琰

（16）晰：〔清〕侯晰

（17）旦：〔清〕徐旭旦

（18）照：〔清〕侯文照

（19）垕：〔清〕侯承垕

（20）基：〔清〕侯承基

（21）塀：〔清〕侯承塀

（22）成：〔清〕陸大成

（23）韶：〔清〕華韶

（24）時：〔清〕華宋時

（25）曾：〔清〕華紹曾

（26）發：〔清〕瞿大發

（27）才：〔清〕柴才

備　註

　　本文附錄之韋莊接受史一覽表，於詞人創作、詞論與詞選中，統計有：「歷代創作之韋莊詞接受史一覽表」、「歷代詞選之韋莊詞接受史一覽表」與「歷代詞譜之韋莊詞接受史一覽表」。不統計詞論，蓋因歷代詞論對韋莊詞之接受，主要以整體詞作為對象，非針對某一詞作之故。

附錄二　歷代詞選之韋莊詞接受史一覽表

歷代詞選分組：唐＝花；宋＝尊、金、草、諸；明＝天、萬、粹、統、的、菁、醉、紀、酒；清＝綜、古、清、湘、詞、續、辨、蓼、大、閑、別、唐、藝、歷。

序號	詞牌	首句	花	尊	金	草	諸	天	萬	粹	統	的	菁	醉	紀	酒	綜	古	清	湘	詞	續	辨	蓼	大	閑	別	唐	藝	歷	合計	排名
1	浣溪沙	清曉粧成寒食天	✓	✓								✓				✓															4	11
2	浣溪沙	欲上鞦韆四體慵	✓	✓												✓															3	12
3	浣溪沙	惆悵夢餘山月斜	✓	✓										✓		✓														✓	5	10
4	浣溪沙	綠樹藏鶯鶯正啼	✓	✓												✓															3	12
5	浣溪沙	夜夜相思更漏殘	✓	✓							✓			✓				✓						✓		✓	✓	✓			9	6
6	菩薩蠻	紅樓別夜堪惆悵	✓	✓										✓			✓		✓		✓					✓	✓	✓	✓		10	5
7	菩薩蠻	人人盡說江南好	✓	✓	✓		✓	✓		✓				✓			✓		✓		✓					✓	✓	✓	✓		14	1
8	菩薩蠻	如今卻憶江南樂	✓		✓			✓		✓				✓			✓		✓		✓					✓	✓	✓	✓		12	3
9	菩薩蠻	勸君今夜須沉醉	✓											✓	✓	✓															4	11
10	菩薩蠻	洛陽城裏春光好	✓			✓								✓			✓		✓		✓					✓	✓	✓	✓		10	5
11	歸國遙	春欲暮	✓	✓				✓			✓			✓													✓			✓	7	8
12	歸國遙	金翡翠	✓	✓				✓			✓			✓			✓		✓								✓			✓	10	5
13	歸國遙	春欲晚	✓	✓										✓																✓	4	11
14	應天長	綠槐陰裏黃鶯語	✓	✓		✓		✓						✓			✓		✓							✓	✓	✓	✓		11	4
15	應天長	別來半歲音書絕	✓	✓					✓	✓	✓			✓												✓	✓	✓			9	6
16	荷葉杯	絕代佳人難得	✓	✓										✓									✓	✓	✓		✓	✓	✓		9	6
17	荷葉杯	記得那年花下	✓	✓										✓													✓			✓	5	10

	詞牌	首句	1	2	3	4	5	6	7	8	9	10	11	12	13	14	15		
18	清平樂	春愁南陌	✓	✓			✓				✓					✓	✓	6	9
19	清平樂	野花芳草	✓	✓		✓		✓			✓	✓			✓	✓	✓	9	6
20	清平樂	何處遊女	✓	✓				✓									✓	4	11
21	清平樂	鶯啼殘月	✓	✓				✓			✓	✓				✓	✓	8	7
22	清平樂	瑣窗春暮		✓													✓	2	13
23	清平樂	綠楊春雨		✓													✓	2	13
24	忘遠行	欲別無言倚畫屏	✓	✓				✓			✓					✓	✓	6	9
25	謁金門	春漏促	✓	✓				✓	✓		✓	✓					✓	7	8
26	謁金門	空相憶	✓	✓	✓	✓	✓	✓			✓			✓	✓	✓	✓	12	3
27	謁金門	春雨足			✓			✓			✓	✓		✓		✓	✓	7	8
28	江城子	恩重嬌多情易傷	✓	✓				✓		✓							✓	5	10
29	江城子	髻鬟狼籍黛眉長	✓	✓				✓									✓	4	11
30	河傳	何處煙雨	✓	✓			✓	✓			✓		✓					6	9
31	河傳	春晚風暖	✓	✓				✓			✓						✓	6	9
32	河傳	錦浦春女	✓	✓				✓			✓		✓				✓	6	9
33	怨王孫	錦里蠶市		✓													✓	2	13
34	天仙子	悵望前回夢裏期	✓	✓				✓			✓						✓	5	10
35	天仙子	深夜歸來長酩酊	✓	✓				✓			✓	✓					✓	5	10
36	天仙子	蟾彩霜華夜不分	✓	✓				✓			✓				✓	✓		6	9
37	天仙子	夢覺雲屏依舊空	✓	✓				✓			✓							4	11
38	天仙子	金似衣裳玉似身	✓	✓				✓										3	12
39	喜遷鶯	人洶洶	✓	✓				✓									✓	4	11
40	喜遷鶯	街鼓動	✓	✓				✓									✓	4	11
41	思帝鄉	雲髻墜	✓	✓				✓								✓	✓	5	10
42	思帝鄉	春日游	✓	✓				✓	✓	✓								5	10
43	訴衷情	燭燼香殘簾未卷	✓	✓				✓	✓		✓	✓	✓				✓	8	7
44	訴衷情	碧沼紅芳煙雨靜	✓	✓					✓		✓	✓			✓		✓	7	8
45	上行盃	芳草灞陵春岸	✓	✓				✓			✓			✓	✓		✓	7	8
46	上行盃	白馬玉鞭金轡	✓	✓				✓			✓							4	11
47	女冠子	四月十七	✓		✓			✓	✓	✓	✓	✓	✓	✓		✓	✓	13	2

48	女冠子	昨夜夜半	✓	✓				✓	✓		✓				✓														✓	7	8
49	更漏子	鐘鼓寒	✓	✓				✓		✓		✓		✓				✓			✓			✓			✓		✓	10	5
50	酒泉子	月落星沉	✓	✓				✓						✓																✓	5	10
51	木蘭花	獨上小樓春欲暮	✓	✓		✓	✓		✓	✓				✓																✓	9	6
52	小重山	一閉昭陽春又春	✓	✓		✓	✓	✓		✓				✓		✓	✓	✓	✓									✓	✓	✓	11	4
53	小重山	春到長門春草青								✓																					1	14
54	小重山	秋到長門秋草黃								✓																					1	14
55	定西番	挑盡金燈紅燼		✓																								✓		✓	3	12
56	定西番	芳草叢生纓結		✓																										✓	2	13
57	玉樓春	日照西樓花似錦																												✓	1	14
	總　計		48	6	48	3	7	2	5	33	8	10	1	8	48	2	18	1	4	1	4	3	4	1	1	2	4	24	8	39		

表格說明

1. 總計：各詞選所錄韋莊詞之總數。

2. 合計：韋莊詞入選歷代詞選之總和。

3. 排名：韋莊詞入選歷代詞選之次數比較。

4. 歷代詞選：

　　（1）花：唐〔五代〕趙崇祚《花間集》

　　（2）尊：〔北宋〕佚名《尊前集》

　　（3）金：〔北宋〕佚名《金奩集》

　　（4）草：〔南宋〕書坊《草堂詩餘》

　　（5）諸：〔南宋〕黃昇《唐宋以來諸賢絕妙詞選》

　　（6）天：〔明〕佚名《天機餘錦》

　　（7）萬：〔明〕楊愼《詞林萬選》

　　（8）粹：〔明〕陳耀文《花草粹編》

　　（9）統：〔明〕卓人月《古今詞統》

　　（10）的：〔明〕茅暎《詞的》

　　（11）菁：〔明〕陸雲龍《詞菁》

（12）醉：〔明〕潘游龍《古今詩餘醉》

（13）紀：〔明〕董逢元《唐詞紀》

（14）酒：〔明〕周履靖《唐宋元明酒詞》

（15）綜：〔清〕朱彝尊、汪森《詞綜》

（16）古：〔清〕沈時棟《古今詞選》

（17）清：〔清〕夏秉衡《清綺軒詞選》

（18）湘：〔清〕王闓運《湘綺樓詞選》

（19）詞：〔清〕張惠言《詞選》

（20）續：〔清〕董毅《續詞選》

（21）辨：〔清〕周濟《詞辨》

（22）蓼：〔清〕黃蘇《蓼園詞選》

（23）大：〔清〕陳廷焯《大雅集》

（24）閑：〔清〕陳廷焯《閑情集》

（25）別：〔清〕陳廷焯《別調集》

（26）唐：〔清〕成肇麔《唐五代詞選》

（27）藝：〔清〕梁令嫻《藝蘅館詞選》

（28）歷：〔清〕沈辰垣、王奕清《御選歷代詩餘》

附錄三　歷代詞譜之韋莊詞接受史一覽表

序號	詞牌	首　句	詞　譜									合計	排名
			明			清							
			蹄	詩	嘯	填	律	康	繫	天	碎		
1	浣溪沙	清曉粧成寒食天										0	8
2	浣溪沙	欲上鞦韆四體傭										0	8
3	浣溪沙	惆悵夢餘山月斜										0	8
4	浣溪沙	綠樹藏鶯鶯正啼										0	8
5	浣溪沙	夜夜相思更漏殘										0	8
6	菩薩蠻	紅樓別夜堪惆悵										0	8
7	菩薩蠻	人人盡說江南好										0	8
8	菩薩蠻	如今卻憶江南樂										0	8
9	菩薩蠻	勸君今夜須沉醉										0	8
10	菩薩蠻	洛陽城裏春光好			✓							1	7
11	歸國遙	春欲暮			✓		✓			✓		3	5
12	歸國遙	金翡翠										0	8
13	歸國遙	春欲晚				✓						1	7
14	應天長	綠槐陰裏黃鶯語			✓	✓	✓	✓		✓	✓	6	2
15	應天長	別來半歲音書絕										0	8
16	荷葉杯	絕代佳人難得			✓	✓				✓		3	5
17	荷葉杯	記得那年花下					✓	✓	✓		✓	4	4
18	清平樂	春愁南陌							✓			1	7
19	清平樂	野花芳草										0	8

	詞牌	詞題										
20	清平樂	何處遊女									0	8
21	清平樂	鶯啼殘月		✓	✓			✓			3	5
22	清平樂	瑣窗春暮									0	8
23	清平樂	綠楊春雨									0	8
24	忘遠行	欲別無言倚畫屏		✓	✓	✓	✓		✓		5	3
25	謁金門	春漏促									0	8
26	謁金門	空相憶		✓	✓	✓	✓				4	4
27	謁金門	春雨足									0	8
28	江城子	恩重嬌多情易傷									0	8
29	江城子	髻鬟狼籍黛眉長					✓				1	7
30	河傳	何處煙雨						✓			1	7
31	河傳	春晚風暖									0	8
32	河傳	錦浦春女		✓	✓	✓	✓		✓	✓	6	2
33	怨王孫	錦里蠶市									0	8
34	天仙子	悵望前回夢裏期	✓				✓	✓	✓	✓	5	3
35	天仙子	深夜歸來長酩酊				✓	✓	✓	✓	✓	5	3
36	天仙子	蟾彩霜華夜不分									0	8
37	天仙子	夢覺雲屏依舊空				✓					1	7
38	天仙子	金似衣裳玉似身									0	8
39	喜遷鶯	人洶洶	✓								1	7
40	喜遷鶯	街鼓動				✓	✓		✓		3	5
41	思帝鄉	雲髻墜	✓	✓	✓	✓	✓	✓	✓	✓	8	1
42	思帝鄉	春日游		✓	✓	✓	✓	✓	✓		6	2
43	訴衷情	燭燼香殘簾未卷							✓		1	7
44	訴衷情	碧沼紅芳煙雨靜	✓	✓	✓	✓	✓	✓			6	2
45	上行盃	芳草灞陵春岸		✓		✓	✓			✓	4	4
46	上行盃	白馬玉鞭金轡							✓		1	7
47	女冠子	四月十七		✓	✓						2	6
48	女冠子	昨夜夜半	✓								1	7
49	更漏子	鐘鼓寒						✓	✓		2	6

			蹄	詩	嘯	填	律	康	繫	天	碎	合計	排名
50	酒泉子	月落星沉			✓	✓	✓	✓	✓	✓		6	2
51	木蘭花	獨上小樓春欲暮			✓	✓	✓	✓	✓	✓		6	2
52	小重山	一閉昭陽春又春	✓	✓	✓	✓					✓	5	3
53	小重山	春到長門春草青										0	8
54	小重山	秋到長門秋草黃										0	8
55	定西番	挑盡金燈紅燼						✓				1	7
56	定西番	芳草叢生繡結										0	8
57	玉樓春	日照西樓花似錦										0	8
58	浣溪沙	紅藕香寒翠渚平							✓			1	7
	總　　　計		1	6	16	13	15	18	13	14	8		

表格說明

1. 總計：各詞譜所錄韋莊詞之總數。

2. 合計：韋莊詞入選歷代詞譜之總和。

3. 排名：韋莊詞入選歷代詞譜之次數比較。

4. 歷代詞譜：

（1）蹄：〔明〕周瑛《詞學筌蹄》

（2）詩：〔明〕張綖《詩餘圖譜》

（3）嘯：〔明〕程明善《嘯餘譜》

（4）填：〔清〕賴以邠《填詞圖譜》

（5）律：〔清〕萬樹《詞律》

（6）康：〔清〕康熙御制《康熙曲譜》

（7）繫：〔清〕秦巘《詞繫》

（8）天：〔清〕葉申薌《天籟軒詞譜》

（9）碎：〔清〕謝元淮《碎金詞譜》